Der Pilgermord

Im Econ Taschenbuch Verlag sind von Sharan Newman außerdem lieferbar:

Die Suche nach dem goldenen Schrein (TB 25172)
Das Geheimnis von Abaelard und Heloïse (TB 25072)
Das Tor des Teufels (TB 25125)

Sharan Newman hat mittelalterliche Geschichte studiert und erst vor kurzem ihre Dissertation abgeschlossen. Sie lebt in Santa Barbara, Kalifornien.

Sharan Newman

Der Pilgermord

Historischer Kriminalroman

Aus dem Amerikanischen von
Christiane Bergfeld

Econ Taschenbuch Verlag

Veröffentlicht im Econ Taschenbuch Verlag

Der Econ Taschenbuch Verlag
ist ein Unternehmen der Econ & List Verlagsgesellschaft

Deutsche Erstausgabe

First published by Tom Doherty Associates, Inc.
Titel des amerikanischen Originals: Strong as Death
Aus dem Amerikanischen übersetzt von: Christiane Bergfeld
Umschlagkonzept: Büro Meyer & Schmidt, München – Jorge Schmidt
Umschlagrealisation: Init GmbH, Bielefeld
Titelabbildung: Init GmbH, Bielefeld
Lektorat: Martina Sahler
Gesetzt aus der Bodoni, Linotype
Satz: Josefine Urban – KompetenzCenter, Düsseldorf
Druck und Bindearbeiten: Elsnerdruck, Berlin
Printed in Germany
ISBN 3-612-25218-6

Für Pauline Cramer, Freundin,
Steuerfrau und Pilgergefährtin,
in Dankbarkeit und Liebe

DANKSAGUNG

Ich freue mich immer wieder sehr darüber, wie viele hervorragende Wissenschaftler bereit sind, ihre eigene Arbeit zu unterbrechen, um mir bei meiner zu helfen. Die hier genannten haben mir unschätzbare Hilfe geleistet. Ich danke ihnen von ganzem Herzen. Den Lesern möchte ich versichern, daß etwaige historische Ungenauigkeiten allein meiner eigenen konfusen Auffassung der Daten zuzuschreiben sind und keineswegs auf das Konto meiner Berater gehen.

Professor C. Julian Bishko, der mir Dokumente und Ratschläge über die vermutliche Route Peter des Ehrwürdigen schickte, auch wenn das zur Folge hatte, daß Peter sich für eine Weile aus der Geschichte verabschiedete;

Professor Frederic L. Cheyette, Amherst College, der mir das Konzept seiner Arbeit über Südfrankreich im zwölften Jahrhundert schickte und bereit war, in Archiven überall in jener unwirtlichen Gegend zu recherchieren;

Dr. Judith Cohen, Toronto, weil sie ihr Wissen über Spanien und die *jongloressas* mit mir teilte und die Musik in ihren Aufnahmen zu neuem Leben erweckte. Maruxas Stimme ist die ihre;

Jeff Davies, der mir Führer zum Pilgerpfad schickte und so verrückt ist, die Compostelaroute mit dem Fahrrad bewältigen zu wollen;

Dr. E. Roseanne Elder von der Cistercian Press in Kalamazoo, Michigan; dafür, daß sie mir großzügig gestattete, aus den in dieser Presse veröffentlichten Übersetzungen von Autoren des zwölften Jahrhunderts zu zitieren. Die Arbeit der Cistercian Press ermöglichte es Lesern ohne Lateinkenntnisse, mittelalterliche Scholaren aus deren Schriften kennenzulernen. Als langsame Lateinleserin weiß ich das sehr zu schätzen.
Professor Lynn Nelson, University of Kansas, für Informationen über die Franzosen in Spanien, gute Tips, wo man eine Leiche in der Kirche am besten plazieren sollte, und dafür, daß er sich nicht zu schade war, sich mit Schriftstellern abzugeben;
Professor Jeffrey B. Russell, University of California at Santa Barbara, für moralische Unterstützung, lateinische Übersetzungen und Korrekturen, redaktionelle Anmerkungen und Champagner;
Professor Richard Unger, University of British Columbia, für Bootsfahrten, Bier und Mitgefühl, weil ich im Sommer ein Buch schreiben mußte;
Frater Chrysogonus Waddell von der Abtei Gethsemani für seine grenzenlose Begeisterung, liturgische Korrekturen und für den Hinweis, daß Peter der Ehrwürdige stets einen weißen Maulesel ritt.

ERSTES KAPITEL

Vezélay, am Schrein der heiligen Maria Magdalena, 12. März 1142; Tag des Papstes, des heiligen Gregor des Großen.

In hiis autem que dicturus sum nichil auctore Deo scribam, nisi quod visu et auditu verum esse cognovero, vel quod probabilium virorum scriptis fuerit et auctoritate subnixum.

In diesem, was ich mit Hilfe Gottes erzählen will, werde ich nichts schreiben als das, welches ich selbst hörte und sah und als die Wahrheit kenne, oder aber jenes, welches Männer von gutem Charakter schrieben und autorisierten.

Johann von Salisbury
Historia Pontificalis
Buch I, Prolog

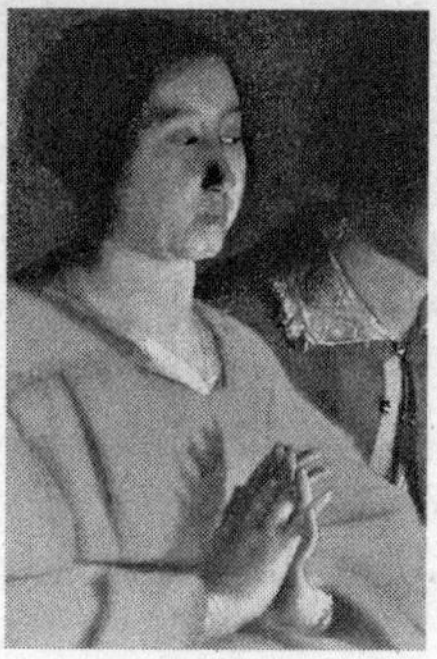

Die ganze bitterkalte Nacht hindurch knieten die vier Männer regungslos vor dem Altar Maria Magdalenas. Der Schein der Laterne spiegelte sich auf drei Glatzen und schimmerte auf dem Haupt Gauchers von Mâcon, dessen ehemals blondes Haar angeblich bei der Belagerung von Antiochia ergraut, aber immer noch dicht und voll war und linksseitig eine goldene Strähne aufwies. Alle vier trugen sie Mäntel in Pilgergrau, doch darunter zumindest einer von ihnen auch noch das Kettenhemd, in dem er seit vierzig Jahren lebte. Alle trugen sie verborgene Dolche, denn selbst an diesem heiligen Ort hätte nicht einer von ihnen seine Waffe abliefern können, ohne sich unsicher zu fühlen.

Die Dämmerung sickerte bereits vom hohen Fenstergeschoß tief in das Hauptschiff hinein, als sie sich endlich erhoben. Alle waren steif von der Nachtwache, und Norbert von Bussières, der älteste von den vieren, mußte sich von den anderen auf die Füße helfen lassen.

Die Kirche füllte sich allmählich mit Pilgern, als sie sie verließen. Norbert schritt langsam hinter den anderen her und verfluchte seine altersschwachen Knie. Am Eingang stolperte er über einen Stein, taumelte und wurde von einer jungen Frau aufgefangen.

In dem grauen Licht erschreckten ihn das Blau ihrer Augen.

Nicht eigentlich hübsch, dachte er – zu dunkle Hautfarbe, Kinn und Nase zu markant. Er hatte immer kleine und blasse Frauen bevorzugt, mit weichen Gesichtszügen. Wer auch immer diese in seiner Obhut hatte, würde eine feste Hand haben müssen, vermutete er. Dennoch hatte sie irgend etwas an sich, daß er sich wünschte, lieber dreißig statt siebzig zu sein und daß sie sich nicht im Eingang einer Kirche aufhalten würden.

»Seid Ihr verletzt, Herr?« erkundigte sie sich, ganz töchterlich besorgt.

Er streifte ihren hilfreichen Arm ab. »Nein, natürlich nicht«, erwiderte er schroff. »Der Vorhof dieser Kirche befindet sich in einem sehr schlechten Zustand. Ein armer, kranker Pilger könnte sich ernsthaft verletzten. Ich werde mit dem Abt darüber sprechen, wenn ich ihn das nächste Mal sehe.«

Sie wich verlegen zurück, wobei sie den Mann anrempelte, der hinter ihr hereingekommen war.

Norbert vermutete, daß der Mann ihr Begleiter war, wegen der Art, wie er die wankende Frau auffing, als ob er es gewohnt wäre. Der alte Ritter brummte einen knappen Gruß, als er davonhumpelte. Der Begleiter der Frau sah genauso merkwürdig aus wie sie – groß und schlaksig und die Haare fast so weiß wie Gauchers, obwohl der Mann offenbar noch in den Zwanzigern war. Den alten Ritter schauderte es. Er wickelte sich fester in seinen Mantel und versuchte, schnell genug zu gehen, um seine Freunde einzuholen. Einen Augenblick später hatte er das Paar völlig vergessen.

Catherine stand einen Moment lang an der Kirchentür und sah ihm nach. »Ein sehr stolzer alter Mann«, sagte sie zu ihrem Mann Edgar. »Sieh mal, wie gerade er den Rücken hält.«

»Und wie krumm seine Beine sind«, erwiderte Edgar. »Offensichtlich hat er sein Leben zu Pferde verbracht.«

»Ob er wohl im Heiligen Land gekämpft hat?« sinnierte Catherine.
Edgar zuckte mit den Achseln. Die meisten Ritter in diesem Alter behaupteten, Gottfried von Bouillon und seinen Brüdern nach Jerusalem gefolgt zu sein. Wer könnte ihnen jetzt, fast fünfzig Jahre danach, schon das Gegenteil beweisen? Edgar hatte andere Sorgen.
»Wir sollten bald nach Paris zurückkehren, *leoffæst*«, sagte er, als sie die Kirche betraten. »Wir haben hier seit einer Woche tagtäglich gebetet. Unsere Kerzen sind zu Stümpfen herabgebrannt. Die heilige Maria muß uns inzwischen gehört haben. Jetzt müssen wir abwarten, ob sie für uns im Himmel Fürbitte leisten kann.«
Catherine wußte, daß er recht hatte. Edgar hatte übergroße Geduld gezeigt, als er mit ihr nach Vézelay gekommen war, um die Hilfe der heiligen Maria Magdalena bei ihrem Problem zu erflehen. Doch sie hatte kein Gefühl der Erfüllung während ihres Besuchs empfunden, kein plötzliches Gnadenerlebnis.
Vielleicht war Maria doch nicht die Richtige, an die man sich mit dieser besonderen Bitte zu wenden hatte. Magdalena hatte der Fleischeslust entsagt und war nach Frankreich gekommen, um nach der Auferstehung des Herrn als Einsiedlerin zu leben. Catherine und Edgar dagegen hatten ihre Pläne für das Kloster und die Priesterschaft zugunsten eines Lebens mit der Fleischeslust verworfen. Man konnte wohl kaum den Segen dieser Heiligen dazu erwarten.
Catherine spürte, wie ihr die Farbe ins Gesicht schoß. Was für ein Gedanke an einem heiligen Ort! Sie seufzte. Kein Wunder, daß ihre Gebete nicht erhört worden waren.
»Noch einen Tag, Edgar«, bettelte sie. »Nur noch einen. Es ist doch nur ein kleines Wunder, um das wir bitten.«
Edgar sah auf sie hinunter und lächelte traurig. Er hatte sein väterliches Erbe in Schottland aufgegeben, die Pläne seiner

Familie, einen Bischof aus ihm zu machen, durchkreuzt und sich in Frankreich niedergelassen, um fern der Heimat und unter seinem Stand zu leben – nur dieser Frau zuliebe. Er hatte es frohen Herzens getan. Vielleicht hatte der Himmel ihm nur Catherine zugedacht. Selbst auf ein kleines Wunder zu hoffen hieße vielleicht, zuviel zu erwarten.

Norbert von Bussières erreichte die Schenke unten am Berg nicht lange nach seinen Kumpanen. Sie hatten nicht auf ihn gewartet, wußten sie doch nur allzu gut, wie sehr er es haßte, wenn sie Zugeständnisse an sein Alter machten. Ächzend stieß er die Tür auf. Sie waren alle nicht sehr viel jünger als er, doch in letzter Zeit schienen seine Jahre schwerer zu wiegen. An diesem Abend spürte er den eisigen Atem der Ewigkeit im Nacken, trotz der pelzgefütterten Kapuze.

Es blieb ihnen nicht mehr viel Zeit. Sie mußten dieses Frühjahr nach Spanien zurückkehren oder würden es nie mehr schaffen. Norbert hatte die anderen drei davon überzeugt. Aber er hatte nicht allen seinen wirklichen Grund für die Reise verraten.

Rufus von Arcy sah von seiner Schale auf, als Norbert eintrat. Er schüttelte kaum merklich den Kopf und wandte sich wieder seinem Bier zu. Der alte Mann würde die Reise nicht überleben, dachte Rufus besorgt. Falls Norbert unterwegs erkranken sollte, müßte einer von ihnen bei ihm bleiben, um ihn zu pflegen, und dann seine Habe seinen Enkeln bringen. Es wäre besser für alle, wenn Norbert zurückbliebe.

Doch Norbert traute ihnen die Durchführung dieses Unternehmens keineswegs allein zu. Dafür kannte er jeden von ihnen zu gut.

Rufus war selbst erst einundsechzig und fühlte sich noch fähig, den ganzen Tag zu jagen und sich die halbe Nacht mit einer Dienstmagd zu beschäftigen. Früher hatte er die ganze Nacht damit verbracht, doch gewisse Zugeständnisse an das

Alter mußte man schon machen. Er rückte ein Stück auf der Bank, um Norbert Platz zu machen.
Der vierte Mann, Hugo von Grignon, schenkte eine Schale Bier für Norbert und eine für sich selbst ein.
»So«, sagte Hugo. »Endlich sind wir entschlossen, unsere Reise anzutreten. Wir werden unseren Glauben auf den Herrn setzen und den Heiligen vertrauen, daß sie uns bei unserem letzten großen Abenteuer beistehen.«
Die anderen drei warfen ihm geringschätzige Blicke zu. Hugos Gemahlin hatte etwas für wandernde Spielleute übrig gehabt – zuviel, munkelten manche. Über die Jahre hatte Hugo von ihnen die Angewohnheit übernommen, Binsenweisheiten von sich zu geben, als ob es sich dabei um eine neue Weisung aus Rom handelte.
»Ich weiß nicht, wie du es hältst, Hugo«, sagte Gaucher, »aber ich habe nie irgendwem außer den Heiligen getraut. Und selbst von denen spielen einige ein falsches Spiel.«
»Mein Leben ist an einem Punkt angelangt, an welchem selbst ein Gang zum Abort im Winter mein letztes Abenteuer werden kann«, entgegnete Rufus.
Norbert schaute nur finster vor sich hin.
Hugo achtete nicht auf sie. Sie kannten sich alle ein ganzes Leben lang. So gut, daß er manchmal glaubte, sie redeten nur noch miteinander, um zu beweisen, daß sie noch atmeten. Er gab dem Knaben ein Zeichen, noch mehr Brot zu bringen. Es würde tatsächlich ein großes Abenteuer werden, sagte er sich, und wahrscheinlich das letzte für wenigstens einen von ihnen.

Catherine stand draußen vor der Kirche und sah auf die Felder hinaus, die sich vor dem dunklen Wald am Horizont erstreckten, auf die Ansammlungen von Hütten und die Äcker dahinter, auf die ordentlichen Reihen von Weinstöcken, die eben zu sprießen begannen. Sie konnte auch ein paar Schweine ausmachen, die im Unterholz am Waldrain schnüffelten. Eine Frau ging ihre Ziege melken, die auf einem Feld mit den anderen Ziegen des Dorfes angepflockt war. Wahrscheinlich sang sie ein Lied, vermutete Catherine, denn sie schwang den Eimer wie im Takt. Hinter ihr lief ein Kind von drei oder vier Jahren. Hin und wieder blieb es stehen, um sich etwas näher anzusehen, dann rannte es weiter und zog die Mutter am Rock. Sie hob es mit einem Arm auf, setzte es sich im Weitergehen auf die Hüfte und gab ihm einen Kuß.

Catherine wandte sich ab. Ihre Augen schwammen in Tränen.

Hatte sie so schwer gesündigt? Meister Abælard und Mutter Héloïse sagten nein. Weder sie noch Edgar hatten das Gelübde abgelegt; es hatte kein kanonisches Hindernis für ihre Eheschließung gegeben. Viele Wege führten in den Himmel. Das behaupteten alle.

Aber warum waren ihnen Kinder verheißen worden, wenn sie ihnen dann wieder genommen wurden? Erst eine Totgeburt, dann zwei Fehlgeburten, die noch an ihr zehrten. Andere wiesen sie darauf hin, daß Eleanor, die Königin von Frankreich, länger als sie verheiratet und noch nicht einmal empfangen hatte. Das war ein schwacher Trost für Catherine. Die Hoffnung und dann die Enttäuschung, ganz zu schweigen von dem Schmerz und der Angst vor dem eigenen Tod im Kindbett, gingen über ihre Kräfte. Zu allem Überfluß fühlte sie sich schuldig, weil sie Edgar von seinem Land, seiner Familie, seinem Stand getrennt hatte – nur für eine Frau, die ihm keine lebenden Kinder schenken konnte.

Jemand berührte sie am Arm. Catherine fuhr herum.

»Dir gingen wohl wieder mal die Worte des heiligen Augustinus durch den Sinn?« sagte der junge Mann lachend. »Hast du denn nicht gehört, wie ich dich gerufen habe?«

»Astrolabe!« Catherine umarmte ihn überrascht. Sie kannte Abælards und Héloïses Sohn seit ihrer Zeit im Kloster, hatte ihn aber seit fast zwei Jahren nicht mehr gesehen. »Bedaure. Meine Gedanken waren nur allzu weltlich. Ich freue mich, daß du mich herausreißt. Was machst du denn in Vézelay?«

»Ich überbringe Botschaften, wie üblich«, erklärte Astrolabe. »Der Abt von Cluny läßt seinen Bruder grüßen, den Abt von Vézelay, und ich bin der auserwählte Überbringer.«

»Aber ich dachte, du wärst in die Bretagne zurückgekehrt«, sagte Catherine.

Astrolabe nickte, jetzt mit ernster Miene. »Der ehrwürdige Abt Peter sandte mir auch eine Nachricht und rät mir, möglichst rasch zurückzukehren«, sagte er. »Letzten Monat war ich in Cluny.«

»Geht es um deinen Vater?« Catherine wußte die Antwort bereits. Peter Abælard war nicht wohlauf gewesen, als sie ihn das letzte Mal gesehen hatte, unmittelbar nach der Verdammung seines Werks zu Sens. »Ist er ...?«

»Vater wurde in die Priorei von St. Marcellus zu Chalon versetzt«, antwortete Astrolabe. »Als er nach Cluny kam und sich mit Bernhard von Clairvaux versöhnte, schien sich sein Gesundheitszustand zu verbessern, aber im letzten Monat wurde er plötzlich viel schwächer. Abt Peter merkte, daß Cluny für ihn zu anstrengend war. Die Priorei ist ruhig, und die Mönche dort sorgen gut für ihn.«

Er holte tief Luft, bemüht, seine Stimme unter Kontrolle zu halten. »Mein Vater hat Frieden mit Gott und Abt Bernhard geschlossen«, erklärte er schließlich. »Vielleicht war das ein Fehler. Er konnte Frieden noch nie lange ertragen.«

Catherine nickte. Sie nahm seinen Arm, und sie stiegen gemeinsam den Berg zu dem Gästehaus hinab, wo sie und Edgar untergebracht waren.

»Es wird sehr schwierig für deine Mutter sein«, sagte sie.

Das war eine stark untertriebene Formulierung für die von Catherine befürchtete Auswirkung, die Abælards Tod auf die

Äbtissin Héloïse haben würde. Erst seit Catherine Edgar kannte, verstand sie die Leidenschaft, die Héloïse für ihren ehemaligen Geliebten und Ehemann empfand. Zwanzig Jahre im Kloster hatten ihr keinen Abbruch getan.
»Das wird es«, erwiderte Astrolabe. »Doch ihre Töchter in Christo und ihr Glaube werden ihr helfen.«
»Und du?« fragte Catherine. »Was wirst du tun, wenn er nicht mehr da ist?«
»Ich weiß es nicht«, sagte er. »Vielleicht werde ich Priester und verbringe mein Leben damit, Totenmessen für ihn abzuhalten. Das würde Mutter gefallen.«
Catherine beschloß, den bitteren Ton in seiner Stimme zu überhören. »Willst du heute abend mit uns essen?«
»Ja«, sagte er lächelnd. »Ihr könnt mir den neuesten Klatsch aus Paris erzählen. Studiert Edgars Freund John immer noch? Wann will er aufhören zu lernen und selbst lehren?«
»Ich glaube, das Leben einer Stubenfliege sagt ihm mehr zu«, erwiderte Catherine und lachte. »Er hat davon gesprochen, daß er sich um einen Posten bemüht, der ihn nach England zurückbringt, damit er seine Familie besuchen kann.«
Sie tauschten weitere Neuigkeiten über alte Freunde und jüngste Ereignisse aus. Peter Abælard wurde nicht wieder erwähnt, aber Catherine spürte eine große Leere in sich bei dem Gedanken an eine Welt ohne den eigenwilligen, arroganten, streitsüchtigen Meister. Er hatte sie während ihrer Zeit in dem von ihm begründeten Kloster mit väterlicher Geduld Logik gelehrt.
Nach dem Abendessen beschloß Catherine, in die Kirche zurückzukehren.
»Nur noch eine Kerze, Edgar«, versprach sie. »Noch ein Gebet. Morgen gehen wir heim. Du brauchst nicht mitzukommen. Ich gehe mit den Leuten aus Orléans. Komm mich abholen, wenn die Glocken zur Komplet läuten.«

Sie war kaum weg, als Edgar sich an Astrolabe wandte, der neben ihm auf der Bank in der Gaststube saß. »Ich habe Angst um sie«, sagte er.
Astrolabe nickte. Auch er hatte Catherines Veränderung wahrgenommen. Sie war schon immer dünn gewesen, aber jetzt war sie ausgemergelt, über den Wangenknochen spannte sich die Haut. Sie bewegte sich zu schnell, mit fahrigen Gesten. Astrolabe mußte daran denken, daß Catherines Mutter sich mit Sorge um Schuld und Sühne in den Wahnsinn getrieben hatte. Sie weilte jetzt in einem Kloster, unweit der Priorei, wo sein eigener Vater lebte, und nahm außer ihrem eigenen Leid gar nichts mehr wahr.
Er sah Edgar an. »Und was ist mit dir?« fragte er. »Bereust du, daß du nach Frankreich zurückgekehrt bist, um Catherine zu heiraten?«
Edgar legte die Ellenbogen auf den Tisch. Das bleiche Haar hing ihm schlaff bis auf die Schultern herab. Seine Hände waren von den verschiedenen Versuchen mit Handwerksarbeiten in den letzten beiden Jahren vernarbt. Seine Kleider, in den düsteren Tönen eines Büßers gehalten, waren aus dikker Wolle, jedoch schlecht geschnitten und schmutzig von tagelanger Reise.
»Ich glaube nicht, daß unsere Heirat Sünde war«, sagte er zu Astrolabe. »Auch kein Fehler, wie manche meinten. Ich dachte, Catherine hätte sich vom Verlust unseres ersten Kindes einigermaßen erholt. Aber als danach keine mehr kamen ... Die Frau ihres Bruders, Marie, sagt, es ist am schwersten, wenn sie schon unterwegs sind und dann sterben. Ich weiß, daß auch Marie das erlebt hat, bevor ihr Sohn geboren wurde.«
Er leerte seinen Becher. »Ich weiß nicht, wie ich ihr helfen soll«, sagte er. »Wir können nicht unsere Tage damit verbringen, von einem Schrein zum nächsten zu wandern, in der Hoffnung auf ein Wunder.«

»Manche tun das«, bemerkte Astrolabe.

Edgar klopfte mit dem Becher auf den Tisch. Ein schläfriger Schankknecht sprang auf und schenkte nach. Edgar leerte den Becher in einem Zug.

»Wenn ich im Sterben läge, würde ich vielleicht Zuflucht bei Reliquien suchen«, räumte er ein. »Aber ich glaube es nicht. Es kommt mir wie Vergeudung kostbarer Zeit vor, wenn man ständig etwas erfleht, was einem das Leben nicht freiwillig gibt. Und überhaupt – kann man denn je sicher sein, welcher Heilige einem beisteht, welche Reliquie echt ist?«

Astrolabe, an Unterhaltungen mit seinem Vater gewöhnt, wußte, daß das eine rhetorische Frage war.

Edgar fuhr fort: »Vielleicht ist es meine Schuld. Mein Glaube ist nicht stark genug. Aber ich würde bis ans Ende der Welt gehen, könnte ich nur tatsächlich daran glauben, daß es Catherine hilft.«

»Und du?« fragte Astrolabe. »Erzähl mir doch nicht, daß es dich gar nicht mitgenommen hat?«

Edgar blieb lange stumm. Dann sagte er seufzend: »Ich trauere auch. Das erste Kind war ein Mädchen mit schon vollständig ausgebildetem Leib. Ich wußte gar nicht, daß sie so klein sein können und trotzdem jeden Finger und jeden Zeh an der richtigen Stelle haben. Sie zu begraben war die schwerste Aufgabe meines Lebens. Wie oft können wir das durchmachen? Und sag mir bloß nicht, daß es vielen nicht anders geht. Das weiß ich selbst. Es tröstet mich nicht. Offenbar ist die einzige Chance, sich dieses Leid zu ersparen, unverheiratet zu bleiben.«

»Ich glaube kaum, daß das im Augenblick für dich ein erstrebenswertes Ziel wäre«, bemerkte Astrolabe.

Edgar lächelte reuevoll. »*Mea culpa*«, sagte er.

Die Glocken riefen zur Komplet, und die beiden Männer gingen zur Kirche, um Catherine abzuholen. Dort wünschte Astrolabe ihnen eine gute Nacht.

»Wenn ihr könnt, kommt Vater besuchen«, sagte er noch. »Ich glaube, er würde euch gern sehen.«
Auf dem Rückweg war Catherine ungewöhnlich still.
Edgar nahm ihre Hand und drückte sie leicht. Sie sollte nicht so grübeln. »Morgen geht es nach Hause«, sagte er leise.
»Ja«, stimmte Catherine zu. »Wir waren zu lange fort. Aber wir müssen erst nach St. Marcellus gehen und uns von unserem Meister verabschieden.«
»Ja, das müssen wir«, sagte Edgar.
Trotz seiner Traurigkeit über den Grund der Reise spürte Edgar einen Hoffnungsschimmer. Das war das erste Mal seit Wochen, daß Catherine irgend etwas außer ihrer eigenen Verzweiflung wahrgenommen hatte.
Sie waren beide so in Gedanken versunken, daß sie nicht die Gestalt im schwarzen Umhang bemerkten, die sich lautlos in den Schatten hinter ihnen bewegte. Sie folgte ihnen bis zur Tür des Gästehauses. Dann glitt sie ebenso geräuschlos davon.

Gaucher von Mâcon erhob sich vom Tisch und sagte seinen Gefährten gute Nacht. Sie bemerkten es nicht. Norbert war entweder tot oder in Meditation versunken. Die anderen lallten lautstark Zechlieder und Parodien geistlicher Gesänge. Rufus kam über die Stelle mit *bibit* nicht hinaus, wiederholte ständig *»bibit ille, bibit illa«* mit heiserem Krächzen. Er war im Schneidersitz auf den Boden gesunken und ähnelte einer uralten Kröte, die auf einem Seerosenblatt weise Reden schwingt. Gaucher tätschelte ihm liebevoll die Glatze, bevor er zum Schlafboden hinaufstieg.
Gaucher und Rufus waren gleichaltrig, aber Gaucher behauptete stets, daß er aufgrund seiner Haarpracht jünger wirke. Seine Zähne waren auch noch fast vollzählig. Daher fand er Hugos Unkenrufe über dieses angeblich letzte große Abenteuer nicht nur übertrieben, sondern auch voreilig.

Gaucher hatte jedenfalls noch eine Menge Zukunftspläne, von denen diese Wallfahrt nur der Anfang war. Und zwar ein sehr gewinnversprechender Anfang, wie er glaubte.
Er summte das von unten heraufdröhnende Gegröle mit, als er die Kammer betrat. Da lagen schon ein paar Männer zusammengerollt auf Strohsäcken auf einer Seite der Kammer. Gaucher tastete im Dunkeln nach seiner Decke und seinem Bündel, das er bei den anderen in der Ecke abgestellt hatte. Er steckte die Hand in die Tasche und wühlte nach seiner zweitbesten Tunika. Statt dessen fühlte er etwas Kaltes, Klebriges. Er zuckte zusammen und ließ die Tasche fallen. Was immer das sein mochte – er widerstand dem Drang, es aus dem nächsten Fenster zu schütteln. Behutsam hob er die Tasche hoch und trug sie nach unten. Er stellte sie am Feuer ab und zog langsam an der Kordel, um sie zu öffnen.
»Was is' los, Gaucher?« lallte Rufus und spähte vom Fußboden hoch. »Haben sie dir die Juwelen geklaut?«
Gaucher beachtete ihn nicht. Hugo und Norbert stierten ihn über den Rand ihrer Bierschalen teilnahmslos an. Langsam drehte Gaucher den Beutel um. Zwei bluttriefende Klumpen platschten auf den Herd.
Rufus lehnte sich zurück und rümpfte die Nase wegen des Gestanks. Hugo glotzte die Fleischbrocken entgeistert an. Plötzlich wußte er, um was es sich dabei handelte. Unwillkürlich betastete er sich zwischen den Beinen und seufzte erleichtert auf. In seinem Alter, so befürchtete er, würde er ihren Verlust vielleicht gar nicht bemerken.
»Sieht ganz so aus, als ob Gaucher Juwelen geschenkt bekommen hat.« Rufus lachte. »Das sind doch wohl nicht deine eigenen? Wohl ein Geschenk von einem Freund?«
Gaucher lachte nicht. Mit dem Stiefel kratzte er die Dinger in die Kohlen, wo sie entsetzlich zischten.
»Dasselbe Schicksal erwartet uns alle«, hob Hugo an, »wenn wir unsere Sünden nicht noch in dieser Welt bereuen.«

Norbert erwachte zu neuem Leben. »Wovon redet ihr?« fragte er scharf. »Was hast du da ins Feuer geschoben, das so fürchterlich stinkt?«
Gaucher wandte sich an alle. »Wer von euch war das?« brüllte er. »Das ist ein übler Scherz!«
Hugo hielt sich die Ohren mit den Händen zu. »Keiner von uns«, sagt er zu Gaucher. »Wir waren die ganze letzte Nacht und den ganzen Tag zusammen. Das weißt du doch.«
Gaucher wußte es fürwahr, doch er war zu wütend, um nach einem anderen Sündenbock Ausschau zu halten. Er holte die restlichen Sachen aus der Tasche und hielt die Tunika hoch. »Seht euch das an!« schrie er. »Sie ist verdorben!«
»Kann mir mal einer verraten, wovon du redest?« wiederholte Norbert. Er schnupperte. »Brät da jemand Speck?«
Rufus fing an zu lachen, dann hielt er sich die Hand vor den Mund. Er kroch auf die Tür zu, schaffte aber nur die halbe Strecke, bevor er sich übergab. In der Ecke stöhnte der Schankknecht, der wußte, wer den Boden würde aufwischen müssen.
Hugo beugte sich zu seinem Freund hinüber und sagte, wie er glaubte, im Flüsterton: »Schweineklöten, Norbert. Die hat jemand bei Gaucher gelassen. Weiß nicht, warum. Er behauptet ständig, daß seine eigenen Hoden wunderbar funktionieren.«
Gaucher wußte, daß er weder eine vernünftige noch eine mitfühlende Reaktion von seinen Freunden erwarten konnte. Wütend warf er auch die blutige Tunika ins Feuer und stampfte in die Nacht hinaus.
Der Schankknecht wartete ein paar Minuten, bevor er die Tunika herausholte, die nur leicht angesengt war. Nur ein Wahnsinniger würde gute Wolle verschwenden.
In dem durch Vorhänge abgeteilten Zimmer darüber bekamen Catherine und Edgar nichts von dieser Geschichte mit.

Der zunehmende Mond schien auf die Stadt und durch das winzige Fenster auf die Schlafstätte. Catherine zuckte im Schlaf und schrie einmal auf. Edgar zog sie an sich, ohne aufzuwachen.
Endlich schliefen alle vier Ritter. Rufus lag ausgestreckt unter dem Tisch und roch immer noch nach Erbrochenem.

Catherine wachte zitternd auf.
»Edgar ...« Sie rüttelte ihn wach und schmiegte sich fest an ihn, wärmte sich in der Kälte des frühen Morgens an seinem Leib. »Ich hatte einen Traum, Edgar. Einen Traum in einem Traum.«
Edgar öffnete ein Auge, rollte sich zu ihr herum und schlang den freien Arm um sie. Er lächelte und strich eine vorwitzige schwarze Locke hinter ihr Ohr. In dem Augenblick hatte er keine Schwierigkeiten, sich zu erinnern, warum er seine Heimat und seine Familie wegen einer Ehe in einem fremden Land verlassen hatte.
»Ich muß dir davon erzählen.« Catherine hielt den Kopf schräg, um ihm in die Augen sehen zu können. »Ich glaube, das war ein Wahrtraum, aber ich verstehe ihn nicht.«
Sie hielt inne. Er legte seine Hand auf ihre Wange. Der kleine Finger vibrierte mit dem raschen Pulsschlag in ihrem Hals. Mit den Fingerspitzen zeichnete er ihr Schulterblatt und die Wölbung ihrer Brust nach.
»Erzähl«, sagte er, immer noch lächelnd. »Was hat dich denn so aufgewühlt?«
»Ich kann es dir nicht erzählen, wenn du mich so streichelst«, beschwerte sie sich. »Es ist etwas Ernstes.«
»Ich höre dir ernsthaft zu«, beteuerte er und ließ seine Hand, wo sie war. »Was hast du geträumt?«
»Also gut.« Sie holte tief Luft. »Bitte, Edgar, hör genau zu. Zuerst war es verschwommen, dann plötzlich sehr klar, als ob ich von irgendwo ganz oben zusähe. Ich ging auf einer

schmalen Straße. Auf einer Seite war eine Klippe und auf der anderen ein Abgrund. Der kalte Wind blies durch meinen Mantel. Nur unser Sohn war bei mir.«
Sie spürte, wie er abrupt innehielt, und seine Finger verkrampften sich. »Woher wußtest du, daß es unser Sohn war?« fragte er. Seine Stimme hatte den neckischen Ton völlig verloren.
Catherine erwiderte nichts, fuhr nur mit ihrer Geschichte fort. »Die Straße war steil, aber zuerst nicht unwegsam. Dann führte sie um eine Biegung und hörte an einer Stelle abrupt auf. Nur eine Planke lag da auf zwei Felsblöcken. Sie war nur handbreit und schwankte im Wind. Wir mußten sie überqueren, wir konnten nicht mehr umkehren.«
Edgar zog sie so fest an sich, daß sie kaum atmen konnte. Sie drückte sich an ihn, wünschte, daß sie irgendwie miteinander verschmelzen und wahrhaft ein Fleisch sein könnten. Eva, die an Adams Seite zurückkehrt. Sie drehte den Kopf weg, damit er sie hören konnte.
»Auf der anderen Seite stand ein alter Mann, ein Heiliger«, sagte sie. »Er beobachtete uns, wartete darauf, daß wir herüberkämen. Er wollte nicht zu uns kommen.«
»Wer war es denn?« fragte Edgar. »Hast du ihn erkannt?«
»Nein«, sagte Catherine. »Aber in dem Traum kannte ich ihn. Ich stellte unser Kind vor mich auf die Brücke. Ich sorgte mich, daß ich das Gleichgewicht verlieren könnte, wenn ich es trüge. Ich betrat die Brücke und hielt den Jungen bei den Schultern, um ihn zu führen. Aber auf der Hälfte der Strecke ging etwas schief. Der Wind oder unser Gewicht – irgendwas – brachte das Brett zum Wanken und verbog es. Das andere Ende glitt aus der Verankerung, und wir stürzten ab.«
»Nein!« Edgar fand diesen Traum immer beängstigender.
Catherine fuhr fort: »Ich schrie, fand aber mit einer Hand Halt in einem Felsspalt und streckte die andere nach unserem Sohn aus, aber er stürzte an mir vorbei. Als ich loslassen

wollte, um ihm in den Abgrund zu folgen, fing der alte Mann den Jungen auf. Ich sah, wie er das Kind hochhob und sich auf die Schultern setzte.
Ich wußte also, daß unser Sohn sicher auf der anderen Seite war, aber ich hing immer noch an der Felswand. Meine Finger rutschten ab. Ich sah, daß ich auf die Straße zurückgelangen könnte, auf der ich gekommen war. Doch es gab nur fingergroße Löcher zum Festhalten. Ich streckte die Hand aus und hätte fast eins davon erwischt. Meine Hand kratzte den Felsen. Ich kann jetzt noch spüren, wie rauh er sich anfühlte. Aber ich konnte mich nicht festhalten. Ich schrie immer wieder, als ich stürzte. Ich dachte, ich würde ewig fallen. Dann bin ich aufgewacht.«
Sie zitterte.
Edgar küßte sie auf den Kopf. »Das ist furchteinflößend. Aber jetzt bist du in Sicherheit«, sagte er. »Es war nur ein böser Traum. Mehr nicht.«
»Nein, Edgar.« Catherine rückte von ihm weg. »Das war noch nicht das Ende. Das war nur der innere Traum. Ich wachte in dem Traum auf. Ich streckte die Arme aus, und du warst da. Du warst bei mir«, wiederholte sie sanft. »Du hast mich gehalten und geschworen, daß du immer da sein würdest. Und ich glaubte dir. Aber ich wußte, daß unser Sohn immer noch auf der anderen Seite der Brücke war ... Und ich wußte, daß ich ihn suchen mußte.«
Sie atmete hörbar aus. »Und dann wachte ich auf. Aber, Edgar, es war ein Wahrtraum. Ich glaube daran. Er hatte eine Botschaft.«
»Aber was bedeutet das?« fragte Edgar. »Warum konntest du die andere Seite nicht erreichen? Sind wir dazu verdammt, nie ein lebendes Kind zu haben? Wir sind hier den ganzen weiten Weg nach Vézelay gekommen, um die heilige Maria Magdalena um Hilfe zu bitten. Was können wir sonst noch tun? Was könnte man sonst noch von uns erwarten?

Und hast du mal überlegt, daß vielleicht nur ein Teil des Traums eine Vision war? Bist du sicher, daß der Junge, den du gesehen hast, nicht deinem eigenen Wunschdenken entsprang?«
»Ich bin mir keiner Sache sicher, Edgar«, antwortete sie, »aber ich weiß, daß wir woanders hingehen und etwas gemeinsam unternehmen sollen. Und wenn wir es nicht tun, wird das Kind, das ich sah, nie geboren.«

ZWEITES KAPITEL

In der Kluniazenser-Priorei von St. Marcellus, Chalon-sur-Saône, Sonnabend, den 21. März 1142, am Tag des Benedikts, des Heiligen und Abtes

Tali nobiscum vir simplex et rectus, timens deum, et recedens a malo, tali inquam per aliquantum temporis conservatione, ultimos vitae suae dies consecrans deo, pausandi gratia, nam plus solito, scabie et quibusdam corporis incommoditatibus gravabatur, a me Cabilonem missus est.

So lebte er unter uns, ein schlichter und aufrechter Mann, der Gott fürchtete und nichts Böses tat. Und so blieb er einige Zeit, weihte seine letzten Lebenstage Gott, um der Kontemplation willen, denn er litt mehr als gewöhnlich an Krätze und anderen leiblichen Beschwerden, bis ich ihn nach Chalon schickte.

– Peter, Abt von Cluny, an Héloïse, Äbtissin des Paraklet, anläßlich des Todes von Peter Abælard –

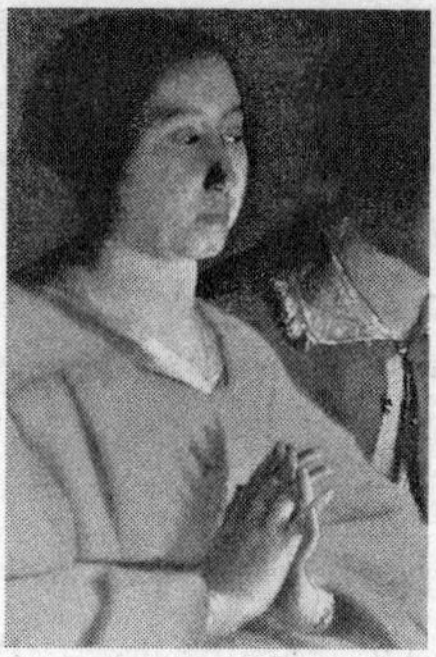

Catherine hatte sich vorgestellt, daß er auf einer Bahre in der Krankenstube liegen würde, umsorgt von aufmerksamen Mönchen, die eifrig darauf warteten, ihm die letzte Beichte abzunehmen oder eine Vision vom Jenseits mit anzuhören. Statt dessen erzählte ihnen der Türhüter, Meister Abælard halte sich zum Arbeiten im Skriptorium auf und werde sich ihnen in Kürze zugesellen.
»Vielleicht hat er sich erholt?« wandte sie sich an Astrolabe.
Der Sohn des Philosophen lächelte traurig. »Das bezweifle ich. Er arbeitet dort seit seiner Ankunft. Er hält nur inne, um das Offizium zu beten, sagt man mir. Wahrscheinlich stirbt er mit der Wange auf einer Buchseite.«
Das schien Catherine ein angemessener Tod, da sie sich einst für ihre letzten Augenblicke nichts anderes gewünscht hatte.
»Hat denn keiner nach Mutter Héloïse geschickt?« fragte sie.
»Das stand nicht zur Debatte«, sagte Astrolabe. »Ich glaube, das könnten beide nicht ertragen.«
Catherine fragte sich, wie Astrolabes Mutter es überhaupt ertragen sollte. Sie dachte an Héloïses große brennende Augen, welche die Leidenschaft nicht verbergen konnten, die sie immer noch für Peter Abælard empfand. Héloïse war eine

Frau in den Vierzigern, die fähige und geachtete Leiterin eines Klosters. Ihre Intelligenz konzentrierte sich völlig auf diese Aufgabe. Sie gestand sich keine Schwäche zu. Sie gab vor, mit ihrem Leben zufrieden zu sein. Doch der verzweifelte Kummer in jenen Augen hatte Catherine letztlich bewogen, ihren eigenen Platz im Himmel aufs Spiel zu setzen und dafür ein weltliches Leben an Edgars Seite zu führen.
War das ein Irrtum gewesen?
Astrolabe und Edgar unterhielten sich leise, während sie warteten. Ohne Catherine anzusehen, legte Edgar den Arm um ihre Taille und die Hand auf ihre Hüfte. Er sprach im selben beiläufigen Ton weiter, offenbar ohne sie wahrzunehmen. Catherine spürte ihr Herz rascher klopfen, als sich die Wärme seiner Hand in ihrem Körper ausbreitete.
Ist es nicht an der Zeit zuzugeben, Catherine, daß keine Macht der Welt dich keusch machen könnte, wenn es um diesen Mann geht?
Catherine seufzte. Ihr Gewissen hatte die lauteste, irritierendste Stimme in der ganzen Christenheit. Es verblüffte sie immer wieder, daß niemand außer ihr sie hören konnte.
Der Türhüter kam zurück, um ihnen zu melden, daß Abælard sie in der Kammer des Priors erwartete.
Seit Edgar und Catherine ihren alten Meister zuletzt gesehen hatten, waren zwei Jahre vergangen, zu Sens, wo Bernhard von Clairvaux und eine Gruppe von Bischöfen sein Werk in Grund und Boden verdammten. Abælard hatte gelobt, seinen Fall nach Rom zu bringen, doch Bernhard hatte Boten zum Papst geschickt, und die Urteilsbestätigung von Sens hatte Abælard in Cluny erreicht, kaum einen Monat nach dem Konzil. Seelisch gebrochen, hatte der Philosoph beschlossen, das Zufluchtsangebot des Abts Peter anzunehmen, und wie man allenthalben hörte, war er ein vorbildlicher Mönch geworden.
Catherines Lider zuckten beim Eintreten. Trotz der War-

nung war sie auf diesen Anblick nicht vorbereitet. Sie spürte, wie auch Edgar neben ihr erschrak.

Die Haut ihres ehemaligen Meisters war, wie auch schon vor zwei Jahren, von der Krätze gezeichnet. Er war schwach, doch nicht viel mehr als damals. Nein, was sie völlig unvorbereitet traf, war die offensichtliche innerliche Veränderung.

Irgend etwas war mit seinem Geist geschehen. In Paris munkelte man, daß der hochmütige Peter Abælard endlich demütig geworden sei, und viele hielten den Zeitpunkt für zu spät. Doch Catherine sah keinen Mann, der von der Welt gebeutelt war, sondern einen, der sie transzendiert hatte. Sie kniete nieder, um seinen Segen zu empfangen.

Abælard legte ihr die Hand auf und sprach: »*Benedicite, Dominus tecum.*«

Sie sah auf, und er lächelte. Ihre Augen füllten sich mit Tränen.

Edgar kniete sich neben sie. »Danke, daß ihr uns eine Audienz gewährt, Meister«, sagte er. »Wir fühlen uns geehrt, daß wir Euch wiedersehen.«

Abælard hielt inne, die Hand auf Edgars Haupt. »Ist das nicht der Knabe, der einst zu mir sagte, er könne keinen Sinn in meinen Argumenten erkennen, und er glaube auch nicht, daß es einen gebe?«

Edgar senkte den Kopf tiefer. Catherine starrte ihn überrascht an. »Ich war damals viel jünger, Meister«, murmelte Edgar. »Ich bitte Euch um Vergebung für meinen Hochmut.«

Hinter ihnen lachte Astrolabe, und Abælard stimmte mit ein.

»Ich freue mich, euch beide wiederzusehen.« Er signalisierte ihnen, aufzustehen. »Und du, abtrünnige Tochter des Paraklet, bist du immer noch glücklich über dein Leben mit meinem alten Schüler?«

»Sündhaft glücklich«, gab Catherine zu.
»Doch irgend etwas stimmt nicht?« Abælard sah die beiden forschend an.
»Wir hätten gern Euren Rat, Meister«, sagte Edgar.
»Den habe ich immer gern erteilt«, meinte Abælard. »Aber warum laßt ihr euch nicht von meinem Sohn ins Hospiz bringen, wo ihr euch waschen und stärken könnt? Nach der None können wir weiterreden.«
Er schwankte ein wenig, und alle drei sprangen vor, um ihm zu helfen, doch er winkte ab. »Mein Glaube ist jetzt meine Stütze«, sagte er. »Mehr brauche ich nicht.«
»Versteht ihr jetzt, was ich euch sagen wollte?« fragte Astrolabe, nachdem sein Vater gegangen war. »Sehr ihr jetzt, wie er sich verändert hat?«
»Ja«, sagte Edgar. »Die Veränderung erschreckt mich, aber sie verlangt mir auch Respekt ab. Es kam mir beinahe so vor, als scheine das Licht durch ihn hindurch.«
»Es ist, als ob er schon in die nächste Welt hineinsehen könnte«, flüsterte Catherine. »Und ich spüre, daß er nicht mehr lange in dieser bleiben kann. Wenn uns irgend jemand meinen Traum deuten kann, dann der Meister.«
Edgar pflichtete ihr bei. Er hoffte nur, seine Auslegung wäre eine, die sie akzeptieren könnten.

Peter von Montboissier, Abt von Cluny, im Alter von fünfzig Jahren von seinen Zeitgenossen bereits als »der Ehrwürdige« bezeichnet – nicht wegen seiner Jahre, sondern aufgrund seiner Autorität –, empfing einen Gast, Bischof Stephan von Osma. Dem Bischof zollte Peter den ganzen Respekt, der diesem Amt gebührte, doch für Peter war er nicht mehr als ein Gesandter Alfons' VII., der sich zum Kaiser von Spanien ausgerufen hatte. Dieser Kaiser hatte nun Bischof Stephan mit einer Einladung an den Abt betraut, die jenem wiederum höchst gelegen kam.

»Der Kaiser würde sich geehrt fühlen, wenn ich nach Spanien käme?« sagte Peter. »Und ein Treffen würde arrangiert, damit wir diskutieren können ... über ...«
»Unser aller Wohl«, ergänzte Bischof Stephan. »Die Ausmerzung der arabischen Ketzerei aus unseren Landen; die Wiederbekehrung der armen Seelen, die jüngst aus Sarazenenhand errettet wurden; und dann gäbe es Gelegenheit für Euch, den drittheiligsten Wallfahrtsort der Welt zu besuchen, Santiago de Compostela. Hattet Ihr nie den Wunsch, am Schrein des Apostels Jakobus zu beten?«
Peter legte die Fingerspitzen aneinander, öffnete und schloß die Hände, wie wenn Spinnenbeine über einen Spiegel krabbeln.
»Mir ist zu Ohren gekommen«, sagte er bedächtig, »daß der hochedle Großvater des Kaisers, Alfons VI., vor vielen Jahren der Abtei von Cluny eine jährliche Zuwendung von zweitausend *Metcales* gewährte. Wie mein Sekretär mir sagt, wurde diese Zahlung seit dem Amtsantritt des gegenwärtigen Kaisers ausgesetzt.«
Der Bischof hob entschuldigend die Schultern. »Mein Herr Alfons brauchte all seine Mittel für den anhaltenden Kampf gegen die Feinde Christi«, erklärte er. »Ihr könntet solch eine Verwendung seiner Ressourcen nicht mißbilligen. Doch er hat mich autorisiert zu sagen, daß sich seine finanzielle Lage verbessert hat, obwohl noch eine Invasion aus dem Süden droht, besonders aus jenen Ländern in der Nähe von Galizien.«
»Mir war nicht geläufig, daß in Portugal Ungläubige leben«, meinte Peter.
»Man sympathisiert dort mit ihnen«, beteuerte Stephan. »Und die politische Lage ist verworren. Die Menschen dort könnten ohne richtige Führung leicht für den Glauben verlorengehen. Das Erzbistum von Santiago ist im Augenblick verwaist, wißt Ihr das? Der Kaiser vertritt die Auffassung,

Berengarius von Salamanca wäre ein hervorragender Kandidat für den Stuhl.«

»Mir ist nichts Nachteiliges über ihn bekannt«, räumte Peter ein. »Eigentlich höre ich wenig von ihm. Jedenfalls habe ich mit Sicherheit keinen Einfluß auf die Wahl.«

»Ihr seid zu bescheiden«, sagte der Bischof wahrheitsgemäß. »Eure Zustimmung für Berengarius hätte großes Gewicht bei den stimmberechtigten Bischöfen und bei Papst Innozenz.«

»Selbst wenn dem so wäre, weiß ich leider zuwenig über seine Fähigkeiten«, antwortete Peter. »Ich könnte nicht guten Gewissens einen Mann empfehlen, den ich nur vom Hörensagen kenne.«

»Noch ein Grund für Euch, ihm einen Besuch abzustatten«, sagte Stephan. »Ihr könnt ihn kennenlernen und selbst urteilen. Ihr würdet uns eine große Freude machen, wenn Ihr zusagen würdet. Der Kaiser würde in die Knie gehen und vor Dankbarkeit weinen, wenn ich ihm nur ausrichten könnte, daß Ihr bald bei ihm seid. Die Menschen des Landes würden Euch mit Blumen und Gebeten empfangen.«

»Das ist ein überaus gütiges Angebot«, sagte Peter, der schon beschlossen hatte, nach Ostern aufzubrechen. »Ich werde darüber nachdenken.«

Während man den Bischof in sein Quartier geleitete, schickte Peter nach seinem Sekretär. Er hatte einige Briefe zu diktieren. Es stimmte, daß die Wiederaufnahme der spanischen Abgabenzahlungen Cluny auch wegen seiner Bauvorhaben höchst willkommen wäre. Doch Peter hatte noch einen anderen Grund für den Besuch, einer, der ihm ebensosehr am Herzen lag.

»Pierre«, sprach er zu seinem Sekretär, »benachrichtige alle unsere Häuser in Spanien. Sie sollen sich nach Männern umsehen, die Latein und Arabisch beherrschen, und nach jemandem, der die raffinierten Lügen der Ungläubigen bis ins Detail kennt. Ich möchte sie engagieren – für die Übersetzung der Bücher Mohammeds in eine christliche Sprache, wie viele Monate dafür auch notwendig sind.«

Am Nachmittag desselben Tages kniete Catherine wieder zu Füßen des Meisters und erzählte ihm ihren Traum. Edgar saß neben ihr und hörte schweigend zu.
»Er war so klar, Meister Abælard«, sagte sie. »Ich glaube nicht, daß er nur meinem *ventris plenitudine* zuzuschreiben war.«
»Wenn ich dich so ansehe, Catherine«, versetzte Abælard, »ist es offensichtlich, daß du dich nicht der Völlerei hingegeben hast. Aber es könnte auf das Fasten zurückzuführen sein.«
»Fasten soll den Geist befreien, damit er die wahre *relevatio* versteht«, widersprach Catherine. »Doch das war es auch nicht. Ich hatte an jenem Abend gut gegessen. Ich glaube nicht, daß es ein Wunschtraum oder eine teuflische Verblendung, sondern eine göttliche Vision war. Der alte Mann kam mir nicht böse vor, er wollte das Kind beschützen.«
»Aha.« Abælard lehnte sich zurück. »Erzähl mir noch einmal den Verlauf dieses Traums. Du sagst, du standest auf einer steilen Klippe und der Wind heulte um dich herum?«
»Ja, und es war so kalt.« Catherine zitterte beim Gedanken daran.
»Und du meinst, der alte Mann war heilig? Woher wußtest du das?«
Catherine runzelte die Stirn. »Ich kann mich nicht erinnern. Er trug einen Bart, glaube ich, wie die Patriarchen auf den Tympana. Aber es gab kein äußeres Zeichen. Ich wußte es einfach.«
»Sehr wohl«, antwortete Abælard. »Nun versuch mal, dich zu erinnern. Als die Planke zerbrach und das Kind stürzte, was geschah da?«

Catherine kniff die Augen fest zusammen und versuchte, in den Traum zurückzusehen. Edgar nahm ihre Hand. Langsam kam die Erinnerung zurück. Ja. Da war es.
»Die Planke zerbrach nicht«, sagte sie. »Sie schwankte heftig, vielleicht vom Wind oder unserem Gewicht oder weil jemand hinter mir daran rüttelte. Ich weiß es nicht. Sie sprang hoch, und ich wurde gegen die Klippe geschleudert, aber mein Kind in die Luft. Der alte Mann fing es auf.«
»Wie?« fragte Abælard. »In seinen Armen? Wieso fiel der Mann nicht auch?«
»Ich weiß nicht... Wartet.« Catherine atmete angestrengt bei dem Versuch, sich zu erinnern. »Da war etwas, etwas in seinen Händen. Es war weiß, und das Kind landete darin.«
»Wie sah das aus?« fragte Edgar. »Davon hast du mir noch gar nichts gesagt.«
»Weil ich mich nicht daran erinnert habe«, sagte Catherine. »Es ging so schnell, und ich hatte auch Angst um mich und unseren Sohn. Aber jetzt sehe ich es deutlich. Der Mann streckte die Arme aus und hielt etwas Weißes in den Händen.«
»War es ein Korb?« fragte Abælard.
»Nein«, antwortete Catherine ratlos. »Glatt und weiß, mit gewelltem Rand. Es war hart und flach; der Junge lag darauf, nicht darin.«
Abælard stellte keine weiteren Fragen. Die beiden warteten. Endlich beugte er sich wieder vor. Er hob Catherines Kinn an und drehte ihr Gesicht zu sich.
»Ich glaube, ich weiß, was dein Traum bedeutet«, sagte er. »Vielleicht irre ich mich, doch muß ich dir beipflichten, daß es keine Täuschung war. Du hattest eine echte Vision. Bei dem Heiligen aus deinem Traum handelt es sich meiner Meinung nach um den Apostel Jakobus den Älteren. Er rettete deinen Sohn mit der Jakobsmuschel seines Schreins. Wenn deine Gebete je erhört werden sollen, mußt du, glaube ich, nach Compostela pilgern, Catherine.«

Edgar sprang auf. »Meister, das ist mehr als eine Monatsreise über harte Straßen, unter Wölfen und Räubern. Catherine ist nicht kräftig genug, um das zu überleben.«
»Ich glaube doch, Edgar«, sagte Abælard gelassen. »Das war das Ende des Traums.«
»Wie meint Ihr das?« fragte er.
»Sie träumte, daß sie aufwachte und du bei ihr warst«, sagte Abælard. »Da wußte sie, daß sie in Sicherheit war. Wenn du sie begleitest, Edgar, wenn ihr beide eure Bitte dem heiligen Jakob vortragt, glaube ich von ganzem Herzen, daß ihr zurückkehrt, daß ihr *zu dritt* zurückkehrt.«
Edgar sank mit offenem Mund auf die Binsen zurück. Er hatte beabsichtigt, nicht weiter als bis St. Marcellus zu gehen, sich von seinem alten Meister zu verabschieden und nach Paris zurückzukehren. Er erinnerte sich, wie er vor drei Jahren anläßlich einer Mission für Meister Abælard in der Abtei von St. Denis Catherine kennengelernt hatte. Seitdem hatte sein Leben für ihn jegliche Vorhersehbarkeit verloren, daran sollte er sich inzwischen gewöhnt haben.
»Sehr wohl, Meister«, sagte er. »Catherine und ich werden Vorbereitungen treffen, um den heiligen Jakob aufzusuchen. Bei unserer Rückkehr werden wir Euch berichten, ob wir Erfolg hatten.«
Abælard seufzte. »Das wird nicht nötig sein, Kinder. Ich werde die Antwort lange vorher wissen.«

An jenem Abend saß der Kaufmann Hubert LeVendeur, Catherines Vater, in Paris allein am Feuer. Seine müden Glieder schmerzten. Er hielt eine Schale Bouillon in den Händen und versuchte, sich zu erinnern, wann er einmal nicht dieses Gefühl totaler Erschöpfung und Verzweiflung gespürt hatte.
Er konnte es nicht.
Er wünschte, Catherine würde bald heimkommen. Sie fehlte

ihm. Er gewöhnte sich allmählich sogar an Edgar. Nicht so sehr, daß er ihm fehlte, aber genug, um sich damit abfinden zu können, daß seine Tochter diesen merkwürdigen Fremden geehelicht hatte, der behauptete, Engländer zu sein, aber von noch weiter nördlich kam. Hubert wußte fast nichts über Schottland, außer daß man dort kaum Handel trieb. Wenn Edgar darauf bestanden hätte, Catherine in jenes schreckliche Land heimzuführen, hätte Hubert die Partie unterbunden, unter allen Umständen. Er war froh, daß es nicht so weit gekommen war.

Catherines dringlicher Wunsch, eine Wallfahrt zu unternehmen, ängstigte ihn mehr, als er bereit war, sich einzugestehen. Sie dachte, sie müßte für die Sünde büßen, daß sie das Kloster verlassen hatte, um zu heiraten. Hubert fürchtete, daß sie wie ihre Mutter dem Irrtum anheimfallen könnte, durch übermäßiges Beten die Strafe für ihre Sünden abwenden zu können. Huberts arme Frau Madeleine hatte sich selbst in eine traurige Welt hineinmanövriert, wo kein Gebet Vergebung oder Trost brachte. Falls das auch Catherine zustieße, würde Hubert, so glaubte er zumindest, dies nicht überleben.

Doch was, wenn es gar nicht Catherines Sünde wäre? Hubert fürchtete, daß die Schuld im Grunde bei ihm lag. Vielleicht fiel die Strafe für seine eigene Sünde auf seine Lieblingstochter? Und was könnte er dagegen tun? Er wußte, daß es keine Vergebung ohne wahre Reue gab, und er bereute nicht, als Jude geboren worden zu sein. Auch nicht, daß er nach der erzwungenen Bekehrung in der Kindheit heimlich den Weg zum Glauben seiner Väter wiedergefunden hatte. Er trank und verzog das Gesicht; über all der Grübelei war die Brühe erkaltet. Er schmeckte nur noch das erstarrte Fett am Rand der Schale.

Jemand pochte an die Tür.

Ullo, der Knecht, erschien einen Augenblick später in Begleitung eines Mannes, der noch in seinen Umhang vermummt war.

»Ist noch ein wenig Suppe für mich übrig?« fragte der Mann, als er seinen Schal abnahm. »Nichts läßt mich mehr frösteln als ein Frühling in Paris. Ich bin halb erfroren.«

»Solomon!« Hubert sprang auf, um seinen Neffen zu begrüßen. Seine Stimmung besserte sich bei seinem Anblick. Nein, Hubert würde nie bereuen, daß er seine Familie wiedergefunden hatte.

»Wieso kommst du schon so zeitig zurück?« fragte er, als Solomon auf dem Schemel gegenüber Platz genommen hatte.

»Wie meinst du das, Onkel?« fragte Solomon zurück. »Ich war vier Monate lang unterwegs und zweimal in den verfluchten Pyrenäen, wo mir der Schnee bis zur Taille reichte.«

»Was, so lange?« sagte Hubert. Catherine und Edgar waren vor knapp drei Wochen abgereist, doch es kam ihm viel länger vor. »Und war die Reise erfolgreich?«

Solomon trank die Suppe aus und stellte die Schale auf dem Herd ab. Er rieb sich die Stirn und fuhr sich durch die schwarzen Locken. Hubert kannte diese Geste.

»Was ist denn schiefgegangen?« fragte er.

»Nichts«, sagte Solomon. »Beziehungsweise alles. Ich habe die Perlen und Gewürze für St. Denis.«

»Aha«, sagte Hubert. »Also dann – wie heißt sie?«

Solomon starrte ihn an, dann lachte er dröhnend. »Aristoteles heißt sie, Onkel«, sagte er schließlich. »Aristoteles. Die Sterne haben mich in ihren Bann geschlagen. Ich wünschte, es wären die Arme einer Frau gewesen.«

Hubert starrte seinen Neffen ungläubig an. »Was redest du da?« fragte er. »Du meinst doch nicht etwa den heidnischen Blödsinn, der besagt, daß unser Leben von den Bewegungen der Planeten bestimmt wird, oder? Ich hätte dir mehr Verstand zugetraut.«

Solomon war nicht gekränkt. Er wußte, wie seltsam es sich

anhören mußte. »Es ist mehr als das, Onkel«, sagte er langsam. »In der Provence und in Spanien gibt es Menschen – Christen, Juden, Moslems, manchmal alle zusammen –, die Bücher verlorenen Wissens entschlüsseln und übersetzen. Die Himmelskörper machen nur einen kleinen Teil davon aus. Onkel, denkst du nie darüber nach, warum wir hier sind, warum unser Leben sich auf eine bestimmte Art entwickelt hat?«

»Das weiß ich«, erwiderte Hubert. »Es ist so, wie der Allmächtige es befiehlt.«

Gereizt gab Solomon einen Stoßseufzer von sich. »Natürlich, aber willst du denn nicht wissen, nach welchem Muster sich unser Leben in das Netz des Universums einfügt?«

Hubert musterte seinen Neffen entgeistert. Wer war dieser junge Mann? Solomon hatte bisher nie das Universum in Zweifel gezogen. Ihm war offenbar mehr widerfahren, als er zugab. Trotz Solomons Beteuerungen argwöhnte Hubert, daß eine Frau dahintersteckte.

»Sehe ich etwa aus wie ein Rabbi, Solomon?« fragte er. »Wie kann ich das denn wissen? Ich sah mit an, wie meine Mutter und Schwestern niedergemetzelt wurden. Und doch wurde ich liebevoll von denen großgezogen, die meine Feinde hätten sein sollen. Ich verbringe mein Leben zwischen zwei Welten und warte darauf, daß der Faden, der mich hält, abgeschnitten wird und ich in den Abgrund stürze. Warum? Wenn ich mich so etwas fragen wollte, würde ich so wahnsinnig wie meine arme Madeleine. Es steht mir nicht zu, meinen Schöpfer zu fragen, dessen Geist so hoch über meinem steht wie der meine über dem eines Insekts.«

Solomon schöpfte sich mehr Brühe aus dem Topf über dem Feuer. Er sog den Dampf mit Wohlbehagen ein.

»Ich gestehe dir zu, daß die Wege des Herrn für uns unerforschlich sind«, sagte er, »doch wir haben die Fähigkeit zu argumentieren und in Frage zu stellen. Für alles muß es einen Sinn geben. Was wäre, wenn er uns neben dem münd-

lich überlieferten Gesetz noch andere Hinweise hinterlassen hätte, um uns in die Lage zu versetzen, den *Schm'a* seines Plans für uns zusammenzufügen? Oder nur, um ihm näherzukommen? Was, wenn darin unsere Aufgabe bestünde?«
Hubert schüttete seine kalte Suppe in den Topf zurück. »Was, wenn der Erzengel Michael jetzt hier erschiene und uns sagen würde, daß du ein vollkommener Narr bist?« knurrte er. »Das ist die Art Unsinn, die Catherine ständig von sich gab. Du hast ihr und den Straßenphilosophen zu lange zugehört.«
Solomon lachte nur. »Vielleicht«, sagte er. »Oder vielleicht hat mich die Poesie des Südens angesteckt.«
»Das kann wohl sein«, sagte Hubert. »Besonders, wenn sie parfümiert ist und von einer weiblichen Stimme vorgetragen wird.«
Solomon seufzte. »Nur in einer vollkommenen Welt, Onkel, und ich habe die Hoffnung aufgegeben, die zu finden.«
Hubert erwiderte nichts. Er hatte nie versucht, nach so etwas wie einer vollkommenen Welt zu suchen. Sicherheit war das Höchste, nach dem er je gestrebt hatte.
Solomon trank seine Suppe aus und gähnte. »Kannst du mir ein Bett für die Nacht geben?« fragte er. »Ich wäre ja zu Tante Johannah auf die Île gegangen, aber sie soll nicht erfahren, daß ich am Schabbath gereist bin.«
»Ja, das ist auch klüger so«, stimmte Hubert zu. »Wenn du mir hilfst, bereiten wir dir hier ein Lager. Ullo gibt dir Laken und Decken.«
»Danke, Onkel«, sagte Solomon. »Du bist gut zu deinen verrückten Verwandten.«
»Das muß ich ja«, erwiderte Hubert und seufzte. »Andere habe ich offenbar nicht.«

Catherine kämpfte mit den Tränen, als sie Abælard Lebewohl sagte, aber sie verlor den Kampf. Er lächelte sie in ihrem Kummer an, umarmte sie sanft und küßte sie auf die Stirn.

»Wir sollten uns freuen, daß ich bald heimgehe«, sagte er. »Und was dich betrifft, mein Kind, wirst du immer eine Tochter des Paraklet sein und demnach auch meine. Versprich mir, daß du meinem Sohn Freundin und Schwester sein wirst und daß du nach meinem Tod alles tun wirst, um Héloïse zu trösten.«

Er sprach so ruhig. Catherine konnte nur schniefen und nikken.

Abælard wandte sich an Edgar, der sich ebenfalls bemühte, die Tränen zurückzuhalten. In den Augen des Meisters blitzte es spitzbübisch auf, wie immer, wenn er einen Diskussionsgegner auseinandernahm. Edgar wappnete sich. Abælard grinste ihn an.

»Dich betraue ich mit einer schwierigeren Aufgabe«, sagte er. »In deine Hände gebe ich diese Tochter des Paraklet. Mit Zittern und Bangen wurde ich Zeuge deiner Hochzeit, doch jetzt bin ich sicher, daß Gott es so für euch beide geplant hat. Selten gewährt er denen, die er liebt, den einfachen Weg. Aber folge ihn mit ihr und glaube.«

Edgar lege den Arm um Catherine, die in seine Tunika schluchzte. »Danke, Meister«, sagte er. »Ich glaube, mir bleibt nichts anderes übrig.«

Abælard legte ihnen die Hände auf und segnete sie. »Und nun würde ich gern mit meinem Sohn sprechen«, sagte er.

Sie ließen Astrolabe mit seinem Vater allein. Edgar führte Catherine draußen vor der Tür der Priorei zu einer Bank.

»*Carissima*«, sagte er leise, »könntest du deine Nase lieber an deinem Taschentuch abwischen und nicht an meinem Ärmel?«

Schniefend kam sie der Aufforderung nach. »Ich weine ja nicht nur meinetwegen«, erklärte sie, »sondern auch wegen Mutter Héloïse und Astrolabe und all den Dingen, die sich für sie so anders entwickelt haben.«

»Wir können nicht wissen, welche Entwicklung die richtige

ist und welche die falsche«, erwiderte Edgar. »Der Meister hat uns das mehr oder weniger selbst zu verstehen gegeben. Catherine, kannst du das nicht annehmen, auch unseretwegen?«
Catherines Tränen versiegten allmählich. Edgar sagte nichts mehr, aber er hielt sie an dem kühlen Frühlingsnachmittag fest, bis sie sich wieder in seinen Armen rührte und ihm in die Augen sah.
»Wir werden zum heiligen Jakob pilgern«, sagte sie mit fester Stimme. »Wenn er uns kein lebendes Kind schenken kann, dann werde ich unser Los hinnehmen. Vielleicht ist es zuviel verlangt, noch mehr als dich zu bekommen.«
Darauf wußte er nichts zu erwidern. Sie verstand es sehr wohl, ihn in Verlegenheit zu bringen.
»Nun denn«, sagte er nach einer Pause. »Wir pilgern also nach Compostela. Und sag jetzt nichts, ich weiß es schon. Wir starten von Lyon aus, nicht von Vézelay oder Orléans. Gebe der Himmel, daß wir den leichtesten Weg durch sanftes, weinbewachsenes Land nehmen. Zuerst können wir Cluny ansteuern. Vielleicht stellt dort jemand eine Reisegruppe für eine Wallfahrt zusammen. Meine einzige Bedingung ist, daß wir Pferde mitnehmen, die unser Gepäck transportieren und auch uns, falls nötig. Darum brauchen wir die Hilfe deines Vaters. Er muß sowieso von unserem Vorhaben unterrichtet werden. Ich will, daß du die Reise überlebst, und ohne seine Unterstützung wird das ziemlich schwer. Mehr Gedanken will ich mir dann nicht mehr machen.«
Catherine lächelte. »Du hast recht, *carissime,* und du bist praktisch, wie immer. Darum befahl mir der heilige Jakob wohl auch, dich nicht zurückzulassen.«

Gaucher fuhr sich durch sein weißes Haar. Rufus sah mürrisch zu, wünschte, seinem alten Freund würden alle Haare ausfallen. Grimmig dachte er, sein Wunsch könnte sich

womöglich erfüllen, sollte Gaucher noch viel länger an seinen Locken herumzupfen.
»Ich sage dir, das ist kein Scherz«, sagte Gaucher jetzt zum dritten Mal. »Entweder will einer von euch mich einschüchtern, daß ich nicht weiterreise, oder ...«
»Warum sollten wir das tun, Gaucher?« unterbrach ihn Norbert unwirsch. »Wir ertragen dein Schnarchen seit vierzig Jahren. Wir können es auch noch ein bißchen länger aushalten.«
Gaucher starrte ihn wütend an. »Seid ihr etwa schon zu senil, daß ihr nicht merkt, was hier gespielt wird? Jemand will mich umbringen! Seht euch das an!« Gaucher hielt seinen Trinkbecher hoch. Er hatte ihn auf dem Tisch in der Herberge stehenlassen, in der sie die letzte Nacht verbracht hatten. Heute morgen war er heruntergekommen und hatte ihn mit Mist gefüllt vorgefunden.
Die anderen drei blieben unbeeindruckt.
»Ein seltsames Vorgehen für einen Mörder, Gaucher«, bemerkte Hugo. »Es sei denn, der Mist ist vergiftet.«
»Und der Mörder kennt deinen Geschmack«, fügte Rufus hinzu.
Norbert schnüffelte. »Riecht mir ganz nach Schweinescheiße«, sagte er. »Zuerst die Opfergabe in deiner Tunika, jetzt das. Womöglich hat sich eine Sau in dich verliebt?«
Rufus fiel lachend ein: »Hast du dir etwa ein Ferkelchen angelacht? Wir haben dich gewarnt, Gaucher, daß du es eines Tages zu bunt treiben würdest mit deinem Viehzeug.«
Gaucher schleuderte den Becher quer durch die Kammer, wo er zerschellte und der Inhalt an die Wand spritzte. »Ich gehe jetzt einen neuen Becher kaufen«, verkündete er. »Wenn ich zurückkehre, verlasse ich diesen Ort. Ihr könnt mitkommen oder nicht, ganz wie ihr wollt.«
Er stolzierte hinaus.
Hugo ignorierte den Gestank und griff nach seinem Bier.

Vorsichtshalber sah er in seinen hölzernen Becher, bevor er sich einschenkte.
»Hab dich nicht so, Hugo«, sagte Rufus. »Du merkst den Unterschied doch gar nicht mehr.«
Rufus streckte sich wohlig auf der Bank aus. Heute morgen war er gut in Form. Er hob seinen eigenen Becher und nahm einen langen Zug. Etwas Kaltes, Pelziges streifte seine Lippen. Er ließ den Becher sinken und sah hinein. Er würgte und spuckte Bier über den ganzen Tisch.
Im milchigen Bodensatz schwamm eine tote Maus.
Norbert seufzte. Er hatte gehofft, daß sie derlei Torheiten mit den anderen Jugendsünden hinter sich gelassen hätten. Das war nicht die Wallfahrt, die Norbert sich erträumt hatte. Was für einen Zweck hatte es, tausend Meilen zu reisen, um für die Vergebung seiner Sünden zu beten, wenn die Sünden mitreisten? Oder schlimmer noch, wenn ihre Sünden sie verfolgten, weil es noch einen anderen, weniger heiligen Grund für die Reise gab?
Norbert faßte einen Entschluß. Bei Gauchers Rückkehr würde er vorschlagen, die Reiseroute zu ändern. Diese Straße war zu leicht, zu geschützt. Sie würden sich südlich halten und von Lyon aus starten, das Plateau und die Berge überqueren. Entlang jener Straße gab es viele heilige Orte. Zum Beispiel Conques. Norbert hatte immer eine Vorliebe für die heilige Fides gehabt, das junge Märtyrermädchen, dessen Gebeine dort in der Kirche ruhten.
Norbert hatte von jeher eine Schwäche für junge Mädchen.

Wieder einmal war es den Juden von Paris gelungen, die Osterwoche zu überleben. Hubert hatte es nicht gewagt, Solomon oder seinen eigenen Bruder Eliazar und seine Schwägerin Johannah in dieser Zeit zu besuchen. Es war besser, Freundschaften zwischen Juden und Christen nicht zu demonstrieren, während sich alle täglich an die Kreuzigung er-

innert fühlten. Doch in der Woche darauf erhielt er eine Nachricht, woraufhin er spontan aus seinem Hause am rechten Seineufer zu dem seines Bruders auf der Île de la Cité eilte.
»Sie ist wahnsinnig!« schrie er, kaum daß man ihn einließ.
Er hielt inne, als er Johannahs bestürzte Miene sah.
»Gesegnet sei dieses Haus«, sagte er rasch. »Ich sage dir, sie ist verrückt geworden und hat diesen englischen Knaben angesteckt. Und sie sagen, Peter Abælard habe es vorgeschlagen! Dabei weiß doch jeder, daß jener seit Jahren von Sinnen ist. Wie können wir ihnen Einhalt gebieten?«
»Möge auch dich der Herr segnen, Bruder«, sagte Johannah ruhig. »Komm und setz dich ins Sonnenstübchen. Eliazar kommt sofort herunter. Die Magd soll dir eine Schüssel bringen, damit du dir die Hände waschen kannst, und dann Wein und Käse.«
»Johannah, dafür habe ich jetzt keine Zeit«, sagte Hubert. »Catherine will nach Spanien gehen! Sie wird die Reise nicht überleben. Was soll ich nur tun?«
»Du und Eliazar, ihr habt ohne Gewissensbisse gerade Solomon im tiefsten Winter nach Spanien geschickt«, versetzte Johannah. »Warum bist du so besorgt, wenn Catherine diese Reise im Frühjahr unternehmen will?«
Sie führte ihn zu einem Stuhl. »Setz dich. Iß. Dann reden wir weiter.«
Mechanisch befolgte Hubert ihre Anweisungen. Wenn Johannah auf etwas beharrte, mußte man gehorchen. Als er sich mit Wein und Käse gestärkt hatte, gewann er langsam seine Fassung wieder.
Eliazar wurde kurz eingeweiht, bevor er eintrat. »Schalom, Bruder«, sagte er und küßte Hubert auf beide Wangen. »Was hat also dein Sorgenkind dieses Mal ausgeheckt?«
Hubert wiederholte in eigenen Worten die Botschaft, die Catherine ihm geschickt hatte. »Sie bittet mich, Geld und Kleidung für die Reise zu schicken«, endete er. »Ich würde

ihr die Bitte abschlagen, aber ich kenne sie zu gut. Sie würde trotzdem aufbrechen. Was soll ich tun? Sie verlassen Lyon schon nächste Woche.«

Eliazar schürzte die Lippen und zupfte sich nachdenklich am Bart. »Solomon ist gerade aus Spanien zurückgekehrt«, sagte er schließlich.

»Daran hat deine Frau mich gerade erinnert«, antwortete Hubert.

»Aus unerfindlichen Gründen will er so bald wie möglich wieder dorthin«, sagte Eliazar. »Er sagt, er will Aristoteles oder so was studieren.«

»Dahinter muß eine Frau stecken«, erwiderte Hubert. »Unser Neffe würde sich niemals aus freien Stücken einer Reise unterziehen, wenn es um Philosophie ginge.«

»Ich weiß nur, was er mir erzählt«, sagte Eliazar.

Er verstummte wieder. Hubert wartete. Eliazar war der ältere Bruder, dem man manchmal Respekt zollen mußte.

Eliazar starrte an die Decke, zweifellos studierte er die Maserung des Holzes. »Ich dachte gerade, es ist schon lange her, daß ich unsere Brüder in Spanien besucht habe.«

Huberts Kopf schnellte hoch. »Du würdest sie begleiten und auf sie achtgeben?« fragte er hoffnungsvoll.

Eliazar hielt den Blick weiter nach oben gerichtet. »Deine Catherine erfordert mehr Achtsamkeit, als ich ihr widmen könnte«, sagte er. »Und ich werde vollauf mit der Frage beschäftigt sein, was unseren Solomon dermaßen gefesselt hat, daß er kaum zwei Wochen daheim ist und sich schon wieder anschickt fortzugehen.«

Endlich dämmerte es Hubert, worauf dies hinauslief. Zu seiner Überraschung spürte er, wie ihn die Aussicht darauf erregte. »Eliazar, seit zwanzig Jahren bin ich nie weiter als bis nach Toulouse gekommen.«

»Es würde dir guttun«, sagte Eliazar. »Du verweichlichst allmählich.«

»Aber meine anderen Kinder ... meine Enkel.« Hubert suchte nach Ausflüchten.
»Deine zweite Tochter hat seit Monaten kein Wort mit dir geredet und ist vollauf damit zufrieden, bei der Familie ihrer Mutter zu leben«, sagte Eliazar ohne Umschweife. »Und dein Sohn ist mit seinem eigenen Leben beschäftigt. Er braucht dich nicht. Ich glaube auch nicht, daß deine Enkelkinder dich vergessen. Bring ihnen Geschenke von der Reise mit. Dann lieben sie dich um so mehr.«
»Aus dir spricht ein Mann, der keine Kinder hat«, brummte Hubert.
Eliazar beachtete ihn nicht. Er wartete noch einmal.
Hubert erhob sich und ging ein paarmal in der Kammer herum. »Wir können Lyon nicht erreichen, bevor sie aufbrechen«, meinte er schließlich.
»Dann treffen wir sie in Le Puy«, antwortete Eliazar.
Hubert hatte noch ein letztes Argument. »Johannah wird mich umbringen, wenn du das tust«, sagte er zu seinem Bruder.
Eliazar nickte. »Aber erst nach meiner Rückkehr.«

DRITTES KAPITEL

Le Puy, Sonnabend, den 25. April 1142, am Tag des heiligen Markus, des Evangelisten.

Quator vie sunt que ad Sanctum Jacobum tendentes, in unum ad Pontem Regine, in horis Yspanie, coadunantur: alia per Sanctum Egidium et Montem Pessulanum et Thosolam et Portus Asperi tendit; alia per Sanctum Mariam Podii et Sanctam Fidem de Conquis et Sanctum Petrum de Moyssaco incedit;...

Vier Straßen führen zum heiligen Jakob, die sich in Puenta la Reina in spanischen Landen vereinigen. Eine führt durch St. Gilles und Montpellier und Toulouse und über den Somport-Paß; eine andere über die heilige Maria von Le Puy und die heilige Fides von Conques und den heiligen Petrus von Moissac...

Codex Calistinus, Buch IV
Der Pilgerführer zum heiligen Jakob

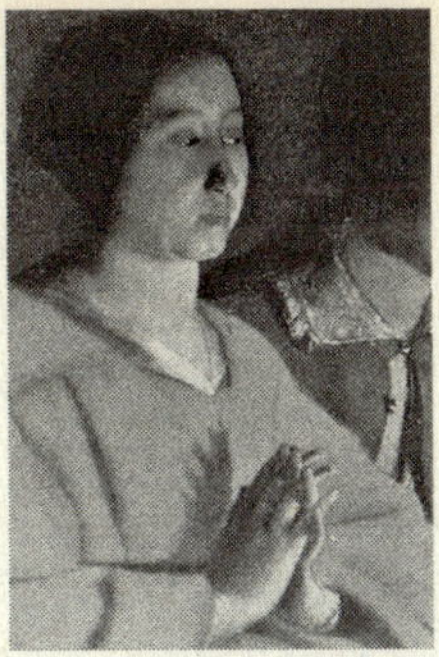

Nun, wo Catherine ein Weg gewiesen worden war, dem zu folgen sie sich anschickte, hob sich ihre Stimmung merklich. Sie reiste für ihr Leben gern, seit ihr Vater befunden hatte, daß sie alt genug wäre, um ihn auf die Jahrmärkte von St. Denis, Provins und Troyes zu begleiten. Da war sie mit ihm auf einem Pferd geritten und hatte sich gut an seinem Gürtel festgehalten, jauchzend, voller Wonne darüber, weit über dem Erdboden und hoch zu Roß zu sitzen. Wenn sie mit Hubert zusammen reiste, galten keine strengen Benimmregeln, und die Welt schien ein eigens zu ihrem Vergnügen ersonnenes Spiel. Jetzt war Catherine nur zu bereit, das alles mit Edgar zu teilen.

Sie war nie zuvor bis nach Le Puy gekommen, und die Gegend um die Stadt herum bezauberte sie. Merkwürdige vulkanische Kegeln ragten aus dem Tal empor, und Le Puy selbst hatte auch viel mehr von einem Wallfahrtsort als Lyon. Catherine spürte, daß die Reise eigentlich erst hier begann. An ihrem ersten Tag dort stieg sie mit Edgar die Wendeltreppe um die Säule von St. Michel d'Aiguilhe zu der kleinen karolingischen Kirche hinauf. Im Verlauf dieser Kletterpartie wurde Catherine klar, wie groß das Abenteuer war, auf das sie sich eingelassen hatte.

Die Treppe, die sich an der Säule emporwand, war nur durch

eine niedrige Mauer begrenzt, welche die Pilger vor einem Fall in die Tiefe schützen sollte. So viele Pilger stiegen auf und ab, daß an jeder Biegung ein Mönch stand und für Ordnung sorgte. Wer gelobt hatte, auf den Knien hinaufzurutschen, wurde barsch aufgefordert, entweder auf den Füßen weiterzugehen oder mitten in der Nacht zurückzukehren, wenn der Stau nicht so dicht wäre.

Trotz des unwilligen Blicks, den ihnen der oben wartende Mönch zuwarf, hielt Catherine inne, bevor sie die Kirche betrat. Sie schaute über den Mauerrand auf das Tal hinunter und auf den Fluß, der sich hindurchschlängelte. Direkt ihnen gegenüber konnte sie eine andere Fiale sehen, die der Kathedrale, mit eigenem Pilgerschwarm. Dort würde sie als nächstes gemeinsam mit Edgar hinaufsteigen.

Sie beugte sich über den Rand, versuchte, den Weg zwischen den beiden Punkten auszumachen. Da wurde sie grob am Arm gepackt und zu dem ärgerlichen Mönch herumgewirbelt.

»Nicht trödeln!« sagte er. »Nicht hinauslehnen. Seit hundert Jahren wurde niemand mehr durch ein Wunder vor dem Herunterfallen gerettet, und ich für meine Person will meine Gebete nicht für dich verschwenden.«

»Ja, Bruder«, erwiderte Catherine. »Ich bitte dich um Vergebung.«

Sie sah sich nach Edgar um, entdeckte ihn aber nicht. Merkwürdig. Es war nicht seine Art, ohne sie weiterzugehen.

Sie fand ihn in einem Winkel der Kirche. Der Bau war klein und rund, mit verblassenden Wandgemälden. Das Sonnenlicht fiel durch die vielen schmalen Fenster herein und tauchte den Innenraum in Gold. Normalerweise hätte sich Edgar den Schnitzereien auf den Kapitellen gewidmet, doch er lag mit geschlossenen Augen auf den Knien, seine Lippen bewegten sich lautlos.

Catherine spürte Gewissensbisse. Sie hatte die Aussicht genossen, während er sich auf den Zweck ihrer Wallfahrt konzentrierte. Sie hätte sich neben ihn gekniet, doch es gab keinen Platz, also legte sie eine Hand auf seine Schulter und betete mit ihm gemeinsam.

Von seinem Posten an der Tür musterte sie der Mönch immer noch mit Ingrimm. Sanft drückte Catherine Edgars Schulter. Er reagierte nicht. Sie beugte sich hinunter und flüsterte ihm ins Ohr:

»*Carissime*, wir müssen auch die anderen hier beten lassen.«

Er hielt die Augen fest geschlossen, den Kopf über die gefalteten Hände gesenkt. Catherine versuchte es noch einmal. »Edgar, der gute Bruder hier besteht darauf, daß wir wieder hinuntergehen. Wir werden im Verlauf unserer Wallfahrt noch viele Gelegenheiten zur Andacht haben.«

Sie rüttelte ihn fester. Edgar hob den Kopf und ließ die Hände an den Seiten heruntersinken. Ein Zittern lief durch seinen Körper, als er sich erhob.

»Edgar?« Catherine bekam panische Angst. »Was ist los? Bist du krank? Warum hast du mir nichts gesagt?«

»Nein, mir geht's gut.«

Sie glaubte ihm nicht. Er war noch blasser als sonst. Im Schein des goldenen Sonnenlichts wirkte seine Haut grünlich, seine Lippen waren zusammengepreßt, als ob er gegen Übelkeit ankämpfen müßte.

»Edgar, wir gehen sofort in die Herberge zurück«, ordnete Catherine an und nahm seinen Arm. Seine plötzliche Muskelanspannung ängstigte sie noch mehr. Edgar war doch nie krank. Sie führte ihn zur Tür.

An der Schwelle blieb er stehen, wodurch er den Pilger hinter sich zum Stolpern brachte. Der Mann fluchte durch zusammengebissene Zähne. Catherine zerrte Edgar auf den schmalen Gang hinaus, der zur Treppe führte.

»Hilf mir!« forderte sie den verärgerten Mann auf. »Siehst du denn nicht, daß mein Mann krank ist?«

Statt zu helfen, gab der Mann einen Entsetzensschrei von

sich und wich so weit wie möglich zurück, was zu einer Massenkarambolage führte. Alle in Hörweite folgten seinem Beispiel.
»Catherine!« stieß Edgar hervor. »Hör auf! Ich bin nicht krank.«
»Was ist es denn?«
Bevor er antworten konnte, kam der grimmig dreinschauende Mönch und nahm Edgars anderen Arm.
»Keine Angst, junger Mann«, sagte er ruhig. »Ich verstehe schon. Ich muß selbst jedesmal dagegen ankämpfen, wenn man mich hier hinaufbeordert. Stütz dich auf mich und sieh zu Boden.«
Edgar atmete erleichtert aus und gehorchte dem Befehl des Mönchs. Catherine folgte ihnen verwirrt. Als sie abstiegen, sah sie immer wieder über den Mauerrand, sooft sich eine Gelegenheit bot.
»Ach, sieh doch mal!« rief sie aus. »Da ist unsere Herberge. Du lieber Himmel! Ich wußte gar nicht, daß wir so dicht am Fluß sind. Wie oft der im Frühjahr wohl über die Ufer tritt? Edgar, sieh mal da unten. Sind das da unten bei der Herberge nicht die vier alten Männer, die wir in Vézelay gesehen haben? Was die da wohl machen? Edgar?«
Edgar antwortete nicht. Der Mönch warf ihr einen bitterbösen Blick über die Schulter zu. Catherine verstummte.
Als sie das Feld unten erreichten, ließ sich Edgar schwerfällig ins Gras sinken. Er griff in seine Pilgertasche und fand eine Münze für den Mönch.
»Du und dein Orden möget tausendmal gesegnet sein!« sagte er. »Danke!«
Der Mönch lächelte. »Schau nicht so beschämt«, sagte er. »Du bist nicht der einzige. Es geschieht jeden Tag, besonders mit uns Flachlandbewohnern. Ich komme aus der Pikardie. Das erste Mal, als ich hier hinaufstieg, mußte man mich den ganzen Weg hinuntertragen.«

Er klopfte Edgar mitfühlend auf die Schulter und widmete sich wieder seinen Pflichten. Catherine setzte sich neben ihren Mann.
»Würdest du mir bitte sagen, was hier vorgeht?« Sie versuchte, ärgerlich zu klingen, es gelang ihr aber nicht ganz. »Ich dachte, du müßtest sterben.«
»Ich auch«, sagte er. »Auf halbem Weg drängte mich die Masse gegen die Mauer, so daß ich fast hinübergefallen wäre. Ich sah hinunter und spürte, wie eine große schwarze Woge über mich hinwegschwappte. Ich konnte mich nicht rühren. Ich wußte, daß ich stürzen würde, und ein Teil von mir wollte über den Rand steigen und es hinter sich bringen. Entsetzlich.«
Catherine legte einen Arm um ihn. Es dauerte ein paar Minuten, bis sie begriff. Die Vorstellung war zu neu für sie. »Edgar«, sagte sie schließlich, »meinst du etwa, daß du Angst hattest?«
»Das ist eine einmalige Untertreibung«, antwortete er und seufzte. Catherine spürte, wie seine Muskeln sich entspannten. »Mir waren Höhen noch nie geheuer, aber in meinem Teil Schottlands gibt es nicht viele davon. Ich wußte gar nicht, wie schlimm es um mich bestellt war, bis mich Meister Abælard nach St. Denis schickte, während sie dort an dem Turm bauten. Ich stieg auf das Gerüst, um den Platz für die Statuen auszumessen. Sie hätten beinahe das Gerüst auseinanderbauen müssen, um mich wieder hinunterzubekommen.«
»Und du hast mir nie ein Wort davon erzählt.« Catherine schüttelte den Kopf. »Aber, Edgar, es ist nicht unvernünftig, auf einem schmalen Gerüst Angst zu haben. Ständig stürzen sich Handwerker zu Tode.«
»Danke, Catherine«, sagte er. »Das ist ein großer Trost.«
Sie suchte nach einem Weg, um diese Bemerkung wiedergutzumachen, doch wollte ihr nichts einfallen, was die Sache nicht noch verschlimmert hätte.

Edgar stand auf. »Laß uns zur Herberge zurückgehen«, sagte er.
Catherine nahm wieder seinen Arm, diesmal zu ihrem eigenen Trost. Sie verstand das nicht. Er hatte doch vor gar nichts Angst. Sie hatte ihn in wirklicher Todesgefahr gesehen, und er hatte nicht mit der Wimper gezuckt. Warum erschütterte es ihn dann zutiefst, wenn er irgendwo hoch oben war?
Er hatte sich auch über sie Gedanken gemacht. »Du hattest wohl gar keine Angst da oben?« fragte er.
»Nein, natürlich nicht«, antwortete sie – wie immer, ohne nachzudenken. »Es war aufregend, die Welt von oben zu betrachten. Ich kam mir vor wie ein Adler. Es hätte nicht viel gefehlt, und ich wäre davongeflogen, immer höher.«
Zum ersten Mal in ihrem gemeinsamen Leben konnte Edgar Catherines Stimmung überhaupt nicht nachvollziehen. Ihr Gesicht glühte bei der Erinnerung daran. Dann wechselte ihre Miene zu tiefer Besorgnis.
»Edgar«, sagte sie, »wir müssen umkehren. Wir können die Wallfahrt unmöglich beenden. Weißt du eigentlich, wie viele Berge zwischen hier und Compostela liegen?«
Edgar nickte. »Wir werden sie alle überqueren«, sagte er, und sie spürte, daß es keine weiteren Diskussionen geben würde. »Das ist mein Teil des Opfers an den heiligen Jakob.«
In diesem Augenblick liebte Catherine ihn mehr, als sie es je für möglich gehalten hätte.

»Wir finden heute nie ein Bett ohne Flöhe«, brummelte Hubert, als sie sich Le Puy näherten. »Warum muß Peter ausgerechnet jetzt reisen?«
»Ich glaube kaum, daß der Abt dir dein Bett wegnimmt, Onkel«, bemerkte Solomon. »Der bringt meist sein eigenes mit.«
»Und findet meist einen Geistlichen, der ihm eine Ecke überläßt, in der er es aufstellen kann«, fügte Eliazar hinzu.

Hubert war nicht zu Haarspaltereien aufgelegt. »Kaum hat der Abt angekündigt, daß er nach Spanien will, ist die Straße mit Pilgern verstopft. Sie wollen alle in seinem Gefolge reisen.«

»Und warum auch nicht?« fragte Eliazar. »Sie profitieren nicht nur von seinen Wachen, sondern auch von der besonderen Aufmerksamkeit, die der heilige Petrus ihnen schenken wird.«

»Glaubst du, wir können uns auch unter dem Mantel des Schutzheiligen von Cluny verstecken?« fragte Hubert spöttisch.

Eliazar zuckte mit den Achseln. »Der heilige Petrus kann auf die Seinen aufpassen, wenn er will. Aber ich hätte nichts dagegen, in der Nähe der Wachen zu bleiben.«

Hubert erwiderte nichts. Er war erschrocken über den Verkehr auf der Straße. Wie würden sie da je Catherine aufspüren? Und welchen Weg sollte er einschlagen, wenn er sie fände? Auf seinen früheren Reisen war er von Paris aus als Christ aufgebrochen und hatte sich dann weiter südlich jüdischen Händlern anschließen können. Er fürchtete, daß er dieses Mal gezwungen wäre, eine unabänderliche Entscheidung zu treffen. Das Problem war, daß seine Seele in dem einen Lager lag und sein Herz im anderen.

Sie kamen an den Fluß.

»Soweit ich mich erinnere, ist der Zoll für die Fähre hier unverschämt hoch, aber es gibt meilenweit keine Furt und keine Brücke.«

»Dann können sie soviel nehmen, wie sie wollen«, meinte Eliazar.

»Und das ist erst der Anfang«, seufzte Hubert. »Am Ende bin ich arm, das sehe ich kommen. Wie konnte mir das passieren?«

Solomon grinste. »Du wurdest geboren, Onkel, und von Stund an hattest du dein Leben nicht mehr unter Kontrolle.«

»Ach ja, deine neue Philosophie«, sagte Hubert. »Das schmeckt nach Ketzerei, Neffe. Der Allmächtige schickt uns Freud und Leid, aber wie sie uns beeinflussen, liegt in unserer Hand.«

»Dann schlage ich vor, daß du diese kleinere Malaise mit mehr Tapferkeit erträgst«, sagte Solomon. »Unser Herr will dich vielleicht prüfen, wie er es mit Hiob getan hat.«

Hubert machte ein Zeichen mit der rechten Hand, um Unglück abzuwehren. »Über so etwas scherzt man nicht«, sagte er.

Eliazar konzentrierte sich auf das unmittelbar bevorstehende Problem. »Vor der Fähre hat sich eine Schlange gebildet«, brummte er. »Und wie immer scheint es Meinungsverschiedenheiten über den Preis zu geben.«

Als sie näherkamen, sahen sie, daß die Verzögerung an einer Reiterin lag, die den langen purpurroten Schleier der Witwen trug. Sie war in Begleitung zweier bewaffneter Männer, einer Zofe und dreier Packesel, aber es war klar, wer das Kommando hatte.

»Pilger haben freie Überfahrt auf allen Fähren und zollpflichtigen Wegen«, behauptete sie. »Ich weigere mich, dir auch nur einen Sou zu geben.«

Der Fährmann blieb ungerührt. »Pilger reisen nur mit den Kleidern, die sie selbst tragen können«, erwiderte er. »Sie haben kein Geld dabei, sondern verlassen sich unterwegs auf milde Gaben. Demnach seid Ihr keine Pilgerin.«

»Und ob ich eine bin!« Sie wurde lauter. »Ich bin keine Närrin. Keine Frau würde diesen Weg ohne Begleitschutz gehen und ohne das Geld, diese zu bezahlen. Jetzt laß mich vorbei.«

Der Fährmann schüttelte den Kopf und signalisierte der nächsten Gruppe, an Bord zu kommen. Diese bestand aus drei Leuten: einem Jongleur und dessen Frau, die beide ihre *vielles* auf den Rücken geschnallt und kleine Tambourine am Gürtel hängen hatten; bei ihnen wartete eine andere Frau,

die barfuß ging und sich trotz der Hitze des Tages in einen schwarzen Umhang mit einer sehr tiefen Kapuze gewickelt hatte. Als sie vorbeiging, zeigte der Fährmann auf sie und sagte zu der Reiterin:
»Das, Madame, ist eine Pilgerin. Sie braucht mir nichts zu bezahlen.«
Die Frau schnaubte: »Das, *Sieur*, ist eine Hure. Ich vermute, sie hat dich bereits bezahlt.«
Damit ließ sie ihre Schar umkehren und führte sie vom Fluß weg.
Solomon schaute ihr interessiert nach. »Wo sie wohl hin will?« fragte er. »Wenn es eine andere Möglichkeit zum Übersetzen gäbe, wäre die Schlange hier nicht so lang.«
Hubert zuckte mit den Achseln. »Hochmütig, wie sie ist, läßt sie sich sicher eine schwimmende Brücke anfertigen, oder sie wandelt einfach auf dem Wasser. Aber sie hat zumindest Haare auf den Zähnen. Nicht viele hätten bei dieser Auseinandersetzung das letzte Wort behalten.«
»Also, ich stimme dem Fährmann zu«, sagte Eliazar. »Wir zahlen den Zoll, und das sollte sie auch.«
»Onkel, wir haben Freibriefe von fast jedem Herrn von Paris bis Narbonne«, sagte Solomon. »Nur an Orten wie diesem hier zahlen wir.«
»Es gibt zu viele Orte wie diesen«, erwiderte Hubert. »Du kannst Gift darauf nehmen, daß er das, was ihm an Einnahmen durch die Pilgerin entgeht, auf unseren Fahrpreis aufschlägt.«
»Glaubt ihr, die Dame ging recht in ihrer Annahme über deren Gewerbe?« fragte Solomon. Er konnte nicht viel unter dem schweren Mantel ausmachen, den die Frau trug. Wirklich, er war überrascht, daß die Reiterin überhaupt eine Frau darunter erkannt hatte.
Eliazar sah ihn scharf an. »Dir kann es einerlei sein, ob sie recht hatte oder nicht«, sagte er warnend. »Die Frau ist eine

Christin, und selbst wenn sie eine Dirne war, ist es offensichtlich, daß sie sich gebessert hat. Halt dich von ihr fern.«

»Ich habe nur spekuliert, Onkel«, sagte Solomon grinsend. »Kommt weiter. Wir sind an der Reihe, den Tod durch Ertrinken zu riskieren.«

»Vergewissere dich nur, daß die Pferde fest an die Ringe an der Seite gebunden werden«, befahl Eliazar. »Das fehlte uns gerade noch, daß wir eins ersetzen müßten – in einer Stadt, die schon den Preis aller Waren verdoppelt hat.«

Griselle, Witwe von Bertran, dem Burgvogt von Lugny, war durchaus willens, fünfzehn Meilen den Fluß entlang weiterzureiten, um eine Furt zu finden, statt dem Fährmann, diesem *Avoutre*, auch nur einen Sou zu geben. Zwar konnte sie sich den Zoll für die Fähre wohl leisten, doch es war eine Sache der Ehre. Nur weil sie einen Kamm und saubere Kleidung mitführte, hieß das noch lange nicht, daß ihre Motivation für die Wallfahrt weniger aufrichtig war als die der anderen. Wie viele Menschen, die nach Compostela unterwegs waren, erwartete sie nicht, die Reise lebend zu überstehen. Doch sie war entschlossen, wenigstens lange genug zu leben, um zum Schrein des heiligen Jakob zu gelangen, und wie sie dem Fährmann versichert hatte, war sie keineswegs so dumm anzunehmen, daß sie allein auf sich aufpassen konnte.

Als sie die Stadt erreichten, wickelte sich Griselle den langen Witwenschleier um die untere Gesichtshälfte und vergewisserte sich, daß jedes einzelne Haar bedeckt war. Selbst im Schutz der Wachen war es nötig, keine unziemliche Aufmerksamkeit zu erregen, um nicht alles zu verderben.

»Goswin«, befahl sie einem der Wächter, »such mir ein Bett für die Nacht, im Gästehaus des Klosters, wenn möglich. Nimm die Packpferde mit. Ich gehe zur Kathedrale.«

Griselle bedeutete der Zofe und dem zweiten Wächter, sie zu

begleiten, und schickte sich an, die erste von vielen Kerzen zu entzünden und das erste von vielen Opfern darzubringen, in der Hoffnung, einen der Heiligen für die Erfüllung ihres Herzenswunsches zu gewinnen.

Der Jongleur Roberto und seine Frau Maruxa aus dem spanischen Astroga erwarteten nicht, ein richtiges Bett in einer Herberge zu finden. Zum Zudecken hatten sie ihre Mäntel, und statt auf Kissen betteten sie sich auf die Arme des anderen. Die Instrumente, ihr wertvollster Besitz, lagen zwischen ihnen. Ihr Leben bestand daraus, für ihre Mahlzeiten zu singen, zu tanzen und zu jonglieren, die Wallfahrt interessierte sie nicht. Andererseits war es gut, mit so einer großen und gut geschützten Gesellschaft zu reisen. Sie hatten keinen Zweifel, daß sie sich ihren Unterhalt verdienen würden.

Die Frau, die mit ihnen auf der Fähre stand, schien allerdings keine potentielle Kundin für ihre Musik zu sein. Sie war in ihren schwarzen Umhang gewickelt, nur ihre sonnengebräunten, schwieligen Zehen lugten unter dem Saum ihrer Gewänder hervor. Die Jongleuse versuchte, möglichst großen Abstand zu ihr zu halten. Wer wußte schon, was sich in jenem Schatten verbarg? Was, wenn die Frau in Wirklichkeit aussätzig wäre? Oder vielleicht war das ein Gespenst, wenn nicht gar der Teufel persönlich, der gekommen war, die Prozession zum Grab zu führen.

Maruxa schloß die Augen und umklammerte ihre Gebetsperlen. Sie kannte zu viele Geschichten, die das Blut in langen Winternächten gefrieren ließen. Und die Gestalt neben ihr schien einer davon entsprungen zu sein.

In der Kapuze rührte sich etwas. Aus den Tiefen ertönte eine Stimme, weich und flüssig wie Honig:

»Kennt ihr *Jherusalem, grant damage me fais*?« fragte die Frau. »Ich mochte das Lied schon immer sehr gern.«

»Wir ... wir kennen eine Version davon«, antwortete Maruxa, verblüfft darüber, daß die geheimnisvolle Gestalt über eine menschliche Stimme verfügte.

»Vielleicht würdet ihr es heute abend für mich singen?« sagte die Frau. »Ich kann euch nur mit meinen Gebeten bezahlen.«

»Das genügt«, antwortete Maruxa. »Jemand anders wird uns gern eine Münze zuwerfen.«

Sie wartete auf eine Erwiderung, aber die Kapuze rutschte wieder ganz tief, bis die Gestalt ganz verdeckt war.

Die Fähre legte mit einem Ruck am anderen Ufer an, und sie standen alle auf. Maruxa hatte angenommen, daß die anderen drei Männer, die mit ihnen übergesetzt hatten, vornehme Herren wären, doch als sie nicht sofort nach vorn stolzierten, um als erste von Bord zu gehen, änderte sie ihre Meinung. Sie waren alle ziemlich dunkelhäutig, wie die Männer ihrer Region, und sie schienen miteinander verwandt zu sein. Aber zwei von ihnen trugen Bärte nach Art der Juden, und der dritte war glattrasiert, hatte nur Bartstoppeln, die etwa eine Woche alt waren. Der jüngste lächelte sie freundlich an und bot ihr seinen Arm, damit sie sicher an Land springen konnte.

Als nächstes bot Solomon seinen Arm der Pilgerin in Schwarz an, doch er holte sich einen Korb. Die Frau hielt sich an dem Strick fest, der über den Fluß gespannt war, um die Fähre zu führen, und hangelte sich daran entlang. Ihre Ärmel rutschten ihr bis zu den Ellenbogen hoch und zeigten starke braune Hände und Arme. Solomon betrachtete sie fasziniert, bekämpfte den Drang, die Hand auszustrecken und die Kapuze zurückzuziehen, um ihr Gesicht zu enthüllen.

Eliazar erinnerte ihn an seine Pflicht. »Laß uns das Gepäck auf die Pferde laden«, sagte er, als sie die Tiere an Land führten, »und dann sieh mal, ob wir eine Unterkunft finden.«

»Sobald das erledigt ist, suche ich Catherine«, fügte Hubert hinzu.

»Du hättest es leichter, wenn du dich nach Edgar erkundigen würdest«, meinte Solomon. »Es dürfte wohl kaum viele hochgewachsene blonde Sachsen in Le Puy geben, möchte ich annehmen.«
Hubert verzog das Gesicht. »Edgar. Ja, du hast recht. Und wenn ich Catherine nicht bei ihm finde ...«
Solomon lachte. »Denk dir keine Unmöglichkeiten aus, Onkel. Du würdest sie nirgendwo sonst finden.«

Wenn der Abt von Cluny reist, dann mit gleichsam königlichem Gefolge. Er nimmt seine eigenen Köche und seinen Sekretär mit, eine Anzahl von Laienbrüdern, welche die Tiere versorgen und sich um das Laden und Entladen kümmern, mehrere Priester, einen Krankenpfleger samt Heilkräutern für plötzlich auftretende Krankheiten, zwei Wäscherinnen, mehrere Wachen, Stallburschen, Freunde aus den Reihen der Mönche sowie andere Prälaten. Er nimmt auch einen Schatzmeister mit, der die Zölle bezahlt, um die er nicht umhin kann, und einen Kellermeister für den Wein, sowohl für heiligen als auch weltlichen, ferner einen Diener, um sicherzugehen, daß es der Tafel des Abts an nichts mangelt. Schließlich zählen zu seinem Troß auch mehrere kleine Jungen, die sogenannten *garciones*, die Botengänge machen und im allgemeinen jedem im Weg herumstehen. Auf dieser Wallfahrt reisten sechzig Leute im Gefolge des Abts, um zu dienen und sich bedienen zu lassen. Bruder Rigaud und Bruder Jakob waren mit der Organisation des ganzen Trosses betraut worden.
»Hat man für alle ein Bett gefunden?« fragte Bruder Rigaud, als sie in Le Puy ankamen.
»Zumindest Schlafplätze«, antwortete Bruder Jakob. »Der Bischof hat natürlich Zimmer für Bischof Stephan und Abt Peter organisiert. Ihr und ich und die anderen Mönche werden im Dormitorium des Klosters übernachten. Die Wäsche-

rinnen und die *garciones* kommen bei den Nonnen unter. Allein die Laienbrüder werden sich mit dem Feld begnügen müssen.«

Bruder Rigaud schaute prüfend zum Himmel. Es war ungewöhnlich klar für einen Frühlingsabend. Das war zwar an diesem Tag eine gute Nachricht für die Brüder, doch für den Rest der Reise verhieß das nichts Gutes. Rigaud traute den Missionen nicht, die zu unbeschwert anfingen. Man wurde nachlässig und war dann nicht mehr auf die Katastrophen gefaßt, die mit Sicherheit kommen mußten.

Bruder Jakob stimmte ihm zu. Die beiden unterschieden sich äußerlich sehr. Rigaud war schmächtig und hatte einen Haarkranz, der einmal rot gewesen war, und Jakob war von mittlerer Körpergröße, aber mit markanten Gesichtszügen und einer strengen Tonsur mit einem dünnen Kreis aus stahlgrauem Haar. Doch im Geiste waren die beiden eins. Jeder strebte danach, Ordnung in einer Welt zu schaffen, die dem Chaos anheimfiel.

Bruder Rigaud seufzte. »Ich sollte wohl lieber nachsehen, ob der Proviant weisungsgemäß entladen wurde. Bei unserem letzten Halt lagerte einer der Laienbrüder das Weihwasser und das Chrisam bei den Kochtöpfen, als ob es sich um Gewürz für die Fleischsauce handeln würde.«

Bruder Jakob nickte. »Man kann nie wachsam genug sein. Ich werde die Errichtung des Lagers beaufsichtigen. Der Schlafbereich sollte zentraler liegen. Ich habe wohl bemerkt, daß viele Frauen aus diesen Städten keine Achtung vor dem Mönchsstatus der Brüder haben. Offenbar glauben sie, die Laienbrüder hätten kein Keuschheitsgelübde abgelegt, weil sie sich nicht den Bart scheren. Die Versuchung, die solche Frauen darstellen, kann sich verheerend auf das geistliche Wohl eines Mannes auswirken, der sein Lager zu weit von der Hilfe und der Führung seiner Freunde aufschlagen darf.«

Die beiden Männer trennten sich, um jeweils ihren Pflichten nachzugehen. Bruder Jakob machte sich zu dem Feld in der Nähe des Klosters auf, das bereits den Laienbrüdern zugesprochen war. Die Organisation der Lagerstätten nahm seine Gedanken völlig gefangen. Es ging um die Drainage des Feldes und andere sanitäre Probleme. Er hoffte, daß das Land das nötige Gefälle besäße, so daß er sich nicht zwischen dem Wohl der Seelen und dem der Leiber der Männer entscheiden müßte.

Zuerst sah er die Frau, ohne sie zu registrieren. Aber etwas – eine Geste, die Kopfhaltung – ließ ihn innehalten, sich umdrehen und sich in Panik bekreuzigen. Er sah nur den Saum eines Rocks, der um die Ecke verschwand.

Bruder Jakob schloß die Augen. Ein Geist mußte es wohl sein, eine optische Täuschung. Sie war schon lange tot. Grausam und entsetzlich dahingemetzelt. Sie konnte unmöglich hier sein. *Bei Gott sind alle Dinge möglich*, berichtigte er sich. Aber er sah keinen Grund, warum Gott sie hätte wiederauferstehen lassen. Sie nicht.

Nein. Er holte tief Luft. Es ist nur die Wallfahrt, die Menschen, dachte er, diese alten Ritter, die immer noch ihre Schwerter trugen. Er hatte jetzt mehr als zwanzig Jahre im Kloster verbracht. Daß er sich jetzt wieder in der Welt bewegte, brachte zu viele Erinnerungen zurück. Das war es, nur eine ausgegrabene Erinnerung, die bildhaft vor seinen Augen erstanden war.

Er bekreuzigte sich noch einmal, und ohne es zu bemerken murmelte er eine Zauberformel aus seiner Kindheit, die böse Träume fernhalten sollte. Er zwang sich seine Gedanken wieder auf seine Aufgabe zu lenken.

Bruder Rigauds Weg hatte ihn an der Pilgerherberge vorbeigeführt, gerade als einer der Gäste herauskam.

»Rigaud!« rief der Pilger. »Rigaud, alter Bastard! Ich kann es

nicht glauben! Beim flackernden Fegefeuer des heiligen Patrick! Fein, daß wir alle wieder beisammen sind!«
Der Mann, der größer war als Rigaud, umarmte ihn und drückte ihn fest an sich. Vergeblich versuchte Rigaud, ihn wegzudrängen.
»*Benedicite,* Gaucher«, sagte er resigniert. »Ich schließe aus dem Kreuz auf deinem Umhang, daß du ein Pilger geworden bist. Vermutlich ist es nie zu spät. Und was meinst du mit ›alle wieder beisammen‹ – ich wage es kaum zu fragen.«
Gaucher ignorierte die mangelnde Begeisterung seines alten Kameraden. »Wir vier, natürlich«, antwortete er. »Jetzt alle fünf! Warte, bis die anderen dich sehen.«
»Die anderen?« Rigaud zuckte zusammen. »Hugo. Rufus. Du willst doch nicht behaupten, daß der alte Norbert noch lebt?«
»Mehr als du!« dröhnte eine Stimme hinter ihm. »Sieh dich doch nur an, das Gesicht so glatt wie das eines Mädchens, und knöchellange Röcke. Du siehst ja aus wie ein hübsches *farfelu*!«
Rigaud befreite sich aus Gauchers Umklammerung und wandte sich um. »Du kannst solche Dinge nicht mehr zu mir sagen, Norbert«, sagte er gleichmütig. »Ich bin ein Gottesmann geworden, und wenn du mich verspottest, beleidigst du IHN.«
Norbert schüttelte den Kopf. »Du konntest noch nie Spaß verstehen, Rigaud«, sagte er traurig. »Komm, schürz deine Röcke, tritt ein und trink ein paar Schalen Bier mit uns.«
»Ja, komm rein, Rigaud!« Gaucher klopfte ihm auf den Rükken, worauf der Mönch heftig einatmete und dabei eine Fliege verschluckte.
»Ich gehe nicht hinein und will die anderen nicht sehen«, beharrte Rigaud, als sich der Hustenanfall legte. »Ich habe mein Leben mit euch bereut und wünsche mir sehnlichst, euch nie wiederzusehen, weder in dieser Welt noch in der nächsten.«

»Heb dir deine Wünsche für einen anderen Anlaß auf, alter *compaing.*« Gaucher hob die Hand, um ihm noch einmal auf den Rücken zu klopfen, doch dann übermannte ihn Mitleid für den Freund. »Wir gehen gemeinsam nach Compostela, und wenn wir zum heiligen Jakob kommen, kannst du sicher sein, daß wir uns eines Tages im Himmel wiedertreffen, reingewaschen von unseren Sünden.«

Rigaud wandte sich zum Gehen. »Wenn der Herr so etwas zuläßt«, rief er ihnen zu, »ist es ein sicherer Beweis, daß seine Gnade größer ist als meine. Aber ich glaube nicht, daß ihr wirklich dorthin gehen wollt. Ich weiß, worauf ihr aus seid! Und ich will nichts damit zu tun haben! Ich warne euch beide, laßt mich in Ruhe!«

Damit drehte er ihnen den Rücken zu, hob seine Kutte, um nicht zu stolpern, und rannte, als ob alle Dämonen der Luft hinter ihm her flögen.

Norbert und Gaucher lachten. »Ich frage mich, ob Abt Peter den alten Rigaud aus seiner Zelle schleifen mußte, damit er diese Reise antrat«, sagte Norbert.

»Ich frage mich, womit er ihm drohte«, erwiderte Gaucher. »Es war die letzte Spanienreise, die ihn ins Kloster getrieben hat.«

»Rigaud hatte von jeher die *pendons* eines Hasen«, sagte Norbert. »Wir haben immerhin einen heiligen Krieg geführt.«

»Ja ...« Gauchers Gesicht verzerrte sich in der Erinnerung daran. »Ich weiß. Aber wenn er so verdammt heilig war, warum habe ich deswegen immer noch Alpträume?«

Norbert fixierte ihn spöttisch. »Du trinkst nicht genug«, antwortete er. »Dem können wir abhelfen. Laß uns sofort damit anfangen.«

Das überwältigende Angstgefühl war abgeebbt, und Edgar war es nun peinlich, daß er sich vor Catherine und den anderen Pilgern lächerlich gemacht hatte. Er hörte nur halb hin, als sie beim Weitergehen einen Schwall von Kommentaren abgab. Statt dessen achtete er auf eine etwaige Veränderung in ihrem Ton, was bedeuten würde, daß sie die Achtung vor ihm verloren hätte.

»Edgar, sieh bitte nicht hin, aber da an der Tränke stehen drei Männer barfuß und tragen Ketten um Hals und Taille«, sagte sie. »Was, meinst du, könnten sie getan haben, Edgar?«

»Hmm? Ach, fast alles, könnte ich mir denken«, erwiderte er, »von Mord bis Gotteslästerung bis zu widernatürlichen Gelüsten.«

»Widernatürlich ... inwiefern?« fragte sie.

Edgar blickte in ihre täuschend arglosen blauen Augen. Er lächelte. Keine Spur von Spott lag darin, obwohl er ein bißchen mehr Belustigung als Lernbegier zu erkennen glaubte.

»Vielleicht können wir ein Exemplar von Senecas *Naturales Quaestiones* finden«, sagte er. »Da gibt es eine Stelle, die könnte dich auf gewisse Ideen bringen.«

»Ach, Hostris Quadra und die Spiegel«, sagte sie.

»Catherine!«

Sie tat ihm den Gefallen zu erröten. »Ich habe es in St. Denis gefunden«, erklärte sie. »Ich las etwas über Licht und Widerspiegelungen. Ich wußte nicht, was mich erwartete.«

Edgar biß sich auf die Zunge. Sie waren noch nicht lange genug verheiratet, als daß er in angemessener Form darauf hätte reagieren können. »Also gut«, sagte er endlich. »Wenn es dir nur nicht vom Paraklet auf den Lehrplan geschrieben war.«

»Ich glaube kaum, daß sich die Schwestern für den Teil interessieren würden«, sinnierte Catherine. »Aber in dem Exemplar der Mönche war die Seite ziemlich abgegriffen.«

Edgar gab sich geschlagen.

In diesem Augenblick hörten sie eine Stimme: »Da ist sie ja!«
Catherine wandte sich um. »Vater!« schrie sie und lief in seine Arme.
Auf halbem Weg hielt sie inne. Sie hatte auch Eliazar und Solomon in seiner Begleitung gesehen. Als was war er hier, als Christ oder Jude? Würde sie ihn bloßstellen, weil sie ihn kannte? Hubert bemerkte ihre Unschlüssigkeit.
»Komm her, *ma douce*«, sagte er. »Du hast mir so gefehlt.«
Sie warf sich in seine Arme, vergaß für einen Augenblick, daß sie nicht mehr acht Jahre alt war. »Hast du an meinen blauen *bliaut* mit der Gänseblümchenborte gedacht?« wollte sie wissen. »Und an mein zweites Paar Schuhe? Und an neue *brais* für Edgar?«
»Ich hab's doch geahnt.« Er lachte. »Du umarmst nicht mich, sondern die Pakete, die ich mitgebracht habe.«
Edgar kam langsam hinter ihr her. Hubert nickte ihm zu. »Sie sieht gut aus«, sagte er zu seinem Schwiegersohn. »*Diex te saut.*«
Edgar lächelte. Das war das Äußerste an Höflichkeit, was Hubert ihm je gezeigt hatte, eine stillschweigende Anerkennung, daß Catherine vielleicht doch keinen Fehler gemacht hatte, indem sie ihn heiratete.
Solomons Begrüßung fiel freundlicher aus. »Das Wallfahren scheint euch gut zu bekommen«, sagte er. »Mit etwas Glück braucht ihr vielleicht nicht den ganzen Weg bis Compostela zu machen, bevor eure Gebete erhört werden.«
»Catherine und ich meinen, daß der Heilige unsere volle Unterstützung braucht«, bemerkte Edgar grinsend. »Wir werden die Wallfahrt zu Ende bringen.« Seine Miene veränderte sich. »Vielleicht beschenkt uns der Herr dann, ohne uns so bald wieder zu berauben.« Er starrte vor sich hin und schien eine Zukunft vor sich zu sehen, auf die er kaum zu hoffen wagte.

Solomon wartete einen Augenblick, bis Edgar sich wieder gefangen hatte. »So«, sagte er. »Wo habt ihr eure Unterkunft? Onkel Eliazar und ich haben eine Kammer bei Freunden gefunden, doch ich glaube, Hubert möchte bei euch bleiben. Habt ihr genug Platz?«
»Die Herberge ist vom Fußboden bis zur Decke voll«, erwiderte Edgar, »aber irgendwie gelingt es immer, noch jemanden hineinzuquetschen.«
Solomon zog die Nase kraus. »Hört sich sehr gemütlich an.«
Edgar war verblüfft. »Kommst du etwa mit auf die Reise?« fragte er.
»Ein Stück weit«, sagte Solomon lächelnd. »Meine Onkel haben einige Geschäfte zu tätigen, und ich... also, man könnte sagen, daß ich auch auf einer Art Wallfahrt bin. Wir sehen euch dann morgen.«

Obgleich die Herberge – weiter nichts als eine große Scheune mit einem abgeteilten Dachboden als Schlafbereich und einem riesigen Herd in der Diele – voll belegt war, brachte man die neuen Pilger irgendwie unter. Der Jongleur und seine Frau waren mit einem bißchen Platz auf dem Fußboden zufrieden. Als die Frau im schwarzen Umhang die Diele durchquerte, wichen die anderen vor ihr zurück, bis sie ein Eckchen für sich gefunden hatte. Edgar hatte dem Herbergsvater eine Münze zugesteckt, damit er ihm Platz in einer anderen Ecke reservierte, und sie schafften dort auch noch für Hubert Platz.
»Das geht nicht.« Die Stimme war nicht laut, aber Autorität trägt besser als Lautstärke. »Goswin, ich dachte, du hättest ein Zimmer für mich gefunden.«
»Bedaure, Madame«, sagte der Wächter. »Die Stadt ist voll. Es gab kein einziges Zimmer mehr, nicht einmal bei den Nonnen. Wir haben ein Bett für Euch auf dem Dachboden,

das mit Vorhängen abgetrennt ist. Aymo und ich werden die ganze Nacht Wache halten.«
Eine Pause trat ein.
»Nun denn.« Griselle ließ ihren Blick rasch durch den Raum schweifen und musterte die Leute. Aus der Nische beim Feuer, wo sich die Ritter niedergelassen hatten, warf ihr Rufus von Arcy einen lüsternen Blick zu und erhob seinen Becher. Sie zog die Augenbrauen hoch. Er ließ den Becher sinken.
Catherine beobachtete sie, bewunderte den Schnitt ihres *bliaut* und die Farbe der *chainse*, die sie darunter trug. Obwohl diese Frau in Trauer war, vermutlich um ihren Ehemann, vernachlässigte sie sich nicht in ihrem Kummer.
Catherine fand Edgars Hand, warm und lebendig. Manchmal mußte sie sich einfach vergewissern.

Nach Sonnenuntergang kam das einzige Licht von den glühenden Kohlen im Herd. Der riesige Saal kam nie völlig zur Ruhe, doch nach einer Weile lösten Schnarchlaute und raschelndes Stroh das Reden und Gelächter ab.
Catherine schlief gut.
In der *Aubade* vor dem Morgengrauen erwachte sie. Zwischen den Menschenbündeln am Boden gab es jetzt Leerräume. Andere waren schon auf, beschäftigt mit Gebeten oder Waschungen. Sie reckte und streckte sich und stand auf, bemüht, Edgar oder ihren Vater nicht zu stören. Sie ging zum Herd, der noch etwas Wärme abgab. Ein Mann saß dort, mit dem Rücken an der Wand, den Kopf vornüber, den Becher neben sich am Boden.
Catherine bemerkte den Becher erst, als sie ihn umstieß und der herausrinnende Wein den Saum ihres Rocks benetzte.
»Oh, bedaure, Monsieur«, sagte sie, drehte den Becher wieder um und stellte ihn neben seine Hand.
Er rührte sich nicht.
Er war unnatürlich ruhig. Catherine hatte schon viele Män-

ner gesehen, die zu tief in die Flasche geschaut hatten, aber sie wußte auch, daß sie sich immer irgendwie bewegten. Nervös berührte sie seine Hand. Sie hing kalt und schlaff herab.

Sie ging in ihre Nische zurück und fand Edgar bereits wach. Sie nahm neben ihm Platz und schlang die Arme um ihn.

»Siehst du den Mann da drüben am Feuer?« fragte sie. »Das ist der Ritter aus Vézelay, mit dem ich vor der Kirche zusammengestoßen bin. Der Arme ist offenbar im Schlaf gestorben.«

VIERTES KAPITEL

Le Puy, Weißer Sonntag, 26. April 1142, am Tag des heiligen Marcellinus, des Papstes, des Abtrünnigen und des Büßers

Quam, ergo sacrificia ... pro baptizatis defunctis omnibus offeruntur, pro valde bonis gratiarum actiones sunt, pro non valde malis propitiationes, pro valde malis etiamsi nulla sunt adjumenta mortuorum qualescunque vivorum consolationes sunt.

Wenn also Opfer ... für die verblichenen Getauften dargebracht werden, sind das für die sehr guten Verstorbenen Taten des Dankes; für diejenigen, welche weder gut noch schlecht sind, Taten der Sühne; den ganz bösen jedoch nützen sie nicht, gereichen den Lebenden aber zum Trost.

– Hugo von St. Victor –
De sacramentis septem
Liber II, Pars XVI, Cap. VI

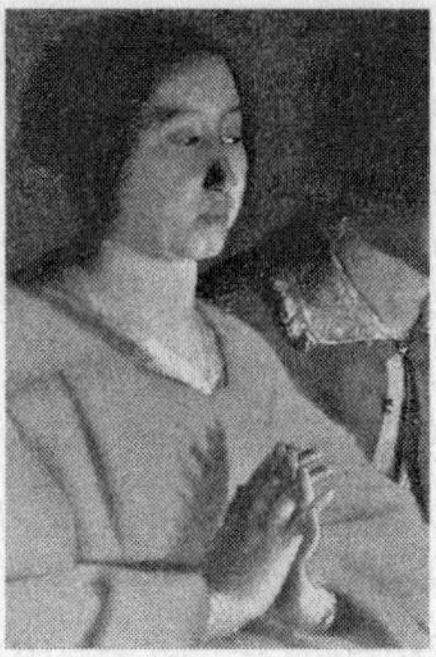

Rufus, Hugo und Gaucher sahen auf den Leichnam ihres Mitstreiters und lebenslangen Kumpanen hinab. Rufus stieß Norbert mit dem Stiefel ans Bein. Tot. Daran führte kein Weg vorbei.

»Ich habe ihm gesagt, daß er zu alt sei, um mitzukommen«, sagte Hugo.

»Wie wir alle«, sagte Rufus. »Doch wann hat der alte Bastard je auf uns gehört?«

»Jetzt muß einer von uns zurückgehen und es seinen Kindern überbringen.« Hugo seufzte.

Gaucher meldete sich zum erstenmal zu Wort. »Wieso?«

»Nun, sie müssen wissen, wo er begraben liegt, und Messen für seine Seele lesen lassen, und sein Erbe muß aufgeteilt werden«, erwiderte Hugo. »Die üblichen Gründe.«

»Wir schicken einen Boten«, sagte Gaucher. »Jetzt können wir nicht mehr umkehren. Und wir müssen beisammenbleiben.«

Die anderen beiden musterten ihn voller Argwohn. Hugo kam näher heran, damit die anderen im Raum ihn nicht hören könnten. »Nun fang nicht schon wieder mit diesem Unsinn an, daß uns jemand verfolgt, Gaucher«, sagte er. »Was in Vézelay geschehen ist, war doch nur ein Jungenstreich. Norbert war mindestens siebzig. ›...und wenn es

hoch kommt, so währet es siebenzig Jahre‹, und Gott ließ ihn durch seinen Engel holen. Das ist alles.«
»Mag sein«, sagte Gaucher, »aber gestern war er noch putzmunter.«
Rufus ließ Norberts Leiche nicht aus den Augen und hörte zu, wie sich die anderen bis zur Erschöpfung stritten.
»Ich teile Gauchers Meinung – wir sollten einen Boten schikken«, sagte er endlich. »Norbert hat nach meiner Überzeugung dem Engel einen erbitterten Kampf um seine Seele geliefert. Mir gefällt das nicht. Da wünsche ich mir die Gesellschaft meiner Freunde, falls der Engel noch einmal zurückkommt.«
Sie zwangen sich alle, Norberts Gesicht anzusehen, das bereits starr war. Hugo spürte, wie es um seine Mundwinkel zuckte. Er wandte den Blick ab. »Mir fällt nichts an ihm auf«, beharrte er. »Du wirst schon so schlimm wie Gaucher, Rufus.«
Doch er hatte es bemerkt. Wie alle. Noch im Tod umgab Norbert eine Aura des Hasses. Seine Rechte schien zum Schwert greifen zu wollen, den Kopf hatte er zurückgeworfen und die Zähne gebleckt. Hugo hatte ihn schon so erlebt, sehr lebendig und auf den Beinen, wie er auf grausame Weise andere in den Tod beförderte. Es stimmte. Was immer Norbert von Bussières heimgesucht hatte, Norbert hatte sich bis zum letzten Lebensfunken erbittert zur Wehr gesetzt ...
»Ja«, sagte Hugo schließlich. »Ein Bote dürfte genügen. Wir werden die Wallfahrt gemeinsam fortsetzen.«

Edgar hatte sich eher resigniert als überrascht gezeigt, als Catherine ihm von dem toten Ritter erzählte. Sie hatte eine besondere Gabe für solche Entdeckungen. So war er überaus erleichtert, als er mit Hubert zum Herd ging und merkte, daß es sich um einen natürlichen Tod handeln mußte. Sie boten den Gefährten des Mannes an, sie zu begleiten und am Grab mit ihnen ein Gebet zu sprechen. So bedauerlich der Tod des

Ritters auch war – auf Pilgerfahrten starben Hunderte, manche an der Krankheit, für die sie auf der Reise eine Kur zu finden hofften, manche an Krankheiten, die sie sich unterwegs eingefangen hatten, oder infolge von Unfällen oder Raubüberfällen. Dieser bedauerliche Alte schien einfach nur das Zeitliche gesegnet zu haben.

Edgar ging in die Nische zurück, wo Catherine ihre Habe im Gepäck verstaute. »Die Reise war einfach zu anstrengend für den Mann«, sagte er. »Heute abend werden wir ein Vaterunser für ihn beten.«

»Sofern uns allen dieses Glück zuteil wird«, fügte Hubert hinter Edgar hinzu. »Ich vermute, daß ihr heute zur Pilgermesse geht. Ich werde mich darum kümmern, daß unsere Pferde versorgt werden, Eliazar und Solomon suchen und euch später vor der Kathedrale treffen.«

Er hielt inne. »Ich komme mit euch auf die Reise, wißt ihr«, sagte er. Er sah Catherine an, redete aber mit Edgar. »Wenn ihr keine Einwände habt.«

»Wir würden uns über deine Gesellschaft freuen«, antwortete Edgar. »Kommen Solomon und Eliazar auch mit?«

Aus seiner Stimme konnte Hubert nichts heraushören. Er sollte Edgar geradeheraus fragen, dachte er bei sich, doch er war zu feige. Wer wäre er auf dieser Reise? Als was würde sein Eidam ihn dabeihaben wollen? Hubert wandte sich an Edgar und sah in ein graues Augenpaar, das sich wie ein Nebel vor die Gedanken dieses Mannes schob. Ob Catherine wußte, wie gut ihr Gatte seine wahren Gefühle zu verbergen vermochte?

Sie unterbrach den Wettkampf der starren Blicke.

»Ich finde, wir könnten alle gemeinsam reiten«, sagte sie. »Ich weiß noch, daß es oft gemischte jüdisch-christliche Reisegesellschaften unter den Kaufleuten gab. Doch wir sollten getrennt übernachten. So vermeiden wir Fragen, die einen Skandal auslösen könnten.«

Edgar und Catherine tauschten einen Blick aus, und Hubert bemerkte bestürzt, wie Edgars Augen sich veränderten, als sie seine Tochter ansahen. Noch verblüffender war die Veränderung in ihren Augen. Sie und Edgar kommunizierten auf eine Art, bei der er sich schämte zuzusehen.
Catherine lächelte und nahm den Arm ihres Vaters in beide Hände, wie sie es als kleines Kind immer getan hatte. »Reist du mit uns als mein Vater«, fragte sie, »oder bist du lieber in Gesellschaft deines Bruders und deines Neffen?« Sie legte ihr Kinn auf seine Schulter. »Ich liebe dich so oder so.«
Hubert schluckte. »Ich bin Hubert LeVendeur, Kaufmann aus Paris, Mitglied der *marchands de l'eau*, ein Gönner der Kirche und dein Vater. Ich würde gern bei dir bleiben.«
Catherine küßte ihn erfreut. »Dann wird es uns eine Ehre sein, wenn du uns auf dem Weg zum heiligen Jakob begleitest.«

Mondete Ticarde, ehemals Prostituierte in der Stadt Mâcon, befreite sich aus dem Stroh, in dem sie geschlafen hatte. Sie bürstete sich Halme von der Rückseite ihres Umhangs und langte darunter, um Spreu von ihrem Schenkel zu entfernen.
»Hat dir das Lager gefallen, Mondete?« Griselle stand oben auf der Leiter zum Dachboden.
»Ich habe schon auf schlechteren geschlafen.« Mondete sah nicht hoch. »Gefiel es euch gestern, mich an der Fähre zu verspotten?«
Griselle kletterte hinunter. Die Wachen und die Zofe kümmerten sich um das Gepäck, und sie suchte derweil Zerstreuung. »Eigentlich nicht«, sagte sie. »Es war dieser *questre*, der Fährmann, der mein Blut in Wallung brachte. Schließlich ist meine Wallfahrt so echt wie deine, vielleicht noch ernster.«
Sie ging zu Mondete, nahm ein Stück des Mantels zwischen

die Finger und prüfte den Stoff. »Was trägst du darunter, ein seidenes oder ein härenes Gewand?«

»Keins von beiden«, antwortete Mondete. »Doch wie habt ihr mich erkannt? Niemand sonst wußte, wer ich war. Ich habe mein Gesicht seit meinem Aufbruch nicht gezeigt.«

»Ich würde dein Hände überall erkennen«, antwortete Griselle. »Selbst ohne all die Ringe.« Sie sah hinunter. »Du hast häßliche Füße, aber ganz exquisite Hände.«

Mondete zuckte unter ihrem Umhang zusammen. Zu viele Männer hatten sich über ihre Hände und deren Geschicklichkeit ausgelassen.

Griselle fuhr fort: »Du bist ziemlich heruntergekommen seit der Zeit, da ich dich das erste Mal traf.«

Mondete hob ihr kleines Bündel hoch und stampfte mit dem bloßen Fuß auf, um die letzten Strohhalme abzuschütteln. »Ich dagegen meine, daß es seit unserm letzten Zusammentreffen mit mir nur noch aufwärts ging«, erwiderte sie. »Und was ist mir dir, meine saubere Griselle, verheiratet mit einem Mann, der fünfzehn Jahre älter war als du und dir nicht einmal Kinder geben konnte? Soll ich dir etwa abnehmen, daß du ihn nie betrogen hast?«

Griselle wich zurück wie unter einem Schlag. »Beim totgeborenen Sohn der heiligen Melanie!« entfuhr es ihr. »Nein, ich erwarte nicht, daß du glaubst, was ich sage. Warum auch? Doch es ist wahr. Das tat ich nie. Ich wollte es nie. Ich habe Bertran mehr als mein Leben oder meine Seele geliebt. Er fiel im Kampf, weit weg von mir, allein und ohne Absolution. Ich gehe nach Compostela, damit ihm seine Sünden erlassen werden, nicht um meiner eigenen willen.«

Mondete senkte den Kopf. »Dann hoffe ich, daß unser beider Bitten gnädig erhört werden«, sagte sie. »Ich zöge es vor, wenn du nicht mehr mit mir sprächest, Griselle. Du gehörst zu einem Teil meines Lebens, den ich lieber vergessen würde.«

Griselles Mund verkrampfte sich vor Wut. »Nun denn«, sagte sie. »Hätte ich mir mein Leben so gründlich versaut wie du dir deins, würde ich es auch vergessen wollen. Ich habe aus lauter Barmherzigkeit das Wort an dich gerichtet.«
Trocken tönte die Stimme aus der Kapuze heraus: »Und ich habe dir nur aus Barmherzigkeit geantwortet.«

»Du mußt wenigstens eine Messe für ihn abhalten, Rigaud«, sagte Gaucher zu dem Mönch. »Wir können ihn hier nicht ohne eine richtige Zeremonie begraben.«
»Mich kümmert nicht, welche Verpflichtungen du gegenüber Cluny eingegangen bist«, fügte Hugo hinzu. »Du bist auch Norbert etwas schuldig, und diese Verpflichtung ist älter.«
Bruder Rigaud war in eine Nische der Kathedralenvorhalle zurückgewichen, und die anderen beiden schnitten ihm den Rückweg ab. Er wandte sich hin und her, fand aber keinen Ausweg.
»Ich werde sehen, was ich tun kann«, versprach er. »Was hat Norbert denn St. Peter in seinem Testament vermacht? Wollte er, daß die Mönche Seelenmessen für ihn lesen?«
»Wir reden nicht von Cluny, Rigaud.« Hugo kam noch dichter an ihn heran. »Wir reden hier nur von einer niedrigen Messe, die ein kleiner Mönch für die Seele seines Freundes halten soll. Was kostet dich das?«
»Wir werden alle beiwohnen«, sagte Gaucher. »Dann kannst du mit deinem Latein Eindruck auf uns schinden.«
Rigaud gab nach. »Ich glaube allerdings nicht, daß ihm eine Messe etwas nützt«, gab er zu bedenken. »Er hätte vor seinem Tod auch noch bereuen müssen.«
»Vielleicht hat er ja bereut, Rigaud«, sagte Hugo und trat einen Schritt zurück. »Er war derjenige, der uns zu dieser Wallfahrt gedrängt hat.«
Bruder Rigaud hob das Gesicht in den kühlen Luftzug, der dadurch entstand, daß Hugo beiseite trat.

»Falls er das getan hat, dann nicht, um eure Seelen zu retten«, sagte Rigaud mit Nachdruck. »Allenfalls, um eine letzte Gelegenheit zu finden, sich eurer Verdammnis zu vergewissern.« Er hob die Hände, um ihren Protest abzuwehren. »Wie dem auch sei. Wenn eine Messe ihn nicht rettet, hilft sie uns vielleicht doch. Es würde meiner Bekehrung Hohn sprechen, wenn ich nicht wenigstens einen Versuch unternähme.«

»Nichts für ungut«, sagte Gaucher. »Die Mönche hier werden ihn bestatten, und wir benachrichtigen seine Kinder. Von dir erwarten wir, daß du heute abend ein Gebet mit uns sprichst.«

»Das ist zuviel verlangt, Gaucher.« Rigaud war es plötzlich gleichgültig, was sie ihm antun würden. »Eine Messe, ja. Dann und dort, wann und wo es mir paßt. Aber mit euch gemeinsam beten werde ich nicht. Ich bin nicht mehr einer von euch. Ich wünschte bei Gott, ich wäre es nie gewesen.«

Sie ließen ihn vorbei. Als er fort war, lehnte sich Hugo an die Wand und beobachtete den Strom von Pilgern, der sich aus der Kirche hinauswälzte.

»Meinst du, es liegt an der Tonsur?« fragte er Gaucher.

»Wohl eher an seinem Lager«, antwortete Gaucher. »Ist wohl zu schmal.«

»Wenn ich mich recht erinnere, fand Rigaud immer Platz für zwei, selbst auf engstem Raum«, sagte Hugo.

Gaucher lachte. »Dabei haben sie aber so laut gequiekt wie Schweine, die zur Schlachtbank geführt werden.«

Er hielt inne. Er wollte nicht mehr an Schweine denken. Offenbar hatten sie jenen Scherzbold mittlerweile abgehängt, doch Gaucher hatte immer noch das Gefühl, verfolgt zu werden. Die ganze Reise war Norberts Plan gewesen, obwohl er sich bereitwillig angeschlossen hatte. Vielleicht sollten sie die Sache doch lieber vergessen.

Hugo hatte das gleiche gedacht. Er seufzte: »Wir haben einen

Eid geschworen, Gaucher. Und einen Schwur darf man nicht brechen.«
Gaucher nickte. »Ich weiß. Das würde ich auch niemals tun, und wenn sämtliche Teufel und Wölfe der Hölle hinter uns her wären.« Er zitterte. »Nur ... ich glaube, das sind sie auch.«

Wenn man sich der Reisegesellschaft des Abtes von Cluny anschloß, hatte das den einen Nachteil, daß es nur langsam voranging. Die beladenen Pferde konnte man nicht zur Eile antreiben. Auch nicht jene Büßer, die den Weg barfuß zurücklegten. Es wäre besser, Peters Karawane voranzuziehen, doch dann lief man Gefahr, sich zu weit von ihr zu entfernen und den Schutz der Wachen und der anderen Menschen zu verlieren.
Solomon, Hubert und Eliazar verbrachten den größten Teil des Vormittags damit, darüber zu diskutieren. Endlich beschlossen sie, hinten bei den meisten anderen Pilgern zu bleiben, wenigstens bis Conques. Solomon sorgte sich, daß sie auf einer Bergstraße bei Sonnenuntergang rasten müßten, weit weg von irgendeinem Dorf, einer Herberge oder auch nur einem geeigneten Lagerplatz.
»Diese Route hasse ich«, murmelte er und sah sich um, ob Catherine etwa zuhörte. »Stellenweise wird sie noch durch Schnee blockiert oder gefährlich vereist sein. Und es wächst noch nicht genug Weidegras für die Pferde. Die Mönche werden das Beste von allem in Beschlag nehmen, bevor wir irgendwo ankommen. Ich meine, wir sollten uns eigene Wachen nehmen und weiterziehen. Eine Nacht im Bergwind kann uns so sicher umbringen wie Wölfe oder Banditen.«
Hubert seufzte. Solomons Rat mußte man trotz seiner jungen Jahre mehr Gewicht beimessen, hatte er doch die letzten zehn davon auf Reisen verbracht. Überrascht erinnerte sich Hubert, daß sein Neffe erst sechsundzwanzig Lenze zählte.

Die Furchen in dessen Gesicht hatten die Elemente, nicht das Alter gezeichnet, und vielleicht auch das, was er hatte mit ansehen und tun müssen, um die Aufenthalte in fremden Ländern lebend zu überstehen.

»Vielleicht können wir uns unterwegs einer schnelleren Gruppe anschließen«, sagte er zu Solomon. »Wenn sich die Straßen in Moissac treffen, dürfte es leichter sein. Im Augenblick wirst du dich eben damit abfinden müssen, daß du von Büßern umringt bist.«

Solomon warf ihm einen Blick zu, der ein Kettenhemd zum Schmelzen gebracht hätte. Dann veränderte sich seine Miene beim Anblick von irgend etwas, das er über Huberts Schulter sah. Hubert drehte sich danach um.

»O nein«, sagte er zu Solomon. »Schlag sie dir bloß aus dem Kopf. Ich kenne dich doch. Dich reizt doch nur der Umhang. Sei nicht töricht, Junge. Darunter ist sie vermutlich nur zahnlos und alt und mit lauter Krankheiten behaftet.«

Solomon beobachtete Mondete, die über das offene Feld ging, auf dem die Laienbrüder gelagert hatten. Sie erschien weder alt noch krank, weder demütig noch reuevoll. Ihre Art zu gehen zeugte allenfalls von ungeheurem Selbstbewußtsein. Solomon fühlte sich zu ihr hingezogen, glaubte jedoch nicht, daß ihn das Ewigweibliche an ihr lockte. Zwar fragte er sich tatsächlich, wie ihr Gesicht wohl aussähe, wie ihr Körper sich unter dem dunklen Gewand wölben mochte. Doch mehr noch wollte er wissen, wessen sie sich so sicher war. Was hatte sie entdeckt, daß sie sich so bewegte, als ob sich vor ihr ein Weg auftäte, wohin sie auch ging, der sie unmittelbar zur Wahrheit führen würde?

Er wollte mit ihr sprechen, sie fragen, wie man den Weg fände, dem sie folgte. Nie wäre es ihm in den Sinn gekommen, daß es einfach der feste Glaube an Christus war. Er hatte zu viele christliche Pilger gesehen. Sie waren demütig vor ihrem Heiland. Nein. Wer immer diese Frau war oder gewesen war,

ihre Wallfahrt hatte ein anderes Motiv. Solomon brannte darauf, diesen Grund zu erfahren.
Er schlug die Warnung seines Onkels in den Wind und folgte ihr.

Mondete sah den jungen Mann aus dem Augenwinkel. Als er ihr auf der Fähre den Arm angeboten hatte, schien er ihr unschuldig genug, doch die Erfahrung lehrte sie, daß die, die am arglosesten scheinen, sich oft als die Grausamsten entpuppen. Sie ging schneller, dann wieder langsamer, da ihr einfiel, es sei wohl besser, wenn er sie hier im Freien, vor den Augen der Mönche, einholte. Ohne daß sie sich umsah, spürte sie, wie er immer näher kam.
»Madame.«
Es klang atemlos oder bang. Die Stimme war sanft, nicht so, wie sie erwartet hatte. Die Art der Anrede hatte sie schon seit Jahren nicht mehr ohne Spott gehört. Ohne zu wissen warum, blieb Mondete stehen.

Solomon war überrascht, daß sie sich umdrehte und offenbar auf ihn wartete. Er war ihr spontan gefolgt, ohne triftigen Grund. Jetzt, wo er mit ihr reden mußte, fiel ihm nichts ein.
Die Ärmel des Gewandes fielen ihr bis über die Hände. Die Kapuze war sehr tief und verbarg ihr Gesicht. Solomon sah auf ihre Zehen hinab. Sie waren wenigstens menschlich. Was den Rest der Gestalt betraf, war er sich nicht so sicher. Sie stand regungslos vor ihm, der Frühlingswind bewegte nicht einmal die Falten ihres Umhangs, das Sonnenlicht kam nicht gegen die Düsterkeit an, die Mondete ausstrahlte. Er spürte, daß sie nicht mehr von dieser Welt waren. Die Gesellschaftsordnung hatte keine Bedeutung mehr.
»Madame«, wiederholte er, »was ist der Zweck Eurer Wallfahrt?«

Lange blieb sie still. Endlich sagte sie: »Ich suche natürlich Vergebung.« Ihre Stimme klang müde und verächtlich.
»Was soll Gott Euch denn vergeben?«
Er erschrak, als sie auflachte. »Ist das nicht offensichtlich?« fragte sie.
»Nein.«
Sie schwieg wieder. Dieser Mann mit dem dunklen Teint war nicht so, wie sie erwartet hatte. Doch das machte sie nur noch mißtrauischer. Er würde sich nicht in ihr Vertrauen schleichen. Sie verschränkte die Arme und wickelte sich fest in die Stofflagen ihres Mantels.
»Wenn du nicht weißt, was alle sonst wissen, bist du entweder ein Narr oder ein noch schlechterer Mensch als ich«, sagte sie. »Jetzt laß mich in Ruhe.«
Sie drehte sich um und ging weiter.
Solomon sah ihr nach. Sie in Ruhe lassen? Nein. Das konnte er nicht. Er hatte ihre Stimme gehört. Das genügte. Sie wußte es. Da war er sich sicher. Sie hatte über diese Welt hinausgeblickt. All die Annäherungen an die Wahrheit, welche die Gelehrten den uralten Büchern entnahmen, spielten für sie keine Rolle. Sie war darüber hinausgegangen. Wenn er ihr durch den brennenden Reifen um den Äquator herum und zur anderen Seite der Weltkugel folgen müßte, würde er es tun, bis er sie überredet hätte, ihm ihre Geheimnisse anzuvertrauen.
»*Desfaé mesel*!« verfluchte er sich. Er wünschte wieder, er hätte nie die Pyrenäen überquert oder die Männer kennengelernt, die sich mit dem Lauf der Gestirne befaßten. Sein Leben war so viel angenehmer gewesen, als er einfach alle – ausgenommen sich selbst – für Dummköpfe gehalten und sich auf dieser Welt nichts weiter als eine gute Mahlzeit, ungepanschten Wein und neben sich im Bett einen warmen weichen Körper gewünscht hatte.

Catherine hatte bemerkt, daß Solomon ruhiger als sonst war; er hatte sie seit seiner Ankunft überhaupt nicht aufgezogen. Das sah ihm gar nicht ähnlich. Aber sie machte sich zuviel Sorgen um Edgar, um sich um ihren Cousin zu kümmern. Sie ging die Sache in Gedanken immer wieder durch, wobei sie gegensätzliche Perspektiven einzunehmen versuchte.

Er muß gewußt haben, daß der Weg über Berge führt, dachte sie. *Warum hat er mir nicht gesagt, daß er das nicht schafft?*

Woher willst du wissen, daß er es nicht schafft?

Ich habe kein Recht, ihn danach zu fragen. Ich bin ja diejenige, die den Traum hatte und darauf bestand, daß wir diesen Weg gehen.

Nein, das ist nicht wahr. Es war Edgars Entscheidung. Er wußte, was das bedeutet. Er opfert sich aus freien Stücken, nicht nur für die Kinder, die du gebären magst, sondern auch für deine eigene Sicherheit. Hast du je bedacht, daß er fürchten könnte, dich zu verlieren? Er will diese Wallfahrt. Hör auf zu jammern!

Catherine holte tief Luft. Sie zu verlieren? Sie hatte sich nicht überlegt, was er empfinden würde, wenn sie stürbe. Schließlich wäre sie nicht Zeugin seines Kummers. Seltsam. Sie hatte immer geglaubt, daß mit seinem Leben auch das ihre enden würde. Doch was, wenn sie als erste gehen müßte?

Sie ging ihn suchen.

Er hatte gerade das Packpferd beladen und war damit beschäftigt, eine grüne Rute zu schälen, während er darauf wartete, daß der Rest der Gesellschaft die Reise fortsetzte. Sie trat zu ihm und küßte ihn auf die Wange.

»Edgar«, sagte sie. »Was würdest du tun, wenn ich stürbe?«

Er blickte nicht einmal von seiner Gerte auf. »In meine Heimat zurückkehren und eine blonde Frau heiraten«, sagte er, ohne zu zögern.

Er sah auf und grinste sie an. Eine Sekunde lang flackerte es in seinem Gesicht. Sein Zittern sagte ihr alles, was sie wissen wollte.
Catherine grinste zurück. »Ich empfinde genauso für dich«, sagte sie. »Wann reisen wir weiter?«
Edgar seufzte. »Die Gesellschaft des Abtes brach schon vor geraumer Zeit auf. Dein Vater und dein Onkel wollen mit der nächsten Gruppe reisen. Aus Sicherheitsgründen wollen sie wenigstens fünfzehn Leute zusammenhaben, aber nicht viel mehr.«
»Ich wünschte, der Jongleur und seine Frau würden uns begleiten«, sagte Catherine. »Es wäre unterhaltsam, unterwegs Musik zu hören.«
»Ich dachte, dir gefällt mein Gesang?« wandte er ein.
»Aber deine Lieder kenne ich alle schon«, antwortete sie. »Nicht, daß ich sie nicht wunderschön fände. Besonders die angelsächsischen, von denen ich kein Wort verstehe.«
»Ich liebe dich auch«, sagte er.
Catherine beschloß, die Bergstraßen nicht wieder zu erwähnen.

Ihr Musikwunsch wurde erfüllt. Als sich die Gruppe für die Reise nach Conques versammelte, waren auch der Jongleur und seine Frau mit von der Partie, ferner die restlichen drei Ritter und Griselle von Lugny, in Begleitung ihrer Wachen und der Zofe. Außerdem waren da vier Männer aus Deutschland, die sieben Wochen zuvor von Speyer aufgebrochen waren. Sie stammten aus einem Dorf, das durch die Intervention des heiligen Jakob von einer Feuersbrunst verschont worden war; die Dörfler hatten diese vier auserwählt, aus Dankbarkeit diese Wallfahrt zu unternehmen.
Hinter ihnen, nahe genug für ihre Sicherheit, doch zu weit weg für ein Gespräch, ging Mondete Ticarde für sich allein.

Als Mondete Solomon in der Gesellschaft entdeckt hatte, zögerte sie zunächst, verwarf ihre Bedenken aber dann wieder. Sie wußte nicht, ob er an ihrer Seele oder an ihrem Leib interessiert war. Es tat nichts zur Sache. Sie hatte durchaus nicht vor, ihm erstere oder letzteren zu überlassen. Als die Tage jedoch vorübergingen, ohne daß er wieder auf sie zugekommen wäre, begann sie ihn zu beobachten. Frühzeitig erfuhr sie, daß er und sein Onkel Juden waren, die unter dem Schutz des Abtes Suger von St. Denis standen und mit einem christlichen Kaufmann und dessen Familie reisten. Das ging sie nichts an, obwohl die anderen Pilger diese Angelegenheit am ersten Tag heftig diskutierten. Wenn der Abt von St. Denis sich mit diesen Menschen abgab, gab es für sie auch keinen Grund dagegen.
Sie verstand gar nicht, wieso sie es spürte, wenn er sie ansah. Es brachte sie in Wallung, obwohl er doch nur ein Knabe war, mindestens zehn Jahre jünger als sie. Die Augen in seinem dunklen Gesicht waren verblüffend grün, und sie sahen sie keineswegs lüstern an.
Wieso nicht?
Mondete zwang sich, wieder an ihre Gebete zu denken.

Gaucher und Rufus belustigte es sehr, als sie entdeckten, daß Mondete sich unter der Kapuze verbarg. Es gab der Reise eine gewisse Würze. Sie erinnerten sich beide gut an sie aus ihrer Zeit in Mâcon. Natürlich war es Sünde, eine reuige Büßerin in Versuchung zu bringen, den Pfad der Tugend zu verlassen, doch beide hatten bei sich beschlossen, den Versuch zu wagen. Rufus sann darüber nach, ob er mit seinem Freund eine Wette abschließen sollte, wer von beiden ihren Entschluß als erster zum Wanken brächte.
»Ob sie immer noch die Glocken an ihren Ohrringen mit den Zehen zum Klingen bringt?« fragte Rufus, als er neben den beiden anderen Rittern ritt.

»Natürlich kann sie das nicht. Sie trägt ja keinen Schmuck mehr«, gab Hugo zu bedenken.
Die beiden anderen schüttelten den Kopf. Kein Wunder, daß Hugos Frau sich mit so vielen Troubadouren eingelassen hatte. Gaucher hatte oft gedacht, sie wäre vor lauter Langeweile gestorben, weil sie Hugo hatte beiwohnen müssen.
»Hersent, ich brauche meine Handschuhe.«
Die Männer richteten ihre Aufmerksamkeit auf Griselle von Lugny. Sie sah stur geradeaus, während ihre Zofe im Gepäck herumkramte. Bislang hatte sie kaum ein Wort mit irgend jemandem gewechselt, außer mit ihren Bediensteten. Gaucher nutzte die Gelegenheit, um neben ihr stehenzubleiben, vor Hubert, der sich gezwungen sah, ebenfalls anzuhalten.
»Kann ich Euch zu Diensten sein, Madame?« fragte der Ritter.
»Im Augenblick fühle ich mich durchaus in der Lage, mir die Handschuhe allein überzuziehen«, teilte sie ihm mit. »Sollte sich das ändern, werde ich auf Euer freundliches Angebot zurückkommen.«
Er versuchte es noch einmal. »Ich hoffe, Eure Handschuhe sind warm genug. Das Wetter ist zu dieser Jahreszeit veränderlich. Es war ungewöhnlich warm, doch morgen könnten wir Schneeregen bekommen.«
Griselle bedachte ihn mit einem Blick, der für Hündchen reserviert war, die noch nicht gelernt hatten, an sich zu halten, wenn sie auf dem Schoß saßen. »Ich verfüge über ausreichende Bekleidung für jedwede Klimaveränderung«, sagte sie. »Sofern Ihr Euch also nicht anheischig macht, das Wetter für mich zu regulieren, bezweifele ich doch sehr, daß Ihr von Nutzen sein könnt.«
»Ich möchte Euch nur zu Diensten sein«, versetzte Gaucher gekränkt.
»Das werde ich mir merken, falls einer meiner Diener unpäßlich sein sollte«, sagte Griselle.

Sie nahm die Handschuhe von der Zofe entgegen und spornte ihr Pferd an, ließ Gaucher einfach stehen. Er kehrte zu seinen Freunden zurück.
»Ich kann Witwen nicht ausstehen«, sagte er. »Gib ihnen Verfügungsgewalt über ein bißchen Besitz, und sie lassen es völlig an Respekt fehlen.«
»Ach, ich weiß nicht recht«, widersprach Rufus. »Ich erinnere mich da an ein oder zwei, die mir doch eine Menge ... Respekt zollten.«
Es war Hubert nicht möglich gewesen, den Schlagabtausch zwischen Gaucher und Griselle zu überhören, und er hatte sein Lachen nur mühsam unterdrücken können. Es war gut, eine Frau zu hören, die so mühelos einem aufgeblasenen, hochmütigen Mann vom Schlage Gauchers den Wind aus den Segeln nahm. Seine Catherine war klug genug, jemandem Paroli zu bieten, doch neigte sie nicht dazu, ihr Gegenüber zu demütigen. Hubert fragte sich, was eine solche Frau wohl sagen würde, wenn er sich ihr näherte. Sie würde ihn vermutlich innerhalb von drei Sekunden am Boden zerstören. Dennoch fühlte er sich sehr versucht, es herauszufinden.

Catherine ging zwischen Edgar und Solomon, jeder führte ein Packpferd. Der Tag – der sechste, seit sie Le Puy verlassen hatten – war mild gewesen und die Straße am Flußtal entlang glatt. Sie fühlte sich so wohl, daß sie Gewissensbisse bekam. Eine Wallfahrt sollte kein Vergnügen sein.
»Wir sollten bis morgen abend Conques erreichen«, sagte Edgar. »Man sagt, die Stadt ist in die Berghänge hineingebaut, wie das Kloster, in dem wir gestern übernachtet haben.«
Catherine warf ihm einen raschen Blick zu. Alle Dörfer hier lagen im Tal, doch die Mönche hatten ihre Zufluchtsorte in die Klippen gemeißelt, wo sie die Flüsse hoch überragten. Bislang hatte Edgar keinerlei Unbehagen über den Aufstieg geäußert, doch sie behielt ihn trotzdem im Auge.

»Ich wollte schon immer mal die Reliquen der heiligen Fides sehen«, sagte sie. »Sie soll mit Juwelen besetzt sein.«
»Ich konnte noch nie eure Neigung verstehen, die Leichname eurer Heiligen zu schmücken«, sagte Solomon.
Catherine bekämpfte ihre Verärgerung. Ihr Cousin würde sich in einem Streit nie bekehren lassen. »Damit wollen wir sie ehren«, erklärte sie. »Weiter nichts. Macht ihr das nicht auch mit der Lade, die eure heiligen Bücher enthält?«
Er antwortete nicht. Allein daran erkannte Catherine, daß sie einen Punkt gewonnen hatte. Obwohl... sicher sein konnte sie sich da nicht. Solomon hatte seine frühere unbekümmerte Art noch nicht wiedergewonnen. Vielmehr schien sich seine düstere Stimmung mit jedem Tag zu vertiefen. Seit Beginn der Reise hatte er sie noch zu keiner richtigen Auseinandersetzung provoziert, und allmählich fragte sie sich, ob er vielleicht krank sei.
Sie rasteten in jener Nacht unweit der Priorei von St. Marcel, wo die Gesellschaft aus Cluny übernachtete. Es war das Ende der Gorges du Tarn, den Klippen, die steil aus dem Fluß Lot emporragten. Morgen würden sie nach Südosten abbiegen und den Ouche und den Dourdou überqueren und ein weiteres Tal bis nach Conques durchwandern.
Es gab nicht viel Platz für ein Lager. Das Land stieg an, kaum daß sie den Fluß hinter sich ließen. Catherine freute sich, daß man nicht weit laufen mußte, um Wasser zu holen. Edgar, Solomon und zwei von den Deutschen konnten genügend Fische angeln, um die Gesellschaft zu verköstigen. Eliazars Augen leuchteten auf, als er hörte, daß Solomon Forellen geangelt und keinem Christen erlaubt hatte, sie anzufassen. Es wäre schön, wieder richtiges Essen zu haben.
Maruxa und Roberto bezahlten für ihre Mahlzeit mit Geschichten. Eingedenk des Sinns dieser Reise gaben sie das Leben von Heiligen wieder. Dann sang Maruxa das Lied, das

Mondete sich gewünscht hatte: *Jherusalem, grant damage me fais.* Es hatte Catherine von jeher Rästel aufgegeben. Eigentlich sollte es ein Klagelied für die Heilige Stadt sein, doch es klang eher wie ein Lied über eine verlorene Liebe. Sie war sich wohl bewußt, daß irdische Liebe nur ein blasser Abglanz der göttlichen ist und daß sich die Terminologie der beiden ähnelt, doch diese Liebe schien fest im Leiblichen zu wurzeln. Vielleicht war sie einfach nicht vergeistigt genug? Die Stimmen der Sänger waren leidenschaftlich:

Quant me remembre del douz viare cler
Que je soloie baisier acoler,
Grant merveille est que je ne sui dervee

Catherine schmiegte sich an Edgar und legte den Kopf auf seine Schulter. »Wenn ich an dein süßes Gesicht denke, das ich so oft geküßt und liebkost habe, ist es ein großes Wunder, daß ich nicht wahnsinnig wurde«, wiederholte sie. Nein, es war nicht religiöser Eifer, den sie empfand. In der Dunkelheit nahm Edgar ihre Hand und legte sie auf seinen Schoß. Catherine lächelte. Offensichtlich teilte er ihre Auslegung des Liedes. Sie dachte, wie schön es doch war, daß sie ein Plätzchen für heute nacht gefunden hatten, das etwas abseits von den Lagern der anderen lag.

Sie waren auf einen geschützten Felsvorsprung geklettert, umgeben von Bäumen, und hatten dort ihre Decken ausgebreitet. Edgar band die Zweige zusammen und legte sie an die Felswand, um sie zu schützen, falls das Wetter umschlüge.
»Das glaube ich allerdings kaum«, sagte er. »Alle behaupteten, es wäre hier eiskalt und regnerisch, aber es war doch wärmer als in Paris.«
»Das ist es fast überall.« Catherine hatte in Paris oft genug

einen Frühling erlebt, der Rheumatismus und Frostbeulen mit sich brachte.
»Niemand kann uns hier sehen. Meinst du, es ist mild genug, um ohne Hemd zu schlafen?« fragte Edgar.
Catherine band sich die Zugschnur am Hals auf. »Solange du mich auf andere Art warmhalten kannst«, meinte sie. »So wie du auf die Musik reagiert hast, bin ich zuversichtlich, daß uns beiden etwas einfällt.«

Es war spät in der Nacht, zwischen Monduntergang und Sonnenaufgang, als Catherine durch einen tosenden Lärm aufwachte. Einen Augenblick lang konnte sie sich nicht erinnern, wo sie war. Dann kamen von unten Alarmrufe. Das Tosen wurde lauter. Es kam von weiter oben im Tal, die Strecke, die sie gestern gewandert waren.
»Edgar, was ist denn?« rief sie.
Er war schon aufgesprungen. »Der Fluß! Er stürzt aus der Schlucht. Catherine, bleib hier.« Er machte sich an den Abstieg und zog sich im Gehen das Hemd über den Kopf.
Von unten drangen Laute der Verwirrung und Panik herauf. Die Menschen waren davon wach geworden, daß ihnen eisiges Wasser ins Gesicht spritzte. Die, die dem Fluß am nächsten lagerten, konnten nicht einmal mehr aufrecht stehen, als die Flutwelle sie einschloß und mit sich fortriß.
Catherine kämpfte sich in ihre Kleider. »Edgar!« rief sie. »Warte, Edgar! Wo ist mein Vater?«
Als sie hinter ihm herrannte und Steine und Zweige ihr in die Füße schnitten, versuchte sie sich an einen Heiligen zu erinnern, den sie um Hilfe bitten könnte – doch sie empfand nur Ärger über den Himmel, daß er ihnen so grausam zu verstehen gab, wer hier das Sagen hatte.

FÜNFTES KAPITEL

Am südlichen Ende der Gorges du Tarn, im ersten Morgengrauen, Sonnabend, 2. Mai 1142, am Tag des heiligen Athanasius, des eigensinnigen Bischofs und Verbannten

... et simul imbres cadant, flumina increscant, maria sedibus suis excita procurrant et omnia uno agmine ad exitum humani generis incumbant.

... und zur selben Zeit wird Regen fallen, die Flüsse werden über die Ufer treten, die Meere wild aus ihren Betten stürzen und alle sich mit geballter Macht auf die Zerstörung der menschlichen Rasse konzentrieren.

Seneca: *Naturales quaestiones*
Buch III, 27.1

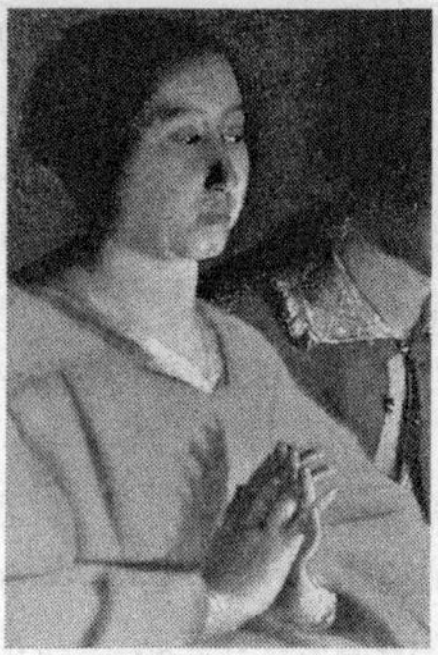

Edgar, der den Hügel hinabrutschte, hatte Hubert getroffen, der gerade hinaufeilte. »Laß sie nicht nachkommen!« hatte Edgar gebrüllt. »Wo ist Solomon?«

»Wir haben alle auf einer Anhöhe gelagert«, keuchte Hubert, »aber beim ersten Rauschen ist er aufgesprungen, um diese *jael* zu suchen. Ich wollte euch finden. Eliazar kümmert sich um die Pferde und bringt das Gepäck zur Priorei.«

»Ich verstehe das gar nicht«, rief Edgar, das Donnern übertönend. »Es hat doch nicht geregnet. Warum gibt es plötzlich eine Überschwemmung?«

»Frag den Allmächtigen«, rief Hubert zurück.

»Sobald ich Solomon gefunden habe.« Edgar rutschte weiter hügelabwärts.

Hubert fand Catherine halbbekleidet vor, wie sie gerade versuchte, den Abhang hinabzusteigen, ohne hinzufallen. Er packte sie am Ellenbogen und führte sie wieder hinauf.

»Vater, da unten sind Menschen, die Hilfe brauchen«, protestierte sie.

»Wir können jetzt wenig tun«, versetzte Hubert. »Denen, die die erste Welle mitgerissen hat, können wir jetzt nicht mehr helfen, und die anderen irren ziellos umher. Wir würden das Chaos nur verschlimmern.«

»Und was macht Edgar dann?« fragte Catherine, die sich

immer noch aus dem Griff ihres Vaters befreien wollte, um in den Strudel hinabzusteigen.

Hubert zögerte. »Dein Cousin ist jener *engieneuse* im schwarzen Gewand nachgelaufen. Edgar will ihn suchen und zurückbringen.«

»Hast du gesehen, wo sie ihr Lager aufgeschlagen hatte?« fragte Catherine.

Hubert schüttelte den Kopf, nicht verneinend, sondern besorgt. »Zwischen den Steinen am Wasser«, sagte er. »Am feuchtesten, unbehaglichsten Platz, den man sich denken kann.«

»Aber dann wäre sie ja ...« Catherine brach ab.

»Er wird sie nicht finden«, sagte Hubert. »Es ist zu spät. Ich habe versucht, es ihm zu sagen. Die erste Flutwelle toste wie ein Mühlbach und riß alles mit. Dann ließ die Kraft des Wasser nach. Doch es steht immer noch hoch und steigt langsam wieder an. Ich fürchte, die Straße zur Priorei wird unter Wasser liegen, bevor es hell genug ist, sie zu sehen. Doch der Schwall ist vorbei. Sorg dich nicht, *ma douce*. Edgar befindet sich nicht in Gefahr, und hoffentlich hat Solomon so viel Verstand, daß er nicht in die Fluten springt.«

»Dann müssen wir wohl abwarten.« Catherine setzte sich hin.

Wenn der Kaiser von Byzanz neben Hubert aufgetaucht wäre, um die vergoldeten Fingerspitzen des heiligen Johannes Chrysostomos zu verkaufen, er hätte nicht überraschter sein können. Catherine riet zur Geduld?

»Bist du krank, meine Tochter?« fragte er.

Sie sah mit traurigem Lächeln zu ihm auf. »Nein, Vater, und schwanger bin ich auch nicht. Nur eingeschüchtert, glaube ich. Wir haben das Schicksal herausgefordert. Wir hatten Freude an einer Sache, die ein Akt der Sühne sein soll«, sagte sie seufzend. »Doch mir scheint das ein grausames Spiel

zu sein. Meinst du nicht auch, Gott hätte uns eine mildere Lektion erteilen können?«
Hubert wußte darauf nichts zu antworten, also ließ er sich neben ihr nieder und wickelte eine Decke um sie, hielt sie wie damals, als sie klein gewesen war und er ihr alles erklären konnte.

Abt Peter war keineswegs von dem Tumult dort unten erwacht. Er hatte das Nachtoffizium und die Laudes mit der Gemeinde von St. Marcel gebetet und verbrachte die kurze Zeitspanne bis zur Prime mit der Abschrift seiner Instruktionen, die er der Abtei von Cluny für die Dauer seiner Abwesenheit hinterlassen hatte. Die Zelle, die man ihm zugewiesen hatte, war in die Felswand gehauen, und kein Laut von draußen drang dort hinein.
Daher war er überrascht über das heftige Pochen an der Tür. Kurz darauf stand Bruder Jakob vor ihm, aufgeregt und zerzaust.
»Sind alle unsere Leute ausfindig gemacht?« fragte Peter, als ihm der Mönch die Lage geschildert hatte.
»Soweit wir wissen, ja«, sagte Bruder Jakob. »Doch unter den Pilgern, die im Tal lagerten, herrscht Verwirrung. Einige von ihnen wurden von der Woge erfaßt und weggespült. Wir wissen nicht, ob sie noch am Leben sind. Von denen, die sich retten konnten, haben manche ihre armselige Habe verloren, mit der sie die Reise finanzieren wollten.«
»Frage den Prior, wie es um die Vorräte von St. Marcel steht«, sagte Peter. »Anschließend gehst du mit Bruder Rigaud hinunter und machst dir ein Bild vom Ausmaß der Not. Wir müssen diese Menschen wenigstens mit Brot versorgen. Und schick mir Bruder Savaric her.«
Bruder Jakob machte sich auf den Weg zu Bruder Savaric, den Almosenverwalter. Normalerweise war jener nur mit den mildtätigen Gaben des Klosters betraut, doch für diese

Reise verwaltete er sämtliche Mittel. Jakob erklärte noch einmal, was geschehen war, während alle dort oben geschlafen hatten.

Bruder Savaric bekreuzigte sich. »Die armen Seelen«, sagte er. »Sicherlich haben wir genug, um sie wenigstens wieder zu kleiden. Ich werde mich mit dem Abt beraten, wie wir die Hilfe am besten verteilen. Wirst du mich umgehend über die Lage informieren?«

»Gewiß.«

Kurz darauf machte sich Bruder Jakob mit Bruder Rigaud an den Abstieg von der Priorei zum Fluß. Sie konnten sehen, daß die Strömung viel stärker war als am vorherigen Tag. Sie sprang jetzt über Felsen, die am Abend vorher als Lagerstätten gedient hatten. Was den Schlamm und den Schutt betraf, so war es klar, daß der Wasserpegel noch viel höher gewesen war. Wie erschlagen standen die Menschen beieinander oder kratzten verzagt den Schmutz von ihren geretteten Habseligkeiten.

Bruder Rigaud war überrascht, daß er Erleichterung verspürte, Gaucher, Hugo und Rufus unter den Überlebenden zu sehen. Doch so weit ging die Erleichterung nicht, daß er Gaucher herzlich begrüßt hätte, als jener auf ihn zueilte.

»Wir können Frau Griselle nicht finden!« rief ihm der Ritter zu. »Niemand erinnert sich, wo sie sich gestern abend aufhielt. Wir vermuten, daß sie ertrunken ist.«

»Falls ihr Griselle von Lugny meint«, eröffnete ihm Bruder Jakob, »sie und ihre Zofe fanden gestern nacht Unterkunft im Gästequartier der Priorei. Ihr verstorbener Gatte, Bertran, hinterließ sein gesamtes Vermögen der Abtei von Cluny, mit der Maßgabe, daß Frau Griselle den Nießbrauch auf Lebenszeit haben sollte. Wir meinen daher, daß sie stets unter dem Schutz von Cluny steht.«

»Sie vertrat diese Ansicht mit großem Nachdruck«, sagte

Bruder Rigaud. »An der Frau ist eine Advokatin verlorengegangen.«
Gaucher ließ die Schultern sinken. Er hätte wissen müssen, daß dieses Weib sich ein trockenes Lager gesichert hatte. Und die Neuigkeit, daß ihr Land nach ihrem Tod an Cluny fallen würde, war höchst enttäuschend. Doch seine Miene hellte sich wieder auf. Sie war ja noch nicht so alt, ein paar Jahre jenseits der dreißig, mutmaßte er. Ein Mann könnte seine letzten Jahre ganz gemächlich in ihrer Pflege verbringen – sofern es ihm gelänge, ihrer spitzen Zunge auszuweichen, überlegte Gaucher, als er zurückging, um es den anderen zu berichten.
Die Mönche setzten ihre Schadensaufnahme fort. Sie stellten fest, daß drei Leute fehlten: zwei von den Deutschen und die Frau, die unter dem Namen Mondete Ticarde bekannt war. Andere hatten ihre Siebensachen verloren, oder ihre Kleidung war schlammbedeckt, doch sonst waren sie unverletzt.
Bruder Rigaud näherte sich einem Mann, der der Jongleuse behilflich war, ihre Decken zu säubern. Neben Maruxa stand ihr Mann, der einen vergeblichen Versuch unternahm, Schlick aus seinem Dudelsack zu pusten. Bruder Jakob folgte seinem Gefährten mit ein paar Schritten Abstand. Der Mann richtete sich auf, als sie näherkamen und lächelte verhalten durch seinen ergrauenden schwarzen Bart.

Eliazar war es gewöhnt, Mönchen gegenüber höflich zu sein. Er hatte genug Zeit damit verbracht, Geschäfte mit der Abtei von St. Denis zu tätigen. Doch neue Kleriker machten ihn nervös. Und tatsächlich, der zweite Bruder zuckte angewidert zurück, als er Eliazar sah. Er wandte sich ab, zog sich die Kapuze bis an die Nase herunter und lenkte seine Schritte rasch in eine andere Richtung. Bruder Rigaud sah ihm verdutzt nach, dann erinnerte er sich an seinen Auftrag.

»Der Abt von Cluny drückt euch sein Beileid aus«, sagte Rigaud zu den dreien. »Er wünscht zu erfahren, womit er euch helfen kann.«

»Meine Gefährten und ich sind unbeschadet davongekommen«, sagte Eliazar, »doch andere hier würden sich wohl gern trockene Kleidung ausleihen und könnten Hilfe dabei gebrauchen, sich die eigenen zu reinigen.«

»Mit einer warmen Mahlzeit wäre uns auch geholfen«, fügte Maruxa hinzu.

Ihr Gatte blies einfach weiter in seinen Dudelsack.

Rigaud beendete die Runde bei den Überlebenden am Ufer. Er fand Bruder Jakob, der sich um die Deutschen kümmerte. »Warum bist du weggelaufen?« fragte Rigaud ihn. »Ich dachte, wir machen gemeinsame Sache?«

Bruder Jakob zog Rigaud beiseite. »Glaubst du, der Mann hat mich gesehen?« fragte er. »Sie können dich mit Blicken verfluchen, weißt du.«

»Wer denn?« fragte Rigaud. »Die Spielleute?«

Bruder Jakob verfiel in heiseres Flüstern. »Jener Jude natürlich«, sagte er. »Der Mann mit dem Bart. Was macht er denn, warum reist er mit ehrbaren Christenmenschen in heiliger Mission?«

»Jude?« wiederholte Rigaud. »Ist er das? Ich hörte, Abt Sugar hat zwei geschickt. Ich habe sie nicht gesehen. Woher weißt du denn, daß er Jude ist?«

»Ich erkenne ihn am Geruch«, antwortete Bruder Jakob. »Wenn Sugar sie schützt, können wir nichts tun, aber ich würde mich von ihm und seinem Glaubensgenossen fernhalten. Es sind gefährliche, falsche Menschen.«

»Das habe ich auch gehört«, antwortete Bruder Rigaud. »Nun denn. Hast du die Wallfahrer alle nach ihren Nöten befragt?«

»Ja, wir können die Liste sofort an Bruder Savaric weitergeben«, antwortete Bruder Jakob. »Wir sollten uns beeilen. Barmherzigkeit sollte nie zögerlich sein.«

Maruxa gab der Decke, die Eliazar hielt, einen letzten Schlag mit der Hand. »So«, sagte sie. »Ich klopfe sie noch einmal aus, wenn der Schmutz trocken ist.
Eliazar half ihr beim Zusammenlegen der Decke. Roberto legte den Dudelsack mit einem kläglichen Seufzer beiseite.
»Wenigstens haben wir die *vielle* gerettet«, sagte er. »Die läßt sich nicht so leicht ersetzen.«
»Kopf hoch, *m'aucel*«, sagte Maruxa. »Wir haben doch noch unsere Stimmen, unsere Geschichten, unsere Hände, um den Rhythmus zu halten, und unsere Füße zum Tanzen. Wir werden leichter überleben als andere.«
»Tun wir doch immer, nicht?« sagte Roberto lächelnd. »Schön, keine langen Gesichter mehr. Obwohl...«
Alle drei sahen zu der Stelle, wo Mondete geschlafen hatte. Der flache Stein, auf dem sie gelegen hatte, war eben noch im Wasser zu erkennen.
»Die arme Frau«, sagte Maruxa und bekreuzigte sich. »Sie hatte keine Chance. *Sieur* Eliazar, ist Euer Neffe zurück?«
»Noch nicht«, erwiderte Eliazar. »Ich teile Eure Sorge um die Frau. In das schwere Gewand gehüllt, konnte sie sich wohl kaum retten. Aber Solomon wollte nicht hören. Er ist von ihr besessen. Denkt wohl, sie hielte die Weisheit aller Zeiten unter dem Umhang verborgen.«
»Wie seltsam«, sagte Maruxa. »Ich glaube, daß nur Mondete und ihr Kummer darunter liegen.«
Eliazar sah flußabwärts, wohin Solomon gegangen und Edgar ihm gefolgt war. Er sah keine Spur von beiden.
»Hoffentlich kann der Eidam meines Kompagnons ihn zur Rückkehr bewegen«, sagte er. »Wir dürfen hier nicht zu lange verweilen. Wenn wir erst durch die Schlucht hindurch und auf der Ebene sind, droht uns keine Gefahr durch Überschwemmungen mehr.«
»Ja«, sagte Roberto. »Dann können wir uns wieder wegen Wölfen und Räubern Sorgen machen.«

Eliazar erwog, Solomon und Edgar nachzugehen, befand jedoch, daß dann noch einer mehr fehlen würde. Weiter oben konnte er die Gestalten von Catherine und Hubert ausmachen. Vielleicht konnten sie von ihrem Aussichtspunkt aussehen, ob die anderen beiden auf dem Rückweg waren. Er machte sich auf den Weg zu den beiden.

Edgar hatte Solomon mühelos einholen können. Sein Freund bewegte sich langsam am Wasser, suchte beide Ufer nach einem Zeichen von Mondete ab.

»Solomon, komm mit mir zurück«, sagte Edgar, als sie auf einer Höhe waren. »Die Gewalt des Flusses war zu stark. Alles wurde meilenweit flußabwärts geschwemmt. Du wirst sie nicht finden, zumindest nicht lebend.«

»Doch«, antwortete Solomon. »Auf die eine oder andere Art.«

»Wir brauchen deine Hilfe«, bettelte Edgar. »Alles versinkt im Chaos.«

»Es ist bestimmt nichts gegen den Aufruhr in mir«, antwortete Solomon. Er ließ seinen Blick nicht vom Wasser.

Edgar öffnete den Mund, um weiter zu argumentieren, erkannte jedoch, daß Solomon nicht auf die Stimme der Vernunft hören würde. Er und seine Kusine Catherine waren sich in vielen Dingen so ähnlich. Sie beide hielten sich für Festungen rationalen Denkens, doch die ganze Logik schwand dahin, sobald Leidenschaft auf den Plan trat. Leidenschaft für einen Menschen, eine Idee, eine Antwort, einerlei für was. Wenn sie etwas faszinierte, konnte man nur versuchen, sie vor den schlimmsten Folgen zu bewahren, die ihnen mit Sicherheit daraus erwuchsen.

»Nun denn«, sagte Edgar zu Solomon. »Die Sonne ist kaum über den Rand der Schlucht gestiegen. Die Straße oder das, was von ihr übrig ist, folgt dem Fluß. Wir können immer noch vor Anbruch der Nacht in Conques sein, wo es eine richtige Pilgerherberge gibt. Wenn du uns unterwegs nicht siehst, treffen wir uns dort. Sonst werden wir alle vier nach dir suchen. Dann rettet dich nichts vor Catherines Spott, noch will ich dich davor beschützen.«

»Danke, Edgar.« Solomon hielt einen Augenblick inne, um die Hand seines Freundes zu ergreifen. »Wenn ich sie nicht finde, bevor der Lot sich mit den anderen Flüssen vereint, dann weiß ich, daß sie für immer verloren ist. Doch ich muß sichergehen.«

»Ich verstehe nicht, was dich an dieser Frau derart fasziniert«, meinte Edgar.

»Sag jetzt bloß nicht ›sie ist doch nur eine *jael*, die endlich ihre Freizügigkeit bereut und ihr Gesicht verhüllt, weil sie alt und häßlich geworden ist‹. Das sagen die alten Männer und auch Frau von Lugny. Ich glaube es nicht. Und ich glaube auch nicht, daß sie ertrunken ist.«

»Ich habe nie behauptet, daß du das glauben sollst«, sagte Edgar. »Also, in Conques bei Anbruch der Nacht. Sieh dich vor.«

Auf dem Rückweg schüttelte Edgar den Kopf über Solomon. Bis jetzt hatte er immer angenommen, Catherines Cousin könne sein Temperament durch seine Vernunft ausgleichen. Solomon hatte nie Philosophie studiert, doch seit langem war er ein klassischer Zyniker, der einer Sache nie genug traute, um sie ernst zu nehmen. Was mochte ihm auf seiner letzten Spanienreise nur zugestoßen sein?

Catherines Geduld dauerte nur, bis die Sonne ganz aufgegangen war. Inzwischen herrschte wieder einigermaßen Ordnung, und die Pilger waren von den Mönchen von St. Marcel beköstigt worden. Schnell hatte sich der Reisetrupp gebildet, und Catherine erkannte, daß sie nicht als einzige darauf brannte, das enge Tal endlich hinter sich zu lassen.

»Was Edgar nur aufhält?« fragte Hubert. »Solomon kann doch nicht soviel Vorsprung gehabt haben.«
»Vielleicht sollten wir aufbrechen und ihm entgegengehen«, schlug Catherine vor.
»Nein«, sagte Hubert. »Es sind noch nicht alle bereit. Frau Griselles Begleiter beladen noch die Packpferde. Sollte er noch nicht zurück sein, wenn die Gesellschaft aufbricht...«
Er hielt inne. Catherine hatte das flachsblonde Haar ihres Gatten in der Traube von Menschen entdeckt, die sich auf der Straße unter ihnen wälzte. Sie war den halben Abhang hinunter, bevor Hubert seinen Satz beenden konnte. Er setzte ihr nach, doch dann bemerkte er, daß neben dem blonden Schopf kein dunkler war.
Eliazar hatte Edgar ebenfalls gefunden, und als sich Catherine und Hubert näherten, schienen die beiden eine heftige Auseinandersetzung zu haben.
»Du hättest ihn am Gürtel seiner *brais* zurückschleifen sollen«, sagte Eliazar gerade. »Hubert, hast du das gehört? Edgar hat diesen Idioten aufgespürt und ließ ihn dann wie den Spielmann in einem Lied davonwandern und seiner wahren Liebe nachjagen.«
»Ich konnte ihn nicht mit Gewalt zur Umkehr zwingen«, sagte Edgar. »Und ich glaube nicht, daß er Liebe sucht, zur Abwechslung einmal nicht.«
»Was auch immer es seiner Meinung nach ist, ein gutes kurzes Rütteln am Boden seiner *brais* würde ihn wieder zur Vernunft bringen«, knurrte Eliazar. »Ich hoffe nur, wir verlieren nicht mehrere Tage, indem wir das Flußufer nach ihm absuchen.«
Die Stimmung besserte sich bei niemandem, als die Pilger sich wieder auf den Weg machten. Dieses Mal blieben sie dicht hinter der Gesellschaft von Cluny. Es wurde wenig geredet, und nur gelegentlich war ein Klagelaut zu hören, wenn Roberto seinen Dudelsack traktierte. Als die Sonne höher

stieg, dampften viele der Wanderer, als ihre Wollkleidung zu trocknen begann. Sie sahen aus wie verwirrte Sünder, die man aus den Höllenqualen in die Welt zurückgebracht hatte, die aber immer noch das Stigma ihrer Strafe trugen.

Catherine erhob keine Einwände, als Edgar ihre beider Bündel auf Huberts Pferd lud und sie auf ihr eigenes setzte. Sie nutzte diese höhere Warte, um ihre Mitreisenden zu überblicken.

Die beiden übriggebliebenen deutschen Männer waren schweigsam, aber zur Weiterreise entschlossen. Sie waren sich einig, daß der Verlust ihrer Kameraden nur ein Teil des Preises war, den sie für die Errettung ihrer Heimatstadt zu zahlen hatten. Umkehr könnte nur weitere Katastrophen nach sich ziehen. Catherine hielt dies für ein schlechtes Glaubensverständnis. Doch obwohl sie die richtige Doktrin in dieser Angelegenheit kannte, konnte sie sich kaum des Gefühls erwehren, daß alles im Leben sich um Belohnung und Strafe drehte, um Schwüre, die gehalten oder gebrochen wurden. Wie Gaucher, Hugo und Rufus, wie die deutschen Bürger, wie Mondete, hatte sie einen heiligen Eid geschworen, die Wallfahrt zu Ende zu führen. Wenn sie aus eigener Schwäche scheiterte, konnte sie kaum erwarten, daß der heilige Jakob sich ihretwegen bemühen würde.

Catherine seufzte und richtete ihr Augenmerk auf Griselle. Da jene die Nacht in einem bequemen Gästezimmer in der Priorei zugebracht hatte und ihr die Zofe das Haar gekämmt und mit Bändern zu Zöpfen gebunden hatte, sah man ihr die Strapazen der Reise nicht an. Catherine fühlte ihre eigenen zerknitterten Kleider und völlig verfilzten Haare und mußte den Neid in sich bekämpfen.

Einerlei, mahnte eine Stimme in ihr. *Sie ist eine arme, einsame Witwe. Du hast einen wunderbaren Ehemann, der im Augenblick jeden Zoll so zerzaust aussieht wie du. Sei barmherzig, Kind.*

Merkwürdig, daß jene Stimme ihr so gute Ratschläge mit dennoch beißender Ironie erteilen konnte. Catherine beobachtete, wie die »arme, einsame Witwe« zunächst eine Unterhaltung mit Gaucher ablehnte, dann mit Rufus, dessen Nase so rot war wie früher einmal sein Bart. Griselle schien erleichtert, als Hubert neben ihr aufkreuzte. Er begrüßte sie nur förmlich und sah beim Weiterreiten stur geradeaus.
Vater behandelt sie rücksichtsvoller als ich, dachte Catherine. Es ist sehr freundlich von ihm, sie vor unerwünschten Aufmerksamkeiten zu schützen.

Als sie die Straße zur Stadt Conques hinaufstiegen, spürte Catherine die wachsende Unruhe. Sie hatten keine Spur von Solomon gesehen, als sie die Ufer des Lot verließen, um der Schlucht des Dourdou zu folgen. Er würde nicht weiter am Fluß entlangmarschiert sein. Sie kamen an Löchern in den Kalkfelsen vorbei, von denen viele so groß wie Türen waren.
»Vater«, sagte sie wieder. »Sind das Einsiedeleien? Könnte Solomon sich in einer davon aufhalten?«
»Ich wüßte nicht, warum er sich einen Schutz vor Anbruch der Nacht hätte suchen sollen«, erwiderte Hubert. »Und die meisten dieser Höhlen werden zum Lagern von Käse, Wein und dergleichen genutzt. Sie sind das ganze Jahr über kalt und feucht. Kaum ein willkommenes Refugium.«
Dennoch prüfte Catherine jede dunkle Öffnung eingehend im Vorbeigehen, in der Hoffnung, ihr Cousin könne wie durch Zauberei aus einer davon auftauchen.
Sie beendeten den langen Anstieg zur Stadt unmittelbar vor Sonnenuntergang. Die warmen Sandsteinmauern der Gebäude verstärkten das goldene Licht. Trotz ihrer Angst um Solomon spürte Catherine, wie sie der Gedanke erregte, am Schrein der heiligen Fides zu beten.
Edgar schritt auch schneller aus. Catherine dachte, er sei nervös, weil der Pfad so eng und das Kliff so steil und so hoch

über dem Fluß war. Doch sie bemerkte, daß er vor sich hinsummte, und sah sein erwartungsvolles Gesicht.

»Ich wußte gar nicht, daß du die heilige Fides so sehr verehrst«, sagte Catherine.

Edgar sah verdutzt auf. »Das stimmt gar nicht. Ich habe meine eigenen Heiligen.«

»Worauf freust du dich dann so?« fragte sie lächelnd. Vielleicht meinte er ja die bevorstehende gemeinsame Nacht mit ihr.

»Hast du denn nichts von dem Tympanum hier gehört?« fragte er.

Natürlich. Catherine unterdrückte ihre Enttäuschung.

»Es sollte nach Westen zeigen, wenn die Kirche richtig gebaut ist«, fuhr er fort, ohne ihren Mangel an Begeisterung zu bemerken. »Wenn wir dort bei Sonnenuntergang ankommen, ist das die beste Zeit, es zu besichtigen.«

Er trieb das Pferd zur Eile an, indem er an den baumelnden Zügeln zog. Sie überholten die anderen Wallfahrer und gesellten sich zu einer Reisegesellschaft von Cluny.

Catherine seufzte resigniert. Als sie Edgar kennenlernte, war er ein Student, der sich für einen Steinmetzlehrling ausgab. Doch jetzt wußte sie, daß er in Wahrheit den Studenten vorgetäuscht hatte. Edgar war zum Künstler geboren. Es war nicht seine Schuld, daß er einer adligen Familie in jenem beinahe mythischen Schottland entstammte. Er hatte studiert, eine Ausbildung zum Geistlichen absolviert, versucht, Begeisterung für ein Leben als Abt des Familienklosters oder als Bischof von St. Andrews aufzubringen, doch seine Hände suchten immer irgend etwas zum Schnitzen: Holz, Stein, Elfenbein.

Catherine berührte das zarte Elfenbeinkreuz an ihrem Hals. Edgar hatte es für sie angefertigt und sich zu sehr geschämt, um ihr zu sagen, daß es das Werk seiner Hände war. Zuerst war es ihr seltsam vorgekommen, daß er das Kunsthandwerk so sehr liebte. Doch an irgendeinem Punkt hatte sie, ohne es

zu bemerken, ihn so zu lieben begonnen, daß alles, was er tat, ihr wunderbar erschien.
Dennoch wünschte sie, daß es die Aussicht auf eine Nacht in einem richtigen Bett mit ihr gewesen wäre, die seinen Schritt beschleunigt hatte.
»Ich habe gehört, daß die Darstellung des Jüngsten Gerichts eine der besten in Frankreich ist«, sagte Edgar.
In Catherine glomm ein Fünkchen Interesse auf. Sie erinnerte sich dunkel an die Hölle von Conques, daß echte Menschen darauf dargestellt waren: Äbte, welche sich an ihrer Abtei bereichert hatten, ein Adliger, der versucht hatte, sich Land anzueignen, das der heiligen Fides zu eigen war. Und dann gab es da immer die erfinderischen Strafen für das übliche Sündervolk. Sie konnte das Tympanum nicht mit der gleichen Begeisterung betrachten wie Edgar, doch vielleicht lohnte sich eine Besichtigung.

Griselle wurde argwöhnisch, als der Kaufmann aus Paris an ihrer Seite auftauchte. Mit solchen Leuten gab sie sich nicht ab ... obwohl sie jemanden hatte erwähnen hören, daß dieser Hubert LeVendeur in eine verhältnismäßig gute Familie aus Blois eingeheiratet hatte.
Das mochte ihn zumindest als Tafelgenossen akzeptabel machen. Doch was war seiner Frau zugestoßen? Nicht, daß es sie gekümmert hätte. Griselle von Lugny hegte nur einen Wunsch: das unvollendete Ziel ihres Ehemannes zu erreichen, auf daß seine gequälte Seele Genugtuung fände für die schrecklichen Verbrechen, die man ihm zugefügt hatte. Danach wollte sie sich im Fegefeuer mit ihm vereinen.
Verquererweise wünschte sie sich jetzt, daß Hubert mit ihr plaudern würde.

Gaucher und Rufus amüsierten sich auf der Reise mit Erinnerungen, breit ausgewalzt und üppig ausgeschmückt,

von gemeinsamen Jahren und getrennt verbrachten Nächten.
»Und dann waren da noch diese Sarazenenzwillinge in Narbonne.« Rufus grinste anzüglich beim bloßen Gedanken daran. »Wollten wissen, ob ich am ganzen Körper so rot bin wie mein Bart. Hätte ich's ihnen etwa nicht zeigen sollen?«
»Du hast mit Sarazenen geschlafen?« fragte Gaucher mit gespieltem Entsetzen.
»Geschlafen? Nicht eine Sekunde«, antwortete Rufus.
»Ein rechter Mann ist beim Feind stets auf der Hut«, bekräftigte Gaucher.
»Das Schwert stets aus der Scheide gezogen und zum Angriff bereit«, versetzte Rufus zustimmend.
Hugo warf mit säuerlicher Miene ein: »Ich dachte, mit dieser Wallfahrt wollten wir Buße für unsere Sünden tun und uns nicht in ihnen sonnen.«
Gaucher und Rufus starrten ihn mit unschuldigem Augenaufschlag an.
»Wir gedachten doch nur unserer Schlachten gegen die Ungläubigen«, erwiderte Rufus.
»Die ausnahmslos siegreich waren«, fügte Gaucher feierlich hinzu.
Hugo schnaubte und entfernte sich von ihnen. Dabei hätte er beinahe Roberto umgerempelt, der hinter ihm ging und immer noch an der verstopften Flöte herumfummelte.
»Paß doch besser auf!« rief Hugo aus. »Dummbart!«
Er hielt inne und sah auf den erschrockenen Jongleur hinab. »Sind wir uns nicht schon einmal begegnet?«
Roberto schüttelte heftig den Kopf. »Mein Weib und ich kommen gerade aus Troyes zurück«, antwortete er. »Wir sind in Le Puy zu Eurer Reisegesellschaft gestoßen.«
»Dein Weib.« Hugo wandte seine Aufmerksamkeit Maruxa zu, die sich schüchtern den Schal fester über das Gesicht zog. »Ich weiß nicht recht, ihr kommt mir beide bekannt vor. Seid

ihr gewiß, daß ihr nie eine Vorstellung in Grignon gegeben habt? Dort war ich viele Jahre lang Burgvogt. Mein Weib hatte immer eine Schwäche für Musiker.«

»Nein, niemals«, beteuerte Roberto. »Da bin ich mir ganz sicher.«

»Seltsam«. Hugo zog weiter und hatte sie einen Augenblick später bereits vergessen.

Mit zitternden Fingern zog sich Maruxa den Schal herunter. »Er erinnert sich nicht«, flüsterte sie. »Kann er auch nicht. Er hat die Wahrheit nie erfahren. Wer hätte sie ihm erzählen sollen?«

»Bei den flimmernden Füßen des heiligen Vitus!« Roberto versuchte den Atem anzuhalten. »Ja, vermutlich hast du recht. Doch ich wünschte, wir hätten auf eine andere Gesellschaft gewartet. Mir gefällt nicht, wie er jedesmal in seinen Erinnerungen kramt, wenn er uns sieht.«

Maruxa nahm seine Hand. »Ich will nicht länger warten. Ich will heim. Sorg dich nicht. Wir werden ihm einfach aus dem Wege gehen.«

»Und wie sollen wir das anstellen, ohne zu verhungern? Was sollen wir tun, wenn man uns um einen Auftritt bittet?« fragte Roberto.

Maruxa dachte nach. »Wir müssen eben etwas Neues singen und hoffen, daß Herr Hugo immer noch unmusikalisch ist.«

Sie stiegen langsam die letzte steile Anhöhe bis zum Stadttor von Conques hinauf. Catherine war vom Pferd abgestiegen, damit das Gepäck auf die beiden Tiere verteilt werden konnte. Sogar Griselle ging das letzte Stück bereitwillig zu Fuß, um ihren Zelter zu schonen.

Ohnehin erwies sich das Tor als zu niedrig für Roß und Reiter. Die Mönche waren nicht so weltfremd, als daß sie Plünderern leichten Zutritt gewährt hätten. Die Pilger gingen ein-

zeln hindurch, hinter dem Abt von Cluny, dem man einen feierlichen Empfang bereitete.
Catherine war so müde, daß sie wenig von der Schönheit der Stadt wahrnahm, die in schmalen Terrassen an der Felswand angelegt war, mit riesigen Kastanienbäumen, die lange Schatten auf die Straßen warf. Sie wollte nur ein Plätzchen finden, um sich zu waschen und auszuruhen. Die Weinstökke, die ihren Trampelpfad säumten, ließen sie hoffen, daß die Mönche Wein abzugeben hätten.
Als sie den Vorhof der Kirche betraten, stieß Edgar einen Freudenschrei aus. Catherine sah hoch. Das Tympanum entsprach wohl ganz seinen Erwartungen. Sie holte tief Luft.
Im vollen Licht der untergehenden Sonne waren die Darstellungen auf dem Portal überwältigend. Reliefs von Christus beim Jüngsten Gericht, in leuchtenden Farben, die Erlösten ernst zu seiner Rechten sitzend, die Verdammten zu seiner Linken mit weitaus interessanteren Dingen beschäftigt.
Doch Catherine bemerkte, daß nicht die Skulptur die Ursache für Edgars Freude war. Er sah nicht einmal dort hinauf, sondern darunter.
Denn auf den Steinen unter dem Eingang zur Kirche von St. Foy saß Solomon, und neben ihm, direkt unter dem Höllenschlund, erkannte man die dunkle Silhouette der Mondete Ticarde.

SECHSTES KAPITEL

Conques, unmittelbar nach Sonnenuntergang, Sonntag, 3. Mai 1142, am Tag der Kreuzauffindung

Hodie misericordia et veritas obviaverunt sibi, et multitudo miserationum Domini in peccatricem feminam refusa est. Filius enim Viriginis, peccatricis et menstruatae manibus attrectatur, Deumque Dei Filium mulier infrunita contingit.

Heute begegneten sich die Barmherzigkeit und die Wahrheit, und Gottes Gnadenfülle ergoß sich über die Sünderin. Denn der Sohn der Jungfrau wird von den Händen eines sündigen, unreinen Weibes berührt, und das unziemliche Weib berührt Gott, den Sohn Gottes.

– Nicholas von Clairvaux –
Predigt am Tag der Maria Magdalena
PL 185: 1, 213

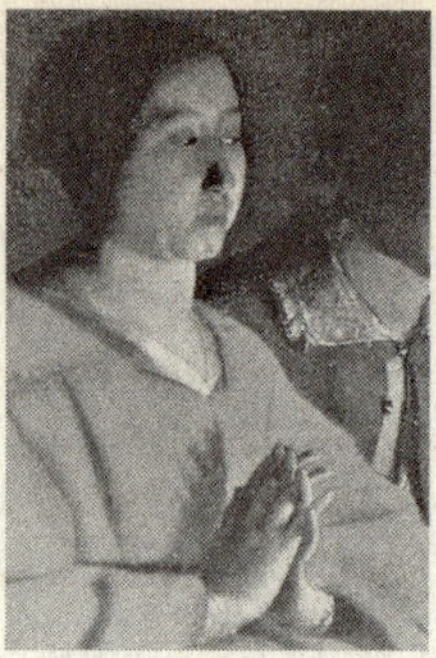

Ich hielt meinen Blick auf den Fluß gerichtet und wäre fast in sie hineingerannt«, erklärte Solomon Catherine und Edgar, als sie unter einer der Kastanien saßen und das von den Mönchen verteilte Brot aßen. »Sie humpelte vor mir auf der Straße. Ich weiß nicht, wie sie überlebt hat, wie sie sich aus dem Fluß ziehen konnte. Ihr Gewand war durchnäßt. Vermutlich war es so schwer wie eine Rüstung.«

»Sie hat dir nichts erzählt?« fragte Edgar.

»Kein Sterbenswort«, erwiderte Solomon traurig. »Ich durfte sie nicht berühren. Ich weiß, sie ist verletzt. Zumindest muß sie viele blaue Flecken haben. Catherine, kannst du etwas unternehmen?«

Catherine sah zu der unbeweglichen Figur hinüber. Die Menschen, die zum Vespergottesdienst in die Kirche strömten, wichen Mondete aus wie einem Stein, der mitten im Weg lag. Niemand versuchte, sie fortzuschaffen. Catherine befürchtete einen kurzen Augenblick lang, bei dem Versuch, Mondete zu berühren, könnte ihre Hand im Dunkeln verschwinden. Sie verdrängte diese Vorstellung und befand sie als nicht ihrer Bildung würdig.

»Ich helfe ihr ... wenn sie mich läßt«, sagte Catherine zu Solomon.

Sie stand auf und wischte die Krümel von ihrem Rock den

Vögeln hin, die schon darauf lauerten. Dann bewegte sie sich langsam auf Mondete zu. Sie hielt vor der Gestalt, hoffte, daß ihre Gegenwart allein eine Reaktion hervorrufen würde. Nichts. Catherine ging in die Knie und legte zögernd die Hand auf den Arm der Frau.

»Mondete?« sagte sie leise. »Ich heiße Catherine. Mein Mann und ich sind auch Wallfahrer aus Le Puy. Wir dachten schon, du seist im Fluß ertrunken. Es ist ein Wunder, daß du noch lebst. Nur ein Wunder kann dich aus den Fluten errettet haben.«

Aus den Tiefen der Umhangfalten vernahm Catherine ein deutliches Schnauben.

»Unser Freund Solomon sagte, daß du humpelst. Das Wasser und die Felsen müssen dich übel zugerichtet haben«, fuhr Catherine fort. »Ich würde dir gern helfen. Hast du Schmerzen?«

Zunächst kam keine Reaktion. Dann ...

»Schmerzen?« Mondete schien die Frage von weit weg zu betrachten. »Ja, kleine Catherine, Schmerzen plagen mich stets. Und du kannst mir nicht helfen. Doch es ist gütig von dir, danach zu fragen. Der Fluß hat mir nicht schlimm mitgespielt. Meine Verletzungen heilen wieder. Ich habe schlimmere gehabt.«

»Wenn du möchtest, kannst du auf unserem Pferd reiten, bis du besser laufen kannst«, bot Catherine ihr an.

Wieder trat Schweigen ein. Catherine fragte sich erneut, ob in dem Mantel wirklich ein Mensch steckte oder nur Schatten und ein Echo von jemandem, der einmal gelebt hatte.

Mondete erhob sich taumelnd, und eine starke braune Hand packte Catherines Schulter für einen kurzen Augenblick. »Ich danke dir«, sagte Mondete, »doch bin ich deiner Barmherzigkeit unwürdig. Gute Nacht.«

Mit diesen Worten ging sie, leicht hinkend, auf der Hauptstraße davon und bog links in einen der steilen, engen Übergänge, die von einer Terrasse der Stadt zur anderen führten.

Catherine kehrte zu Edgar und Solomon zurück. »Vielleicht hast du recht, und sie weiß wirklich um ein großes Geheimnis«, meinte sie zu Solomon. »Nie habe ich einen Menschen getroffen, der so sehr in sich selbst ruhte. Das liegt nicht nur am Umhang.«

Sie zitterte. Edgar stand auf und legte den Arm um sie. »Laß uns die Herberge aufsuchen, solange es noch hell genug ist, sie zu finden«, sagte er. »Wenn wir dort kein Lager bekommen, müssen wir auf der Kirchenempore schlafen. Aber du brauchst einen wärmeren Ort. Du bist so erschöpft.«

»Das sind wir alle«, seufzte Catherine. »Solomon, versuch nicht, Mondete weiter auszuforschen. Sie flößt mir Angst ein.«

Solomon öffnete den Mund, um zu protestieren, schloß ihn aber wieder zu. »Heute jedenfalls nicht«, versicherte er. »Doch wir sind gerade erst am Beginn der Reise. Mondetes Antworten brauche ich, bevor sie endet.«

Er gab ihr einen Gutenachtkuß und machte sich zu dem Haus auf, wo er und sein Onkel Unterkunft für die Nacht gefunden hatten.

Catherine schmiegte sich an Edgar. »Auch Solomon macht mir angst«, sagte sie. »Er kommt mir wie ein Fremder vor. Ach, Edgar, du wirst dich doch nicht verändern, kaum daß ich mal wegsehe?«

Er lächelte. »Meine Gestalt verändern kann ich leider nicht, *leoffæst.* Und selbst wenn, in der alten Geschichte heißt es, daß der Wechsler sich nie in den Augen derjenigen verändern kann, der sein Herz gehört.«

Catherines Körper erschlaffte in seiner Umarmung. Sie drehte ihm ihr Gesicht zu. »Erzählst du mir die Geschichte heute nacht vor dem Einschlafen?« fragte sie.

»Sie geht nicht gut aus«, warnte er.

»Dann erzähl mir nur die schönen Stellen«, antwortete sie. »Und dann träume ich sie auf meine Art zu Ende.«

Falls Catherine in jener Nacht träumte, konnte sie sich nicht daran erinnern. Sie erwachte mit der Wange an Edgars warmem Rücken und war vollkommen glücklich. Sie langte um ihn herum und kitzelte ihn. Er packte ihre Hand.

»Ich bin schon wach«, flüsterte er.

»Glaubst du, andere sind das auch schon?« flüsterte sie erwartungsvoll.

Um sie herum machte ein allgemeines Geraschel ihre Hoffnungen zunichte.

»Na schön.« Catherine griff nach ihrem Hemd und schob es unter die Decke. Dann stand sie auf und tastete nach ihrem *bliaut.* Als sie es aufhob, hörte sie ein leises Plumpsen. Sie sah zu Boden und stieß einen Schrei aus.

»Edgar! Eine Ratte!« Sie stubste sie an, und sie rollte ein wenig zur Seite. »Sie ist tot!«

Inzwischen sahen alle zu Catherine herüber, die halbbekleidet und mit zerzaustem Haar mit bloßem Zeh eine tote Ratte berührte. Sie schaute sich verärgert um.

»Einerlei, wer das getan hat, komisch ist das nicht!« rief sie.

Ein Chor empörter Abwehr ertönte. Edgar, der inzwischen in die *brais* geschlüpft und sich das Hemd über den Kopf gezogen hatte, bückte sich, um den Kadaver zu inspizieren.

»Sie hat irgendeinen Fetzen in der Schnauze«, sagte er. »Hat die gleiche Farbe wie dein *bliaut.*«

Catherine wollte sich der Ratte nicht weiter nähern. Stattdessen untersuchte sie den Saum des *bliaut.* An einer Stelle war ein Flecken, rötlich-braun, wie Wein oder Blut. In die Mitte des Fleckens war ein Loch geknabbert. Catherine sah zwischen dem Loch und der Ratte hin und her.

»Meinst du, sie ist tot, weil sie den Flecken in meinem Rock gefressen hat?« fragte sie und zeigte Edgar den Stoff.
Er begutachtete Stoff und Ratte. »Na, Catherine, du stolperst ja immer in merkwürdige Situationen«, meinte er abschließend. »Doch einerlei. Die Mönche sollten uns dankbar sein, daß die Herberge ein Ungeziefer los ist. Ich werfe sie auf den Misthaufen. Dann will ich mir die Schnitzereien auf der Kirche noch mal ansehen.«

Die Stadt und das Kloster zu Conques waren für Pilger erhalten worden, seit der Leichnam der heiligen Fides vor knapp dreihundert Jahren dorthin geschafft worden war, teils durch eigenes Betreiben der Heiligen, teils durch die Raffinesse der Mönche, die sie gestohlen hatten. Conques war so schwer zu erreichen und schwer zu versorgen, daß das Kloster nur blühen und gedeihen konnte dank der Entschlossenheit der Pilger, am Schrein der Heiligen zu beten. In jüngster Zeit war Conques eine etablierte Station auf dem Weg nach Santiago de Compostela geworden. Daran erinnerten die Ladenbesitzer die Besucher der Stadt mit geschnitzten Jakobsmuscheln über den Türeingängen und mit Anstecknadeln, Honigkuchen und Filzabzeichen in Muschelform, welche sie an ihren Ständen zum Verkauf anboten.
Catherine wollte ein Anstecknadel, obwohl Edgar behauptete, sie sei schlecht gearbeitet und würde nicht einen Monat lang halten. »Wenn wir nach Compostela kommen, kannst du eine echte Muschel haben«, versprach er, »mit dem Kreuz des heiligen Jakob darauf. Ich kaufe dir auch eine aus Silber, die du um den Hals tragen kannst.«
»Sehr schön«, antwortete sie. »Die können wir an einem Haken über der Wiege unseres Sohnes aufhängen, um ihn zu beschützen.«
Edgar biß die Zähne zusammen. Seit Meister Abælard Catherines Traum gedeutet hatte, war sie fest davon über-

zeugt, daß er sich erfüllen würde, wenn sie nur dem Weg des heiligen Jakob bis zum Ende verfolgen würden. Er wünschte, er könnte sich dessen auch so sicher sein. Edgar wagte sich nicht auszumalen, was mit Catherine geschehen würde, falls sich die Reise als in jeder Hinsicht fruchtlos erweisen sollte.

»Warum stiften wir heute keine Kerze?« schlug er vor. »Als Dank dafür, daß wir die Flut überlebt haben.«

»Das ist eine gute Idee«, sagte Catherine. »Daran habe ich auch schon gedacht. Und ich habe mir eine Theorie darüber zurechtgelegt, wie es zu der Überschwemmung kommen konnte.«

»Tatsächlich?« Er hob belustigt eine Augenbraue. »Kläre mich auf, o Meisterin!«

»Große Geister müssen sich an Spötter gewöhnen«, erwiderte sie, um dann ihre Würde durch Lachen zu ruinieren. »Irgendwann würde ich's dir ohnehin sagen, also kannst du es ebensogut jetzt über dich ergehen lassen.«

»Du hast meine ungeteilte Aufmerksamkeit«, sagte Edgar. Er zahlte für die Kerze, und sie gingen zum nächsten Stand.

»Also ...« Sie holte tief Luft. »Soweit ich weiß, sind die Berge im gesamten Gebiet um Lyon herum immer noch schneebedeckt. Als wir vier Tage später nach Le Puy kamen, reichte der Schnee nicht bis zu den Bergen. Mehrere Leute bemerkten, wie ungewöhnlich warm es in diesem Frühjahr war, und die Schneeschmelze erfolgte vermutlich rascher als üblich. Daraufhin stieg das Wasser hinter den Deichen und in den Mühlteichen schneller an. Wenn jemand flußaufwärts ein Mühlgerinne in Gang setzte oder aber ein Deich den Wassermassen der Schneeschmelze nicht standhielt – würde das nicht ein plötzliches Überfließen des Flusses bedeuten, selbst ohne Regen?«

Sie wartete ab. Edgar schürzte die Lippen. »Schon möglich«, sagte er endlich. »Woher hast du diese Theorie?«

»Teils von Seneca, teils von Marius, teils von dem, was ich mit eigenen Augen gesehen habe«, antwortete Catherine.
»Wunderschöne Augen sind das«, sagte Edgar.
Catherine lächelte. »Dir fällt wohl nichts ein, um mich zu widerlegen?«
Die Schande, dieses zuzugeben, blieb ihm durch Huberts Ankunft erspart.
»Ich habe den Rest der Gesellschaft befragt, der aus Le Puy kommt«, sagte Hubert. »Wir kamen alle überein, jetzt zusammenzubleiben und morgen früh als Gruppe zur selben Zeit wie der Abt aufzubrechen.«
»Gut«, sagte Catherine. »Wenn wir einen ganzen Tag an einem Ort bleiben, will ich einen Trog suchen, in dem ich Hemden waschen kann.«
Edgar war schon unterwegs zur Kirche.
»Er kann sich den lieben langen Tag die Schnitzereien ansehen«, sagte Catherine zu ihrem Vater und warf Edgar einen liebevollen Blick nach.
Hubert seufzte. Der Wunsch, mit den Händen zu arbeiten – zu schnitzen wie ein Handwerksbursche – ziemte sich nicht für einen Mann mit Edgars Hintergrund. Nun ja. Er war noch jung. Vielleicht würde sich das noch verlieren. Doch Hubert beabsichtigte keineswegs, seinen Eidam in dieser Torheit zu bestärken.
»Meine Lieblingshöllenqualszene ist die mit dem Wilderer, der von den Kaninchen geröstet wird«, fuhr Catherine fort. »Und deine?«
»Darüber habe ich nie nachgedacht«, antwortete Hubert verdutzt. »Eigentlich habe ich gar nicht hingesehen.«
»Was hast du denn, Vater?« fragte sie. »Irgend etwas beunruhigt dich doch.«
»Die Reise«, antwortete er eine Spur zu rasch. »Deine Sicherheit. Solomons merkwürdiges Verhalten. Viele Dinge gehen mir durch den Sinn.«

»Gewiß«, antwortete sie, obwohl sie es ihm nicht ganz abnehmen wollte, auch wenn die angeführten Gründe durchaus genügten.
Griselle von Lugny kam auf dem Weg zur Kirche vorbei, begleitet von ihrer Zofe und den Wachen und gefolgt von Gaucher und Rufus. Hinter ihnen her zuckelte Hugo, der einen erschöpften Eindruck machte. Catherine fragte sich, ob die Ritter die Wallfahrt lebend überstehen würden. Alle drei kamen ihr weniger robust vor als die Woche vorher, und der schwierigste Teil der Reise stand ihnen noch bevor. Der Tod ihres Freundes mußte sie mehr aufgewühlt haben, als sie zuzugeben bereit waren.
»Widerlich, wie diese Männer sie umschwirren«, sagte Hubert, als Griselle anhielt, um sich den Schleier zurechtzuzupfen und beide Ritter ihr eilfertig ihre Mithilfe dabei anboten.
Catherine lachte. »Ich bezweifele, daß die beiden ihr gefährlich werden können. Frau Griselle scheint sich der Männer wohl erwehren zu können.«
»Das kann sie wahrhaftig!«
Catherine meinte, einen merkwürdigen Unterton herauszuhören, doch als sie ihn danach fragen wollte, wechselte er das Thema.
»Wieviel Geld habt ihr umgetauscht?« fragte er. »In welchem Zustand befinden sich eure Schuhe? Eliazar sagt, die Schuster hier verlangen zuviel. Günstiger ist es in Figeac, wenn sie so lange durchhalten.«
Sie begannen über alltägliche Dinge zu reden, wie sie auf jeder Reise nötig sind, und Catherine vergaß, ihren Vater nach Frau Griselle auszufragen.

Hugo von Grignon war nicht daran interessiert, sich an der Jagd auf die Person und den Besitz der Griselle von Lugny zu beteiligen. Davon hatte er genug gehabt, als seine Frau noch lebte. Seinen Landbesitz hatte er zum größten Teil den bei-

den älteren Söhnen übergeben, die nachweislich von ihm waren, und den Rest der Kinder, die sie ihm geschenkt hatte, hatte er in Nonnen- und Mönchsklöster oder aber in vorteilhafte Ehen abgeschoben. Das wenige, was ihm geblieben war, hatte er St. Peter für sein Seelenheil überschrieben.
Er hätte sich zur gleichen Zeit in Cluny zur Ruhe setzen sollen, dachte er. Aber Norbert hatte ihn zu dieser Reise überredet. Außerdem gab es da wohl noch ein anderes Motiv für den alten Ritter, nach Spanien zurückzukehren, das spürte Hugo deutlich. Diese Wallfahrt war Unsinn. Hugo fand nicht, daß er in seinem Leben so böse gewesen war. Jedenfalls nicht in den letzten dreißig Jahren ... und davor nur so wie alle anderen Krieger auch. Nichts, was Gott allzusehr mißfallen hätte, argumentierte er bei sich. Nichts – mit Ausnahme der Sache mit dem Jungen.
Hugo erschauderte. Warum fiel ihm das gerade jetzt ein? Es war so lange her und in einem anderen Land. Und fast alle Beteiligten waren tot.
»Hugo!« rief Gaucher. »Wir wollen mit den Mönchen um ein, zwei Krüge besseren Wein handeln. Willst du welchen?«
Einen Augenblick lang wußte Hugo nicht, an welchem Ort und in welcher Zeit er sich befand. In panischem Entsetzen hatte er sich in eine andere Zeit zurückversetzt, als Gaucher dieselbe Frage mit fürchterlichen Folgen gestellt hatte.
»Nein«, antwortete Hugo. »Gegen den Wein, den sie uns mit dem Brot reichen, habe ich nichts einzuwenden.«
»Das würdest du aber, wenn du wüßtest, woraus sie ihn herstellen«, sagte Rufus lachend. Er hielt inne. »Hugo, was fehlt dir denn? Heute warst du trübsinniger als sonst.«
Hugo holte die Freunde ein, die Griselle ihrer Andacht überlassen hatten. Er wartete, bis sie den Pfad zur Höhle eingeschlagen hatten, wo die Mönche den Wein lagerten und sie sicher über jeder Stelle waren, wo sie jemand hätte belauschen können.

»Gestern nacht fand ich etwas in meinem Bündel«, flüsterte er ihnen zu.
»Hoffentlich war es nicht so schweinisch wie das, was ich in Vézeley in meinem fand«, sagte Gaucher.
»Nein, aber für mich war es beunruhigender«, antwortete Hugo.
Er griff in seine Pilgertasche und zog einen Ring heraus. Er war aus Gold, und zu ihm hatte einmal ein großer Stein gehört. Jetzt klaffte ein Loch im Metall, wie ein fehlender Zahn. Alle drei hielten inne, um ihn zu betrachten.
»Warum sollte dir jemand einen Ring ohne Stein schenken wollen?« fragte Rufus.
»Erinnert ihr euch denn nicht?« fragte Hugo. »Keiner von euch?«
Er streckte die linke Hand aus. Auf dem Zeigefinger steckte ein anderer Goldring. Jener trug einen ungeschliffenen Smaragd.
»O ja«, sagte Rufus. »Richtig! Du hast den Ring als Beute bekommen, doch du nahmst nur den Stein. Warum, habe ich vergessen. Doch dies kann nicht der Ring sein, aus dem der Stein stammte.«
»Ich könnte schwören, daß er es ist«, sagte Hugo. »Gaucher hatte recht. Irgendeiner unserer alten Feinde lauert uns auf. Er quält uns mit Zeichen aus unserer Vergangenheit.«
»Humbug«, sagte Rufus. »Was hat ein leerer Ring mit Schweineklöten zu schaffen? Und wer sollte etwas über uns wissen? Entsinnst du dich überhaupt noch, woher du den Smaragd hast?«
»Aus Spanien«, sagte Hugo leise, der alles wieder vor sich sah. »Bei der Belagerung von Saragossa. Im Kampf gegen die Sarazenen.«
»So«, meinte Rufus triumphierend. »Und du glaubst wohl, ein Sarazenenherr hat sich entschlossen, mit uns auf Wallfahrt zu gehen?«

Gaucher hatte Hugos Bericht belustigt gelauscht, doch jetzt legte er die Stirn in Sorgenfalten. »Warum nicht?« fragte er. »Die Männer im Gefolge Bischof Stephans ... Haben wir sie uns genau angesehen? Viele darunter sind Mozaraber. Ich kann sie nicht von Sarazenen unterscheiden, ihr etwa?«
»Wer sollte wohl ahnen, daß wir gemeinsam mit den Kluniazensern reisen?« widersprach Rufus. »Und überhaupt sah ich keine in Vézelay. Ich sage euch, irgendwer ließ den Ring versehentlich in Hugos Bündel fallen. Ein anderer wollte Gaucher einen dummen Streich spielen. Die Ereignisse stehen in keinem Zusammenhang. Seit Norbert tot ist, schreckt ihr beide bei jedem Schatten auf.«
Hugo schien nicht recht überzeugt zu sein, doch Gaucher straffte die Schultern und schüttelte seine weißgoldene Mähne wie ein Löwe, der sich zur Jagd erhebt. »Wir kehren an die Tatorte unserer Jugendsünden zurück«, sagte er. »Wir denken zuviel an die Vergangenheit. Kein Wunder, daß die Vergangenheit erwacht und uns begrüßt. Wie dem auch sei, ich beabsichtige nicht, auf meine alten Tage eine Memme zu werden. Ich setze die Reise fort und lasse mich von niemandem einschüchtern.«
Rufus betrachtete ihn mit säuerlicher Miene. »Solche Redensarten hätte ich nur von unserem Hugo erwartet. Wieso sagst du nicht einfach: ›Verfluchte Bastarde! Wir ergeben uns niemals‹- wie damals in Saragossa.«
Gaucher warf den Kopf in den Nacken und lachte. »Du hast recht, *vieu compang*. Verflucht noch mal! Auf geht's zum heiligen Jakob!«

Catherine hatte eine Stelle gefunden, wo sie ihre Hemden und Strümpfe wusch. Sie hängte sie in die Sonne an einen Zweig des Baumes bei der Kirche und setzte sich zu Edgar, der den ganzen Vormittag im Schneidersitz vor den Figuren des Tympanums verbracht hatte.

»Einer der Einheimischen erzählte mir, daß man heute womöglich die Reliquien zeigt, um den Abt von Cluny zu ehren«, bemerkte sie. »Ich würde die heilige Fides gern außerhalb des Gitterwerks der Kirche sehen. Ihr Reliquienschrein soll exquisit sein. Und dann möchte ich sie natürlich auch aus nächster Nähe anbeten.«

Edgar nickte, ohne richtig hinzuhören. »Hätte ich doch nur ein Stück Pergament und eine Feder«, jammerte er. »Ich weiß nicht, ob ich mir alles genau einprägen kann.«

»Aber gewiß doch. Das schaffst du doch immer«, sagte Catherine beim Anblick der Skulptur. »Ich glaube, ich erkenne alle Verdammten. Aber die Erlösten nicht. Sie sehen sich zu ähnlich. Da ist, glaube ich, Karl der Große, und die andern gehören wohl zu seiner Familie. Und ein Eremit beim heiligen Petrus und die übliche Auswahl an örtlichen Märtyrern. Wer das wohl dort in der Ecke ist?«

»Aronside«, sagte eine Stimme hinter ihr. »Der Mönch, der nach Agen ging, um die heilige Fides zu stehlen und sie nach Conques zu holen.«

Catherine wandte sich um und sah Roberto und Maruxa, die wie stets ihre *vielles* in Lederhüllen auf den Rücken geschnallt trugen.

»Der Bildhauer hätte ihm einen besseren Platz einräumen sollen«, fügte der Jongleur hinzu, »angesichts des Wohlstands, den er der Stadt bescherte.«

»Aber nur durch die Güte der heiligen Fides«, sagte Catherine. »Sie ist wohl gar nicht auf dem Bild, oder?«

»Doch, sie kniet dort drüben nieder. Habt ihr den Engel entdeckt, der Arabisch spricht?« fragte Maruxa.

Das ließ sogar Edgar aufhorchen. »Wo denn?« fragte er.

Sie zeigten auf einen der Engel, auf dessen Flügel Linien zu sehen waren, die Catherine für Verzierungen gehalten hatte.

»Es heißt, daß einige Handwerker aus Spanien herkamen,

um beim Bau der Kirche zu helfen«, sagte Roberto. »Manche davon waren Moslems, obwohl sie es nicht erwähnten. Einer von ihnen hinterließ diese Zeichen.«

»Woher weißt du das?« erkundigte sich Edgar.

»Was bedeutet es denn?« fragte Catherine gleichzeitig.

»Ich kann das nicht lesen«, räumte Roberto ein. »Aber ich habe dieselben Zeichen auf meinen Reisen gesehen und erfahren, daß es so etwas wie ›Allah segne und beschütze dich‹ heißt.«

»Heißt Allah einer ihrer Götter?« fragte Catherine.

»Das ist deren Name für den einen Gott«, sagte Roberto.

»Ich dachte, sie verehren viele Götter: Mohammed, Apoll und andere, deren Namen mir entfallen sind«, sagte Catherine.

»Nein, nur den einen«, erklärte Roberto. »Unser Glaube verwirrt sie auch. Sie denken, daß wir viele Götter haben, wegen der Reliquienschreine. Und sie können die Vorstellung von der Dreieinigkeit nicht nachvollziehen.«

»Wo hast du das alles gelernt?« fragte Catherine.

Maruxa legte warnend eine Hand auf den Arm ihres Mannes.

»Wir kommen viel herum auf unseren Reisen, treten an jedem Ort auf, an dem man uns bezahlt«, erläuterte sie. »Vor Jahren besuchten wir einige Höfe des Kalifats. Und tauschten Geschichten mit anderen Spielleuten aus. Wir leben ja von Geschichten. Es ist wichtig, von Zeit zu Zeit neue zu haben.«

»Es ist auch wichtig, etwas über die Glaubensvorstellungen der Menschen zu wissen, mit denen man reist«, fügte Roberto hinzu. »Verstoße gegen lokale Gebräuche, und schon bist du tot.«

Sie versenkten sich wieder in die Betrachtung der Figuren über dem Portal.

»Jener Ritter, der dort vom Pferd stürzt«, bemerkte Maruxa, »soll der den Zorn darstellen?«

»Den Hochmut, glaube ich«, meinte Catherine.
»So habe ich noch nie jemanden fallen sehen«, sagte Roberto. »Kopfüber und mit ausgestreckten Beinen. Und so wie der Dämon mit dem Speer zielt, will er ihn dem Ritter bestimmt in den ...«
Maruxa puffte Roberto in die Seite. Der sah Catherine entschuldigend an. Catherine seufzte. »Was habe ich bloß an mir?« fragte sie. »Ich weiß, wohin er den Speer stoßen will. Ich brauche kein Zartgefühl.«
»Wir haben erfahren, daß du aus dem Kloster kommst«, erklärte Maruxa. »Ein paar Tage auf der Straße und keiner hat mehr Geheimnisse.«
»Ausgenommen Mondete Ticarde«, sagte Catherine.
Schweigen trat ein.
»Ihr Leben ist kein Geheimnis«, sagte Maruxa schließlich. »Sie war die Konkubine eines Adligen, der ihrer überdrüssig wurde. Sie reichten sie immer weiter, bis sie auf den Straßen von Mâcon landete. Aber was sie jetzt ist und warum sie bei uns ist, bleibt ein Rätsel.«
»Keins, denke ich, das bald zu lösen ist«, sagte Roberto.
Catherine seufzte. Wenn Solomon das doch auch so sehen würde.

Der nächste Morgen war erschreckend hell. Catherine erwachte, in Gedanken noch bei all den Kreuzen um den goldenen Schrein der heiligen Fides, die sie am Abend zuvor gesehen hatten. Als sie aus der Herberge kam, blendete das Sonnenlicht sie mit solcher Wucht, daß sie sich die Hand vor die Augen halten mußte.
Edgar ging es nicht viel besser. »Dein Onkel sagt, wir sollten uns in Moissac breitkrempige Filzhüte für die Reise nach Spanien besorgen. Doch vielleicht sollten wir sie jetzt schon kaufen.«
Catherine stimmte zu. »Ich bin es nicht gewöhnt, daß alles

um mich herum so grell ist«, beklagte sie sich. »Meine Augen schmerzen.«
Die Hüte brachten sie zum Lachen. Sie sahen damit aus wie Tagelöhner in den Weinbergen. Doch sie spendeten so viel Schatten, daß sie nicht mehr die Augen zusammenkneifen mußten. Und sie mußten klar sehen, als sie ins Tal hinabstiegen, den immer noch hohen Dordou überquerten und dann am anderen Ufer hinaufstiegen.
Bei der alten Kapelle von St. Roche hielt die Gesellschaft an, um die Wasservorräte aufzufüllen. Als Catherine über das Tal zurücksah, konnte sie die Stadt Conques überblicken. Sie schien so weit weg, als wären aus dem Felsen über Nacht Häuser und Bäume gesprossen.
»Edgar«, sagte sie träumerisch, als sie den Blick über die Hügel und Wälder der Umgebung schweifen ließ, »mir scheint, die Sonne schlägt mir aufs Gemüt. Ich habe die ganze Zeit das Gefühl, als wären wir in eine deiner Geschichten gewandert, und ich erwarte fast, daß die Drachen und Riesen plötzlich aus dem Wald hervorbrechen oder daß halbmenschliche Bäume zu singen anfangen und uns vom Pfad weglocken.«
Edgar blickte angestrengt in die entgegengesetzte Richtung. Ihn würde die Aussicht sicher nicht so entzücken wie seine Frau. Er wünschte, Catherine würde weiter vom Straßenrand wegbleiben. Er hatte es nicht nötig, sich Drachen einzubilden, während er gegen seine Höhenangst ankämpfte.
Solomon zog im Vorbeikommen die Zügel ihres Pferdes an und holte sie in die Mitte des Pfades zurück. »In Frankreich gibt es keine Drachen mehr«, sagte er mit Nachdruck. »Eure Heiligen haben sie alle vertrieben. Aber es gibt immer noch Wölfe und Wildschweine und noch wildere Männer. Hör also auf zu trödeln, Catherine.«
Statt verärgert zu reagieren, freute sich Catherine über den streitlustigen Ton ihres Cousins. Das klang ganz nach dem

alten Solomon. Vielleicht hatte die Sonne ihn von seiner begeisterten Suche nach dem Weltgeheimnis kuriert.
Das milde Wetter und der Umstand, daß sie sich jetzt weit über dem Fluß befanden, schien jedermanns Lebensgeister zu wecken. Maruxa und Roberto spielten eine Tanzmelodie aus ihrer Heimat, die selbst die Pferde in eine schnellere Gangart versetzte. Die drei ältlichen Ritter schlachteten ihre Abenteuer aus für alle, die sie hören wollten. Hin und wieder warfen sie Seitenblicke auf Frau Griselle, um sicherzugehen, daß sie nicht außer Hörweite war. Die beiden Deutschen waren fasziniert und baten um Zugaben.

Hinter ihnen ritten Hubert und Eliazar, in ein Gespräch versunken. Immer, wenn sie zu nah an die Ritter herankamen, verlangsamte Hubert das Tempo mit finsterer Miene, bis sie wieder zurückfielen.
Vor der Reisegesellschaft entfaltete sich der Prunk des Abtes von Cluny und seines Gefolges. Und ganz hinten ging Mondete, wie immer allein.
Solomon schien seine Lektion gelernt zu haben. Ab und zu vergewisserte er sich, ob die Frau nicht zu weit zurückgeblieben war. Doch er und kein anderer bot ihr Hilfe an.
An jenem Nachmittag hatte die Gesellschaft eine weitere Biegung des Lot erreicht. Sie kamen überein, ein paar Meilen weiterzuziehen, bis sich die Ebene verbreiterte und sie ein Gebiet fanden, wo sie in sicherer Entfernung vom Wasser ein Lager aufschlagen konnten. Als Catherine den letzten Rest trockenen Drecks aus den Decken schüttelte, kam es ihr seltsam vor, daß sie alle noch vor kurzem beinahe von den tosenden Wassern fortgerissen worden wären. Nun waren sie an einem anderen Ort und benahmen sich, als ob das Jahre zurückläge.
Das hing irgendwie mit der Wallfahrt zusammen, wie ihr aufging. Sie und Edgar gingen in der Hoffnung auf Leben, doch so viele andere – die Ritter, Mondete, die deutschen Bür-

ger, sogar Griselle – waren auf den Tod vorbereitet. Wenn sie ihm heute entkamen, konnte er sie morgen noch treffen. Bereits zu Beginn der Reise waren drei Menschen gestorben. Nach Solomons Schätzung würde es noch mindestens zwei Wochen dauern, bis sie die andere Seite der Pyrenäen erreichen und weitere vier bis fünf, bevor sie nach Compostela gelangen würden. Und dann, *Deo volente* – so Gott will –, käme der lange Heimweg.

»In welche Lage habe ich uns da nur gebracht?« murmelte sie.

Zum Glück riß Edgar sie aus ihren Grübeleien. »Catherine!« rief er. »Komm her! Du mußt dir das ansehen. Maruxa und Roberto laufen auf den Händen!«

Catherine verdrängte ihre düsteren Gedanken.

Maruxa hatte sich die Röcke mit dem Schal zu bauschigen Hosen um die Taille gebunden. Roberto packte sie an den Fersen, als sie auf dem Kopf stand, und schleuderte sie über seine Schultern. Sie landete in einem Purzelbaum am Boden. Dann sprang sie vor der jubelnden Schar auf die Füße. Sogar einige der Mönche waren von dem Rastplatz des Abtes gekommen, um zuzuschauen.

Der Lärm drang schließlich auch zu Frau Griselle hinüber, die in dem Zelt ruhte, das ihre Wachen für sie aufgeschlagen hatten. Sie schickte ihre Zofe, um herauszufinden, was los war. Als sie und die Wachen nicht zurückkamen, beschloß Griselle, selbst nachzusehen.

Als sie aus dem Zelt trat, bot ihr überraschend ein Mann den Arm. Nicht Gaucher oder Rufus, sondern der Kaufmann Hubert. Ihr erster Impuls war, ihn zu ignorieren. Dann sah sie sein Gesicht und änderte ihre Meinung.

»Danke«, sagte sie in einem Ton, den seit dem Tod ihres Ehemannes niemand mehr von ihr gehört hatte. »Das ist sehr freundlich von Euch.«

»Es ist mir eine Ehre, Euch dienen zu dürfen«, erwiderte Hubert.
Sie sagten nichts mehr, bis sie zu der Stelle kamen, wo die Jongleure ihre Vorstellung gaben. Dort ließ Hubert den Arm sinken, verbeugte sich und ging zu seiner Familie. »Das war sehr rücksichtsvoll, Vater«, sagte Catherine. »Alle ihre Diener haben sie allein gelassen.«
Eliazar war ein aufmerksamerer Beobachter. Er wartete, bis die Vorstellung vorbei war, dann nahm er seinen Bruder beiseite. »Bist du von Sinnen?« fragte er leise. »Ihre Wachen bringen dich um, wenn jene törichten Ritter ihnen nicht zuvorkommen. Und was wird deine Tochter denken, du mit dieser Frau, während Catherines Mutter noch am Leben ist? Du hast ein Weib. Für die anderen spielt es keine Rolle, daß sie in einem Kloster eingesperrt ist.«
»Eliazar, ich habe ihr nur meinen Arm gereicht, nicht meine Seele«, antwortete Hubert.
Doch Eliazar war nicht überzeugt. »Wenigstens könntest du dir eine nette jüdische Witwe suchen«, murmelte er.
»Sollten wir eine treffen, die nach Santiago pilgert, werde ich ihr ebenfalls meinen Arm anbieten«, versprach Hubert.
Eliazar spuckte auf den Boden. »Mit dir und unserem Neffen überlebe ich diese Reise nicht. Dann kannst du meine Witwe haben, wenn du so scharf auf eine bist.«
Hubert seufzte. Auch er fragte sich – genau wie seine Tochter –, auf was er sich mit dieser Reise, die gerade erst begonnen hatte, eingelassen hatte.

Der Mond stand bereits hoch am Himmel, als Catherine die Augen aufschlug. Die Milchstraße, die *Via Lactea* der Römer, beschrieb einen Bogen am Himmel, ein Weg, der zum Schrein des heiligen Jakob führte. Catherine wäre gern ruhig liegengeblieben, den Blick zum Sternenhimmel, doch sie wußte, was sie aufgeweckt hatte. Wenn sie nur einmal eine

Nacht durchschlafen könnte, ohne einen Nachttopf suchen zu müssen. Doch als sie sich aufrichtete, fiel ihr ein, wo sie war.

»Oh, nein«, stöhnte sie.

Es führte kein Weg daran vorbei: Sie würde sich ein Gebüsch suchen müssen und konnte nur hoffen, daß das Gras nicht zu sehr piekste. Wenigstens war die Nacht so kalt, daß sie zum Schlafen ihre Kleider angelassen hatte. Sie schälte sich aus der Decke und bemühte sich, Edgar nicht durch den kalten Luftzug aufzuwecken, und taumelte an den Rand des Lagers. Sie fand eine Senke, die einigermaßen vor Wind und auch etwaigen wachen Blicken geschützt lag, sah den Hang hinunter, hob die Röcke und hockte sich hin.

In diesem Augenblick hörte sie etwas im Gebüsch.

Ihr erster Gedanke war, daß es ein wildes Tier sein müßte. Es klang wie das Knurren eines Wolfes. Wie das eines kleinen, nicht sehr wilden Wolfes. Eines Wolfes, der komische, hohe Töne hinten in der Kehle produzierte. Eines Wolfes, der sagte: »O ja, ja, mach weiter ... weiter! Ooooo ...«

Ach, du liebe Zeit!

Catherine überlegte, wie sie sich verhalten sollte. Wegschleichen war jetzt schwerlich möglich. Wegwatscheln vielleicht? Nein, vermutlich nicht einmal das. Und in dieser Haltung verharren konnte sie auch nicht viel länger. Dafür hatte sie die Sache zu lange hinausgezögert. Sie schwor sich, abends keinen Wein mehr zu trinken, doch jetzt war es zu spät. Als sie dem Drang nachgab, hoffte sie, daß das Paar nicht in der entsprechenden Richtung am Fuße des Hügels lag.

Die beiden schienen nichts zu bemerken. Als Catherine sich aufrichtete, gab der Mann einen letzten röchelnden Laut von sich und verstummte.

Catherine hockte sich erneut hin.

Nach einer Weile hörte sie Zweige rascheln, als bahnte sich jemand einen Weg durch das Gestrüpp. Durch die Zweige

erhaschte Catherine einen Blick auf eine dunkle Gestalt mit Kapuze.
Kein Wunder, daß Mondete glaubte, meiner Barmherzigkeit nicht würdig zu sein, dachte Catherine enttäuscht. Es gab ihr einen Stich. *Sie bereut ihr Leben gar nicht.*
Sie war schrecklich neugierig, wer wohl der Mann wäre. Er war noch nicht aufgetaucht. Vermutlich wartete er ab, bis Mondete sicher ins Lager zurückgelangt war. Da durchfuhr es sie, daß es Solomon sein könnte. An der erstickten Stimme hatte sie ihn allerdings nicht erkennen können.
Catherine wollte es nicht wissen. Sie konnte ihrem Cousin nach solch einem Röcheln nicht in die Augen sehen.
Ohne sich länger darum zu kümmern, ob man sie hörte, lief Catherine aus dem Gebüsch heraus und querfeldein, um Trost an der Seite ihres Ehemannes zu suchen.

Am nächsten Morgen war Catherine nicht sicher, ob sie geträumt hatte, aber die Grashalme an den Füßen bewiesen, daß das Erlebnis zumindest teilweise real gewesen war. Sie erwog, Edgar davon zu erzählen, doch es schien ihr nicht richtig. Mondetes Erlösung stand auf dem Spiel. Sie würde bei passender Gelegenheit mit der Frau unter vier Augen reden.
Diese Aussicht war nicht besonders erfreulich.

Sie waren mit Packen fertig und beluden das Pferd – routiniert inzwischen –, als von der anderen Seite des Lagers her Lärm ertönte. Sie liefen hin, um nachzusehen.
Das Geschrei wurde lauter bei ihrem Näherkommen. Dann hörten sie einen Klagelaut, der Catherine durch Mark und Bein ging.
»NEIN . . .!« Dieses eine Wort schien sich ständig zu wiederholen und wurde vom Echo über die Ebene zurückgeworfen.
»NEIN . . .!«

Dann bemerkte Catherine, daß es zwei Schreie waren, die gemeinsam klagten.
Sie konnte nicht über die Köpfe der anderen Menschen hinwegsehen, aber Edgar war groß genug. »Was ist denn?« fragte sie ihn.
»Das sind Gaucher von Mâcon und Rufus von Arcy«, sagte Edgar. »Sie stoßen diese Schreie aus. Tritt beiseite, Catherine, sie kommen hierher und tragen etwas.«
Catherine trat aus dem Weg, und Gaucher und Rufus kamen aus dem Dickicht. Sie trugen die Leiche Hugos von Grignon.
Sie wollte nicht hinsehen, tat es aber trotzdem. Denn sie mußte Gewißheit haben.
Es war kein natürlicher Tod. Hugo hatte eine aufgeschlitzte Kehle.
Unwillkürlich wanderte Catherines Hand an den eigenen Hals. Offenbar mußte sie jetzt doch mit jemandem über Mondete Ticarde reden.

SIEBTES KAPITEL

Unweit Figeac, Mittwoch, den 6. Mai 1142, am Tag des heiligen Johannes vor dem Lateinischen Tor, anläßlich der Tatsache, daß er vor seinem Exil auf Patmos ein Bad in kochendem Öl überlebte

Deus qui diligentibus te misericordiam tuam semper impendis et a servientibus tibi in nulla es regione longincus, dirige viam famulorum tuorum illorum in voluntata tua, ut te protectore et te perducente periusitie semitas sine offensione gradiantur.

O Gott, der du deine Gnade jenen verleihst, so dich lieben, und nie weit von denen bist, so dir dienen, führe die Wege deiner Diener nach deinem Willen, auf daß sie ohne Fehl auf den Wegen der Gerechten wandeln unter deiner Führung.

Liturgie der Wallfahrt
Meßbuch von Vich, 1038

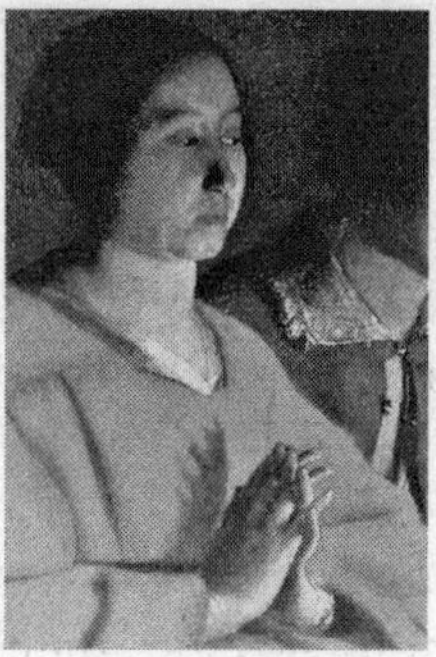

Ehrwürdiger Vater.« Bruder Jakob verbeugte sich vor Abt Peter. »Es bekümmert mich, es melden zu müssen, doch letzte Nacht fand unter den Pilgern ein Mord statt. Ein Mann wanderte nur ein bißchen vom Lager weg und wurde offenbar von Räubern überfallen. Die anderen sind von panischer Angst ergriffen. Sie flehen euch an, mit uns gemeinsam weiterziehen zu dürfen, unter dem Schutz unserer Wachen, statt sich hinter uns zu halten.«

Stirnrunzelnd sann der Abt darüber nach. »Räuber, sagst du?« fragte er. »Haben die Pilger denn keine Wachen aufgestellt?«

»Angeblich schon«, antwortete Bruder Jakob.

»Dennoch sah oder hörte niemand die Männer, die ihren Kameraden überfielen?«

Bruder Jakob hatte gerade mit einer hysterischen Menschenmenge zu tun gehabt, in der alle gleichzeitig redeten und es offenbar für seine Aufgabe hielten, etwas zu unternehmen. Er hatte sich nicht mit vielen Fragen aufgehalten.

»Ich weiß es nicht, Herr Abt«, antwortete er. »Davon hat keiner etwas erwähnt. Doch seine Gefährten sagen, daß er ausgeraubt wurde.«

»Seine Gefährten können ihn selbst getötet und ausgeraubt haben«, warf Peter ein. »War der Ermordete ein Schützling von Cluny?«
»Leider ja«, sagte Bruder James seufzend. »Er heißt Hugo von Grignon. Er überschrieb uns seinen Besitz und zwei Mühlen für sein Seelenheil und das seines Weibes und bat darum, bei uns bestattet zu werden.«
»Nun, das wird jetzt nicht möglich sein«, antwortete Peter. »Sieh zu, daß er zu unserer Priorei in Figeac gebracht und dort begraben wird. Sollten seine Angehörigen protestieren, sag ihnen, daß die Ehre die gleiche ist. Der heilige Petrus wird ihre Gebete erhören, einerlei, ob der Mann in der Auvergne oder in Burgund liegt.«
»Und was ist mit den Wachen für die Pilger?« fragte Bruder Jakob.
Peter sah eine Weile auf seine Finger. »In der Gruppe befinden sich mehrere Frauen«, sagte er endlich. »Auch jüngere. Ich benötige eine Art Garantie, daß sie nicht zwischen den Mönchen oder Laienbrüder wandern dürfen. Wenn sie das geloben, dürfen die Pilger im Kreis unserer Wachen lagern. Weise zwei der Wachen an, hinter ihnen zu reiten, doch nur, wenn die Pilger mit uns Schritt halten können. Wir können nicht auf Menschen warten, die entschlossen sind, auf Knien ans Ziel zu rutschen.«
»Danke, Herr Abt.« Bruder Jakob verbeugte sich erneut. Er wandte sich zum Gehen.
»Bruder Jakob«, schickte Abt Peter hinterher.
Der Mönch drehte sich um. »Ja, Herr Abt?«
»Vergewissere dich, daß der Mord von Räubern aus dem Wald verübt wurde und nicht von Mitreisenden. Sind nicht auch zwei Juden darunter, mit einem Empfehlungsschreiben unseres Freundes, des Abtes Suger?«
»Das ist richtig, Herr«, sagte Bruder Jakob. »Ich habe sie gesehen. Doch so verschlagen diese Menschen auch sind, ich

kann nicht glauben, daß sie so dumm wären, einen derartigen Mord zu begehen. Sie wissen, daß der Verdacht zuerst auf sie fallen würde.«

»Vielleicht geschah es, weil sie in Gefahr waren«, erwiderte Peter. »Vielleicht hat sich der Mann über eines ihrer Rituale mokiert oder blieb ihnen Geld schuldig? Oder, wie gesagt, seine eigenen Gefährten könnten ihn getötet und die Schuld auf die Räuber geschoben haben. Oder schließlich mag es sich so verhalten, wie es aussieht, ein Mord aus Habgier, begangen von den Gesetzlosen im Wald. Ich verlasse mich darauf, daß du die Wahrheit aufdeckst. Bruder Rigaud soll dir dabei helfen.«

Bruder Jakob hatte zwar keine Ahnung, wie er die Wahrheit herausfinden sollte, doch laut sagte er nur: »Danke, Herr Abt. Mit Gottes Hilfe werden wir's schaffen.«

Catherine grübelte den ganzen Vormittag darüber nach, was sie tun sollte. Vielleicht war die Gestalt, die sie gesehen hatte, nicht Mondete. Sie hatte nur einen Umhang in der Nacht gesehen. Sie hatte angenommen, daß es die Prostituierte sein müsse aufgrund der Aktivität, deren Ohrenzeugin sie geworden war. Oder, überlegte Catherine, war der Mann nicht Hugo gewesen? Sie wußte nicht, wann der Ritter umgebracht worden war. Vielleicht hatte er sich später aus demselben Grund wie Catherine in die Büsche geschlagen und war dabei überfallen worden? Falls die Räuber sich von hinten an ihn herangeschlichen hatten, konnte er vielleicht nicht nach Hilfe schreien. Und wer bewaffnete sich schon, wenn er seine Notdurft verrichtete?

Doch dann dachte sie wieder an jenes schreckliche Geröchel. Catherines Erfahrung war beschränkt, doch sie glaubte nicht, daß dieser Laut bei der Kopulation normal war. Edgar röchelte nie. Das Geraschel, das sie als Kind aus den dunklen Ecken und durch die Bettvorhänge gehört hatte, war nie so ausgeklungen. Gelegentlich in Stoßseufzern, Kichern und Stöhnen, das ihre Neugier weckte, aber nichts Schlimmeres.

Und was war mit dem Blut? Wenn er auf Mondete gelegen und sie ihm die Kehle aufgeschlitzt hätte, wäre die Frau blutbesudelt gewesen. Sie hätte nicht einfach zu ihrem Strohsack zum Schlafen zurückgehen können ... es sei denn, sie hätte sich einfach in den Umhang gewickelt.

Beim Hochmut der heiligen Ida! Warum hatte sie nicht daran gedacht? Catherine merkte, daß sie den Mord nicht Mondete anlasten wollte. Auch nicht die Hurerei, um Solomons willen, wenn nicht wegen der Frau selbst. Doch diese Fragen mußten logisch beantwortet werden. Man konnte nicht jemanden beschuldigen, wenn man nicht vollkommen sicher war.

Es gab nur eine Möglichkeit, es herauszufinden. Sie machte sich auf die Suche nach Mondete.

Wallfahrten lassen sich durch einen Todesfall nicht lange aufhalten. Wenn der Leichnam bestattet und die Gebete gesprochen sind, muß man weiterziehen. Wenn man ein Gelübde abgelegt hat, die Heiligen aufzusuchen, darf man es nicht brechen und sollte es nicht hinauszögern. Daher trafen die Pilger bereits wieder die Reisevorbereitungen, wenngleich ernster und furchtsamer als vorher.

Mondete, die weniger zu packen hatte als alle anderen, hockte auf einem Feldstein und wartete. In ihrer Nähe saß Solomon im Gras. Er hatte nicht bemerkt, daß Catherine sich ihm von hinten näherte.

»Manches davon steht bei Hesekiel und Jesaja«, sagte er, »doch andere Teile wurden seit Jahrtausenden vom Meister an den Schüler weitergegeben. Nur scheint niemand im Besitz des Ganzen zu sein. Ich kann nur Teilstücke finden, und sie passen nicht zusammen.«

Mondete reagierte nicht. Vielleicht glaubte sie, wenn sie Solomon ignorierte, würde er aufgeben und fortgehen. Catherine kannte ihn besser.

»Du hast ein Stück von der Wahrheit gefunden, du ganz allein«, fuhr Solomon fort. »Wenn du mir sagst, was es ist, kann ich das Bild vielleicht endlich zu einem Ganzen zusammenfügen. Vielleicht besitzt du ein Stück von dem Wissen, nach dem ich gesucht habe.«

Mondete drehte sich auf ihrem Stein herum. Catherine versuchte zu erkennen, ob ihr Mantel blutverschmiert war, doch er starrte dermaßen vor Dreck von der Straße und getrocknetem Schlamm aus dem Fluß, daß man es unmöglich feststellen konnte. Die Frau hob verzweifelt die Hände. Ihre Nägel waren lang und dreckig, doch Catherine sah auch keine Spur von Blut daran. Sie glaubte kaum, daß Mondete sich gründlich genug hätte waschen können, um alle Spuren des Mordes zu beseitigen und ihre Nägel in dem Zustand zu lassen.

Falls Mondete bemerkt hatte, wie Catherine sie anstarrte, ließ sie es sich nicht anmerken. Sie achtete nur auf Solomon.

»Was muß ich tun, um dich zu überzeugen, daß ich keine Geheimnisse habe?« fragte sie. »Ich bin nur, was alle von mir behaupten, eine *bordelere* und *meretrix*, die die Beine für jeden breitgemacht hat, der dafür zahlte, auch für deinesgleichen.«

Solomon blieb unbeeindruckt. »Warum bist du dann hier?« fragte er. »Was ist geschehen, das dein Leben verändert hat?«

Mondete ließ die Hände sinken. »Andere werden dir auch das erzählen. Vielleicht bin ich zu alt oder krank geworden. Vielleicht habe ich den Höllenschwefel im Schweiß mancher Männer gerochen und fürchtete plötzlich für mein Seelenheil. Was kümmert dich das schon?«

Solomon rieb sich die Stirn, als ob sie schmerzen würde. Er

schloß die Augen fest und schlug sie wieder auf. »Ich weiß nicht«, sagte er leise. »Es interessiert mich eben. Ich möchte dich nicht quälen. Aber da ist irgend etwas; ich spüre es. Vielleicht bist du dir dessen nicht einmal bewußt.«
»Du täuschst dich«, antwortete Mondete. »Du spürst nur Trostlosigkeit. Mehr kann ich dir nicht bieten, und ich fühle, daß du selbst schon genug davon hast.«
Solomon erwiderte nichts darauf, rührte sich aber auch nicht vom Fleck. Mondete ließ ihre Hände und Füße wieder unter dem Umhang verschwinden.
Catherine beschloß, die beiden jetzt nicht zu stören.

»Die Ringe sind weg, Gaucher«, sagte Rufus. »Ich habe in seinem Bündel und in seiner Tasche nachgesehen. Sonst fehlt nichts.« Seine Stimme zitterte vor Angst.
»Die Diebe werden nicht mehr Zeit gehabt haben, um mehr zu nehmen«, antwortete Gaucher. »Hör doch auf zu zittern. Du siehst aus wie ein Mann mit Viertagesfieber.«
Rufus bäumte sich zornig auf. »Spiel bloß nicht den Furchtlosen, Gaucher. Ich habe dein Gesicht gesehen, als wir den armen Hugo aufhoben.«
Gaucher sah kurz weg und blickte ihn dann streng an. »Es ist wohl kaum das erste Mal, daß wir einen Mann mit durchschnittener Kehle sehen oder einen dahingemetzelten Freund«, sagte er mit fester Stimme. »Wir sind verweichlicht, weil wir in unserem Bergfried leben und nicht mehr richtig kämpfen.«
»Zuerst Norbert, jetzt Hugo«, sagte Rufus. »Schweineklöten in deinem Bündel und jener Ring. Ich sehe jetzt noch, wie Hugo den Stein herausklaubt. Dabei hat er eine Klingenspitze zerbrochen. Aber an die Hand, die ihn trug, erinnere ich mich nicht mehr.«
»Einerlei«, beharrte Gaucher und fuhr sich mit den Händen durchs Haar. »Wir sind die einzigen Überlebenden, die damals dabei waren.«

»Woher willst du das wissen?« fragte Rufus. »Jedenfalls vergißt du Rigaud, wenn man das, was er jetzt macht, leben nennen will.«
»Ich glaube nicht, daß er aus seinem Kloster herausgeschlichen ist und hierher kam, falls Hugo zufällig just in jenem Augenblick seine Blase entleeren wollte«, spottete Gaucher.
»Ich meine nicht, daß er den alten Hugo auf dem Gewissen hat«, versetzte Rufus. »Nur daß es noch einen anderen geben könnte, vielleicht einen der Wächter oder der Laienbrüder. Du sagtest doch, es könnte sich auch ein Sarazene unter den Männern verborgen halten, die Bischof Stephan begleiten.«
»Ich weiß nicht mehr, was ich glauben soll oder vor wem ich mich fürchten muß«, seufzte Gaucher. »Doch die Reise müssen wir fortsetzen, darüber sind wir uns doch einig?«
»Ja«, sagte Rufus. »Aber ich frage mich, ob wir es nach so langer Zeit überhaupt noch finden. Vielleicht sollten wir auch nicht versuchen, es zu verkaufen. Für unser Seelenheil wäre es wohl besser, es einfach zurückzugeben oder es dem heiligen Jakob zu opfern.«
»Nun hör schon auf, ständig von deiner Seele zu reden, Rufus«, erwiderte Gaucher. »Dafür ist es jetzt zu spät. Norbert hat sich jahrelang auf diese Sache vorbereitet. Wir werden in seinem Sinne handeln.«

Edgar hatte Catherine schon ungeduldig erwartet. »Warum hast du so lange gebraucht?« fragte er. »Dein Vater und Eliazar sind gestiefelt und gespornt.«
»Ist Solomon auch dabei?« fragte sie.
»Nein, aber er kommt nach; tut er doch immer«, sagte Edgar. »Ich habe mir Sorgen um dich gemacht. Ist alles in Ordnung mit dir?«
»Ja«, sagte sie. »Nein. Ich weiß nicht recht. Ich erzähl's dir heute abend.«

Edgar kannte diese Stimmung. Er nickte nur verständnisvoll. »Heute abend sind wir in Figeac«, sagte er. »Wir können uns die Schuhe besohlen lassen und finden vielleicht ein privates Plätzchen mit einer Matratze.«
Catherine lächelte. Er wußte immer, wie er sie aufheitern konnte. »Noch mehr wünsche ich mir, daß wir ein Badehaus finden«, sagte sie und befühlte ihre fettigen Zöpfe. »Das einzig gute an so dreckigen Haaren ist, daß sie dann nicht mehr lockig sind. Dein Haar könnte auch eine Wäsche gebrauchen, weißt du. Nur zu gern würde ich dir deins gleich mitwaschen.«
Edgar lächelte. Catherine kannte auch Mittel und Wege, ihn aufzuheitern.

Bruder Jakob erschrak über Bruder Rigauds Reaktion auf die Nachricht von dem Mord.
»Du hast den Mann gekannt?« wiederholte er. »Warum hast du mir nicht erzählt, daß du an der Seite von Hugo von Grignon gekämpft hast?«
»Warum hätte ich das tun sollen?« fragte Rigaud zurück. »Das gehört zu einem Leben, das ich vergessen will. Als ich mein Gelübde ablegte, ließ ich das alles hinter mir. Frage ich dich etwa, was du warst, bevor du nach Cluny gekommen bist?«
»Ich habe nie ein Geheimnis daraus gemacht«, erwiderte Jakob.
»Ich auch nicht«, sagte Rigaud. »Doch ich sah keinen Grund, die Namen all der Männer anzugeben, die meine Gefährten oder Freunde waren. Das ist über zwanzig Jahre her.«
»Aber du sagtest doch, daß sie dich kennen?« fragte Bruder Jakob. »Sie sind an dich herangetreten?«
»Versucht haben sie's«, antwortete Rigaud. »Ich habe sie abgewiesen, habe sie der Hölle überantwortet, falls sie sich nicht wie ich bekehren sollten. Natürlich haben sie mich ver-

lacht. Du siehst also, ich bin nicht der Richtige, um Gaucher und Rufus nach Hugos Tod zu befragen.«

Jakob kratzte sich am Kinn über die dunklen Bartstoppeln. »Du eignest dich vielleicht sogar am besten dafür, sie zu verhören«, sagte er. »Dir könnten sie nicht so leicht etwas vormachen. Aber laß es mich zuerst versuchen. Ich sage dir, was sie geantwortet haben, und lasse dich ihre Wahrhaftigkeit beurteilen. Als Gegenleistung sollst du mit dem Kaufmann aus Paris und seinen jüdischen Freunden reden.«

Rigaud massierte sich den Nacken. Seit Gaucher ihm in Le Puy auf den Rücken geklopft hatte, spürte er an der Stelle ein Kribbeln. »Aber, Bruder Jakob, wenn Hugo von einem der *ribaux* getötet wurde, die im Wald ihr Unwesen treiben, warum sollte ich dann jene Menschen dazu verhören?« fragte er.

Bruder Jakob legte eine Hand auf Rigauds Schulter. »Weil der Abt es so will«, sagte er. »Und Gehorsam ist unsere vornehmste Pflicht.«

Verärgert schüttelte Rigaud die Hand ab. »Das hättest du gleich sagen sollen«, beschwerte er sich. »Natürlich gehe ich sofort zu Werke. Da die Gruppe jetzt in unserer Mitte reitet, kann ich die Kaufleute während des Ritts befragen.«

»Und da sie jetzt mitten unter uns sind«, erwiderte Bruder Jakob, »ist es um so wichtiger, sich zu vergewissern, daß keiner von ihnen ein Mörder ist.«

Der Gedanke daran ließ Bruder Rigauds rechte Hand zukken. Solch ein Zucken war eigentlich nur mit einem Griff zum Schwert zu beruhigen. Statt dessen bekreuzigte er sich etwas zu schnell.

»Möge der Herr uns bei der Suche nach der Wahrheit helfen«, murmelte er.

»Amen«, sagte Bruder Jakob.

Die Reise bis Figeac war angenehm nach dem steilen Auf und Ab der vorangegangenen Tage. Sie ritten durch ein weites

Tal, auf einer Straße, die sich in einem guten Zustand befand. Wälder lösten sich häufig mit gerodeten Feldern und Ansiedlungen ab. Allmählich begann sich die Stimmung der Pilger zu heben. Geborgen unter den Fittichen des heiligen Petrus und in der hellen Frühlingssonne verspürten sie weniger von der Angst, die sie bei Nacht überwältigte.
Eliazar fühlte sich durch die Fragen des Mönches Rigaud belästigt, obwohl er daran gewöhnt war, als erster befragt zu werden, wenn ein ruchloses Verbrechen verübt worden war.
»Nein, ich habe den Mann nicht gekannt«, sagte er. »Wir kommen nicht aus Burgund, sondern aus Paris. Mein Neffe und ich reisen mit meinem Kompagnon, Hubert LeVendeur.«
»Und warum reist ihr mit ihm zusammen?« wandte sich Rigaud an Hubert.
»Meine Tochter und ihr Mann wollten zum Schrein des heiligen Jakob pilgern«, erklärte er. »Abt Suger hat für mich Geschäfte in Spanien, daher gesellte ich mich mit Genehmigung ihres Abts zu der Reisegesellschaft. Die anderen Pilger sind uns alle fremd.«
»Aber warum reist ihr gerade mit diesem Menschen?« fragte Rigaud voller Argwohn. »Warum sollte ein Christ einen jüdischen Kompagnon haben?«
»Aus vielerlei Gründen«, antwortete Hubert. »Unter anderem wegen seiner Kontakte in Spanien. Wenn Abt Suger keine Einwände hat, warum solltest du welche haben? Das ist doch nichts Ungewöhnliches, besonders hier im Süden.«
»Ich hatte keine Einwände«, erwiderte Rigaud. »Ich habe ja nur gefragt. Meine Pflicht ist es, dem Abt gegenüber zu beteuern, daß diejenigen, die Hugo von Grignon ermordet und ausgeraubt haben, nicht mehr unter uns weilen.«
»Dann tu nur deine Pflicht«, sagte Hubert. »Auch wir möchten nicht mit einem Mörder reisen.«
Er kehrte Rigaud den Rücken zu und nahm sein Gespräch mit Eliazar wieder auf.

Rigaud wurde wütend. »Du wagst es, mir den Rücken zuzudrehen?« fragte er und packte die Zügel von Huberts Pferd, so daß jener gezwungen war, sich umzudrehen. »Du hast offenbar zuviel Zeit mit diesen steifnackigen Ungläubigen verbracht. Du hast den Respekt vergessen, den du der Kirche und ihren Dienern schuldest. Ich bin nicht einer deiner Lehrlinge, die du nach Belieben ignorieren und herumkommandieren kannst. Wie kannst du es wagen, mich so zu behandeln?«

Mit jedem Satz wurde seine Stimme schriller, bis sie so kreischte, daß die Leute in der Nähe sich veranlaßt sahen, anzuhalten und sie anzustarren.

»Lieber Bruder«, hob Hubert besorgt an, »ich beabsichtigte keinesfalls, dich oder deinen Orden zu beleidigen. Ich wollte bloß ...«

»... mich bloß wie einen Laufburschen entlassen!« schrie Rigaud.

»Ich dachte, du seist schon fertig mit uns«, sagte Hubert, verwirrt über die heftige Reaktion des Mannes. »Ich bitte euch demütig um Vergebung ...« – dabei schluckte er – »... von Christenmensch zu Christenmensch.«

Rigaud hatte bereits bemerkt, daß alle sie anstarrten. Es fiel ihm schwer, sich zu beherrschen.

»Ich nehme deine Entschuldigung an«, sagte er, »... wie es einem guten Christen ansteht. Doch nächstes Mal, wenn ich dir Fragen stelle, erwarte ich allen gebührenden Respekt.«

»Gewiß«, sagte Hubert, mit geballten Fäusten.

Er wartete mit Eliazar, bis der Mönch zu seinen Gefährten an der Spitze des Zuges zurückgeritten war.

Eliazar schmunzelte. »Dein frommer Freund mag offenbar keine Laien jedweder Art«, sagte er. »Aber du warst auch sehr grob zu ihm. Weshalb hast du ihm den Rücken zugedreht?«

Hubert schüttelte den Kopf. »Das weiß ich selbst nicht«, sagte er. »Der Mönch wollte mich nicht beleidigen. Ich glaube, weil ich deinetwegen ärgerlich war. Oder über mich. Wir sind doch Brüder. Man sollte uns auch gleich behandeln.«

»Verzeih, Hubert«, sagte Eliazar, »aber ich glaube, dies ist nicht der richtige Moment, um deine Taufe zu widerrufen. Als dein älterer Bruder rate ich dir, damit zu warten, bis wir nicht mehr von Mönchen umringt sind.«

Hubert verzog das Gesicht. »Gerade weil ich von ihnen umgeben bin, komme ich mir wie eine Memme vor, weil ich mich nicht zu dir bekenne.«

»Glaub mir«, sagte Eliazar. »Märtyrer kannst du auch zu einem geeigneteren Zeitpunkt werden. Den warten wir lieber ab. Jetzt hast du andere Verpflichtungen.«

Hubert sah geradeaus, wo Catherine und Edgar Arm in Arm gingen. »Dein Rat ist vernünftig, Bruder – wie gewöhnlich«, sagte er seufzend.

Bruder Jakob fand, daß er mit Gaucher und Rufus mehr Glück hatte. Sie schienen ihm bereitwillig alles über Hugo erzählen zu wollen, rühmten seine Taten während verschiedener Belagerungen, seine Hingabe an die Abtei von Cluny, seine Großzügigkeit gegenüber Armen und Freunden. Lautstark versicherten sie ihm, daß sich ihr Freund in dieser Minute auf dem Weg in den Himmel befand.

»Der arme alte Hugo hatte keine Feinde«, jammerte Gaucher. »Er war gütig und freundlich und betete ständig.«

»Wir hätten einen Suchtrupp zum Durchkämmen der Wälder aufstellen sollen«, fügte Rufus hinzu. »Was für ein *mesel* tötet denn einen Mann, der seine *brais* heruntergelassen hat?«

»Trug er sie nicht, als man ihn fand?« fragte Bruder Jakob.

»Sie hing ihm um die Knie«, antwortete Gaucher kopfschüttelnd. »Beim Steinküken des heiligen Sergius! Es ist beschämend für einen Krieger, so zu sterben.«

»Merkwürdig, daß er seine Angreifer nicht kommen hörte«, sinnierte Bruder Jakob.

Die anderen beiden sahen sich an.

»Nun ja, das Gehör des armen alten Hugo ließ allmählich nach«, sagte Rufus. »Man konnte sich zwar noch mit ihm unterhalten, aber einen knackenden Zweig hat er vielleicht nicht gehört.«

Mit dieser Erklärung gab sich Bruder Jakob offenbar zufrieden. »Und ihr sagt, es fehlt nur ein Ring?« fragte er weiter.

»Ja, er hat ihn immer getragen«, erklärte Gaucher. »Seine restliche weltliche Habe hatte er vor seiner Abreise seinen Kindern oder der Kirche geschenkt.«

»Würdest du den Ring wiedererkennen, falls man ihn findet?« fragte der Mönch.

»Gewiß«, sagte Rufus. »Das könnten wir beide. Gold mit einem einzelnen großen Smaragd, in einer ganz schlichten Fassung.«

Bruder Jakob biß sich auf die Unterlippe. »Wenn nötig, durchsuchen wir das Gepäck der Pilger«, sagte er. »Einschließlich eurem. Hättet ihr etwas dagegen einzuwenden?«

»Mitnichten«, antworteten beide wie aus einem Mund.

»Ich danke euch«, sagte Jakob. »Ich werde dem Abt berichten, was ich in Erfahrung gebracht habe, und frage ihn, wie wir weiter verfahren sollen. Gut möglich, daß euer Freund von den Gesetzlosen umgebracht wurde, die in den Wäldern ihr Unwesen treiben. Doch manches an der Sache verstehe ich nicht. Niemand sonst will etwas gehört oder gesehen haben?«

»Uns hat niemand etwas gemeldet«, erklärte Gaucher. »Vielleicht bewegt Euer geistliches Gewand ja jemanden, mit mehr Informationen vorzutreten.«

»Mag sein. Ich setze meine Untersuchung fort und rede später wieder mit euch.«

»Wenn wir irgend etwas tun können, braucht Ihr es nur zu sagen«, versicherte ihm Rufus.

Bruder Jakob ritt die Reihe der Pilger ab. Die Antworten, die er bekommen hatte, befriedigten ihn nicht, obwohl sie durchaus glaubwürdig klangen. Abgesehen von Hugos Frömmigkeit. Jeder ist nach seinem Tod ein Heiliger in den Augen seiner Freunde. Doch irgend etwas am Verhalten von Gaucher und Rufus war merkwürdig. Wären die beiden Männer nicht so kampferprobte Ritter gewesen, hätte Jakob schwören können, daß sie entsetzt waren. Wut über den Mord an ihrem Kameraden hätte er verstanden, Angst dagegen nicht. Befürchteten sie etwa, der Lüge überführt zu werden?
Jakob entschloß sich, den ganzen Zug anzuhalten und sämtliches Gepäck zu durchsuchen, bevor sie Figeac erreichten.
Er ritt an Griselle von Lugny vorbei. Sie würde sich gewiß gegen solch eine unwürdige Behandlung verwahren. Desgleichen die deutschen Bürger. Vielleicht sollte er den Abt zu Rate ziehen, bevor er sich entschied. Tief in Gedanken versunken, überholte er Catherine und Edgar. Von oben herab warf er ihnen nur einen flüchtigen Blick zu, doch dann sah Catherine zufällig hoch. Bruder Jakob fiel die Kinnlade herunter.
»*Deus in adjutorium meum intende* – Herrgott, errette mich!« rief der Mönch aus.
Das war der Geist, der ihm in Le Puy erschienen war.
Catherine erwiderte lächelnd: »*Domine, ad adjuvandum me festina*«, deklamierte sie automatisch den Antwortvers.
Das überzeugte ihn vollends, daß sie nicht von dieser Welt sein konnte. Sein Geist hätte im Leben nicht Lateinisch gesprochen. Bruder Jakob beschloß, seine Untersuchung zu vertagen. Er zitterte so sehr über diese zweite Erscheinung, daß er nicht mehr klar denken konnte.

Catherine sah, wie der Mönch sein Pferd umdrehen ließ und wieder nach vorn ritt.

»Wie seltsam«, sagte sie. »Der arme Mann fühlte sich plötzlich unwohl. Ich hätte fragen sollen, ob er Hilfe braucht.«
»Die Mönche haben einen Krankenpfleger dabei«, erwiderte Edgar. »Den hat er vermutlich so schnell aufgesucht.«
»Ja, gewiß. Er kam mir sehr bekannt vor. Kennen wir ihn?«
Edgar hatte sich gerade mit der Gruppe der Erlösten auf dem Tympanum in Conques beschäftigt. Er wollte sichergehen, daß er sich die genaue Anordnung der Figuren einprägte. Den Mönch hatte er gar nicht richtig wahrgenommen.
»Nein, das glaube ich nicht«, sagte er. »Diese Mönche sehen sich alle ein bißchen ähnlich. Mit der Tonsur, der Kutte, derselben Ernährung und ihrer heiligen Aura, na, du weißt schon.«
»Ach, es spielt ja keine Rolle«, sagte Catherine. »Wenn du mit dem Tympanum fertig bist, möchte ich dir erzählen, was ich gestern nacht gehört habe. Vielleicht hätte ich den Mönch anhalten und es ihm sagen sollen, aber es ist ziemlich peinlich.«
»Dann komm näher heran und sag es mir sofort«, bat Edgar. »Wenn du es ihm nicht erzählen willst, gehe ich für dich hin.«
Catherine legte also im Gehen den Kopf auf seine Schulter und teilte ihm ihr mitternächtliches Erlebnis mit. Obwohl Edgars Mund ein-, zweimal zuckte, lachte er nicht. Als sie fertig war, überraschte es sie, wie fest er sie hielt.
»*Leoffæst*«, sagte er, »wieso stolperst du immer in solche Geschichten hinein? Ich meine schon, daß wir es melden sollten, aber ...«
»Ich weiß«, sagte Catherine. »Ich glaube, daß es Hugo von Grignon und Mondete Ticarde waren, aber was, wenn ich mich irre? Ich will sie nicht zu Unrecht beschuldigen.«
»Doch der Mörder darf auch nicht frei herumlaufen«, sagte Edgar. »Wir müssen mehr in Erfahrung bringen. Warum

sollte Mondete eigentlich den Mann umbringen, selbst wenn sie ihr altes Gewerbe wieder aufgenommen hat?«
»Vielleicht hat er sie bedroht«, mutmaßte Catherine.
»Hast du denn Drohungen gehört?« fragte Edgar.
»Ich habe dir alles haarklein erzählt«, erwiderte Catherine. »Das Röcheln hat mich beunruhigt.«
»Ja«, sagte Edgar. »Und du hast kein Blut an Mondetes Händen gesehen. Das gibt mir zu denken. Die Stimme der Frau hast du auch nicht gehört?«
»Nein, nur das Atmen.«
»Vielleicht war es keine Frau«, sagte Edgar.
»Oh.« Catherine brauchte einen Moment, um das zu verarbeiten.
»Es wäre leichter, einem Mann die Kehle von hinten durchzuschneiden«, räumte sie ein. »Ich erinnere mich da an einige interessante Randbemerkungen in einer Handschrift, die Vater einmal für mich auslieh. In der Haltung kann man jemanden töten, ohne sich mit Blut zu besudeln.«
Edgar sah sie an. »Eines Tages, *carissima*, mußt du mir eine Liste von allem aufstellen, was du gelesen hast«, sagte er. »Jedenfalls sind wir uns einig, daß wir mehr Informationen brauchen.«
»Aber wie sollen wir sie uns beschaffen?« fragte sie.
»Ich glaube, wir haben zu viel an unsere eigenen Beweggründe für diese Reise gedacht und hatten daher nicht genügend Zeit, um unsere Mitpilger kennenzulernen«, sagte er.
Ihre Augen leuchteten auf. Obwohl es eine ernste Angelegenheit war, mußte sie zugeben, daß dies einer sicherlich langen Reise etwas mehr Spannung verlieh.
»Wo sollen wir anfangen?«

Frau Griselle schrak auf, als sich ihr Bruder Rigaud näherte. Sofort ließ sie den Schleier herunter.
»Womit kann ich Euch behilflich sein?« fragte sie.

»Madame, der Abt läßt Euch wissen, daß er sehr bekümmert ist über den unglücklichen Todesfall der letzten Nacht«, sagte Rigaud. »Er bat Bruder Jakob und mich, uns und Euch zu versichern, daß dieses abscheuliche Verbrechen nicht von jemandem aus unserer Mitte verübt wurde.«

»Das ist sehr freundlich von ihm«, erwiderte Griselle. »Selbst wenn einige außergewöhnliche Menschen in dieser Gruppe reisen, kann ich mir nicht vorstellen, daß einer davon morden will. Denn wir pilgern schließlich für unser Seelenheil. Wer würde so wahnsinnig sein, in solch einer Lage die ewige Verdammnis zu riskieren?«

»Ich pflichte Euch bei, daß das eine Torheit wäre«, antwortete Rigaud. »Also habt auch Ihr gestern abend nichts Verdächtiges gehört?«

»In dem Fall hätte ich meine Wachen gerufen, um der Sache nachzugehen«, sagte Griselle. »Darum habe ich sie ja bei mir.«

»Ja, gewiß.« Rigaud kam sich lächerlich vor. Das gefiel ihm überhaupt nicht. »Und kennt Ihr einen Grund, warum jemand hier Hugo von Grignon ermorden wollte?«

»Nicht den geringsten«, antwortete sie. »Ich kannte ihn kaum, aber sein Ruf war makellos. Nach dem Tode seiner Frau munkelte man nie über eine zweite Heirat, nicht einmal von einer Mätresse. Ich glaube, alle seine Kinder sind wohlhabend. Er machte einen völlig harmlosen Eindruck.«

Rigaud dachte an den Hugo, den er vor zwanzig Jahren gekannt hatte. Auch wenn Griselles Einschätzung richtig war, schien es ihm eine armselige Zusammenfassung eines Menschenlebens zu sein, daß er sich nichts hatte zuschulden kommen lassen. Er wünschte, er könnte etwas Dunkles, Schreckliches entdecken, nur um die Erinnerung an Hugo lebendig zu halten. Aber er glaubte nicht, daß da etwas war. Nicht bei Hugo. Dazu war er viel zu feige gewesen. Seine Freunde mußten ihn zwingen, mal etwas Spaß zu haben.

Und selbst dann hatte es ihm nicht sonderlich gefallen. Rigaud bedankte sich bei Frau Griselle und ging, um Bruder Jakob Bericht zu erstatten.

»Roberto«, flüstere Maruxa, »die beiden Mönche befragen die Leute nach dem Mord an Hugo von Grignon. Was sollen wir ihnen erzählen?«

»Nichts«, antwortete Roberto. »Sie werden sich ohnehin nicht um uns scheren. Warum sollten sie auch?«

»Aber wenn sich jemand an uns erinnert?« fragte Maruxa.

»Dann sagen wir, daß wir's vergessen haben«, sagte Roberto mit Nachdruck. »Das ist lange her. Wir reisen an so viele Orte. Warum sollten wir uns an Grignon erinnern?«

»Du hattest recht. Wir hätten mit unserem Aufbruch warten sollen«, murmelte Maruxa. »Hier sind zu viele Menschen aus jener Gegend unter den Pilgern.«

»Haben wir aber nun einmal nicht«, erwiderte Robert in gereiztem Ton. »Und bislang hat uns niemand erkannt. Selbst wenn, warum sollte ich Hugo von Grignon umbringen wollen. Es hätte mehr Sinn ergeben, wenn er mich ermordet hätte.«

»Das stimmt«, sagte Maruxa. »Und die wirklich Schuldige ist schon tot. Möge ihre Seele sich auf glühenden Kohlen wälzen und sich in Ewigkeit quälen.«

»Amen«, sagte Roberto.

ACHTES KAPITEL

Figeac, Mittwoch, den 7. Mai 1142, am Tag der Heiligen Mastidie, Jungfrau von Troyes, von deren Taten nichts überliefert ist.

Unde si bonum est Iherusalem ubi steterunt pedes domini visitare, longe melius est, caelo ubi ipse facie ad faciem conspicitur, inhiare. Qui ergo quod melius est promittit, quod deterius est pro meliore compensare non potest.

Ist es schon gut, Jerusalem zu besuchen, wo die Füße des Herrn standen, ist es noch weit besser, sich nach dem Himmel zu sehnen, wo man ihn von Angesicht zu Angesicht sieht. Wer aber das Bessere verspricht, kann das, welches schlechter ist, mit dem Besseren nicht aufwiegen.

– Peter der Ehrwürdige –
Brief 51 an den Ritter Hugo Catula

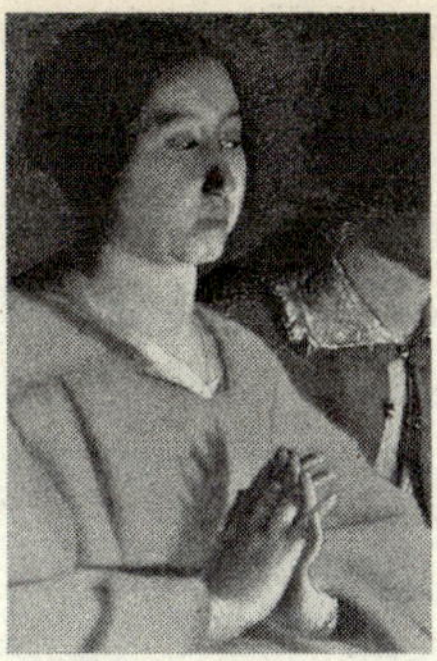

Catherine, ich konnte kein Wort von dem verstehen, was der Schuster gesagt hat«, beklagte sich Edgar. »Französisch war das nie und nimmer.«

»Aber etwas ähnliches«, erwiderte Catherine. »Königin Eleonore spricht so, und alle verstehen sie anstandslos. Es gibt ein paar fremdartige Wörter, und die Aussprache ist anders, aber meistens kann ich es verstehen. Mach dir keine Sorgen.«

Catherine betrachtete immer noch die Auslage vor der Werkstatt des Filzmachers, die neben der des Schusters lag, wo sie ihre Schuhe zur Reparatur abgegeben hatten. Der Filzmacher hatte aus Materialresten Andenkenabzeichen mit der Taube von Figeac und der heiligen Jakobsmuschel angefertigt. Die verkauften sich dieses Jahr so gut, daß er erwog, seine Tochter und seinen Schwiegersohn einen Stand bei der Abteikirche von St. Sauveur aufstellen zu lassen. Er spielte mit dem Gedanken, sich mit der Bäckersfrau Arnauda über den Stellplatz neben ihrem Karren zu einigen, welcher die Handwerker der halbfertigen Kirche mit Brot und süßen *gastels* versorgte. Ja, der Filzmacher liebte die Wallfahrer.

Edgar interessierte sich nicht fürs Einkaufen. Er wollte zur Kirche gehen und die Maurer bei der Arbeit beobachten. Catherine sah ihn mitleidig an.

»*Carissime*, tut es dir nicht weh, dir eine Arbeit anzusehen, die man dich nicht tun läßt?« fragte sie.
»Ein wenig schon«, sagte Edgar. »Aber mir bereitet schon das Zusehen Freude, wenn ich erfahre, wie die Arbeit gemacht wird, wenn ich sehe, wie die Steine zusammengefügt und die Wände hochgezogen werden. Und all die Werkzeuge und Maschinen und die Männer, die sich im Einklang bewegen, um diesen prächtigen Bau zu erschaffen. Es ist wunderschön.«
Er hielt inne. »Das kannst du wohl nicht verstehen, oder?«
»Doch«, erwiderte sie nachdenklich. »Das kann ich schon. Wenigstens, daß du dabei so empfindest wie ich, wenn ich eine Vorlesung Meister Gilberts höre oder Ordnung in Vaters Rechnungsbuch bringe. Es stimmt mich nur traurig, daß ich das Handwerk nicht so sehen kann wie du, deine Begeisterung nicht richtig nachvollziehen kann.«
Edgar sah keine Möglichkeit, ihr die Erregung zu vermitteln, die er angesichts der Handwerksarbeiten an dem Monumentalbau spürte. Noch konnte er erklären, welch tiefe Befriedigung er empfand, wenn er ein Stück Holz in eine Form schnitzen konnte, die bis dahin nur in seinem Kopf existiert hatte.
Catherine lachte über seinen Gesichtsausdruck. »So sehr bekümmert es mich nun auch wieder nicht«, sagte sie. »Wir haben doch andere Gemeinsamkeiten, nicht? Jetzt lauf schon zur Kirche und genieße den Nachmittag.«
Catherine bummelte noch ein bißchen durch die Geschäfte, nachdem er fort war. Eigentlich wollte sie nichts kaufen, aber wenn sie sich die Waren ansah, hatte sie Gelegenheit zum Nachdenken, ohne mit einem Menschen reden zu müssen.
Edgar war auch der Meinung, daß man irgend jemandem etwas von Catherines Mitternachtsexpedition erzählen sollte, aber sie waren sich beide nicht sicher, wem.
Catherine wußte, daß ihr Widerstreben, mit dem vom Abt

beorderten Mönch zu sprechen, etwas mit ihren Gefühlen für Mondete Ticarde zu tun hatte. Es wäre so leicht, eine reuige Prostituierte zu beschuldigen, und Mondete hätte kaum eine Chance, sich zu verteidigen.

»Wenn ich mir nur sicher wäre«, murmelte Catherine, während sie eine Reihe bunter Bänder betrachtete.

Der Händler sah auf. Catherine schüttelte abwehrend den Kopf.

Nein, das kam nicht in Frage. Sie mußte mehr erfahren, doch wen könnte sie über Mondete ausfragen? Die anderen Ritter nicht. Sie hatten bereits klargestellt, daß sie Mondete sehr wohl kannten, aber Catherine glaubte kaum, daß sie mit ihr die Einzelheiten besprechen würden. Frau Griselle? Lieber nicht. Diese Frau gab Catherine stets das Gefühl, ein schmutziges Gesicht und ein Loch im Strumpf zu haben. Griselle würde nicht zwanglos mit jemandem plaudern, der so weit unter ihr stand. Aber wer sonst wüßte denn etwas?

Auf einmal wußte Catherine es.

Natürlich! Wie dumm, daß sie nicht als erstes daran gedacht hatte: die Frau im Hintergrund, Frau Griselles Zofe. Stets stumm, stets aufmerksam. Sie nahm sicher viel mehr wahr als ihre Herrin, bekam den besten Klatsch mit. Catherine versuchte, sich an den Namen zu erinnern. Sie wußte nicht einmal mehr, ob sie ihn jemals gehört hatte.

Jetzt ging es nur noch darum, die Frau ohne ihre Herrin zu finden und ihr Vertrauen zu gewinnen. Doch wohin würde Frau Griselle ohne ihre Zofe gehen? In die Kirche mit Sicherheit nicht. Die Magd begleitete sie stets, nie weiter als einen Schritt von ihr entfernt. Griselle legte so großen Wert auf Schicklichkeit. Catherine befürchtete, daß sie nicht einmal allein auf den Abort ging.

Erst als Catherine die Stoffe bei den Schalmachern musterte, fiel ihr ein, wohin eine Dame ihre Zofe allein schicken würde. Sie besah sich ein Stück leuchtendgelben Stoff mit rotgemustertem Rand. Unwillkürlich griff sie nach ihrem eigenen Schal, der schon ganz fadenscheinig und ausgebleicht war. Wenn sie etwas Neues trüge, würde sie sich weniger wie ein Bauerntrampel neben Frau Griselle fühlen, deren Kleider immer rein waren und nach Lavendel dufteten, als ob sie frisch aus der Truhe kämen. Catherine vermutete, daß Griselle sogar ein Gauffriereisen für die Plisseeärmel ihrer *bliauts* mitführte.

Irgendwie konnte sich Catherine Griselle nicht über einen Waschzuber gebeugt vorstellen. Wer also würde höchst wahrscheinlich dafür sorgen, daß die feinen Leinenhemden, die Seidenschals und wollenen *bliauts* fleckenlos blieben? Würde Frau Griselle einen Nachmittag mit solcher Arbeit verplempern? Gewiß nicht. Dafür gab es schließlich Dienstmägde.

Catherine fand, ihr Vater sollte ihr den Schal als Belohnung für ihre Klugheit kaufen. Sie bat die Frau im Laden, ihn einzuwickeln. Er würde nachmittags bezahlt.

»Ich hätte nie gedacht, daß eine Wallfahrt meine Kleider so in Mitleidenschaft zieht«, meinte sie zu der Frau. »Sie bleichen und verschmutzen viel schneller als daheim. Und meine Strümpfe! Erst in Conques habe ich sie gewaschen, und schon haben sie es wieder nötig. Wo waschen denn die Frauen der Stadt ihre Wäsche?«

»Natürlich im Fluß«, antwortete die Händlerin schnippisch. »Wo waschen denn die Pariserinnen ihre Wäsche? Doch nicht etwa im Badehaus?«

Catherine bedankte sich lächelnd und versprach, den Schal später abzuholen.

Hoffentlich hatte Frau Griselle nicht so viele Strümpfe dabei, daß sie keine zu waschen brauchte.

Bruder Rigaud und Bruder Jakob hatten sich beraten und waren zu dem Schluß gekommen, daß niemand ein offensichtliches Motiv für den Mord an Hugo von Grignon gehabt hätte.

»Bist du ganz sicher, daß keiner von deinen alten Kameraden seine Hand im Spiel hat?« fragte Jakob.
Rigaud war sich sicher. »Gaucher und Rufus sind Lüstlinge, Vielfraße und Säufer«, sagte er, »aber sie würden nie einem Mann in solch unwürdiger, feiger Manier die Kehle durchschneiden!«
»Von den anderen Reisenden scheint ihn niemand gut gekannt zu haben. Keiner hat einen anderen beschuldigt«, erklärte Jakob. »Das allein ist ungewöhnlich. Ich habe die Siebensachen der Jongleure durchsucht. Ringe waren nicht dabei.«
»Auf deinen Wunsch hin habe ich die Kisten der Juden überprüft«, sagte Rigaud. »Natürlich haben sie protestiert, aber ich sagte ihnen, es geschehe auf Anordnung des Abtes. Der jüngere hatte sich ein Messer an den Arm geschnallt, das er angeblich braucht, um auf Reisen Wildbret nach den Gesetzen seines Glaubens zuzubereiten. Das kaufe ich ihm zwar nicht ab, doch die Klinge dürfte wohl für den sauberen Schnitt in Hugos Kehle zu dick sein. Und er konnte seinen Zorn über meine Fragen auch nur schlecht verhehlen.«
»Sie sind alle sehr hochmütig in ihrer Sturheit«, bemerkte Jakob bitter. »Und diese Männer stehen unter dem Schutz von St. Denis. Wir können sie nicht ohne sicheren Beweis bezichtigen.«
»Ohne einen Zeugen oder den verschwundenen Ring können wir wohl nichts beweisen«, sagte Rigaud traurig. »Ich glaube, wir müssen dem Abt sagen, daß Hugo unserer Meinung nach Räubern zum Opfer fiel, die der Reiseschar auflauerten. Wir haben versprochen, in Moissac mehr Wachen zu mieten. Viel mehr können wir nicht tun, um die anderen Wallfahrer zu beschützen.«
Bruder Jakob kratzte sich bekümmert am Kinn. »Das wäre wohl das beste«, sagte er. »Ich wünschte, ich wäre zuversichtlicher. Ich werde das Gefühl nicht los, daß wir einen Mörder in unserer Mitte haben.«

Rigaud zuckte mit den Achseln. »Auf einer Wallfahrt gibt es auch allerhand Sünder. Vielleicht nimmst du einen Mord wahr, der in längst vergangener Zeit stattfand?«
»Schon möglich«, antwortete Jakob. »Doch diese Bluttat halte ich nicht für das Werk der *ribaux*. Die hätten doch auch seine Kleider und Stiefel mitgenommen, nicht nur den Schmuck.«
»Nicht, wenn sie in Eile waren und Angst vor Entdeckung haben mußten.« Bruder Rigaud legte seine Hand auf Jakobs Schulter. »Wenn ich, der ich sein Gefährte war, mich damit zufriedengebe, daß Hugo den Tod durch die Männer des Waldes fand, warum solltest du es in Zweifel ziehen?«
»Ich weiß es nicht«, erwiderte Jakob. Er dachte eine Weile nach, dann schüttelte er sich, wie um die Sorge loszuwerden. »Es ist gewiß nicht so, als ob mir der Mann irgend etwas bedeutet hätte«, setzte er hinzu. »Schließlich habe ich genug andere Sorgen.«
»Völlig richtig«, stimmte Rigaud zu. »Da gab es zum Beispiel wieder Beschwerden über die Priester im Gefolge des Bischofs von Osma. Sie wollen die Messe in anderer Form zelebrieren als wir. Wir müssen diese Angelegenheit regeln, bevor zwischen ihnen und den anderen Brüdern ein offener Krieg ausbricht.«
Bruder Jakob war froh, sich zur Abwechslung wieder einem wichtigen Problem widmen zu können.

Die Frauen von Figeac waren allzugern bereit, den Steintrog am Flußufer mit ihr zu teilen. Sie schenkten ihr etwas von ihrer *leissive*, einer Mischung aus Holzasche und Ätznatron, mit der sie die Wäschestücke vor dem Einweichen einrieben. Die Wäscherinnen, welche die Mönche auf der Reise begleiteten, waren auch dort, zwei Witwen um die Fünfzig, die ihre restlichen Jahre der Sorge um die Wäsche der Gottesdiener geweiht hatten. Sie wußten, daß sich die Mönche dereinst um sie kümmern würden, wenn sie selbst zu alt zum Arbeiten wären. Von Griselles Zofe war allerdings nichts zu sehen. Doch warum sollte Catherine die Gelegenheit nicht nutzen? Als ihre Strümpfe und der alte Schal lange genug im Trog gelegen hatten, zog sie sich die Schuhe und den langen *bliaut* aus, band sich die Röcke ihrer *chainse* hoch und watete mit den anderen ins Wasser, die den Schmutz auf den flachen Steinen aus der Wäsche klatschten und sie anschließend im fließenden Wasser spülten.

Als Catherine gerade ihre Strümpfe auswrang, schnappte sie einen Namen in der Unterhaltung der Frauen auf.

»Das habe ich auch gehört«, sagte eine der Frauen, »aber ich glaube nicht, daß es wirklich Mondete ist, bis ich ihr Gesicht sehe.«

»Glaubst du denn nicht, daß sie ihre Sünden bereut?« fragte die andere Frau.

An den schwarzen Gewändern, die die beiden wuschen, erkannte Catherine sie als die Wäscherinnen von Cluny. An diese Informationsquellen hatte sie gar nicht gedacht; sie fielen noch weniger auf als die Zofe. Es war anzunehmen, daß sie aus der Gegend um Cluny stammten, aus der auch Mondete kam. Catherine drosselte ihr Arbeitstempo und wartete auf die Antwort, obwohl ihre Füße schmerzten und in dem kalten Wasser blau anliefen.

»Was sollte sie bereuen?« fragte die erste Wäscherin. »Was hätte sie sonst tun sollen – etwa verhungern? Ihre Eltern hätten sie zumindest wieder aufnehmen müssen, nachdem sie ihr das angetan haben. Sie hätten eine Heirat oder einen Eintritt ins Kloster für sie arrangieren sollen.«

»Die Konkubine eines reichen Adligen zu sein ist eine Sache«, widersprach die andere Frau. »Das hat durchaus seine Vorteile. Aber wenn du bei allen Männern vom Ritter bis zum Stallburschen gelegen hast, wie können sich deine Eltern noch zu dir bekennen?«

»Wenn sie dich selbst dorthin geschickt haben, meine ich, sind sie dazu verpflichtet«, schnaubte die erste Frau. »Giles und Theoda haben sie für ein Stück Land verschachert. Als sie sie Norbert zuführten, wußten sie genau, daß er scharf auf junge Mädchen ist.«

Catherine zuckte überrascht zusammen und ließ den Strumpf fallen. Sofort schwamm er flußabwärts, und sie mußte hinterherwaten. Norbert!

Beim Einfangen des Strumpfs war ihr ein Teil des Gesprächs entgangen. Die erste Wäscherin endete gerade einen Satz mit: ». . . hat sie immer gut behandelt, besonders wenn es ein Junge war. Darauf haben ihre Eltern spekuliert.«

Catherine hatte genug gehört. Arme Mondete! An Norbert verkauft und von ihm und ihrer Familie verstoßen, als sie unfruchtbar war. Wie jung sie da gewesen sein mochte? So ein Arrangement war durchaus keine Seltenheit. Oft bot es einer Frau die Chance, sich ein besseres Leben zu erheiraten, wenn der Herr seine abgelegte Mätresse zusammen mit einer Burgvogtei einem seiner Vasallen gab. Oder er sorgte zumindest für den Unterhalt seiner unehelichen Sprößlinge.

Catherine wiederholte in Gedanken den Kommentar der ersten Wäscherin: Was hatte Mondete eigentlich zu bereuen? Hatte sie sich ihren Lebenswandel etwa selbst ausgesucht? Gewiß, es mochte ihr gefallen haben. Falls sie Freude an der Prostitution hatte, war das sicherlich eine Sünde.

Mitleid für das Kind Mondete brachte Catherine auf eine neue Idee. Vielleicht hatte sie diese Wallfahrt gar nicht angetreten, um zu büßen? Möglicherweise war Norbert von Bussières gar nicht eines so friedlichen und natürlichen Todes gestorben, wie es den Anschein gehabt hatte.

In diesem Augenblick erinnerte sie sich, woher der Flecken in ihrem Rocksaum stammte – der Fleck, in den die Ratte ein Loch genagt hatte. Er war von der Neige im Weinbecher gekommen, den sie umgestoßen hatte. Norbert hatte den Becher

fast leergetrunken. Norbert war tot – die Ratte ebenfalls. Mondete hatte auch die Nacht in der Herberge verbracht.
»Beim furchtbaren Bärenbiß der heiligen Euphemia!« brummte Catherine und sammelte ihre Wäsche ein. »Warum führen bloß alle Spuren zu Mondete?«

Hubert war ungehalten, Edgar allein vorzufinden, wie er gerade die Kirchenmaurer begutachtete.
»Wo ist meine Tochter?« fragte er ohne Umschweife.
»Einkaufen«, sagte Edgar, ohne sich von der Stelle zu rühren. »Achtung!« rief er plötzlich aus.
Hubert sah zur Kirche hinüber. Ein Korb voller Bausteine schaukelte heftig in halber Höhe der Mauer, während der Mann, der ganz oben den Hebekran bediente, das verrutschte Seil wieder in die Rille zu bringen versuchte. Die Arbeiter stoben davon, als über ihnen der Korb umkippte und Steine herausflogen.
Edgar stieß einen Seufzer der Erleichterung aus. »Dabei hätte jemand umkommen können«, sagte er. »Es muß eine sicherere Methode geben.«
»Und die wäre?« Hubert musterte seinen Schwiegersohn voller Skepsis.
»Ein Netz über den Steinen und Gewichte an den Ecken, damit der Korb nicht kippt und die Steine nicht so leicht herausfallen können«, erwiderte Edgar prompt.
Hubert mußte zugeben, daß diese Idee einiges für sich hatte. Er wußte aber auch, was der Maurermeister sagen würde, sollte ihm ein müßiger Beobachter mit solch einem Vorschlag daherkommen.
»Ich meine, wir sollten Catherine suchen«, war sein einziger Kommentar. »Für heute hast du dich genug amüsiert.«
Betreten folgte ihm Edgar. Er wußte, daß er es seinem Schwiegervater nie recht machen würde. Er hatte nichts gelernt, was Hubert billigen konnte. Einmal hatte er vorschnell

versprochen, in Montpellier die Rechte zu studieren, beseelt von der Hoffnung, damit einem Kaufmann von Nutzen zu sein. Hubert hatte es nicht wieder erwähnt, und Edgar wollte ihn nicht daran erinnern. Doch fragte er sich, ob das vielleicht der einzige Weg wäre, sich in seiner angeheirateten Familie ein wenig Respekt zu verschaffen.

Sie trafen Catherine auf ihrem Rückweg vom Fluß. Die bloßen Füße waren vom Wasser gerötet. Sie trug keine Kopfbedeckung, und ihre dunklen Zöpfe lösten sich auf. Sie hielt ein Bündel nasser Kleidung an sich gepreßt, ihre Zähne klapperten, weniger vor Kälte als vor Aufregung.

Hubert stieß wutentbrannt die Luft aus und herrschte Edgar an: »Nun sieh sie dir bloß an! So geht's, wenn du dich davonmachst und sie sich selbst überläßt! Kannst du denn nicht besser auf sie aufpassen?«

Vor lauter Zorn ließ Catherine die Wäsche fallen. »Vater! Rede nicht in diesem Ton mit ihm!« schrie sie zurück. »Ich bin kein Säugling und brauche keine Amme! Ich bin eine verheiratete Frau und kann selbst auf mich aufpassen!«

Edgar sagte nichts, doch Catherine wußte, daß ihr Ehemann zornig war, wenn er schwieg. Edgar preßte seine Lippen nur dann so zusammen, wenn er nicht vor Wut platzen wollte. Ihr wäre es lieber gewesen, wenn er seinem Zorn freien Lauf gelassen hätte. Dann wüßte sie wenigstens, ob sich die Wut gegen Hubert richtete, weil er ihn in aller Öffentlichkeit herunterputzte, oder gegen sie, weil sie offenbar annahm, er könnte sich nicht selbst verteidigen.

Sie bückte sich, um Strümpfe und Schal aufzuheben. Grashalme und Dreck klebten jetzt daran. Sie schüttelte sie aus, teils um ihr Zittern zu überspielen.

Wortlos packte Edgar Catherines Ellenbogen und zerrte sie fort. Hubert rührte sich nicht. Als er den beiden nachsah, beschlich ihn das ungute Gefühl, etwas getan zu haben, was sich nicht so schnell wiedergutmachen ließ.

Catherine wartete, bis sich Edgars Gesichtsmuskeln entspannten und er wieder ruhig atmete. Dann schüttelte sie seine Hand ab, und er schien überrascht, daß er immer noch ihren Arm hielt. Er holte tief Luft.
»Ich habe mich vermutlich lächerlich gemacht«, sagte er.
Das hatte Catherine nun gar nicht erwartet. »Ich dachte, du würdest sagen, ich hätte dich in eine peinliche Lage gebracht«, erwiderte sie.
Er warf ihr einen Blick von der Seite zu, wie sie so neben ihm hertrottete, die Röcke über den Weg schleifend und die Spitze eines Strumpfs von ihrem Arm baumelnd. Unwillkürlich mußte er lachen.
Catherine schluckte mehrmals, um die Tränen der Erleichterung zurückzudrängen. Sein stummer Zorn beängstigte sie mehr, als sie zu sagen wagte. Sie hatte dem nichts entgegenzusetzen. Ihr eigenes impulsives Temperament war so wie das ihres Vaters, ein Aufbrausen, und dann war alles vorbei. Edgars dagegen war wie Eis, breitete sich aus und verhärtete sich einen langen Winter lang.
Er blieb stehen und nahm sie in die Arme, drückte die Wäsche dabei zusammen. »Es tut mir leid«, flüsterte er.
Was ihm leid tat, war ihr nicht klar. »Du wirst ja ganz naß«, murmelte sie.
Er rückte ein bißchen von ihr ab, dann zog er sie wieder an sich. »Das ist mir einerlei«, sagte er.
Catherine hob das Gesicht, und er küßte sie auf die Nasenspitze. Sie lächelte.
Der Sommer nahte. Selbst auf den Bergen begann das Eis des Winters zu schmelzen.

Am nächsten Morgen brachen sie wieder auf. Diesmal bemerkte Catherine neue Gesichter unter den Pilgern.
»Pilgern auch Leute aus Figeac nach Compostela?« wandte sie sich an Maruxa, die neben ihr herging.

»Nein, aber es gibt eine Gruppe aus Burgund, die von einem Abstecher nach Rocamadour zurückgekehrt ist«, antwortete die Jongleuse. »Sie baten den Abt um Erlaubnis, mit uns weiterreisen zu dürfen.«

»Das trifft sich gut«, sagte Catherine. »Es bedeutet mehr Schutz vor Banditen.«

»Roberto und ich freuen uns immer über neues Publikum«, ergänzte Maruxa.

»Sind die Mönche noch einmal zurückgekommen, um weitere Fragen über den Tod von Hugo von Grignon zu stellen?« fragte Catherine.

»Nein.« Maruxas Stimme wurde matt. »Warum auch? Alle wissen doch, daß es die *ribaux* waren. Einer der Mönche hat mir gesagt, daß sie uns nur verhört haben, weil Abt Peter nicht Hugos Familie verärgern wollte. Die sollte nicht den Eindruck gewinnen, sie hätten die Sache nicht ernsthaft verfolgt.«

»Aha«, sagte Catherine.

Maruxa schien keinen Wert auf weitere Unterhaltung zu legen. Sie entfernte sich von Catherine und stieß wieder zu ihrem Mann.

Also würde es keine Fragen mehr zu dem Mord an Hugo geben. Und niemand war es in den Sinn gekommen, sich über Norberts Tod zu wundern. Catherine wußte, daß sie den Mund halten konnte. Sie hatte bisher nur mit Edgar darüber geredet. Sie war sich nicht sicher, ob sie den Mut aufbringen könnte, vor Peter dem Ehrwürdigen, Abt von Cluny, zu erzählen, daß sie vermutlich die Ermordung eines Mannes mit angehört hatte, während sie hinter einem Busch ihre Blase entleerte. Die Geschichte mit der Ratte klänge sogar noch unglaubwürdiger, obwohl sie weniger peinlich war. Doch selbst wenn Mondete ein Motiv gehabt hätte, Norbert zu töten, warum sollte sie dann auch Hugo umgebracht haben?

Catherine verlangsamte ihren Schritt, während sie darüber nachdachte, und blieb hinter Edgar und Solomon zurück, die in ein Gespräch vertieft waren und die Pferde am Zügel führten. Plötzlich merkte sie, daß sie neben dem falschen Pferd herging. Sie sah auf und bemerkte, daß Frau Griselles Zofe sie belustigt von oben herab ansah.

Catherine war froh, daß sie den neuen Schal trug, obwohl Gelb und Rot nicht gerade geeignete Farben für eine Pilgerin waren. Er lenkte die Blicke von ihrem verdreckten *bliaut* ab, der seit ihrer Abreise aus Paris nicht gereinigt worden war.

»Ich habe dich beobachtet«, sagte die Frau zur Begrüßung.

Schuldbewußt zuckte Catherine zusammen, obwohl sie sich nicht erinnern konnte, irgend etwas Falsches getan zu haben.

»Sicherlich langweilt dich die Reise über die Maßen, wenn du es interessant findest, mich zu beobachten«, antwortete sie.

Lachend fuhr die Zofe fort: »In der Tat, ich langweile mich, aber nicht mehr als daheim. Darum bin ich deinem Vater dankbar, daß er Frau Griselle Gesellschaft leistet und mir so einen freien Vormittag beschert.«

Catherine sah zu den Reitern vor ihnen. Ja, Griselle ritt neben ihrem Vater her und Eliazar vor den beiden. Sie konnte nichts von ihrer Unterhaltung hören, aber plötzlich brach Hubert in Lachen aus. Das klang merkwürdig beunruhigend. Catherine hatte ihn nicht mehr so lachen hören, seit sie ins Kloster gegangen war. Und das war so lange her, daß sie vergessen hatte, wie er aussah, wenn er glücklich war.

»Schau nicht so besorgt«, sagte die Zofe. »Ich kann dir versichern, daß Griselle keinerlei Absicht hegt, Ersatz für ihren verstorbenen Gatten zu suchen.«

»Sicherlich nicht«, antwortete Catherine. »Das wäre mir nie in den Sinn gekommen. Und meine Mutter ist nicht tot. Sie

ist . . . krank und hat sich in das Kloster Tart zurückgezogen. Die Schwestern pflegen sie dort sehr gut.«
»Ja, davon habe ich gehört«, sagte die Frau. »Führst du denn deinem Vater den Haushalt?«
Catherine überlegte. Vielleicht tat sie das ja, das wenige, was da zu führen war. Seit ihre Mutter fort war, hatte Hubert selten Gäste. Viele Abende verbrachte er im Hause Eliazars und Johannahs. Sie und Edgar waren so sehr mit sich selbst und ihren eigenen Problemen beschäftigt, daß sie die zunehmende Schwermut ihres Vaters nicht bemerkt hatte.
Sie seufzte. »Nicht so, wie ich es sollte«, gab sie zu. »Aber wir wohnen in Paris, und ich habe daher nicht die gleichen Pflichten wie die Herrin einer Burgvogtei. Ich heiße übrigens Catherine«, setzte sie hinzu.
»Ja, ich weiß«, sagte die Zofe.
Catherine wartete.
»Ich heiße – leider – Hersent«, sagte die Zofe.
»Oh!« Wie peinlich. Catherine kannte die Fabel. Jeder kannte sie. Hersent war der Name der Wölfin, die vom Fuchs geschändet worden war. Das war Teil einer sehr beliebten Märchenreihe. Was hatte sich die Mutter dieser Frau nur dabei gedacht? »Ich freue mich sehr, dich kennenzulernen«, setzte Catherine hinzu. »Reist du auch als Pilgerin?«
»Eigentlich nicht«, antwortete Hersent. »Wie meine Herrin schulde ich die Wallfahrt dem Andenken meines Ehemanns. Doch wenn meiner Seele noch größere Gnade widerfahren sollte, weil ich diese Reise geduldig ertrage, bin ich unserem Herrn durchaus nicht undankbar.«
Catherine schirmte die Augen ab, um zu Hersent hinaufzublicken. Sie sah eine Frau, die etwa fünfzehn Jahre älter war als sie selbst, vielleicht fünfunddreißig. Sie hatte dichtes blondes Haar und hellbraune Augen. Ihr Mund war schmal, ebenso ihr Nasenrücken. Das ließ sie strenger erscheinen, als ihr Verhalten Catherine gegenüber vermuten ließ. Catherine

hielt es für möglich, daß sie diese Frau sympathisch finden könnte.
»Seit wann stehst du in Frau Griselles Diensten?« fragte sie.
»Erst seit dem Tod meines Mannes«, erklärte Hersent. »Bis dahin hatte ich mein eigenes Zuhause, auch wenn es klein war. Aber mein Mann fiel in derselben Schlacht wie der ihre, und unser ältester Sohn heiratete und beanspruchte unser Haus. Darum hat Griselle mich zu sich genommen.«
»Ich weiß gar nicht, wo diese Schlacht stattfand«, erwiderte Catherine. »War das im Heiligen Land?«
»Kaum«, sagte Hersent. »Obwohl Königin Eleonore der Meinung zu sein scheint. Nein, unsere Männer waren gute Vasallen und halfen König Ludwig und seiner Frau, ihr väterliches Erbland in Aquitanien zu behalten. Es war der Feldzug im letzten Sommer. Soweit ich weiß, hat noch niemand ein Lied darüber verfaßt. Ich weiß noch nicht einmal, ob er glücklich ausging. Nur daß für mich nichts Gutes dabei herauskam.«
»Also pilgerst du auch für das Seelenheil deines Mannes nach Compostela«, stellte Catherine fest.
Hersent lächelte. »Eigentlich nicht. Doch ich werde ein paar Gebete für ihn sprechen. Er war im Grunde kein schlechter Mann. Nein, Griselle ist diejenige, die aufrichtig trauert. Ich glaube, sie beabsichtigt, nach unserer Rückkehr ins Kloster zu gehen. Laß dich von ihrer Aufmachung nicht irreführen. Sie weint jede Nacht um ihn.«
»Wirst du mit ihr zusammen ins Kloster gehen?« wollte Catherine wissen.
»Das glaube ich kaum«, antwortete Hersent. »Ich habe andere Pläne.«
Catherine setzte zu weiteren Fragen an, doch Hersent unterbrach sie.
»Man bedeutet mir zu kommen«, sagte sie und lenkte ihr Pferd zu der Reihe, aus der Frau Griselle ihr zuwinkte.

Als sie fort war, bemerkte Catherine, daß sie sich fast am Ende des Zuges befand. Hinter ihr ging nur noch Mondete.
Der Tag war mild und still, die Luft erfüllt vom Duft einer Blume, den sie nicht erkannte. Die Straße war weich, die Hügel hell vom ersten Grün des Jahres.
Catherine eilte in die Lücke, die Hersent zurückgelassen hatte, und einen Augenblick später überholte sie Edgar und Solomon, die immer noch diskutierten. Sie legte den Arm um die Taille ihres Mannes und versuchte, sich seinem schnelleren Schritt anzupassen. Er verlangsamte ihn ein wenig und gab ihr einen flüchtigen Kuß, dann widmete er sich wieder dem Streitgespräch. Irgend jemand sang *Ave Maria Stella* in ziemlich wohltönendem Baß.
Vielleicht irrte sie sich, und der alte Norbert war eines natürlichen Todes gestorben. Vielleicht hatten Banditen dem armen Hugo aufgelauert, und die Liebenden, die sie gehört hatte, waren ihr unbekannt. Catherine wollte einen Kranz aus Gänseblumen winden und sich nicht in das Elend anderer Leute einmischen.
An solch einem Tag sollte man nicht an den Tod denken.

Gaucher sah, daß Hubert an Griselles Seite ritt. Er runzelte die Stirn. »Wo sind denn ihre Wachen?« knurrte er. »Das ist genau das Pack, vor dem sie sie schützen sollten.«
Rufus kratzte sich einen Flohbiß unter dem Kettenhemd. Die Ringe schnitten ihm ins Fleisch. Das verdammte Ding scheuerte ihn so wund, daß es ihn schier verrückt machte. Morgen würde er es nicht anziehen, beschloß er. Dann wandte er seine Aufmerksamkeit wieder Hubert und Griselle zu.
»Sie wirft einen Köder nach uns aus, alter Freund«, belehrte er Gaucher. »Du weißt doch, wie die Weiber sind. Wenn sie sich langweilen, versuchen sie, uns gegeneinander auszuspielen, und schauen dann amüsiert zu.«
Gauchers Augen verengten sich. »Meinst du?«

»Ganz gewiß«, sagte Rufus. »Schau einfach nicht hin, dann wird sie seiner schon bald überdrüssig. Sieh ihn dir doch an. Ein Schmerbauch wie ein Schankwirt! Was sollte sie wohl mit solch einem Kerl anfangen?«
»Was wollte Hugos Frau mit all den Poeten?« fragte Gaucher rein rhetorisch. »Und wie ich höre, ist der Kaufmann betucht.«
»Das sind wir auch, wenn wir den Schatz finden«, erinnerte ihn Rufus. »Und wir müssen den Gewinn nur noch durch zwei teilen.«
»Das ist wohl wahr.« Gaucher musterte ihn eingehend.
Rufus beschloß bei sich, das Kettenhemd auch weiterhin zu tragen, einerlei, wie sehr es scheuern mochte.

Am Abend desselben Tages zogen Wolken herauf. Da sich die Pilger an die plötzliche Flutwelle in der vorigen Woche erinnerten, kamen sie überein, die schmalen Pfade hinaufzuklettern, zu einer Reihe von Löchern in der Felswand über dem Fluß Celé. Beim Aufstieg war selbst Catherine nervös. Sie, Edgar, Eliazar und Solomon suchten in der ersten Höhle Unterschlupf, die sie fanden.
»Für die Pferde ist hier wohl kein Platz«, sagte Hubert. »Wir müssen das Gepäck nehmen und die Tiere wieder hinunterbringen.«
»Doch, es geht schon«, sagte Edgar von drinnen. »Wenn man erst einmal drin ist, wird es breiter. Beeilt euch. Wir müssen Feuer machen, bevor die Sonne untergeht.«
Catherine war froh über die Wärme, die die Pferde in diesem feuchten Loch abgeben würden. Sie fragte sich, wer oder was hier zuletzt genächtigt hatte. Im Augenblick spielte das keine Rolle, solange er oder es nicht heute nacht zurückkäme. Wegen des guten Wetters und längeren Tageslichts waren sie heute weiter gelaufen als jemals zuvor. Sie wollte sich nur noch hinlegen und die Augen schließen.

»Catherine.« Solomon berührte sie an der Schulter. »Catherine, Mondete ist nicht mit hochgeklettert.«
»Du weißt doch, daß sie nicht gern in der Nähe von anderen Menschen kampiert«, antwortete Catherine, die den Boden nach einer ebenen Stelle für ihre Decke absuchte.
»Heute gibt es Regen«, sagte Solomon. »Und bisher war sie immer in Sichtweite der Pilgergruppe.«
Catherine spürte plötzlich eine schwere Last auf ihrem Herzen. »Du möchtest, daß ich sie überrede, sich zu uns zu gesellen?« fragte sie ihren Cousin.
»Ja. Ich würde ja selbst gehen, aber sie hört nicht auf mich. Sie hält mich für närrisch«, sagte Solomon.
»Ich auch«, versetzte Catherine. »Aber als guter Christenmensch muß ich wohl versuchen, ihr zu helfen.«
»Mich schert nicht, warum du es tust, wenn du sie nur herbringst«, sagte Solomon. »Bitte. Bevor es dunkel wird.«
Trotz der Gewitterwolken hielt das Zwielicht noch an. Im grauen Licht der Dämmerung machte sich Catherine wieder an den Abstieg auf dem schmalen Pfad. Solomon kletterte hinter ihr her und versprach, am Fuß des Abhangs auf sie zu warten.
»Sie kommt bestimmt nicht«, sagte Catherine noch einmal.
»Versuch es wenigstens«, bat Solomon.
Jetzt sahen sie sie, ein schwarzer Schatten am Fluß. Als Catherine sich näherte, holte Mondete etwas aus ihrem verknoteten Ärmel und verschwand hinter einem Busch, dessen Zweige über das Wasser hinausragten.
Catherine blieb stehen, um abzuwarten, bis Mondete fertig wäre.
Einige Minuten verstrichen, und Mondete tauchte nicht wieder auf. Catherine begann, sich Sorgen zu machen. Ob sie krank war? Oder war sie etwa in den Fluß gefallen?
Gerade als Catherine das Ufer erreichte, kam Mondete zurück. Catherine erstarrte vor Schreck.

In der Rechten hielt die Frau ein Rasiermesser. Trotz des Dämmerlichts sah Catherine es aufblitzen. Mondete kam einen Schritt auf sie zu, und Catherine öffnete den Mund zum Schrei.
Verdutzt blieb Mondete stehen.
Catherine wich zurück, die Hände zur Abwehr erhoben. Mondete sah auf das Rasiermesser hinab und schien erst jetzt zu begreifen, was Catherine so erschreckt hatte.
»Ich tu dir nichts«, sagte sie. Sie wickelte die Klinge in einen Lappen und band sie sich wieder in den Ärmel. Dann hielt sie die Hände hoch. »Siehst du? Sie sind leer!«
Catherine wich noch einen Schritt zurück. »Hast du damit Hugo von Grignon getötet?« fragte sie.
»Was?«
»Solomon! Hilfe!« schrie Catherine. Dann sagte sie zu Mondete: »Ich habe dich in jener Nacht mit Hugo belauscht.«
Mondete taumelte. Ihre Hände zitterten. »Nein. Ich weiß nicht, was du meinst. Ich habe niemanden getötet. Warum sollte ich?«
»Ich weiß auch über Norbert Bescheid«, sagte Catherine.
»Norbert! Oh, Heilige Mutter, hilf mir!« schrie jetzt Mondete.
»Wozu brauchst du so ein Ding, wenn nicht zum Töten?« fragte Catherine, als Solomon herbeigerannt kam.
Mondete ließ sich auf die Steine niedersinken. »Dazu, junge Catherine«, sagte sie.
Mondete hob die Hände und zog sich die Kapuze vom Kopf.

NEUNTES KAPITEL

Irgendwo zwischen Figeac und Moissac, Freitag, den 8. Mai 1142; Tag des heiligen Michael, der mit den Bauplänen auf dem Gelände des Mont St. Michel erschien

Tertio quoque, cum apud cenobium beate semperque virginis Marie, cognomento Meleredense, demorarer …

Das dritte Mal (da ich den Teufel sah) war ich im Kloster der heiligen ewigen Jungfrau Marie zu Moutiers-Sainte-Marie

– Ralph Glaber –
Historia Liber Quintus

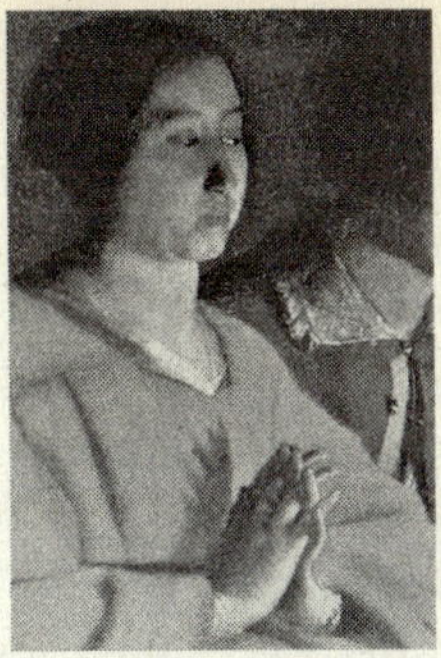

Hinter sich hörte Catherine Solomons entsetzten Aufschrei. Sie selbst war zu erschrocken, um auch nur einen Laut von sich zu geben. Zuerst hielt sie Mondete im grauen Licht der Dämmerung für den Sensenmann und dachte, ihre schlimmsten Alpträume wären wahr geworden. Ihre Hand machte automatisch das Zeichen des Kreuzes, um den Schutz der Heiligen zu erflehen. Dann erkannte sie, warum Mondete aussah wie der Tod: Sie hatte kein einziges Haar, nicht einmal Augenbrauen. Ihre bleiche Kopfhaut glänzte, das hohlwangige Gesicht war vom Fasten ausgemergelt.

Als Catherine nähertrat, sah sie, daß sich Mondete frisch geschnitten hatte. Die Kopfhaut war von frischen und halbvernarbten Schnittwunden übersät. Mondete warf ihnen beiden einen trotzigen Blick zu.

»Verstehst du es jetzt?« Mondete blickte von Catherine zu Solomon.

»Nein«, sagte Catherine. »Ich meine, ja, ich sehe, wozu du das Rasiermesser brauchst, aber ich weiß nicht, warum du dir das antust. Selbst die Nonnen scheren sich das Haar nur kurz.«

Solomon sagte nichts. Er kam langsam näher, bis er unmittelbar hinter Catherine zu stehen kam.

Mondete zog sich die Kapuze wieder über. »Betrachtet es als Teil meiner Buße«, erklärte sie. Sie schickte sich an, ihren Platz hinter den Felsen wieder einzunehmen.
Solomon schob sich an Catherine vorbei. »Warte hier«, sagte er zu ihr. Er ging direkt auf Mondete zu und kniete neben ihr nieder. Sie verbarg ihr bedecktes Gesicht auf den Knien.
»Warum läßt du mich nicht in Ruhe!« weinte sie. »Hast du mich nicht gesehen? Es gibt kein Geheimnis und kein tieferes Wissen. Nur Häßlichkeit und Wut.«
Solomon beugte sich über sie. Seine Lippen berührten beinahe den Rand ihrer Kapuze. »Ich sehe nichts Häßliches«, sagte er. »Und auch mich treibt der Zorn. Ich werde dich nicht länger mit Fragen quälen, obwohl ich immer noch glaube, daß du die Antworten in deinem Herzen verborgen hast. Doch falls du nicht sterben willst, bevor deine Wallfahrt beendet ist, gib bitte diese Selbstkasteiung auf ... wenigstens heute nacht, und schlafe warm und sturmgeschützt.«
Mondete schwieg. Catherine schien es, also ob sogar der Fluß auf ihre Antwort wartete.
Aus der Kapuze ließ sich ein Schniefen vernehmen. »Hast du denn keine Angst, daß ich dir die Kehle durchschneide, wenn du schläfst?« fragte sie.
Solomon lachte trocken. »Nicht mehr als jeder anderer in dieser Gruppe.«
Mondete sah hoch und ließ die Kapuze wieder auf die Schultern zurückgleiten. Er konnte gerade eben den Umriß ihrer Gesichtszüge in der Dunkelheit erkennen.
»Komm mit uns hoch.« Er stand auf und streckte die Hand nach ihr aus.
Sehr langsam streckte ihm Mondete die Hand entgegen, die Handfläche wie zum Betteln nach oben gekehrt. Solomon legte seine Hand über die ihre, und ihre Finger schlossen sich umeinander.

Der Wind wurde stärker, als die drei die steile Klippe zur Höhle hinaufstiegen. Kaum daß sie eingetreten waren, begann es in Strömen zu regnen. Edgar hockte beim Eingang und versuchte, trotz des starken Windes ein kleines Feuer am Leben zu erhalten. Er stand auf, als er Catherine sah, und umarmte sie erleichtert.

»Ich wollte dir gerade hinterhergehen«, sagte er.

»Ja?« Catherine musterte ihn voller Zweifel.

Edgar wünschte, sie hätte nie herausgefunden, daß er unter Höhenangst litt. Jedesmal, wenn sie klettern mußten, benahm sie sich entweder gluckenhaft oder überlegen. Es war eine Situation, die sie bald klären mußten.

Aber nicht heute abend. Edgar drehte sich zu Mondete um und verbeugte sich. »Gestattet mir, Euch in unserer Festung willkommen zu heißen, Madame«, sagte er mit einer einladenden Geste. »Obwohl das Quartier sich nicht mit denen in Paris vergleichen läßt, werdet Ihr einräumen, daß es Schutz vor den Elementen bietet.«

Mondete, die sich die Kapuze wieder ins Gesicht gezogen hatte, sagte nichts. Sie ließ Solomons Hand los und ging in die dunkelste Ecke, wo sie niedersank und sich mit dem Rükken an die rauhe Wand lehnte.

Alle starrten sie einen Moment lang an, dann wandten sie sich ihren Beschäftigungen zu, als ob sie gar nicht da wäre. Eliazar wickelte sich seine Gebetsriemen um den Arm, um sich auf das Abendgebet vorzubereiten.

»Daheim«, sagte er, nachdem er sich in der feuchten Höhle umgesehen hatte, »daheim zündet Johannah jetzt die Kerzen an und spricht den Schabbatsegen. Immer wenn ich aus der Synagoge nach Hause komme, scheint es, als wäre ich schon in Eretz Israel. Sie läßt die Wüste unserer Verbannung erblühen. Sie fehlt mir. Komm, Solomon, bete mit mir.«

Solomon zögerte. Dann nahm er den Gebetsriemen an, den sein Onkel ihm hinhielt. Gemeinsam sprachen sie das

Abendgebet. Hubert sah ihnen zu, und seine Lippen bewegten sich hin und wieder, wenn er ein Wort erkannte.

Catherine wartete, bis sie fertig waren, um dann Brot und Dörrfisch aus den Beuteln zu holen. Sie wärmte ein wenig Bier in einem irdenen Topf über Edgars Feuer und bröckelte Brot und Fisch hinein, um eine dicke Suppe zu erhalten.

»Zu etwas anderem ist dieses südliche Bier auch nicht nütze«, brummte Hubert schnuppernd. »Ich kann das Zeug einfach nicht trinken.«

Als die Suppe fertig war, verteilte Catherine sie auf die flachen hölzernen Trinkschalen. Dann stellte sie den Rest vor Mondete.

»Hast du einen Löffel?« fragte sie.

Statt einer Antwort band Mondete sich den Ärmel auf und zog ein flaches Holzstück heraus. Edgar runzelte die Stirn.

»Ich kann dir einen besseren schnitzen«, sagte er.

»Ich verdiene keinen besseren«, erwiderte Mondete und löffelte etwas von der Suppe.

Edgar dachte nach, dann sagte er: »Es wäre ein Werk der Barmherzigkeit, wenn du mir erlauben würdest, dir einen Löffel zu schnitzen. Du würdest mich vor der Sünde des Müßiggangs bewahren.«

Mondete aß weiter. Als sie fertig war, leckte sie das Holzstück sauber und reichte es Edgar. »Man gibt mir selten Gelegenheit, jemanden vor der Sünde zu bewahren«, sagte sie.

»Ich danke dir.«

Sie rückte näher ans Feuer. Draußen prasselte unaufhörlich der Regen und schnitt sie vom Rest der Welt ab.

Edgar hatte sein Messer hervorgeholt und sang eins seiner angelsächsischen Märchen, während er schnitzte. Catherine saß neben ihm und bewunderte die Geschicklichkeit seiner Hände. Die anderen beobachteten, wie das Feuer allmählich in der Asche verglühte, und sie bereiteten sich aufs Schlafen vor. Eliazar stand auf, bevor der letzte Lichtschimmer erlo-

schen war, um sich zu vergewissern, daß die Pferde für die Dauer der Nacht fest angebunden waren.
Als er sich umdrehte, fand er Mondete hinter sich, die Kapuze hatte sie zurückgezogen, um ihr Gesicht zu zeigen. Eliazars Augen weiteten sich bei dem Anblick, seine Hand bewegte sich schnell, um Böses abzuwehren.
Sie starrte ihn unverwandt an, ohne ihm in die Augen zu sehen. Eliazar fragte sich, ob sie nach Läusen in seinem Bart suchte.
»Liebst du deinen Gott?« fragte sie plötzlich und sah auf.
»Was?« Er starrte in ihre tiefbraunen Augen. »Gewiß. Und es gibt nur einen Gott. Er ist auch der deine.«
Mondete machte eine wegwerfende Geste. »Das verstehe ich nicht«, sagte sie. »Du und dein Volk, ihr werdet in der ganzen Christenheit geschmäht und verachtet. Man hat euch aus eurem eigenen Land vertrieben, und ihr könnt in anderen um eures Glaubens willen nicht höher hinauf gelangen. Ihr werdet ausgestoßen, geschlagen – manchmal getötet –, und euer Gott unternimmt nichts, um euch zu helfen. Wie könnt ihr ihm noch vertrauen? Wie könnt ihr ihn lieben?«
Eliazar lächelte traurig. »Diese Argumente sind alt«, sagte er. »Vielleicht leben wir im Exil wegen unserer Sünden, vielleicht ist es aber auch eine Prüfung unseres Glaubens, so wie der Ewige, geheiligt werde sein Name, Hiob auf die Probe stellte. Wir leben unter euch, erdulden euren Spott, als Zeugen der Wahrheit. Wenn er es will, werden wir nach Israel zurückkehren.«
»Aber...«, beharrte sie, »wie könnt ihr denn jemanden lieben, der euch so behandelt?«
»Das macht der Glaube«, antwortete Eliazar. »Er brachte uns aus Ägypten und aus Babylon. Solange wir fest im Glauben stehen, werden wir eines Tages auch aus diesem Exil befreit.«
»Der Glaube«, wiederholte Mondete. »Ja, das haben mir

auch die Priester geantwortet. Ich dachte... ich hatte gehofft...« Sie schüttelte den Kopf und entfernte sich von ihm, ging zu ihrem Platz an der Wand zurück. Sie kauerte sich in ihren Mantel und drehte ihnen den Rücken zu.

Wenn Catherine gedacht hatte, daß Mondetes Enthüllung und die gemeinsam verbrachte Nacht sie aufgeschlossener machen würde, wurde sie rasch eines Besseren belehrt. Die ganze Nacht hindurch blies der Sturm, und der nächste Morgen war so reingewaschen wie der Garten Eden. Als Catherine beim heiseren Gezwitscher von tausend Vögeln erwachte, war Mondete schon aus der Höhle geschlüpft und bereits unten am Fluß.

»War sie gestern abend tatsächlich hier?« fragte sie Edgar.

»Sie hat den Löffel mitgenommen«, antwortete er, »doch die Späne liegen noch hier. Glaubst du, sie hat ihr Rasiermesser benutzt, um Hugo von Grignon zu töten?«

»Ich weiß es nicht«, erwiderte Catherine. »Warum sollte sie das tun? Nach dem, was die Frauen am Fluß sich erzählten, hätte sie ein Motiv gehabt, Norbert den Tod zu wünschen. Vielleicht hat auch Hugo sie irgendwie verletzt. Aber wie können wir das feststellen? Wer würde uns das sagen?«

»So wie die anderen beiden Ritter über sie hergezogen sind, gewann ich den Eindruck, daß sie sie viel besser kannten als Hugo«, meinte Edgar, als sie die Pferde beladen hatten. »Sie verspotteten ihn, weil die Fleischeslust ihn wenig lockte.«

»Vielleicht neigte er auch nur weniger zur Prahlerei«, bemerkte Catherine, als sie die Höhle verließen. »Edgar, soll ich das Pferd hinunterführen, damit du beide Hände frei hast?«

»Nein!«

Er trat in den Sonnenschein hinaus. Der schmale Pfad war noch matschig vom Unwetter der Nacht. Am Rand fiel der Weg steil zum Flußufer ab. Edgar holte tief Luft. »Catherine, du mußt aufhören, mich wie ein Kind zu behandeln«, sagte er. »Es stimmt, daß mir Höhen nicht gefallen. Aber meistens kann ich oben gehen, ohne zu schreien. Es war nur das eine Mal, als die Menge so dicht war, daß ich dachte, sie drängt mich über den Rand. So etwas geschieht nicht alle Tage. Hast du das verstanden?«

»Ja.« Trotzdem blieb sie beim Abstieg an der Außenseite.

Edgar stieß noch einen Seufzer aus. »Catherine, gibt es denn gar nichts, wovor du Angst hast – gegen jede Vernunft?«

»Doch«, sagte sie. »Dich zu verlieren. Das jagt mir große Angst ein. Wenn du hinunterfällst, springe ich hinterher.«

Er blieb mitten auf dem Weg stehen, nahm ihre Hand und küßte ihre Finger. Catherine liefen Tränen über die Wangen, und die küßte er auch.

»Könnt ihr das nicht woanders machen?« rief jemand verärgert von hinten.

Catherine errötete und wischte sich über die Augen. Edgar grinste in das zornige Gesicht eines Pilgers, der in Figeac zu ihnen gestoßen war.

Und wieder begann ein ganz gewöhnlicher Tag auf dem Weg zum heiligen Jakob.

Peter, Abt von Cluny, wartete geduldig am Tor der Priorei, wo er und sein Gefolge übernachtet hatten. Er freute sich nicht auf die bevorstehende Tagesreise. Mit seiner Verdauung stand es nicht gut, da er häufig fastete, und er befürchtete, daß es heute zu anstrengend für ihn wäre, auf seinem gutmütigen weißen Maulesel zu reiten. Er war mit einer leichten Erkältung aufgewacht und sorgte sich, daß es sich verschlimmern könnte. Er wollte diese Reise auf jeden Fall vollenden.

Bischof Stephan von Osma, der neben ihm stand, bemerkte sein Zittern und trat einen Schritt zurück. »Seid Ihr wohlauf, Euer Ehrwürden?« fragte er.

Peter nickte. »Ich habe nur ein bißchen Verdauungsschwierigkeiten«, sagte er.
Beruhigt trat der Bischof wieder näher an ihn heran. »Der Regen scheint wie weggeblasen«, bemerkte er. »Ein guter Tag zum Reisen.«
»Ja«, pflichtete der Abt ihm bei. »Wenn das schöne Wetter sich hält, dürften wir Moissac in weniger als einer Woche erreichen. Ich hoffe, der Bote, den du dem Kaiser geschickt hast, erwartet uns dort.«
»Dessen bin ich mir gewiß«, antwortete Stephan. »Kaiser Alfons legt großen Wert darauf, Euch zu sehen. Er wird den Mann umgehend mit Instruktionen zurückgeschickt haben, wo er Euch und Euer Gefolge empfangen will.«
Der Stallknecht brachte den Maulesel und das Pferd des Bischofs. Vorsichtig saß Peter auf und spürte es bei jeder Bewegung in seinem Magen rumoren. Seltsamerweise reiste Peter gern, wenn er von seinen Magenbeschwerden einmal absah. Er freute sich auf Spanien und hoffte unter anderem, einmal einen Mauren kennenzuleren. Es wäre doch eine großartige Leistung, durch sein gutes Vorbild einen Ungläubigen zu bekehren.
Dann schweiften die Gedanken des Abtes zu den Pariser Juden ab, die sich unter den Pilgern befanden. Ihre Anwesenheit gefiel ihm nicht. Noch mehr störte ihn, daß er sie unter dem Schutz der Abtei von St. Denis wußte und sie nicht behelligen durfte. Nicht, daß er ihnen etwas hätte zufügen wollen, doch es paßte ihm absolut nicht, daß die Ungläubigen in ihrer Mitte solche Freiheit genossen.
Vielleicht würde er sie im Verlauf der Reise dazu bringen, die »Wahrheit« zu erkennen und sich taufen zu lassen. Das hatte es schon gegeben.
Peter spürte ein Kneifen im Bauch, wollte es aber erdulden, wie alle Schwächen des Leibes, als Opfer für den Herrn. Bruder Bernhard hatte den Heiltrank gemäß den Empfehlungen

des Dr. Bartholomäus während seines letzten Besuchs in Cluny gebraut, doch bisher zeigte er keinerlei Wirkung.

Bruder Rigaud ritt an seine Seite.

»Ist bei den Laienbrüder alles in Ordnung?« fragte Peter.

»Ja, Herr Abt«, antwortete Rigaud. »Sie sind wohlauf. Niemand hat sich über die Reisestrapazen beklagt. Doch einer der *garciones* stiftet Unruhe. Er neckt mit Vorliebe die jüngeren Knaben, besonders die, die Heimweh nach ihrer Mutter haben.«

Peter, der selbst noch um seine Mutter trauerte, setzte eine strenge Miene auf. »Bringt den jungen Mann heute abend zu mir«, sagte er. »Ich will ihn mir vorknöpfen. Gab es unter den Pilgern noch irgendwelche Probleme?«

»Keine schwerwiegenden, Herr Abt«, erwiderte Rigaud. »In der Gruppe, die in Gigeac zu uns gestoßen ist, gibt es zwei Aussätzige. Ihre Wärter haben Instruktionen, wo sie sich aufhalten dürfen und daß sie sofort von der Reisegruppe ausgeschlossen werden, sollten sie versuchen, sich unter die anderen zu mischen oder flußaufwärts von ihnen zu baden.«

»Gut. Und gibt es etwas Neues über den Tod deines alten Kameraden?« fragte Peter.

Rigaud zog die Schultern ein, als ob er das Stigma seines früheren Lebens abgleiten lassen wollte. »Nein, Herr«, antwortete er. »Bruder Jakob und ich sind zu dem Schluß gekommen, daß es die Gesetzlosen waren. Weitere Vorfälle gab es nicht.«

»Nun denn.« Der Abt zuckte zusammen, weil er starke Schmerzen im Bauch spürte. »Du kannst gehen. Schick mir Bruder Bernhard. Sag ihm, ich brauche noch mehr von dem Verdauungstrank.«

Bruder Rigaud tat, wie ihm geheißen. Als er dem heilkundigen Mitbruder die Botschaft überbrachte, versuchte er, sich zwischen den anderen Mönchen zu verstecken. Doch seine

alten Freunde Rufus und Gaucher entdeckten ihn sofort und nahmen ihn in ihre Mitte.
»Schön, daß du nicht wie ein Mönch reitest«, bemerkte Gaucher. »Es erzürnt mich, daß sie wie Säcke auf dem Pferd liegen und die Beine frei baumeln lassen. Eine steife Brise könnte sie herunterpusten.«
»Peter von Montboissier sieht aber nicht wie ein Mehlsack aus«, setzte Rigaud hinzu. »Der Abt reitet so gut wie ein Ritter.«
»Da muß ich dir recht geben«, räumte Gaucher ein. »Es liegt ihm im Blut. Schade, so ein Talent ist bei einem Geistlichen reine Verschwendung.«
»Wollt ihr was von mir?« fragte Rigaud. Er sah stur geradeaus und hoffte, die beiden würden verschwinden.
»Deine Gesellschaft, *vieu compang*«, versetzte Rufus lachend. »Du siehst doch, daß wir jetzt nur noch zu dritt sind.«
»Zu zweit«, sagte Rigaud mit Nachdruck. »Ich habe der Welt entsagt.«
Gaucher schürzte die Lippen, betrachtete den Himmel, als erwartete er von oben einen Brief. »So! Dann interessierst du dich wohl nicht mehr für das Päckchen, das wir in Najera zurückließen?«
Rigaud warf beiden einen scharfen Blick zu. »Du meinst, ihr habt es euch nie geholt?« fragte er ungläubig.
»Norbert hielt es für zu gefährlich«, erklärte Rufus. »Aber dieses Jahr meinte er, es sei an der Zeit, es zu wagen, bevor wir alle tot sind und es für immer verloren ist. Denk doch nur daran, wie wertvoll es ist, Rigaud! Nach all der Zeit wird sich kein lebender Mensch erinnern, woher es stammt. Die Bischöfe von Franzien und Burgund werden sich darum reißen.«
Rigaud senkte den Kopf und sagte eine Weile gar nichts mehr. Als er wieder hochsah, hatte sich seine Miene verändert. Sie war ernst und noch strenger als zuvor.
»Von all den Sünden, die ich in meinem Leben beging«, sagte

er, »bekümmert mich diese am meisten. Falls ihr diese Beute an den Meistbietenden verschachern wollt, dann erzähle ich jedem, wie wir in deren Besitz gelangt sind, koste es, was es wolle!«

»Was soll das heißen: ›wie wir in deren Besitz gelangt sind‹? Wir haben sie aus Sarazenenhand gerettet«, erwiderte Rufus. »Das war doch keine Sünde.«

»Wir setzten unser Lebens aufs Spiel, um dem Sakrileg der Sarazenen ein Ende zu machen«, ergänzte Gaucher. »Jetzt gehört sie uns.«

»Wir haben sie Christen gestohlen«, stellte Rigaud klar, »und sie dabei niedergemetzelt. Das wißt ihr ganz genau.«

»Wir haben erst zu spät gemerkt, daß es Christen waren.« Gaucher senkte die Stimme, vergewisserte sich, daß niemand Rigauds Ausbruch mit angehört hatte. »Sie waren genauso gekleidet wie die Sarazenen. Wie konnten wir das wissen? Und ich weiß immer noch nicht, ob sie nicht gelogen haben, um ihr Leben zu retten.«

Rufus beugte sich vor und drückte Rigauds Schulter. »Und ich höre nichts davon, daß es dich reut, was du mit dem Knaben angestellt hast, den wir an jenem Tag schnappten«, flüsterte er. »Macht dir das etwa keine Gewissensbisse? Weiß dein edelmütiger Abt davon? Beichtest du *alle* deine Sünden, alter Freund? Und falls ja, lassen sie dich dann in die Nähe der *garciones*? Oder war es etwa die Aussicht, all den frischen jungen Männern so nahe zu sein, was dich zu deiner Bekehrung bewog?«

Wütend fuhr Rigaud herum und stieß dabei Rufus zurück, daß jener fast aus dem Sattel fiel.

»Kümmere du dich um den Zustand deiner eigenen Seele, Rufus!« zischte er. »Sie hat weit schwärzere Flecken als meine. Ich habe das Keuschheitsgelübde abgelegt, als ich ins Kloster eintrat, und ich bin keusch geblieben. Nicht, daß es dich etwas anginge. Wallfahrt? *Quel merdier!* Ich habe

doch gewußt, daß keiner von euch eure gräßlichen Taten bereut. Schon seit dem Augenblick, als ich euch in Vézelay sah.«
»Was?« Gaucher packte Bruder Rigauds Kapuze mit festem Griff und hob den erbosten Mönch halb vom Pferd herunter. »Was hattest du in Vézelay zu suchen?«
»Ich sollte Abælards Sohn begleiten«, sagte Rigaud. »Ich habe euch beobachtet, wie ihr die ganze Nacht gebetet habt, um euch am nächsten Tag vollaufen zu lassen. Auf eure Pilgerstäbe und -abzeichen fiel ich nicht herein. Ihr sollt jetzt ein- für allemal begreifen, daß ich euch in eurem sündhaften Unterfangen nicht helfen werde. Ich tue alles, was in meiner Macht steht, um euch daran zu hindern.«
Gaucher hob ihn noch weiter hoch. Rigaud biß die Zähne zusammen und wappnete sich, zu Boden geschleudert zu werden.
»Gaucher«, warnte Rufus. »Die Leute gucken zu!«
Langsam ließ der Ritter Rigaud wieder los. »Es wird nicht immer Zuschauer geben«, versicherte Gaucher. »Rufus und ich werden dich nicht mehr behelligen. Doch rate ich dir sehr, dich in dieser Angelegenheit an das Schweigegebot der Mönche zu halten, sonst wirst du diese Welt wahrhaftig verlassen!«
Gaucher gab Rufus ein Zeichen, und sie ritten weiter, zwangen die Mönche, die zu Fuß die Packpferde führten, ihnen Platz zu machen. Rigaud sah ihnen nach, bis sie um eine Wegbindung verschwunden waren, sah noch einmal Gauchers blonde Strähnen in der Sonne aufblitzen.
»Es muß einen Weg geben, sie aufzuhalten«, murmelte er, »ohne daß der Abt die Wahrheit erfährt.«
Ohne sich um die neugierigen Blicke seiner Mitbrüder zu kümmern, senkte Rigaud den Kopf und betete inbrünstig für einen Weg aus dem Entsetzen, das er hinter sich zu lassen glaubte, als er in die Abtei von Cluny eintrat.

Endlich verließen sie das enge Tal, jenseits des Punktes, wo der Celé wieder mit dem Lot zusammenfloß. Das Land war jetzt sanfter. Schon vor Jahrhunderten hatte man es gezähmt, und statt dichter Wälder voller wilder Menschen und Ungeheuer gediehen hier blühende Apfel- und Pfirsichbäume und Weinstöcke, Reihe um Reihe. Es gab an dieser Strecke mehr Unterkünfte für Pilger, so daß man nicht länger in Höhlen oder am Flußufer kampieren mußte.

Die Tagen vergingen ohne weitere Zwischenfälle. Mondete bildete wie vordem das Schlußlicht des Zuges, ließ jetzt allerdings zu, daß Solomon neben ihr ging. Er seinerseits sprach kaum, weder mit Mondete noch sonst irgendwem. Catherine machte sich deswegen Sorgen. Sie hatte das Gefühl, daß sich sein Geist auf einer ganz anderen Wallfahrt befand, während sein Leib weiter mit ihnen reiste.

Vor lauter Sorge um Solomon bemerkte Catherine nicht, wieviel Zeit ihr Vater mit der Witwe Griselle verbrachte. Sehr zum Verdruß von Gaucher und Rufus ritt Hubert fast jeden Tag an ihrer Seite und unterhielt sie mit Geschichten, die er auf seinen Reisen gehört hatte, oder besprach mit ihr, wie sie den kleinen Grundbesitz, den sie von ihrem Mann geerbt hatte, am besten nutzen konnte.

»Da das Land nach meinem Tod in den Besitz von St. Peter übergeht, kann ich ohne die Genehmigung der Mönche wenig damit anfangen.«

»Zweifellos hätten sie nichts dagegen, wenn es gewinnbringend genutzt werden könnte«, sagte Hubert.

»Da bin ich mir nicht so sicher«, antwortete Griselle. »Ich weiß, daß sie sehr strikt sind, was das Abholzen der Wälder angeht. Der Abt braucht Bauholz. Ich hatte schon daran gedacht, eine Wassermühle zu bauen, doch es gab Probleme für den Fischfang flußabwärts. Ach, was ist die Sonne heute grell. Sie kommt mir immer heißer vor, je weiter wir nach Süden kommen.«

Sie bedeutete Hersent, ihr den breitkrempigen Hut zu bringen.
»Mein armer Mann war gebürtiger Spanier«, müßt Ihr wissen«, sagte sie. »Er hatte einen dunklen Teint, wie Ihr. Er erzählte mir, daß der Sommer hier sehr grausam sei. Er war dankbar, daß er in Burgund leben konnte, nachdem sein Onkel ohne Erben starb.«
»Seine Familie gehörte also zu denen, die sich in Spanien ansiedelten, nachdem Alfons VI. die Sarazenen vertrieb?« fragte Hubert.
»Nicht direkt«, antwortete sie. »Sein Vater war auch Ritter und jüngerer Sohn. Es gab nicht genug Besitz zu verteilen. Bertrans Vater kämpfte an der Seite von Alphonse Jordan von Toulouse gegen die Sarazenen und heiratete dann eine Frau, deren Familie zum Christentum übergetreten war.«
»Eine Sarazenin?« fragte Hubert erschrocken.
Griselle richtete sich stolz auf. »Ihre Familie stammte von den Kalifen ab«, erklärte sie. »Ich fand das immer aufregend, wie eine Heldensage aus alter Zeit. Da gibt es immer eine mutige Heidin, die aus Liebe zum wahren Glauben findet.«
»Ja«, sagte Hubert traurig. Er fragte sich, ob er Madeleine dazu hätte bringen können, ihren Jesus und all seine Heiligen aufzugeben, um zum wahren Glauben überzutreten. Doch er wußte wohl, daß sie ihn dafür nicht genug geliebt, sondern die Wahl ihres Vaters gehorsam akzeptiert hatte. Mit den Kindern war dann auch eine gewisse Zuneigung gekommen, die in ein Schuldgefühl umschlug, als so viele von ihnen starben.
»Meint Ihr nicht auch?«
»Was?« Hubert kehrte mit einem Ruck in die Gegenwart zurück. Griselle sah ihn erwartungsvoll an. Was sollte er auch meinen? »Oh, gewiß! « sagte er rasch.
»Ihr glaubt also nicht, es wäre ein größeres Wunder, als man erhoffen könnte?« fragte Griselle.

»Ach nein, ganz und gar nicht«, antwortete er verwirrt. »Mit Gottes Hilfe wird alles möglich.«
»Ja, schon«, sagte Griselle bedächtig. »Doch ist es seltsam, daß Gott jemanden wie Mondete zu seinem Werkzeug macht.«
Jetzt begriff Hubert gar nichts mehr. »Mondete?« fragte er. »Was für ein Werkzeug?«
»Selbstverständlich, um den Juden zur Taufe zu bringen«, antwortete Griselle barsch. »Was glaubt Ihr denn, wovon ich rede?«
Da Hubert das nicht gewußt hatte, schwieg er jetzt wohlweislich, wenn auch zu spät. Er bezweifelte, daß Solomon oder Mondete beabsichtigten, sich gegenseitig zu bekehren. Die einzige Gemeinsamkeit bestand wohl darin, daß sie sich beide sehr elend fühlten. Hubert lächelte entschuldigend und versuchte, das Gespräch wieder auf sicheres Terrain zu lenken, wie zum Beispiel auf den Preis und das Angebot echter byzantinischer Seidenstickerei.

Edgar war nicht erleichtert, als sie die Flußebene erreichten. Er wußte, daß ihn schlimmere Berge erwarteten. Solomon hatte ihm von seinen winterlichen Wanderungen über die Pyrenäen erzählt. Selbst falls er übertrieben hatte, gab es mit Sicherheit eine Reihe hoher und schmaler Pfade über steilem Abgrund. Catherines Traum vom Absturz verfolgte ihn mehr als sie. Edgar hatte Träume studiert. Er wußte, daß selbst echte Visionen sich oft in Metaphern kleideten. Vielleicht war keine reale Brücke eingestürzt, sondern es handelte sich um ein Symbol für eine Glaubensprüfung.
Edgars Problem war, daß das Überqueren einer realen Brükke über einem Abgrund die stärkste Glaubensprobe war, die er sich vorstellen konnte.
»Edgar, schau mal!« Catherine hielt ihm einen duftenden Zweig unter die Nase. »Flieder! Ist es nicht wunderschön hier?«
Edgar zwang sich, nicht mehr an die Berge zu denken. Er sah

sich um und bestätigte, daß die Landschaft wirklich reizend sei. Catherine trug einen Armvoll Fliederzweige, und er fragte sie, was sie damit vorhatte.
»Das weiß ich nicht«, gab sie zu. »Daheim trocknen wir die Blüten, vermischen sie mit Lavendel und Veilchenwurzel. Daraus nähen wir Duftkissen für die Wäsche, um Motten fernzuhalten. Wahrscheinlich muß ich diese Zweige wegwerfen. Ich habe nicht darüber nachgedacht. Ich habe den Duft gerochen und wollte die Blumen haben. Vielleicht kommen wir durch ein Dorf, und ich kann sie dort jemandem schenken.«
Edgar lächelte über ihre Enttäuschung. »Ich binde sie dir zusammen«, schlug er vor. »Wir können sie am nächsten Heiligenschrein als Opfer darbringen.«
»Ja, das wäre angemessen«, sagte Catherine. »Weißt du, immer wenn jemand vom ›Geruch des Heiligen‹ spricht, muß ich an Flieder denken.«
Sie vergrub das Gesicht in den Blüten, sog den schweren Duft ein. »Findest du das töricht?« fragte sie ihn.
»Aber nein.«
Sie sah so glücklich aus. So hoffnungsfroh hatte er sie lange nicht mehr erlebt. Wenn ihr Flieder das geben konnte, wenn er den Kummer über ihre verlorenen Kinder aus ihren Augen nahm, dann würde Edgar ihr allen Flieder schenken.
Vielleicht wären die Berge doch nicht ganz so schlimm.

Maruxa fürchtete sich nicht vor den Bergen. Sie hatte sie schon passiert. Für sie zählte jetzt nur, daß sie zwischen ihr und ihrer Heimat lagen und den Kindern, die sie seit einem halben Jahr nicht mehr gesehen hatte.
»Meinst du, Diede ist jetzt alt genug, um uns das nächste Mal zu begleiten?« fragte sie Roberto, als sie während der Mittagshitze mit den anderen rasteten.
Roberto seufzte. »Alt genug schon, aber ich wünschte, wir könnten ihn in eine Lehre geben, die sicherer ist als unser

Gewerbe. Oder daß wir eine feste Bleibe fänden. Ich werde zu alt für das ewige Herumwandern.«
Maruxa legte eine Hand auf seine Schulter. »Du bist so stark wie eh und je«, beteuerte sie. »Das Wiedersehen mit dem Mann hat dich so mitgenommen. Mach dir keine Sorgen. Jetzt ist er auch tot, wie seine Frau und mit ihnen ihr ganzer Sündenpfuhl. Niemand sonst weiß, was damals geschah.«
»Ich wünschte, wir könnten es auch vergessen«, sagte Roberto. »Wie sollen wir wissen, daß Herr Hugo nichts davon den anderen Männern erzählt hat?«
Maruxa wollte seine Gedanken in andere Bahnen lenken. »Warum sollte er?« fragte sie. »Damit hätte er ja zugegeben, daß er ein Hahnrei war.«
»Ja, gewiß.« Er stand auf und vertrat sich die Beine. Maruxa stieß einen Seufzer der Erleichterung aus. Sie hatte das Geheimnis beinahe zehn Jahre für sich behalten. Roberto hatte ihr gebeichtet, wozu man ihn gezwungen hatte, und sie hatte ihm vergeben. Doch sie selbst hatte nie den Mut aufgebracht zu sagen, was ihr widerfahren war. Sie hatte nicht mehr daran denken wollen, doch als sie Hugo und seine Kumpane sah, kehrte auch der Alptraum zurück.
Bald würden sie Moissac erreichen. Sie würden eine andere Reisegesellschaft finden. Maruxa konnte die ständige Furcht nicht länger ertragen, daß sich einer der übrigen Ritter ihrer entsann. Sie ertrug auch nicht den Gedanken, daß Roberto vielleicht die Wahrheit erfahren und beschlossen hatte, sich an Hugo von Grignon zu rächen.
Roberto hielt ihr die Hand hin, um ihr aufzuhelfen. Maruxa ergriff sie und stand auf. Sie spürte die Schmerzen im Kreuz, die ihr immer anzeigten, daß die gewisse Zeit im Monat gekommen war. Noch etwas, was sie auszuhalten hatte.
Als sie über das Feld mit den Fliederbäumen kamen, empfand Maruxa den süßen Duft als überwältigend. Er verursachte ihr Übelkeit.

ZEHNTES KAPITEL

Moissac, in der Abtei von St. Pierre, Sonnabend, 17. Mai 1142; Tag der Landung von Saint Tropez, des römischen Adligen, Märtyrer unter Nero, später in Frankreichs Süden verbracht

Quid dicam de lectione? Cellam sine lectione infernum reputo sine consolatione, patibulum sine releuamine, carcerem sine lumine, sepulcrum sine respiramine ...

Was soll ich über das Lesen sagen? Ich betrachte eine Kammer ohne Lektüre als eine Hölle ohne Trost, ein Marterholz ohne Erlösung, ein Verlies ohne Licht, ein Grab ohne Luft zum Atmen ...

– Peter von Celle –
Schriften 8–13 PL 202

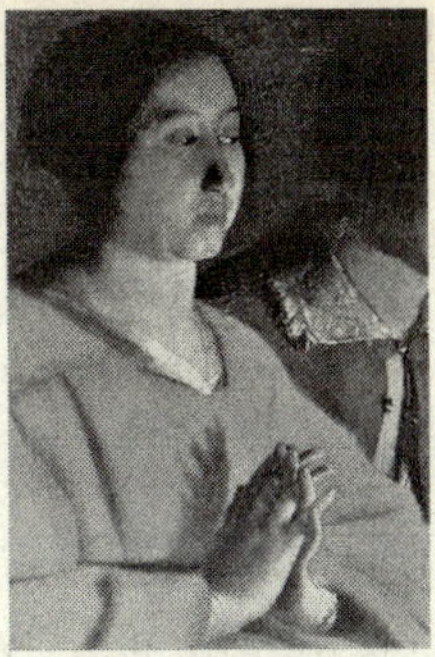

Was soll das heißen, der Kaiser kann mich in Pamplona nicht empfangen?« Abt Peter erhob sich von seinem Stuhl und sprach zu dem Überbringer der Nachricht. »Auf seine Einladung hin habe ich diese Reise unternommen.«

»Sehr wohl, mein Herr Abt«, antwortete der Bote, »doch unser allergnädigster Kaiser führt in diesem Augenblick persönlich die Belagerung der *Almoraviden*festung zu Coria an. Er hatte gehofft, euch die Seelen der Bewohner zur Taufe präsentieren zu können, doch sie leisten stärkeren Widerstand als erwartet. Er fürchtet daher, Euch nicht vor Ablauf von weiteren sechs Wochen treffen zu können.«

Peter ging um den Boten herum, der sich nicht sicher war, ob er sich während der Inspektion respektvoll mitbewegen oder regungslos stehenbleiben sollte.

»Du warst Zeuge dieser Belagerung?« fragte der Abt.

»Ja, Herr Abt.« Der Mann sah starr geradeaus. »Ich bitte um Verzeihung für den Zustand meiner Kleider. Ich ritt eine Woche lang von Sonnenaufgang bis -untergang, um Euch diese Botschaft zu überbringen.«

»Nun denn.« Peter winkte den Mann hinaus. »Jemand wird dir zu essen und einen Platz zum Ausruhen geben. Ich schicke nach dir, sobald meine Antwort an den Kaiser fertig ist.«

Als der Mann fort war, lief Peter in der Kammer auf und ab, die der Abt des örtlichen Klosters für ihn geräumt hatte.

»Nun, Pierre«, fragte er seinen Schreiber, »was soll ich tun? Ich könnte nach Compostela gehen und den Kaiser auf dem Rückweg treffen, vorausgesetzt, er führt die Belagerung zu einem erfolgreichen Ende.«

»Das wäre eine Möglichkeit«, erwiderte Pierre. »Allerdings könnte man Euren Auftritt in Compostela als Sympathiebezeugung für einen der Kandidaten für das Bischofsamt auslegen. Ihr könntet die Gelegenheit jedoch nutzen, auch die Grenze nach Katalonien zu überschreiten und unsere Häuser dort zu besuchen, bevor ihr gen Westen reist. Seit mindestens vierzig Jahren hat sich dort kein Abt von Cluny mehr gezeigt.«

»Genau das habe ich auch gedacht.« Der Abt setzte sich wieder. »Die fernen Dependenzen werden nur zu leicht nachlässig in der Einhaltung der Regeln. Daher ist es nur recht und billig, wenn ich diese geschenkte Zeit nutze, um sie selbst zu überprüfen.«

»Sicherlich werden die Mönche über Euer Kommen überglücklich sein«, meinte Pierre.

Der Sekretär zog seine Wachstafel heraus und entwarf einen Brief an die Prioreien.

»Beginn mit Sant-Pere-de-Casseres«, sagte Peter. »Sag dem Prior, daß ich auch nach Comprodon und Clarà gehen werde, falls die Straßenverhältnisse es erlauben. Teilt dies dem Boten des Kaisers mit, und laßt mir eine Nachricht nach Casseres schicken, wenn er die Belagerung beendet hat und bereit ist, sich mit mir zu treffen.«

»Gewiß, Herr Abt«, sagte Pierre und kratzte diese Anweisungen in seiner eigenen Kurzschrift in die Tafel.

Da fiel ihm etwas ein. »Was wird aus all den Pilgern, die sich uns angeschlossen haben?« fragte er den Abt. »Die meisten werden nicht mit Euch weiterreisen wollen bei diesem Umweg.«

»Das läßt sich nicht ändern«, antwortete Peter. »Sie sollten von hier aus andere Vorkehrungen treffen. Die Route wird viel genutzt.«

»Ich werde dafür sorgen, daß die Menschen aus unserer Gegend informiert werden.« Pierre ritzte eine letzte Notiz mit seinem Griffel, verbeugte sich und verließ die Kammer.

Peter von Cluny war nicht unfroh über die Änderung seiner Pläne. Es war durchaus sinnvoll, den katalonischen Prioreien einen persönlichen Besuch abzustatten. Es war wichtig, das Band zwischen dem Mutterhaus und den Dependenzen zu festigen. Er überlegte allerdings, ob er nicht besser in einem der Kluniazenserhäuser bliebe und die Prioren zu sich kommen ließe. Doch schließlich hielt er es für klüger, sein Verantwortungsbewußtsein zu demonstrieren, indem er selbst dorthin ging. Das würde es ihnen auch erschweren, etwaige Unregelmäßigkeiten in der Einhaltung der Regeln oder ihren Bilanzen zu vertuschen.

Er wünschte, er hätte Pierre noch einmal daran erinnert, nach Übersetzern des Arabischen zu suchen. Das Projekt sollte trotz der Verzögerung des Kaisers weiter verfolgt werden. Peter wußte, daß man Seelen nicht durch Belagerung, sondern durch Überzeugung gewinnt. Und wie sollte er die Sarazenen überreden, ihrem Glauben abzuschwören, wenn keiner wußte, worin dieser bestand?

Catherine fand großen Gefallen an der neuen Abteikirche von Moissac, die innen mit bunten Streifen- und Blumenmustern frisch gestrichen war. Wie gewöhnlich verbrachte Edgar den größten Teil seiner Zeit mit dem Studium des Tympanums und der Technik, die der Bildhauer für die Figuren verwendet hatte.

»Diese Muster sind mir neu«, sagte er zu Catherine und wies auf die *roseaux* am unteren Rand des Tympanums. »Ob das wohl auch das Werk maurischer Künstler ist?«

»Ich wüßte gern, warum jene Ratten um den Rand herumlaufen«, erwiderte Catherine. »Eine biblische Begründung fällt mir dazu nicht ein.«

»Ich habe keine Ahnung«, sagte Edgar. »Warum suchst du dir nicht jemanden, den du fragen kannst?«

Edgar konnte stundenlang dasitzen und sich vorstellen, wie die Figuren geformt worden waren. Sein Interesse faszinierte sie, doch ihr Verstand funktionierte anders. Ein Kunstwerk war ihr nur insofern wichtig, als der Schöpfer damit die Geschichte zum Leben erweckte. Daß sie die Symbolik der Ratten nicht verstand, irritierte sie. Sollte sie je dahinterkommen, daß sie nur deshalb existierten, weil irgendein Lehrling nur Ratten schnitzen konnte, würde sie das sehr zornig machen.

Catherine ließ ihren Mann in der Kirche. Sie wußte wohl, daß er sich nicht von der Stelle rühren würde, bis es an der Zeit wäre, ihn abzuholen. Sie wanderte die Reihe von Geschäften entlang, die bis zur Abtei führten. Einen Augenblick hielt sie inne, um sehnsüchtig ein Paar Ohrringe zu betrachten, die aus Perlen und poliertem Glas gearbeitet waren, ausgelegt auf einem Kissen aus schwarzem Filz.

»Ich kenne einen Laden, der dir besser gefallen wird«, flüsterte ihr jemand ins Ohr.

Catherine drehte sich um. »Wollt Ihr mich in eine Schenke locken, *Sieur*?« fragte sie lachend. »Solomon, was machst du denn ohne Mondete?«

»Sie ist in die Kirche gegangen«, erklärte Solomon. »An jener Tür endet meine Verehrung.«

Er zog an einem ihrer Zöpfe. »Willst du dir den Laden ansehen oder nicht?« fragte er. »Er liegt in einer Seitengasse. Allein findest du den nie.«

»Und was gibt es da zu kaufen, daß ich mich deiner Führung anvertrauen sollte?« Catherine wußte aus leidvoller Erfahrung, wie gern Solomon sie neckte.

Er lächelte und sagte nur ein Wort: »Bücher.«
Catherine fühlte sich, als hätte sie seit einem Monat gefastet und jemand hätte gerade das Wort »Brot« gesagt. »Zum Kaufen? Für jedermann?« fragte sie ungläubig. »Wie in Paris?«
»Nicht in so großer Auswahl«, antwortete Solomon, »aber dennoch eine hübsche Sammlung. Von der Menge her wenigstens. Ich habe keine Ahnung, was darin steht.«
Catherine nahm seine Hand. »Bring mich hin«, sagte sie, »dann sag' ich's dir.«

Bruder Rigaud war froh, als er hörte, daß es nach Katalonien ging.
»Nun, wenn Rufus und Gaucher mich nur in Ruhe lassen, bis wir abreisen«, murmelte er vor sich hin, als er mit Bruder Jakob die Kutten der Mönche nach Löchern oder Rissen inspizierte. Wenn sie jetzt nach Osten zögen und durch Toulouse kämen, könnten sie dort gut Ersatz kaufen, bevor sie die anstrengende Reise über die Berge bewältigen mußten.
»Was ist mit den Stiefeln?« fragte Bruder Jakob. »Hast du die Brüder befragt, ob ihre Schuhe besohlt werden müssen? Ich will nicht, daß jemand erlahmt – aus einem fehlgeleiteten Wunsch nach Askese.«
»Ja, es reicht nicht, sie einfach danach zu fragen«, seufzte Rigaud. »Ich muß mir die Kleidung jedes einzelnen genau ansehen.«
Bruder Jakob sah Rigaud scharf an. »Bist du sicher, daß nicht jemand anders diese Aufgabe übernehmen sollte?« fragte er.
»Gewiß bin ich sicher«, antwortete Rigaud, der absichtlich falsch verstand. »Keine Aufgabe ist zu gering für die Diener des Herrn.«
Bruder Jakob zuckte mit den Achseln. Wenn Rigaud bereit war, diese Pflicht zu übernehmen, sollte er dankbar sein.

Schließlich hatte es trotz der Gerüchte über Rigauds Leben vor dem Eintritt ins Kloster seitdem kein Gemunkel über irgendeine Unziemlichkeit gegeben.
»Sehr wohl«, sagte er. »Hast du gehört, wann wir aufbrechen?«
»Erst in ein paar Tagen«, antwortete Rigaud. »Wir haben genügend Zeit, alles vorzubereiten.«
Jakob sah ihn forschend an. »Bist du begierig, Spanien wiederzusehen?« fragte er.
Rigauds Gesicht umwölkte sich. »Nein«, antwortete er. »Ich fürchte mich gewissermaßen davor. Es gibt da Erinnerungen, an die ich nicht rühren will. Doch ich habe meinem Abt Gehorsam gelobt, und ich habe noch mehr Angst davor, das Gelöbnis zu brechen, als vor jeder Erinnerung. Vielleicht ist meine Befürchtung auch unbegründet. Ich war seit zwanzig Jahren nicht mehr dort. Alles hat sich wahrscheinlich verändert.«
Er sprach zu rasch. Die Worte purzelten nur so aus ihm heraus, und Jakob fragte sich, wie schrecklich die Erinnerungen sein mochten.
Bruder Jakob schloß die Augen. Nichts konnte schlimmer sein als das Gespenst, das ihn seit Le Puy verfolgte. Er wußte jetzt, daß sie eine der Wallfahrerinnen aus Paris war, doch wie kam sie zu diesem Gesicht? Die Geschichte von dem zügellosen Pilgerpriester kam ihm in den Sinn, den der Teufel in Gestalt des heiligen Jakobs heimgesucht hatte. Der Priester hatte schon bereut, und Satan fürchtete, die Seele des Mannes an Gott zu verlieren. Daher flüsterte er dem Priester ein – und ließ ihn glauben, es sei Gottes Wille –, sich zuerst seinen sündigsten Körperteil abzuschneiden und sich danach die Kehle aufzuschlitzen. Die Gebete der anderen Pilger veranlaßten den echten heiligen Jakob, den Mann wieder zum Leben zu erwecken, doch Bruder Jakob erinnerte sich nicht, daß das verlorene Organ ersetzt worden war. Es

schien ihm ein hoher Preis für das Opfer einer Täuschung. Doch es war sicherlich eine eindringliche Warnung, sich auf Visionen zu verlassen.
War dieses Weib auch der Teufel in Gestalt eines Menschen, den er geliebt hatte? Er hatte erwogen, ihr gegenüberzutreten, doch jetzt blieb ihm das erspart. In wenigen Tagen würde er mit dem Abt nach Katalonien reisen, und die Frau und ihre Familie würden durch die Gascogne nach Navarre ziehen.
Vielleicht waren sein Gebete bereits erhört worden.

Catherine gab zu, daß sie den Buchladen nie allein gefunden hätte. Es war nur eine kleine Stube neben einer Werkstatt, wo Pergament verarbeitet und verkauft wurde, nicht weit von den Gerbereien. Der Gestank der Chemikalien, die man zum Präparieren des Materials verwendete, ließ ihre Augen tränen. Sie war dankbar, als sich die Tür hinter ihnen schloß.
»Wieder da, junger Mann?« ertönte eine Stimme aus der Düsternis. Die Stube war nur von einem Öllämpchen erleuchtet. »Ah, du hast deine Schwester mitgebracht. Für Damen habe ich nichts. Nichts mit güldenen Lettern oder Bildern. Ein paar Kompendien und ein paar Seiten, die man abkratzen und neu benutzen kann. Dies ist ein Ort für Gelehrte. Das sagte ich bereits.«
»Ja, ich weiß«, antwortete Solomon. »Sie möchte sich trotzdem umsehen.«
Der Mann gestattete es ihr.
Catherine sog den Duft von Tinte und Leder ein und spürte eine starke Sehnsucht nach dem Kloster und den Tagen, als Studieren ihre Hauptbeschäftigung gewesen war. Sie griff nach dem nächstbesten Buch. Es war grob zwischen zwei Holzdeckeln eingebunden und nicht gut genäht. Trotzdem hielt sie es liebevoll, schlug es auf und ging damit näher an die Lampe.

»Es ist nicht in Französisch, *ma douce*«, sagte der Buchhändler.
Catherine beachtete ihn nicht. Sie fuhr mit dem Finger über die Zeile. »Lactantius«, sagte sie schließlich. »Über den Tod der Verfolger.« Sie drehte ein paar Seiten um. »Was ist sonst noch darin enthalten? Etwas Gregorius, ein paar Textstellen von Augustinus. Woher hast du das?«
»Von einem jener Wanderstudenten«, sagte der Mann. »Er mußte diesen Text verkaufen, um seine Studien fortsetzen zu können, und fand auch, es wäre zu schwer, um es mit über die Berge zu tragen. Das tun viele. Oder sie verkaufen ihre Bücher auf dem Rückweg, wenn ihnen das Geld für die Heimreise fehlt.«
Er stand auf und nahm Catherine das Buch weg. »Nun, jetzt aber Schluß mit dem Unfug!« sagte er. »Ich weiß sehr wohl, daß sie nicht lesen kann. Wie habt ihr das gemacht? Hast du dir das Buch zuerst angesehen und ihr gesagt, was da steht?«
Solomon grinste frech, als Catherines Augen aufblitzten.
»Ich bin es nicht gewöhnt, daß man mir nicht glaubt«, sagte sie mit täuschender Zurückhaltung. »Daher verzeihe ich dir deine Grobheit und beweise meine Ehrlichkeit. Gib mir etwas, und ich sage dir, was darin steht.«
»Abgemacht«, erwiderte der Mann.
Sie wußte nicht, wie sehr sie in diesem Augenblick Frau Griselle ähnelte.
Der Buchhändler kramte in einem Stoß von Pergamenten. Sie waren unregelmäßig oder aus Teilen zusammengestükkelt, die Art, wie sie oft Studenten für ihre Notizen kaufen.
»Ich weiß nicht, wie du mich hinters Licht führen wolltest«, sagte er, als er nach etwas Schwierigem suchte. »Es sah nicht mal so aus, als ob du lesen würdest, du hast kein Wort gesprochen. Dein Mund bewegte sich kaum.«
Catherine biß sich auf die Unterlippe. Sie hatte die Kunst des stummen Lesens gelernt, weil sie oft ein Buch aufge-

schlagen hatte, wenn sie etwas anderes hätte tun sollen. Man durfte sich nicht beim Lesen ertappen lassen, wenn man fegen sollte.

»Leg mir die Worte vor«, verlangte sie. »Dann lese ich dir jedes einzelne deutlich vor.«

»Ich sehe genau hin!« erwiderte der Buchhändler. »Du gehst ein Stück zurück, junger Mann. Ich will nicht, daß du dies siehst und ihr Zeichen machst.«

Lachend hielt sich Solomon die Augen zu. Der Mann zog eine Seite aus dem Stapel, betrachtete sie, knurrte zufrieden und reichte sie Catherine.

»Dort«, sagte sie. »Sieh zu, was du daraus machst.«

Catherine nahm die Seite und hielt sie ans Licht. Die Schrift war hingekritzelt, der Schreiber hatte den Platz gut ausgenutzt und jede mögliche Abkürzung verwendet. Sie kniff die Augen zusammen.

»Das hab' ich mir gedacht«, sagte der Buchhändler und griff nach dem Pergament.

»Einen Augenblick.« Catherine ging näher ans Licht. »*... celesti celum omne penetranti, celestis munus voveo, quod integritatem scientie in se complectitur ...*«

Sie sah Solomon aufgeregt an, bemerkte nicht den ungläubigen Blick des Buchhändlers. »Ich kenne dieses Werk nicht«, sagte sie. »Es ist eine Art Abhandlung über die Bewegung der Gestirne.«

Solomon spitzte die Ohren. »Wer hat sie verfaßt?« fragte er.

»Das steht hier nicht.« Ihr Blick glitt über die Seite. »Der Autor scheint bei jemandem studiert zu haben, der die Sprache der Sarazenen beherrschte. ›*Dicitur arabici magistri* – so heißt es beim arabischen Meister‹.«

»Was willst du dafür haben?« fragte Solomon den Mann.

Doch jetzt war der Buchhändler erbost. »Ich weiß nicht, wie ihr das macht, aber es schmeckt mir nicht, wenn man sich über mich lustig macht!«

Er riß Catherine ds Pergamentstück aus der Hand und las es selbst. »Das kannst du nicht so mühelos gelesen haben«, schimpfte er. »Ich verstehe es ja selbst kaum.«
»Vielleicht hattest du nicht so eine glückliche Hand in der Auswahl deiner Lehrer«, schoß Catherine zurück. »Ich habe bei Meister Gilbert de la Porrée und Meister Peter Abælard studiert.«
Der Mann hob die Brauen. »Von einem Meister Porrée habe ich noch nichts gehört«, antwortete er. »Und du kannst leicht behaupten, daß Abælard dein Lehrer war, jetzt, wo er tot ist.«
»Was?« Die Stube erfüllte sich für Catherine mit einer Eiseskälte. »Das ist nicht wahr. Er hat sich nach St. Marcellus in Burgund zurückgezogen.«
»Er starb vor drei Wochen«, informierte sie der Mann. »Vor kurzem erreichte ein Bote die Abtei. Ein Mönch hat es mir erzählt. Na, na, Süße! Nun beruhige dich doch! Hast du ihn wirklich gekannt?«
Catherine war gegen den Tisch gefallen und beugte sich schluchzend darüber. Solomon eilte zu ihr und stützte sie. Er funkelte den Buchhändler böse an.
»Wenn dies eine arglistige Täuschung ist«, sagte er, »dann schwör ich, daß ich dir die Zunge herausschneide. Sie wurde im Paraklet erzogen, von Héloïse persönlich. Sie kann besser lesen als du. Und jetzt hast du ihr Herz gebrochen. Glotz sie nicht an wie ein Fisch, und hole ihr etwas Wein.«
»Ein paar Häuser weiter ist eine Schenke«, sagte der Buchhändler. »Wartet hier.« Er eilte hinaus.
Solomon führte Catherine zu einer Bank, fegte die dort liegenden Pergamente hinunter und setzte sie hin. Er nahm neben ihr Platz und tätschelte ihr die Schulter. »Wein dich nur aus, Catherine«, sagte er, »vielleicht hat sich der alte Narr ja geirrt, und es ist nur ein Gerücht.«
»Nein«, schluchzte Catherine. »Wir ahnten es schon, als wir

ihn das letzte Mal sahen, Edgar und ich. Er wußte, daß er nicht mehr lange zu leben hatte. Aber ... die arme Mutter Héloïse!«
Sie weinte noch ein bißchen, wischte sich dann Augen und Nase an seinem Ärmel ab. Als sie merkte, was sie getan hatte, entschuldigte sie sich.
»Keine Bange«, sagte er, »da war schon Schlimmeres dran.«
Der Buchhändler kehrte mit einem Krug Wein zurück.
»Wir haben unsere Becher nicht dabei«, sagte Solomon.
»Macht nichts«, sagte der Mann und stellte seinen eigenen hin, rieb ihn mit einem unbeschriebenen Pergament ab, füllte ihn und reichte ihn Catherine. »Trink den Wein langsam«, warnte er. »Er ist nicht mit Wasser verdünnt. Bedaure, junge Frau. Ich wollte dich nicht so betrüben.«
Sie nickte und kostete den Wein, der herb und stark war. Nach wenigen Schlucken gab sie ihm den Becher zurück.
»Wir sollten jetzt gehen«, wandte sie sich an Solomon. »Ich will nicht, daß Edgar es von Fremden erfährt.«
»Gut«, sagte Solomon. »Aber könntest du vorher nachsehen, ob du noch mehr Seiten in dieser Handschrift findest? Ich muß wissen, was darin steht und woher sie kommt.«
Er wandte sich an den Buchhändler. »Von wem hast du das gekauft?« fragte er. »Ich zahle dir dafür, was du willst, und auch für alle anderen Bücher, die sie findet.«
»So macht man aber keine Geschäfte«, sagte der Mann. »Vielleicht liegen noch ein paar Stücke in dem Stapel. Ich habe sie einem Nordländer abgekauft, das war ein Engländer oder ein Deutscher, glaube ich. Er kam aus Toledo zurück. Sagte, er brauchte genügend Geld für eine gute christliche Hure.«
»Und wieviel war das?« fragte Solomon, der seine Börse schon bereithielt.
»Kommt drauf an, was man von ihr will«, antwortete der Mann.

Er warf Catherine noch einen Blick des Bedauerns zu, doch die stöberte schon wieder zwischen den Seiten und hatte ihn gar nicht gehört.

»Wieviel?« wiederholte Solomon.

»Zehn Sous aus Narbonne«, sagte der Buchhändler schließlich. »Oder vier von Troyes. Hast du dein Geld schon umgetauscht?«

»Da!« Solomon zählte ihm die Münzen hin. »Hast du noch mehr gefunden, Catherine?«

»Ja, die hier.« Sie hielt sie hoch. »Doch ich glaube, da fehlt etwas. Ich bin mir nicht sicher. Ich muß sie mir in Ruhe ansehen.«

Solomon nahm ihr die Seiten ab. »Sechs Stück«, zählte er. »Sind das alle, die du gekauft hast?« fragte er den Buchhändler.

»Nein, ich glaube, es waren zehn, aber gestern kam Abt Peters Notar und nahm ein paar Stücke mit, um sie abzukratzen und wiederzuverwenden. Vielleicht waren die restlichen vier darunter. Ich habe nicht hingesehen. Es ist kein erstklassiges Material.«

»Schön, dann kaufen wir alles, was du noch hast.« Solomon steckte eine der Münzen wieder ein. »Catherine, bist du in der Lage, zur Herberge zurückzugehen?«

»Ja«, sagte sie, »aber bring mich lieber zur Kirche. Ich muß Edgar suchen. Sofort.«

Der Mann rollte die Seiten auf, band sie mit einem Faden zusammen und komplimentierte sie unter weiteren Entschuldigungen hinaus. Als sie fort waren, schenkte er sich Wein aus dem Krug nach und leerte den Becher in einem Zug.

Catherine fühlte sich wie betäubt, als Solomon sie durch die Gasse zur Kirche zurückbrachte. Sie sollte sich freuen, daß Meister Abælard endlich Frieden gefunden hatte nach all den Jahren leiblicher und geistiger Qualen. So versuchte sie, sich zu trösten. Doch die ganze Zeit war sie sich der plötzlichen Leere in ihrem Inneren bewußt. Es war so schlimm, als ob sie ihren Vater verloren hätte.

Solomon kämpfte mit sich. Er wußte, daß er ihren Kummer respektieren sollte, hatte aber auch den brennenden Wunsch zu erfahren, was auf den Seiten stand. Welche astronomischen Geheimnisse hatte dieser Student erfahren? Wie weit war er gereist, um einen Lehrer zu finden? Wie konnte er so tief sinken, das Ergebnis seines Studiums für eine Nacht der Wollust zu verkaufen?

Das brachte ihn auf andere Spekulationen, doch kehrte er schnell wieder zu den verschmierten Seiten zurück. Französisch und Hebräisch konnte er lesen, Latein aber nicht, und all die Abkürzungen machten es unmöglich, auch nur Worte zu erkennen. Catherine und Edgar waren die einzigen Lateinschüler, die er gut genug kannte, um sie dabei um Hilfe zu bitten. Er wußte, daß es selbstsüchtig war, doch er hoffte, sie könnten ihren Kummer so weit überwinden, um ihm noch von Nutzen zu sein.

Wie erwartet, saß Edgar noch dort, wo Catherine ihn verlassen hatte, und starrte zu den Skulpturen des Tympanums hoch. Als sie neben ihm niederkniete, mußte sie wieder weinen, und es dauerte ein paar Minuten, bevor ihr Mann begriff, was sie so betrübte. Er bekreuzigte sich und senkte den Kopf.

»Wir sollten hineingehen und für seine Seele beten«, sagte er zu Catherine.

Sie nahm seine Hand, und gemeinsam betraten sie die Kirche. Solomon blickte ihnen nach. Er hatte Abælard als außergewöhnlichen Mann kennengelernt, der Verständnis und Sympathie für die Juden gezeigt hatte.

»Baruch atta Adonai«, sagte Solomon leise. »Auch wenn der Mann ein irregeleiteter Ungläubiger war, nimm dich seiner an, Herr. Für solche wie ihn muß es einen Platz in deinem Garten geben.«

Hubert und Eliazar dachten nur an ihre Geschäfte. In Moissac flossen Flüsse und Handel zusammen. Kaufleute aus Italien und dem Osten machten hier Station, wie auch nordische Händler mit Pelzen und Bernstein, um diese in Spanien zu verkaufen. Mozarabische und jüdische Kaufleute warteten hier auf jene, die das Gebirge lieber nicht überqueren wollten, aber Waren aus Al-Andalus und Afrika kaufen wollten. Entlang der Straßen in der Nähe der Abtei gab es zahlreiche Gasthäuser, Stiefelmacher, Geldwechsler, Weinhändler, Bordelle und Lieferanten aller Dinge, die ein Reisender benötigt.
»Ich sehe dich ungern unter der Last all dieser Pakete«, sagte Eliazar zu seinem Bruder.
»Morgen kannst du sie tragen«, sagte Hubert mit Nachdruck. »Oder wir mieten uns jemanden. Ich will dich nicht zwingen, etwas am Schabbat zu tragen.«
»Das könntest du auch gar nicht«, erwiderte Eliazar. »Das heißt aber nicht, daß ich dich am Schabbat etwas tragen lassen will.«
»Das ist ein alter Streit.« Hubert seufzte. »Sei dankbar, daß ich jung genug bin, um die Last für zwei zu tragen.«
Sie erreichten das Gasthaus, wo Hubert ein Zimmer für sie allein gefunden hatte. Eliazar schüttelte den Kopf. »Welch ein Luxus!« sagte er zu Hubert. »Ein Zimmer nur für uns fünf!«
Hubert stieg die enge Treppe hinauf und ließ die Kisten auf das Bett fallen. »Hoffentlich finden du und ich und Solomon einen Vorwand, um später zu kommen. Wenn sie nie ungestört sind, wäre es ja ein Wunder, wenn Catherine und Edgar mir ein Enkelkind bescheren würden.«
Eliazar lachte. »Du unterschätzt deine Tochter und ihren Mann. Sie sind raffinierter, als du glaubst.«

»Vielleicht«, sagte Hubert. Er sortierte die Pakete nach ihren Besitzern, dann stapelte er sie auf dem Fußboden und ließ sich auf das Bett fallen, so daß eine Staubwolke aus der Bettdecke aufstieg.

»Was soll ich mit diesem Eidam anfangen?« fragte er Eliazar. »Er zeigt keinerlei Talent zum Kaufmann. In der Kirche gibt es offensichtlich keine Perspektive für ihn. Er hat sein Land für Catherines Morgengabe verkauft. Und alles, was ihn zu fesseln scheint, ist die Arbeit gemeiner Handwerker: Maurerarbeit und Maschinen und Holz- und Elfenbeinschnitzerei.«

»Seine Talente haben sich in der Vergangenheit als nützlich erwiesen«, erwiderte Eliazar. »Er konnte sich als Goldschmied ausgeben und verhindern, daß man uns den Diebstahl christlicher Reliquien in die Schuhe schob.«

»Und wie oft wird das geschehen?« fragte Hubert.

»Nie wieder, hoffe ich«, antwortete Eliazar. »Doch es muß noch andere Möglichkeiten für ihn geben, sich nützlich zu machen.«

Hubert fuhr sich mit den Händen durch das ergrauende schwarze Haar. »Glaubst du nicht, daß ich versucht habe, welche zu finden?« sagte er. »Ich weiß, wie sich der Junge fühlt. Madeleines Familie verachtete mein Gewerbe zwar, doch mußten sie wenigstens höflich zu mir sein, weil ich ihnen Wohlstand brachte. Ich war mehr als einmal böse und grob zu Edgar, und weißt du, was ich am meisten fürchte?«

Eliazar schüttelte den Kopf. Hubert sah ihn düster an.

»Ich habe entsetzliche Angst, daß Edgar sich entschließt, Catherine in seine Heimat zu entführen. Nach Schottland! Ans Ende der Welt. Du hast die Studenten in Paris gesehen, die Röcke mit Gürteln tragen, ohne *brais* darunter, so daß man ihre häßlichen Knie sieht. Ich kann meine Tochter nicht unter Wilden leben lassen!«

Eliazar stand auf und klopfte Hubert auf den Rücken.

»Na, na«, sagte er. »Könige haben Schlimmeres erlebt. Aber warum sollte es dazu kommen? Wenn der Junge die *Torah* studieren wollte, würdest du ihn doch auch unterstützen, oder? Warum läßt du ihn nicht das Maurerhandwerk und den Umgang mit Maschinen lernen? Vielleicht stellt Graf Thibault ihn zum Entwerfen von Belagerungsmaschinen ein. Oder irgendein Bischof läßt ihn den Bau seiner Kathedrale beaufsichtigen. Das wäre eine lebenslange Beschäftigung.«
Hubert blickte immer noch düster drein. Sein Magen knurrte.
»Ich hab's!« rief Eliazar. »Der Hunger hat dich aus dem Gleichgewicht gebracht. Komm und iß mit uns. Die Brüder aus Toulouse reisen mit eigenem Koch. Wir können heute koscher essen!«

Gaucher und Rufus hatten auch eine ihnen genehme Unterkunft gefunden. Sie beurteilten jedes Gasthaus nach zwei Dingen: der Qualität des Biers und der Abwesenheit von Flöhen. In diesem Fall beschlossen sie, sich mit den Flöhen abzufinden.
»Seit Mâcon hat es mir nicht mehr so gut geschmeckt«, sagte Rufus, als er die Schale sinken ließ und sich den Mund abwischte. »Warum, glaubst du, können sie hier im Süden kein anständiges Bier brauen?«
»Zu viele Ketzer«, antwortete Gaucher. »Bier kann man nur nach absolut orthodoxen Regeln herstellen.«
Rufus ließ das als logisch gelten. »Hast du Rigaud gesehen?« fragte er. »Ich mache mir Sorgen um ihn.«
»Wieso?« fragte Gaucher. »Was kann ihm schon passieren? Er sagt, er spielt nicht mehr mit kleinen Jungen. Und wenn man ihn dabei ertappt, zwingen sie ihn nur, noch öfter zu beten.«
Rufus rülpste laut. »Ist mir verdammt egal, was er mit den Knaben treibt«, sagte er angewidert. »Meinetwegen kann er's

auch in eine Kuh rammen, wenn's ihm Spaß macht. Ich mache mir Sorgen, ob er uns gegenüber sein Schweigegelübde hält. Er scheint anzunehmen, daß wir ein Sakrileg begehen wollen.«

Gaucher lehnte sich auf seinem Hocker zurück und sackte nach vorn. Er richtete sich wieder auf und schenkte sich die Schale voll. »Dann betet er eben für unsere Seelen«, sagte er. »Mir soll's recht sein.«

»Was, wenn er dem Abt alles beichtet?« fragte Rufus.

»Das würde er nicht tun!« sagte Gaucher erschrocken. »Er hat einen heiligen Eid geschworen!«

»Das war, bevor er Mönch wurde.« Rufus spähte in den Krug, dann drehte er ihn über seiner Schale um.

Beide Männer starrten schweigend in ihr Bier. Gaucher sah als erster hoch. Er runzelte die Stirn in dem Bemühen, ein theologisches Paradox zu lösen.

»Rigaud hat den Eid doch zuerst mit uns geschworen, nicht?« fragte er. »Er kann ihn doch nicht brechen, nur weil er in der Kirche ist. Das wäre ja noch schlimmer für ihn. Wer würde einem Mönch trauen, der ein Gelöbnis nicht einhält?«

Rufus war nicht überzeugt. »Ich weiß nicht recht. Sie haben nicht das gleiche Ehrverständnis wie wir.« Er stierte die Kräuter an, die im Bier schwammen, als ob er von ihnen eine Antwort erwartete.

»Ich glaube«, verkündete Gaucher, »daß wir ihn fragen müssen, um sicherzugehen.«

Catherine hatte endlich aufgehört zu weinen, aber der tiefe Kummer und die Leere in ihr waren geblieben. Edgar erriet, woran sie dachte.

»*Leoffæst*«, sagte er, »auch wenn du im Paraklet gewesen wärst, als die Äbtissin Héloïse die Nachricht bekam, hättest du sie nicht trösten können. Manchen Kummer kann man nicht mildern.«

»Ich weiß«, antwortete sie und dachte an die winzigen Gräber, die sie hinter sich gelassen hatten und wie wenig Trost ihr irgendwer hatte spenden können. »Astrolabe wird zu ihr gehen.«
»Und nach unserer Rückkehr können wir sie auch besuchen«, schlug Edgar vor. »Bis dahin ist der erste Schmerz vorüber, und sie ist vielleicht wieder bereit, mit Freunden über ihn zu sprechen.«
»Er war kein Ketzer«, sagte Catherine mit fester Stimme. »Gott weiß das, auch wenn der Papst das nicht weiß.«
»Ja«, sagte Edgar. »Ich habe keine Angst um seine Seele.«
In der Dämmerung gingen sie langsam zum Gasthaus. Die Läden waren verbarrikadiert, die Tische nach drinnen getragen. Lampenlicht schien durch die Türritzen heraus. Der Staub des Handels hatte sich gesetzt, die Luft war rein. Catherine legte den Kopf auf Edgars Schulter.
»Wir werden unseren Kindern von ihm erzählen«, sagte sie. »Ich will nicht, daß man ihn vergißt, auch wenn man sein Werk verdammt hat.«
Er wandte ihr sein Gesicht zu und blies auf die Locken, die aus ihrem Schal herauslugten. »Abælard wird nicht vergessen«, versprach er. »Alle, die ihn liebten, werden dafür Sorge tragen.«
Im Gasthaus fanden sie Frau Griselle, die allein an einem Ende des Tisches aß. Am anderen Ende saßen die Wachen und die Zofe mit ihrem Essen und achteten darauf, daß niemand dazwischen Platz nahm. Als Griselle Catherine und Edgar erblickte, bedeutete sie ihnen lächelnd, ihr Gesellschaft zu leisten.
»Es ist so schwer, auf solch einer Reise so etwas wie eine Rangordnung einzuhalten«, erklärte sie. »Und sagt mir bloß nicht ›Vor Gott sind alle Menschen gleich‹. Geht es dir nicht gut, meine Liebe?«
Letzteres sagte sie zu Catherine, die lächelnd antwortete, sie

sei nur müde. Edgar holte Becher und Löffel und etwas zu essen. Catherine setzte sich Griselle gegenüber, die einen glänzenden grünseidenen *bliaut* über einer weißen Leinen-*chainse* trug. Auf ihren Schultern blitzten Goldbroschen in Form von Jagdhunden, deren Augen aus winzigen Rubinen bestanden.

»Ich weiß nicht, wie Ihr unter diesen Umständen immer so frisch bleibt«, sagte Catherine voll ehrlicher Bewunderung. »Mir kommt es vor, als ob alles, was ich anziehe, sofort verschmutzt.«

»Das lernt man nach vielen Jahren Ehe mit einem Krieger«, antwortete Griselle und strich über ihren glatten Schal. »Hersent ist eine ausgezeichnete Zofe. Sie kam als Kind zu mir, und ich habe sie ausgebildet, bevor sie heiratete. Wir sind oft mit meinem Mann gereist. Wir haben ihn sogar auf einige seiner Feldzüge begleitet.«

»Seid Ihr auch schon in Spanien gewesen?« fragte Catherine. »Mein Vater hat mir erzählt, daß Euer Mann dort geboren wurde.«

Griselle beugte sich über die Suppe und nahm mit gespitzten Lippen ein paar Löffel voll davon. »Nein, Bertran sprach nie viel über seine Heimat«, erklärte sie. »Seine Eltern waren tot, und es gab keinen Grund, dorthin zurückzugehen. Es hat ihn immer traurig gestimmt, darum habe ich ihn nicht viel danach gefragt.«

Sie aß noch ein wenig, dann strahlte sie Catherine an. »Dein Vater ist ein lieber Mann, nicht?« sagte sie. »Es war sehr freundlich von ihm, mich auf unserem Ritt zu begleiten. Ich weiß allerdings kaum etwas über seine Familie.«

»Das waren Kaufleute in Rouen«, erklärte Catherine vorsichtig. »Er hat seine Familie auch sehr früh verloren und wurde von einem anderen Kaufmann, einem Freund seines Vaters, erzogen. Er ließ sich vor meiner Geburt in Paris nieder.«

»Und deine Mutter stammt aus einer untadeligen Familie aus Blois, wie ich höre«, fuhr Griselle fort.

Catherine dachte an ihren prahlerischen und offenbar unsterblichen Großvater. »Untadelig« war nicht die erste Eigenschaft, die einem da in den Sinn kam.«

»Wir haben *Allodialbesitz,* den uns Karl der Große persönlich geschenkt hat«, sagte sie stolz, ohne zu erwähnen, wie wenig davon noch übrig war. »Meine Schwester Agnes lebt derzeit bei unseren Verwandten dort.«

Sie wollte Griselle nach deren eigener Familie befragen und ob deren Linie alt genug wäre, um mit Catherine am gleichen Tisch zu sitzen, doch ihre Klostermanieren obsiegten. Edgar kam mit Suppe und Brot zurück. Sie aßen schnell und entschuldigten sich, um hinaufzugehen.

»Wie lange wird es wohl dauern, bis Vater und Onkel Eliazar hereinkommen?« fragte Catherine, als Edgar ihr aus den Kleidern half.

»Lange genug, hoffe ich«, antwortete er.

Am nächsten Morgen wurden die Gäste der Herberge nicht von Hähnen aufgeweckt, sondern von Entsetzensschreien auf der Straße. Hubert taumelte aus dem Bett und steckte den Kopf zum Fenster hinaus.

»Was ist los?« rief er hinunter. »Wird die Stadt überfallen?«

»Ja!« rief ein Mann zu ihm hoch. »Aber nicht von den Ungläubigen. Der Teufel selbst weilt unter uns. Am Kirchenaltar ist jemand ermordet worden.«

ELFTES KAPITEL

Abteikirche zu Moissac, Sonntag, den 18. Mai 1142, Gedenktag an das Martyrium von Tecusa, Alexandria, Claudia, Euphrasia, Matrona, Julitta und Phaina, den eisernen siebenzigjährigen Jungfrauen, unter Diokletian.

Reconciliatio ecclesiae benedictae fieri potest aqua lustrati communi; reconciliatio vero ecclesiae consecratae fiat aqua ad hoc benedicta secundum leges liturgicas; . . .

Die Rekonziliation einer Kirche, die nur gesegnet war, kann mit gewöhnlichem Weihwasser erfolgen, wohingegen für eine bereits geweihte Kirche Wasser erforderlich ist, welches speziell für diesen Zweck gemäß den liturgischen Regeln geweiht ward.

Codex Luris Canonici
Kanon 1177

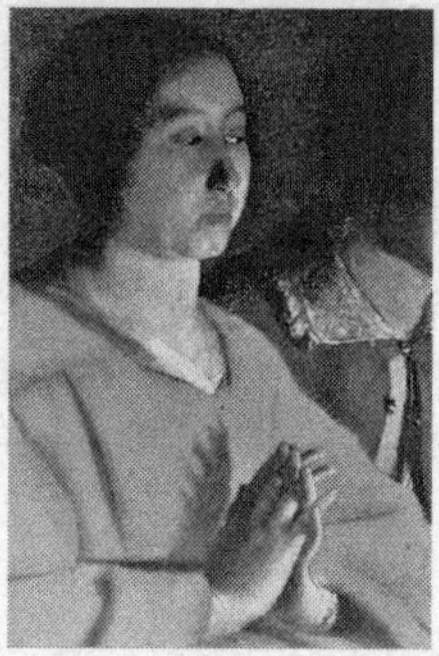

Das war nicht das Werk eines Menschen!« rief Bruder Jakob aus.

Abt Peter schüttelte abwehrend den Kopf, entsetzt über das, was er vor sich sah. »Der Impuls mag von Dämonen ausgegangen sein«, sagte er, »doch hege ich keinen Zweifel, daß dies von Menschenhand geschah. Man ermittele den Übeltäter und bringe ihn mir noch vor Sonnenuntergang. Habt ihr das alle verstanden? Jetzt beseitigt umgehend dieses Chaos und weiht die Kirche auf der Stelle neu. Ich werde nicht zulassen, daß eine solch abscheuliche Tat mich daran hindert, die Messe zu zelebrieren.«

Er schritt durch die Tür zum Kloster und überließ es Bruder Jakob und den anderen Mönchen, sich mit den sterblichen Überresten zu befassen.

Eine ganze Weile wagte niemand näherzutreten. Man hörte nur das Murmeln von Gebeten. Schließlich näherte sich Bruder Jakob der grotesken Gestalt, die über einen Sägebock drapiert war. Den hatten die Handwerker offenbar im Querschiff stehenlassen.

»Niemand darf ihn hier so liegen sehen«, sagte er.

»Aber wie sollen wir ihn von der Stelle bewegen?« fragte einer der Mönche. »Wir müssen die Laienbrüder holen.«

»Nein, auch sie sollten keinen aus unserem Orden in einer

solch unschicklichen Haltung sehen«, fuhr Jakob ihn an. »Helft mir also!«

Zaghaft traten sie vor, glotzten in einer Mischung aus Ekel und schrecklicher Faszination auf den Leichnam Bruder Rigauds, der dort aufgebockt lag. Seine Füße berührten auf der einen Seite kaum den Boden, die Hände stützten sich auf der anderen Seite darauf ab. Sie schwammen in dem Blut, das immer noch neben der Speerspitze herauströpfelte, die in seinem Hals steckte. Seine Kutte war bis zur Taille hochgeschoben, und das andere Ende des Speers ragte zwischen seinen Hinterbacken hervor.

»Unschicklich« war das Mildeste, was man über diese Haltung sagen konnte.

An seinem Tod bestand kein Zweifel.

»Aber wie ... wie bekommen wir ihn heraus?« fragte Bruder Felix.

Bruder Jakob hielt inne. Er war nicht sicher, was geschehen würde, wenn sie den Spieß herauszögen. Er war nicht einmal sicher, von welcher Seite er ziehen sollte. Und er konnte sich auch nicht vorstellen, wie Rigauds Leiche reagieren würde, wenn sie sie mitsamt dem Speer aufzuheben versuchten.

»Das überlassen wir dem Infirmar«, beschloß er. »Laßt uns mal sehen ... einer von euch packt ihn an den Beinen, und du, Bruder Vulgrinus, faßt seine Schultern von der anderen Seite. Dreht ihn so, daß wir ihn auf die Bahre legen können.«

»Jemand muß den Speer herausziehen«, sagte Bruder Vulgrinus, als er versuchte, den Leichnam zu heben, ohne ihm weiteren Schaden zuzufügen. »So können wir ihn nicht beerdigen.«

Bruder Jakob wünschte sich von Herzen, daß das möglich wäre, und zwar bald. Er dankte den Heiligen, daß Rigaud nicht im Kloster ermordet worden war. Hier in der Kirche hatte ihn jeder töten können. Sollte jedoch Kunde von der

Todesart nach draußen dringen, gäbe das einen ungeheuerlichen Skandal. Es kursierten bereits genügend zotige Schwänke über feminine Mönche. Die meisten würden daher nur zu bereitwillig glauben, daß Rigaud während des Großen Schweigens zu einem Rendezvous in die Kirche geschlichen und von seinem Liebhaber getötet worden war.

Sicherlich hatte es den Anschein, dachte Jakob. Wie sonst könnte man solch eine entwürdigende Stellung erklären? Man würde wohl kaum seine Kutte anheben und sich höflich vorbeugen, um einen Fremden mit einem Speer zustoßen zu lassen.

Als es den Brüdern gelang, Rigauds Leiche auf die Bahre zu heben, um ihn wegzubringen, gebot Bruder Jakob ihnen Einhalt.

»Seltsam«, sagte er, als er vor der Speerspitze niederkniete. Sie ragte wie die Zunge einer Schlange aus Rigauds Kehle heraus. Jakob sah, daß die Spitze abgebrochen war und eine kleine Gabel hinterlassen hatte. War sie vielleicht im Körper an einem Knochen abgeprallt? Doch das beschäftigte ihn nicht weiter. Die Wunde war tatsächlich breiter als das Ende der Speerspitze, die den Leib ganz durchdrungen und das klaffende Loch hinterlassen hatte, in dem das Blut jetzt um den Schaft des Speeres herum zu gerinnen begann.

Jakob erhob sich, bürstete sich den Staub von den Knien. »Danke«, sagte er zu den Mönchen. »Jetzt könnt ihr ihn forttragen.«

Er ging zum Sägebock zurück und kniete daneben nieder, untersuchte das Muster des Blutes auf dem Fußboden. Er war sicherlich kein Experte für den Tod, wie der ehemalige Soldat Rigaud es gewesen war, doch auch er hatte schon genügend Gewalt erlebt. Eigentlich hätte dort mehr Blut sein sollen. Es hätte nicht nur aus der Wunde, sondern auch aus Rigauds Mund rinnen müssen, da seine lebenswichtigen Organe durchbohrt waren. Bruder Jakob hatte keine Ahnung, wen er darüber zu Rate ziehen könnte. Zumindest, befand er, müßte er seine Beobachtung dem Abt vortragen.

Während alle anderen im Gasthof die morgendliche Entdekkung mit wohligem Schauder diskutierten, zog sich Catherine in die Kammer zurück. Obwohl sie den Mönch bedauerte, war sie doch erleichtert, daß sie dieses Mal nicht die Leiche gefunden hatte. Sie interessierte sich weit mehr für die astrologischen Aufzeichnungen, die Solomon am Vortag gekauft hatte. Als die Matratzen und Decken von dem auf Böcken errichteten Bett entfernt und für den Tag verstaut worden waren, breitete sie die Seiten auf dem Brett aus und versuchte, ein System darin zu finden und einen Hinweis auf den Autor und die Umstände, unter denen er geschrieben hatte. Solomon, voller Ungeduld, wich ihr nicht von der Seite.
»Alles ist in derselben Handschrift«, sagte sie zu ihm, »doch in verschiedener Tinte, und die Größe der Buchstaben ändert sich auf ein und derselben Seite. Ich glaube, das sollen persönliche Notizen sein, aus Vorlesungen, vielleicht zu verschiedenen Zeiten aufgeschrieben. Die Abhandlung soll gewiß nicht in irgendeiner Form zirkulieren. Vielleicht hat er eine saubere Abschrift angefertigt, bevor er diese verkaufte.«
Solomon beugte sich über die Seiten und versuchte, ihrem Finger zu folgen, als sie auf die verschiedenen Abschnitte der Arbeit hinwies. Das meiste sagte ihm nichts, doch hier und da konnte er einige Buchstabenkombinationen ausmachen, die ihm verständlich erschienen.
»Bedeutet das da nicht ›Engel‹?« fragte er.
»*Angeli*? Ja.« Catherine kniff die Augen zusammen, um die Textstelle zu lesen. »Hier steht etwas über die Sterne. Es geht um die Macht der Worte. Was hat das denn hier zu suchen?«
Nervös wartete Solomon darauf, daß sie die Worte entzifferte.
»Ach so«, sagte sie endlich. »Er schreibt, daß man, wenn

man die geheimen Namen Gottes verwendet und die Engel namentlich anruft, das Wetter steuern kann, doch nur, wenn die Worte mit den richtigen Bewegungen gesprochen werden und wenn die Sterne günstig stehen. Hier ist eine Randbemerkung, daß er die Formel, die sein Meister empfahl, ohne Erfolg verwendete. Dann schweift er ab, wie wichtig es ist, die korrekte Aussprache der Namen zu kennen.«

Solomon nahm das Pergament in die Hand und starrte es an, als erwartete er, daß Flammen herauszüngeln würden. »Werden die Namen genannt?« fragte er.

»Soweit ich sehe, nicht«, erklärte sie. »Wenigstens nicht auf dieser Seite. Der Rest scheint eine Anleitung zur Errechnung des günstigsten Zeitpunkts zu sein, um Erdbeben und Überschwemmungen zu inszenieren.« Sie blickte ihm scharf in die Augen. »Solomon, ich helfe dir nicht, wenn du das benutzen willst, um Menschenleben zu zerstören.«

»Aber Catherine!« erwiderte er erschrocken. »Ich will kein Erdbeben oder auch nur einen sanften Frühlingsregen verursachen. Mich interessiert nicht, wie man Dinge geschehen läßt. Ich will wissen, warum sie geschehen. Ich möchte wissen, was der Allmächtige von mir will, warum er uns inmitten unserer Feinde leben läßt und wann der Messias kommt.«

»Und du glaubst, die Antwort steht auf diesen groben Pergamentstücken?« Catherine verbiß sich das Lachen. Er schien es ernst zu meinen.

Er ließ die Schultern hängen. »Vermutlich nicht«, räumte er ein. »Doch vielleicht gibt es da einen Schlüssel. Ein Wort. Eine Zahl. Irgend etwas. Steht da der Name des Meisters, bei dem er studierte?«

»Ich weiß es nicht«, sagte Catherine. »Ich brauche mehr Zeit, um dies durchzulesen. Auf den ersten Blick sieht es zwar nicht so aus, aber manchmal verstecken die Autoren solche Informationen als Suchrätsel im Text. Weißt du, es wäre leichter, wenn ich eine Weile allein lesen könnte. Warum gehst du nicht und siehst nach, was die anderen treiben? Sagte nicht jemand, daß einer der Kluniazensermönche tot in der Kirche aufgefunden wurde? Das könnte die Abreise des Abtes verzögern.«

»Wir müssen ja nicht mit ihm reisen«, antwortete Solomon, der immer noch sehnsüchtig auf die Schriften blickte. »Ab hier gibt es mehrere Züge, denen wir uns anschließen können.«

»Solomon!« rief Catherine ungeduldig. »Nun geh endlich!«

»Ach so!« Endlich begriff er. »Ich behindere dich wohl. Warum hast du das nicht gleich gesagt?« Er tätschelte ihr onkelhaft den Kopf, was sie noch mehr reizte. Dann ging er endlich hinaus.

Am Nachmittag wimmelte es auf dem Straßenmarkt von Menschen, die den Tag der Rast zum Einkaufen und Tratschen nutzten. In einer Ecke des Kirchenplatzes hatten sich Maruxa und Roberto mit einem anderen reisenden Spielmann zusammengetan. Sie lieferten die Musik und die Pantomime zur Untermalung seiner Geschichte. Es war eine Geschichte aus der näheren Umgebung, die das Publikum gut kannte, voller Zauberei und Kämpfe gegen die Sarazenen. Roberto war der kühne christliche Krieger und Maruxa die arabische Prinzessin, die ihm zuliebe ihre Familie und ihren Glauben verrät.

»Seltsam, daß es immer Prinzessinnen sind«, ließ sich eine Stimme neben Solomon vernehmen.

Er drehte sich lächelnd um. Es war Hersent, Griselles Zofe. Sie erwiderte sein Lächeln.

»Na, mir kommt es wenigstens seltsam vor«, fuhr sie fort. »Prinzessinnen scheinen heutzutage nur auf Druck ihrer Familien zu heiraten. Natürlich mag das zu Lebzeiten Karls des Großen anders gewesen sein.«

»Du meinst also, eine Sarazenin würde heute nicht gegen den Willen ihrer Familie einen Christen heiraten?« fragte Solomon.
Hersent wußte, daß er sich über sie lustig machte, doch sie beantwortete die Frage dennoch ernsthaft.
»Natürlich würde eine Sarazenenfrau das tun«, antwortete sie, »oder eine Christin, wenn es andersherum wäre. Aber eine Prinzessin wohl kaum. Das könnte einen Krieg auslösen. Und wo sollte eine Prinzessin einen Mann allein treffen? Eine Dienstmagd oder die Tochter eines Händlers würden oft ungläubige Männer treffen, besonders in dieser Gegend. Sie würden sehen, wie ihre Herren oder Väter diese Männer mit Respekt behandeln. Ja, ich könnte mir vorstellen, daß in solch einem Fall Liebe daraus werden könnte.«
»Du klingst sehr überzeugt«, stellte Solomon fest.
»So geschah es bei den Eltern von Frau Griselles Mann«, erzählte Hersent. »Sein Vater war ein fränkischer Ritter und seine Mutter die Tochter eines sarazenischen Seidenhändlers in Narbonne. Er behauptete, zum Islam übergetreten zu sein, als sie heirateten, und sie ließen sich in Saragossa nieder. Aber insgeheim unterwies er sie im christlichen Glauben, und obwohl ihr Sohn nach Art der Ungläubigen verstümmelt wurde, ließen sie ihn auch taufen. Als Saragossa von den Franken eingenommen wurde, kehrte der Ritter offen wieder zum Wahren Glauben zurück. Das war ein Glück, sonst hätte Herr Bertran niemals die Familie seines Vaters beerben können.«
»Was geschah mit der Sarazenin?« fragte Solomon.
»Sie ließ sich ebenfalls taufen«, sagte Hersent, »doch sie starb während der Belagerung. Das ist eine sehr traurige Geschichte.«
Sie verstummte für einen Augenblick und biß sich auf die Lippe. »Ich habe zuviel geredet«, murmelte sie. »Du sagst doch Frau Griselle nichts davon? Ich habe es nicht von ihr gehört,

sondern von meinem Mann, der Herrn Bertran fünfzehn Jahre lang diente. Es würde meine Herrin erzürnen, wenn sie wüßte, daß ich es Fremden erzähle.«

»Nichts in der Geschichte wirft ein unehrenhaftes Licht auf Herrn Bertran oder seine Familie«, erwiderte Solomon. »Doch ich verspreche, es nicht zu erwähnen. Wo ist denn deine Herrin jetzt? Ich erinnere mich nicht, dich jemals ohne sie gesehen zu haben.«

Hersent zeigte auf den Korb an ihrem Arm. »Frau Griselle pflegt der Ruhe«, erklärte sie. »Sie hat mich zum Einkaufen geschickt – Seife, Nähnadeln, Wein und noch ein paar Dinge.«

»Ist sie denn krank?«

»Nein, nur müde«, sagte Hersent. »Griselle verbringt die meisten Nächte in einsamem Gebet in ihrer Kammer. Als sie mich heute morgen zu sich rief, konnte ich sehen, daß ihr Lager unberührt war. Die ganze Nacht auf den Knien. Und die Leute mokieren sich über sie, weil sie nicht in Sack und Asche geht.«

Die Musik hörte auf zu spielen, und man warf den Schauspielern Münzen zu. Hersent erinnerte sich plötzlich, daß sie schnell zurückkehren sollte. Sie nickte Solomon zum Abschied zu und verschwand in der Menge.

Solomon brannte darauf, zum Gasthof zurückzukehren und Catherine jedes Wort auf den Pergamenten vorlesen zu lassen, doch er wußte, daß er ihr noch nicht genügend Zeit gelassen hatte. Er bummelte an den Auslagen der Stände vorbei und hoffte, Edgar dort irgendwo zu finden – nicht nur, damit er sich mit einem Freund unterhalten könnte, sondern weil er ziemlich sicher war, daß Catherine sich von ihrer Lektüre nur allzugern ablenken ließe, sollte Edgar zu ihr zurückgehen.

Rufus und Gaucher standen vor der Kirchentür, warteten darauf, daß sie sich nach der Reinigung wieder öffnen wür-

de. Sie trugen ihre Kettenhemden angezogen unter dem Pilgergewand und hatten ein Messer im Gürtel stecken.
»Meinst du, wir dürfen ihn sehen?« fragte Gaucher seinen Gefährten.
»Weiß nicht«, brummte Rufus. »Was haben wir denn davon?«
Gaucher kam näher an ihn heran, damit niemand mithören konnte. »Das kann doch nichts mit uns zu tun haben«, sagte er. »Wie viele Menschen wußten überhaupt, daß wir gemeinsam kämpften?«
Rufus' Hand lag auf dem Heft seines Messers. »Es reicht, daß einer es wußte«, sagte er, »du, zum Beispiel.«
Gaucher wich zurück. »Oder du.«
Rufus zuckte mit den Achseln. »Oder ich«, gab er zu. »Aber es gibt keine andere Erklärung für das, was mit uns geschehen ist. Denk mal darüber nach. Wir alle überleben die Kriege, werden über sechzig Jahre alt, und dann sterben binnen eines Monats drei von uns, zwei durch Gewalt. Irgend jemand, ein alter Feind, lauert uns auf.«
Gaucher wollte dies als absurd abtun, doch dann fielen ihm die blutigen Schweinehoden ein, das plötzliche Wiederauftauchen und Verschwinden des smaragdlosen Rings, die anderen Schmähungen. Das mochten Zufälle sein, sogar der Tod von Hugo und Rigaud. Dennoch . . .
»Aber wer?« fragte er. »Warum gerade jetzt? Und warum in solch feiger Manier? Unsere Feinde waren alle Soldaten, Ritter wie wir. Sie würden uns offen herausfordern, nicht nachts umherschleichen, um uns allein und unbewaffnet aufzulauern.«
Sie dachten daran, wie wehrlos Hugo fürwahr gewesen war, und falls die Gerüchte stimmten, Rigaud noch mehr. Rufus bewegte sich zurück, bis er mit dem Rücken an einer Säule lehnte.
»Meinst du, der Abt wird uns verdächtigen?« fragte Gaucher

besorgt. »Mir haben die Fragen nicht gefallen, die Bruder Jakob uns nach Hugos Ermordung stellte.«
Rufus bohrte sich in der Nase und begutachtete anschließend seinen Finger, als ob er die Antwort daran ablesen könnte. »Aber wir haben die letzte Nacht gemeinsam verbracht«, sagte er schließlich. »Das können wir beschwören. Natürlich weiß ich nicht, was du getan hast, nachdem ich weggetreten war.«
»Ich bin auf dich draufgefallen«, erinnerte ihn Gaucher. »Die Knechte mußten uns hochschleifen und ins Bett werfen. Hast du dich gar nicht gewundert, wie du da hinaufgekommen bist?«
Rufus rieb sich wieder die Nase. »Ich hatte gehofft, daß ich es allein geschafft hätte«, sagte er seufzend. »Aber dann können ja auch die Knechte beschwören, daß wir gar nicht in der Lage waren, den armen alten Rigaud abzuschlachten.«
»Es sei denn, einer von uns hat sich verstellt«, sagte Gaucher.
Hinter ihnen sprang knarrend die Kirchentür auf. Die Menge drängte sich hinein und riß die beiden Ritter mit sich fort. Die Glocke läutete und rief Gläubige wie Schaulustige zur Messe.

Catherine zollte der Beharrlichkeit des Glockengeläuts keine Aufmerksamkeit. Sie nahm sie kaum wahr. Ihre Konzentration war völlig von der Schrift vor ihr in Anspruch genommen. Normalerweise fand sie beim Lesen gewöhnliche Sätze, Zitate aus der Heiligen Schrift oder den Kirchenvätern, die sie wiedererkannte, selbst wenn nicht alle Buchstaben und Symbole klar waren. Oft konnte sie nach wenigen Zeilen den Autor nennen.
Doch dieses Werk enthielt nichts, was ihr schon bekannt war. Es schien sich nicht um die Abschrift eines anderen Manuskripts oder Vorlesungsaufzeichnungen aus ihr bekannten

Quellen zu handeln. Es wimmelte von Worten, die, so vermutete sie, wortwörtlich aus dem Hebräischen oder Arabischen ins Lateinische übertragen waren. Aus dem, was sie entziffern konnte, schloß sie, daß es ein Führer zu irgendeinem verborgenen Wissen sein könnte. Es gab verschiedene Formeln mit Anweisungen, wann und wo und mit welchen Gesten man sie sprechen sollte. Leider war sie sich nicht sicher, ob sie die Anweisungen richtig verstand oder was geschehen sollte, wenn man sie genau befolgte.

War das etwa ein Führer zur Anrufung böser Geister?

»Oleth, lothen, ethat, edim, eliyad, hachim, atarpha«, flüsterte sie nervös, wobei ihre Finger über die Worte auf der Seite glitten.

Catherine sah sich nach einer plötzlichen Manifestation um. Sie schnupperte, ob die Luft etwa nach Schwefel röche. Mit einem Stoßseufzer der Erleichterung machte sie sich wieder ans Werk.

Natürlich, sie hatte dabei ja nicht um Mitternacht in einem Olivenhain gestanden, mit Venus im Skorpion, und ein Gewand aus weißem Linnen getragen. Doch Catherine hatte immer gespürt, daß die Macht mehr in Worten lag als in allem anderen. Sie war ein schreckliches Wagnis eingegangen. Edgar wäre wütend, wenn er es wüßte.

Solomon dagegen nicht. Ihr Cousin würde hinausrennen und ein Gewand aus weißem Linnen kaufen und auf astrologischen Tafeln nachsehen, wann die Venus im Skorpion stünde.

Und was würde er damit heraufbeschwören?

Catherine litt Höllenqualen, hin und her gerissen zwischen intellektueller Aufrichtigkeit, ihrer eigenen leidenschaftlichen Neugier und der Angst um die Seele und das Leben ihres Cousins.

Was sollte sie ihm sagen?

Es war später Nachmittag, als Edgar zurückkam. Er fand Catherine an der gleichen Stelle, wo er sie am Morgen verlassen hatte. Sie stand auf, um ihn zu begrüßen, und schwankte, schwindelig vom langen Sitzen. Er legte die Arme um sie, und sie küßte ihn, hielt dabei die Hände von ihm weg.

»Meine Fingerkuppen sind schwarz, weil ich die Zeilen auf der Seite verfolgt habe.« Sie zeigte sie ihm.

»Deine Nasenspitze auch. Und dein Kinn und deine Stirn. Du siehst aus wie einer von den Hochländern meiner Heimat mit Kriegsbemalung. Und das kommt nur vom Lesen! Ich wundere mich, daß man dich im Paraklet jemals an ein sauberes Pergament herangelassen hat.«

Er spuckte auf den Saum seines Ärmels und wischte ihr das Gesicht ab, so gut er konnte.

»Danke, *carissime*«, sagte sie. »Ich habe dir beim Küssen mit der Nase einen Flecken auf die Wange gemacht.«

Als sie beide einigermaßen sauber waren, fragte Catherine, was draußen vorging.

»Der Mann, den man ermordet in der Kirche fand, war offenbar einer der Mönche, die im Auftrag des Abtes den Tod Hugos von Grignon untersuchten«, erklärte Edgar.

»Sind sie denn sicher, daß es Mord war?«

Edgar erzählte ihr, wie man ihn gefunden hatte. Trotz Bruder Jakobs Wunsch, die Todesart geheimzuhalten, verbreiteten sich solche Neuigkeiten immer in Windeseile.

Catherine hielt sich erschrocken die Hand vor den Mund, nachdem sie sich Rigauds Stellung allzu deutlich vorgestellt hatte. »Das scheint in der Tat auf einen Mord hinzuweisen. Haben sie Tatzeugen? Wissen sie, wie es geschah? War es jemand aus dem Kloster oder von außerhalb?«

»Nichts davon kann ich dir beantworten«, sagte Edgar, »doch ... irgend etwas an der Haltung, in der man Bruder Rigaud fand, gibt mir zu denken.«

»Mir auch«, bemerkte Catherine. »Die Ähnlichkeit fiel mir

sofort auf. Vielleicht habe ich mich nicht deutlich daran erinnert. Aber wenn du es auch meinst... du hast das Tympanum in Conques besser studiert als ich.«

»Der Ritter, der aufgespießt wurde, als er vom Pferd stürzte«, sagte Edgar.

»Ganz zu schweigen von dem Jäger am Spieß, den die riesengroßen Hasen trugen«, fiel Catherine ein. »Aber viele Bewohner von Moissac müssen in St. Foy gewesen sein und die Figuren gesehen haben. Oder vielleicht verfiel jemand unabhängig davon auf die Idee.«

»Ja«, sagte Edgar bedächtig. »Doch es ist schon seltsam, daß ausgerechnet ein Mönch, der mit uns reiste, ermordet wurde.«

»Nein, das ist es nicht«, sagte Catherine und stampfte mit dem Fuß auf. »Menschen sterben nun einmal auf Reisen. Es ist gefährlich. Das weiß jeder. Das Wetter, Krankheiten, Unfälle, Banditen. Man hat uns vor allem gewarnt. Warum sollte jemand ein Wort darüber verlieren, wenn drei Männer auf einer langen und beschwerlichen Reise den Tod finden? Ganz abgesehen von den armen Deutschen, die ertranken. Das hatte nichts mit der Reisegesellschaft von Cluny zu tun.«

»Catherine?« Edgar sah sie voller Besorgnis an. »Das sieht dir gar nicht ähnlich. Du bist doch immer diejenige, die die Wahrheit herausfinden will, egal, was es kostet. Und soweit ich weiß, hast du die drei Todesfälle doch in Zusammenhang gebracht? Und jetzt willst du dem nicht nachgehen? Was ist los?«

Catherine schob die Pergamentstücke beiseite und setzte sich auf das Brett, das in der Nacht wieder als Bett dienen würde. Edgar setzte sich neben sie, und sie kuschelte sich in seinen Schoß.

»Ich habe Angst«, sagte sie. »Mit diesen Todesfälles hat es eine böse Bewandtnis. Diesmal müßten wir vielleicht einen zu hohen Preis für die Wahrheit zahlen.«

Zur selben Zeit ließen Abt Peter und der Abt des Ortes Bruder Jakob vor. Er hatte die Kirche untersucht, bevor sie geschrubbt und gründlich mit Weihwasser gespült wurde. Er hatte auch, mit großem Ekel, die Überreste Bruder Rigauds untersucht. Was er gefunden hatte, stimmte ihn nicht froh.

»Haben sie denjenigen gefunden, der dieses Sakrileg begangen hat?« Peter von Montboissier verschwendete keine Zeit mit höflichen Floskeln.

»Noch nicht, mein Herr Abt«, antwortete Bruder Jakob. »Wir haben niemanden gefunden, der sah, wie Bruder Rigaud das Kloster verließ, noch irgendeinen Zeugen, der in der Kirche auf ihn gewartet hätte.«

»Sicherlich schlief doch jemand im Innenhof?« sagte Abt Peter.

»Doch, Herr, mehrere Pilger und Bettler«, antwortete Jakob. »Doch alle, die wir bisher befragten, behaupten, geschlafen zu haben, bis die Glocken zur Mette riefen.«

Peter runzelte die Stirn. »Willst du damit andeuten, daß jemand aus dem Kloster den armen Bruder Rigaud tötete?«

Jakob schluckte. Er war nicht sicher, was er andeutete, aber er würde es nicht zulassen, daß die Schuld auf seinen Orden fiele.

»Möglicherweise«, sagte er, »kam der Mörder tagsüber durch die Kirche und verbarg sich bis zum Anbruch der Nacht in den Schatten. Doch das erklärt immer noch nicht, warum Bruder Rigaud dort war, wenn er eigentlich hätte im Bett liegen sollen.«

Jakob legte eine Pause ein. Dann kam er zu einem Schluß. »Ich weiß sehr wohl, daß Bruder Rigaud ein ausschweifendes Leben führte, bevor er sich zu unserer Lebensweise bekehrte. Wäre es möglich, daß man ihn so sehr versuchte, daß er nicht widerstehen konnte?«

Er wappnete sich für einen Sturm der Entrüstung und des

Zorns, weil er so etwas derart Unfreundliches über einen Mitbruder sagte. Doch Abt Peter saß ruhig da und überlegte.

»Wer kann sagen, an welchem Punkt Versuchung so stark wird, daß wir nicht mehr widerstehen können?« fragte Peter. »In all den Jahren, die Bruder Rigaud in Cluny verbrachte, gab es nie den leisesten Skandal um ihn. Ich habe ihm sogar die Aufsicht über die *garciones* anvertraut. Er war gerührt über mein Vertrauen und mißbrauchte es nie. Es wäre mir lieb, wenn wir eine andere Antwort fänden.«

»Ich ebenfalls«, stimmte Bruder Jakob zu. »Selbst wenn Rigaud gegen das Keuschheitsgelübde verstoßen haben sollte, sehe ich keinen Grund für das Objekt seiner Begierde, ihn zu töten. Warum sollte es sich überhaupt mit ihm treffen? Ich fürchte, es steckt mehr dahinter, als wir in der kurzen Zeit bis zu unserem Aufbruch herausfinden können.«

»Hast du jemanden in Verdacht?« fragte der Abt.

»Nein, Herr«, antwortete Jakob. »Keine bestimmte Person, doch ich glaube, daß Rigauds Tod mit dem seines alten Waffenbruders Hugo von Grignon zu tun hat, was dafür spräche, daß ein Pilger dafür verantwortlich ist.«

»Hast du dafür Beweise?« fragte Peter. »Ich dachte, ihr beide wäret zu dem Schluß gelangt, daß die *ribaux* ihn getötet haben?«

»Ja, aber das war vor Rigauds Tod«, erwiderte Jakob. »Die schreckliche Methode dieses Mordes weist auf persönlichen Haß hin. Ich weiß nicht, was Bruder Rigaud getan haben könnte, seit er der Abtei von Cluny beitrat, was solche Feindseligkeit hätte hervorrufen können. Daher kann ich nur vermuten, daß das die Folge einer Tat war, die er in seinem weltlichen Leben beging – vielleicht etwas, das er und Hugo von Grignon gemeinsam taten.«

»Und das würde uns wieder zu seinen Kameraden zurückbringen«, sagte Peter.

Der Abt von St. Pierre, der bis zu diesem Augenblick geschwiegen hatte, seufzte tief auf. Niemand aus seinem Hause würde in diesem Horrorszenario verdächtigt werden. Er dankte dem heiligen Petrus, dem heiligen Stephan und der Jungfrau. Der Abt hatte sich auf den Besuch des Oberhauptes von Cluny und des Bischofs von Osma gefreut. Jetzt wollte er nur noch, daß diese Kirchenoberen ihn in friedlicher Autonomie ließen.

Bruder Jakob hätte gern Gaucher oder Rufus oder beide gemeinsam des Mordes bezichtigt, doch er hatte schon Erkundigungen eingezogen, und offenbar hatten sie am Vorabend ihre Kammer nicht verlassen. Aber es gab andere Pilger, die keine Erklärung parat hatten. Jene Jongleure zum Beispiel. Roberto und seine Frau hatten auch im Innenhof der Kirche geschlafen. Roberto hätte wegkriechen können, ohne Aufsehen zu erregen. Es gab mehr als eine Möglichkeit. Das teilte er auch Abt Peter mit.

»Völlig richtig«, sagte Peter. »Du hast einen guten logischen Verstand. Deine frühe Ausbildung war ausgezeichnet. Ich betrachte es als großen Segen, daß du dich zu uns retten konntest.«

»Danke, Herr Abt«, erwiderte Jakob. »Nun, was soll ich als nächstes tun?«

Die Antwort gereichte Jakob nicht zur Freude.

Abends aßen Catherine und Edgar mit den jüdischen Händlern aus Toulouse. Eliazar hatte ihnen erklärt, daß sie die Kinder seines Teilhabers und Freundes waren, daher hieß man das Paar vorsichtig willkommen.

»Du siehst wie ein Slawe aus«, sagte einer der Händler zu Edgar. »Bist du ein Russe?«

»Ich bin Schotte«, antwortete Edgar.

Alle sahen an ihm hinunter, in der Erwartung, seine Knie zu sehen. »Mein Mann zieht es vor, sich nach französischer Mode zu kleiden«, verkündete Catherine stolz.

Edgar war beleidigt, doch er war es gewöhnt, seinen Stolz hinunterzuschlucken. In seinen frühen Tagen in Paris war das oft seine einzige Mahlzeit gewesen.
Das Gespräch drehte sich um die Probleme des Handels, die Diskussionen unter Scholaren, Familienskandale von Katalonien bis Bagdad. Schließlich erwähnte jemand den Mord an dem Mönch.
»Gibt es einen Grund, uns zu beschuldigen?« Der Mann, der diese Frage stellte, hieß Aaron. Seine Familie hatte zuerst in Narbonne und anschließend fast tausend Jahre in Toulouse gelebt. Sein Gesicht zeigte Spuren von jeder Rasse, die hindurchgewandert war, von den Griechen bis zu den Franken, den Westgoten und den Arabern. Soweit es ihn betraf, war die einzige Linie, von der er abstammte, die Abrahams.
Eliazar goß sich noch einen Schöpflöffel voll Fischsuppe auf das Brot. »Wer weiß das schon?« sagte er. »Wenn sie sonst niemanden finden, können sie immer noch uns beschuldigen. Doch ich wüßte nicht warum. Ich habe nur einmal mit dem Mann gesprochen.«
»Das könnte schon genügen«, bemerkte Aaron düster.
Sie saßen um ein Lagerfeuer, nicht weit vom Ufer des Tarn. Am Rand der Kohlen brodelte der Suppentopf. Catherine fand das gemütlich, doch da die Männer bei jedem Knistern und Knacken eines Zweiges aufschraken und sich umdrehten, war sie sich auch ständig der Gefahr bewußt. Was würde geschehen, wenn irgend jemand auf die Idee käme, die Juden seien schuld an dem Mord? Wenn eine Schar aus der Stadt diese Runde überfiele, würde man Catherine verschonen? Sicher würde man Edgar nicht fälschlich für etwas anderes als einen Christen halten, doch sie und ihr Vater sahen so aus wie die anderen. Catherine war sogar noch dunkler als einige von ihnen. Einer hatte sogar leuchtendrotes Haar, Erbe eines westgotischen Vorfahren.
Sie bemerkte, wie die Blicke der anderen zwischen ihr und

ihrem Vater und Solomon hin und her gingen, der ihr so ähnlich sah wie ein Bruder, aber niemand sagte etwas.
Das Gespräch kam vom Mord ab und auf die Reise.
»Frau Griselle teilte mir heute mit, daß Peter von Cluny nicht durch Navarra nach Spanien reist«, sagte Hubert. »Sie wollte wissen, ob ich jemanden kenne, der über Roncesvalles reist. Sie hat zwei bewaffnete Soldaten bei sich.«
Seine Bemerkung wurde mit Schweigen quittiert.
»Griselle ist eine Frau, die sich für uns einsetzen würde, falls es Probleme mit den Edomitern geben sollte«, fügte Eliazar hinzu.
»Und zwar energisch«, sagte Catherine.
»Mag sie Juden so gern?« wollte Aaron wissen.
Solomon dachte darüber nach. »Sie hat uns nicht gemieden«, erklärte er dann. »Ihre Zofe erzählte, daß Frau Griselles Ehemann halb arabisch war. Vielleicht neigt sie daher zur Toleranz.«
»Das glaube ich nicht«, bemerkte Catherine.
Alle sahen sie an. Sie konnte sehen, daß sie keinen Widerspruch von einer Frau gewöhnt waren, zudem einer Christin. Doch sie war zu sehr daran gewöhnt, mit Solomon zu diskutieren, daß sie sich jetzt nicht zurückhalten konnte.
»Frau Griselle ist fest entschlossen, zum Schrein des heiligen Jakob zu gelangen«, fuhr sie fort. »Ich glaube, sie wird jeden verteidigen, der ihr zu diesem Ziel verhilft.«
»Das kommt auf das gleiche hinaus«, sagte Eliazar. »Ihr habt Wachen, aber mehr würden nicht schaden, besonders jetzt, wo wir ins Land der Basken kommen. Die kennen keine Treue, außer gegenüber dem eigenen Volk.«
Die anderen Männer dachten darüber nach, weigerten sich aber, einen Entschluß zu fassen, bis sie allein darüber geredet hätten.
»Wir wollen nicht vor übermorgen aufbrechen«, sagte Aaron als ihr Sprecher. »Wenn ihr mit uns kommen wollt und wenn

die Pilger versprechen, keine Bekehrungsversuche zu unternehmen, dürft ihr euch uns eventuell anschließen.«

Im dunstigen Zwielicht des Frühlings kehrten sie in die Stadt zurück. Nebel stieg hinter ihnen über dem Fluß auf, doch für eine Laterne war es noch zu hell. Catherine und Edgar gingen Arm in Arm, satt und zufrieden. Solomon folgte ihnen. Plötzlich stieß er einen Schrei aus. Alle drei blieben stehen.

»Was ist denn?« fragte Edgar.

»Nichts.« Solomon schüttelte den Kopf. »Ich dachte, ich hätte jemanden gesehen, aber es war nur ein vom Nebel verzerrter Holzstapel.«

»Ich hatte vergessen, wie sehr du den Nebel haßt«, sagte Catherine. »Komm, geh mit uns zusammen.«

Solomon kam an ihre Seite, und sie hakte ihn mit dem freien Arm unter. Sie spürte die Anspannung in seinem Körper und wollte etwas sagen, um ihn aufzulockern, doch sie hatte den Kopf voller Zaubersprüche und -formeln, die sie den ganzen Tag gelesen hatte. Der Nebel kam in dünnen Fäden, kräuselte sich um die Bäume und lauerte in den Unebenheiten des Weges. Catherine dachte an die Worte, die sie sich zu flüstern getraut hatte. Es sollten die Namen der sieben Sphären sein, welche die Erde umgaben.

Was, wenn es die Namen von Dämonen der Luft wären? Was, wenn diese infolge ihrer Unbedarftheit Gestalt angenommen hätten? Die kalte Feuchtigkeit strich über ihren Hals, und sie zitterte.

»Setz deine Kapuze auf, *leoffæst*«, sagte Edgar geistesabwesend.

Catherine tat wie geheißen. Sie schmiegte sich enger an die beiden Männer. *Heilige Genoveva,* dachte sie, *laß bitte keine Dämonen in der Nacht sein. Geleite uns sicher in deine Stadt zurück.*

Gewiß würde die Schutzheilige von Paris ihr Kind heimbringen wollen!
Sie erreichten den Gasthof ohne Zwischenfälle und gingen sofort zu Bett.
Der nächste Morgen war hell und klar. Catherine wachte früh auf, reckte und streckte sich und stieg über Edgar hinweg, um aufzustehen. Ihr Vater und ihr Onkel schnarchten noch, doch Solomon war bereits wach und angekleidet.
»Soll ich mit dir zur Latrine kommen?« fragte er.
»Laß mich zuerst die Schuhe und den *bliaut* anziehen«, gab sie flüsternd zurück. Da sie alle in einer Kammer schliefen, hatte sie im Hemd geschlafen, um wenigstens teilweise bekleidet zu sein.
Sie hielten vor dem Abort hinter dem Gasthof und wanderten dann vor das Haus. Die Sonne stieg am Himmel hoch, die Hitze nahm zu. Es würde ein heißer Tag werden.
Sie setzten sich auf eine Bank vor dem Gasthaus und teilten sich ein Stück Käse, als die Wachen kamen. Bei ihnen war ein zerlumpter, barfüßiger Mann. Er zeigte mit dem Finger auf sie.
»Das ist der Mann!« rief er.
Die Wachen ergriffen Solomon, der immer noch den Käse in der Hand hielt, und hoben ihn von der Bank.

ZWÖLFTES KAPITEL

Moissac, Montag, den 18. Mai 1142; Tag des heiligen Alkuin, Schüler des Ehrwürdigen Beda, Lehrer Karls des Großen und seiner Töchter

Cur haec igitur versa vice mutantur scelerumque supplica bonos premant, praemia virtutis mali rapiant, vehementer admiror, . . .

Warum also werden diese Dinge vertauscht, und die Strafen für die Bösen fallen auf die Guten, während die Bösen den Lohn der Tugend ernten? Dies wundert mich gar sehr.

– Boethius –
Trost der Philosophie
Buch V

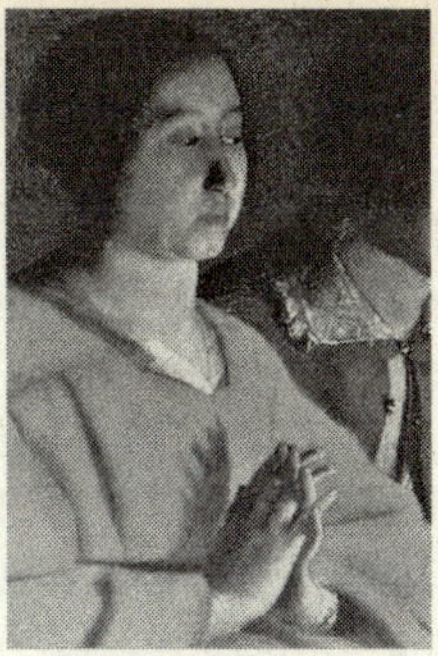

Als die Wachen den verblüfften Solomon von der Bank hoben, warf sich Catherine kreischend auf den Soldaten, der ihr am nächsten war.
»Laß ihn los!« schrie sie, trat nach ihm und zerrte an seinem Arm. »Laß ihn sofort runter!«
»Hör auf, Catherine!« rief Solomon, als die Männer ihn wegschleifen wollten. »Hol Onkel Eliazar! Ruf deinen Vater!«
Doch sie traktierte den Soldaten, der immer gereizter wurde, weiter mit Armen und Beinen.
Solomon unternahm keinen Fluchtversuch. Er wußte, daß Widerstand gegen die Amtsgewalt sinnlos war. Er wußte auch, was geschähe, falls er das Blut eines Christen vergösse. Darum ließ er sein Messer stecken. Seiner Erfahrung nach ließen sich die meisten Angelegenheiten dieser Art mit Gold regeln ... Doch wenn man die Bürger mit hineinzöge, würde er unversehens an einer Eiche baumeln, bevor man über die Bedingungen für seine Freilassung verhandelt hätte.
»Catherine!« rief er erneut. »Hör auf! Du tust dir noch weh!«
Den Wachen war es unterdes trotz Catherines Bemühungen gelungen, Solomon die Hände auf dem Rücken zu fesseln. Ein Menschenauflauf bildete sich, an allen Fenstern in der Straße tauchten mit Nachtmützen bedeckte Köpfe auf.

»Was geht hier vor?« rief jemand herunter. »Habt ihr ihn geschnappt? Ist das der Mann, der den Mönch ermordet hat?«

Solomons Mut sank. Er wandte sich an den Soldaten, auf den Catherine gerade einschlug. »Wer schickt euch?« fragte er. »Geht es um den toten Mönch?«

»Wir sind die Wachen des Herrn Geraut, doch wir stehen zur Zeit im Dienste des Abtes Peter«, antwortete der Mann. »Ich weiß nicht, warum sie dich haben wollen. Schafft mir mal einer dieses Weibsstück vom Leibe?«

»Ich hab's ja versucht«, sagte Solomon. »Aber sie hört nie auf mich. Behauptet dieser Bettler etwa, daß ich den Mönch getötet habe?«

»Das muß der Abt entscheiden«, sagte der Soldat und wich vor Catherines Knie zurück. »Auuuu! Das hat aber wehgetan, junge Frau!«

Die Geduld des Soldaten war erschöpft. Er streckte Catherine mit einem Schlag seines Panzerhandschuhs zu Boden.

»Das tat aber nicht not!« protestierte Solomon.

»Ich habe sie nur außer Gefecht gesetzt«, beruhigte ihn der Soldat. »Morgen habe ich von ihren Tritten am ganzen Leib blaue Flecken.«

Unwillkürlich nickte Solomon voller Mitgefühl. »Bringt mich vor den Abt«, sagte er zu den Wachen. »Ich habe nichts Unrechtes getan und daher nichts von ihm zu befürchten. Diesen Leuten traue ich allerdings nicht.«

So ließ Solomon Catherine benommen auf der Straße sitzen und führte die Soldaten gewissermaßen selbst zur Abtei, wo er wenigstens vor der dumpfen Gewalt der Menge sicher wäre.

»Bei den Nägeln und Zangen des heiligen Felizian! Aus dem Weg!«

Catherine sah hoch. Die Menschen, die sie umringt hatten,

wichen zurück. Ihr Vater drängte sich durch die Menge, und schon stand er vor ihr, nur mit einem Hemd bekleidet. Er hielt ihr die Hand hin, um ihr aufzuhelfen.
»Bist du verletzt, mein Kind?« fragte er, als sie auf die Füße kam.
Sie schüttelte den Kopf. »Sie haben Solomon mitgenommen.« Sie zitterte vor Wut. »Ich konnte sie nicht aufhalten!«
»Der Abt ließ das Ungeheuer, das den Mord in der Kirche verübt hat, durch seine Wachen einfangen«, erklärte eine Frau aus einem Laden gegenüber dem Gasthaus. »Und dann hat dieses Balg sich auf sie gestürzt. Gehört sie etwa zu dir?«
Hubert legte den Arm um Catherines Schultern. »Ja, sie gehört zu mir«, sagte er. »Mir tut es nur leid, daß ich nicht dabei war und unseren Freund verteidigen konnte. Ich bin stolz auf sie.«
Die Frau funkelte ihn böse an. »Vielleicht knüpft man euch alle am gleichen Galgen auf«, sagte sie. Der Gedanke schien sie zu befriedigen, und sie verschwand.
Die Menge zerstreute sich ebenfalls, einige gingen zur Arbeit, andere warteten vor der Abtei, daß die Bestrafung des Mörders verkündet würde. Hubert brachte Catherine in den Gasthof zurück.
»Vater, sie werden Solomon umbringen.« Sie zitterte immer noch vor Wut. »Was sollen wir nur tun?«
»Uns anziehen«, sagte er, »und zwar unseren Sonntagsstaat. Unsere Geleitbriefe von Abt Suger nehmen und sie dem Abt zeigen. Sehen, wieviel Gold es kostet, Solomon freizubekommen.«
»Das ist alles?« rief sie aus. »Und wenn sie ihn foltern?«
»Er wird nichts gestehen, was er nicht getan hat, unter gar keinen Umständen«, sagte Hubert und hoffte, daß er damit recht hätte. »Doch solange er sich in den Händen der Kir-

chenmänner befindet, werden sie ihn nur verhören. Wir müssen ihn auslösen, bevor man ihn der Gerichtsbarkeit der Stadt überantwortet.«
Sie waren in der Kammer angelangt. Edgar und Eliazar packten bereits. Edgar hielt die Seiten hoch, die Catherine studiert hatte.
»Ich weiß nicht, wo du und Solomon die herhabt«, sagte er, »aber sie müssen vernichtet werden, bevor jemand aus der Abtei die Kammer durchsuchen kommt.«
»O nein!« rief Catherine.
Eliazar pflichtete Edgar bei. »Das ist schon wieder so eine von Solomons Torheiten. All diese astrologischen Symbole. Verbrenne sie auf der Stelle. Willst du etwa, daß man uns nicht nur des Mordes, sondern auch der Geisterbeschwörung bezichtigt?«
»Aber ich habe noch nicht alles gelesen!«
»Catherine, bist du von Sinnen?« fragte Edgar. »Es geht nicht nur um Solomons Kopf. Man wird uns alle zur Verantwortung ziehen, wenn sie glauben, daß Zauberei im Spiel ist.«
»Gut, aber wie sollen wir sie denn verbrennen?« fragte sie. »Wir haben doch kein Feuer in der Kammer.«
Sie hatte recht, und sie sahen sich nach einer Methode um, wie die Pergamentseiten vernichtet werden könnten. In der vergangenen Nacht war es auch zu warm für ein Feuer im Herd der Gaststube gewesen. Das Essen wurde im Backhaus eine Straße weiter gekocht.
»Gib sie mir«, sagte sie zu Edgar. »Wir müssen sie erst einmal verstecken.«
Sie kniete sich auf den Boden und durchwühlte ihr Gepäck. Dann zog sie ein Bündel heraus und rollte das Pergament fest ein.
»Was machst du denn da?« fragte Hubert. »Wenn sie unsere Sachen durchsuchen, finden sie das mit Sicherheit auch.«

»Vielleicht nicht.« Catherine rollte das Bündel auf. »Es hängt davon ab, wie sorgfältig sie suchen.«
Die Lappen waren sauber, hatten aber viele alte braune Flekken. Catherine steckte das Pergament in die Mitte und wikkelte die Menstruationslumpen darum. Den Mienen der drei Männer nach zu urteilen, würde man dort wohl garantiert nicht nachsehen.
»Beeil dich, Catherine«, sagte Eliazar. »Dein Vater und ich müssen um Solomon verhandeln.«
»Nein«, sagte Hubert. »Ich glaube, nur Edgar und ich sollten gehen. In dieser Lage ist es besser, wenn Christen für ihn bürgen.«
»Aber er ist doch mein Neffe!« erwiderte Eliazar.
»Meiner auch«, erinnerte ihn Hubert. »In einem Fall wie diesem können wir uns nicht auf den Schutz Sugers oder des Königs verlassen. Wir sind hier nicht in Frankreich. Außerdem ist Abt Peter den Juden nicht wohlgesonnen. Er hat mehrere Darlehen bei ihnen laufen. Wenn du ihm also nicht seine Schulden erläßt, wird er dir wohl kaum ein gnädiges Ohr leihen.«
»Und ich?« fragte Catherine.
»Absolut nein!« sagten Edgar und Hubert wie aus einem Munde.
Bevor sie widersprechen konnte, hob Hubert die Hand. »Erstens ...« Er hielt den Daumen hoch. »Erstens dürfen Frauen zwar Zeugnis ablegen, aber du weißt nicht, wo Solomon gestern abend war. Und du kannst keine Sicherheit für ihn geben. Eliazar auch nicht. Edgar und ich schon.«
Er wartete darauf, daß sie explodieren würde, aber sie starrte ihn nur an.
»Zweitens ...« Er hob den Zeigefinger. »Zweitens wurde schon oft bemerkt, wie sehr du und Solomon euch ähnelt. Willst du, daß man über die Anklage hinaus noch mehr Fragen stellt?«

Catherine seufzte und schüttelte den Kopf.
»Drittens«, endete sie für ihn, als ob sie es auswendig gelernt hätte, »drittens liebst du mich und willst mich nicht in Gefahr bringen.«
»Das auch«, bestätigte Hubert. »Doch was noch wichtiger ist, ich will niemanden daran erinnern, daß Edgar zu unserer Familie gehört.«
»Was?« Edgar war außer sich. »*Godes micellic palstr*! Wie kannst du es wagen? Ich habe mir Catherine zuliebe viel von dir bieten lassen, aber das geht zu weit! Wer bist du denn, daß du dich weigerst, mich zur Familie zu zählen?«
»Niemand«, antwortete Hubert und nahm Edgar den Wind aus den Segeln. »Und genau deshalb mußt du mich begleiten und ein Wort für Solomon einlegen.«
»Das verstehe ich nicht«, sagte Edgar.
Hubert schien sich unwohl zu fühlen. »Ich bin zu sehr daran gewöhnt, dich als Studenten zu sehen, der meine Tochter verhext hat«, sagte er.
»War wohl eher umgekehrt, finde ich«, fiel Edgar ihm ins Wort.
»Möglich«, räumte Hubert ein. »Jedenfalls vergesse ich immer wieder, daß du in deinem eigenen Land ein Adliger bist. Du bist daran gewöhnt, mit einem gewissen Respekt behandelt zu werden. Und obwohl du es meist verbirgst, besitzt du einen Hochmut, den nur Menschen von Stand haben und sich dessen sehr wohl bewußt sind.«
»Komm zur Sache«, sagte Edgar. Er war immer noch erzürnt.
Hubert lächelte. »Genau. Ich war grob zu dir, und du hast die Beleidigung Catherine zuliebe ertragen. Ich bitte um Verzeihung. Das war ein Fehler. Denn jetzt brauche ich deinen Namen und deinen Hochmut, wenn wir Solomon retten und unsere Reise fortsetzen wollen. Peter von Montboissier entstammt einer alten Familie aus der Auvergne. Er ist ein hoher

Kirchenherr, wurde aber auch als weltlicher Herr geboren. Ich weiß, daß ich in seinen Augen nur ein schlichter Kaufmann bin. Meinem Eid mag er vielleicht keinen Glauben schenken. Deinem, Edgar, müßte er vertrauen. Du bist ihm ebenbürtig.«

Catherine sah ihren Mann an. Seine Kleidung war schlicht, die Tunika noch nicht gegürtet. Die Stiefel waren aus gutem Leder gearbeitet, doch von der Reise angestoßen. Er hatte keine kostbaren Ketten oder Ringe, die er ohnehin selten trug, mit auf die Wallfahrt gebracht. Sie war nicht sicher, ob er den Abt von seiner Persönlichkeit überzeugen konnte.

Edgar auch nicht. Er kratzte sich am Kinn. »Ich muß mich rasieren«, sagte er. »Und ich brauche ein Bad, vermutlich auch eine Entlausung.«

»Das brauchen wir alle«, sagte Hubert. »Das gehört nun einmal zu den Beschwerlichkeiten einer Reise. Doch es spielt keine Rolle. Geh nur in deinem Pilgeraufzug. Er wird die Qualität des Stoffes erkennen. Ihm entgeht nichts.«

»Gewiß tue ich alles für Solomon, was in meiner Macht steht«, erklärte Edgar. »Selbst wenn ich mich als Bürge anbiete. Er ist mein Freund.«

Catherine paßte es gar nicht, ausgeschlossen zu werden, doch sie sah ein, daß die Begründung ihres Vaters vernünftig war.

»Dann beeilt euch!« sagte sie. »Kleidet euch an. Edgar, trag wenigstens eine saubere Tunika.«

Eliazar folgte Edgar und Hubert bis ans Ende der Straße. »Ich gehe zu den Brüdern von Toulouse«, verkündete er. »Wenn es euch gelingt, Solomon mit Worten und Versprechungen freizubekommen, gut. Doch vielleicht brauchen wir noch mehr. Aaron wird mir die Kaution vorstrecken, und die Gemeinde in Paris zahlt es ihm zurück. Ich will ihnen erzählen, was geschehen ist. Wenn einer von uns beschuldigt wird, gilt das für uns alle.«

Catherine rieb sich den Kiefer. Er schmerzte und war geschwollen von dem Fausthieb des Soldaten. Wie töricht von ihr, ihn mit bloßen Fäusten und Füßen anzugreifen.
Die anderen waren gegangen, um etwas für Solomon zu unternehmen. Sie hatten sich mit einem flüchtigen Kuß oder Schulterklopfen von ihr verabschiedet. Catherine saß zwischen den hastig gepackten Bündeln und überlegte, was sie tun könnte.
Die Vorstellung, daß Solomon mitten in der Nacht in eine Kirche schliche, um einen Mönch zu ermorden, war natürlich absurd. Er brachte es unter gar keinen Umständen fertig, eine Kirche zu betreten.
Doch, einmal hatte er es getan, erinnerte sich Catherine plötzlich. Zwar war es nur eine Kirchenruine, doch es sprach allem Hohn, an das er glaubte. Er hatte es für sie getan, weil sie in Gefahr schwebte. Er hatte ihr das Leben gerettet. Sie mußte mehr für ihn tun, als einfach dazusitzen und abzuwarten, während andere an seiner Rettung arbeiteten.
Ohne klare Vorstellung, wohin sie gehen wollte, zog sich Catherine die Schuhe an und ordnete sich die Kopfbedekkung. Sie schnallte sich den Gürtel über den schlichten *bliaut* und ging hinaus, um einen Weg zu finden, ihrem Cousin zurückzuzahlen, was sie ihm schuldete.

Catherine war nicht weit gekommen, als sie anhalten mußte, um eine Reiterschar vorbeizulassen.
»Halt!« gebot eine vertraute Stimme.
Catherine schirmte die Augen mit der Hand ab und sah zu Frau Griselle hinauf, deren juwelenbesetzte Ohrringe in der Sonne glitzerten.
»Wie ich höre, brachten sie den Freund deines Vaters in die Abtei«, sagte sie.
»Ja, wir fürchten, daß man ihn des Mordes an dem Mönch anklagen wird«, erwiderte Catherine. »Könnt Ihr helfen?«

»Ich bin dorthin unterwegs, um es zu versuchen«, antwortete sie. »Vielleicht wollen sie nicht auf mich hören.«

»Habt Ihr Beweise zu seiner Entlastung? Habt Ihr ihn in der Nacht an einem anderen Ort gesehen?«

»Kaum.« Griselle schien erschrocken. »Ich habe die ganze Nacht in meiner Kammer gewacht, für die Seele meines armen Bertran. Doch ich bin auch die Erbin meines Mannes. Das bedeutet, daß ich vor dem Abt zumindest für den Charakter des Mannes zeugen kann. Ich halte ihn für gut, trotz seiner Faszination für die arme Mondete. Viele Männer scheinen diese Schwäche zu teilen.«

»Das ist gütig von Euch«, antwortete Catherine.

»Bertran hätte es so gewollt«, sagte Griselle schlicht und ritt mit ihrem Gefolge weiter.

Es ärgerte Catherine noch mehr, daß eine Fremde ihrem Cousin helfen konnte, sie dagegen nicht. Ihre Nutzlosigkeit machte sie rasend. Sie hatte sogar Angst, in die Kirche zu gehen, falls jemand ihr Gesicht mit dem Solomons vergliche, zu seinem Schaden.

Sie verspürte nicht übel Lust, etwas zu zertrümmern.

»Persequor inimicos meos, et comprehendam illos«, murmelte sie im Weitergehen, mit geballten Fäusten. *»Et non convertar donec deficiant.* ›Ich will meinen Feinden nachjagen und sie ergreifen und nicht umkehren, bis ich sie umgebracht habe.‹«

Die Psalmen ließen sich so wunderbar vielseitig verwenden.

»Confringam illos!« sagte Catherine lauter, als sie sich weiter von der Stadt entfernte. »Ich will sie zerschmettern! ›*Nec poterunt stare!* Sie sollen mir nicht widerstehen und müssen unter meine Füße fallen!‹«

Es hatte ihr immer geholfen, Dampf abzulassen, wenn sie im Zorn die kriegerischen Psalmen schrie, oft während sie eine Strafaufgabe von Schwester Bertrada ausführte, ihr besonderer Quälgeist im Kloster.

Sie war am Flußufer angelangt und hatte noch keinen praktikablen Plan für Solomons Freilassung. Sie hob eine Handvoll Kiesel auf und warf sie ins Wasser, einen nach dem anderen, wobei sie immer noch Drohungen gegen ihre nebulösen Feinde ausstieß.

»Und *mich* halten sie für verrückt.«

Catherine hielt inne. Mondete war lautlos hinter ihr aufgetaucht.

»Ich halte dich nicht für verrückter als mich«, sagte sie zu der Frau.

Mondete setzte sich auf einen Findling, den der Fluß hochgespült hatte. »Das bestätigt mich nicht unbedingt in meiner Gesundheit«, gab sie zurück. »Ich habe dich gesucht. Ich habe eine Frage.«

»An mich?« Catherine neigte zu Solomons Auffassung, daß Mondete alles wußte, aber nicht darüber reden wollte. Was könnte sie von ihr wissen wollen?

»Ja. Ich frage mich, ob es Solomon mehr schaden als nützen würde, wenn ich dem Abt erzähle, daß er jene Nacht in meiner Gesellschaft verbracht hat.« Mondete schob sich die Kapuze zurück. Auf ihrem bleichen Schädel glänzte Schweiß. »Was meinst du dazu?«

Catherine versuchte, nicht auf den kahlen Kopf zu gucken, sondern über Mondetes Worte nachzudenken. »Warst du wirklich mit ihm zusammen?«

Mondete lächelte. »Ja. ich habe noch nie einen Mann kennengelernt, der so darauf beharrt, einfach nur mit mir zu reden«, sagte sie. »Das ist eine neue Erfahrung. So neu, daß ich zweifele, ob man mir glaubt. Glaubst du, es wäre noch schlimmer für ihn, wenn die Leute glauben, daß er, statt einen Mönch zu töten, *la covine* mit einer Christenhure hatte?«

Catherine dachte nach. »So oder so, irgendwer will ihn bestimmt hängen sehen.«

»Das habe ich befürchtet«, sagte Mondete. »Was unternimmt man also zu seiner Rettung?«
Catherine erzählte es ihr. Als Griselles Name fiel, runzelte Mondete die Stirn. »Für Griselle von Lugny hatte ich noch nie viel übrig. Ihre Hingabe an ihren Ehemann schien mir immer ihre einzige Tugend zu sein. Ich muß ihm zugute halten, daß er mich nie besuchte, vielleicht beruhte die Hingabe also auf Gegenseitigkeit. Doch es überrascht mich, daß sie für einen Fremden bürgen will.«
»Sie sagte, ihr Mann hätte es so gewollt«, erklärte Catherine.
»Tatsächlich?« Mondete zog sich die Kapuze wieder über und stand auf. »Ich gehe in die Kirche zurück und sehe nach, was vorgeht. Willst du deine Wut für den Rest des Tages am Wasser abreagieren?«
»Ich bleibe besser hier.« Catherine warf noch einen Kiesel. »Sagst du den anderen, wo sie mich finden können?«
»Wenn du möchtest.« Damit ließ Mondete sie allein.
Catherine hob noch eine Handvoll Steinchen auf und setzte ihre zornige Psalmenrezitation fort.

Solomon hatte mehr Angst, als er zu zeigen wagte oder sich selbst eingestand. Er hatte sich schon in vertrackteren Lagen befunden. Zum Beispiel in Ungarn. Das Mädchen hatte geschworen, daß sie keine Brüder hätte. Verschwiegen hatte sie ihm die Onkel und fünf hünenhafte Cousins. Es war ihm gelungen, ohne die Hilfe von Freunden zu entkommen und ohne Schaden an seinen lebenswichtigen Organen zu nehmen. Dies hier war nichts dagegen.
Warum also mußte er so angestrengt sein Zittern verbergen?
Er stand im Vorzimmer zur Kammer des Abtes. Man hatte diese von Gästen räumen lassen, um Platz für das Verhör zu schaffen. Stühle mit hohen Rücken- und gepolsterten Arm-

lehnen und Kissen standen für die Äbte und Bischof Stephan bereit, doch im Augenblick befand er sich mit den Wachen allein in dem Zimmer. Sie warteten eine Weile schweigend ab, dann begann einer von den Soldaten, von einem Bein auf das andere zu treten.

»Los, halte du Wache«, sagte der eine schließlich zu dem anderen. »Ich kann nicht mehr an mich halten. Ich gehe den Garten des Abtes bewässern und komme sofort wieder zurück.«

»Und wenn er mich überfällt?« fragte der andere.

»Was hast du denn? Humpelst du etwa immer noch von dem Tritt des Mädchens?« höhnte sein Freund. »Der hier sieht nicht sehr gefährlich aus.«

Er war nicht der erste, der Solomon für schwach hielt, weil er schlank und feingliederig war.

Als der Mann fort war, musterte Solomon seinen zweiten Wärter. Der Mann war für den Kampf ausgebildet, dessen war er sich sicher. Doch es wäre ein Leichtes, ihn zu überrumpeln und zu entkommen. Die Lederriemen an seinen Handgelenken lockerten sich bereits. Er könnte sich daraus befreien und verschwinden, bevor der Wächter merkte, was geschah.

Es kostete ihn seine ganze Selbstbeherrschung, nicht wegzulaufen.

Was ihn hielt, war nicht der Gedanke an die Schwerter der Wachen oder die Angst, zur Strecke gebracht und gehenkt zu werden. Es war die Gewißheit, daß sein Onkel den Preis dafür zu zahlen hätte. Das war ihm die Freiheit nicht wert.

Doch er wünschte, irgendwas würde bald geschehen.

Der Wächter, der bei ihm geblieben war, rieb sich immer noch den Schenkel, wo Catherine ihn getreten hatte. »*Bordelere*«, knurrte er. »Etwas mehr nach links, und sie hätte wirklichen Schaden anrichten können. Wer ist sie denn, etwa deine Frau?«

»Nur eine Freundin«, antwortete Solomon.
»Aha, eine Schlampe aus der Taverne«, höhnte der Soldat.
Solomon war schon geschickter aus der Reserve gelockt worden. Er lächelte den Mann nur an.
»Ich sagte, sie muß die Hure eines Webers sein«, fuhr der Wächter fort.
»Nicht einmal das«, versetzte Solomon munter. »Ich glaube, sie zieht Gerber und Dungsammler vor.«
»Und was bist du?« fragte der Mann, offenbar ehrlich neugierig.
»Ach, wir haben nur zusammen gefrühstückt«, antwortete Solomon. »Dafür nimmt sie lieber Männer, die besser riechen.«
Die Augen des Soldaten verengten sich. Er wollte gerade eine weitere Frage stellen, als sein Kamerad wiederauftauchte.
»Jetzt geht's mir besser«, teilte er ihnen mit, obwohl ihn niemand gefragt hatte. »Hab' gleich noch den Kohl gedüngt, wo ich schon mal dabei war.« Danach verfiel er in Schweigen.
Endlich öffnete sich die Tür zu den Gemächern des Abtes. Peter von Cluny, Stephan von Osma und der Abt von St. Pierre betraten den Raum und nahmen ihre Plätze ein. Ihnen folgten zwei Mönche, einer von ihnen trug eine Schreibtafel. Der andere trat vor, um den Gefangenen zu inspizieren.
»Ist das der Mann?« fragte er die Wachen.
»Das ist der Mann, den der Bettler angeblich gestern nacht in die Kirche gehen sah«, sagte der Soldat, den Catherine attakkiert hatte.
»Aha.« Der Mönch trat an Solomon heran. Von Natur aus war er genauso gertenschlank wie sein Gegenüber, durch stetes Fasten allerdings noch viel magerer. Er war nur wenig kleiner als Solomon. Der Blick seiner braunen Augen bohrte sich mit furchteinflößender Intensität in Solomons grüne.
»Ich bin Bruder Jakob«, verkündete er. »Und du bist einer

von den dreckigen Juden, die die Pilger beschmutzen, die mit uns reisen.«
Solomon biß die Zähne zusammen. Dieser Mann verstand es viel besser als der Soldat, ihn zu provozieren.
»Ich heiße Solomon«, erwiderte er so ruhig wie möglich. »Mein Onkel und ich sind aus Paris und tätigen Geschäfte für Suger, den Abt von St. Denis. Wir haben Briefe, die das bestätigen.«
»Das ist mir bekannt«, sagte Bruder Jakob. »Das ist auch der einzige Grund, warum man euch gestattet, ehrbare Christen zu begleiten. Und so lohnt ihr die Güte von St. Pierre? Indem ihr einen seiner Mönche umbringt?«
»Ich habe niemanden getötet«, entgegnete Solomon, »Wenn Ihr irgend etwas über mein Volk wißt, wäret Ihr sicher, daß wir nie aus freien Stücken eine Kirche betreten, unter gar keinen Umständen.«
Er zuckte zusammen, als er sich an die Male erinnerte, als er und andere aus der Gemeinde in eine örtliche Kirche getrieben worden waren, um sich eine Predigt anhören zu müssen, in der Hoffnung auf eine Massenbekehrung.
»Der Bettler hat dich beobachtet!« Bruder Jakob hielt sein Gesicht ganz nah an Solomons und spuckte die Worte förmlich aus.
»Er hat sich getäuscht.« Solomon zog den Kopf zurück und besah sich den Mönch genauer. »Kenne ich Euch nicht?« fragte er.
Bruder Jakob trat verwirrt einen Schritt zurück. »Vielleicht kennt mich dein Gewissen«, sagte er stolz, »als denjenigen, der deine Sünden aufdeckt und dich dafür büßen läßt.«
Solomon schüttelte den Kopf. »Mein Gewissen hat Euch mit Sicherheit noch nie gesehen«, sagte er, »doch Euer Gesicht gehört jemandem, an den ich mich erinnern sollte.«
Das schien ihn mehr zu beschäftigen als die Beschuldigungen gegen ihn.

Abt Peter beugte sich auf seinem Stuhl vor. »Weißt du, warum man dich hergebracht hat?« fragte er.
»Ein Bettler, der im Narthex schlief, meint, daß er mich gestern nacht in die Kirche gehen sah«, antwortete Solomon. »Ich war aber nicht da. Meine Freunde kommen hoffentlich bald, um für mich zu zeugen.«
»Waren sie gestern nacht mit dir zusammen?« fragte Peter.
»Nein, Herr Abt«, antwortete Solomon mit leisem Lächeln. »Ich war leider bei einer Dame. Ich möchte ihren Ruf nicht schädigen, nur um mein Leben zu retten.«
Der Soldat gluckste. Der Abt sah zu ihm hinüber. »Es ist nichts, Herr Abt«, sagte der Mann rasch. »Ich hatte nur was im Hals...«
Bischof Stephan beugte sich zu Abt Peter hinüber und sagte etwas hinter vorgehaltener Hand.
»Einverstanden«, sagte Peter. »Bruder Jakob, will jemand für diesen Mann eintreten? Sind seine Leute hier?«
Bruder Jakob ging an die Tür und stellte diese Frage dem Mönch, der draußen auf Posten stand. Die beiden unterhielten sich kurz, dann kam Bruder Jakob sichtlich verärgert zurück.
»Wie ich höre, haben sich die Juden aus Toulouse, die sich in der Stadt aufhalten, erboten, eine Kaution für ihn zu zahlen, falls nötig. Sie bestreiten auch seine Schuld. Außerdem sind ein paar Christen hier, um seine Unschuld zu bezeugen.«
Die Tür ging auf, und Edgar, Hubert und Frau Griselle wurden hereingeführt. Sie alle verbeugten sich vor den Äbten und dem Bischof.
»Edle Herren.« Hubert sprach als erster. »Ich bin Hubert LeVendeur, Kaufmann aus Paris und Mitglied der *marchands de l'eau.* Dieser Mann ist seit vielen Jahren ein verläßlicher Bote für mich und Abt Suger von St. Denis. Er ist ehrlich und zuverlässig. Ich werde beschwören, daß er eines jeglichen Verbrechens unschuldig ist.«

»Sicherlich wißt Ihr, wer ich bin«, sagte Griselle. »Ich habe keine Geschäfte oder gesellschaftliche Kontakte mit diesem Mann, doch halte ich ihn ebenfalls für unschuldig. Ich reise seit einigen Wochen mit ihm und weiß, daß sein Verhalten so ritterlich ist, wie es für einen Vertreter seines Glaubens nur möglich ist. Ich werde auf seine Unschuld schwören und für ihn einstehen als die Witwe Bertrans de Lugny.«
Peter sah jetzt Edgar an. »Und Ihr seid . . .?«
»Herr Abt«, sagte Edgar, »ich bin Edgar, Waldeves Sohn, Laird von Wedderlie in Schottland, Enkel des Cospatrick, des Earls von Northumberland, Abkömmling Alfreds des Großen, des Königs der Angelsachsen und Verwandter Davids, des Königs von Schottland.«
Griselle und Hubert bemühten sich, ihre Überraschung zu verbergen. Der Abt von Cluny musterte Edgar streng.
»Weilt Ihr nur zum Zwecke der Wallfahrt zum heiligen Jakob auf dem Festland?« fragte er. »Für einen Angelsachsen sprecht Ihr recht gutes Französisch.«
»Ich reise nach Compostela, Herr Abt«, sagte Edgar, »doch ich habe mehrere Jahre in Paris studiert und kenne Solomon seit längerem. Zwar bin ich in Moissac nicht bekannt, doch in Paris kennen viele meine Herkunft. Meister Abælard hätte Euch meinen Namen nennen können. Und Héloïse, die Äbtissin des Paraklet, hat mich empfangen.«
»Tatsächlich?« Peter lehnte sich auf seinem Stuhl zurück und schürzte die Lippen. »Nicht viele haben Héloïse in den letzten fünfzehn Jahren zu Gesicht bekommen. Welche Farbe haben ihre Augen?«
»Ihre Augen?« Die Frage verblüffte Edgar, doch beantwortete er sie prompt. »Braun, Herr, groß und tief wie Samt, die traurigsten, die ich je gesehen habe.«
Der Abt schwieg eine Weile. Dann nickte er. »Ich werde deinen Eid akzeptieren«, sagte er.

Er wandte sich an die Wachen. »Wo ist der Bettler, der diesen Mann beschuldigt?«

Die Soldaten tauschten irritierte Blicke aus. »Ich weiß es nicht, Herr Abt«, sagte der eine. »Wir hatten keinen Befehl, ihn festzuhalten. Wir sollten ihn heute morgen nur mitnehmen, damit er uns den Mann zeigt.«

»Seit der Festnahme haben wir ihn nicht mehr gesehen«, fiel der andere ein. »Als ich ihn zuletzt sah, war er wieder im Gasthaus.«

»Bruder Jakob?« sagte Abt Peter zu dem Mönch. »Man sagte mir doch, wir hätten einen Tatzeugen. Wo ist er?«

»Ich ... ich weiß es nicht«, antwortete Jakob. »Er kam heute morgen mit der Geschichte zu mir. Ich ging davon aus, daß er sie hier für Euch wiederholen würde.«

Bischof Stephan war der französisch geführten Diskussion mit Mühe gefolgt. Jetzt stand er auf und streckte seine Glieder.

»Gehe ich fehl in der Annahme«, fragte er erbost in lateinischer Sprache, *»daß wir hier den halben Vormittag gesessen haben, um einen Mann zu verurteilen, dessen einziger Ankläger ein flüchtiger Bettler ist?«*

Edgars Miene hellte sich auf. *»Sic est!«* bestätigte er. »Eure Wachen haben meinen Freund auf das Wort eines Mannes hin verhaftet, der nicht nur keinen Bürgen hat, sondern nicht einmal genügend Mut, um seine Anschuldigung vor dem Beschuldigten zu wiederholen. Ich verlange, daß man Solomon auf der Stelle freiläßt!«

»Aber er hat doch keinen, der schwört, die letzte Nacht mit ihm verbracht zu haben!« protestierte Bruder Jakob. »Und außerdem ist er Jude!«

Frau Griselle entließ ihn mit einer Handbewegung. Sie näherte sich Peter und kniete vor ihm nieder. Die Seide ihres *bliaut* raschelte auf den Binsen, die den Fußboden bedeckten.

»Mich sah gestern abend auch niemand, Herr«, sagte sie.

»Ich war allein in meiner Kammer. Heißt das etwa, daß ich den armen Mönch ermordet habe? Und was die Juden betrifft, so ist die ganze Stadt voll von ihnen. Dieser hier steht wenigstens zu seinem Glauben. Es gibt viele, die sich als gute Christen ausgeben, während sie schwarze Herzen und ketzerische Überzeugungen verbergen.«

Hubert mußte sich sehr beherrschen. Von wem redete sie? Was wußte sie?

Griselle sah Abt Peter flehentlich an und rang die Hände, so daß das Gold ihres Eherings aufblitzte. »Ich rate Euch«, fuhr sie fort, »den Mörder näher vor Eurer Tür zu suchen. Das Motiv liegt vielleicht in dem Vorleben des Mönches. Oder in einem gebrochenen Gelübde.«

Mit grimmiger Miene hielt er Griselle die Hände hin. »Steh auf, meine Tochter«, sagte er. »Die Binsen müssen dir ja ins Fleisch schneiden. Dein Argument hat viel für sich. Ich werde mit meinen Brüdern darüber beraten.«

Edgars Lächeln wurde breiter, als er die kurze lateinische Diskussion verfolgte. Doch der andere Abt und Bischof Stephan waren der Ansicht, ihre Zeit vertan zu haben, und wandten sich zum Gehen. Peter blieb zurück, um mit Bruder Jakob zu sprechen.

»Laß ihn sofort frei«, befahl er dem Mönch. »Und nach der *Terz* melde dich bei mir.«

Dann ließ er ihn stehen.

Der Soldat war etwas verdrossen, als er Solomons Hände losbinden wollte und bemerkte, daß die Fesseln bereits abgefallen waren.

Draußen im Sonnenlicht erlaubte sich Solomon ein tiefes Aufseufzen.

»Jetzt wünsche ich mir nur noch ein Faß Wein und einen Schöpflöffel«, sagte er. »Vorzugsweise in einer Stadt auf der anderen Seite des Gebirges.«

Edgar stieß ein Lachen aus. »Ich würde es dir gönnen«, sagte er. »Es sind schon Männer ohne einen zuverlässigen Tatzeugen gehenkt worden.«
»War dein Großvater wirklich ein Graf?« fragte Solomon. »Oder wolltest du damit dem Abt imponieren?«
»Er war einer«, antwortete Edgar. »Doch das gehört der Vergangenheit an. Wie er selbst. Ich glaube nicht, daß der Abt sehr beeindruckt war. Den Ausschlag gab Griselle, glaube ich.«
»Das glaube ich auch«, sagte Solomon. »Ich war überrascht, sie dort zu sehen. Warum hat sie nur ihre Ehre und ihr Land für mich aufs Spiel gesetzt? Ich weiß gar nicht, wie ich ihr danken soll.«
Edgar senkte die Stimme und sagte mit unterdrücktem Lachen: »Na, ich habe gehört, daß ihr dunkelhaarige Männer gefallen.«
»Ja«, antwortete Solomon bedächtig, »doch ich scheine nicht das Objekt ihrer Begierde zu sein.«
Sie beobachteten mit großen Augen, wie Hubert sich über die Hand der Frau Griselle beugte und ihr seine Hilfe beim Besteigen des Pferdes anbot. Mit seinen Händen formte er einen Steigbügel für sie, doch sie legte die Hände auf seine Schultern und gestattete ihm, sie um die Taille zu fassen und in den Sattel zu heben. Sie schien sich mehr auf ihn zu stützen, als für ihr Gleichgewicht notwendig gewesen wäre. Und Hubert hielt sie länger, als die Höflichkeit es gebot.
»Bei der biederen Bescheidenheit der heiligen Eulalia!« rief Edgar aus.
Solomon pfiff durch die Zähne. »Ich frage mich, ob Catherine den Preis für meine Freilassung billigt.«
Edgar packte ihn am Arm. »Kein Wort davon, Solomon. Nur eine Anspielung, eine Neckerei, und ich mach dir selbst den übelwollenden Mönch.«
Ausnahmsweise war Solomon einmal vollkommen ernst. »Keine Sorge, alter Freund«, sagte er. »Ich möchte nicht der-

jenige sein, der ihr dies erzählt, nicht für all das Gold von Genua.«

Als sie den Platz vor der Kirche verließen, sah Solomon die Kapuzengestalt in den Schatten stehen. Er legte den Finger an den Mund und schüttelte den Kopf.

Mondete huschte zum Ufer, um Catherine zu sagen, daß Solomon sicher wäre. Dann setzte sie sich an den Fluß und beobachtete, wie das Wasser Steine und Wurzeln umspülte, und die Bewegung schien sich in ihrem bangen Herzen zu spiegeln.

Bruder Jakob war zornig und ängstlich. Der Bettler war so sicher in seiner Beharrlichkeit gewesen. Der Mann war aus freien Stücken mit seiner Geschichte zu ihm gekommen. Jakob war nicht so dumm gewesen, ihm mehr als einen Sou zu geben, mit dem Versprechen auf viel mehr, wenn er seine Aussage vor dem Abt wiederholt hätte. Was konnte ihm zugestoßen sein? Und dann all diese Leute, die für den Juden geradestanden! Wer hätte gedacht, daß ein englischer Lord und Frau von Lugny für solch einen Mann bürgen würden? Was sollte er jetzt dem Abt erzählen?

Er kratzte an der Tür, und eine Stimme hieß ihn eintreten. Der Abt diktierte dem Sekretär Pierre gerade Briefe. Er schaute nicht hoch, als Bruder Jakob hereinkam.

»Schick eine Abschrift davon an Cluny und eine weitere an den Abt von Santa Maria de Najera«, wies er Pierre an.

Pierre nickte und sammelte seine Schreibutensilien ein.

»Warte einen Augenblick«, sagte Peter mit Blick auf den Mönch. »Vielleicht mußt du noch etwas schreiben.«

Jakobs Wimpern zuckten. Peter sah ihn stirnrunzelnd an.

»Du hast dich heute morgen lächerlich gemacht, Bruder Jakob«, sagte der Abt. »Die Ehre von St. Pierre hat etwas Besseres verdient.«

»Mit Verlaub, Herr Abt«, erwiderte Jakob, »ich glaube

immer noch, daß der Beschuldigte etwas mit Bruder Rigauds Tod zu schaffen hat.«

»Tatsächlich?« sagte Peter. »Ich sehe keinerlei Grundlage für diesen Schluß. Ich neige eher Frau Griselles Vermutung zu, daß wir Rigauds Leben vor seinem Eintritt in Cluny betrachten sollten. Er hatte keinen Grund, sich um jene Stunde in der Kirche aufzuhalten. Er muß mit jemandem verabredet gewesen sein.«

»Oder vielleicht war er dort, um die Seele eines Menschen zu retten, der ihn unter dem Vorwand der Bekehrung dorthin lockte«, entgegnete Bruder Jakob voller Wut.

»Vielleicht.« Der Abt war nicht überzeugt. »Doch selbst in dem Fall hätte es keinen Grund gegeben, ausgerechnet Rigaud zu fragen. Oder glaubst du, die Juden sind so närrisch, daß sie wahllos und auf abscheuliche Weise Geistliche morden?«

Jakob gab widerstrebend zu, daß das unwahrscheinlich wäre. »Ich werde den Täter finden«, beharrte er.

»O ja, das sollst du auch«, erwiderte Peter. »Ich glaube, es war einer aus der Gruppe der Pilger, die mit uns von Le Puy aufbrachen, vielleicht einer seiner alten Gefährten. Doch gibt es vielleicht noch jemanden, der Bruder Rigaud in seinem früheren Leben kannte. Offenbar haben alle beschlossen, gemeinsam in einer größeren Gruppe weiterzureisen, die morgen aufbricht.«

»Morgen? Aber die Zeit reicht nicht!«

»Das stimmt«, sagte der Abt. »Und ich muß mich sofort nach Toulouse begeben und dann in unsere Häuser in Katalonien. Daher habe ich beschlossen, daß du sie mit ein paar von den Laienbrüdern und ein, zwei anderen Mönchen begleitest. Wir treffen uns in Najera wieder, und ich erwarte, daß du Bruder Rigauds Mörder dann in Ketten bei dir führst. Pierre wird dir einen Brief für freies Geleit ausstellen. Ich bereite mich auf die Terz vor.«

Damit verließ er mit dem Sekretär das Zimmer. Bruder Jakob stand in der offenen Tür und fühlte sich, als hätte man ihn soeben in die Hölle geschleudert.

DREIZEHNTES KAPITEL

St. Jean-Pied-le-Port/Donibane-Garazi, am Fuße der Pyrenäen. Donnerstag, den 28. Mai 1142; Christi Himmelfahrt

Hymnum canamus glorie
hymni nunc personent,
Christus novo nunc tramite
ad patris ascendit thronum.

Lasset uns singen das Lob des Herrn,
nun klingen unsere Lieder:
Christus besteigt auf neuem Wege
Seines Vaters Thron.

Himmelfahrtslied
Molesme-Brevier

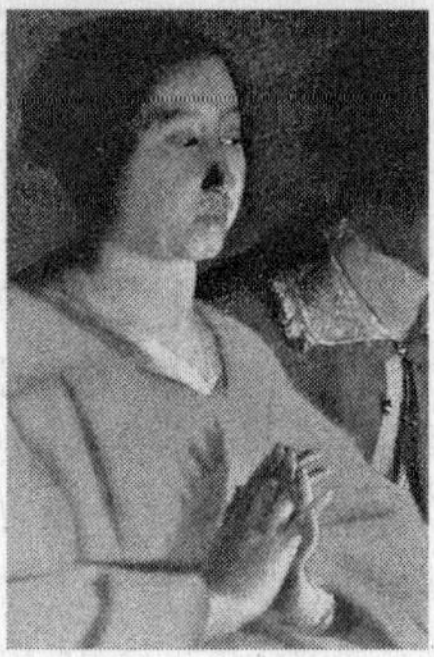

Trotz der Gesellschaft seiner Mitbrüder und des Schutzes der Wachen fühlte sich Bruder Jakob auf der Straße durch das Gebirge hilflos ausgeliefert. Als er vor über zwanzig Jahren in die Abtei von Cluny eintrat, hatte er gelobt, nie wieder einen Fuß in die Welt zu setzen. Nur der unmittelbare Befehl von Abt Peter hatte ihn veranlaßt, den Schoß des Klosters zu verlassen. Jetzt war er wieder mitten drin, in dieser Welt, gebeutelt vom Pöbel, der eine Gruppe von Reisenden begleitet oder unterwegs überfällt. Und es gab keinen Abt, der ihn beschützte.

Mit den Händlern aus Toulouse waren jetzt etwa dreißig Juden in der Gruppe. Jeden Morgen und Abend mußte sich Jakob deren Gebete anhören, die an seinen Nerven zehrten. Einerlei, wie weit entfernt er war, der Wind schien ihm stets den gefürchteten Gesang herüberzutragen. Er wollte seine Ohren mit eigenen Gebeten zustopfen, doch die Melodie des Hebräischen rauschte ihm jedes Mal hinein, wenn er Atem schöpfte. Wie sollte er in diesem Mob und mit solcher Ablenkung einen Mörder überführen? Die Juden beunruhigten ihn mehr als Bruder Rigauds Mörder. Was war der Verlust des Lebens verglichen mit dem Verlust der Seele? Natürlich bestand immer noch die Möglichkeit, daß diese Menschen ihm beides rauben wollten.

Jakob tat sein Bestes, in der Mitte seiner Schar unsichtbar zu bleiben. Er schickte die Laienbrüder zum Essenbesorgen oder zur Organisation von Schlafquartieren. Doch er wußte, daß die Zeit kommen würde, da er nicht mehr stiller Beobachter aus der Ferne bleiben könnte.

Im Gegensatz dazu freuten sich Bruder Deodatus und Bruder Bruno, die ihm als Mitreisende zur Seite gegeben waren, über die Abwechslung, die ihnen Menschen und Landschaft reichlich boten.

»Die Berge des Morvan fand ich sehr beeindruckend«, sagte Deodatus staunend, als sich das erste Mal der Nebel hob und er die Pyrenäen vor sich sah, »doch gegen das hier sind das nichts als sanfte Hügel. Sollen wir da wirklich hinüber?«

»Wir nehmen den Paß von Roncesvalles«, erklärte Jakob, »doch ich versichere euch, es wird uns vorkommen, als hätten wir den höchsten Gipfel bezwungen.«

»Roncesvalles!« Bruno war genauso aufgeregt. »Werden wir den Felsen sehen, den Roland spaltete?«

»Zweifellos«, antwortete Jakob.

Deodatus musterte ihn besorgt. »Verzeih, Bruder Jakob, aber arbeitet deine Verdauung, wie sie sollte? Ihr kommt mir melancholisch vor.«

»Mein Verdauungsapparat arbeitet hervorragend«, erwiderte Jakob kühl. »Und eurer hoffentlich auch, denn dies hier ist keine Reise zum Markt von Mâcon. Ihr braucht all eure Energie und all euren Glauben, um nach Pamplona zu gelangen, das auf der anderen Seite dieser Ungeheuer liegt.«

»Ihr habt diese Reise also schon einmal unternommen?« fragte Bruno.

Jakob zog sich die Kapuze über das Gesicht. »Ja.«

Er senkte den Kopf wie zum Gebet, und sie ließen ihn endlich allein.

Solomon dachte in den nächsten Tagen häufig daran, wie knapp er dem Tod entkommen war, und seinem Gesicht sah man an, wie sehr ihn diese Grübeleien bedrückten. Catherine war überrascht, daß sie seine Neckerei vermißte. Auch Edgar wurde stiller, als sich der schwierigste Abschnitt der Reise näherte. Falls die Straße irgendwo an einer Klippe und einer schmalen Brücke enden sollte, dann wohl hier zwischen all diesen Felsen und Vorsprüngen. Catherine wußte nicht, was sie sagen sollte, ohne Edgar zu verärgern. Also wartete sie ab und sorgte sich.

Das Wetter war in einen ständigen milden Nieselregen umgeschlagen, und alles troff vor Nässe. Das harte Brot, das sie in Moissac gekauft hatten, war voller Maden, die sich ins heiße Wasser ringelten, wenn man das Brot hineinbrockte, oder zur Oberfläche krabbelten, wenn man heißen Wein darübergoß. Zweimal war die Gesellschaft von Räubern bedroht worden. Die Wachen konnten sie leicht abwehren, doch die Vorfälle erinnerten alle daran, wie gefährlich eine Wallfahrt tatsächlich war.

»Es wird noch schlimmer, wenn wir auf der anderen Seite sind«, seufzte Hubert. »Die Basken haben mit niemandem eine Vereinbarung getroffen und betrachten alle Reisende als rechtmäßige Beute.«

»Wir haben diese Reise schon öfter heil überstanden«, erinnerte ihn Eliazar. »Als ich Solomon zum erstenmal mitnahm, war er erst zwölf. Ein Dichter in Saragossa verliebte sich in ihn und wollte ihn mir abkaufen. Der Mann brannte vor Wut, als ich ablehnte. Das war die schlimmste Situation, in die ich je geriet.«

»Verderbte Sarazenen!« stieß Hubert hervor.

»Nein, der Dichter war einer von uns«, gab Eliazar zu. »In Spanien ist das Leben anders.«

»Stimmt«, sagte Hubert nach einer Weile. »Darum mußte ich ja Catherine auch auf dieser Reise begleiten.«

Gaucher und Rufus trugen nichts zur Verbesserung der Stimmung bei.
»Wir hätten den Somport-Paß nehmen sollen«, grummelte Rufus. »Die Straße ist leichter und in besserem Zustand. Beim dämonischen Drachen der heiligen Margaret! Meine Glieder fühlen sich an, als ob man die glühenden Nägel der Märtyrer hineingetrieben hätte. Wenn sich das Päckchen nicht mehr dort befindet, wo wir es gelassen haben, Gaucher, wenn diese Pein vergebens ist, dann schwöre, daß ich die Reihe meiner Sünden damit beschließe, daß ich dir die Kehle aufschlitze.«
»Schrei nicht so, Rufus«, sagte Gaucher. »Und hör auf zu nörgeln. Deine Laune bessert sich, wenn wir in Spanien sind und die Sonne wieder scheint. Denk dran, jetzt sind wir nur noch zwei, die sich den Gewinn teilen müssen.«
»Das vergesse ich nicht eine Minute, alter Freund«, antwortete Rufus. »Darum schlafe ich auch jede Nacht mit einem Messer in der Hand und einer Wand im Rücken.«
»Wie ich, Kamerad«, versicherte Gaucher. »Doch der Tod soll uns nicht schrecken. Nachdem wir ihm so viele Jahre lachend getrotzt haben, dürfen wir jetzt nicht feige sein. Je mehr ich darüber nachdenke, desto mehr glaube ich, daß es keine Verbindung zwischen den Todesfällen geben kann. Norbert starb an Altersschwäche, Hugo durch das Messer eines *brabantine* und Rigaud höchstwahrscheinlich durch die Hand eines erzürnten Liebhabers.«
»Alle drei sind tot«, erwiderte Rufus. »Und wenn sie nicht durch dieselbe Hand starben, kann ich nur glauben, daß eine Art Fluch auf uns liegt oder sogar göttliche Strafe.«
Flugs bekreuzigte sich Gaucher. »Wenn dem so wäre, sind unsere Schwerter nutzlos.«

Maruxa sah sehnsuchtsvoll auf die Berge. Für sie waren sie nur ein weiteres Hindernis zwischen ihr und ihren heißgeliebten Kindern. Sie seufzte und fragte sich, ob ihre Schuhe solange halten würden. Daheim konnte Roberto neue Sohlen darunternähen, doch hier müßten sie unverschämte Preise zahlen, um es von Schustern machen zu lassen.

Sie legte den restlichen Proviant auf ihrem Umhang aus. Viel war nicht mehr übrig. In letzter Zeit waren die Leute zurückhaltender mit ihren Spenden gewesen. Allmählich ging ihnen auf, wie weit sie noch reisen mußten.

Hersent kam herüber und kniete sich neben sie. »Meine Herrin, Frau Griselle, läßt fragen, ob du zu stolz bist, ein Paar ausrangierter Beinlinge anzunehmen«, sagte sie. »Die Farbe ist verblichen, und oben sind auch ein paar Löcher, aber sie sind warm.«

Maruxa streckte die Hand danach aus. »Mein Leben gibt mir nicht viel Raum für Stolz. Richte ihr meinen Dank aus und daß ich sie in meine Gebete einschließe.«

Hersent gab ihr die Strümpfe, machte aber keine Anstalten zu gehen. »Wie ich höre, kommst du aus Astorga«, sagte sie.

»Ja, wir beide«, antwortete Maruxa. »Kennst du es?«

»Nein, ich war noch nie in Spanien. Mein Mann hat mal da gekämpft, aber das war, glaube ich, bei Saragossa.«

Maruxa nickte. »Da gab es viele Schlachten. Mein Mann Roberto wurde in Saragossa geboren, doch sein Vater war der ständigen Kämpfe überdrüssig und zog mit seiner Familie nach Astorga. War dein Mann mit Herrn Bertran in Spanien?«

»Nein, Jahre vorher. Ghyso war damals nur ein Gutsherr und von dem Land sehr angetan.« Hersent lächelte. »Er hat mir so viele Geschichten erzählt, daß ich bestimmt alles erkenne, wenn ich es sehe.«

»Es ist ganz anders, als die Menschen im Norden glauben«, sagte Maruxa. »Wir singen Lieder über die Kämpfe zwischen Christen und Sarazenen, aber die meiste Zeit bekämpfen sich die Herren beider Glaubensrichtungen untereinander und verbünden sich mit denen, die ihre Feinde sein sollten.«

»Ja, das hat Ghyso auch erzählt.« Hersent schüttelte den Kopf. »Darum war Herr Bertran den Königen, denen er diente, so nützlich. Er beherrschte die Sprache der Sarazenen und kannte ihre Sitten und Gebräuche.«

»Da, wo ich herkomme, gibt es viele solcher Menschen«, sagte Maruxa. »Und da wir uns alle ziemlich ähnlich kleiden, läßt sich schwer erkennen, welche Religion ein Fremder hat. Viele Nordländer geraten in Schwierigkeiten, weil sie das nicht verstehen. Du solltest dich vorsehen.«

»Ich werde es mir merken. Danke.« Hersent stand auf. »Ich habe noch andere Dinge für meine Herrin zu erledigen. Ich muß gehen.«

Maruxa musterte die Zofe, unsicher, warum sie überhaupt mit ihr gesprochen hatte.

»Übrigens ...«, sagte Hersent im Gehen, »das gilt auch für die, die aus Spanien in den Norden kommen. Sie rennen in ihr Unglück, weil sie unsere Sitten nicht kennen. Aber das weißt du wohl schon, oder?«

Maruxa starrte sie in plötzlicher Panik an. Hersent drehte sich nicht um.

Als die Zofe fort war, nahm Maruxa die Strümpfe und zerriß sie, bis nur noch ein Haufen geribbeltes Garn übrig war.

Sie verbrachten mehrere Tage in St. Jean, steckten Proviant ein und besserten ihre Ausrüstung aus. Das Dorf war kürzlich vom König von Navarra gebaut worden, eigens für die Bedürfnisse von Wallfahrern und Händlern. Konsumgüter waren dementsprechend teuer. Das Geschäft der Geldwechsler blühte, ebenso das mit gebrauchter Kleidung und getragenen Stiefeln. Letztere waren zu vernünftigen Preisen zu haben, solange man sich nicht dafür interessierte, was mit dem Vorbesitzer geschehen war.

Obwohl Hochsaison für Reisen über das Gebirge war, hatte Solomon eine Unterkunft für sie gefunden, in einer Zimmerecke in einem Gasthaus, das an einem Bergbach lag. Das Rauschen des Wassers, das über die Felsen stürzte, lullte sie in den Schlaf, und Catherine hatte nur noch süße Träume.

Solomon hatte einen Vorhang organisiert und ihn vor die Nische gespannt, in der Catherine und Edgar schliefen, ein Luxus, wie sie ihn unterwegs nicht oft erlebten. Catherine war überglücklich, nicht in ihren Kleidern nächtigen zu müssen... und noch mehr, daß Edgar es auch nicht brauchte.

»Wie hast du das geschafft?« fragte sie ihren Cousin.

»Ich war schon einmal hier.« Solomon versuchte, nicht zu schmunzeln.

»Ach, du bist mit der Wirtin befreundet!« Catherine verstand auf einmal. »Ich fand ja auch, daß sie dich besonders begeistert willkommen hieß.«

»Sagen wir mal, sie freute sich zu erfahren, daß Edgar dein Mann ist«, erwiderte Solomon.

»Und sie hat keine Brüder, die sie beschützen?« fragte Catherine lachend.

»Nicht einen.« Er schien sich unbehaglich zu fühlen. »Sie ist eine kinderlose Witwe. Ihr Mann brachte sie aus Navarra hierher. Als er starb, hinterließ er ihr das Gasthaus. Ich versuche sie ständig zu überreden, daß sie wieder heiratet. Ohne Familie hier unten braucht sie jemanden, der ihre Interessen wahrnimmt.«

»Und warum bewirbst du dich nicht für diesen Posten?« Catherine grinste ihn an. »Das ist doch das ideale Leben für dich, eine schöne Frau an deiner Seite und immer genügend Wein im Keller.«

»Ach, sie hat höhere Ansprüche.« Solomon kniff den Mund ein wenig zusammen. »Hast du nicht gehört, wie sie mich bei unserer Ankunft genannt hat?«

»Nein, für mich war das nur ein Wortschwall, bis sie auf etwas umschaltete, das wie Französisch klang.«

»›Yuda‹«, sagte Solomon. »Ich bin ihr kleiner Jude. Maya ist eine gute Christin. Sie geht zwar mit mir ins Bett, aber heiraten ...«

Catherine wollte etwas sagen, bremste sich aber. Das Thema war sattsam bekannt.

»Ich werde ihretwegen nicht übertreten«, erklärte Solomon mit Nachdruck. »Was für ein Mensch würde seinen Platz im Himmel aufgeben für den Genuß irdischer Freuden?«

»Manche haben sich wegen weniger taufen lassen«, antwortete sie. »Doch ich weiß, daß du nicht zu denen gehörst. Du mußt aufrichtig glauben, durch Gnade und eigenes Nachdenken ... obwohl ich mich frage, ob die Gnade über dich kommt, wenn du jemals eine findest, die du wirklich liebst.«

Solomon zog sie neckend am Zopf. »Vielleicht erfahren wir das nie«, lachte er. »Aber die Suche macht großen Spaß.«

Abends fand Catherine Mondete auf einem Felsen sitzend, der in den Wildbach hineinragte. »Du liebst fließendes Wasser«, bemerkte sie.

»Seltsam, nicht?« sagte die Frau darauf. »Ich habe ja schließlich nicht in der Wüste gelebt. Aber das Wasser fasziniert mich, besonders in den Höhen. Es ist so kalt und klar und unbekümmert. In alten Zeiten sollen in den Flüssen Wesen gelebt haben, wie die Meerjungfrauen in den Ozeanen, aber die Heiligen haben alle vertrieben. Ich verstehe nicht, wieso. Ihre Seelen können nicht sehr böse gewesen sein, nicht so wie die der Männer, die Jagd auf sie machten.«

Sie hielt die Hand in den Schaum, als der Bach über einen im Wasser liegenden Holzklotz spritzte. Catherine setzte sich neben sie.

»Ich glaube nicht, daß die Wesen vertrieben wurden«, sagte sie. »Ich glaube, daß sie sich überreden ließen, aus ihren Flüssen zu steigen und sich taufen zu lassen. Dann brauchten sie nicht länger unter Wasser zu leben. Das Wasser des Lebens war immer bei ihnen.«
Sie konnte Mondetes Gesicht nicht sehen, doch der Ton ihrer Antwort verriet Catherine, was sie von dieser Theorie hielt.
»Du hättest im Kloster bleiben sollen, kleine Catherine«, sagte Mondete. »Solch nette Geschichten sind nur für die, die im Kloster leben. Ich glaube, die Flußnymphen wurden von den Missionaren vertrieben, weil sie ohne Sünde waren, keinen Anteil an dem Fluch von Eden hatten. Sie brauchten keinen Erlöser. Sie waren schon so rein wie Wasser. Also gab es in unserer Mitte keinen Platz für sie.«
Catherine hörte interessiert zu, doch es lag nicht in Mondetes Absicht, die Natur der Menschheit oder der Erlösung zu diskutieren. Deswegen sagte sie nur: »Du hast bereut, dein Leben geändert und tust Buße. Das stellt die Reinheit wieder her. Sieh dir das Leben der heiligen Maria der Ägypterin an. Die Sünden ihres Fleisches waren alle vergeben, als sie sich im Jordan wusch.«
Mondete drehte sich um und zog die Kapuze ein wenig herunter, um Catherine genauer anzusehen. »In welchem Buch hast du denn dein Leben gelebt, Mädchen?« fragte sie entnervt. »Ich bereue keine Sünden des Fleisches. Ich habe keine begangen.«
»Was? Du meinst, du warst gar keine Dirne?« rutschte es Catherine heraus.
»O doch, das war ich schon«, versicherte Mondete, »seit man mich dem alten Norbert auslieferte, gleich nachdem ich zur Frau geworden war ... vor beinahe fünfundzwanzig Jahren und Hunderten von Männern. Vielleicht auch Tausenden, ich weiß es nicht.«

Sie hielt inne und musterte Catherine neugierig. »Sag mal, ganz im Vertrauen, wie viele Männer hast du gehabt?«
»Ich?« Catherine war peinlich berührt. »Natürlich nur Edgar. Sonst keinen. Ehrlich!«
»Und der Akt bereitet dir Freude, ja?« drängte Mondete. »Gewiß, das ist in der Ehe erlaubt, solange es nur dem Kinderzeugen dient, und deswegen macht ihr beide es auch, nicht?«
Catherine errötete, doch sie spürte, daß sie aufrichtig sein mußte. Mondete hatte ihre unverblümte Frage wahrhaftig beantwortet. Es wäre unrecht, jetzt zu schwindeln.
»Nein«, sagte sie leise. »Wenn ich Edgar ansehe, wenn er mich berührt, will ich nur eins mit ihm sein, ihm so nah sein, daß uns nicht einmal der Tod auseinanderreißen kann. Ich wünsche mir Kinder, weil ich in diesem Leben nur so eins mit ihm sein kann. Aber wenn uns der heilige Jakob das nicht gewährt und selbst wenn ich weiß, daß wir nie ein Kind bekommen werden, werde ich mich immer noch nach körperlichem Beisammensein mit Edgar sehnen und dabei Freude empfinden.«
Mondetes Kopf schnellte zurück, als hätte Catherine sie geschlagen.
»Es tut mir leid«, sagte Catherine. »Normalerweise spreche ich nicht darüber. Verzeih mir.«
Mondete holte tief Luft. »Nein, ich habe dich gefragt, und du hast es mir gesagt. Es war eine unverzeihliche Frage. Doch du wirst zustimmen, daß die Sünde nicht im Akt liegt, sondern in der Hingabe an die Sinnenlust?«
»Ja, so lehrt man es uns«, antwortete Catherine. »Wo hast du das gelernt?«
»Ach, Catherine!« Mondete hätte beinahe gelacht. »Wenn Priester nichts anderes zustande bringen, reden sie. Ich kenne meinen Katechismus.«
An diese Art religiöser Erziehung hatte Catherine noch gar

nicht gedacht. Sie war nicht so naiv zu glauben, daß alle Priester keusch lebten, doch sie hätte nicht vermutet, daß sie im gleichen Moment sündigen und predigen würden. Na ja, fast gleichzeitig.

»Ich glaube, ich verstehe«, sagte sie zu Mondete. »Vor langer Zeit, als die Westgoten Rom eroberten, schändeten die Soldaten die Nonnen. Der heilige Augustinus schrieb den Frauen, daß sie, da sie das Erlebnis weder herbeigerufen noch genossen hätten, in den Augen Gottes noch Jungfrauen seien.«

Mondete war von der Großzügigkeit des Augustinus nicht beeindruckt. »Man hätte sie zu Märtyrerinnen krönen sollen«, bemerkte sie bitter. »Es ist schon merkwürdig, weißt du. Fällt dir auch nur eine Heilige ein, der Schändung drohte und die sie dann auch erdulden mußte? Nein, jenen Frauen stach man die Augen aus und riß ihnen die Brüste ab, doch sie starben immer als Jungfrauen.«

Catherine versuchte, sich an eine Ausnahme zu erinnern. Es gelang ihr nicht. »Jetzt bin ich verwirrt«, gestand sie. »Wenn du meinst, daß du nicht gesündigt hast, weil du nicht verletzt werden wolltest, wäre das verständlich. Aber was hat das denn mit jungfräulichen Märtyrerinnen zu tun?«

»Alles, Catherine.« Mondetes Augen blitzten auf. »Ich wäre nur zu gern eine jüngfräuliche Märtyrerin geworden. Aber man ließ mir keine Wahl. Glaubst du, ich hätte nicht gebetet? Zu Gott und allen Heiligen? Ich betete, als Norbert mich festhielt und mir die Beine auseinanderbog, während er mich mit seinem schrecklichen Ding schier zerriß.«

Catherine wollte sich die Ohren zuhalten, doch sie konnte sich nicht rühren. Mondetes Worte hielten sie so fest, wie Norbert Mondete mit seinem Körper festgehalten hatte.

»Ich betete, und dann schrie ich.« Mondetes Stimme wurde leise und hohl. »Ich schrie wie am Spieß, aber niemand kam mir zu Hilfe, obwohl der Bergfried voller Menschen war. Kein

Engel stellte sich zwischen mich und die Schande. Kein Held, der mich rettete. Kein Vater auf Erden oder im Himmel, zu dem ich mich hätte flüchten können. Alle hatten mich verlassen. Alle.«

Sie sah Catherine ins Gesicht. Ihre Augen brannten vor Leidenschaft, die Catherine spürte, aber nicht nachvollziehen konnte.

Es gab nichts zu sagen. Catherine kniete sich auf den Stein und legte die Arme um Mondete, hielt sie, bis sich ihre Schultern entspannten und ihr Kopf sich in die Falten von Catherines Mantel vergrub ... Und dann weinten sie gemeinsam.

Edgar erwartete seine Frau im Gasthaus. »Dein Vater sagt, wir brechen morgen ins Gebirge auf«, sagte er. »Sie hoffen, daß sich das Wetter bessert, aber Aaron meint, das könne noch Wochen dauern. Stimmt etwas nicht?«

Er berührte sie am Arm und sie wich zurück. »Oh, Edgar«, sagte sie und blickte ihn entschuldigend an. Manchmal komme ich mir schrecklich selbstsüchtig vor.« Sie schmiegte sich an ihn. »Welch ein Glück, daß ich dich gefunden habe.«

Verwirrt, aber klug genug, um nicht zu fragen, küßte Edgar sie auf die Stirn. »Ich bin so froh, daß es dir bewußt ist«, sagte er lächelnd. »Ich glaube, ich habe auch ungeheures Glück gehabt.«

Catherine war dankbar, daß er keine weiteren Fragen stellte. Sie war immer noch verwirrt über Mondetes Ausbruch. Wenn diese Frau verabscheut hatte, zu was man sie zwang, gab es auch nichts zu büßen. Warum also war Mondete auf der Wallfahrt?

War Bruder Rigaud einer der Geistlichen gewesen, die Mondete den Katechismus gelehrt hatten? Mondete hatte mit Sicherheit Grund, Norbert zu hassen; und Hugo hatte auch unweit von Mâcon gelebt und sich ihrer vielleicht bedient, wie Gaucher und Rufus. Rigaud etwa auch? Catherine weigerte sich zu glauben, was allzu offensichtlich schien. Doch die Logik verlangte, daß, wenn sie Mondete nicht als Mörderin verdächtigen wollte, sie einen anderen mit besseren Motiven für die drei Morde suchen mußte.

Am nächsten Morgen war es kühl und still. Im Nebel schimmerte ein goldener Ton, der anzeigte, daß die Sonne durchkommen könnte. Sobald es hell genug war, um den Weg zu finden, machten sich die Gruppen auf. In der kleinen Kirche am Stadtrand drängten sich die Gläubigen, um einen letzten Segen zu erflehen, bevor sie diese große Herausforderung auf sich nahmen. Kleine Kerzen- und Blumenopfer oder Münzen, die so abgegriffen waren, daß man fast hindurchsehen konnte, blieben neben dem Altar liegen.

Edgars Angst vor dem steilen Weg war so groß, daß er unnatürlich jovial wurde. Er rief den anderen Grüße zu, lachte laut über den kleinsten Scherz, veranstaltete ungewöhnlich viel Lärm mit dem Zaumzeug. Solomon, der erst vor Sonnenaufgang nach oben gekrochen war, fand das gar nicht lustig.

»Was hast du gestern abend getrunken?« verlangte er zu wissen. »Oder macht das die Luft hier oben? Manche sollen ja wahnsinnig werden, wenn sie dem Himmel so nahe sind.«

Der Gedanke ernüchterte Edgar. »Das glaube ich gern. Sankt Anselm träumte einst, daß Gottes Thron auf einem Berggipfel steht. Doch ich halte es für wahrscheinlicher, daß der direkte Weg von hier aus nach unten in den Himmel führt.«

»Euer heiliger Anselm hat von dem Thron geträumt?« fragte Solomon, plötzlich hellwach. »Woraus war er gemacht? Wie sah er aus? Worauf stand er?«

»Oh, Solomon, jetzt nicht!« Catherine tauchte auf und brachte ihr Kleiderbündel. »Außerdem glaube ich nicht, daß in dem Traum eine Beschreibung des Throns vorkam. Jetzt such mal bitte Platz hierfür, ja?«

Solomon nahm das Bündel und begann, es mit Lederriemen auf den anderen Packen zu befestigen, während er unentwegt vor sich hin murmelte.
»*Ihr* könnt pausenlos über die Natur des Weltalls spekulieren. *Ihr* könnt stundenlang Unsinn von euch geben, um zu beweisen, daß drei Götter nur einer sind, aber wenn ich eine kleine Frage über den *Merkawa* stelle, denn heißt es: ›O nein, Solomon, jetzt ist nicht der richtige Augenblick dafür, wir haben zuviel zu tun.‹«
Catherine lachte. »Dir geht es wieder besser«, sagte sie. »Das freut mich. Ich sollte der Wirtin danken, daß sie dich aufgeheitert hat. Wir lassen diesen widerlichen Bruder Jakob nicht mehr in deine Nähe, wenn er solch einen Langweiler aus dir macht. Hat jemand ihn gesehen, seit wir Moissac verlassen haben?«
»Ich«, sagte Edgar. »Glaube ich. Er kommt mir irgendwie bekannt vor. Ich frage mich, wo ich ihn schon einmal gesehen habe.«
»Das Gefühl hatte ich auch.« Solomon zurrte die Packen fest. »Ich will es gar nicht wissen. Ich will ihn nur nicht wiedersehen.«
Catherine tätschelte ihm mitfühlend den Rücken. »Weißt du, ich glaube, er mag Frauen genausowenig wie Juden. Die paar Male, die er an mir vorbeiging, hat er sich immer weggedreht und sich bekreuzigt, als ob ich ein Dämon wäre, der in ihn fahren wollte.«
»O ja, Catherine, tu das doch bitte!« Solomon lachte. »Ihn zittern zu sehen würde das wettmachen, was er mir angetan hat.«
»Bring sie nicht in Versuchung!« rief Edgar. »Ich habe schon genug Angst ausgeschwitzt, als du verhaftet wurdest. Es fehlt mir gerade noch, daß ich meine Frau gegen eine Anklage von Teufelsbesessenheit verteidigen muß. Sind wir bereit? Aaron gibt gerade ein Zeichen, daß seine Gruppe losmarschiert.«

Sie überquerten das Flüßchen, das bald der große Nivefluß werden sollte, und begannen mit dem Aufstieg.
»Ich kann's gar nicht fassen«, sagte Catherine zu Edgar, als sie sich der langen Pilgerschlange anschlossen. »Heute abend schlafen wir in der Herberge zu Roncesvalles und beten in der Kirche, die in den Felsen gebaut ist, den Roland spaltete. Wir sehen den Ort, wo er mit Olivier gegen die Sarazenen kämpfte. Und danach...«, sagte sie aufmunternd zu ihm, »danach geht es bis Compostela nur noch bergab.«
Edgar schloß die Augen. »Catherine, habe ich's dir nicht erklärt? Runter ist viel schlimmer als rauf. Wenn wir hinunterklettern, kann ich um so klarer sehen, wie tief ich fallen könnte.«

Die erwartete Sonne wollte nicht kommen. Der Nebel wich einem harten, peitschenden Regen, jedesmal durch plötzliche Windstöße verstärkt, wenn sie in eine Kurve kamen. Sie stiegen hinauf und wieder hinab, und die Erde fiel zu ihrer Linken weiter ab, bis nur noch das gelegentliche Blöken eines Schafes verriet, daß am Fuße des Abgrunds Land war.
Trotz seiner Angst bestand Edgar darauf, daß er auf der Außenseite ging und Catherine auf der anderen Seite des Pferdes, am Berg entlang. Wenn es zu eng wurde, so daß sie nicht zu dritt nebeneinander gehen konnten, blieb sie trotzdem an der Innenseite, da Edgar das Tier führte.
Er redete kein Wort, und Catherine hatte Angst, seine Konzentration mit den falschen Worten zu stören. Sie erwähnte nicht, wie gern sie über den Rand geguckt hätte. Sie dachte an Mondetes Flußnymphen. Hätte man sie nicht vertrieben, sondern wären sie geblieben und hätten Menschen geheiratet, dann würden sie wohl leben, stellte sie sich vor. Wie frustrierend, daß sie nicht in die Täler hinunterklettern und nachschauen konnte.

Als Catherine in einen Baum hinaufsah, dessen Zweige über dem Weg hingen, sah sie zu ihrem Schrecken in ein Gesicht, das kopfüber hing. Es war so ein Wesen, wie sie es sich gerade vorgestellt hatte: halb Mensch, halb Geist. Der Teint war so weiß, daß er fast bläulich wirkte, und es hatte große graue Augen wie die Edgars, von der Farbe des Sturms. Doch statt des feinen blonden Sachsenhaars ihres Mannes hatte diese Erscheinung lange glatte Zöpfe, so schwarz wie Catherines.

Sie wollte aufschreien, doch das Gesicht verschwand, und sie wußte nicht, ob es ihrer Phantasie entsprungen war. Einmal hielten sie an, um zu rasten und zu essen, obwohl man nicht wissen konnte, ob es morgens oder nachmittags war. Nach einiger Zeit kamen sie an ein riesiges Steinkreuz, das Karl der Große dort errichtet haben sollte, zum Gedenken an Roland und seine tapferen Mannen, die mit ihm starben. Darum herum standen Hunderte von kleineren Kreuzen, meistens aus Holz, die die Pilger vor ihnen in den Boden gerammt hatten, um ihren Durchzug zu markieren. Hier lehnten sich die Wallfahrer an die Klippe und aßen harten Käse, den sie mit unvergorenem Wein hinunterspülten, der nach den ungegerbten Häuten schmeckte, in denen sie ihn transportierten. Catherine fragte sich, ob es Frau Griselle irgendwie gelungen war, trocken zu bleiben. Es hätte sie sehr getröstet, wenn die feinen Seidenkleider schlammverschmiert und das Pelzfutter des Umhangs verfilzt gewesen wäre und an ihrer Haut klebte. Sie ermahnte sich, daß das ein unfrommer Wunsch war. Dennoch hätte es sie sehr befriedigt.

Doch es sollte nicht sein. Griselle reiste weit vorn im Schatten der Mönche und ihrer Wachen. Bis die anderen Pilger bei der Herberge ankämen, hätte Griselle ausreichend Zeit, trockene Kleidung anzuziehen, ihre Frisur durch Hersent herrichten und sich in eine saubere *chainse* einnähen zu lassen.

Catherine spürte, wie es an ihrer Nase und von ihren Zöpfen

heruntertropfte, und versuchte daran zu denken, daß es gut für ihr Seelenheil war, Leiden willig zu ertragen. Trotzdem sehnte sie sich sehr nach einer Schale heißer Suppe.

Sie holte Eliazar ein, der sein Pferd unmittelbar vor ihnen führte. »Glaubst du, wir sind vor Einbruch der Dunkelheit da?« fragte sie.

»Das müssen wir.« Er zog sich die Kapuze ans Kinn. »Keine Bange, Süße. Wenn mein *noisous* Neffe es an einem Tag schafft, an dem der Schnee ihm bis zur Taille reicht, dann schaffen wir es trotz etwas Nässe.«

Catherine wußte wohl, wann sie trügerisch beruhigenden Worten nicht glauben konnte, obwohl sie Trost dringend brauchte. Sie huschte zu Edgar zurück und nahm seine Hand.

»Wie geht es dir?« fragte er.

»Naß bis auf die Haut, durch und durch erfroren, und wenn ich das Wasser in meinen Stiefeln glucksen höre, könnte ich hysterisch werden«, antwortete sie. »Und wie geht es dir?«

»Ähnlich«, sagte er. »Woran sollen wir denken, um uns abzulenken?«

Catherine lächelte, dann fiel ihr Mondete ein. Fast wünschte sie sich, die Frau hätte ihr kein Wort von sich erzählt. Sie schämte sich, geliebt und umsorgt zu werden und sich so am Leib eines Mannes zu erfreuen, während andere Männer Mondete unaussprechliche Dinge angetan hatten.

»Also, an was denn?« fragte Edgar mit einer Spur von Ungeduld. Seine Füße waren auch kalt und naß.

Catherine drückte seine Hand, obwohl ihre Finger so klamm waren, daß sie es kaum spürte. »Bedaure«, sagte sie, »ich muß über etwas nachdenken. Vielleicht erzähl' ich dir davon, wenn wir wieder warm und trocken und unter uns sind.«

»Wenn wir je wieder in solch eine Lage kommen sollten, wäre es mir lieber, wir würden nicht lange miteinander diskutieren.«

Das Licht verändert sich nicht, dachte Catherine. Kein Morgen oder Mittag, nur Nebel. Seit Anbeginn der Welt waren sie jetzt zügig bergauf gegangen und würden bis in alle Ewigkeit weiterklettern. Obwohl sie es noch auf keinem Kirchenbild gesehen hatte, war sie überzeugt, daß endloses Wandern in unwirtlichem Wetter zu den Höllenqualen zählen mußte.

Plötzlich hörten sie Schreie von weit vorn. »Was ist denn?« Sie klammerte sich an Solomon. »Werden wir überfallen?«

An dieser Stelle war die heroische Nachhut Karls des Großen vernichtet worden. Catherine sah all die tapferen Recken vor ihrem geistigen Auge. Sollte sich das jetzt wiederholen?

Solomon grinste. »Nein, du Dummkopf. Laß mal deine alten Geschichten, und hör zu!«

Der Lärm wurde vom Wind verzerrt, doch bald merkte sie, daß sie nicht das Klirren von Metall oder die Schreie verwundeter Männer und Rosse hörte. Es klang verblüffend wie ... Jubelschreie. Sie sah ihren Cousin an und heischte Bestätigung.

»Roncesvalles«, sagte er. »Es ist nicht mehr weit. Die Herberge ist unmittelbar dahinter, auf der Windschattenseite des Berges.«

Catherine war auch zum Jubeln zumute, und sie hatte eine Vision von einem prasselnden Feuer, während sie sich an Edgars Seite die letzte Meile vorwärtsschleppte.

Das erste, was sie bemerkte, als sie den Gipfel erreichten, war der Wind. Der Regen wurde zur Seite gepustet, und die Öffnungen in den Umhängen füllten sich mit Luft und flatterten, bis die Menschen wie riesige verwundete Vögel anmuteten, die mit wildem Flügelschlag über das Plateau flogen.

Das war nicht die Szene, die Catherine sich ausgemalt hatte.

VIERZEHNTES KAPITEL

Im Paß von Roncesvalles in den Pyrenäen, Freitag, den 29. Mai 1142; am Tag der heiligen Restitute, die hungernd, angekettet, von Satan mit einem Flammenschwert gejagt, von Skorpionen gebissen, schließlich enthauptet ward. Doch dank ihres Schutzengels starb sie als Jungfrau.

Halt sunt li puiet li val tenebrus,
Les roches bises, les destreiz merveillus.
Le jur passerent Franceis a grant dulur.

Hoch sind die Berge und finster die Täler,
Graubraun die Felsen, die Schlucht gewaltig.
In großer Pein vergeht der Tag den Franzosen.

La Chanson de Roland
Laisse 66. 11 814–816

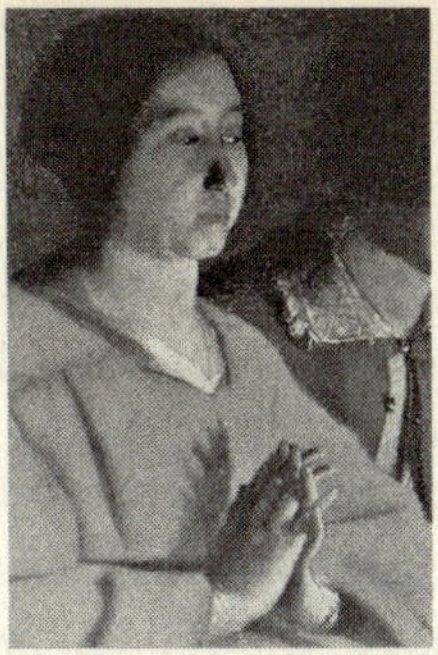

Vom Wind herumgewirbelt, verlor Catherine den letzten Rest an Orientierung. Die Enden ihres Schals flatterten ihr ins Gesicht und ließen ihre Augen tränen. Der heftige Regen verhinderte eine Sicht über ein, zwei Schritt hinaus. Als sie auf das Plateau kamen, hatte sie Edgars Hand losgelassen, um ihren flatternden Umhang zu packen, und jetzt war ihr Mann verschwunden.

»Edgar! Edgar!« schrie sie, aber der Wind blies ihre Worte zurück.

Sie wollte auf den Weg zurücktaumeln, fand jedoch keinen. Plötzlich stolperte sie über eine Wurzel und fiel einen leichten Abhang hinunter, in ein Gestrüpp aus stacheligen Pflanzen. Die Stengel waren dornig und rutschig, und sie konnte sich nicht aufrappeln.

»Edgar!« schrie sie wieder.

Sie versuchte, sich aus dem Ginster zu befreien, rutschte aber nur tiefer hinab. Der Hang wurde steiler. Wie weit war sie noch vom Rand des Plateaus entfernt? Sie versuchte, die Zehen ins Erdreich zu graben, traf jedoch nur auf lose Steinchen. Sie biß die Zähne zusammen, packte eine der dornigen Pflanzen, die sie samt Wurzel aus dem Boden riß und dabei ihr Gesicht mit Dreck bespritzte. Sie spürte, wie sie schon wieder rutschte.

»Hilfe!« schrie sie, während sie gleichzeitig Pflanzenstückchen und Dreck ausspuckte.

»Emadazu escua!« rief jemand in ihrer Nähe. *»Andrea! Emadazu escua!«*

Eine Hand tauchte vor ihrem Gesicht auf, und sie packte mit beiden Händen zu. Sie hörte, wie ihre Kleider rissen, als man sie aus dem Ginster zog und sie endlich wieder auf die Füße kam.

»Cer dembora icigaria!« sagte eine Männerstimme.

Catherine gelang es, sich den Schal aus dem Gesicht zu ziehen und durch den Regen ihren Retter anzuschauen. Ihre Augen weiteten sich vor Schreck und Staunen. Es war das Gesicht, das sie im Baum gesehen hatte: weiß wie Schnee, das Haar glatt und rabenschwarz. Mensch oder Dämon?

Der Mann sah ihre Angst und hielt die Hände hoch, um ihr zu zeigen, daß er unbewaffnet war. Er trug eine Tunika aus grober Wolle, die ihm bis zu den bloßen Knien reichte. Stiefel und Weste waren aus dickem, ungeschorenem Schaffell.

»Eman gaiten atherpean«, sagte er, packte wieder ihre Hand und zog sie in die Gegenrichtung. *»Ez beldurric izan.«*

»Ich verstehe dich nicht«, erwiderte Catherine traurig. »Hilf mir bitte, die anderen zu finden. Meinen Mann und meinen Vater.«

Er zog sie wieder an sich. *»Ettori, Andrea!«* Er zog sein Messer. Der Regen rann über die scharfe Klinge.

Catherine gab auf und ließ sich mitziehen. »Heilige Katharina, hilf mir!« flehte sie.

Der Mann blieb lächelnd stehen. »Catherine«, sagte er. *»Cattalin.«*

»Ja, meine Namensheilige.« Mit der freien Hand zeigte Catherine auf sich. *»Cattalin.«*

»Ettori, Cattalin«, sagte der Mann, jetzt etwas sanfter. *»Ez beldurric izan.«*

Er steckte das Messer in die Scheide, ließ aber ihr Handgelenk nicht los.
Sie folgte dem Mann widerstandslos. Sie umrundeten einen riesigen Stein im Plateau und spürten plötzlich keinen Wind mehr.
»Catherine!«
Sie fiel Edgar in die Arme. »O, *carissime!*« sagte sie. »Ich habe dich verloren und im Sturm nicht den Weg gefunden, und dann fiel ich hin, und dieser Mann ...«
Sie drehte sich um. Der Mann war verschwunden. Zitternd starrte sie auf die Stelle, wo er gestanden hatte. Edgar drückte sie fester an sich.
»Ich dachte, du wärst abgestürzt«, sagte er atemlos. »Ich hörte dich schreien, konnte dich aber nicht sehen.«
»Ich bin wohlauf. Der Mann aus dem Baum hat mich den Berg hochgezogen.«
Edgar sah ihr ins Gesicht. Ihre Zähne klapperten.
»*Leoffæst*, du sprichst wie im Fieber«, murmelte er. »Du mußt sofort in die Herberge.«
»Edgar, du hast ihn doch gesehen? Den Mann, der mich gerettet hat?«
»Da war jemand«, stimmte er zu. »Aber ich habe sein Gesicht nicht gesehen, ich habe nur dich gesucht.«
»Edgar, glaubst du, das könnte der heilige Jakob gewesen sein?« fragte Catherine verunsichert. »Er entsprach überhaupt keiner Beschreibung des Apostels. Es war gar nicht so wie in meinem Traum.«
Edgar entgegnete nichts, und Catherine war so erschöpft, daß sie sich willenlos auf den Pfad zurückführen ließ. Dort warteten Solomon, Eliazar, Hubert und – merkwürdig genug – auch Mondete.
»Keine Fragen jetzt«, ordnete Eliazar an. »Wir müssen aus diesem Wind heraus. Es ist nur noch knapp eine Meile bis zur Herberge.«

Catherine kam es vor wie tausend Meilen, als sie, von Edgar und Solomon gestützt, weiterging. Sie wäre gern geritten, doch es lohnte sich nicht, für so kurze Zeit das Pferd zu entladen. Sie fror jetzt so sehr, daß sie kaum noch etwas anderes spürte. Wenigstens wusch ihr der Regen den Dreck von Gesicht und Kleidern. Sie warf den Kopf in den Nacken und öffnete den Mund, um auch den Sand zwischen den Zähnen loszuwerden.

Es schien unwahrscheinlich, daß der Mann aus dem Baum der ehrwürdige Apostel Jakobus war, aber er war scheinbar aus dem Nichts aufgetaucht, um sie zu retten. Catherine sann darüber nach. Der Vorfall entsprach nicht genau ihrem Traum, aber sie waren tatsächlich im Gebirge. Ein starker Wind hatte geblasen, sie war gestürzt, und der Mann hatte sie gerettet. War er vielleicht der Schutzengel der Wallfahrer? Bedeutete das, daß sie sich nicht länger vor dem Abstürzen zu fürchten brauchte? Hatte sich ihr Traum erfüllt? Meister Abælard hätte es ihr sagen können, doch dazu war es zu spät. Sie war so müde. Nur die Arme ihres Mannes und ihres Cousins hinderten sie, in den Matsch zu sinken und auf dem nächsten besten Stein, der aus den Pfützen herausragte, einzuschlafen.

Als sie die Herberge erreichten, war diese schon voller Menschen. Das aus Steinblöcken errichtete Gebäude bestand aus einem riesigen Raum, der an drei Seiten einen Dachboden hatte. Die Mönche hatten vom Geländer des Dachbodens Leinen gespannt, an denen Mäntel und Decken zum Trocknen hingen. Im östlichen Flügel prasselte ein Feuer in einem riesigen Herd.

Als sie eintraten, schwindelte ihnen allen vom abrupten Wechsel von eiskaltem Regen zu dampfender Hitze. Catherine hielt sich mit einer Hand den Bauch, mit der anderen den Mund zu.

»Atme tief durch«, sagte Solomon. »Ich hole dir etwas Wein.«

»Ist sonst schon jemand hier?« fragte Hubert und suchte den Saal nach Griselle ab.
»Keine Angst, sicher hat sie schon die Ecke des Bodens in unmittelbarer Nähe des Feuers belegt«, bemerkte Mondete, die erriet, wen er wirklich meinte.
»Ob wir wohl näher ans Feuer kommen?« fragte Edgar. »Ich sorge mich um Catherine. Ihr wißt, wie leicht sie krank wird.«
»Ich bin robuster, als du glaubst«, unterbrach ihn Catherine. »Und es ist schon viel zu heiß hier drin. Bei den madigen Lumpen der heiligen Maria Magdalena! Der Gestank hier drin ist ja nicht auszuhalten. Ich glaube, ich bleibe lieber im Regen.«
Solomon kam mit dem Wein zurück. Er zwängte den hölzernen Becher zwischen Catherines Zähne und hielt ihn schräg, wobei das meiste an ihren Mundwinkeln hinunterlief... doch es landete noch genug im Mund, um ihr Zittern zu beruhigen.
Sie fanden Platz bei der Wand unter dem Dachboden und wechselten die nassen Kleider wenigstens gegen trockene Hemden. Die meisten anderen Pilger waren ähnlich spärlich bekleidet. Für Hubert sah Catherine aus wie vierzehn, mit ihrem ungegürteten Hemd, die Haare aufgelöst und zerzaust. Einen Augenblick lang war sie wieder sein Kind, nicht die Frau eines anderen. Er allein mußte sich um sie kümmern. Dann kam Edgar mit einer Decke, um sie darin einzuwickeln, und sie wandte ihm ihr Gesicht zu. Hubert biß sich auf die Zunge. Die beiden lebten in einer eigenen Welt; sie gehörte nicht mehr zu ihm.
Hubert blickte sich weiter im Saal um, denn er hatte Griselle immer noch nicht gefunden. Er wußte, daß es keine andere Unterkunft gab, bis sie zum Fuß der Berge kämen. Sogar Aaron und seine Schar waren gezwungen, in der Herberge zu übernachten, dankbar, daß die Mönche von Roncesvalles sie

bereitwillig aufnahmen. Schließlich gab Hubert die Suche auf. Er hatte kein Recht, sich um Frau von Lugny zu sorgen. Vermutlich war sie früh genug angekommen, um einen Platz auf dem Dachboden zu belegen, wie Mondete vermutet hatte. Dort war es warm und das Stroh sauberer und trockener.

Als Hubert die nassen Kleidungsstücke zum Trocknen aussortierte, hörte er einen wohlvertrauten Klang, das Klappern hölzerner Würfel, die auf einem Brett landeten. Es erinnerte ihn, daß nicht jeder auf dieser Route ein frommer Pilger war, nicht einmal jene, die das Kreuz, den *bourdon* und die Pilgertasche trugen. Wieso hatten die Mönche, die im Auftrag des Abtes Hugos Tod untersuchten, nicht andere Pilger verdächtigt? Sie hatten nur jene verhört, die offensichtlich Außenseiter waren. Wieviel leichter war es doch, große Reue und Frömmigkeit vorzutäuschen, um die anderen in Sicherheit zu wiegen und ihnen die Kehle durchzuschneiden. Man hörte doch ständig solche Geschichten. Wieso hatten die Mönche das nicht in Betracht gezogen?

Einer aus dem Kreis der Würfler schrie laut auf. Hubert lächelte. Er wußte genau, daß jetzt einige Stoßgebete zum Himmel geschickt wurden.

»Was findet Ihr denn so amüsant an diesem gräßlichen Ort?«

»Nach dem Sturm und der Angst, weil meine Tochter verloren war, finde ich diese Unterkunft höchst angenehm«, antwortete Hubert.

Er hatte gewußt, daß sie neben ihm war, noch bevor sie sprach. Der Lilienduft war unverwechselbar. Wie schaffte es Griselle nur, immer so elegant auszusehen? Ihr Haar war glattfrisiert, das Gesicht sauber. Die Ärmel wirkten wie frisch plissiert. Er kam sich vor wie ein Pferdeknecht, der gerade die Ställe ausgemistet hatte. Hubert rieb sich am Kinn. Seit Moissac hatte er sich nicht mehr rasiert. Griselle lächelte.

»Ich kann Eure Gefühle nachvollziehen«, sagte sie. »Besonders Eure Sorge um Euer Kind. Bertran und ich war diese Freude nicht beschert. Oft habe ich das bereut, doch Gott war auch gütig, da er mir den Kummer ersparte, den so viele mit ihrem Nachwuchs haben.«
Hinter seinem Lächeln verbarg Hubert sein Erstaunen darüber, wie genau Frau Griselle ins Schwarze getroffen hatte.
»Möchtet Ihr beim Feuer sitzen?« fragte er. »Ich kann einen Hocker für Euch besorgen.«
»Mein Wächter holt mir bereits einen«, antwortete sie. »Vielleicht hättet Ihr Lust, einen für Euch danebenzustellen? Es würde mich freuen, wenn Ihr mir mehr Geschichten von Euerm Leben in Paris erzählen könntet. Vielleicht lenkt es mich von dem Lärm und der Enge hier ab.«
»Es wäre mir eine Ehre«, sagte Hubert.
Was war nur mit ihm los? Eliazar hätte ihn nicht daran zu erinnern brauchen, daß Griselle Christin war und Madeleines Rückzug in ein Kloster ihm keine Wiederverheiratung erlaubte. Er wußte es. Griselle war gut fünfzehn Jahre jünger als er, nur ein paar Jahre älter als Catherines Bruder Guillaume. Dies war heller Wahnsinn. Und wahrscheinlich wollte sie ohnehin nur die Gesellschaft eines harmlosen Menschen, der sie vor den Aufmerksamkeiten von Gaucher und Rufus beschützte. Er mußte sich hüten, in ihrem Lächeln und ihren Blicken aus halbgeschlossenen Augenlidern etwas anderes zu sehen.
Nur zu leicht könnte er sich lächerlich machen.
Quer durch den Saal beobachtete ihn Eliazar mißbilligend. Jetzt reute es ihn, daß er Hubert die Reise vorgeschlagen hatte. Statt Probleme zu lösen, hatte er ein weiteres geschaffen.

Gaucher und Rufus waren ebenfalls darüber entsetzt, Hubert und Griselle beieinander sitzen zu sehen.

»Als nächstes gibt sie ihm noch Brocken von ihrem Brot, und sie trinken aus einem Becher«, spottete Gaucher.
»Und du weißt ja, was man sagt.« Rufus war entrüstet. »›Wer sein Brot gemeinsam ißt, teilt bald auch das Bett.‹«
»Sie würde sich nicht so erniedrigen«, entgegnete Gaucher.
»Andere Frauen haben das auch getan«, entgegnete Rufus. »Denk an Hugos Weib.«
Gaucher knurrte. Es war eine Sache, dem Ehemann mit wandernden Spielleuten Hörner aufzusetzen. Die zogen wenigstens bald weiter, und manche Kinder zeigten musikalische Begabung. Eins war jetzt Kantor von St. Lazare.
»Wir müssen etwas dagegen unternehmen«, sagte Rufus. »Es gehört sich nicht.«
»Was sieht sie bloß in ihm?« Gaucher schüttelte verständnislos den Kopf. »Sein Haar lichtet sich bereits!«
Rufus strich sich langsam über seinen kahlen Schädel. »Es ist wohlbekannt, daß Männer mit Glatze außerordentlich potent sind.«
»Tatsächlich? Ich dachte, sie wären einfach nur alt und siech«, versetzte Gaucher. »Nein, warte. Ich bitte um Verzeihung, Rufus. Wir sollten uns lieber um diesen Händler von niederer Geburt kümmern, statt zu streiten.«
Rufus spürte plötzlich das Reißen in seinen Gliedern bewußt und die Mattigkeit seines Herzens. Vielleicht hatte Gaucher nicht so unrecht. »Wozu der Ärger?« fragte er. »Wenn wir den Schatz geholt haben, können wir uns ein Dutzend Frauen kaufen, die jünger und williger sind als Griselle.«
»Darum geht es doch gar nicht, Rufus.« Gaucher reckte hochmütig das Kinn und warf den beiden einen bösen Blick zu. »Würdest du etwa zulassen, daß sich deine Tochter vor aller Augen so mit einem gewöhnlichen Arbeitsmann aufführt?«
»Ich würde sie nach Strich und Faden verdreschen«, sagte

Rufus. »Obwohl sie mit dem Bürschchen, welches sie geehelicht hat, auch keinen Staat machen kann.«

»Weißt du«, sagte Gaucher bedächtig, »ich glaube mich zu erinnern, daß jener Hubert LeVendeur unseren armen Freund Rigaud angeschrien und beleidigt hat.«

»Ja? Wann denn?«

»Am Morgen nach Hugos Ermordung«, sagte Gaucher. »Du warst auch zugegen. Rigaud hat ihn und seinen ›Kompagnon‹ befragt, und plötzlich fing der Kaufmann an zu schreien und seine Faust zu schütteln.«

»Ach ja, jetzt erinnere ich mich«, stimmte Rufus zu. »Seltsam, daß Rigaud so bald danach starb und auf solch unehrenhafte Manier.«

»Kein Ehrenmann würde einen Menschen auf die Art töten«, meinte auch Gaucher.

»Doch kann man von einem Mann keine Ehre erwarten, der gewohnheitsmäßig Leute betrügt, um seinen Lebensunterhalt zu bestreiten«, endete Rufus.

Beide lächelten.

»Ich glaube, es ist unsere Pflicht, dies Bruder Jakob zu hinterbringen«, bemerkte Gaucher.

»Anschließend zwingt uns die Ehre, den Tod unseres Freundes zu rächen.«

Auf der anderen Seite des Saales sagte Hubert etwas, das Griselle fröhlich auflachen ließ. Das klang den alten Kriegern nicht mehr so schlimm in den Ohren wie noch vor wenigen Augenblicken. Jetzt wußten sie, daß Hubert LeVendeur für seine Keckheit würde zahlen müssen.

Als Edgar Catherine gut versorgt wußte, bemerkte er die wütende Leere in seinem Magen, und er erinnerte sich an das Brot und den Käse aus St. Jean in den durchgeweichten Bündeln. Als er darin wühlte, öffnete sich die Tür der Herberge und brachte einen Moment lang den Wind herein. Plötzlich

stieg ihm ein Duft in die Nase, der dem Paradies zu entströmen schien. Es war so lange her, daß es einen Augenblick dauerte, bis er wußte, was es war.
Jemand röstete Wildbret.
Edgar ließ die Bündel fallen und rannte mit den anderen zur Tür. Draußen folgten die hungrigen Pilger dem Duft zu einem kleinen Nebengebäude. Dort war ein Feuer, über dem sich ein ganzer Hirsch am Spieß drehte. Ein begeistertes Aufstöhnen ging durch die Pilgerreihen.
Dann verwandelte sich das Stöhnen in Bestürzung, als jemand ausrief: »Aber heute ist Freitag! Wir dürfen kein Fleisch essen!«
Edgar sank der Mut. Das stimmte ja. Wie konnten die Mönche, die die Herberge unterhielten, ihnen das antun?
Catherine, barfuß, mit einer Decke um Kopf und Schultern, war Edgar hinausgefolgt. »O nein!« stöhnte sie. »Fleisch! Welch schreckliche Versuchung!«
»Fleisch«, wiederholte Edgar. Dann wachte er aus seinem Traum auf. »Catherine, du hast ja keine Schuhe an! Geh wieder rein. Ich werde herausfinden, was hier vorgeht.«
Catherine hatte es nicht einmal bemerkt. Ihr Körper hatte schon so lange auf Fleisch verzichtet, erst in der Fastenzeit und dann beim Bußfasten, daß das Aroma stärker rief als alle anderen Bedürfnisse.
Einer der Männer, die das Feuer besorgten, fing ihren Blick auf. Catherine stieß einen kleinen Schrei aus. Er lächelte. Es war ihr Retter.
»Edgar!« rief sie. »Das ist der Mann im Baum! Siehst du ihn?«
»Ach ja. Ein Baske, vielleicht ein Führer«, sagte Edgar, der in Gedanken immer noch beim Wildbret war. »Ich glaube nicht, daß er der heilige Jakob in Verkleidung ist.«
Ein anderer Pilger hörte ihn zufällig. »Vielleicht nicht«, bemerkte er. »Aber wenn es bedeutet, daß wir heute Hirsch

essen können, dann glaube ich, daß er der heilige Gilles ist, der uns sein Lieblingsreh zum Abendbrot opfert. Es wäre pietätlos, ihn abzuweisen.« Er hatte schon sein Messer gezückt, um sich eine Scheibe abzuschneiden, sobald das Fleisch griffbereit wäre.

»Catherine, ich glaube, du solltest etwas essen«, sagte Edgar. »Es ist ja bekannt, daß Frauen Fleisch mehr brauchen als Männer.«

Seufzend drehte sich Catherine in die Richtung der Herberge. »Nein. Wahrscheinlich ist es eine neue Prüfung, noch eine Versuchung, der wir widerstehen müssen. Wenn morgen noch etwas übrig ist, dann esse ich es gleich nach Sonnenaufgang. Das verspreche ich.«

Traurig willigte Edgar ein. Mit solch einer Versuchung hatte er nicht gerechnet, was es nur wahrscheinlicher machte, daß sie beabsichtigt war. Der Teufel untergrub nur zu gern die Vorsätze der Aufrechten.

Viele der anderen Wallfahrer stimmten zu, doch nicht alle. Es bildete sich eine dicke Traube um das Feuer, jede Drehung des Spießes wurde mit erwartungsvollem Stöhnen begrüßt.

Bruder Jakob hörte den Tumult in der kleinen Priorei, wo er mit Bruder Bruno und Bruder Deodatus übernachtete. Er fragte einen der Mönche von Roncesvalles, was sich da abspielte.

Der Mönch lachte. »Ein paar Hirten aus der Umgebung haben uns ein Opfer gebracht«, erklärte er. »Das tun sie hin und wieder. Die Wallfahrer sind immer äußerst dankbar. Viele der ärmeren haben noch nie frisches Wild genossen. Für sie ist es etwas ganz Besonderes, einmal wie die großen Herren zu speisen; es erinnert sie daran, daß Unser Herr keine Standesunterschiede kennt.«

Bruder Jakob war außer sich. »Ihr laßt es zu, daß diese Barbaren ehrliche Pilger mit Fleisch ins Verderben führen? Und zudem an einem Fastentag? Was für Hirten seid ihr denn?«

»Solche, die glauben, daß ihre Herde sowohl materielle als auch geistige Nahrung braucht«, konterte der Mönch. »Noch sind wir zu stolz, ein Geschenk anzunehmen, welches uns der Wald schickt.«

»Das solltet ihr aber«, antwortete Bruder Jakob. »In Cluny würde das nie geschehen. Und wenn du heute abend die Pilger nicht am Essen hinderst, dann tu ich's.«

Der Mönch von Roncesvalles ließ sich nicht beirren. »Ich kann dich nicht daran hindern, zu ihnen zu predigen, wenn es sein muß«, sagte er. »Doch wenn du zwischen sie und das erste Fleisch kommst, das sie seit Jahren gesehen haben, dann werde ich dich aufhalten. Und du wirst mir dankbar sein, daß ich dir das Leben rette. Hunger mag in manchen Visionen hervorrufen, doch die meisten treibt der Hunger zur Verzweiflung.«

Bruder Jakob war vom Zorn so überwältigt, daß er seinen Vorsatz vergaß, im Hintergrund zu bleiben, während er die Verdächtigen im Mordfall Rigaud beobachtete. Selbst wenn er sich Zeit zum Nachdenken erlaubt hätte, wäre ihm die Gefahr für sein Leben gegenüber seiner Pflicht unwichtig gewesen.

Rufus und Gaucher litten keine Gewissensqualen wegen eines netten Stücks Wildbret, einerlei, welcher Wochentag es war. Sie hatten schlimmere Regeln gebrochen. Doch der Anblick von Bruder Jakob, der gegen die Menge um das Feuer anrückte, erinnerte sie an ihre höhere Mission.

»Bruder Jakob!« rief Rufus. »Einen Augenblick, bitte! Wir haben Informationen, die dich interessieren dürften!«

Jakob hielt inne. Er mußte die Menschen davon überzeugen, daß sie nicht der Versuchung nachgeben durften, sich den Bauch vollzuschlagen. Doch diese Männer waren wohlhabend und ehemalige Soldaten Christi. Er schuldete ihnen Respekt. Widerstrebend kam er zu ihnen herüber.

»Keine Sorge«, empfing ihn Rufus. »Es bleibt noch eine Menge Fleisch übrig. Wir haben uns nur gerade eines Vorfalls entsonnen, der vielleicht etwas mit Rigauds unnatürlichem Tod zu tun hat.«

Sie begannen, es ihm zu erklären.

Zuerst war Jakob verärgert, daß sie annahmen, er sei ebenso erpicht auf das Fleisch wie sie selbst. Als er dann ihre Geschichte anhörte, war er zu aufgeregt, um sie zurechtzuweisen.

»Ihr meint den Kaufmann, der für diesen Solomon eintrat?« fragte er wieder. »Der mich vor meinem Abt lächerlich gemacht hat?«

»Davon ist mir nichts bekannt«, erwiderte Gaucher. »Hubert tätigt jedenfalls gemeinsame Geschäfte mit Solomon und seinem Onkel.«

»Aber Frau Griselle war ebenfalls Zeugin«, sagte Jakob. »Die hätten sie schwerlich beeinflussen können.«

»Ach, es ist ja noch viel schlimmer!« rief Rufus aus. Er sah sich um und senkte dann die Stimme. »Wir glauben, daß sie nicht freiwillig für den Mann eintrat. Dieser Pariser Kaufmann hat sie möglicherweise verhext.«

Jakob freute sich über die Beschuldigung Huberts, der gar keine Verbindung mit Cluny hatte und sich mit bekannten Ungläubigen abgab. Er wäre ein perfekter Gefangener, den er Abt Peter präsentieren könnte. Doch die letzte Erfahrung hatte ihn vorsichtig gemacht. »Habt Ihr Beweise dafür?«

»Er und Griselle sitzen zu dieser Stunde beisammen«, sagte Rufus. »Sie lachen und scherzen und trinken in höchst unschicklicher Manier. Vermutlich hat er ihr etwas in den Wein getan.«

»Natürlich werde ich den Mann verhören«, erklärte Jakob. »Und Euer Zeugnis macht mich argwöhnisch. Doch ohne irgendeinen Beweis kann ich nichts unternehmen. Ich habe

Frau Griselle beobachtet, und sie scheint ihre Sinne beieinander zu haben. Sie nimmt regelmäßig die Sakramente und betet ständig.«

»Heißt das, daß Ihr nichts tun wollt?« Gaucher geriet außer sich.

»Nicht ohne die Beschuldigung eines Augenzeugen«, erwiderte Jakob geduldig. »Wenn Ihr mich jetzt entschuldigen wollt. Hier gibt es Menschen, die die Sünde des Fastenbrechens und der Völlerei begehen wollen. Ich muß ihnen helfen, die Kraft zum Widerstand aufzubieten.«

Bruder Jakob ließ Gaucher und Rufus mit offenen Mündern im Regen stehen.

»Was machen wir jetzt?« fragte Rufus seinen Freund.

»Einen Augenzeugen suchen«, antwortete Gaucher. »Oder ein Indiz des Verbrechens finden. Irgend etwas muß es doch geben.«

»Aber, Gaucher ...« Rufus wischte sich den Kopf am Ärmel ab. »Ich dachte, wir wären übereingekommen, daß Hugo und Rigaud von demselben Mann getötet wurden, der uns die Streiche in Vézelay gespielt hat. Hubert war doch gar nicht dort. Und warum hätte er Hugo umbringen sollen?«

Gaucher hob den Blick zum Himmel. »Beim Doppelsalto der heiligen Appolina in die Flammen! Was redest du denn da? Der Mann ist ganz klar ein Zauberer, vermutlich gar kein Mensch. Der ist zu allem fähig. Hast du je daran gedacht, daß er uns wegen des Schatzes auflauert? Wenn er für uns und die Kirche von Wert ist, was glaubst du wohl, wäre er erst wert, wenn er den Schatz Satan, seinem Meister, übergäbe?«

Rufus schwirrte der Kopf, als er versuchte, dem zu folgen. Aus einem Emporkömmling, der ihnen Griselle von Lugny abspenstig gemacht hatte, war ein Abgesandter des Teufels geworden. Es klang logisch, doch Rufus war sich nicht so sicher.

»Ich glaube, ich brauche eine dicke Scheibe Wild, vorzugsweise aus dem Bug«, erklärte er. »Und ein, zwei Schläuche Wein. Dann werde ich mich entscheiden, ob ich mit diesem Knecht des Bösen kämpfen oder einfach Reißaus nehmen will.«

Jakobs Versuch, die Leute zu überzeugen, auf ein richtiges Stück Fleisch zu verzichten, war zum Scheitern verurteilt. Seit Wochen hatten sie nur von Brot, Käse und verschiedenen verdächtigen Dingen gelebt, die in der Brühe schwammen. Wie der Mönch von Roncesvalles ihn vorgewarnt hatte, entkam er knapp dem Märtyrertod.
Er war nicht in bester Laune, als er in die Priorei zurückging und den milden Gruß des Mönches dort mit höchst unbrüderlichem Gebrüll quittierte. »Was für eine Erlösung hoffen diese Menschen wohl zu finden?« schrie er Bruder Bruno entgegen, der aus seiner Meditation hochschreckte.
»Unser ehrwürdiger Abt sagt, die einzig wahre Wallfahrt ist diejenige, die der Welt für immer entsagt«, erwiderte Bruno. »Es gibt Stolpersteine und Fallen auf jedem Weg. Zu viele dieser armen Leute glauben offenbar, wenn sie nur Santiago de Compostela erreichen, sind sie von ihren Sünden erlöst. Also erscheint ihnen eine Sünde mehr vor dem Ende der Reise als unbedeutend. Und nach meiner Erfahrung kann man dem Hunger schwerer widerstehen als der Sinnenlust.«
Jakob setzte sich auf die Bank neben Bruno und lehnte sich an die Wand, mit geschlossenen Augen. Er konnte Hunger, Durst, Wollust und meist auch Stolz widerstehen. Doch es gab Zeiten, da überwältigte ihn schier die Verzweiflung. Erst seit wenigen Wochen war er wieder unter Laien, und er glaubte nicht, es noch einen Tag aushalten zu können. Er wurde von lebenden Geistern verfolgt, verspottet von den Menschen, zu denen er predigen wollte, und er hatte nichts

getan, um die Direktive von Abt Peter zu erfüllen. Er hatte den Mut verloren und Angst davor, auch den Glauben zu verlieren.
Die einzige Art, beides wiederzugewinnen, war, sich den Schrecken entgegenzustellen.
Morgen abend, wenn sie das Augustinerkloster und die Herberge zu Larrasoña erreichten, würde er den Kaufmann vernehmen und herausfinden, in welcher Beziehung er zu Rigaud gestanden hatte und was er derzeit mit Frau Griselle trieb. Jakob war sicher, daß jemand, der sich mit Ungläubigen gemein machte und sie beschützte, zu allem fähig war. Aber wieso? Und warum brannten Gaucher und Rufus darauf, den Kaufmann und die Dame zu beschuldigen, ohne einen triftigen Grund zu nennen?
Jakob argwöhnte, daß die Ritter erheblich mehr wußten, als sie ihm verraten hatten. Ob sie ihre Zeit in Spanien wohl noch zu anderen Dingen als zum Kampf gegen die Sarazenen genutzt hatten? Was, wenn sie irgendwelche Geschäfte mit Hubert vereinbart und dann nicht eingehalten hatten? Schwebten die alten Männer nicht auf jeden Fall genauso in Gefahr wie ihre früheren Kumpane?
Bruder Jakob lehnte den Kopf gegen die Wand. Das war eine unmögliche Aufgabe. Man erhielt nicht genug Informationen über das Leben und den Charakter von Anklägern oder Angeklagten. Man mußte behutsam in diesem Morast herumstapfen. Er spürte, wie die Verzweiflung mit kaltem Griff sein Herz umklammerte.
»*Quare tristis es, anima mea? Et quare conturbas me?*« Bruder Bruno rezitierte leise, sagte die Worte auf, als ob er wirklich die Antwort wissen wollte. »›Warum bist du traurig, meine Seele? Und warum betrübst du mich?‹«
Seltsam, dachte Bruder Jakob. *Auch nach all den Jahren klingen die Psalmen auf lateinisch einfach nicht richtig.*

Am nächsten Morgen begrüßte strahlender Sonnenschein die Pilger zum Abstieg nach Navarra. Stellenweise war es noch matschig, und die Reiseerfahrenen wußten, daß die Straße nach unten oft trügerischer ist als die, die hinaufführt. Doch alle waren gespannt und spürten, daß das Schlimmste hinter ihnen lag. Catherine ertappte Mondete sogar beim Summen, als sie Löffel und Eßnapf aus dem Umhang holte.
Als sie merkte, daß Catherine sie beobachtete, hörte sie sofort auf zu singen. Unter dem Umhang konnte man ein leichtes Achselzucken erkennen. Catherine senkte den Kopf, um ihr Lächeln zu verbergen.
Edgar hatte am Abend ein Stückchen Wild ergattert, und sie hatten es sich gleich nach dem Aufwachen geteilt. Obwohl Catherine Zweifel hegte, ob man unter den gegebenen Umständen überhaupt Fleisch genießen durfte, mußte sie doch zugeben, daß sie sich an diesem Vormittag so kraftvoll fühlte wie noch nie seit ihrer Abreise aus Paris.
Als alles gepackt war, wartete sie vor der Herberge, während Edgar und Hubert die Pferde holten. Obwohl der Tag wolkenlos war, pfiff der Wind noch durch die Bäume, die das geschützt liegende Tal säumten. Catherine sah die anderen Gruppen aufbrechen. Wo blieben die beiden nur so lange? Die Kaufleute aus Toulouse und ihre Wachen waren schon fort, andere folgten ihnen.
Endlich kam Edgar mit Eliazar zurück, der die Pferde führte.
»Wo ist denn Vater?« fragte Catherine.
Elizar schnitt eine Grimasse. »Frau Griselle hielt ihn an, um seinen Rat zu erbitten oder irgend so ein Unfug.«
»Und Solomon?«
»Sucht den baskischen Jäger«, erwiderte Edgar. »Er hat was von einem zusätzlichen Führer gemurmelt.«
Solomon kam noch vor Hubert zurück. Er nickte Eliazar zu, der erleichtert wirkte.

»Was ist denn?« wollte Edgar wissen.
»Ich wollte Catherines Retter sehen«, antwortete Solomon. »Mir schien, daß er keine richtige Belohnung dafür bekommen hatte, daß er ihr das Leben rettete.«
»Das stimmt«, sagte Catherine verlegen. »Ich konnte nicht einmal danke zu ihm sagen.«
»Wir haben uns geeinigt«, erklärte Solomon. »Hoffe ich wenigstens. Ich beherrsche seine Sprache nur unvollkommen.«
»Bist du sicher, daß er der richtige Verhandlungspartner war?« fragte Eliazar.
»Nein.« Solomon steckte sich die Geldbörse in die Tunika. »Doch falls er es ist, dürften wir für den Rest des Weges durch Navarra keine Schwierigkeiten haben. Ich habe ihn nicht nur bezahlt, er fühlt sich auch für Catherine verantwortlich. Er sagte mir, ich sollte sie nicht wieder fallenlassen.«
»Meinst du, daß er zu unserer Bewachung mitkommt?« fragte Catherine verwirrt.
»Nein, Catherine«, erklärte Edgar. »Solomon hat ihn bezahlt, damit wir uns nicht vor ihm und seinen Männern in acht nehmen müssen.«
»Ist er denn ein Bandit? Er war doch so nett.« Catherine verstand immer noch nicht. »Er hat doch den Hirsch gebracht.«
Solomon wollte gerade die Feinheiten der Sitten in Navarra erklären, als Hersent auf sie zueilte. »Kommt sofort!« rief sie. »Diese Narren beschuldigen *Sieur* Hubert der Zauberei und des Mordes. Und sie wollen Bruder Jakob überreden, ihn aufzuhängen!«
Catherine war völlig perplex. »Das ist doch nicht möglich!« flüsterte sie atemlos.
»Jetzt reicht es aber!« stellte Eliazar grimmig fest.
Solomon hatte seinen Onkel noch nie so erlebt. Eliazar zeigte keine Angst, nur gerechten Zorn. Funken schienen aus sei-

nen Augen zu sprühen. Moses, der die Gesetzestafeln zerbrach, hätte nicht zorniger sein können.

Sie folgten Hersent zum Tor der Priorei. Draußen stand Hubert, Gaucher und Rufus hielten ihn fest. Seine Wange war geschwollen und verletzt. Bruder Jakob schrie auf ihn ein, aber sie waren zu weit weg, um die Worte zu verstehen. Die anderen Mönche aus Cluny sahen verwirrt zu, griffen aber nicht ein. Auf einer Seite stand Frau Griselle und rang die Hände. Als sie sie sah, rannte sie zu Eliazar und packte ihn hilfeflehend am Arm.

»Sie sind wahnsinnig geworden!« rief sie. »Sie behaupten, ich kann nicht für ihn schwören, weil ich unter seinem Einfluß stehe. Sie hätten Beweise, daß Hubert Hugo getötet hat. Es ist entsetzlich. Ihr müßt ihnen Einhalt gebieten!«

»Beweise? Was für Beweise?«

»Ein Ring ohne Stein«, sagte Griselle. »Gaucher bestand darauf, ihn zu durchsuchen, und fand den Ring in der Gürteltasche bei dem Messer und dem Löffel.«

Catherine stöhnte auf. Eliazar schien das nicht zu interessieren.

»So? Das überrascht mich nicht.« Er ging weiter.

»Onkel!« Solomon packte ihn am anderen Arm. »Laß mich Hilfe holen. Wir können sie nicht allein aufhalten!«

»O doch, das kann ich.« Eliazar kam bei der Gruppe an. Hubert sah sein Gesicht und schüttelte den Kopf.

»Nein, laß es ...«, begann er.

Doch es war zu spät. Eliazar packte Bruder Jakob und drehte ihn herum. Wütend rüttelte er den Mönch durch, schimpfte in schnellem Hebäisch auf ihn ein. Dann schaltete er auf Französisch um.

»Jakob, du *questre*! Du dreckiger *fils de lisse*! Das ist Chaim, du Tor, der kleine Chaim! Mir ist einerlei, was du jetzt bist. Ich lasse nicht zu, daß du deinen eigenen Bruder umbringst!«

FÜNFZEHNTES KAPITEL

Einen Augenblick später. Niemand hat sich von der Stelle gerührt.

מִנִּי חֲצוֹת לַיְלָה פֶּרֶא רְדָפַנִי
אַחֲרֵי אֲשֶׁר רָמַס אוֹתִי חֲזִיר־יַעַר.
הַקֵּץ אֲשֶׁר נְחָמָם הוֹסִיף צָלֵי מַכְאוֹב
לִבִּי, וְאֵין מֵבִין לִי, נַאֲנִי כַּעַר.

Mag die Freude jene fliehen, die da schreien, das schuldige Zion soll in Ruinen daliegen. Ich weiß um seine Unschuld. Stets wird es mein Herz und mein Auge haben.

– Judah Cha-Levi –

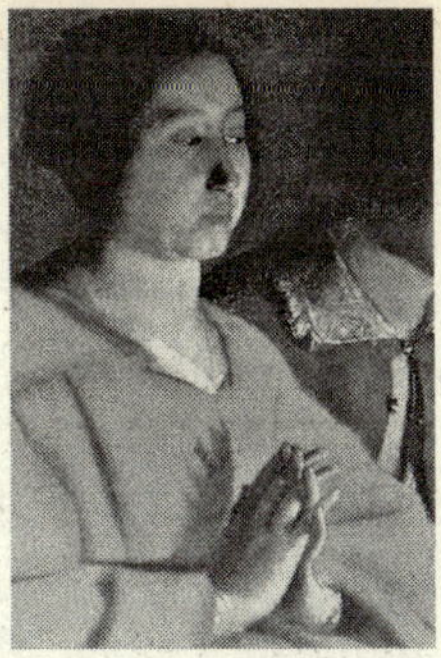

Du lügst! « Bruder Jakob fuhr herum. » Ständig wollt ihr mich hereinlegen. Chaim ist tot! «

Der Mönch, der mit einer Hand noch den verdatterten Hubert festhielt, zeigte mit der anderen auf Eliazar. » Du perfider Ungläubiger! « schrie er. » Du würdest alles sagen, um mich zurückzubekommen, aber ich verleugne und verdamme dich! «

Hubert war verstört. » Jakob? « fragte er. » Du? Aber das ist doch nicht möglich. Wie ... «

Gaucher und Rufus waren noch verwirrter. Ihre Schadenfreude darüber, daß sie Huberts Schuld mit dem Fund des Rings beweisen konnten, verpuffte, als sich ihr Verbündeter aus Cluny plötzlich selbst gegen Beschuldigungen verteidigen mußte. Gaucher trat auf Eliazar zu, die Hand auf dem Heft seines Schwertes.

» Halt dich raus! « warnte er. » Das hat nichts mit dir zu tun, es sei denn, daß Hubert und du gemeinsam gemordet habt. Dann gibt es auch für dich einen Strick, wenn du Glück hast. «

» Aus dem Weg «, sagte Eliazar ruhig, ohne den Blick von Bruder Jakob abzuwenden. » Jakob, laß deinen Bruder frei. Er ist dein Bruder, sage ich dir. Chaim starb nicht mit unserer Mutter und unseren Schwestern. Er wurde getauft und wuchs als guter Christ auf. Sieh ihn dir an. Du weißt, wer er ist. Sieh dir seine Tochter an. Du hast sie von Anfang an erkannt, aber du wolltest es nicht glauben.«

Jakob und Hubert starrten einander an, Jakob voller Zorn, Hubert voller Staunen. Gaucher wich zurück. Er verstand nicht, was hier geschah, aber er wußte, daß er die Aufmerksamkeit der Anwesenden verloren hatte, und zweifelte, ob er sie zurückbekommen konnte, ohne das Schwert zu benutzen. Darauf war er nicht vorbereitet, noch nicht. Er gab Rufus ein Zeichen, sich mit ihm zurückzuziehen. Sie würden einen besseren Zeitpunkt abwarten müssen. Rufus blieb, wo er war, fasziniert von dem Schauspiel.

Schließlich ließ Bruder Jakob Hubert los, der sich jedoch nicht von der Stelle rührte. Dann wandte der Mönch seine Aufmerksamkeit Catherine zu, die ihn entsetzt anstarrte. Er hob den Arm, um sie auf Abstand zu halten.

»Ich hielt dich für einen Geist«, sagte er, »für den Geist meiner Mutter, die zurückgekehrt ist, um mir Vorwürfe zu machen, daß ich sie verleugnet habe. Doch selbst das hätte mich nicht von meinem Glauben abbringen können. Mit nichts könntest du mich bewegen, Christus zu verleugnen.«

»Warum sollte ich das tun wollen?« fragte Catherine.

Eliazar antwortete ihm; »Ja, jedesmal, wenn ich Catherine ansehe, sehe ich auch unsere arme Mutter. Daran hättest du schon erraten können, wer Hubert ist. Doch es wird dich freuen zu hören, daß Catherines Mutter Christin ist und sie ebenfalls. Verschone sie also mit deinem Haß auf dein eigenes Volk.« Seine Worte klangen sehr bitter.

Bruder Jakob war es genauso ernst. »Es ist nicht mein Volk, Eliazar. Nicht mehr. Ich wurde wiedergeboren. Meine einzigen Brüder sind jene aus Cluny.«

»Und dein Sohn?« schoß Eliazar zurück. »Den hättest du auch hinrichten lassen?«

Nur Mondete, die wie gewöhnlich außerhalb des Kreises stand, hatte Solomon beobachtet. Sein Gesicht war weiß, und es sah aus, als würde er jeden Augenblick die Besinnung verlieren.

Solomon stöhnte, als sein Name fiel, und er schlug die Hände vors Gesicht. »Onkel, was soll das?« jammerte er. »Mein Vater ist tot. Er starb gleich nach meiner Geburt, ertrank beim Überqueren eines Flusses. Das hast du mir doch erzählt.«

»Das stimmt auch, Solomon. Es war ein entsetzlicher Tod«, antwortete Eliazar, ohne den Blick von dem Mönch abzuwenden. »Wir haben das *Kaddisch* für ihn gesprochen. Und *Schiwa* gesessen. Jakob ben Meïr starb an dem Tag, als er sich den Bart scherte, Weib und Kind verließ und zu den Priestern ging, um sich mit ihrem schmutzigen Wasser bespritzen zu lassen.«

»Richtig«, sagte Jakob. »Das hat er getan. Der Mann existiert nicht mehr.«

Rufus verlor die Geduld. Er war gekommen, um einen Mörder hängen zu sehen, und fand, daß sie sich zu weit von der Ausgangssituation entfernten.

»Schaut her, ich weiß nicht, wovon ihr da redet«, beklagte er sich. »Mir ist es einerlei, ob ihr tot seid oder wiedergeboren oder verwandt oder nicht. Wir haben Hugos Ring in der Börse dieses Mannes gefunden, und darum bin ich überzeugt, daß er unsern Freund getötet hat. Wenn Bruder Jakob ihn nicht in Gewahrsam nehmen will, dann tun es Gaucher und ich. Wir können genügend Leute finden, die uns helfen, ihn aufzuhängen.«

»Wo denn?«

»Was?« Rufus schaute in die Runde.

Edgar hatte diese Worte gesprochen. »Wo wollt ihr jemanden finden, der euch hilft? Die anderen sind weitergezogen. Hier ist niemand mehr außer uns und den Geistlichen. Glaubst du, sie helfen dir bei einer Hinrichtung?«

»Aber wir haben den Ring!« Rufus hielt ihn hoch. »Hubert, der Kaufmann, hat Hugo getötet und vermutlich auch Rigaud. Wir haben das Recht, ihn zu hängen.«
»Ich habe doch schon gesagt, daß mir jemand den Ring in die Börse gelegt hat«, beharrte Hubert. »Gestern abend war er noch nicht da. Vielleicht habt Ihr ihn sogar hineingeworfen, als Ihr mich durchsuchtet. Ich hatte kein Motiv, Euren Freund zu töten. Ich werde mich vor jedem Gerichtshof verteidigen.«
Rufus wäre beinahe geplatzt. Er gestikulierte wild in Gauchers Richtung, der mit den Pferden zurückgekommen war. Gaucher legte ihm zur Beruhigung eine Hand auf die Schulter. »Wir sind hier offenbar auf etwas gestoßen, was diesen Menschen wichtiger ist als Leben und Tod.« Er sah prüfend von Hubert zu Jakob und zu Eliazar. »Dieses Wissen könnte uns sogar noch nützlich werden. Ich glaube, wir sollten abwarten.«
»Aber der Ring!« widersprach Rufus.
Gaucher zog ihn von den anderen weg und senkte die Stimme. »Ja«, flüsterte er, »das mit dem Ring war merkwürdig. Der Kaufmann schien ehrlich überrascht, ihn dort zu finden. Sogar noch mehr als du.«
Rufus warf ihm einen bösen Blick zu. »Vorher warst du nicht so unsicher in bezug auf seine Schuld. Oder warst du nur erleichtert, daß man jemand gefunden hat, den man beschuldigen kann, und die Aufmerksamkeit von dir abgelenkt wurde?«
»Ich wünsche mir nichts sehnlicher als die rasche Bestrafung des Mörders«, erwiderte Gaucher. »Doch zu meiner eigenen Sicherheit möchte ich genau wissen, ob wir den Richtigen gefunden haben. Wenigstens jetzt, wo er weiß, daß wir ihn verdächtigen, wird dieser Mann uns nicht so leicht überfallen, und wir können uns beide vor ihm hüten.«
»Was, wenn er zu fliehen versucht?« fragte Rufus.
»Dann wäre das ein Eingeständnis seiner Schuld«, sagte

Gaucher. »Und wir können ihn aufspüren und ohne weitere Fragen Gerechtigkeit walten lassen. Vergiß nicht, daß er unter dem Schutz von St. Denis steht. Abt Suger ist ein mächtiger Mann. Wir müssen unsere Taten rechtfertigen können.«

Widerstrebend stimmte Rufus ihm zu, und sie kehrten zu der Gruppe zurück.

»Gaucher und ich haben beschlossen, daß du kein unbefangener Richter bist«, wandte sich Rufus an Bruder Jakob. »Daher erlauben wir diesem Mann, die Reise unter Aufsicht fortzusetzen, wenn er einen Eid schwört, daß er sich vor Abt Peter zu den Anschuldigungen äußert, wenn wir in Burgos sind.«

Jakob holte tief Luft. Er wollte jede Befangenheit in dieser Sache abstreiten, konnte es jedoch nicht. Er zitterte immer noch. All diese Menschen, all die Gesichter wollte er vergessen. Die waren noch schlimmer als Geister. Das war die lebendige Vergangenheit, die ihn quälen wollte.

Doch er weigerte sich zu kapitulieren. Er verbeugte sich unterwürfig vor den Rittern und wandte sich an Hubert. »*Sieur* Hubert«, fragte er kühl, »schwört Ihr wie ein Christ?«

»Gewiß«, antwortete Hubert. »Das habe ich oft getan. Ich *bin* ja ein Christ.«

»Das behauptest du wenigstens«, erwiderte Jakob. »Gibst du also dein Wort auf den Heiligen Leib Christi, daß du keinen Fluchtversuch unternehmen und dich in Burgos dem Urteil des Abtes von Cluny stellen wirst?«

»Ja«, antwortete Hubert. »Ich schwöre bei Christus, der Jungfrau, Sankt Nikolaus und Sankt Vinzenz, daß ich keinen Anteil am Tode des Hugo von Grignon oder dem des Mönches Rigaud hatte, und ich werde es unter Eid oder Gottesurteil überall nachweisen, wo es Euch beliebt.«

»Ich verbürge mich für ihn«, fügte Edgar hinzu. »Zweifelt Ihr die Glaubwürdigkeit meines Eides an?«

Widerwillig schüttelte Jakob den Kopf. Er mußte von diesen Menschen weg, besonders von Solomon, den er nicht als seinen Sohn ansehen wollte. Fortwährend schüttelte er den Kopf, als er durch die Tür zur Priorei ging, sie schloß und den Riegel geräuschvoll herunterfallen ließ.
Schweigend beluden Edgar und Solomon die Pferde, als wäre nichts geschehen. Sie sahen sich nicht an. Hubert ließ sich von Eliazar wie benommen zu seinem Pferd führen und aufsteigen helfen. Als sie zum Aufbruch bereit waren, sagte Hubert nur zu seinem Bruder:
»Seit zwanzig Jahren hast du mich nicht mehr Chaim genannt.«
Eliazar lächelte traurig, erwiderte jedoch nichts.
Sie hielten auf die Straße zu, die ins Königreich Navarra hinabführte. Alle waren unnatürlich ruhig. Hubert hing wie ein nasser Sack auf dem Pferd und überließ es dem Tier, den Weg zu finden. Eliazar sah schweigend zu ihm hinüber. Hinter ihnen gingen Edgar und Catherine Hand in Hand. Sie hatten sich nichts zu sagen.
Am Ende der Schlange führte Solomon sein Packpferd. Ausnahmsweise schien er von Mondete Ticarde, die neben ihm ging, keine Notiz zu nehmen.
Mondete ließ sich von dem Schweigen nicht einschüchtern. »Mir scheint, du hast einige der Antworten gefunden, die du gesucht hast«, sagte sie im Plauderton.
Der Tag wurde warm. Sie setzte die Kapuze ab. Dann kam sie näher an Solomon heran und berührte ihn am Arm. »Ich konnte nie begreifen, was an der Wahrheit so wunderbar sein soll. In meinem Leben gab es viele Gelegenheiten, bei denen ich eine barmherzige Lüge vorgezogen hätte.«
»Mein Onkel hat mich nicht belogen«, erwiderte Solomon. »Mein Vater ist tot. Das hat er ja selbst gesagt.«
»Das sollte man ernst nehmen«, stimmte Mondete zu.
Sie holte Luft, als ob sie noch mehr sagen wollte, klappte

dann aber den Mund wieder zu, zog die Kapuze hoch und nahm ihren Platz am Ende des Zuges wieder ein.

Catherine merkte gar nicht, wie fest sie Edgars Hand gepackt hielt, bis er sanft ihre Finger abzog und den Arm schüttelte, um die Blutzirkulation wiederherzustellen.

»Du hast so eine interessante Familie«, sagte er.

»Und ich hatte immer gedacht, wir seien ganz normal«, erwiderte sie. »Mutter war immer ein bißchen frömmer als die meisten, aber sonst ...«

»Geht es dir gut?« wollte er wissen.

»O ja. Ich glaube, ich werde allmählich immun gegen Schockerlebnisse. Mir gefällt die Vorstellung, daß Bruder Jakob meine Onkel ist, zwar nicht sonderlich, doch scheint er auch nicht weiter an unserer Verwandtschaft interessiert zu sein. Nein, was mich wirklich beunruhigt, ist der Ring. Wie kam der bloß in Vaters Tasche? Und warum werden wir überhaupt verdächtigt? Keiner von uns kannte die Männer, die gestorben sind. Aber zuerst wird Solomon bezichtigt und dann Vater. Vielleicht kommst du als nächster an die Reihe.«

»Das ist schon seltsam«, stimmte Edgar zu. »Als ob jemand die Untersuchungen soweit wie möglich von Cluny ablenken will. Vielleicht ist es an der Zeit, mehr über unsere Mitpilger herauszufinden. Offenbar ist Bruder Jakob unfähig, die Lage klar zu analysieren.«

Als sie die Brücke am Urrobi erreichten, warteten Frau Griselle und ihre Bediensteten bereits auf sie. Catherine fragte sich, wann sie die Priorei verlassen hatten. Sie war so mit den Ereignissen beschäftigt gewesen, daß sie Griselles Aufbruch gar nicht bemerkt hatte. Es war seltsam, daß die Frau nicht das Ende des Dramas abgewartet hatte.

»Ich glaube, Ihr habt mir die Geschichte gestern abend nicht

zu Ende erzählt, *Sieur* Hubert«, begrüßte Griselle ihn ruhig. »Ich wüßte gerne, wie es weitergeht.«
Das riß Hubert aus seiner düsteren Stimmung. »Verzeihung, Madame«, sagte er. »Es überrascht mich, Euch hier vorzufinden. Ich dachte, Ihr würdet meine Gesellschaft jetzt scheuen.«
»Tatsächlich? Das war ein Irrtum. Jetzt erzählt mir bitte, was geschah, nachdem die Flamen den Wein stahlen.«
Huberts betrübtes Herz floß über vor Freude. Das hatte er nicht von Griselle erwartet. All die Selbstermahnungen und Vorhaltungen bezüglich ihres Interesses an ihm waren völlig vergessen. Er sog den Duft ihres Parfüms ein, er spürte, wie seine Qual sich in nichts auflöste. Wenigstens für den Augenblick.
»Ach ja, die Flamen«, sagte er und ritt an ihrer Seite weiter. »Sie dachten, sie wären in London sicher, da es heutzutage dort von ihren Landsleuten nur so wimmelt. Doch mein Kompagnon und ich kannten da auch ein paar gute Tricks...«

Eliazar blieb allein zurück. Er ging lieber zu Fuß, statt am Schabbat zu reiten. Griselle und ihre Schar, flankiert von ihren Wachen, ritten vor ihm her. Normalerweise wäre auch Hubert zu Fuß gegangen, aber er schien nur noch Griselle im Kopf zu haben. Obwohl der Anblick seines offensichtlich verliebten Bruders ihn in Furcht versetzte, war er froh, jetzt mit seinen Gedanken allein zu sein.
Diese Reise war eine Katastrophe. Er hätte sofort etwas sagen sollen, als er Jakob entdeckte. Wie hatte er nur hoffen können, daß sie sich aus dem Wege gehen könnten? Hubert war zu klein gewesen, um sich an seine Brüder zu erinnern, die Rouen verlassen hatten, um in Paris zu studieren. Nur Eliazar hatte gewußt, daß Jakob den Predigern des Gekreuzigten auf den Leim gegangen war. Eliazar schauderte bei der Erin-

nerung daran. Jakob mußte wohl monatelang heimlich deren Predigten gehört haben, bevor er den Entschluß faßte. Dann war er während eines Ausflugs zum Jahrmarkt in Provins verschwunden. Er hatte zwei Briefe hinterlassen, einen für seinen Bruder und einen für seine Frau, in welchen er sie beide bat, sich ebenfalls taufen zu lassen. Eliazar hatte beide Schreiben verbrannt, war nach Paris zurückgekehrt und hatte allen erzählt, Jakob sei tot, in einer Furt ertrunken, seine Leiche weggespült. Ein Jahr darauf war Solomons Mutter gestorben, und er und Johannah hatten ihn an Kindes Statt angenommen.

Nach einiger Zeit hatte er sogar selbst an die Geschichte geglaubt.

Und hier war Jakob, auferstanden aus Eliazars Lügengespinst. Was würde jetzt geschehen? Würde Jakob Hubert vor dem Abt verleugnen? Konnte Jakob seinen kleinen Bruder wegen Mordes hängen sehen? Möglich, daß Jakob es als Prüfung der Aufrichtigkeit seiner Bekehrung betrachtete. Und was ginge in Solomon vor?

Eliazar spürte die Last der Welt auf seinen Schultern. Er wünschte sich von ganzem Herzen, daß Johannah da wäre, um ihm zu helfen. In den dreißig gemeinsamen Jahren war es ihr immer gelungen, die Last erträglicher zu machen.

In der Priorei lag Bruder Jakob ausgestreckt vor dem Altar. Seit seiner Entscheidung, ins Kloster einzutreten, hatte er nicht mehr solche Seelenqual gelitten. Weinend betete er um Vergebung, Führung, Stärke.

»Doch zuerst, Herr«, flehte er, »entferne die Gesichter aus meinem Sinn! Ich kann sie nicht ertragen!«

Obwohl er wußte, daß Catherine Chaims Kind war, konnte er nur seine Mutter in ihrem Gesicht sehen. Die schöne, sanfte Frau, die von den Soldaten des Gottes getötet worden war, den er jetzt anbetete. Er hatte gedacht, es sei ihm schon vor langer Zeit gelungen, den Widerspruch in seinem Kopf zu versöhnen. Man durfte Christus nicht für das Böse, das in Seinem Namen geschah, verantwortlich machen. Doch jedesmal, wenn Jakob Catherine erblickte, spürte er das Blut seiner Mutter an seinen Händen.

Und Solomon? Jakob hätte ihn von Anfang an als seinen Sohn erkennen müssen. Dieser Mann war genauso wie er selbst früher: arrogant, eigensinnig, streitlustig, verachtete seine christliche Umwelt. Kein Wunder, daß er den Sohn, den er im Stich gelassen hatte, auf Anhieb unsympathisch fand.

Er blieb den ganzen Vormittag so liegen, bis die Kanoniker zur None hereinkamen. Der Kantor beriet sich kurz mit dem Prior; dann bat man Bruder Bruno und Bruder Deodatus, ihren Kollegen zu entfernen, damit man mit dem Offizium beginnen könnte.

Die beiden Mönche hoben Jakob auf und schleppten ihn ins Kloster.

»Wie können wir dir helfen, Bruder Jakob?« Bruno holte einen nassen Lappen, damit Jakob sich das tränenverschmierte Gesicht abwaschen konnte.

»Sag uns, was dich in diesen Zustand versetzt hat«, bat Deodatus. »Hast du Bruder Rigauds Mörder gefunden?«

Jakob nahm den Lappen und rieb sich damit Gesicht und Kopf ab. »Den Mörder? Ja, vielleicht. Ich weiß es nicht! Ich weiß es nicht!«

»Bruder Bruno, hol den Infirmar«, sagte Deodatus. »Bruder Jakob braucht etwas, um seine Sinne zu beruhigen.«

Jakob schüttelte den Kopf und richtete sich auf. »Nein, Bruno. Ich brauche mich nicht zu beruhigen, sondern inneres Feuer, um meine Aufgabe zu erfüllen. Verzeiht mir, meine Brüder, daß ich euch geängstigt und unsere Reise verzögert habe. Wir müssen sofort aufbrechen, wenn wir heute abend bei den anderen in Larrsoaña sein wollen.«

Der Abstieg im Sonnenschein war viel leichter als der Aufstieg im Regen, trotz aller Warnungen. Die Straße schlängelte sich oft, führte aber gemächlich ins Königreich Navarra. Catherine hatte ihre eigene Wallfahrt vergessen, ihre Beine liefen wie von selbst. Sie dachte über die Bedeutung der morgendlichen Ereignisse nach.
Vernünftigerweise hätte sie sich als gute Christin freuen sollen, daß dieser ihr unbekannte Onkel aus freien Stücken konvertiert und sogar ein Diener der Kirche geworden war. Hatte sie nicht seit Jahren versucht, auch Solomon dazu zu bewegen? Warum war sie dann so bestürzt über diese Enthüllung?
Vielleicht, weil du deinen jüdischen Cousin liebst und deinen christlichen Onkel verabscheust?
O nein! Wenn sich diese Stimme wieder meldete, wußte sie, daß sie in ihren Spekulationen zu weit gegangen war. Sie bekräftigte immer genau das, was sie am liebsten ausgeklammert hätte. Nun denn. Mönch oder nicht, ob Onkel oder nicht, sie fand Bruder Jakob widerwärtig. Unbeugsam, humorlos, unversöhnlich.
Und ihm hatte man die Aufgabe übertragen, den Mörder Bruder Rigauds zu finden und außerdem auch den der beiden Ritter.
Das war das eigentlich Erschreckende an der Sache. Wer immer er war, wie immer seine Vergangenheit war, haßte Jakob ihre Familie genug, um sich zu weigern, seine Antwort woanders zu suchen? War er so eifrig zu beweisen, daß er seinem alten Glauben abgeschworen hatte, indem er lieber seinen Bruder oder seinen Sohn hängen sehen würde als zuzugeben, jemand aus der Umgebung von Cluny könne für diese Morde verantwortlich sein? Es hätte sie noch mehr geängstigt, hätte sie geahnt, daß sich auch Eliazar darüber Gedanken machte.
Edgar hatte recht. Sie mußten herausfinden, in welcher Ver-

bindung die Opfer zueinander standen. Alle in ihrer Reisegesellschaft schienen sich mehr oder weniger gut untereinander zu kennen, seit vielen Jahren. Sogar Maruxa und Roberto waren auf ihren Reisen mehrmals durch Burgund gekommen. Sie hatten wohl allerhand über die Leute, vor denen sie gespielt hatten, erfahren. Wie jemand ihr einmal gesagt hatte, kann man sich immer auf Küchentratsch verlassen. Die Jongleure und die Zofe hatten sicher das meiste mitbekommen.

Obwohl die Strapazen dieses Tages mit denen des Vortages gar nicht zu vergleichen waren, fühlte sich Catherine erschöpft, als sie die Herberge erreichten. Sie ließ sich von Edgar wie ein Paket auf eine Decke im Stroh legen und schlief ein, bevor er mit ihrer Brotration zurückkehrte.

Edgar konnte nicht schlafen. Nachdem er sich überzeugt hatte, daß Catherine so bald nicht wieder aufwachen würde, sah er sich um, ob er etwas tun könnte. Solomon und Edgar waren zu dem Lager gegangen, wo Aaron und die Männer aus Toulouse kampierten. Hubert unterhielt sich immer noch mit Frau Griselle. Gaucher und Rufus saßen auf verschiedenen Enden einer Bank draußen, musterten argwöhnisch jeden, der sich ihnen näherte. Edgar glaubte, daß sie seine Gesellschaft nicht begrüßen würden.

Er wanderte eine Weile herum und erforschte die Gegend um das Augustinerhospiz. Es gab ein paar Häuser an der Straße, die die Pilger mit all dem versorgten, was ihnen die Geistlichen nicht bieten wollten. Edgar fragte sich, ob er anständiges Bier finden würde, hielt es aber nicht für wahrscheinlich. Seit Jahren hatte er kein anständiges Bier mehr genossen. Und je weiter er nach Süden kam, desto schlechter schien es um die Braukunst bestellt zu sein.

Vielleicht war er müde. Dieses Fremdheitsgefühl hatte er jetzt nur noch selten. Französisch ging ihm mittlerweile so flink von der Zunge wie Englisch, etwas, was seinen Vater entsetzen würde. Er hatte Freunde hier und eine Familie, wenngleich eine recht ungewöhnliche. Natürlich hatte er in Paris auch englische Freunde. Besonders John fehlte ihm. Der Geistliche aus Salisbury war ein eifriger Menschenbeobachter und hätte ihm raten können, was als nächstes zu tun wäre.

Schließlich ging er zur Herberge zurück. Zu Gaucher und Rufus hatte sich inzwischen Griselles Zofe gesellt, deren Namen Catherine so komisch fand. Wie hieß sie noch? Ach ja, Hersent. Sie saß am Ende der Bank und kaute Brot, das sie von Zeit zu Zeit in einen Becher mit Wein stippte. Die beiden Ritter betrachteten sie nicht nur mit Argwohn.

»Mein armer Mann kämpfte einst in Spanien«, erzählte sie gerade, »bevor er Herrn Bertrans Vasall wurde. Ich glaube, sie wurden Freunde, weil Ghyso auch das Land kannte. Er war Gutsbesitzer zur Zeit der Belagerung von Saragossa. Vielleicht kanntet Ihr ihn? Wann wart Ihr denn dort?«

»Vor über fünfundzwanzig Jahren«, antwortete Rufus. »Seitdem waren wir nicht mehr da. Wir hatten genug damit zu tun, unsere Heimaterde zu verteidigen. An deinen Mann erinnere ich mich nicht.«

»Und Herrn Bertran habt Ihr auch nie kennengelernt?« fragte Hersent. »Seltsam, Eure Ländereien lagen ziemlich dicht beieinander. Er kam nach dem Tode seines Vaters nach Burgund, vor etwa zwanzig Jahren. Man sollte meinen, man hätte Euch gemeinsam zum Kampf gerufen.«

»Gewiß, ich habe von ihm gehört, aber begegnet sind wir uns nie«, antwortete Rufus. »Du kanntest ihn doch auch nicht, Gaucher, oder?«

»Nein. Wie ich hörte, hing dieser Mann viel zu sehr an seiner Frau«, erklärte Gaucher. »Offenbar griff er nicht oft selbst zu den Waffen, wenn man ihn um militärische Hilfe bat. Nicht, daß ich nicht auch lieber zu Hause geblieben wäre, wenn ich eine Frau wie Griselle gehabt hätte. Jetzt, wo ich sie kennengelernt habe, verstehe ich ihn besser.«

»Sie haben sich abgöttisch geliebt«, sagte Hersent. »Er war nicht eifersüchtig. Er liebte sie nur zu sehr, um sie allein zu lassen.«
»Unnatürlich«, kommentierte Rufus. »So ähnlich wie der da.« Er zeigte auf Edgar, der aus dem Schatten trat, peinlich berührt, beim Lauschen erwischt zu werden. Rufus ignorierte seine Verlegenheit.
»Gewiß, deine Frau ist auch nicht schlecht«, räumte er ein. »Zu dunkel für meinen Geschmack, zumindest zum Heiraten, aber sie hat das gewisse Etwas. Und da du schon mal hier bist, sag uns doch, was war denn das heute morgen? Brüder, Söhne und alle haben verschiedene Namen? *Sieur* Hubert wird seiner gerechten Strafe nicht so leicht entkommen.«
Edgar versteifte sich. »Wenn ich mich recht erinnere, habt Ihr den Vater meiner Frau des Mordes an Euren Freunden bezichtigt.«
»Stimmt.« Rufus blieb gelassen. »Der Jongleur, Roberto, erzählte uns, daß er Hugos Ring in der Tasche des Kaufmanns gesehen hätte, als er sie gestern abend ausleerte, um Kleingeld zu suchen. Wir nahmen ihm die Tasche ab, suchten und fanden den Ring.«
Edgar horchte sofort auf. »Tatsächlich? Und woher wußte Roberto, wie dieser Ring aussah?« fragte er. »Warum nahm er nicht einfach an, daß er Hubert gehörte?«
»Muß wohl gehört haben, wie wir darüber sprachen«, antwortete Gaucher. »Beide Ringe waren verschwunden, aber Hubert hatte nur den ohne Stein.«
»Was?« Hersent sprang auf, der Wein spritzte ihr auf den *bliaut.* »Beide Ringe?«
»Hugo hatte einen Ring mit einem Smaragd, Teil einer Beute aus Saragossa«, erklärte Rufus. »Und dann noch einen...«
Gaucher stieß ihn mit dem Ellenbogen in die Seite. Und plötzlich erinnerte sich Rufus, daß der Ring ohne Steine

nicht Hugo gehört hatte und gerade erst wiederaufgetaucht war.

»Dein Gedächtnis läßt allmählich nach«, bemerkte Gaucher. »Du meinst, daß der Smaragd in dem Ring fehlte, als wir ihn gestern fanden. Der Kaufmann muß ihn herausgeklaubt und einem seiner jüdischen Freunde gegeben haben. Das bringt mich auf meine ursprüngliche Frage zurück. Was sollte das heute morgen mit Hubert und Bruder Jakob bedeuten?«

Edgar ließ sich nicht auf das Thema ein. »Vielleicht solltet Ihr Bruder Jakob danach fragen. Ich frage mich immer noch, woher Roberto wußte, daß es Hugos Ring war.«

»Vielleicht solltest du Roberto danach fragen«, antwortete Gaucher.

»Das habe ich auch vor«, sagte Edgar.

»Vergiß nur nicht, daß du für deinen Schwiegervater bürgst«, sagte Rufus warnend. »Wenn er verschwindet, bevor wir nach Burgos kommen, wird man dich an seiner Statt hängen.«

»Wir werden lange vorher wissen, wer es wirklich war.« Edgar zügelte seinen auflodernden Zorn. »Ich würde nicht so eifrig den Strick ausmessen, bevor ich wüßte, um welchen Hals er zu liegen kommt.«

Edgar drehte sich um und ging langsam durch die Tür der Herberge, spürte bei jedem Schritt eine Messerklinge zwischen den Schulterblättern. Doch weder Gaucher noch Rufus schickten sich an, ihn anzugreifen.

Edgar bemerkte allerdings, daß Hersent verschwunden war und ihr weindurchtränktes Brot auf der Bank zurückgelassen hatte.

Edgar durchsuchte die Herberge nach Maruxa und Roberto, fand sie aber nicht. Möglich, daß sie vor anderen Reisenden auftreten sollten oder daß die Geistlichen ihnen den Zutritt verwehrt hatten, weil sie keine echten Pilger waren. Die

Hospize unterschieden sich in ihren Regeln. Manche waren offen für alle, andere nahmen nur Pilger zu Fuß und ohne Geld auf und ließen Männer und Frauen in getrennten Sälen schlafen.
Es war zu dunkel, um draußen zu suchen. Edgar hoffte nur, daß die Jongleure die Gesellschaft nicht verlassen hatten, da sie jetzt das Gebirge überquert hatten.
Als er zu Catherines Strohsack zurückkehrte, lag sie unverändert da. Er zog sich die Schuhe aus und schlüpfte zu ihr hinein. Sie schmiegte sich im Schlaf an ihn und legte einen Arm über seine Brust. Edgar spürte ihren Atem in seinem Nacken und wünschte, sie wären irgendwo, wo sie nicht in den Kleidern schlafen müßten. Er drehte sich auf die Seite, und ihre Wärme ging auf ihn über.
Jetzt spürte er kein Heimweh mehr.

Am nächsten Morgen bei der Messe half Bruder Jakob dem Priester aus dem Hospiz, das Brot unter die Wallfahrer zu verteilen. Sein Gesicht blieb ausdruckslos, als er Catherine ansah. Nur als sie ihn fragend musterte, zuckten seine Wimpern.
Catherine versuchte, sich auf die Reise zu konzentrieren, doch das Gesicht des Mönches stieg immer wieder vor ihr auf. Er sah überhaupt nicht aus wie ihr Vater. Die Kinnpartie war anders, und Jakob war so mager wie sie selbst, während Hubert immer wohlgenährt wirkte. Catherine fragte sich, ob Eliazar unter seinem Bart ein Kinn wie Jakob hatte. Sie konnte sich diesem Mann nicht verbunden fühlen, er war ein Fremder für sie.
Sie wünschte, sie könnte Solomon nach seinen Gefühlen fragen. Doch er hatte sich geweigert, mit irgendwem zu sprechen, selbst mit Mondete.
Nach der Messe zogen die Pilger weiter. Wenn das Wetter sich hielte, würden sie bis Pamplona kommen, der Residenz des

Königs von Navarra. Am nächsten Tag dann würden sie Puenta la Reina erreichen, wo alle Pilgerrouten zusammenliefen. Von da an würde der Jakobsweg zu dieser Jahreszeit so überfüllt sein wie Paris an Markttagen, hatte man ihr erzählt.

Catherine war, ohne zu essen, eingeschlafen und wartete dann bis zum späten Vormittag, bevor sie das Brot holte. Als sie die Herberge verließ, schwindelte ihr, und sie taumelte gegen Frau Griselle.

»Pardon«, murmelte sie, als Griselle sie auffing.

»Macht nichts«, sagte Griselle. »Ich helfe dir zu deinem Pferd. Bist du wohlauf, meine Liebe?«

»Ich habe nur vergessen zu frühstücken«, versicherte Catherine.

»Vom Fasten wirst du nicht schwanger«, sagte Griselle. »Ich habe das versucht, so wie alles andere auch. Manchmal klappt es eben nicht.«

»Bei mir schon.« Catherine blickte sie traurig an. »Immer. Aber die Säuglinge überleben nicht.«

»Oh.« Griselle hielt inne und sagte dann mit Entschlossenheit: »Ein Grund mehr zu essen. Und vielleicht erbarmt sich der heilige Jakob deiner und erfüllt dir deinen Wunsch.«

»Ja, danke«, sagte Catherine. »Und Dank für Eure Güte gegenüber meinem Vater. Ich habe ihn schon lange nicht mehr so lebhaft gesehen.«

Griselle wirkte verlegen. »Keine Ursache. Es ist sehr freundlich von ihm, mich auf der Reise zu unterhalten und mich vor jenen *filz a frarine*, Gaucher und Rufus, zu beschützen. Entschuldige mich.«

Sie winkte einem ihrer Soldaten, der auf sie zukam.

Edgar setzte Catherine auf das Pferd, und sie leistete keinen Widerstand. Er gab ihr ein Stück Käse zu knabbern, aber sie hatte keinen Appetit. Sie wußte nicht, warum sie immer noch so müde war. Sie wollte nur schlafen.

Die Straße nach Pamplona war hügelig und schlecht. Auf dem Gipfel einer steilen Anhöhe sah Catherine nach links und bemerkte, daß sie wieder einem Flußlauf folgten.
»Wie heißt der Fluß?« fragte sie.
»Ich weiß es nicht.« Edgar sah sich nach jemandem um, der die Gegend kannte.
»Roberto und Maruxa.« Er entdeckte sie weiter vorn in der Schlange. »Gut. Ich befürchtete schon, sie wären vor uns abgereist. Catherine, du fragst Maruxa über das Gelände aus. Ich will von Roberto herausfinden, was er über diesen Ring weiß.«
Catherine konnte kaum den Kopf hochhalten, doch sie willigte ein, Maruxa hinzuhalten, während Edgar Roberto ausfragte.
Die Jongleuse zuckte erschrocken zusammen, als Edgar und Catherine auftauchten. Sie waren zügig auf- und abgeklettert, ohne mit jemandem zu sprechen. Roberto spielte leise auf seiner *fristel*, der siebenrohrigen Sackpfeife. Die Melodie klang traurig.
»Diex vos saut«, sagte Edgar. »Wir wissen den Namen dieses Flusses nicht. Kennt ihr ihn?«
»Arga«, sagte Maruxa. »Er fließt durch Pamplona. Wir folgen ihm bis in die Stadt.«
Edgar stieß Catherine an.
»Und danach?« fragte sie, als Edgar ihr beim Absteigen half. »Wie weit ist es noch von Puenta la Reina?«
Maruxa forschte in Catherines Miene. Was sie dort sah, schien sie zu erschrecken. »Noch wenigstens zwei Wochen«, sagte sie, »und das Land ist an vielen Stellen öde und trokken. Es gibt Tümpel, dessen Wasser faul ist. Ihr könnt die Gerippe von Pferden sehen, die daraus tranken und krepierten. Die Navarresen führen die Pilger dorthin und stehlen dann ihre Habe und schinden die Pferde für Leder. Kauft kein Leder in Navarra.«

Catherine nickte. »Gut. Und was kommt dann?«

Maruxa legte ihre Hand auf Catherines Stirn. »Bist du wohlauf, *p'tite aucel?*« fragte sie. »Du fühlst dich kühl genug an, aber du bist nicht ganz du selbst.«

»Bedaure.« Catherine gähnte. »Ich bin nur schläfrig. Ich wache heute gar nicht richtig auf.«

»Du brauchst ein Stärkungsmittel«, sagte Maruxa. »Laß mich mal nachsehen, was ich in meiner Tasche habe.«

Inzwischen hatte Edgar Roberto auf die andere Straßenseite geführt. »Ich höre, daß du Catherines Vater beschuldigt hast, einen Ring von dem Mann gestohlen zu haben, dessen Kehle bei Conques aufgeschlitzt wurde«, sagte er ohne Einleitung.

»Ich habe niemanden beschuldigt!« erwiderte Roberto empört. »Ich habe nur erwähnt, daß ich einen goldenen Ring mit einem Loch in der Mitte sah, als Hubert die Börse öffnete, um seinen Wein zu bezahlen. Das ist alles. Es kam mir seltsam vor.«

»Und dann hast du es Gaucher und Rufus gemeldet?« fragte Edgar.

»Nein!« sagte Roberto. »Ich habe es nur zu Maruxa gesagt. Sie saßen auch an dem Tisch. Sie müssen es aufgeschnappt haben.«

»Aber du hast diesen Ring gesehen?« fragte Edgar. »Du bist sicher, daß du ihn sahst, bevor Hubert durchsucht wurde?«

»Ja, am Abend vorher.« Roberto hob die Hand. »Ich schwöre es. Warum sollte ich lügen?«

»Ich kann mir mehrere Gründe denken«, sagte Edgar. »Entweder haben sie dich bestochen oder bedroht, oder vielleicht täuschst du dich einfach.«

»Nichts davon. Bei den schwieligen Händen des heiligen Domingo des Brückenbauers! Ich weiß, was ich gesehen habe, und es war so, wie ich sagte.«

Edgar war nicht sicher, ob er dem Jongleur glauben sollte. Doch die Ehrlichkeit des Mannes war zumindest gut gespielt. Er würde vor Gericht glaubwürdig wirken.

Und falls er die Wahrheit sagte, wie war Hubert an einen Ring geraten, der Hugo von Grignon gehörte?

SECHZEHNTES KAPITEL

In der Stadt Puenta la Reina, wo die Straßen nach Compostela zusammenlaufen. Dienstag, den 3. Juni 1142, am Tag des seligen Isaac, hingerichtet von den Sarazenen in Cordoba im Jahre 834; niemand weiß genau, warum.

מִנִּי חֲצוֹת לַיְלָה פֶּרֶא רְדָפַנִי
אַחֲרֵי אֲשֶׁר רָמַס אוֹתִי חֲזִיר־יַעַר.
הַקֵּץ אֲשֶׁר נֶחְתַּם הוֹסִיף עֲלֵי מַכְאוֹב
לִבִּי, וְאֵין מֵבִין לִי, וַאֲנִי בַעַר.

Seit Mitternacht werde ich von Ort zu Ort gehetzt, verfolgt vom Wüstenesel; betrampelt vom wilden Eber des Waldes. Überall quält man mich. Das Ende verborgen zu halten verschlimmert nur die Pein. Ich leide an der Unwissenheit, Liebe, und niemand kann es mir erklären.

– Solomon Ibn Gabirol –

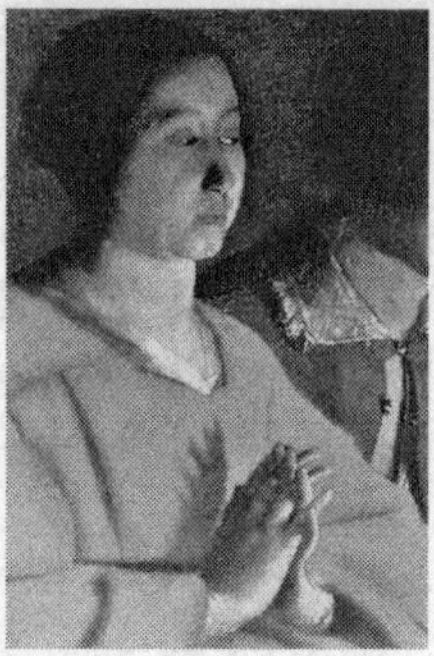

Solomon saß auf einem Baumstumpf und sah die Welt vorüberziehen. Pilger, Händler, Hochstapler und Diebe, Sieche und Gesunde, Reiche und Arme, sie sprachen ein Dutzend Sprachen, und jeder hielt auf Santiago zu. Solomon verachtete sie alle unterschiedslos. Er zwickte den Weinschlauch auf seinem Schoß. Fast leer. »Auch du läßt mich im Stich«, sagte er vorwurfsvoll. Als er sich hingesetzt hatte, war der Schlauch noch voll gewesen.

Er hatte die letzten beiden Tage mit Grübeln verbracht und dann befunden, daß er sich ebensogut betrinken könnte, wenn er sich ohnehin so schlecht fühlte. Bisher hatte der Wein keine Abhilfe geschaffen.

Er hatte die allgemeingültige Wahrheit, keine persönliche, finden wollen. Was war nur mit ihm los, daß das Schicksal ihm so grausam mitspielte? Was hatte er getan, um solch eine Schande zu verdienen?

Nachdem die erste Zorneswelle abgeebbt war, konnte er es Eliazar nicht verübeln, daß er über das, was mit seinem Vater geschehen war, gelogen hatte. Ein Glaubensübertritt war dasselbe wie der Tod – schlimmer noch, weil es keine Hoffnung auf ein Wiedersehen in der nächsten Welt gab. Jacob ben Meïr war tatsächlich tot.

Solomon interessierte sich nicht für Jakob den Mönch. Er

wollte ihn nicht wiedersehen und auch nicht wissen, wie Jakob so selbstsüchtig hatte sein können, seine Familie, seine Gemeinde, seinen Gott zu verlassen. Er hatte es getan. Seine Gründe zählten nicht. Was Solomon wirklich entsetzte und ihn dazu trieb, den Weinschlauch zu leeren, war, daß der Samen der Abtrünnigkeit auch in ihm keimen könnte. Man hatte ihn oft ins Gebet genommen, weil er die Gesetze nicht einhielt. Er konnte sich nicht an viele davon erinnern. Ein Lehrer in Speyer hatte einmal behauptet, das wichtigste sei, daß er Israel in seinem Herzen verbunden bleibe.

Jetzt war er sich dessen nicht mehr so sicher.

Er rollte den Schlauch auf, um sich die letzten paar Tropfen in den Mund zu pressen. Sein trunkenes Hirn brachte gerade noch genügend Selbsterhaltungstrieb auf, um ihn ins Gasthaus zurücktorkeln zu lassen, bevor ihm die Sinne schwanden.

So bekam er auch nicht die Ankunft von zweien der Männer mit, die er in Spanien zu finden hoffte.

Catherine war plötzlich wieder hellwach, hatte allerdings noch keinen Appetit. Sie staunte über die unterschiedlichen Leute hier an der Stelle, wo sich alle Straßen zu einer einzigen vereinigten. Nicht einmal die Jahrmärkte von Troyes und der Lendit zogen solch ein Völkergemisch an. Es gab Pilger, die sogar aus dem fernen Ungarn kamen. Es gab Italiener und Deutsche und Nordmänner, Norweger, Engländer, Bretonen, Lombarden und, was sie noch aufregender fand, dunkle Männer, die weiße Gewänder und Turbane trugen.

»Glaubst du, das sind Sarazenen?« fragte sie Edgar.

»Ich weiß es nicht«, erwiderte er. »Du erinnerst dich doch, daß Roberto und Maruxa erklärt haben, daß sogar Christen und Juden sich hier nach arabischer Mode kleiden.«

»Das ist alles sehr verwirrend«, bemerkte Catherine. »Gar nicht, wie ich es mir vorgestellt habe. Ich befürchtete, niemanden verstehen zu können, und jetzt stelle ich fest, daß die Hälfte der Städte nach der Reconquista von Franzosen besiedelt wurde. Ich dachte, es wäre ein leichtes, die Moslems zu erkennen, falls sie sich so weit in christliches Land vorwagen, aber viele Menschen hier leben nach deren Sitten und sehen genauso aus wie sie.«

»Wenn Solomon jemals seine Schwermut überwinden sollte, können wir ihn danach fragen«, schlug Edgar vor. »Er weiß vielleicht, wie man sie unterscheiden kann.«

Solomon war vor wenigen Minuten an ihnen vorbeigetaumelt, ohne sie zu bemerken.

»Das dürfte wohl noch eine Weile dauern«, sagte Catherine.

Der Tag war warm und sonnig. Catherine und Edgar genossen es, im Schatten zu sitzen und die bunte Parade vorbeiziehen zu sehen. Dies sollte ihre letzte Station sein, an der sie für länger als eine Nacht halten, bis sie in Compostela wären. Alle anderen liefen geschäftig hin und her, um den nächsten Teil der Reise vorzubereiten, doch Edgar und Catherine hatten das bereits erledigt. Jetzt mußten sie nur noch auf die anderen warten.

Einer der Passanten merkte, daß Catherine ihn beobachtete. Er blieb stehen und gab seinen beiden Begleitern ein Zeichen. Alle drei kamen auf das Paar zu.

»Gott behüte Euch«, sagte der Mann. Er hatte hellbraunes Haar, eine rosige Gesichtsfarbe und sprach mit unverkennbar normannischem Akzent. Edgar versteifte sich, zog sich den Hut ins Gesicht und gab vor zu schlafen.

»Und Euch ebenfalls«, erwiderte Catherine, als sie sah, daß Edgar nichts sagen würde. »Können wir Euch behilflich sein?«

»Das hoffe ich. Ich heiße Robert«, sagte der Mann. »Meine Freunde und ich kommen aus Barcelona. Man erzählte uns, daß Peter, der Abt von Cluny, bald hier vorbeikäme.«

»Ich glaube nicht, daß er schon angekommen ist«, erwiderte Catherine. »Aber einige von den Mönchen, die ihn begleiteten, sind jetzt hier. Vermutlich halten sie sich in der Priorei auf.«

Neugierig musterte sie die anderen beiden Männer. Einer war blond und sonnengebräunt, der andere dunkel, obwohl sein rötlich schimmerndes Haar heller war als ihr eigenes.

»Kommt Ihr alle aus der Normandie?« erkundigte sie sich.

»Nein«, sagte Robert. »Mein Freund Hermann kommt aus Dalmatien. Wißt Ihr, wo das liegt?«

»Tief im Osten, soviel ich weiß.« Catherine konnte gönnerhaftes Verhalten schwer ertragen. Sie wandte sich an den dritten Mann. »Und Ihr seid auch ein Dalmatiner?«

Er schenkte ihr ein breites Lächeln und schüttelte den Kopf. Robert anwortete für ihn. »Mohammed ist aus Cordoba. Wir sind Studenten der Geometrie und Astronomie. Der Abt von Cluny will uns engagieren, damit wir die Bücher der Araber ins Lateinische übersetzen.«

Das war Catherine völlig neu. »Der Abt zieht mich nicht ins Vertrauen«, antwortete sie. »Doch würde ich es begrüßen, Euer Werk lesen zu dürfen, wenn Ihr es vollendet habt.«

Sie ignorierte den Blick, den der Mann ihr bei dieser Bemerkung zuwarf. Sie dachte an die seitenlangen Aufzeichnungen, die sie und Solomon gefunden hatten. Geometer und Astronomen. Diese Männer wüßten vielleicht, was diese geheimnisvollen Symbole zu bedeuten hatten.

»Werdet Ihr hier in Puenta la Reina auf Abt Peter warten?« fragte sie.

»Das hängt davon ab, welche Auskunft man uns in der Priorei erteilt.« Robert verbeugte sich lächelnd vor ihr. »Danke für Eure gütige Hilfe.«

Erst als die Männer weitergingen, wurde Catherine sich bewußt, daß sie endlich einen Sarazenen gesehen hatte.

Verärgert stieß sie Edgar in die Seite. »Du kannst dich doch

nicht jedesmal verstecken, wenn du einen Normannen siehst«, meinte sie. »Sie haben fast die ganze Christenheit überrannt. Und der Mann war ein Scholar, kein Soldat.«
»Du hast doch wunderbar für uns beide geantwortet.« Er schob den Hut zurück. »Mir soll's recht sein.«
Catherine konnte seine Abneigung gegen Normannen zwar nachvollziehen, doch sie fühlte sich dabei unwohl. Schließlich lag die normannische Eroberung bereits achtzig Jahre zurück. Sie wollte diesen Robert gern noch einmal sehen, um ihm eventuell die Aufzeichnungen zu zeigen. Edgar weigerte sich zwar, mit jener Rasse zu verkehren, die sein Land erobert hatte, doch vielleicht konnte sie Solomon gerade lange genug aus seinem Elend herausreißen, daß er sie begleitete. Mit einem Mann an ihrer Seite wäre es leichter, den normannischen Gelehrten aufzusuchen.
Sie schmiegte sich an Edgars Arm und wünschte, sie müßten nie wieder aufstehen. Es kam ihr so vor, als seien sie schon ewig auf Reisen und daß Compostela so weit weg wäre wie der Himmel und es ebenso lange dauern würde, dorthin zu gelangen.
Doch es war so angenehm, im Schatten zu sitzen, sich durch und durch warm zu fühlen, von blühenden Bäumen und Blumen umgeben. Catherine schloß die Augen und stupste Edgar an, bis er sich aufraffte und den Arm um sie legte. Dann sank er wieder in Halbschlaf.
»Liebe, gute Frau«, wimmerte eine Stimme. »Eine Spende um Christi willen, ein Kanten Brot für einen armen Aussätzigen.«
Catherine riß die Augen auf. Ein Mensch stand vor ihnen, das Gesicht bedeckt, Arme und Beine mit Lumpen umwikkelt. Die Hände waren mit Schwären überzogen und totenbleich. Ihre Hand griff automatisch an ihren Beutel, um eine Münze herauszuholen, weniger aus Barmherzigkeit, als um den Aussätzigen auf Abstand zu halten.

»Pack dich, Frolya!« Roberto stieß den Aussätzigen zu Boden.
Catherine und Edgar wollten ihm aufhelfen, hielten jedoch eingedenk seiner Krankheit inne. Roberto schnaubte.
»Frolya braucht eure Hilfe nicht«, verkündete er. »Seinen Aussatz malt er sich jeden Morgen frisch auf.« Er hielt dem Mann die Hand hin und half ihm auf. »Seht Ihr?« sagte er und zeigte ihnen Frolyas Hand, auf der man Spuren von roter und weißer Farbe erkennen konnte.
»Bedaure, Roberto«, sagte Frolya. »Konnte ja nicht ahnen, daß das Freunde von dir sind.«
Er trollte sich, um mitleidigere Pilger zu suchen. Catherine und Edgar starrten ihm verblüfft nach.
»Warum sollte irgend jemand Aussatz vortäuschen?« fragte Edgar.
Roberto lachte. »Frolya heimst mehr an Almosen ein, als Maruxa und ich für einen Abend mit Gesang und Jonglieren einnehmen. Seine Familie ißt mindestens einmal die Woche Fleisch, und letztes Jahr hat er seiner Frau zum Namenstag ein silbernes Kreuz an einer Kette geschenkt. Der ist ein ebenso guter Schauspieler wie ich.«
»Aber er nimmt Geld, das diejenigen haben sollten, die es wirklich brauchen«, monierte Catherine.
»Möglich, aber hier ist es Brauch, daß man die Pilger nach Strich und Faden ausnimmt«, erklärte Roberto. »Betrachte es mal so: Was ist euch lieber? Daß Frolya euch als Aussätziger ein bißchen Geld abnimmt oder als Räuber, und euch obendrein die Kehle durchschneidet?«
»Sind das die einzigen Alternativen?« fragte Edgar.
»In dieser Stadt schon«, erwiderte Roberto.
»Dann ist keiner dieser Bettler wirklich bedürftig?« Catherine war bestürzt. Sie hatte auf der ganzen Route immer soviel gespendet, wie ihr Vater zuließ.
»Viele sind es«, versicherte Roberto. »Natürlich werden auch

sie oft ausgeraubt. Einmal fanden Maruxa und ich einen blinden Pilger, der nur im Hemd am Straßenrand kauerte. Diebe hatten ihn überfallen und ihm alles abgenommen, sogar den Pilgerstab.«

»Das ist ja entsetzlich!«

»Kann schon sein«, sagte Roberto. »Sie ließen ihm aber das Leben, und die Kanoniker in Roncesvalles gaben ihm neue Kleider, so daß er seine Wallfahrt fortsetzen konnte.«

»Bekam er sein Augenlicht wieder?« fragte Edgar.

»Nicht, daß ich wüßte«, erwiderte der Jongleur. »Vielleicht war das Wunder, die Reise lebend zu überstehen, das einzige, was er verdient hatte. Habt Ihr je herausgefunden, wie der Ring in Huberts Beutel gelangt ist?«

Der abrupte Themenwechsel verblüffte Edgar. »Nein«, sagte er. »Als wir ihn danach fragten, erklärte er, er hätte ihn unter den Münzen gar nicht bemerkt.«

»Wie ist denn das möglich?« fragte Roberto. »Ich sage Euch, ich habe ihn ganz deutlich gesehen.«

»Du vielleicht«, bemerkte Catherine. »Vater sieht nicht mehr so gut wie früher. In dem trüben Licht der Schenke hat er den Ring wohl übersehen. Er bittet mich oft, einen Betrag für ihn abzuzählen, damit er nicht zuviel gibt.«

»Aber in jener Nacht hast du es nicht getan?«

Dessen war sich Catherine sicher. »An jenem Abend aß er mit Frau Griselle.«

»Das mag ihre Unsicherheit erklären, als Hubert beschuldigt wurde«, sagte Roberto. »...wenn er bestritt, den Ring zu haben, sie jedoch wußte, daß er dort war.«

»Gewiß benahm sie sich nicht so, als ob sie Vater des Mordes verdächtigt hätte«, warf Catherine ein. »Vielleicht sah auch sie den Ring nicht.«

»Vielleicht sollten wir sie danach fragen«, sagte Edgar.

»Das müssen wir wohl«, pflichtete ihm Catherine widerstrebend bei.

Roberto mußte niesen.
»*Benedicite*!« riefen Catherine und Edgar wie aus einem Mund. »Danke«, schniefte Roberto. »Diese verfluchten Blumen sind schuld. Ich hasse den Frühling!«

Nicht weit davon entfernt stritten Gaucher und Rufus miteinander.
»In weniger als einer Woche sind wir in Najera«, widersprach Gaucher. »Du kannst doch nicht ausgerechnet jetzt aufstekken. Nicht, nachdem wir so viele Jahre gewartet haben.«
»Ich vermag keinen Sinn mehr darin zu sehen, Gaucher«, klagte Rufus. »Ich bin nur gekommen, weil Norbert mich dazu gezwungen hat. Er wollte mich umbringen, falls ich meinen Eid bräche.«
»Ach ja?« versetzte Gaucher. »Der Eid ist doch nicht mit Norbert gestorben.«
»Vermutlich hätte ich ihn gar nicht erst schwören dürfen«, warf Rufus hitzig ein. »Damals bildete ich mir ein, ich dürfte alles tun, solange ich für Christus kämpfte. Jetzt bin ich mir gar nicht mehr so sicher. Ich glaube nicht, daß wir ihn verkaufen sollten, wenn er sich überhaupt noch dort befindet.«
»Soll das etwa heißen, du willst ihn aus Sorge um unser Seelenheil irgendeinem Bischof übergeben?« An Gauchers Gesicht war sehr gut abzulesen, was er von dieser Idee hielt.
»Warum eigentlich nicht?« konterte Rufus. »Wir sind den Flammen weit näher als vor dreißig Jahren. Dieser Tage habe ich die Vergebung meiner Sünden nötiger als Gold.«
»Wenn du jetzt einen Rückzieher machst, bekommst du keins von beiden, mein Alter.« Gaucher machte einen Schritt auf ihn zu. »Und wovor hast du wirklich Angst? Glaubst du, daß jemand anders uns daran hindert, den Schatz zu heben? Zuckt dein *culet*, wenn du daran denkst, was Rigaud zugestoßen ist?«

»Dein Arsch etwa nicht?« gab Rufus zurück. »Wer auch immer das war, er verfügte über unglaubliche Kraft. Mich dünkt, das waren mindestens zwei, einer, der ihn aufspießte, und ein anderer, der ihn niederdrückte.«
Gaucher dachte nach. »Aber dann hätte man doch erwarten können, daß er alle Pilger, die im Narthex schliefen, wachgebrüllt hätte. Ich wünschte, wir hätten den Leichnam untersuchen können. Was weiß denn Bruder Jakob schon von gewaltsamem Tod?«
»Nach allem, was uns in Roncesvalles zu Ohren kam, quälen Bruder Jakob noch ganz andere Dinge als der Mord an Rigaud«, knurrte Rufus. »Ich habe zwar nicht das ganze Gerede über Familie und Übertritt verstanden, aber ich frage mich jetzt, ob er nicht vielleicht alles ignoriert, was gegen diese Männer aus Paris spricht.«
»Das frage ich mich auch«, sagte Gaucher. »Ich glaube, es liegt an uns, noch mehr in Erfahrung zu bringen.«
»Und wenn mich die Beweise zu dir führen?« fragte Rufus.
»Keine Angst, Rufus.« Gaucher lächelte dünn. »Wenn ich dahintergesteckt hätte, wärst du als erster gestorben.«

Bruder Jakob grüßte die drei Männer aus Barcelona weniger herzlich, als man es von einem Vertreter Clunys gewöhnt war.
»Ich habe keine Nachricht vom Abt, wann er zurückkehrt«, erklärte er ihnen. »Wir warten auf eine Meldung des Kaisers über die Belagerung von Coria.«
»Soweit ich weiß, dauert sie noch an«, erwiderte Robert. »Wo hält sich der Abt denn jetzt auf? Vielleicht sollten wir zu ihm gehen.«
»Er ist unterwegs von einem unserer Häuser zu einem anderen«, sagte Jakob. »Ihr könntet ihn leicht verpassen, wenn ihr jetzt umkehrt. Doch gewiß kommt er hier vorbei. Ich schlage vor, daß ihr mit uns bis Najera reist und ihn in unse-

rem Kloster erwartet. Dort könnt ihr unverzüglich mit der Übersetzungsarbeit beginnen.«

Robert beriet sich mit den anderen beiden. »Wir sind keine einfachen Übersetzer«, teilte er Bruder Jakob mit. »Der Abt machte uns große Versprechungen, damit wir für dieses Unterfangen unser Studium der Bewegung der Gestirne unterbrechen.«

Bruder Jakob war entsetzt. »Ihr haltet doch nicht etwa das Studium der Astronomie für wichtiger als den Kampf gegen die Ketzerei!«

Robert und Hermann schienen darüber nachzudenken. Dann nickten beide. »Was heute verboten ist, mag morgen erlaubt sein«, sagte Hermann auf französisch, mit starkem Akzent. »Doch die Sterne verändern sich nicht mit den Päpsten.«

»Aber ihr seid beide Geistliche!« Jakob geriet außer sich. Er zeigte auf Robert. »Du sagtest doch, du seist ein Diakon aus Pamplona?«

»Ja. Und dort muß ich auch irgendwann hin, wenn ich meine Arbeit so lange unterbrechen kann«, sagte Robert. »Ich versichere dir, Bruder, daß ich auf meine Art ebenso fromm bin wie ihr. Doch meine Forschungen sind teuer. Wenn der Abt wünscht, daß ich und wir alle sie aufgeben, müssen wir zuerst abwägen, ob es sich finanziell auch lohnt.«

Bruder Jakob wäre fast geplatzt. »Kommt nach Najera«, sagte er endlich. »Ihr werdet eure Silberlinge schon bekommen, bevor ihr etwas zu Pergament bringt.«

»Gewiß.« Robert verbeugte sich vor ihm. »Dank dir für deine Zeit, Bruder Jakob.«

Am nächsten Morgen erinnerte sich Solomon, warum er selten trank, wenn er sich elend fühlte. »Ich muß sterben«, sagte er.

»Nicht zeitig genug«, verkündete Edgar heiter. »Hier, trink

einen Eimer Wasser und übergib dich mehrmals. Dann geht es dir besser.«

»Macht man das so in Schottland?« höhnte Solomon. »Wir haben viel wirksamere Kuren.«

»Zum Beispiel den Kopf abschlagen?«

Solomon hielt sich seinen mit beiden Händen. »Das wäre ein guter Anfang. Wo steckt denn Catherine?«

»Sie hat fast die ganze Nacht über den Seiten gebrütet, die ihr beide in Moissac gefunden habt«, versetzte Edgar. »Jetzt wartet sie darauf, daß du wieder ein Mensch wirst, damit du sie zu diesem Robert von Ketton und seinem Freund Hermann begleitest und sie ihnen zeigen kannst.«

»Wem?«

»Magier, glaube ich. Sie trafen hier ein, während du unpäßlich warst.«

Solomon riß die roten Augen eine Sekunde lang weit auf, dann schloß er sie schmerzerfüllt. »Ich bin verdammt«, sagte er.

»Das ist durchaus möglich.« Edgar zeigte keinerlei Mitgefühl. »Wenn man deinen Lebenswandel bedenkt.«

Er stand auf und reckte sich. »Catherine schläft noch. Ich habe ihr versprochen, daß ich grünes Gemüse auftreibe. Gestern hat sie etwas auf dem Markt gesehen, doch wir hatten kein Geld bei uns. Weck sie bloß nicht auf.«

»Versprochen«, sagte Solomon, »aber brüll nicht so!«

Er seufzte erleichtert auf, als Edgar fort war, und wartete darauf, daß diese selbstverschuldete Qual vorüberzöge. Doch ein paar Minuten später kam Catherine die Leiter aus der Schlafkammer heruntergeklettert.

»Solomon!« rief sie aus. »Hat Edgar es dir schon erzählt? Ich glaube, ich habe genug von diesen Seiten entschlüsselt, so daß wir die Astronomen bitten können, den Rest zu erklären. Solomon? Was hast du denn?«

Ein Schatten bewegte sich in der Ecke. Mondete trat daraus

hervor. »Er braucht jetzt eine Mixtur aus Olivenöl, Myrrhe und rohen Eiern«, sagte sie.
Schon beim Gedanken daran drehte sich Catherine der Magen um, und Solomon würgte hörbar. »Hilft das denn?« fragte er.
»Ich habe keine Ahnung«, sagte Mondete. »Aber manch einer schwört darauf.«
»Ich probiere alles«, erklärte Solomon. »Kann man hier Myrrhe bekommen? Ich muß unbedingt mit Catherine diese Männer aufsuchen.«
»Ich tue, was ich kann«, versprach Mondete und ging hinaus.
»Ich hatte sie nicht einmal bemerkt«, sagte Solomon zu Catherine. »Im Gegensatz zu dir versteht sie es, stumm zu bleiben.«
Catherine wollte auffahren, bekam dann aber Mitleid mit ihm. »Soll ich dir sagen, was ich in den Seiten gefunden habe?« fragte sie. »Ich kann auch leise sprechen.«
»Na schön, worum geht es denn?« grummelte er.
»Natürlich ist nicht alles klar«, begann Catherine. »Manche Symbole sind mir unbekannt, und der Verfasser benutzt hin und wieder Worte seiner eigenen Sprache, vielleicht deutsche. Aber ...«
Sie beugte sich über ihn, um in sein abgewandtes Gesicht zu blicken. Solomon öffnete ein Auge. »Ich höre dir zu.«
»Aber«, fuhr sie fort, »bei den meisten davon scheint es sich um eine Reihe von Vorlesungen zu handeln, welche ein Student bei irgend jemandem in Toledo aufzeichnete, über die Kunst der Astrologie, Geisterbeschwörung, Astronomie und etwas, was sie ›Algebra‹ nennen. Ich bin nicht sicher, was das ist, vielleicht eine andere Art der Wahrsagerei. Oder vielleicht ist es der Name des Meisters. Es ist nicht klar.«
»Sag mir nur, was klar ist.« Solomon hob ein klein wenig den Kopf.

»Er schreibt darüber, wie man die Gestirne genauer zeichnen kann, besonders die Wanderung der Planeten, und leitet daraus ab, wie wir von deren Temperament beeinflußt werden. Ich für meine Person würde sagen, du leidest an einem Zusammenfluß von Mars und Saturn in den Fischen.«
»Sehr lustig. Was noch?«
»Da steht auch viel über Geomantie, wie man die Punkte so setzt, daß sie nicht von den Wünschen des Astronomen beeinflußt werden, und dann eine Liste der Meister, die aus ihren Forschungsergebnissen astrologische Tabellen erstellten.«
Solomon richtete sich vorsichtig auf. Er sah die Papiere an, versuchte, bekannte Worte herauszufischen.
»Ja, darüber haben sie letzten Winter in Córdoba gesprochen«, sagte er. »Die Araber haben große Fortschritte in der Genauigkeit der Voraussagen gemacht. Wie heißen denn diese Meister?«
»Ich kann sie nicht alle entziffern.« Catherine schob ihn beiseite. »Du stehst mir im Licht. *Avois*, hier sind einige: Abdallah, Alkindi, Alpharinus; dann kommen ein paar christliche Namen, Gérard, Guillaume, Petrus, Bernardus. Aber die Tabellen sind hier nicht. Ich fürchte, das hilft dir nicht weiter, es sei denn, diese Symbole bedeuten etwas Wichtiges.«
Solomon strich das Pergament glatt. »Ja, da steht etwas«, sagte er. »Und zwar, daß es jemanden in Toledo gibt, der mir helfen könnte.«
»Verstehe. Heißt das, daß du uns jetzt verläßt und nach Toledo gehst?«
Solomon sah auf, wich aber ihrem Blick aus. »Vielleicht gehe ich lieber, wenn dieser Mensch mit euch reist.«
»Meinst du deinen Vater?«
Jetzt sah er sie an. Catherine wich zurück. Solomons grüne Augen waren so hart wie Jadesplitter. »Ich meine Bruder Jakob, der fest entschlossen scheint, einen aus seiner Familie

hinrichten zu lassen.« Er setzte sich. »Ist dieses Weib etwa bis nach Jerusalem gegangen, um Myrrhe zu besorgen? In meinem Kopf stampfen Rösser.«
Catherine rollte das Pergament wieder ein. »Glaubst du, du wirst in deinem Glauben schwanken, weil dein Vater es getan hat?« fragte sie.
»Würde dir das etwa gefallen?« konterte er.
»Nicht, wenn du es ohne Freude tust«, sagte sie. »Ich habe nie geleugnet, daß ich für deine Taufe bete, aber nur, wenn dein Herz und deine Seele genauso bekehrt sind wie dein Leib.«
»Und bis dahin?« fragte er.
»Ich kann dich so lieben, wie du bist«, antwortete sie. »Es gibt keine Möglichkeit für mich, den wahren Glauben aufzugeben, also auch keinen Grund, warum ich nicht weiterhin mit dir verkehren sollte.«
Solomon lächelte schief. »Und daher auch keinen Grund, warum ich nicht bei dir und Edgar bleiben sollte, wenigstens bis Compostela.«
»Überhaupt keinen«, sagte Catherine. »Ach, da ist Mondete ja. Wenn du wirklich dieses Gebräu trinken willst, das sie da anbringt, solltest du es lieber draußen tun.«

Am Ende war es Catherine, die hinausging. Den Geruch aus dem Becher fand sie unerträglich. Sie wanderte die Hauptstraße zur Kirche entlang, ohne auf den Verkehr zu achten, grübelte über Solomons Dilemma nach.
»Catherine.« Die Stimme war leise und unverwechselbar. »Wann lernst du endlich, aufzupassen, wohin du gehst?«
»Edgar! Du hast frische Erbsen und Salat gefunden«, rief sie aus. »Ich liebe dich! Können wir das sofort essen?«
Ihr Appetit war sofort geweckt. Grünzeug! Es war zu lange her, daß sie irgend etwas außer Kohl und Wurzeln gegessen hatte.

»Da!« Er schöpfte eine Handvoll Erbsen für sie. »Sie sind so zart, daß du die Schote mitessen kannst. Keine Sorge – ich habe eine Menge, genug, um sie mit den anderen zu teilen.«
Sie hatte sie sich einfach in den Mund gestopft, aber jetzt verlangsamte sie ihr Tempo und kaute voller Begeisterung.
»Weißt du, *carissime*, ich finde, wir sollten etwas davon Frau Griselle bringen«, sagte sie. »Und während wir uns gemeinsam daran laben, wäre es doch ganz natürlich, sie zu fragen, ob sie eventuell einen Ring mit einem Stein bei den Münzen gesehen hat, die Vater neulich abends auf dem Tisch ausgeschüttet hat.«
»Nur du bringst es fertig, von Salat auf Ringe zu kommen«, erwiderte Edgar. »Aber ich komme gern mit und tue so, als ob es eine ganz normale Überleitung wäre.«

Griselle nahm das Angebot gnädig an, obwohl Edgar argwöhnte, daß ihr Interesse an frischen Erbsen nicht sonderlich groß war.
»Wie freundlich von euch, daß ihr an mich gedacht habt«, sagte sie. »Nehmt doch bitte Platz. Hersent, schenk Huberts Tochter und ihrem Gatten Wein ein.«
Sie setzten sich in die kleine Kammer, die Griselle wieder einmal für sich und ihre Zofe hatte organisieren können. Das Bett war aufgestellt und mit Stoff zugehängt, und Griselle hatte ihren eigenen Klappstuhl und ein Kissen. Die anderen saßen auf der Bank, die der Gasthof zur Verfügung gestellt hatte.
»Ich hatte den Wunsch, dich besser kennenzulernen, *ma douce*«, sagte Griselle zu Catherine. »Dein Vater hat mir erzählt, was hinter der schrecklichen Szene in Roncesvalles steckt.«
»Tatsächlich?« Catherine hätte fast den Wein verschüttet.
»Na, ich mußte es aus ihm herauskitzeln«, erläuterte Griselle lächelnd. »Du mußt sehr stolz auf ihn sein.«

»Ja, gewiß.« Catherine sah hilfesuchend zu Edgar hinüber, doch er schien genauso ratlos wie sie.

»Jener Bruder Jakob ist ein schrecklicher Feigling«, fuhr Griselle fort. »Er versteckt sich in dem Kloster, statt bei seinen früheren Glaubensgenossen zu bleiben und um ihre Seelen zu kämpfen, wie Hubert es getan hat.«

Catherine war zu überrascht, um zu antworten. Edgar kam ihr zu Hilfe. »Ich hörte, wie mein Schwiegervater manch eine flammende Predigt hielt«, sagte er. »Es würde mich nicht wundern, wenn die ganze jüdische Gemeinde von Paris geschlossen nach Notre Dame käme und seinem Beispiel folgend um Aufnahme in die Kirche bäte.«

Er dachte schon, er hätte es zu weit getrieben, um glaubhaft zu klingen, aber Frau Griselle lächelte zustimmend. »Größere Wunder haben sich schon ereignet«, sagte sie. »Und durch Menschen, die bei weitem nicht so edelmütig waren wie Hubert. Nehmt euch doch einen *gastel.*« Sie reichte ihnen den Teller. »In dieser Stadt gibt es einen hervorragenden Bäcker. Man findet selten solche Qualität an einem Ort, der vom Fremdenverkehr lebt.«

Das Gespräch drehte sich fast eine Stunde lang um Belanglosigkeiten. Schließlich merkte Catherine, daß sie es nicht schaffte,das Thema auf den Ring zu bringen. Sie mußte vor einer geschickteren Gesprächspartnerin die Waffen strekken.

»Wir müssen in unseren Gasthof zurück«, sagte sie und erhob sich. »Danke für den Kuchen und den Wein.«

Griselle erhob sich und küßte sie beide zum Abschied. »Ich hoffe, ihr kommt mich oft besuchen, nicht nur auf dieser Reise, sondern auch nach meiner Rückkehr nach Burgund.«

Das versprachen sie ihr und traten dankbar den Rückzug an.

»Catherine ...« setzte Edgar an, doch sie fiel ihm ins Wort.

»Sag es nicht, Edgar. Denk es nicht einmal.«

Er sprach es nicht aus, aber er konnte sich nicht des Eindrucks erwehren, daß sich Frau Griselle wie eine Frau verhalten hatte, die sich bemühte, die Zuneigung einer zukünftigen Schwiegertochter zu gewinnen.

Nachdem sie gegangen waren, saß Griselle eine Weile da und kaute nachdenklich auf einer besonders zähen Erbsenschote herum.

»Madame?« Hersent legte frisch gewaschene Nachthemden zusammen.

»Sie traut mir nicht«, sagte Griselle. »Was glaubt sie denn, was ich vorhabe? Etwa, sie um ihr Erbe zu bringen? Ich weiß, daß ihre Mutter noch lebt. Ich könnte ohnehin keinen Kaufmann ehelichen.«

»Er ist ein sehr attraktiver Mann«, bemerkte Hersent.

»Er ist gütig«, erwiderte Griselle. »Und die meiste Zeit sehr traurig.«

»So wie Ihr, Madame.«

»Ja«, seufzte Griselle. »Vielleicht habe ich ihn deshalb so gern.«

»Ihr würdet ihn doch nicht von jenen Männern abführen lassen – wegen des Rings?« fragte Hersent.

Griselle versteifte sich. »Ich habe den Ring, um den sie so viel Aufheben machen, nie gesehen. Gaucher und Rufus ließen ihn vermutlich in Huberts Beutel fallen, als sie ihn durchsuchten. Zweifellos bestachen sie den Jongleur, damit er lügt. Diesen Männern kann man nicht trauen. Vergiß das nicht.«

»Nein, Madame«, antwortete Hersent.

Sobald Hersent ihre Pflichten erfüllt und Griselle sich zu ihren nachmittäglichen Gebeten zurückgezogen hatte, suchte sie Mondete Ticarde.

Sie fand die Frau immer noch bei Solomon, den sie gerade

kurierte. »Und jetzt Wasser, du mußt ganz viel Wasser trinken«, sagte sie zu ihm.
»Hast du die Warnung nicht gehört?« erwiderte er zögernd. »Das Wasser in dieser Gegend bringt Pferde um.«
»Dieses Wasser kommt nicht aus dem Fluß.« Sie war unerbittlich. »Trink.«
Sie sah Hersent, die ihr vom Eingang her zuwinkte.
»Leer diesen Krug, bis ich zurückkomme«, befahl sie.
Hersent zog Mondete ins Freie, wo sie niemand hören konnte. »Ich muß dich über die Ritter ausfragen«, sagte sie.
»Weshalb denn?« fragte Mondete. »Du bist doch Griselles Zofe, nicht? Schickt sie dich?«
»Nein, sie ahnt nicht, daß ich hier bin«, erwiderte Hersent. »Ich kannte keinen vor dieser Reise, obwohl ich von Hugo und Norbert gehört habe. Etwas macht mich stutzig, und ich muß mehr über sie erfahren. Soweit ich weiß, kennst du sie alle von früher.«
»Mehr oder weniger. Norbert hatte nichts mit mir zu schaffen nach meinem vierzehnten Jahr. Das ist lange her, wie du dir denken kannst. Die anderen ... Hugo kam hin und wieder vorbei, meist, um zu reden. Es ist weithin bekannt, daß er seine Frau nicht im Zaum halten konnte.«
»Und die anderen beiden?« fragte Hersent.
»Gaucher und Rufus. Ja.« Sie zögerte. »Ich glaube nicht, daß ich dir irgendwas erzählen kann, das dir nützlich wäre. Wenn sie dir einen unsittlichen Antrag gemacht haben, nimm's nicht ernst. Sie lieben beide die Abwechslung. Ihr Geschmack ist exotisch, um es milde auszudrücken.«
Die Erinnerung jagte ihr noch einen Schauder über den Rükken.
»Schweine!«
»Nur Gaucher«, sagte Mondete. »Rufus hat nur Freude an Frauen, aber er erwartet, daß seine Huren sich bezahlt machen. Und er weidet sich an der Angst, die er ihnen einjagt.«

Hersent schluckte. »Hat einer von ihnen jemals über die Zeit in Spanien gesprochen?«

»Nur um zu prahlen«, erklärte Mondete. »›Ich habe so und so viele im Kampf erschlagen. Ich habe Rösser und Rüstungen erbeutet. Ich habe die Tore von Saragossa gestürmt und bin bis zu den Knien in Blut gewatet.‹ Sie erzählen immer wieder dasselbe. Ich habe selten zugehört.«

»Und was ist mit Hugo? Hast du den Ring gesehen, von dem Gaucher und Rufus behaupten, er habe ihm gehört?«

»Er besaß einen Ring mit einem Smaragd. Ich habe nicht gesehen, welchen Ring man Hubert abnahm. Ich weiß nicht, ob es sich um denselben handelt.«

»Wenn du ihn sähest, selbst ohne den Stein, würdest du die Fassung erkennen?« fragte Hersent.

»Vielleicht. Warum ist es so wichtig? Glaubst du etwa, sie haben einen anderen Ring in den Beutel des Kaufmanns geschmuggelt und geschworen, es wäre Hugos, um den Verdacht von sich abzulenken?«

»Etwas in der Art«, entgegnete Hersent ausweichend. »Wenn ich seiner habhaft werde, würdest du in aller Öffentlichkeit sagen, ob es derselbe war, den Hugo trug?«

»Ja«, versprach Mondete, »aber ich gelte nicht als glaubwürdige Zeugin.«

»Danke.«

Hersent eilte davon, und Mondete ging in den Schankraum zurück, um nachzusehen, ob es Solomon gelungen war, das Wasser bei sich zu behalten. In Anbetracht seines ungeheuren Flüssigkeitsverlustes kam es jetzt darauf an, dem Körper wieder neue Flüssigkeit zuzuführen, um das Gleichgewicht seiner Säfte wiederherzustellen.

Am nächsten Morgen brachen sie wieder auf.

Obwohl sie sich jetzt hätten trennen können, um sich anderen Pilgergruppen anzuschließen oder in Puenta la Reina auf die Rückkehr von Abt Peter und seines wohlbeschützten Gefolges zu warten, tat es niemand. Sie versammelten sich im Morgengrauen: Edgar und Catherine, Hubert, der Griselle aufsitzen half, Elizar unter der Gesellschaft von Kaufleuten aus Toulouse, Roberto und Maruxa, Gaucher und Rufus, die Brüder Jakob, Bruno und Deodatus mit den drei Männern aus Barcelona und ganz zum Schluß Solomon, gefolgt von Mondete.

Catherine musterte sie alle und dachte bei sich, wie merkwürdig es doch war, daß sie sich so aneinanderhängten, wenn sie alle argwöhnten, daß ein Mörder unter ihnen weilte.

SIEBZEHNTES KAPITEL

Unmittelbar vor Cirauqui, in Abwärtsrichtung auf die römische Brücke zu, Donnerstag, 5. Juni 1142, am Tag des heiligen Bonifatius, geboren als Winfrid von Devon, Missionar bei den Goten und Vernichter uralter Eichen.

... inde Stella que pane bono et optimo vino et carne et piscibus fertilis est, cunctisque felicitatibus plena.

... dann kommt [die Stadt] Estella, wo es gutes Brot, erlesenen Wein, Fleisch und Fisch in Hülle und Fülle und überhaupt gar viele Freuden gibt.

– Aimery Picaud –
Codex Callistinus
C. III: »De nominibus villarum itinerus ejus.«

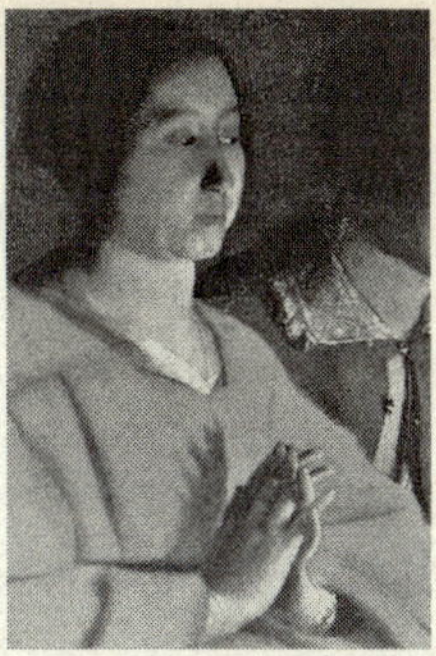

Die Gruppe der Pilger, die den Weg vom Dorf hinabstieg, war eine ganz andere als die, welche in Le Puy aufgebrochen war. Statt mit der höflichen Gleichgültigkeit unter Fremden oder der vorsichtigen Freundlichkeit unter Nachbarn behandelten sie sich jetzt wie Angehörige derselben Familie. Einer großen, ungebärdigen zwar, voll bitteren Haders und Streits, aber dennoch einander verbunden. Sie waren jetzt Menschen, die viel übereinander wußten.
Robert, der Engländer, der in Puenta la Reine zu ihnen gestoßen war, spürte die Spannung unter den Wallfahrern. Er beging den Fehler, Edgar danach zu fragen.
Edgar knurrte nur und machte sich zum Schein an einem losen Riemen am Gepäck zu schaffen.
Catherine antwortete für ihn. »Wir hatten eine schwierige Reise. Es gab mehrere ... Unfälle. Darum sind wir leider alle erschöpft und reizbar.«
»Ach so.« Robert war klug genug zu begreifen, daß er sich um seine eigenen Angelegenheiten kümmern sollte – doch nicht schlau genug, sich seinen nächsten Kommentar zu verbeißen. »Wie ich höre, bist du so etwas wie eine Scholarin?«
»Ja, etwas in der Art«, antwortete Catherine. »Ich habe vor meiner Heirat bei der Äbtissin Héloïse studiert.«

»Man sagt, sie bringt ihren Schülerinnen Hebräisch bei«, bohrte Robert weiter.
»Ich habe ein wenig gelernt«, gab Catherine zu. »Nicht genug, um den Pentateuch im Original zu lesen. Leider. Kannst du's?«
»Mein Arabisch ist besser«, sagte er.
Etwas an der Art ihrer Antworten flößte ihm Vertrauen ein. Es dauerte eine Minute, bis er wußte, woran das lag: Das ganze Gespräch war in Latein geführt worden.
»Du weißt nicht zufällig, was der Name der Stadt bedeutet, durch die wir eben kamen?« fragte Catherine, diesmal auf französisch.
»Nein. Baskisch spreche ich leider nicht«, sagte Robert, ebenfalls auf französisch. Jetzt, wo die Formalitäten geklärt waren, war Latein nicht länger nötig.
»Schlangennest«, sagte jemand auf der anderen Seite des Pferdes.
»Ach, Solomon«, rief Catherine. »Ich habe vergessen, daß du Baskisch kannst.« Sie zitterte in der Morgenkühle. »Schlangen.«
Sie drehte sich zu der steilen Anhöhe um, zu den wenigen Häusern, die auf dem Gipfel eng beieinander standen. Sie wirkten unschuldiger als die Menschen, die gerade hier vorbeigezogen waren. Dieser Name brachte das Gefühl zum Ausdruck, das sie seit der Enthüllung über Bruder Jakobs Identität quälte. Sie lebten in einem Schlangennest, und man konnte nicht sagen, welche davon schliefen, und es gab keinen sicheren Weg hindurch. Catherine wußte, daß es nur eine Frage der Zeit war, bevor wieder eine zuschlagen würde.
Auch die anderen spürten es. Seit Roncesvalles klebten Gaucher und Rufus aneinander wie eifersüchtige Liebende, ließen sich keine Minute aus den Augen. Catherine konnte nicht mit Sicherheit sagen, ob das zum gegenseitigen Schutz

oder aus Mißtrauen geschah. Sie schliefen Rücken an Rükken, und als sie auf ihrem nächtlichen Gang zur Latrine etwas zu dicht an ihnen vorbeikam, sah sie, wie deren Hände beim Nahen ihrer Schritte nach dem Messer griffen.
Frau Griselle war wie eine Rose gewelkt, deren Blütenblätter sich an den Rändern verfärben. Catherine spürte unbarmherzige Genugtuung, daß ihr die Mühen der Reise schließlich doch anzumerken waren. Ihr sonst so gerader Rücken krümmte sich ein bißchen beim Reiten, und sogar Huberts Gesellschaft konnte sie nicht dauerhaft aufheitern. Sie behielt Hersent stets in ihrer Nähe, gab ihr aber selten etwas zu tun. Seltsam, daß sie in solch einem Klima des Argwohns ihren Soldaten gestattete, von ihr weg mit denen aus Cluny und Toulouse zu reiten, wo die Männer sich zum erstenmal seit Beginn der Reise entspannten.
Seit der Beschuldigung in Roncesvalles hielten sich Maruxa und Roberto möglichst von den anderen fern. Sie spielten und sangen abends nur auf Wunsch. Maruxa überraschte Aaron einmal mit einem weltlichen jüdischen Lied, das in arabischer Sprache geschrieben war. Es war eine Geschichte von Liebe und Sehnsucht, und selbst diejenigen, die die Worte nicht verstanden, spürten die Gefühle in ihrer Stimme. Doch als sie geendet hatten, hoben sie die Münzen auf, die man ihnen zuwarf, und zogen sich in ihren eigenen Winkel zurück.
Selbst in Catherines engstem Familienkreis war die Spannung zu spüren. Hubert und Eliazar sprachen sehr behutsam miteinander, als ob sie Angst vor einem falschen Wort hätten. Solomon hielt sich abseits. Er und Mondete schienen eine Art Pakt geschlossen zu haben. Sie gingen jetzt gemeinsam, ohne Worte und ohne Berührung. Wie sie miteinander kommunizierten, war Catherine ein Rätsel.
Bruder Jakob tat sein Bestes, die Existenz der anderen zu leugnen. Aus Neugier oder Familienpflicht hatte Catherine versucht, sich mit ihm zu unterhalten, doch er hatte sie weg-

gescheucht und weigerte sich zu antworten. Er blieb in einem geschlossenen Kreis von Geistlichen.
Edgar hätte natürlich Catherine nie auf Abstand gehalten, doch in beiden herrschte eine unausgesprochene Angst, die zunahm, als sie durch Navarra kamen und bemerkten, daß die Landschaft bis Compostela keine ununterbrochene Grasebene war.
»So ein Land habe ich noch nie gesehen«, sagte Edgar. »Es ist, als ob ein riesiges Heer hier durchgezogen wäre und alles geplündert und zerstört hätte, sogar die Bäume.«
Catherine pflichtete ihm bei. Es war leer und öde, nur mit trockenem Gestrüpp, und große rote Felsen ragten wie lebendig begrabene Riesen aus der Erde heraus. Beide vermieden es, die Berge in der Ferne zu erwähnen.
»›In jenen Tagen lebten Riesen auf der Erde‹«, zitierte sie. »Ich hielt das immer für eine Metapher. Niemand hat uns hiervon erzählt.«
Auch auf die Hitze waren sie nicht vorbereitet. Die Luft war trocken, und die Sonne brannte gnadenlos von einem wolkenlosen Himmel, bis sich alle wie in einem Backofen fühlten. Kein Vergleich zu den feuchten Sommern in Paris.
»Wir haben nicht genug Wasser«, sorgte sich Edgar, als sie noch einen Schlauch geleert hatten.
»Vater und Onkel Eliazar haben sich besser vorbereitet«, beruhigte ihn Catherine. »Sie haben genügend mit, um uns bis Estella zu versorgen. Ich meine, du solltest dir noch etwas nehmen, um dir das Gesicht abzuwischen.«
Offensichtlich setzte ihm die Hitze mehr zu als ihr. Sein sonst so blasses Gesicht war rot und feucht unter der breiten Hutkrempe. Er trug nur Hemd, *brais* und Schuhe. Das Hemd klebte ihm am Rücken. Catherine ging zum Packpferd und band einen der Wasserschläuche los. Sie feuchtete ihren Schal an und kehrte zu Edgar zurück. Solomon sah ihr zu und folgte ihr.

»Nimm kein Wasser. Wein ist besser, etwas von dem aus Moissac, der zu Essig geworden ist. Er kühlt gut. Gib auch etwas auf seine Hände.«
»Auf meine Hände?« Edgar argwöhnte einen von Solomons Scherzen.
»Ich habe das schon gesehen«, erwiderte Solomon. »Ihr Hellhäutigen könnt diese Sonne nicht ertragen. Frag Hermann, der mit den Mönchen reist. Du hast wohl bemerkt, daß er sich wie die Einheimischen kleidet, ganz in Weiß, den Kopf bedeckt. Aber er trägt auch noch Handschuhe.«
Catherine hatte es bemerkt. Sie waren dünn und die Fingerkuppen abgeschnitten.
»Du kannst in Estella welche kaufen«, sagte Solomon. »Bis dahin nimm Essig.«
Sie wollte sich bei ihm bedanken, doch er fiel schon wieder ans Ende des Zuges zurück.
Catherine drehte sich zu ihm um. »Edgar, diese Gefahr habe ich nicht erwartet«, sagte sie, wobei sie nicht die Hitze meinte. »So kann es nicht weitergehen, daß jeder sich in sich selbst verkriecht, bereit, jederzeit um sich zu schlagen. Es ist wie der Vorabend zu einem Sturm. Jede Minute rechne ich mit Blitzen.«
Doch nichts geschah, als sie schweigend die römische Brücke am Fuße des Berges überquerten und um die Stadt Urbe herum zum Salado gingen.
Dort mußte die Gruppe anhalten.
Auf der Brücke stand eine Bande navarresischer Basken, die mit Speeren und Messern bewaffnet waren. Die Wachen der Pilger zogen ihre Waffen. Edgar stellte sich schützend vor Catherine. Dankbar – aber auch neugierig – versuchte sie, einen Blick zu erhaschen.
Es überraschte sie nicht völlig, den Mann zu sehen, der sie bei Roncesvalles gerettet hatte. Er bemerkte sie und grinste. Schnell zog sie den Kopf zurück.

»Was will er wohl?« fragte sie Edgar.
»Ich weiß es nicht«, antwortete er. »Aber wenn er auch etwas von dir will, kriegt er es nicht.«
Catherine war gerührt. Sie wurde allgemein nicht für attraktiv gehalten, daher glaubte sie auch nicht im Ernst, daß der Baskenführer ausgerechnet sie verlangen würde. Doch es war nett, daß Edgar es für möglich hielt. Sie sah noch einmal um ihn herum.
Aaron und Solomon gingen auf den Führer zu. Die Wachen ließen ihre Waffen nicht sinken. Sie waren zum Schutz der Pilger und Händler angeheuert worden und daher froh, ihre Nützlichkeit unter Beweis stellen zu können. Ihre Kampfbereitschaft schien die Basken sehr zu amüsieren.
Die Männer unterhielten sich kurz, dann nickten sie zustimmend. Aaron und Solomon kamen zu ihren Gruppen zurück, um Bericht zu erstatten.
»Er sagt ...« Solomon erhob die Stimme, so daß auch Bruder Jakob ihn hören konnte: »... er sagt, er hat uns von Roncesvalles bis zu diesem Fluß beschützt, und hier endet sein Territorium. Er hat alle seine Freunde und Vettern davon abgehalten, uns auszurauben, die Kehle durchzuschneiden und unsere Frauen zu stehlen. Das war schwerer als erwartet, und daher will er noch einmal zehn *Metcales* haben, bevor er uns passieren läßt.«
Er hielt inne und wartete auf Protestgeschrei. Doch zu seinem Erstaunen kam nichts. Griselle langte seufzend nach der Börse, die um ihrem Hals hing. Hubert holte auch seine hervor. Roberto suchte in seiner Gürteltasche, wohlwissend, daß er wenig zu geben hatte, jedoch entschlossen, einen Beitrag zu leisten. Gaucher und Rufus berieten sich und spendeten dann. Aaron sammelte bei den resignierten Kaufleuten. Nur Bruder Jakob und die Mönche machten keine Anstalten, ihr Scherflein beizutragen.
»Diese Menschen nennen sich Christen«, schimpfte Jakob.

»Diese Wilddiebe glauben, ein Hirsch kann ihnen einen Platz im Himmel erkaufen, und dann drehen sie sich um und bestehlen die Kirche und ehrliche Wallfahrer. Ich werde solch himmelschreiende Heuchelei nicht unterstützen.«

Solomon ignorierte ihn, sammelte weiter und übergab das Geld Aaron zum Zählen.

Während sie darauf warteten, die Reise fortsetzen zu können, nutzte Bruder Jakob die Gelegenheit, sein Pferd zum Saufen an den Fluß zu führen, Catherine beobachtete ihn und erwartete, daß jemand ihn aufhalten würde. Doch die andern sahen demonstrativ weg.

»Edgar, weißt du nicht mehr, was man uns über den Fluß erzählt hat?« flüsterte Catherine. »Sag doch etwas. Das Pferd hat doch nichts Unrechtes getan!«

»Vielleicht trinkt er selbst auch davon.«

»Edgar! Er ist ein Gottesmann!«

»Ich glaube, Gott hätte etwas dazu anzumerken«, antwortete Edgar. »Ja, ja, ich geh' ja schon.«

Er ging dem Mönch hinterher, doch Gaucher war ihm bereits zuvorgekommen. Der Ritter war genauso erschrocken wie Catherine und aus demselben Grund.

»Einerlei, was man von dem Mann hält«, zürnte er, »dem Pferd darf man nichts antun.«

Er griff nach dem Zaumzeug und zerrte es herum, als Bruder Jakob gerade am Fluß angelangt war.

»Was macht Ihr da?« brüllte Jakob, froh, einen Vorwand dafür zu haben.

»Bist du denn nicht bei Troste?« schrie Gaucher zurück. »Siehst du nicht die Pferdegerippe? Das Wasser hier ist vergiftet. Die Navarresen leben von dummen Pilgern wie dir.«

Jakob stierte finster zu den Menschen hinauf, die die Szene beobachteten. Er bemerkte Edgar auf der Uferböschung und alle anderen, die einfach nur herübersahen.

»Alle wußten Bescheid, ja?« fragte er leise. »Sie hofften, daß

ich auch trinken und daran sterben würde.« Er biß die Zähne zusammen und holte tief Luft. »Natürlich bete ich trotzdem für sie. Und für Euch, Gaucher von Mâcon. Danke.«
Er nahm seinen Platz im Zug wieder ein. Seine Miene war ausdruckslos. Plötzlich empfand Catherine Mitleid. Sie versuchte, es zu unterdrücken. Er hatte sich sein Los selbst erwählt. Doch warum? Wenn sie nur wüßte, was ihn zu der Bekehrung bewogen hatte. Jakob handelte nicht wie ein Mann, der die göttliche Gnade empfangen und Frieden gefunden hatte; er wirkte eher wie jemand, der immer vor Dämonen geflohen war und hoffte, daß sie ihn in Cluny nicht fänden. Doch jetzt war er schutzlos, und die Dämonen holten ihn ein.
Vielleicht hatte das zu diesen Morden geführt. Die Knechte Satans lauerten überall, sagte man. In dieser Wildnis meinte Catherine, das Schlagen ihrer lederigen Flügel förmlich hören zu können. Ihre Finger berührten das kunstvoll geschnitzte Elfenbeinkreuz an ihrem Hals. Keine Dämonen bitte, betete sie.
Da die Transaktion mit den Basken abgeschlossen war, bedeutete der Anführer der Bande, die Gesellschaft passieren zu lassen. Catherine hielt den Blick auf die Steine der Brücke. Es machte sie nervös, von den Banditen beobachtet zu werden.
Als sie die andere Seite erreichten, gab es hinter ihnen Lärm. Catherine drehte sich um und sah Solomon mit gezücktem Messer, die Spitze berührte das Kinn eines Basken. Vier andere Banditen umringten ihn mit ihren Messern, bereit, zuzustechen.
»Was ist denn geschehen?« rief Catherine.
»Der Mann ging hinter Mondete her und wollte herausfinden, was sich unter dem Umhang befindet«, antwortete Hersent. »Ich habe gar nicht mitbekommen, wie Solomon sein Messer zog. Der Baske anscheinend auch nicht.«

Solomon reagierte nicht auf die Waffen, die auf ihn gerichtet waren. Der Anführer der Basken sah zu, ohne einzugreifen. Am anderen Ufer zögerten Hubert und Eliazar. Sie wußten, daß Solomon tot wäre, bevor sie ihn erreichen konnten. Es schien, als würden sie ewig so stehenbleiben.

Mondete war aufgeschreckt, als der Mann versuchte, ihr den Rock hochzuziehen. Sie hatte ihn daran hindern wollen, war dann aber von Solomons Reaktion überrascht worden.

Jetzt war sie wütend. Sie drehte den Pilgern den Rücken zu und wandte sich voller Zorn an die versammelten Banditen.

»Du warst wohl neugierig, was?« rief sie. »Natürlich. Warum solltest du auch anders als die andern sein? Na schön. Warum nicht? Ich zeige es dir. Laß nur meinen dummen Beschützer los.«

Sie verstanden sie nicht, doch ihre Geste sprach für sich. Sie öffnete die Broschen, die ihren Mantel verschlossen.

Nach einem kurzen Blick auf die Narben auf ihrem Körper sah Solomon weg. Die Basken ließen die Messer sinken und starrten sie wie gebannt an. Manche bekreuzigten sich, während sie über die Brücke zurückwichen, auf ihre Uferseite. Mondete verschloß ihren Umhang wieder.

»Zufrieden?« rief sie barsch. »War es der Mühe wert? *Avoutres!* Ich verfluche euch alle! Auf daß eure Augen auf ewig brennen, ob ihr schlaft oder wacht. Auf daß weder Tränen noch Salbe sie kühlen. Mögen alle, die ihr liebt, vor euch davonlaufen, aus Angst über die Flammen in euren sündigen Augen!«

Sie drehte sich einfach um, nahm Solomons Hand und führte ihn weg. »Wann begreifst du endlich, daß ich keine Ehre zu verteidigen habe?« fragte sie, als sie in Sicherheit waren.

»Doch, die hast du«, antwortete er. »Und wenn Gott es zuließ, daß man dir das antat, ist er derjenige, der um Vergebung bitten sollte.«

Mondete blieb stehen. »Selbst unter Juden dürfte man diese Vorstellung wohl als Gotteslästerung betrachten«, erwiderte sie vorsichtig.
Solomons Kopf schnellte hoch. Er griff nach ihrer Kapuze und streifte sie zurück, so daß er ihr Gesicht sehen konnte. Sie hinderte ihn nicht, sondern fixierte ihn mit ihren eigenen flammenden Blicken. Eine lange Minute lang standen sie so da, dann stieß Solomon die Luft aus.
»Das ist also der Grund«, sagte er. »Dies ist dein letzter Versuch mit Gott.«
»Ja«, erwiderte sie. »Bei dir auch?«
Er nickte bedächtig. »Ja, ich wußte es gar nicht, aber für mich ist es das gleiche.«
Er ließ die Kapuze los und überließ sie wieder ihrem Geheimnis. Sie setzten sich in Bewegung, den anderen hinterher.

Es war wahnwitzig, dachte Catherine, daß sie die Reise einfach fortsetzten. Einerlei, was geschah oder wer starb, sie gingen weiter, wie magnetisch angezogen vom Schrein des heiligen Jakob. Sie wußte, daß sie unbedingt dorthin gelangen mußte, doch ihre weitere Zukunft konnte sie sich nicht vorstellen. Sie versuchte, sich Paris auszumalen, ihr Heim, das Kind, das sie sich so sehr wünschten, doch die Bilder waren vage und fern, losgelöst von Gefühlen.
»Sind wir alle gestorben, ohne es zu merken?« fragte sie Edgar. »Furchtbare Dinge geschehen, und wir gehen achselzukkend weiter. Was ist mit uns los?«
»Der Wind«, sagte Edgar. »Er ist so heiß. Er dörrt das Gehirn aus, bis für uns nur noch Staub und Sand und die Straße existieren. Ich höre ihn sogar im Schlaf.«
Es lag also nicht nur an ihr. Alle waren erschöpft, nie lange genug an einem Ort, um sich auszuruhen. Und heute würden sie Estella erreichen, noch ein Ort, von dem sie nie gehört

hatte, in einer weiteren Herberge mit schmutzigem Stroh als Lagerstatt. Catherine wußte, daß sie diese Beschwerlichkeiten dem Heiligen zum Opfer bringen, in seinem Namen erdulden sollte, doch sogar ihre Seele war wie betäubt.
Sie gingen weiter.

Griselle zwang sich, aufrecht zu sitzen. Noch nie im Leben hatte sie so lange im Sattel gesessen. Es rüttelte sie durch und ließ ihre Beine schmerzen. Doch ihr Leiden würde Bertrans Seele den Frieden bringen, daher nahm sie es willig auf sich. Nicht einen Augenblick lang konnte sie den Zweck ihrer Reise vergessen. Sie scherte sich nicht darum, was nach Compostela aus ihr wurde. Danach zählte nichts mehr.
»Seid Ihr wohlauf, Madame?«
Griselle lächelte matt. »Ja, gewiß«, antwortete sie auf Huberts Frage. »Ein bißchen erschöpft, wie wir alle, aber nicht mehr. Ich sollte Euch das gleiche fragen. Ihr hattet mehr Aufregungen als ich.«
Hubert war gerührt über die Anteilnahme in ihren Augen. »Die Beschuldigung der Ritter ist nichts Ernstes. Selbst wenn der Jongleur bezeugt, daß er einen Ring in meinem Besitz sah, wird Euer Wort mehr Gewicht tragen als Robertos ... es sei denn, ich hätte Euch behext.«
Sie lachte. »Gaucher und Rufus würden das gern glauben. Alles, was erklärt, daß ich ihre Avancen zurückweise.«
Die Frage, ob sie auch seine zurückweisen würde, lag ihm auf der Zunge. Doch er hielt sich zurück. Griselle duldete ihn, weil er unter ihrem Stand war. Jedes unschickliche Benehmen seinerseits würden ihre Wachen sofort ahnden.
Und doch hatte sie die Aufdeckung seiner Abstammung nicht abgeschreckt. Mochte sie ihn etwa so gern, daß sie sie in Kauf nahm?
Er wünschte, sie würde ihm ein Zeichen geben.

Der heiße Wind laugte sie mehr aus als der kalte Regen des Nordens. Als sie Estella fast erreicht hatten, fühlten sich alle wie ausgedörrt. Catherine hatte das Gefühl, ihre Lungen seien in einer Gerberei gewesen. Sie wollte nur noch in Flüssigkeit eintauchen.

Auch Edgar stand der Sinn nach Flüssigkeit, doch er hoffte, daß sie vergoren war.

»Weißt du, worauf ich Lust hätte?« murmelte er. »Auf ein richtiges Haus und ein richtiges Bett mit Laken und einer Matratze statt Stroh und einer Decke. Ich möchte Brot essen, das nicht schal und madig ist. Und Wein trinken, der nicht nach Gerbflüssigkeit oder Essig schmeckt. Auf Bier wage ich gar nicht zu hoffen. Und ich möchte mit dir ein Bad in einem tiefen Zuber nehmen.«

Lächelnd nahm Catherine seine Hand. »Du könntest dir ebensogut wünschen, daß wir in Paris wären.«

Aus der Ferne sah Estella mehr oder weniger so aus wie die bisherigen Städte. Sie lag zur einen Hälfte auf dem Felsen, zur anderen am Fluß, und es gab die üblichen Türme der Kirchen und der Befestigungsanlagen. Beim Näherkommen hoffte Catherine nur noch auf eine flache Lagerstelle ohne Ungeziefer, wo sie ungestört liegen konnte.

Doch hier war es anders als sonst. Darauf deutete schon die französische Begrüßung durch die Wache am Stadttor hin.

»*Òc plan!*« rief er auf okzitanisch. »Halt! Willkommen, Pilger! Die Bürger von Estella wünschen euch Gottes Segen auf eurem Weg und laden euch ein, Kost und Logis mit ihnen zu teilen. Der *burgo franco* liegt am Ende der Straße von San Martín. Behaltet die Kirche im Auge, dann kommt ihr direkt darauf zu.«

Der Soldat ordnete die Zusammensetzung der Gruppen mit geübtem Geschick ein. »Das Judenviertel ist am anderen Ende der Stadt, auf dem Hügel unterhalb des Schlosses. Und ihr seid wohl Schwarzmönche? Die Kanoniker der Kirche

werden euch willkommen heißen wie vor euch euern Abt Peter, der hier vor wenigen Tagen durchzog und euch in der Abtei von Santa Maria in Najera erwartet.«
Überrascht und erschöpft starrten ihn alle an.
»Worauf wartet ihr?« spöttelte der Wachsoldat. »Das Tor steht offen. Willkommen!«
Beim Eintreten fragte Eliazar Hubert: »Kommst du mit uns? Morgen abend kannst du mit uns in der Synagoge beten.«
Hubert schüttelte traurig den Kopf. »Ich muß bei Catherine bleiben. Das ist der Weg, den ich gewählt habe.«
Eliazar folgte Huberts Blick und war nicht überrascht, statt Catherine Frau Griselle zu sehen. »Der Weg, den du gewählt hast, führt ins Verderben«, sagte er. »Das sage ich nicht im Zorn, sondern aus Sorge, Chaim.«
Hubert packte Eliazar am Arm. »Das weiß ich wohl«, sagte er. »Doch ich will ihn trotzdem gehen.«

Solomon fällte den gleichen Entschluß. »Willst du, daß ich dich begleite?« fragte er Mondete.
»Etwa als mein Tugendwächter?« schnaubte sie.
»Willst du denn mit mir kommen?«
»Warum? Die Erfahrung hat mich gelehrt, daß mir deine Leute genauso Avancen machen wie meine eigenen.«
Solomon seufzte. »Hier in Estella gibt es Gelehrte. Nicht viele, aber einige, die in Toledo studiert haben. Ich dachte, du würdest ihnen gern ein paar Fragen stellen.«
Ihr Gesicht konnte er nicht sehen, doch sie streckte die Hand aus und tätschelte ihm die Wange. »Ich möchte ihnen keine Fragen stellen«, sagte sie. »Nur Gott kann mir antworten, und falls er es nicht tut, ist das auch eine Antwort. Verbring die Nacht unter deinesgleichen, mein Freund. Ich bin in Sicherheit. Deine Cousine wird schon dafür sorgen.«
»Ja.« Solomon ließ den Kopf hängen. »Ich hatte vor, sie darum zu bitten.«

»Sie hat ein gutes Herz«, sagte Mondete. »Man braucht sie nicht zu bitten.«

Edgar fühlte sich wie im Paradies. Alle Wünsche waren ihm so genau erfüllt worden, daß er Zauberei vermutete. Das Brot war frisch, der Wein schmeckte wie Ambrosia, das Bett war durch einen Vorhang abgeteilt und mit Leinenlaken gesegnet, und das Bad ...

Catherine tauchte den Kopf unter Wasser, und als sie wieder hochkam, hingen ihr die sauberen schwarzen Locken wirr über Gesicht und Hals, umflossen ihre Schultern.

»Ich hätte die Haare nicht auflösen sollen«, sagte sie. »Der Kamm wird darin steckenbleiben und zerbrechen.«

»Ich schnitze dir einen stärkeren«, versprach Edgar und fischte nach ihren Strähnen. Er teilte das Haargewirr und küßte sie, zog sie fest an sich.

»Edgar, die *estuveresse* kann jeden Moment zurückkommen«, protestierte sie.

»Dann wird sie vernünftig genug sein, um diskret zu verschwinden«, antwortete er.

Catherine hätte sich etwas anderes ausdenken sollen, doch ihr Körper verriet sie. Dieser Zuber war kleiner als der im heimischen Badehaus. Hier konnte sie die Füße gegen den Rand stemmen, was ihr ein ganz neues Gefühl gab.

Natürlich, fiel ihr als Ausrede ein, *die ehelichen Rechte sind ein Sakrament. Es ist meine Pflicht...* »Oh, Gott!« stöhnte sie.

Es war kein Gebet.

Hubert hatte sich für ein Gästehaus entschieden, in dem er für ein Zimmer zahlte. Seltsam, Griselle hatte die gleiche Herberge gewählt. Als Catherine und Edgar zum Badehaus gingen, sah er ihnen mit neidvollem Seufzen hinterher. Griselle und ihre Zofe gingen auch dorthin. Er ließ seine Gedan-

ken zu den spärlich beleuchteten dampfenden Verschlägen wandern, wo man bei gutem Wetter die Dachplanke abdeckte und im abkühlenden Wasser die Sterne aufgehen sah.
Ein bißchen tröstete ihn Griselles Versprechen, nach ihrer Rückkehr mit ihm zu Abend zu essen.
Er setzte sich an einen Tisch vor dem Haus und trank seinen Wein in der warmen Abendluft. Da er sich nicht um Verwandte sorgen mußte, gestattete sich Hubert etwas Entspannung. Soweit er es beurteilen konnte, hatte Bruder Jakob es aufgegeben, ihn des Mordes an Rigaud überführen zu wollen. Bruder Jakob. Sein eigener Bruder. So sehr er sich auch bemühte, konnte er den älteren Bruder, an den er sich kaum erinnerte, nicht mit diesem strengen Verfechter des Christentums in Einklang bringen. Er spürte keine verwandtschaftlichen Regungen. Als die Tage vergingen und Jakob keinen weiteren Versuch unternahm, mit ihm zu sprechen, atmete Hubert erleichtert auf.
Es wäre möglich, dachte er, daß einer der Ritter oder beide gemeinsam ihren alten Kameraden getötet hatten. Ebensogut könnte der Mörder ein Fremder sein. Und nur Zufall, daß es Hugo getroffen hatte. Norbert war vielleicht an Gift gestorben. Ständig sterben Menschen. Das Webmuster des Schicksals ist für Menschen nicht zu erkennen. Nur Narren und Scholaren lassen sich dazu verleiten, die Fäden zu verfolgen.
Nach zwei, drei Bechern Wein überraschte es Hubert nicht, sich Gaucher und Rufus gegenüber zu finden, deren eigene Becher gefüllt und deren Krug fast leer war.
»Wir gla-glauben nicht, daß du uns t-t-töten willst«, lallte Rufus.
»Aber bei Solomon sind wir nicht so sicher.« Gaucher war ein klein wenig nüchterner, arbeitete jedoch daran, die Lage zu verbessern. »Er ist zu flink mit seinem Messer.«

Hubert hatte zuviel allein getrunken, um jetzt vorsichtig zu sein. »Solomon hat nicht Eure Erfahrung«, erwiderte er. »Keine richtigen Schlachten, kein Ansturm auf den Feind, Spieß voran.«

Rufus ereiferte sich: »Mit dem Speer habe ich nie gekämpft. Nur mit Schwert und Keule. Meinen Spieß brauchte ich nur im Bett.« Er grinste anzüglich.

»Und Rigaud?« fragte Hubert.

»Oh, dem gefiel es in Spanien«, antwortete Rufus. »Glatthäutige kleine Jungen gibt es in jeder Stadt zu mieten.«

»Rufus!« Gaucher stieß den Becher seines Freundes um. Der Wein suchte sich einen Weg zwischen den Ritzen im Tisch. Gelassen stellte Rufus den Becher wieder hin und schenkte sich nach. »Na und? Der arme alte Rigaud ist tot.«

»Richtig«, sagte Gaucher.

Hubert wurde rasch wieder nüchtern. »Und natürlich ist hier alles anders«, bemerkte er.

Gaucher nickte. »Diese Ungläubigen tun viele Dinge, die einen guten Christen daheim entsetzen würden. Die Schwierigkeit liegt darin, daß die Christen in Spanien eine ketzerische und dekadente Lebensweise angenommen haben. Sie sind fast zu Sarazenen geworden. Da kann man es niemandem verübeln, wenn er sie für den Feind hält, was?«

Hubert hatte keine Ahnung, wovon die Rede war, stimmte jedoch zu.

»Sogar die Geistlichen, die für Abt Peter arbeiten, kleiden sich wie die Einheimischen. Nur ihre helle Hautfarbe zeigt, daß sie unseresgleichen sind«, fuhr Gaucher fort.

»Genau«, sagte Rufus. »Und der Junge war ja dunkel genug. Wie konnten wir's ahnen?«

Sein Jammerton schwoll an und klang weit über die Plaza in die Stille des Abends hinein. Gaucher erhob sich und zerrte Rufus hoch. »Ich glaube, wir sollten den Wein in unserer Kammer austrinken«, sagte er.

Rufus ließ sich zur Tür des Gasthauses führen. »Wir haben es nur gerettet!« verkündete er der Welt. »Wie konnten wir's ahnen?«
Hubert hörte das Gepolter, als die beiden Männer auf dem Weg zur Treppe über Hocker und Tische stolperten. Dann richtete er sich auf und betete, daß er nicht so weit hinüber wäre wie Rufus. Frau Griselle, jetzt frisch gebadet, das goldene Haar geflochten und parfümiert, kam zurück.
»Widerliche, betrunkene alte Männer«, sagte sie statt einer Begrüßung.
Hubert sah sich nach einer Schüssel Petersilie oder Minze um. Doch es gab nichts, mit dem er seinen Atem verbessern konnte. Er stand auf und verbeugte sich.
»Der Koch sagte mir, daß er heute abend Zicklein zubereitet, in Gewürzen und Ziegenmilch geschmort«, erzählte er ihr. »Ich bat ihn, Euch das zarteste Stück aufzuheben.«
»Ihr seid ein solch lieber Mann«, sagte Griselle lächelnd.
Hubert erwiderte ihr Lächeln, schon wieder ganz berauscht. Er nahm ihre Hand und geleitete sie zum Tisch.

Catherine und Edgar blieben im Badehaus, bis das Wasser kühl wurde und der heiße Wind des Tages sich in der Abendstille verlor. Sie lagen im Wasser und beobachteten, wie die Sterne aufgingen.
»Ich glaube nicht, daß die Bewegungen der Planeten unser Leben beeinflussen«, sagte Catherine, als vor ihren Augen die Zwillinge Gestalt annahmen. »Doch es liegt etwas Tröstliches darin, sie so fern von der Heimat zu sehen, dort, wo sie hingehören.«
»Und da ist die Milchstraße.« Edgar machte eine ausladende Armbewegung. »Sie hat uns hierher geführt, und wir müssen ihr nur folgen, um den Heimweg zu finden.«
Eine Weile schwiegen sie, Catherine wurde schläfrig.
»*Carissima?*« sagte Edgar.

»Mmmm?«
»Was, glaubst du, hat die Männer erschreckt, als Mondete ihren Mantel aufschlug?«
Catherine fuhr mit einem Ruck auf, bespritzte sie beide und bekam Wasser in die Nase. »Ich wollte nicht darüber nachdenken«, sagte sie. Sie stieg aus dem Bad und griff nach ihrer *chainse.* Edgar half ihr, und sie lehnte sich an ihn, rieb ihr nasses Haar an seinem Hemd.
»Je mehr ich über Mondetes Leben erfahre, desto schuldiger fühle ich mich, daß ich mich über meins beklage«, gestand sie ihm. »Die Menschen, die wir auf dieser Wallfahrt gesehen haben: sieche, lahme, trauernde, sterbende – ich wußte gar nicht, wie gut ich es habe. Ich schäme mich, den heiligen Jakob mit meiner Bitte zu behelligen, wo doch so viele andere in viel größerer Not sind.«
»Ja. Wir waren nicht dankbar genug für das, was wir haben.« Edgar verriet nicht, welcher Gedanke ihn quälte: daß man von ihnen verlangen würde, vor Beendigung der Reise noch mehr aufzugeben, als Strafe für ihre Selbstgefälligkeit.

Es war schon lange nach der Komplet, als sie sich angekleidet und Catherines Haar gekämmt und geflochten hatten. Die meisten Stadtbewohner schliefen schon, auch der Badehauswärter, der sie ganz vergessen hatte.
Die Steine der Piazza waren noch etwas warm unter ihren Füßen, als sie zum Gasthof zurückgingen. Das Haus lag im Dunkeln.
»Ich habe nicht gemerkt, wie spät es ist«, bemerkte Edgar. »Hoffentlich ist die Tür nicht verriegelt.«
Sie versuchten, sie zu öffnen. Vergebens.
»Und jetzt?« fragte Catherine. »Ich möchte nicht gern das ganze Haus durch lautes Klopfen aufwecken.«
»Ich glaube, vor unserem Kammerfenster steht ein Baum«,

sagte Edgar. »Die Äste hängen so niedrig, daß ein Dieb leicht einsteigen kann. Das wollte ich schon dem Wirt mitteilen.«
Sie gingen hinter das Haus. Der Mond, immer noch im ersten Viertel, gab wenig Licht. Sie erkannten den Umriß des Baums und versuchten, das richtige Fenster zu finden. Selbst in der warmen Nacht waren die Läden gegen menschliche oder andere Eindringlinge geschlossen.
»Ich hasse es, meinen Vater aufzuwecken«, murmelte Catherine. »Ich vergesse, daß wir ein anständiges Ehepaar sind.«
»Das vergißt er vielleicht auch«, antwortete Edgar. »Aber wir haben keine andere Wahl.«
Er tastete nach einem niedrig hängenden Ast, um hochzuklettern. Dabei schwang etwas aus dem Dunkeln heraus und rempelte sie beide an.
»Oh, Verzeihung«, sagte Catherine erschrocken.
Es schwang weiter hin und her.
Beide wußten, was es war. An jeder zweiten Wegkreuzung des christlichen Abendlandes standen Galgen, viele davon waren besetzt. Verbrecher baumelten wochenlang, um Passanten das Schicksal derer vor Augen zu führen, die das Gesetz mißachteten.
Doch dies hier war eine private Hinrichtung.
Catherine schloß die Augen. »Bitte«, bettelte sie, »laß es niemanden sein, den wir kennen.«
Edgar wußte, daß er nachsehen mußte. Er kletterte in den Baum, zog sein Messer und schnitt den Strick durch. Catherine sah auf den herabfallende Leichnam.
Selbst im schwachen Mondschein erkannte sie den Kahlkopf und den ausgeblichenen roten Bart. Mit den hervortretenden Augen und der heraushängenden geschwollenen Zunge schien Rufus sie lüstern anzuglotzen.

ACHTZEHNTES KAPITEL

In Estella, sehr früh am nächsten Morgen, Freitag, den 6. Juni 1142, am Tag des heiligen Philipp, des Propheten und seiner vier Töchter, der Prophetinnen.

Astrologie fu après par quoi l'en fet en eutres leus, et les biens et les maus qui sunt present et a venir. Qui bien set ceste art, il conoist bien s'il a une grant chose a fere qu'il en est a avenir, ou s'il voit.ii. champions en un champ il saura biens lequeus vientra ou liquens ert veincuz.

Danach kommt die Astrologie, durch welche wir von anderen Orten und den guten und schlimmen Ereignissen von Gegenwart und Zukunft wissen. Wer diese Kunst wohl beherrscht, weiß, wie wunderbar es ist, die Zukunft vorherzusehen. Sieht er zwei Kämpen auf einem Feld, weiß er, welcher Sieger und welcher Besiegter sein wird.

Der altfranzösische Pseudo-Turpin
Laisse 75, 11 1–6

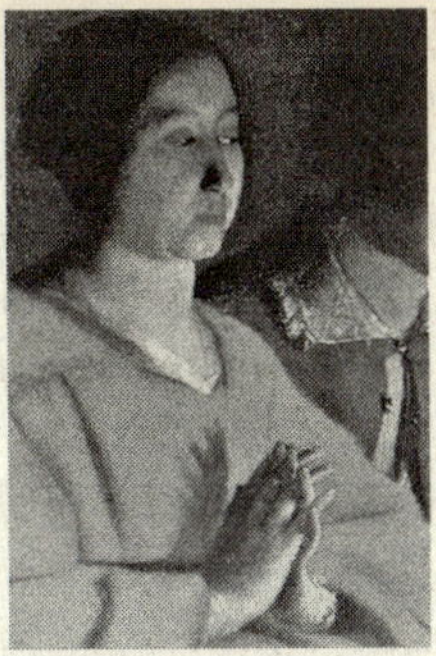

Könnte er möglicherweise Selbstmord begangen haben?«, fragte Hubert, als sie ihn geweckt hatten. »Vielleicht aus Reue über den Mord an dem Mönch? Seine Hände sind nicht gefesselt.«
»Das wäre zu einfach«, antwortete Edgar, als er niederkniete, um im Hellen die Leiche zu untersuchen. Er vermied es, Rufus' Gesicht anzusehen, das wie das eines wasserspeienden Ungeheuers verzerrt war oder wie das eines Teufels aus einer Höllenszene. Statt dessen prüfte er eingehend den Strick.
»Viel zu einfach«, wiederholte er. »Seht euch diesen Knoten an. Daran konnte man ihn an den Baum hängen, aber zum Strangulieren reicht der nicht. Und wenn seine Hände frei waren ... beweg mal die Laterne. Laßt uns mal nachsehen.«
Catherine war schon niedergekniet und drehte behutsam den schlaffen Arm nach außen, um nach Spuren von Fesselung zu suchen. »Seltsam. Er trägt seine Tunika, aber kein Hemd. Sollte es nicht umgekehrt sein?«
»Aber, Catherine ...«, begann Hubert.
»Vater, laß das jetzt«, antwortete Catherine. »Dies ist wichtig. Sieh dir seine Handgelenke an.«
Beide Gelenke wiesen tiefe Schürfwunden auf, doch es gab

keine Spur von einem Strick. Catherine schob den Ärmel hoch. Dort, über Rufus' Ellenbogen, waren noch mehr Male, offensichtlich mit der Hand zugefügt. Ein Daumenabdruck mitsamt Nagelspur, der geblutet hatte und verkrustet war.
»Das verstehe ich nicht«, sagte sie. »Es sieht so aus, als hätte ihn jemand gefesselt und am Boden festgehalten.«
»Und ihn anschließend erdrosselt?« fragte Edgar voller Zweifel. »Es ergibt keinen Sinn, aber ich finde keine andere Erklärung.«
»Aber wenn ihn jemand umbringen wollte, warum auf so umständliche Art?« wunderte sich Catherine. »Ein einfaches Messer wäre schneller und effektiver gewesen.«
»Catherine!« Hubert hielt inne. »Nun gut. Du hast ja recht. Ich sollte froh sein, daß du gelernt hast, in solch einer Lage Gefühle auszuklammern und logisch zu denken.«
»Es ist ja niemand, an dem mir etwas lag, Vater«, beteuerte Catherine. »Bei dir wäre ich nicht so gefühllos.«
»Oh, danke«, sagte Hubert. »Das ist ein großer Trost.«
Edgar untersuchte jetzt den Kopf. »Anscheinend wurde er irgendwie festgehalten und erwürgt«, sagte er. »An seinem Hals ist die Spur von einem anderen, viel feineren Strick. Ich wette, der hat ihn getötet. Und auf seiner Zunge sind Stofffetzen. Vermutlich war er geknebelt.« Edgar schnupperte. »Pfui Deibel! Er muß sich auch erbrochen haben.«
»Davon sieht man nichts auf der Tunika«, stellte Catherine fest. »Vielleicht geschah das früher am Abend. Du hast ja gesehen, wie er sich betrinken konnte.«
»Nun, ich denke, für diese Tat hier ist nicht irgendein Dieb verantwortlich«, sagte Edgar mit Nachdruck. »Wer immer es war, wollte, daß er langsam und qualvoll starb.«
»Ja«, meinte auch Hubert. Die Laterne zitterte in seiner Hand. »Jeder der Ritter starb einen schrecklicheren Tod als der vorhergehende. Und jetzt gibt es nur noch einen.«

Gaucher war sich dieser Tatsache durchaus bewußt. Als er auf die Leiche seines letzten Gefährten sah, war nacktes Entsetzen in seiner Miene zu lesen.

»Was, wenn Rigaud doch recht hatte?« murmelte er. »Vielleicht laufen wir vor einem Geist davon, der auf Rache aus ist. Wo sollten wir uns dann verstecken? Wenn nicht einmal das Kloster ihn beschützen konnte, gibt es für mich keine Hoffnung.« Er ließ sich schwer auf den Boden fallen. »Ich bin verdammt.«

Hubert beugte sich über ihn und legte die Finger des Ritters um einen Becher. »Heißer Wein und Kräuter, weiter nichts«, sagte er zu Gaucher. »Um Euch zu beruhigen und über den Schock hinwegzuhelfen.«

Gaucher trank automatisch. Als er den Becher sinken ließ, sah er klar. »Hast du ihn gefunden?« fragte er.

»Meine Tochter und ihr Mann«, sagte Hubert. »Er hing dort an dem Baum.«

Gaucher sah zu dem Ast hoch. »Ich habe immer gesagt, daß er so enden würde. Doch ich dachte, ich wäre bei ihm.«

»Wir müssen ihn ins Haus schaffen«, erklärte Hubert. »Ihr wollt doch sicher nicht, daß es hier morgen einen Auflauf von Schaulustigen gibt?«

»Nein, gewiß nicht.« Gaucher schien allerdings nicht in der Lage zu sein, konkrete Vorschläge zu machen. Er setzte erneut den Becher an die Lippen und leerte ihn. Dann drehte er ihn um und stellte ihn auf den Boden.

»Vater, warum suchst du nicht einen Platz zum Aufbahren der Leiche«, schlug Catherine vor. »Nimm diesen armen Mann mit. Edgar und ich werden bei Herrn Rufus Wache halten, bis du zurückkehrst.«

Hubert nahm Gauchers Arm und half ihm auf die Füße. Dann führte er den Ritter ins Gasthaus zurück. Gaucher schien um zwanzig Jahre gealtert. Sein Gang war schleppend, und nicht einmal die Goldsträhne in seinem Haar glänzte.

Sobald sie fort waren, nahm Catherine die Laterne und setzte sie dicht neben Rufus' Hals. Ohne die verzerrte Fratze anzusehen, berührte sie die Male auf der Haut.
»Siehst du den Unterschied?« fragte Edgar.
»Ja. Der Strick, an dem er am Baum hochgezogen wurde, ist hier am Kiefer zu sehen. Aber getötet hat ihn ein dickeres Seil, das aus feinerem Gewebe bestand.«
Sie sah etwas aufblitzen, beugte sich vor und versuchte, ein Fitzelchen von dem Strick herauszuziehen. Doch es war so fein, daß sie es nicht aus der aufgedunsenen Haut herausbekam.
»Ich brauche eine Pinzette«, murmelte sie. »Ich habe keine, aber vielleicht Frau Griselle.«
»So früh am Morgen kannst du sie nicht wecken«, sagte Edgar.
»Ich weiß«, erwiderte Catherine, »aber wenn ich es jetzt nicht herausziehe, wann soll es mir noch glücken? Hast du zufällig dein Silberschmiedwerkzeug dabei?«
Edgar zog es aus einem Beutel an seinem Gürtel hervor. »Ich wollte sie nicht zurücklassen«, erklärte er. »Ich dachte, falls wir etwas tauschen müßten für Kost und Logis ...«
»Du brauchst dich nicht zu entschuldigen«, erwiderte Catherine. »Es war eine gute Idee. Also, hast du etwas, womit man feinen Draht halten kann?«
Er kramte im Beutel und reichte ihr eine Pinzette, die fast so fein war wie eine, mit welcher sich Frauen die Augenbrauen zupfen. Vorsichtig zog Catherine an dem Faden.
»Ich weiß nicht, was mit mir los ist«, murmelte sie. »Ich habe Angst, ihm weh zu tun. Edgar, machst du weiter?«
Sie tauschten die Plätze. Edgar nahm die Pinzette, und Catherine hielt die Lampe und wandte das Gesicht ab. Endlich erwischte Edgar das Ende des glänzenden Materials. Mit einem Seufzer der Erleichterung hielt er es hoch, um es zu betrachten.

»Weißt du, was das ist?« fragte er. »Es ist noch feiner als Goldfaden.«

»Ich glaube schon«, antwortete sie, »aber ich kann's nicht glauben. Es gibt nur eine Person ... doch es scheint unmöglich. Warum?«

»Das ist der Beweis«, sagte Edgar. »Wir können ihn nicht übergehen, weil er nicht in unsere Theorien paßt.«

»Ich weiß, ich weiß«, erwiderte Catherine. »Aber es gibt kein Motiv. Keinen für den Mord an Rufus oder an den anderen. Selbst wenn wir eins finden könnten, wäre es zu absurd. Wem könnten wir es erzählen?«

»Solomon und Mondete werden uns bei der Wahrheitsfindung helfen«, sagte Edgar. »Es sei denn, du hältst Mondete immer noch für die Täterin.«

»Ich wollte es nie glauben«, meinte Catherine, »doch sie hatte guten Grund, Norbert zu hassen, und sie hätte Herrn Hugo zu einem Rendezvous ins Gebüsch locken und ihm dann mit dem Rasiermesser die Kehle aufschlitzen können. Selbst Bruder Rigaud hätte einer ihrer Freier sein können. Rufus mit Sicherheit. Doch für diesen Mord besaß Mondete keine Waffe.«

»Wir müssen es beweisen«, sagte Edgar. »Man würde sie immer noch leicht beschuldigen. Ich bewahre dies hier sicher auf, bis wir es verwenden können.« Vorsichtig wickelte er das Beweisstück in ein Ledertuch und steckte es in den Beutel zurück.

»Dann wollen wir es ihr und Solomon morgen zeigen«, beschloß Edgar. »Wir müssen herausfinden, warum alle diese Männer starben. Sonst sind wir auf Vermutungen angewiesen. Sicherer ist es, wenn wir vier einzeln nachfragen. Wir wollen keinen Verdacht erregen.«

»Aber wir sind doch nicht in Gefahr!« wandte Catherine ein.

»O doch.« Edgar nahm ihre Hand. »Besonders wenn wir uns irren sollten.«

Sie standen zu beiden Seiten des Leichnams, hielten die Hände wie zum Schwur. »Catherine«, begann Edgar zögernd, »versprich mir, daß du nicht allein herumwanderst oder zusammen mit irgendwelchen Pilgern, einerlei, ob du sie verdächtigst oder nicht.«
»Ich sollte dir dasselbe Versprechen abnehmen«, antwortete sie.
»Nein, für mich ist es nicht dasselbe.« Er verzog das Gesicht. »Es geht um deinen Traum. Sogar Meister Abælard hielt es für eine echte Vision. Ich weiß nicht, was von hier bis Compostela noch geschieht, doch wenn du dein Leben aufs Spiel setzen mußt, möchte ich gern an deiner Seite sein. Es geht nicht nur um dich, sondern auch um unsern Sohn.«
Catherine sah ihn forschend an. Hatte er es erraten? Sie hatte sich nach besten Kräften bemüht, sich nichts anmerken zu lassen. Die Übelkeit war diesmal nicht so schlimm, doch der ziehende Schmerz und die ungeheure Erschöpfung, außerdem das Ausbleiben des üblichen monatlichen Rituals machten sie ziemlich sicher. Sie wollte es noch niemandem sagen, nicht bis sie den heiligen Jakob erreicht hätten. Sie fürchtete, Edgar würde an Ort und Stelle bleiben oder heimkehren wollen. Doch das würde Unglück bringen. Sie mußten die Wallfahrt beenden, wie sie es gelobt hatten. Noch ein Kind zu verlieren würde sie nicht verkraften.
»Ich verspreche es.« Lächelnd versuchte sie, ihre Furcht zu verbergen. »Um ehrlich zu sein, wäre ich froh, dich in der Nähe zu haben, wenn ich an einer Klippe hinge, damit du mich hochziehen kannst.«
Hubert kam mit einigen Männern aus dem Gasthaus zurück, um die Leiche des Rufus von Arcy hineinzuschaffen. Catherine fragte sich, was für Träume Rufus geschickt worden waren. War seine Angst eine Vorwarnung gewesen, oder hatte er gewußt, warum seine Mitstreiter einer nach dem anderen umgebracht wurden? Hätte er nur jemandem davon er-

zählt. Jetzt war die Suche um so schwerer. Und wie sollte sie die Leidenschaft ergründen, die einen Menschen zu solchen Untaten trieb?
Fast kam es ihr vor, als würde ihr Rufus spöttisch die Zunge herausstrecken.

Im Haus waren die anderen Gäste inzwischen von dem ganzen Spektakel aufgewacht. Frau Griselles Zofe erschien oben an der Treppe. Sie hielt sich eine Decke um die locker hängende *chainse*.
»Ist das ein Überfall?« fragte sie.
Hubert sah zu ihr hoch. »Mach dir keine Sorgen«, beruhigte er sie. »Herr Rufus hatte einen Unfall ...«
»Redet keinen Unfug«, ertönte Griselles Stimme. »Er ist ermordet worden, ja? So wie die anderen. Ich dachte, das hätten wir mit Frankreich hinter uns gelassen. Hersent, wekke die Soldaten und sag ihnen, daß einer von jetzt an vor unserer Tür schläft und der andere unter dem Fenster und daß wir beide den ganzen Tag über bewacht werden sollen. Wir werden diese Wallfahrt zu Ende bringen, einerlei, welche Hindernisse Satan uns in den Weg stellt.«
Die beiden verschwanden wieder in der Kammer.
»Bemerkenswerte Frau«, kommentierte Hubert, als er sich wieder Gaucher und seinem schwer verständlichen Monolog zuwandte.
»Nur ich«, sagte der Ritter immer wieder. »Ich bin ganz allein übrig. Wir haben es nicht böse gemeint. Wir haben sie doch beschützt, haben sie vor der Entweihung durch die Ungläubigen gerettet. Wir wußten doch nicht, daß er Christ war. Woher auch? Wer steckt dahinter? Nur ich. Alles auf meinen Schultern. Was soll ich bloß tun?«
Er sah Hubert an, der keine Antwort wußte.
»Du brauchst einen Schlaftrunk«, sagte er zu Gaucher. »Morgen entscheiden wir, was zu tun ist.«

Gaucher starrte ihn an, als ob er jetzt erst merkte, wen er vor sich hatte. »Du bist es!« schrie er und stand abrupt auf. »Du hast Hugos Ring genommen. Hast du auch Rigaud getötet? Du bist nicht, was du scheinst. Jener Mönch auch nicht. Ihr seid alle verwandt, du und die Juden und der Mönch. Das ist ekelhaft, pervers! Ihr wollt ihn alle von uns stehlen. Ich bin kein Narr. Ich sehe jetzt klar: Ihr wollt es für eure schmutzigen Rituale verwenden. Aber nicht mit mir. Ich bin auf der Hut. Ihr kriegt es nicht. Nie!«

Er griff nach dem Messer, doch Hubert wich rechtzeitig zurück, und Edgar näherte sich ihm von hinten und entriß ihm die Waffe mitsamt der Scheide. Gaucher fuhr herum und wollte sich auf Edgar stürzen, doch er stolperte über einen Hocker und fiel der Länge nach hin.

Der Wirt half ihm wieder auf. »Na, na«, sagte er. »So beruhigt Euch doch. Ihr habt einen furchtbaren Schock erlitten, besonders in Eurem Alter. Aber keine Bange. Morgen melden wir es der Obrigkeit. Sie wird herausfinden, wer es war.«

»Ihr glaubt doch nicht, daß mein Vater ...« unterbrach ihn Catherine.

»Ganz und gar nicht«, versicherte der Wirt. »Nicht, daß ich mir ein Urteil erlauben wollte, wer wahrscheinlich ein Mörder ist, denn das ist wohl fast jeder, aber dein Vater und ich haben die ganze Zeit Trictrac gespielt, bis kurz vor eurer Rückkehr. Er hatte keine Zeit, die Tat zu begehen.«

Er hielt inne. »Ihr beide aber ...«

»Wir? Wir waren im Badehaus!« Catherine wunderte sich, unter Verdacht zu stehen.

»Das behauptest du«, sagte der Mann. »Selbst der da ...« Er deutete auf Gaucher »... hätte doch aus dem Fenster klettern und seinen Freund treffen können. Ich glaube nur, was ich mit eigenen Augen sehe.«

»Ja.« Catherine schwankte. Der Energieschub, der mit dem Schock einhergeht, ließ in seiner Wirkung nach, und sie war entsetzlich müde. »Das ist sehr klug. Nur darauf kann man sich in diesem Leben verlassen. Edgar, bringst du mich ins Bett?«

Sie schaffte es nur mit Mühe die Treppe hinauf und ließ sich auf das Bett fallen. Edgar wickelte sie in die Decke und wollte hinausgehen.

»Nein. Geh nicht weg«, bat sie. »Ich habe Angst.«

Edgar war zwar neugierig, was unten noch passierte, aber er konnte ihre Bitte nicht mißachten. Sie würde ohnehin in einer Minute einschlafen, dann könnte er gehen. Er schlüpfte unter die Decke und umarmte sie.

Ihr Atem wurde gleichmäßiger, und fast gleichzeitig entspannte sich auch ihr Körper. Er hielt sie noch einige Minuten fest, um ihre Wärme und den Duft ihrer frisch gewaschenen Haare zu genießen. Dann schälte er sich behutsam aus der Decke.

»Komm bald zurück«, murmelte sie. »Und dann zieh bitte die Schuhe aus, bevor du ins Bett kommst.«

Hubert und der Wirt hatten Gaucher mit vereinten Kräften in seine Kammer geschleppt und auf den Strohsack geworfen. Sie standen jetzt am Fuße der Treppe und berieten, was zu tun wäre, als Edgar herunterkam.

»Alles in Ordnung mit Catherine?« fragte Hubert.

»Sie ist nur erschöpft«, sagte Edgar. »Wir müssen sie ausruhen lassen, ohne es zu offensichtlich zu machen. Sie will uns verheimlichen, daß sie wieder schwanger ist.«

»Was?« Hubert war sogleich von Sorge erfüllt. »Wir müssen die Reise sofort abbrechen. Sie ist jetzt nicht reisefähig.«

»Die Jungfrau Maria war es auch«, erinnerte ihn Edgar. »Der heilige Jakob gebot uns, zu ihm zu kommen. Er wird Catherine beschützen, solange wir seinen Weg gehen.«

Hubert hatte nie an Catherines Traum geglaubt. Bisher hatte er zu viele andere Probleme lösen müssen.

»Ich habe dem Wirt von den anderen Morden berichtet«, sagte er zu Edgar.
Der Wirt nickte. »Eine nette Gesellschaft habt ihr mir da ins Haus gebracht. Doch es sieht so aus, als ob es jemand aus eurer Gruppe war. Das erspart mir den Skandal, daß die Gäste Angst haben, unter meinem Dach ausgeraubt und ermordet zu werden.«
»Wir haben versucht, uns zu erinnern«, berichtete Hubert. »Rufus ging nach Anbruch der Dunkelheit aus. Allein.«
»War er vollständig angekleidet?« fragte Edgar. »Ich meine, er ist nicht einfach nur zur Latrine gegangen?«
»Er trug eine schöne Tunika, die ihm fast bis zu den Stiefeln reichte«, sagte der Wirt, »und einen breiten Gürtel aus braunem Leder mit einer großen Silberschnalle. Er sah aus wie jemand, der mit seiner *soignant* verabredet ist.«
»Na, wenn wir berücksichtigen, daß er nur noch die Tunika trug, als wir ihn fanden, dann muß er sie wohl getroffen haben«, bemerkte Edgar. »Wo waren denn die anderen?«
»Gaucher beklagte sich über Leibschmerzen«, sagte Hubert. »Und nach den Winden, die er abließ, will ich es gern glauben. Er zog sich früh zurück. Hersent und Frau Griselle ebenfalls. Und die Jongleure übernachten woanders.«
»Aber Rufus hätte sich doch auch irgendwo mit Maruxa treffen können?« fragte Edgar.
»Oder sonst mit irgendwem«, sagte Hubert. »Das ist ja gerade das Schlimme an diesen Morden. Entweder ist das eine gräßliche Serie von Todesfällen, die nichts miteinander zu tun haben, oder aber das Werk eines Menschen, den Satan völlig beherrscht.«
Der Wirt bekreuzigte sich. »Gerade auf solchen Wallfahrten setzt der *Aversier* alles daran, die Seelen an sich zu reißen, fort von der sicheren Hut des Heiligenschreins.«
Die drei Männer schwiegen, jeder überlegte, mit welchen Waffen dagegen anzukämpfen war.

Solomon verspürte nur Erleichterung, als er von Rufus' Tod erfuhr. Er und Eliazar waren weit weg gewesen, im Kreise von Brüdern und Freunden. Niemand konnte ihnen diese Tat anlasten.

Er sorgte sich jedoch um Mondete. Bei der Pilgerbrücke hatte sie sich von ihm getrennt, und er wußte nicht, wo sie geschlafen hatte. Jetzt, wo er den Sinn ihrer Reise begriff, hielt er die Brücke für den unsichersten und unbehaglichsten Ort in der Stadt.

»Du hast also nicht gesehen, wohin sie gegangen ist?« fragte Catherine.

»Ich hoffte – was unlogisch war –, sie wäre euch anderen Christen gefolgt«, sagte Solomon. »Doch selbst wenn ihr Verbleib nicht nachzuweisen ist, man kann sie doch nicht dieses Mordes verdächtigen?«

Catherine zögerte. »Nicht, wenn Edgar und ich mit unserer Vermutung über Herrn Rufus' Tod recht haben«, sagte sie. »Doch ich würde mich besser fühlen, wenn wir sicher wüßten, wo sie gestern nacht war, und wenn das jemand beschwören könnte.«

»Und ich würde mich besser fühlen, wenn ich wüßte, wo sie sich jetzt aufhält«, gab Solomon verärgert zurück. Er hatte sich doch nur eine einzige Nacht bei seinen eigenen Leuten mit richtigem Essen und ungestörtem Schlaf gewünscht. Für so kurze Zeit müßte sich die Welt doch auch mal ohne ihn friedlich weiterbewegen.

Sie saßen im Hof des Gästehauses. Edgar und Hubert waren mit Gaucher fortgegangen, um das Begräbnis zu regeln. Es war schon fast Hochsommer; Rufus würde bald verwesen.

Griselle und Hersent waren schon früh in die Kirche gegangen, um »für die Seele des armen Ritters zu beten«. Die Soldaten begleiteten die beiden ohne Begeisterung. Catherine hatte Maruxa und Roberto noch nicht gesehen. Vermutlich hatten sie Unterkunft bei Stadtbewohnern gefunden, die ihre Sprache konnten. Doch von Mondete gab es keine Spur.

»Es hat keinen Sinn, sie in einer so großen Stadt zu suchen«, befand Solomon. »Wir können hier genausogut warten. Und da wir gerade nichts anderes zu tun haben, könntest du noch einmal einen Blick in die Schriften aus Moissac werfen?«

Catherine hatte sie schon fast vergessen, waren sie doch in die Lumpen eingewickelt, die sie in letzter Zeit nicht gebraucht hatte.

»Vielleicht kann ich es noch einmal versuchen.« Widerstrebend stand sie auf. »In der hellen Sonne kann ich sie leichter lesen. Aber meinst du nicht, wir sollten uns jetzt lieber darum kümmern, was in der Gegenwart geschieht?« Sie hielt inne. »Oder glaubst du, die Notizen enthalten ein Rezept zur Überführung des Mörders? Du weißt, daß ich dir nicht helfe, wenn du die Informationen verwendest, um in die Zukunft zu sehen oder Gedanken zu lesen.«

Solomon verdrehte die Augen. »Catherine, warum sollte ich in die Zukunft sehen wollen? Die Gegenwart ist schrecklich genug. Die Sterne verraten uns vielleicht solche Dinge, doch ich suche nicht die Geheimnisse der Menschen. Ich will den Geist des Allmächtigen erforschen.«

Catherine zuckte mit den Wimpern. »Ach, weiter nichts? Jetzt verstehe ich, warum Onkel Eliazar dich für verrückt hält.«

»Mokier dich nicht über mich, Catherine.« Seine Stimme war leise und furchteinflößend. »Sieh dich doch um. Die Welt ist voller Wahnsinn. Auch wenn Menschen nicht böse sind, selbstsüchtig und dumm sind sie doch. Ich bin von Toledo bis Kiew gereist, zu den Villen in Rom und den Hütten mitten in namenlosen heidnischen Wäldern. Das Leben ergibt keinen Sinn! Und ich muß wissen, warum.«

In ihrem Kopf hörte sie das Echo auf Solomons Worte, eine

elegantere, rationalere Stimme, aber mit der gleichen Leidenschaftlichkeit.

»Meister Abælard hat das auch so empfunden.« Ihre Augen füllten sich mit Tränen. »Er lehrte uns, daß man die Regeln der Logik auf das Universum anwenden muß, daß Gott nicht willkürlich und grausam handelt und daß es Antworten gibt, die wir nur finden müssen.«

»Ja, so ist es«, sagte Solomon. »Und wo könnte der Herr die Antworten besser aufzeigen als am Himmel?«

»Allerdings ...« Catherine nahm seine Frage nicht zur Kenntnis »... sagt Abt Bernhard, es sei eine Hybris anzunehmen, wir könnten den göttlichen Plan begreifen. Wir verstehen Gott nur, wenn wir so stark an ihn glauben, daß wir uns in Ihm verlieren und uns Seinem Willen unterwerfen.«

»Das habe ich schon gehört«, sagte Solomon. »Und ich halte es für Humbug. Warum gab uns der Allmächtige die Verstandeskraft? Nur damit wir die Absurditäten dieser Welt widerspruchslos akzeptieren?«

»Und das fragst du mich?« schrie Catherine beinahe. »Mitten in Spanien, wo Leichen aus Bäumen fallen, Ungeziefer in unserm Essen und unseren Betten krabbelt, Banditen die Straßen bevölkern – da verlangst du von mir, daß ich den Glauben gegen die Vernunft verteidige? Vielleicht bist du wirklich verrückt geworden!«

Wutentbrannt brach sie in Tränen aus. Sie wischte sich heftig mit dem Ärmel über die Wangen, doch die Tränen flossen unaufhörlich.

Solomon erschrak über ihre heftige Reaktion. »Catherine, es tut mir leid«, sagte er. »Hier, nimm meinen Ärmel. Ich wollte dich nicht aufregen. Ich habe nicht an deinen Zustand gedacht.«

»Was? Woher weißt du das denn?« Sie sah zu Boden. »Man sieht es doch noch nicht, oder?«

Ihr Schluchzen ließ nach, und er legte den Arm um sie. »Na-

türlich merkt man das«, erklärte er. »Erstens weinst du sonst nie, wenn wir streiten. Zweitens kannst du nicht wach bleiben. Nur wenn du schwanger bist, schläfst du, obwohl etwas Spannendes passiert. Und außerdem ist Grün nicht deine natürliche Gesichtsfarbe. Logik, meine Liebe. Du bist nicht die einzige Gelehrte in der Familie.«
Catherine rang um Fassung und versuchte, ihr Frühstück im Magen zu behalten. »Deine Schlußfolgerung ist richtig«, sagte sie, »aber sag Edgar bitte nichts. Er sorgt sich immer so.«
»Gewiß nicht«, versprach Solomon.
»Soll ich jetzt die Schriften holen?« Ihre Miene drückte aus, daß sie nicht mehr über ihre Gesundheit sprechen wollte.
»Später«, sagte er. »Ich glaube, ich sollte doch wohl Mondete suchen.«

Mondete Ticarde hätte wohl einen unbequemeren Schlafplatz gefunden, wenn man sie sich selbst überlassen hätte, doch Maruxa sah sie am Fluß und rief zu ihr hinüber:
»Komm mit uns. Du kannst doch überall in eiskaltem Wasser auf den Steinen liegen. Roberto hat Vettern in der Stadt, die dir gern den schlechtesten Strohsack im Haus geben, wenn du möchtest.«
Mondete schüttelte den Kopf.
»Möchtest du gar nicht wissen, was sich Spielleute gegenseitig vorsingen, wenn keiner dafür bezahlt?« scherzte Maruxa.
Mondete dachte nach. »Und keiner schleicht sich herein, wenn ich schlafe, um unter meine Kapuze zu gucken?« fragte sie.
»Die Versuchung ist groß, aber ich sorge dafür, daß ihr niemand nachgibt«, versprach Maruxa.
»Nun denn.«
Die Spielleute warteten auf sie, während sie auf den Weg zurückkletterte.

»Hm. Man könnte annehmen, die Königin hätte sich gerade dazu herabgelassen, mit Leibeigenen zu speisen«, sagte Roberto.

»Willst du denn gar nicht wissen, was unter ihrem Mantel die Basken so erschreckt hat?« flüsterte seine Frau.

Roberto war entsetzt. »Aber du hast ihr doch gerade zugesichert...«

»Ich weiß«, sagte Maruxa. »Natürlich wird sie keiner zwingen. Aber vielleicht können wir sie überreden, uns das Geheimnis zu verraten.«

Zum Glück ahnte Maruxa nicht, daß Mondete das gleiche mit ihr vorhatte.

Sie konnten nicht beurteilen, ob sich Mondete wohl fühlte oder nicht. Ihre Händen tauchten aus den Tiefen ihrer Ärmel auf und nahmen die angebotenen Speisen entgegen. Sie verschwanden Bissen für Bissen unter der Kapuze. Robertos Cousin warf einen Seitenblick auf dieses Geschöpf unter seinem Dach.

»Warum habt ihr sie mitgebracht?« fragte er. »Hätte sie euch sonst verflucht?«

»Das arme Ding steht unter einem eigenen Fluch«, erklärte Roberto. »Sie könnte niemandem etwas zuleide tun.«

Der Cousin hegte Zweifel.

Doch als die Tische und Bänke weggeräumt waren und der Tanz begann, lebte Mondete in ihrer selbstgewählten Ecke etwas auf. Die Kapuze rutschte ein wenig zurück, als sie sich der Musik hingab. Der Feuerschein fiel auf ihr Gesicht. Roberto erhaschte einen Blick auf ihr Elfenbeinprofil und geriet vor Staunen aus dem Schritt.

Herr, verzeih mir, dachte er. *Sie ist das lebende Abbild der Heiligen Jungfrau in der Kirche zu Jaca!*

Maruxa warf ihm einen warnenden Blick zu, und er nahm seinen Platz wieder ein.

Als alle anderen schliefen, stand Mondete auf und verließ das Haus. Sie hatte die vage Vorstellung, sich zwischen die Wurzeln eines Olivenbaums im Hof zu setzen und auf Maruxas Erscheinen zu warten. Sie brauchte nicht lange zu warten. Die Jongleuse hatte sie gehört und war ihr gefolgt.
»Mißtraust du unserer Gastfreundschaft?« fragte sie.
Mondete zuckte mit den Achseln. »Ich schlafe lieber nicht im Haus. Drinnen kann einem allerhand zustoßen.«
»Ja, ich weiß.« Maruxa war bestürzt.
»Du und dein Mann, ihr reist von einem Ort zum andern«, fuhr Mondete fort. »Ihr wißt wohl nicht, wie eng die Gemeinschaften, in deren ihr auftretet, untereinander verbunden sind.«
»Wir stellten oft fest, daß man in einem Schloß schon von uns gehört hatte, bevor wir dort ankamen«, sagte Maruxa vorsichtig.
»In meinem ... Gewerbe habe ich oft Dinge erfahren, die in der Umgebung geschahen«, erzählte Mondete. »Die Männer schienen zu fühlen, daß sie mir alles erzählen konnten, einerlei, wie abscheulich es war. Manchmal denke ich, sie unterscheiden sich von den Tieren nur durch die Kleidung.«
»Und wenn sie die ausziehen ...« Maruxa sprach mehr mit sich selbst als zu Mondete.
»Genau«, sagte Mondete. »Es war ein offener Skandal, daß Hugos Frau die fahrenden Dichter und Sänger mit ins Bett nahm.«
»Ob sie wollten oder nicht.« Maruxa preßte die Lippen zusammen, bis sie weiß wurden.
»Ja, es spielt keine Rolle, ob es Männer oder Frauen sind, es geht nur um die Macht«, fuhr Mondete fort. »Doch die meisten Menschen wissen nicht, daß sich Hugo manchmal rächte.«
»Den meisten Menschen ist es einerlei«, stieß Maruxa hervor.
»Aber es war gar nicht Hugo.«

»Ich weiß. Doch er ließ es zu, ermunterte seine Mannen, dich aufzusuchen, weil er wußte, daß dein Mann nicht da war, um dich zu beschützen.«

»Das war nicht Robertos Schuld!« sagte Maruxa. »Wäre er dagewesen, hätten sie ihn umgebracht.«

»Du hast es ihm nie erzählt, oder?«

»Roberto schämte sich so sehr über das, wozu sie ihn zwang. Er dachte, daß ich mich deswegen in den nächsten Wochen nicht von ihm berühren ließe. Einer von ihnen hat es dir wohl erzählt und damit geprahlt?«

»Nicht einmal das«, sagte Mondete. »Nur weil er sonst nichts zu erzählen hatte. Er starb im Winter darauf an einem Fieber. Vielleicht schmort er jetzt in der Hölle.«

»Seinesgleichen landet nie dort.« Maruxa seufzte. »Ich kenne an die hundert Geschichten darüber. Sie bereuen und geben alles der Kirche mit dem letzten Atemzug.«

»Manche haben keine Gelegenheit dazu«, erwiderte Mondete.

Maruxa erschrak über ihren Ton. »Ja, das stimmt. Wenn der Tod überraschend eintritt, kann man ein Leben voller Sünde nicht mehr sühnen.«

»Hugo von Grignon starb mit aufgeschlitzter Kehle. Ohne Stimme läßt sich schwer beten.«

Maruxa erwiderte nichts. Am Himmel wurde es bereits hell. Die Johannisnacht stand bevor, die kürzeste Nacht des Jahres. Am anderen Ende der Stadt untersuchten jetzt Edgar und Catherine die Leiche des Rufus von Arcy. Endlich sprach Maruxa.

»Ich habe Hugo gehaßt. Er war schwach und quälte gern die, die noch schwächer waren. Ich freue mich, daß er starb, ohne seine Sünden zu bereuen, aber ich habe ihn nicht getötet.«

»Ich weiß.« Mondete erhob sich von ihrem Platz zwischen den Baumwurzeln. »Ich gehe jetzt besser. Richte dem Gastgeber meinen Dank aus für das Essen und die Musik. Das war wunderbar. Als ich dich singen hörte, vergaß ich beinahe, was ich bin.«

»Danke«, sagte Maruxa. »Aber willst du denn nicht ...«

Mondete war schon verschwunden. Maruxa merkte, daß die Frau nichts preisgegeben hatte. Sie dagegen hatte zum erstenmal das dunkelste Geheimnis ihres Herzens enthüllt.

Maruxa lächelte. »Danke, Mondete Ticarde«, flüsterte sie. Dann fiel ihr auf, was Mondetes letzte Aussage möglicherweise bedeutete.

»Falls du Hugo getötet hast, möge Gott dir vergeben, denn du hast mehr Mut als ich. Ich schwöre, den Rest meines Lebens Kerzen für die Heiligen zu opfern, damit sie im Himmel Fürbitte für dich halten.«

Am Ende war es Hubert, der das Begräbnis in San Martín arrangierte und Rufus' Habseligkeiten an seine Familie zurückschickte. Gaucher war in einen beständigen Monolog voller Entsetzen und Selbstmitleid verfallen.

»Was sollen wir mit ihm anfangen?« fragte Edgar Hubert. »Wenn wir ihn hier zurücklassen, überlebt er vielleicht nicht. Nehmen wir ihn aber mit, weiß ich nicht, wozu er fähig ist.«

»Ich weiß, daß es ein Dämon ist«, murmelte Gaucher. »Der Geist des Jungen hat mich verflucht. Doch wie konnte ich das ahnen? Wir hätten ihn damals töten sollen. Im Krieg geschah das alle Nase lang. Sie sahen gleich aus; sie redeten alle gleich. Es hätte irgendein Zeichen geben müssen.«

Catherine wurde des Gejammers überdrüssig. »Herr Gaucher«, sagte sie so höflich wie möglich, »Ihr habt Schreckliches erlebt, soviel ist klar. Doch niemand von uns war im Krieg. Wir verstehen es nicht. Bitte erzählt uns, was geschehen ist, damit wir Euch helfen können.«

Sie hatte angenommen, daß er unter dem Eindruck des Schocks oder aus Senilität vor sich hin brabbelte, doch plötzlich fixierte Gaucher sie mit völlig normalem Blick.

»Ihr wart nicht dabei«, sagte er. »Das stimmt. Ihr könnt es nicht wissen. Wir kämpften für den Glauben, um die Christen vom Joch der Sarazenen zu befreien. Doch das war nicht so einfach. Wenn wir die Städte erstürmten, war nicht sicher, wer auf welcher Seite stand. Niemand hat uns gewarnt.«

Er hielt inne.

»Jemand hätte Euch warnen sollen«, half Edgar nach.

Doch Gaucher fing sich wieder. »Ja, aber niemand tat es, und ich bin der einzige Überlebende, der die Wahrheit kennt.«

»Mit Ausnahme des Mörders«, warf Catherine ein.

Gaucher rieb sich nervös die Hände. »Das ist richtig. Aber wir sind fast da. Ich kann immer noch Buße tun. Norbert wollte es an den Bischof zurückverkaufen, doch ich wollte ihn daran hindern. Man handelt nicht mit heiligen Objekten.«

Hubert war müde, erschöpft und mit seiner Geduld am Ende. »Wovon redet Ihr denn da?« schrie er.

Gaucher holte tief Luft. »Ich muß das einem Priester erklären«, sagte er. »Bringt mich zu Bruder Jakob.«

NEUNZEHNTES KAPITEL

Bald darauf. In der Kirche von San Martín zu Estella

Non amat Veritas angulos, non ei diversoria placent; in medio stat…

Die Wahrheit liebt keine Winkel; Umwege erfreuen sie nicht; in der Mitte steht sie…

– Bernhard von Clairvaux –
Predigt über die Himmelfahrt, VI

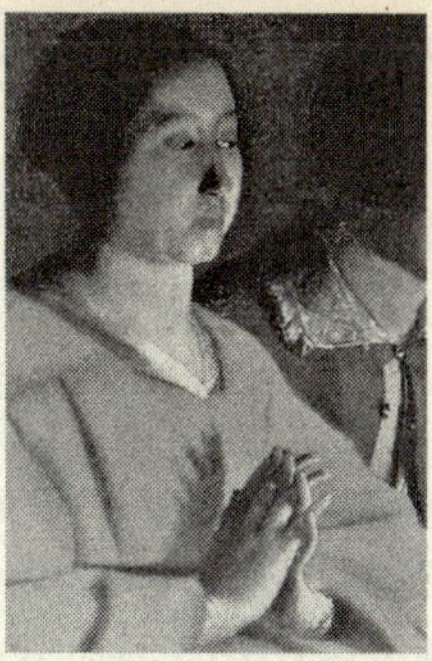

Bruder Jakob freute sich nicht über ihr Kommen.
»Noch ein Mord? Was wird der Abt sagen?« rief er aus. »Aber der hier hat keine Verbindung mit Cluny, richtig? Dann müßt ihr selbst damit fertig werden. Ich habe nur Order, den Mörder Bruder Rigauds zu finden. Der Rest geht mich nichts an.«
Hubert versuchte zu verdrängen, daß dieser Mann sein älterer Bruder war. Dann könnte er ihn ohne Schuldgefühle verabscheuen.
»Wir sind zu Euch in Eurer Eigenschaft als Gottesmann gekommen«, stieß er hervor. »Herr Gaucher ist sehr bestürzt über etwas aus der Vergangenheit. Wir glauben, daß dieser lang zurückliegende Vorfall der Schlüssel zum Mord an Bruder Rigaud und den anderen ist. Doch er will nur in Eurer Gegenwart darüber reden.«
Jakob zog spöttisch eine Braue hoch, was ihn Solomon verblüffend ähnlich sehen ließ. »Jetzt erwartet ihr also, daß ich vergesse, wie ihr mich vor aller Augen zum Gespött gemacht habt, damit ich euch freudig helfe?« fragte er.
»Das wäre christlich gehandelt«, entgegnete Edgar.
Obwohl es nicht die Spur ironisch klang, sah Jakob mißtrauisch auf. »Das wäre es, doch ich habe eine Bedingung. Wenn Herr Gaucher euch als Zuhörer haben will, habe ich

keine Einwände. Aber sie nicht. Die Frau muß verschwinden.«
Er zeigt auf Catherine. Sie starrte ihn überrascht an. Seine Hand zitterte. Hubert begriff.
»Catherine, *ma douce*«, sagte er zu ihr, »sei nicht böse. Immer wenn du ihn anguckst, sieht er unsere Mutter, die ihm wegen seiner Wahl Vorwürfe macht. Wir haben jetzt genug zu ertragen. Deine Anwesenheit erschwert es nur.«
»Das ist ohnehin keine Geschichte für deine Ohren«, bemerkte Gaucher. »Es fiele mir leichter, darüber zu reden, wenn du nicht dabei wärst.«
»Ich verstehe«, sagte Catherine. »Ist Frau Griselle noch in der Kirche? Vielleicht kann ich mit ihr zum Gästehaus zurückgehen und dort auf euch warten.«
»Soll ich dich begleiten?« fragte Edgar.
Sie küßte ihn auf die Wange und flüsterte ihm ins Ohr: »Um nichts in der Welt. Ich will, daß du dir jedes Wort merkst.«
»Versprochen.«
Griselle freute sich, Catherine einen Begleiter stellen zu können. »Es macht gar keine Umstände«, versicherte sie Hubert. »Ihr wart so freundlich zu mir. Und ich mag Catherine sehr gern. Das arme Kind scheint erschöpft. Ich werde ihr einen schönen Kräutersud bringen lassen und sie sofort ins Bett schicken.«
Hubert dankte ihr überschwenglich. Edgar war immer noch besorgt.
»Frau Griselle wird gut auf mich achtgeben«, sagte Catherine. Sie senkte ihre Stimme. »Es ist ja nur bis zum Gästehaus, und sie hat keinen Grund, mir zu mißtrauen.«
Edgar küßte sie noch einmal. »Du mußt mir auch alles berichten.«
Als sie fort waren, raunte Gaucher Edgar zu: »Es ist nicht gut, wenn man seine Frau so gern hat. Die Leute werden reden. Hör nur, was sie über König Ludwig und Eleonore sagen.«

»Ja, ich weiß«, sagte Edgar. »Ich will sie aber trotzdem noch ein Weilchen gern haben.«
Bruder Jakob interessierte sich nicht dafür, was sich in der Ehe schickte. »Also, Herr Gaucher, wollt Ihr in die Kirche gehen, um zu beichten?«
»Nein!« Gaucher war entsetzt. »Wir sollten im Freien sitzen, wo wir sehen können, wenn jemand zu nahe kommt, um uns zu belauschen. Aber du hast mich mißverstanden. Ich will nicht beichten. Ich brauche keine Absolution. Ich will nur etwas erklären, damit du Abt Peter die Geschichte erzählen kannst, wenn wir nach Najera kommen. Er wird mir einen Rat geben.«
Falls Jakob sich darüber ärgerte, zum Botenjungen degradiert zu werden, ließ er sich nichts anmerken. Er verwies sie alle auf die Steinbänke vor der Kirche.
»Es handelt sich also um einen Vorfall während der Belagerung von Saragossa?« fragte er.
Gaucher nickte. »Es ist so lange her. Warum verfolgt es uns jetzt? Ich verstehe das einfach nicht. All die Jahre wollte ich es vergessen. Und die ganze Zeit über muß jemand daran gedacht haben.«
Ihn schauderte. Er straffte die Schultern und begann zu erzählen.
»Die Belagerung von Saragossa war lang, aber schließlich siegten wir mit Gottes Hilfe. Endlich durchbrachen wir die Stadtmauern. Wir kämpften uns durch die Straßen und machten jeden Ungläubigen nieder, der uns aufhalten wollte. Wir fünf wurden von den anderen getrennt. Wir wanderten in eine dieser krummen Gassen, wo einem nach jeder Biegung ein Dutzend mit Schwertern bewaffneter Männer entgegentreten kann.
Doch obwohl wir ständig darauf warteten, war die Straße menschenleer. Die Einheimischen waren davongelaufen. Am anderen Ende, bei der Stadtmauer, fanden wir eine kleine

Kirche. Wir hielten sie ebenfalls für leer. Dann hörten wir etwas.«

Die drei Zuhörer beugten sich vor.

»Rufus fand sie hinter dem Altar kauernd. Eine Frau und einen Jungen, ganz klar Sarazenen.«

Er wartete auf Widerspruch, doch niemand sagte etwas.

»Sie waren beide dunkel, die Frau mehr als der Junge, der helle Haut und blaue Augen und einen roten Schimmer im Haar hatte. Aber so sehen viele aus. Wie konnten wir es ahnen?«

Edgar verkrampfte sich. Gut, daß Catherine nicht hier war. Er wünschte, er wäre mit ihr gegangen. Gaucher fuhr erbarmungslos fort. Sie hatten die Geschichte hören wollen, und er erzählte sie. Edgar wußte, daß jeder Vorwurf von seiner Seite den Erzählfluß sofort bremsen würde.

»Wir fanden es abscheulich, daß sie sich einen heiligen Ort als Versteck gesucht hatten, unseren Glauben mißbrauchten, um Schutz in unserer Barmherzigkeit zu finden. Sie waren nichtswürdige Heiden. Noch zorniger wurden wir, als Rufus das Paket auspackte, das die Frau festhielt. Es war eine Statue der Heiligen Jungfrau. Die Frau spuckte ihn an. In einer Kirche!«

»Schrecklich«, sagte Bruder Jakob. Edgar sah ihn forschend an. Er hätte fast schwören können, daß der Mönch sarkastisch klang.

Gaucher bemerkte den Ton nicht. Er bemerkte überhaupt nichts. Er war wieder in Saragossa, durchlebte die Szene von neuem.

»Die Frau versuchte, Rufus die Statue zu entreißen. Er mußte sie mit seiner Panzerfaust niederstrecken. Der Junge protestierte aufs heftigste und versuchte, ihn aufzuhalten. Daher mußten Rigaud und ich den Jungen festhalten. Sie schrie ihm etwas zu und schlug auf Rufus ein. Irgendwie zerrissen ihre Kleider. Rufus merkte, daß sie darunter gar nicht so übel aussah – für eine Sarazenin. Das sahen wir alle.«

Bruder Jakob erstarrte. Hubert schlug die Hände vors Gesicht. Edgar erinnerte sich plötzlich, daß sein Schwiegervater mit ansehen mußte, wie die Kreuzritter auf dem Weg nach Jerusalem seine Mutter und seine Schwestern abschlachteten. Würde Hubert diese Schilderung ertragen können?

Gaucher spürte, daß er die Gunst seines Publikums verlor. »Schließlich war Krieg«, stieß er hervor. »So geht es nun mal zu. Sie war Teil der Beute. Wir wollten sie ja nicht töten. Sie hätte sich ja nicht so heftig wehren müssen. War ja keine Jungfrau mehr.«

»In einer Kirche? Wie konntet Ihr nur?« Bruder Jakob schüttelte den Kopf. »Habt Ihr das wenigstens schon gebeichtet?«

»Ja, ja. Ich habe auch Buße dafür getan«, sagte Gaucher. »Damals hatten wir vergessen, daß wir in einer Kirche waren.«

»Und der Junge, ihr Sohn, nehme ich an, sah zu?« Huberts Stimme schien aus fünfundvierzigjähriger Entfernung zu kommen. Sogar Jakob bemerkte dies.

Der Mönch preßte die Lippen zusammen. »Und was geschah dann?« fragte er.

»Der Junge wurde rasend«, sagte Gaucher. »Verfluchte uns in einwandfreiem Burgundisch. Norbert fand das unglaublich amüsant. Dann erdreistete sich das Kind, sich für einen Christen und Sohn eines berühmten französischen Kriegers auszugeben. Da hätte ja jeder kommen können, was?«

»Ihr habt ihm nicht geglaubt?« fragte Edgar.

»Gewiß nicht. Da stand er, gekleidet wie ein Sarazene. Er rief seiner Mutter etwas in ihrer heidnischen Sprache zu. Und er war beschnitten. Zeigt mir einen christlichen Ritter, der so etwas mit seinem Sohn machen läßt!«

»Ja, ich sehe das Problem.« Edgar beherrschte sich. Seine eigene starke Reaktion auf diese ganz gewöhnliche Geschichte überraschte ihn. Vielleicht wegen der alten Erinnerungen an die Grausamkeiten, die die Normannen seiner Familie zugefügt hatten. Die hatte man ihm schon als Kleinkind eingetrichtert. Gauchers Schilderung war allzu ähnlich. Edgar hegte immer gewisse Sympathien für die Besiegten, selbst wenn sie wie die Sarazenen in ihrem Glauben irregeleitet waren.

»Woher wußtet Ihr, daß der Junge beschnitten war?« fragte Hubert.

»Na ja.« Gaucher hustete. »Das war Rigaud, weißt du. Der Junge war gut gekleidet und gepflegt, etwa zwölf bis dreizehn Jahre alt. Trug sogar einen schönen Smaragdring. Rigaud vermutete, daß er der Lustknabe eines Herrn war. Doch da er so dabei schrie, irrte sich Rigaud vermutlich.«

»Wie lange dauerte es, bis er tot war?« Edgar wollte, daß die Geschichte ein Ende nähme.

»Oh, wir haben ihn nicht getötet!« sagte Gaucher. »Wir haben ein bißchen mit ihm gespielt, damit er sieht, was mit Sarazenen geschieht, die Gott lästern. Wir sagten ihm, wir würden zurückkehren, wenn er erwachsen wäre, und ihm dann den Garaus machen. Wir banden ihn an einem Ring fest und ließen ihn stehen.«

»Aha«, sagte Hubert gleichmütig. »Wie Ihr bemerktet, geschieht so etwas nicht selten bei der Einnahme einer Stadt. Warum also glaubt Ihr, daß jener Junge nach so langer Zeit zurückgekehrt ist, um sich zu rächen? Woher würde er wissen, wo Ihr zu finden seid?«

Zum erstenmal schien Gaucher sich unwohl zu fühlen. »Weil wir einige Tage später erfuhren, daß ein Ritter aus Burgund, der in Saragossa lebte, die Stadt verlassen hatte, um uns eine Botschaft zu überbringen. Bei seiner Rückkehr fand er seine Frau geschändet und ermordet und seinen Sohn nackt an einer Kirchenmauer festgebunden. Der Junge war seiner Sinne beraubt.«

»Der Junge hatte also die Wahrheit gesagt«, bemerkte Bruder Jakob. »Und Ihr habt niemandem davon erzählt?«

»Bist du von Sinnen?« gab Gaucher zurück. »Der Burgunder muß Verwandte und Freunde in der Stadt gehabt haben. Man hätte uns abgeschlachtet.« Er holte tief Luft. »Zum Glück hörten wir, daß er wenige Monate später im Kampf fiel.«

»Ja, das war Glück. Und der Junge?«

»Um den haben wir uns damals keine Sorgen gemacht«, sagte Gaucher. »Was hätte der uns schon tun können? Und was wir für ihn? Angeblich war er ja wahnsinnig geworden. Daran konnten wir nichts ändern. Wir hielten die Angelegenheit für erledigt. Doch dann ereigneten sich einige Dinge auf dieser Reise. Zum Beispiel die Sache mit den Schweinehoden.«

»Womit?«

Gaucher hustete erneut. »Nichts. Wir hielten es zuerst für einen Scherz. Nicht einmal Norberts Tod gab uns zu denken. Bis dann der Ring auftauchte. Hugo hatte ihn dem Jungen nicht vom Finger ziehen können, darum klaubte er nur den Stein heraus. Später ließ er ihn neu fassen. Als wir den steinlosen Ring in seinem Bündel fanden, wußten wir alle sofort, wem er gehört hatte. Da begann ich, mir Sorgen zu machen. Er spannte uns auf die Folter, ließ uns wissen, daß er kommen würde. Als Hugo starb, überraschte mich das gar nicht.«

Bruder Jakob wollte etwas über das andere Verbrechen wissen. »Und was war mit der Statue der Heiligen Jungfrau?« fragte er. »Ihr habt sie der Frau gestohlen?«

»Wir befreiten sie aus den Händen der Ungläubigen!« empörte sich Gaucher.

»Und übergabt sie zweifellos Eurem Bischof«, sagte er.

Edgar beobachtete den Mönch mit wachsender Vertrautheit. Trotz allem war der Mann wie Solomon. Sie hatten dieselbe Art, in einem einfachen Satz viele Anspielungen mitklingen zu lassen.

Gaucher entging das alles. »Natürlich beabsichtigten wir, sie sofort einem Vertreter der Kirche zu übergeben«, versicherte er. »Doch es herrschte heillose Verwirrung, und wir wollten nicht, daß sie in unwürdige Hände fiel.«

Jakob nickte zustimmend. »Dann handelte es sich also nicht um eine grob geschnitzte Figur. War sie vielleicht reich verziert?«

»Die Krone war aus purem Gold«, sagte Gaucher. »Und mit Juwelen besetzt, ganz oben funkelte ein riesiger Rubin. Wer weiß schon, wie man einen käuflichen Priester in Versuchung führen kann?«

»Nun, der heilige Papst Gregor stellte eine lange Liste darüber auf«, war Jakobs Kommentar.

Edgar konnte sich nicht halten. Dieser Tonfall war ihm so vertraut. Er lachte schallend. »Genau das hätte Catherine auch gesagt!«

»Edgar!« Hubert war erschrocken und zornig. »Dies ist kaum der richtige Zeitpunkt!«

»Du hast recht. Ich bitte um Verzeihung«, sagte Edgar und faßte sich.

Bruder Jakob schien bestürzt. »Ich sollte um Verzeihung bitten. Ich weiß nicht, was mich zu der Bemerkung veranlaßte. Nun, Herr Gaucher, Ihr wart also so edel, die Statue aufzubewahren, um sie zu beschützen. Das war vor fünfundzwanzig Jahren. Ich unterstelle einmal, daß Ihr unterdessen einen geeigneten Aufpasser gefunden habt?«

»Das will ich gerade erklären«, erwiderte Gaucher. »Das muß wohl göttliche Vorsehung sein. Die ganze Zeit wartet sie darauf, daß Abt Peter sie für Cluny in Empfang nimmt.«

»Wo wartet sie denn? Wo habt Ihr sie versteckt?« Nicht nur Bruder Jakob war verdutzt.

Gaucher schien anzunehmen, daß er sich klar ausgedrückt hätte. »Na, natürlich in Najera. Wir haben sie in Seide und Leder gewickelt und sie in den Höhlen über dem Kloster gelassen. Norbert und die anderen planten, sie zu verkaufen, doch ich wußte, daß Unser Herr das nicht zulassen würde. Und jetzt sind sie alle aus dem Wege geräumt, und niemand hindert mich daran, sie erneut zu retten.«

Der alte Ritter sah sie gleichmütig an. Edgar hatte das Gefühl, er sollte ihm eine Münze für seine Vorstellung zuwerfen. Hubert öffnete den Mund zum Protest über diese unerwartete Wendung. Doch Bruder Jakob gebot ihm mit einer Handbewegung Schweigen.

»Danke«, sagte er zu Gaucher. »Gewiß wird der Abt Euer Angebot gern annehmen. Meint Ihr, daß Ihr das Versteck nach so langer Zeit wiederfindet?«

»Gewiß. Ich erinnere mich genau an die Stelle.« Er erhob sich. »Und jetzt weißt du auch, warum ich diese lange Reise auf mich nahm und den Verlust meiner alten Gefährten ertrug. Wenn ich sehe, daß die Statue wieder von den Gläubigen verehrt wird, weiß ich, daß ich meine letzte Pflicht erfüllt habe. Danach will ich mich auf mein Land zurückziehen und ein einfaches Leben führen, in Gebet und Kontemplation, bis der Himmel mich ruft.«

Gaucher wischte sich den Mund ab, und mit dieser Geste änderte sich seine Haltung von der eines Ausbunds an ritterlicher Tugend zu der eines einfachen Sterblichen.

»Beim heiligen Blut des heiligen Ursinus!« sagte er. »Von dem ganzen Gerede bin ich schrecklich durstig geworden. Ich könnte direkt aus dem Fluß trinken!«

Hubert sammelte sich und antwortete: »Ich glaube, unser Wirt erzählte was von selbstgebrautem Bier. Er hat ein Faß, aus dem Ihr kosten könnt. Edgar und ich haben noch etwas mit Bruder Jakob zu besprechen.«

»Dann sehen wir uns im Gasthaus wieder«, sagte Gaucher. »Bier, bei dieser Hitze! Schmeckt wahrscheinlich wie Eselspisse, aber immerhin besser als Wasser.«

Er schlenderte davon, als ob er soeben ein Turnier gewon-

nen hätte. Die anderen drei starrten ihm verblüfft hinterher.
»Wie konnte er unter der Wucht so vieler Sünden leben?« fragte Edgar.
Jakob schüttelte den Kopf. »Er hat nur für die Schändung in einer Kirche gebüßt! Wahrscheinlich hätte er sie gar nicht erwähnt, wenn es woanders vorgefallen wäre. Wie konnte sein Beichtvater ihn ziehen lassen, ohne ihn zu unterweisen?«
»Sogar die Soldaten Wilhelms des Bastards taten Buße für die von ihnen getöteten Angelsachsen«, warf Edgar ein.
»Nur, weil es auch Christen waren«, erinnerte ihn Hubert.
»Nicht nur«, sagte Jakob gedankenverloren. Er wandte sich zum Gehen, blieb dann aber stehen und drehte sich um.
»Hubert...«, begann er. »Chaim. Ich muß es wissen. Es hat mich zu viele Jahre um den Schlaf gebracht. Unsere Mutter, unsere Schwestern, wurden sie auch...?«
Hubert wollte seinem Bruder weh tun, diesem Mann, der sie alle verleugnet hatte, aber er konnte nicht lügen. Die Wahrheit war schlimm genug. »Nein, Jakob«, sagte er. »Außer daß man sie aus unserm Heim schleifte und ihnen die Kehlen durchschnitt, tat man ihnen nichts zuleide.«
Bruder Jakob schloß die Augen und atmete hörbar aus.
Hubert trat auf ihn zu. »Wie konntest du dich jenen anschließen, die so etwas taten?«
Jakob seufzte erneut. »Das kannst du nicht verstehen. Ich bin Mönch geworden, kein Soldat. Jene Männer begingen ein schreckliches Verbrechen, aber das heißt nicht, daß sie dem falschen Glauben anhingen – nur daß sie ihn nicht gut umsetzten.«
»Nur weil Gottes Faust nicht vom Himmel herabsauste, um sie zu zerschmettern, heißt das noch lange nicht, daß ihr Glaube der richtige war«, antwortete Hubert.
»Ich bin nicht aus Angst konvertiert«, gab Jakob zurück.

»Warum denn dann?«
»Weil ich die Gnade erlebte. Die Augen wurden mir geöffnet, und ich glaubte. So einfach ist das.«
»Für mich nicht«, sagte Hubert knapp.
Edgar wußte, daß diese Debatte hoffnungslos war. »Bruder Jakob«, unterbrach er sie, »wieviel von Gauchers Geschichte ist Eurer Meinung nach wahr?«
Hubert und Jakob waren sich immer näher gekommen, bis sie nur noch um eine Nasenlänge voneinander getrennt waren. Jakob schreckte auf, als sein Name fiel, und dachte über die Frage nach.
»Fast alles, möchte ich annehmen. Sicherlich die Teile, über welche er sich höchst vage ausdrückte. Ich glaube, es würde sich lohnen, mit ihm nach Najera zu gehen und die Höhlen zu durchsuchen, falls er und seine Freunde mehr als nur eine Statue aus Saragossa ›gerettet‹ haben sollten.«

Frau Griselle umflatterte Catherine wie eine Taube ihr frisch geschlüpftes Junges. »Meine Wachen können dir eine Sänfte holen, wenn du zu müde zum Laufen bist«, bot sie ihr an.
»Nein, danke. Es ist ja nicht weit«, sagte Catherine. »Mir geht es ganz gut. Ich mochte nur nicht warten, während die Männer ihre Geschäfte beredeten.«
»Merkwürdig, ich war immer dabei«, sagte Griselle. »Aber Bertran verließ sich auf meinen Rat.«
Catherine hielt das für einen Vorwurf, der sich gegen Edgar richtete. Sie wollte ihn verteidigen, fand dann aber, daß sie zu empfindlich reagierte. Sie erinnerte sich, daß sich dieses Problem verstärkte, wenn sie in anderen Umständen war. Lieber wollte sie die Gelegenheit nutzen, um mehr über Griselle in Erfahrung zu bringen.
»Euer Mann muß ein wunderbarer Gatte gewesen sein«, sagte sie. »Selten findet man einen Adligen, der lieber bei seiner

Frau bleibt, als sich mit den anderen Rittern in Turnieren und Kämpfen zu messen.«

»Wir haben uns abgöttisch geliebt«, erklärte Griselle mit ausdrucksloser Miene. »Er hielt Krieg nicht für ein Vergnügen. Doch er trainierte ständig und ging, wenn sein Herr es ihm befahl. Er kannte seine Pflicht. Und er war kein Schwächling! Seine Mannen liebten und fürchteten ihn. Fast alle wollten lieber mit ihm sterben als den Rückzug antreten.«

»So auch Hersents Mann«, sagte Catherine.

»Ja, die arme Frau. Aber wenigstens bleiben ihr die Kinder und Enkel als Trost. Ich habe nur Erinnerungen an Liebe und meine Pflicht, Betran ein ehrenvolles Angedenken zu bewahren.«

»Es ist sehr lobenswert, wie Ihr Euch um seine Seele sorgt«, sagte Catherine. »Ich habe andere Frauen in Eurer Lage gekannt, die ihre Witwenschaft mit der Suche nach einem neuen Ehemann begannen.«

»Solche kenne ich auch. Gräßliche Weiber. Doch selbst wenn ich so etwas im Sinne hätte, könnte ich nicht daran denken, bevor ich meine Pflicht gegenüber Bertran erfüllt habe.«

Sie waren beim Gasthaus angelangt. Griselle rief dem Wirt zu, er möge Catherine einen heißen Kräuterabsud bringen.

»Anscheinend bleiben wir hier noch einen Tag hängen«, sagte sie. »Ich werde wohl das Badehaus nutzen. Man weiß ja nie, wann wieder Gelegenheit dazu ist.«

Hersent ging die Öle und Toilettenartikel für das Bad holen.

»Möchtest du mitkommen?« fragte Griselle.

»Nein, Edgar und ich haben gestern abend gebadet«, erwiderte Catherine.

Griselle lächelte. »Ach ja, das hat mir auch immer so viel Spaß gemacht. Bertran rasierte sich im Bad nach Art der Sarazenen und lehrte mich, diese Sitte angenehm zu finden. Erschreckt dich das?«

»Ich kenne jene Sitte nicht«, gestand Catherine. Sie wollte auch gar nichts davon wissen. Jetzt, wo sie ihren heißen Trank hatte und saß, breitete sich die Müdigkeit in allen Gliedern aus. In wenigen Minuten würde sie zu erschöpft sein, die Treppe zu ihrer Kammer hinaufzusteigen.

Griselle bemerkte davon anscheinend nichts. »Ich könnte mir vorstellen, daß dein Vater sie kennt. Er ist weit gereist. Die Mode gilt für alle, Männer und Frauen. Sie rasieren sich die Haare in den Achselhöhlen und ...« – verschämt senkte sie den Blick – »... in der Schamgegend.«

Catherine unterdrückte ein Gähnen. »Tatsächlich? Warum denn nur? Gehört das etwa zu ihrer Religion?«

»Nein«, gab Griselle zu. »Bertran sagte, es unterbindet zu starken Körpergeruch und hält Läuse fern.«

»Oh.« Das war eigentlich kein Thema, das Catherine vertiefen wollte. Sie schaffte es, sich zu entschuldigen, die Treppe hinaufzutaumeln und ins Bett zu fallen.

Gerade als ihr Kopf auf das Kissen niedersank, fiel ihr ein, daß sie gerade eine wichtige Information erhalten hatte. Mondete war nicht die einzige Pilgerin, die ein Rasiermesser benutzte. Aber hatte Griselle ihr das unabsichtlich mitgeteilt oder um ihr Angst einzujagen? Wußte sie, wieviel Catherine und Edgar erraten hatten? Catherine war geneigt zu glauben, daß ihre Phantasie über diese Frau Sumpfblüten trieb. Doch war Griselle nicht am Abend zuvor im Bad gewesen? Wer würde denn zweimal in der Woche baden gehen? Vielleicht ... doch Catherine war zu müde zum Spekulieren. Einen Augenblick später schlief sie tief und fest.

Später berichtete Edgar Solomon von Gauchers Enthüllungen.

»Das legt den Verdacht nahe, daß all diese Todesfälle das Werk eines einzigen Menschen sind, der auf Rache aus ist«, meinte auch Solomon. »Doch selbst ich kann deine Folgerungen nur schwer glauben. Ohne ein Geständnis kannst du Abt Peter wohl kaum überzeugen. Nicht einmal Onkel Hubert, glaube ich.«

»Ich bin selbst noch gar nicht überzeugt davon«, gab Edgar zu.

»Und nun?«

»Wir gehen nach Najera«, sagte Edgar. »Und wir lassen Gaucher die Höhlen nach der Statue absuchen. Wenn wir recht haben, hat der Mörder ihn deshalb so lange leben lassen. Vielleicht mußten die Männer nur wegen der Gold- und Juwelenverzierung sterben.«

»Nicht auf solche Art und Weise«, widersprach Solomon nach einer Denkpause. »Die Morde zeugen von Haß, nicht von Gier. Dahinter steckt abgrundtiefe Bosheit. Jemand wollte diese Männer noch im Tode demütigen.«

Catherine fand es schwierig, sich unauffällig zu verhalten, nachdem sie wußte, wer für die Morde verantwortlich war. Doch am nächsten Morgen stand sie auf, packte ihre Sachen, rieb sich die Blasen an den Füßen mit Öl ein und erbrach sich aus dem Fenster, genau wie immer.

Die ursprüngliche Gruppe aus Le Puy fand sich auf der Straße wieder zusammen. Bei ihnen waren auch die Händler aus Toulouse, unter denen sich Eliazar nur zu gern versteckte. Die Übersetzer Robert, Mohammed und Hermann, die Abt Peter treffen wollten, ritten mit den Mönchen zusammen, wie auch Gaucher, der sich dicht an Bruder Jakob hielt, als ob er sich jetzt nur noch auf göttlichen Schutz verlassen wollte.

Edgar hatte Catherine, Solomon und Mondete von der »Beichte« des alten Kämpen erzählt. Mondete schnaubte ungläubig.

»Mich überrascht, daß er die Frau auch nur erwähnte«, sagte sie. »Gaucher hat noch viel perversere Angewohnheiten. Doch vermutlich hatten die Bürger von Saragossa ihr Vieh weggesperrt, so daß er sich mit der Frau und dem Jungen begnügte. Den hätte nichts entsetzen können, was immer die anderen getan hätten.« Sie warf einen bedauernden Seitenblick auf Catherine.

»Sorg dich nicht um ihre Empfindsamkeit«, sagte Edgar zu Mondete. »Catherine hat sehr viel gelesen.«

»Ich habe einmal etwas über die Buße für Unzucht mit Tieren gelesen«, gab Catherine zu. »Ich begreife immer noch nicht, warum man dem Schaf eine schwerere Buße auferlegt als dem Mann.«

Die anderen drei starrten sie entgeistert an.

»Meinst du nicht, wir könnten später noch darüber spekulieren?« sagte Solomon.

Catherine blickte zu Boden. »Bedaure.«

Edgar legte den Arm um sie. »Hast du etwas von Griselle erfahren?«

»Ja.« Catherine war erleichtert, zur Sache zurückzukommen. Sie erzählte, worüber sie sich unterhalten hatten, und schloß: »Es war schon seltsam, wie sie mir von dem Rasiermesser erzählte, als ob ich das unbedingt wissen sollte.«

»Aber das ist doch lächerlich«, bemerkte Mondete. »Wie hätte denn Griselle all jene Männer umbringen können, selbst wenn sie es gewollt hätte? Sie ist ja nur halb so groß wie sie.«

»Und nur halb so alt«, gab Solomon zu bedenken.

»Aber wer sonst hätte einen Grund, sie alle zu töten?« fragte Catherine.

»Einen Grund hat sie nur, wenn ihr Bertran der Junge war, den Gaucher und die anderen quälten«, gab Mondete zu bedenken. »Und selbst dann, warum hätte sie so lange mit ihrer Rache warten sollen? Bertran besaß sein Land seit über fünfzehn Jahren. Warum forderte er die Ritter nicht heraus?«

»Ich habe keine Ahnung«, sagte Catherine, »genausowenig

kann ich mir vorstellen, wie Griselle einen Speer durch Rigaud rammen oder Rufus einen Baum hochziehen sollte – es sei denn, ihre Wachen hätten ihr geholfen. Für wie loyal haltet ihr sie?«

»Noch einer der vielen Gründe, warum uns niemand glaubt, wenn wir sie beschuldigen«, erklärte Edgar. »Alle ihre Diener werden zweifellos ihre Unschuld beschwören.«

»Bruder Jakob muß Abt Peter einen Mörder präsentieren, wenn wir nach Najera kommen«, erinnerte Solomon. »Wenn wir ihm nicht den Richtigen beschaffen, wählt er sich womöglich einfach einen, der sich am wenigsten verteidigen kann.«

»Nein, das wird er nicht tun!« sagte Edgar.

»Und warum nicht?«

»Weil dein Vater dir viel zu ähnlich ist, Solomon.«

Edgar war nicht überrascht, daß ihm Solomon einen Kinnhaken verpaßte. Er taumelte, fiel aber nicht hin. Catherine stürzte sich auf ihren Cousin.

»Wie kannst du es wagen?« schrie sie ihn an.

Solomon schämte sich, war aber zu wütend, es zuzugeben. »Wie kann er das behaupten? Ich bin ganz und gar nicht so wie jener Mann, und er ist auch nicht mein Vater. Mein Vater ist tot, habt ihr das alle verstanden?«

Sie nickten. Edgar rieb sich das Kinn. »Ich verstehe«, sagte er ruhig, »aber du bist trotzdem so wie er.«

Solomon holte zum nächsten Fausthieb aus. Edgar wappnete sich. Doch dann machte Solomon auf dem Absatz kehrt und ging fort.

Mondete schaute ihm traurig nach. »Ich glaube, er fängt an, Gott zu verstehen«, sagte sie. »Nur leider gefällt ihm die Offenbarung nicht.«

Dann ging auch sie fort.

Edgar wandte sich an Catherine. »Warum sind wir die einzigen normalen Menschen auf dieser Straße?« fragte er.

Catherine lächelte nicht. »Vielleicht bricht der Wahnsinn bei uns später aus.«
Sie wollte auf das Thema Mörder zurückkommen, doch die Emotionen der anderen und die Tageshitze überwältigten sie. Ohne Vorwarnung mußte sie sich wieder erbrechen, und danach mußte sie ein viel persönlicheres Thema zur Sprache bringen.

Die Übersetzer Robert, Hermann und Mohammed ahnten gar nicht, in welches Tohuwabohu sie geraten waren. Sie glaubten, daß für Bruder Jakob die Arbeit, die man ihnen übertragen hatte, die Hauptsorge sei. Daher waren sie nicht gerade erfreut, daß er kaum Interesse an ihnen bezeugte und wenig über ihre Pflichten zu erzählen wußte.
»Ihr wißt nicht einmal, wo der Abt uns arbeiten lassen will?« fragte Robert.
»Zu mir hat er nicht davon gesprochen«, antwortete Jakob. »Sein Sekretär Pierre wird's Euch sicherlich sagen. Ich selbst halte die Idee für gefährlich. Solche Bücher sollte man nicht übersetzen, sondern verbrennen.«
»Befürchtet Ihr etwa, daß die Kenntnis der wahren Worte des Propheten zur Bekehrung der Franken führen könnte?« fragte Mohammed. »Falls ja, ist Eure Furcht meiner Ansicht nach wohlbegründet. Viele Eurer Leute habe sich Allah zugewandt, als sie seine Wahrheit hörten.«
Die Muslime waren erstaunt, daß Bruder Jakob nicht zornig, sondern mit Lachen reagierte. »Die Bekehrung der Franken?« wiederholte er. »Durch was denn? Sie können nicht mal ihre eigenen Bücher lesen, viel weniger Eure.«
»Warum bereitet Euch dann ein Koran in lateinischer Sprache Sorge?« erkundigte sich Robert. »Fürchtet Ihr für die Seelen der Mönche?«
Robert war ehrlich neugierig. Er war nach Spanien gekommen und hatte Arabisch gelernt, um Wissenschaften zu stu-

dieren, dem Beispiel Adelards von Bath und anderer folgend. Er hatte sich von der Religion nicht befleckt gefühlt, nur die Sarazenen, unter denen er studierte, straften ihn mit Verachtung, weil er nach ihrer Auffassung ungläubig war. Aber niemand hatte ihn bekehren wollen.

»Ich habe keine Angst um meine Brüder«, sagte Jakob ruhig, »ich meine einfach nur, daß solche Ketzerei nicht gewürdigt werden sollte, indem man sie in unsere Sprache bringt.«

Robert zuckte mit den Achseln. »Der Abt ist anderer Meinung. Er glaubt, wenn wir die Ungläubigen verstehen, können wir ihre Argumente besser widerlegen und sie zu Christus bekehren.«

Jakob lachte wieder, kurz und humorlos. »Wenn mein Herr dies wünscht, will ich nicht widersprechen«, erklärte er. »Doch ich meine, wir wären besser bedient, wenn Ihr die Evangelisten in die Sprache der Sarazenen übersetzen würdet, um ihnen unsere Wahrheit nahezubringen.«

»Eine interessante Idee. Habt Ihr das dem Abt vorgeschlagen?«

»Das steht mir nicht zu«, erwiderte Bruder Jakob. »Doch das macht nichts. Bekehrung kommt aus dem Herzen, nicht vom Verstand. Wir lernen die Worte erst später. Wenn Ihr mich entschuldigen wollt, ich muß verhindern, daß ein Mann ermordet wird.«

Als er fort war, wandte sich Hermann an Robert und Mohammed: »Ich spreche nicht so gut Französisch wie ihr. Hat er etwa ›ermordet‹ gesagt?«

»Vielleicht meinte er das in geistlicher Hinsicht«, sinnierte Robert. »Warum sollte denn jemand einen Mitpilger ermorden?«

Hubert hatte es sich zur Gewohnheit gemacht, in Frau Griselles und Hersents Nähe zu reiten. Er hatte nicht bemerkt, daß Catherine und Edgar weit hinter ihnen waren, und er

wollte lieber annehmen, daß Eliazar aus Gründen der Diskretion bei Aaron blieb, nicht weil er Huberts Freundschaft mit der Frau mißbilligte.
Es war geraume Zeit her, daß eine Frau seine Gesellschaft gesucht hatte. Besonders eine Frau wie Griselle, mit ihren eleganten Gesten und dem goldenen Haar. Sie erinnerte ihn ein wenig an seine Frau Madeleine, in den Tagen kurz nach der Hochzeit, bevor die Ungewißheit seiner Hingabe an das Christentum sie zu quälen begann.
Hubert rutschte unruhig im Sattel hin und her. Warum dachte er ausgerechnet jetzt an Madeleine? Sie war weit weg, im Kloster von Tart, und ihr Geist war in noch weiterer Ferne. Es beunruhigte ihn sehr, daß ihm nicht nur Griselles Art und Weise vertraut vorkam, sondern auch ihre Miene, so sehr wie Madeleines sah sie in letzter Zeit aus, als ob nur lebenslange Disziplin sie davor bewahrte, sich selbst aufzugeben.
»Seid Ihr heute wohlauf, Madame?« fragte er vorsichtig.
Sie musterte ihn argwöhnisch. »Habt Ihr letztlich mit Eurer Tochter gesprochen?«
»Über Euch? Selbstverständlich nicht!« sagte er.
»Das solltet Ihr vielleicht tun«, antwortete sie und ließ den Schleier von ihrem Hut herab, um das Gesicht vor der Sonne zu schützen, womit sie das Gespräch beendete.
Zuerst erschrak Hubert, dann war er verlegen, schließlich zornig. Was hatte Catherine zu Griselle gesagt? Es war schon schlimm genug, wenn ihm sein Bruder Vorhaltungen über seine Freundschaft zu dieser Frau machte, doch daß seine Tochter sich einmischte, war untragbar. Er ritt zurück, um mit Catherine zu reden.
Er fand sie vor Edgar auf dem Pferd liegend. Sein Zorn blieb ihm im Hals stecken.
»Sie wollte nicht warten«, sagte Edgar. »Sie braucht eine Sänfte, aber sie besteht darauf, daß andere Pilger noch kränker sind als sie.«

Catherine sprach, ohne den Kopf von Edgars Brust zu heben. »Ich bin nicht krank«, beharrte sie. »Es sind nur die Hitze und der Staub. Geh weg.«

Hubert fand, dies wäre nicht der richtige Augenblick, um mit ihr zu schimpfen, weil sie Griselle erzürnt hatte. Doch einerlei, in welchem Zustand sie war, er würde seiner Tochter nicht gestatten, sich in sein Leben einzumischen, und beschloß, es ihr zu sagen, sobald sie in Najera wären.

Am Ende der Reihe gingen schweigend Mondete und Solomon. Von allen Menschen in der Gruppe waren die beiden sich als einzige völlig einig.

ZWANZIGSTES KAPITEL

Najera, Montag, den 8. Juni 1142, am Tag nach Pfingsten

Setze mich wie ein Siegel auf dein Herz und wie ein Siegel auf deinen Arm. Denn Liebe ist stark wie der Tod, und ihr Eifer ist fest wie die Hölle. Ihre Glut ist feurig und eine Flamme des Herrn.

Das Hohelied Salomos 8,6

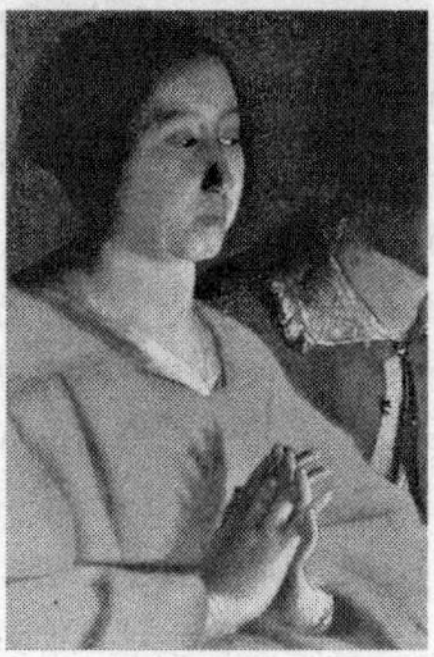

Die roten Felsen von Najera waren rauh und fremd für Catherines Augen, und der Fluß war von Bäumen beschattet, deren Namen sie nicht nennen konnte. Doch das Wasser war kühl und die Brise erfrischend, und sie lebte sofort wieder auf. Eine durchschlafene Nacht in einer ruhigen Kammer ohne einen Mord in der Nähe gab ihr neue Kraft.

»Könntest du etwas essen?« fragte Edgar sie beim Aufwachen.

Catherine horchte in sich hinein. »Nein«, sagte sie dann mit Bestimmtheit, »aber du solltest essen. Und zwar so, daß ich es nicht sehe.«

»Sehr wohl. Ruh dich noch ein wenig aus. Ich komme bald zurück.«

Catherine gehorchte nur zu gern. Doch als Edgar fortgehen wollte, packte sie ihn am Ärmel. »Es ist doch jetzt bald vorbei, oder?« fragte sie mit einer Kinderstimme, die mehr nach Trost als Wahrheit verlangte. »Sind wir bald in Compostela? Keine Berge mehr?«

Edgar wußte es nicht. »Ja«, sagte er. »Noch ein paar Tage, nur sanfte Wege durch Blumentäler und satte grüne Wiesen.«

»Vielleicht hatte mein Traum doch nichts zu bedeuten«, sagte sie.

»Doch. Meister Abælard glaubte daran und ich auch«, antwortete Edgar. »Wir haben ihn vielleicht zu wörtlich interpretiert. Die Krise war womöglich geistlicher und nicht physischer Natur. Vielleicht haben wir sie schon überwunden.«
Catherine lächelte ihn an. »Dann brauchen wir dem guten Apostel nur zu danken, daß er uns unseren Wunsch gewährte, und wir können mit unserem Sohn heimkehren.«
»Richtig. Kein Grund mehr, uns Sorgen zu machen.«
Edgar ging pfeifend hinaus, doch sobald er die Tür hinter sich geschlossen hatte, brach die Melodie ab. Catherines Lächeln verflüchtigte sich zur gleichen Zeit. Je mehr sie sich dem Schrein des heiligen Jakob näherten, desto mehr fürchteten beide, daß ihnen das Schlimmste noch bevorstand.

Peter von Montboissier, Abt von Cluny, war bislang höchlich zufrieden mit seiner Wallfahrt. Seine Besuche in den Kluniazenserhäusern in Kastilien waren eine ausgezeichnete Idee gewesen. Man hatte ihn ehrenvoll, beinahe prunkvoll empfangen, und gewisse kleine Unregelmäßigkeiten in der liturgischen Praxis waren bemerkt und ausgemerzt worden, bevor sie zu ernsthaften Abweichungen führen konnten. Er hatte die Ländereien inspiziert und einige wunderschöne und faszinierende Andenken gesammelt. Eines seiner liebsten Stücke war nicht mehr als ein glitzernder weißer Salzklumpen, den Peter persönlich von einem glänzenden Berg in der Nähe der Prioreien abgebrochen hatte. Man stelle sich das vor! Ein ganzer Salzberg meilenweit vom Meer entfernt. So erinnerte Gott den Menschen tagtäglich an seine Macht.
Doch auf seiner Reise hatte Peter nicht Bruder Rigaud vergessen. Sobald er von Jakobs Ankunft erfuhr, ließ er den Mönch zu sich rufen.
»Ich vertraue darauf, daß du den entdeckt hast, der es wagte, in unsere Kirche zu Moissac einzudringen und unseren lieben

Bruder zu ermorden.« Der Abt winkte ab, als Jakob zu einer förmlichen Begrüßung ansetzte.
»Noch nicht, Herr Abt«, antwortete Jakob. »Doch ich glaube, ich kenne jetzt das Motiv für den Mord an dem armen Bruder Rigaud. Es liegt in seinem weltlichen Leben und wird nicht den Hauch eines Skandals auf unseren Orden werfen.«
Er berichtete, welche Geschichte Gaucher erzählt hatte, und fügte seine eigene Auslegung des ritterlichen Benehmens hinzu.
Mittendrin unterbrach ihn der Abt. »Glaubst du, daß die Ritter wirklich die Frau und den Jungen für Sarazenen hielten?«
»Zuerst ja«, antwortete Jakob bedächtig. »Später wußten sie, daß zumindest der Junge getauft war. Doch es waren Krieger, die eine Stadt eroberten, und ihr Blut kochte vor Wut. Ich glaube, es kümmerte sie überhaupt nicht.«
»Nein, vermutlich nicht«, sagte Peter traurig. »Nach dem, was mir Rigaud erzählte, war keiner von ihnen je ein wahrhaftiger Soldat Christi. Fahre fort.«
Jakob zögerte einen Augenblick, bevor er weitersprach. Plötzlich spürte er Zorn gegen seinen verehrten Abt in sich aufwallen. Die Intensität des Gefühls erschreckte ihn. Das alles hatte er bei seinem Eintritt ins Kloster erleichtert zurückgelassen. Ein Dasein ohne jede Leidenschaft, weiter wünschte er sich nichts. Warum mußte er diesen Schmerz ertragen?
Er sammelte sich mit einem stummen Stoßgebet an den heiligen Jakob, seinen Namenspatron. Das Wiedersehen mit seinen Brüdern Eliazar und Chaim hatte ihn aus der Fassung gebracht; mehr noch Catherine. Seit er sie zum erstenmal gesehen hatte, quälten ihn nachts Visionen vom sanften, blutüberströmten Gesicht seiner Mutter. Er durfte das nicht zulassen. Das war eine Prüfung. Wenn er fest bliebe, würde

der Heiland Erbarmen mit ihm haben und den Schmerz von ihm nehmen.

Bruder Jakob fuhr mit der Geschichte fort. Als er die Statue erwähnte, richtete sich der Abt auf.

»Wo ist sie?« fragte er.

»Vermutlich noch dort, wo die Männer sie vor so vielen Jahren liegenließen. Gaucher will sie selbst holen und sie Euch als Teil seiner Sühne präsentieren.«

»Ein löbliches Vorhaben«, sagte Peter. »Er kann sie mir nach der Vesper bringen.«

»Nun, er möchte bis zum Morgen damit warten«, erwiderte Jakob. »Er möchte die Nacht im Gebet und mit Reinigung verbringen. Ich versprach ihm, ihn zu dem Versteck zu begleiten, sobald wir morgen die Prime gebetet haben.«

Der Abt war nicht erfreut, warten zu müssen, doch er gestand Gaucher das Recht zu, sich vorzubereiten.

»Sich den Sünden der Vergangenheit zu stellen ist eine schwere Aufgabe«, räumte er ein. »Oft stinken sie, weil sie so lange begraben lagen. Doch für eine wahre Sühne muß es geschehen, es hat mehr Gewicht als alles andere. Ich werde bis zum Morgen warten.«

Jakob verbeugte sich und ging hinaus. Im Flur blieb er stehen und bedeckte schamvoll sein Gesicht. Wie hatte er solchen Zorn gegen den Mann empfinden können, der ihn aufgenommen hatte und ihn trotz seiner Herkunft genauso wie alle anderen Männer in Cluny behandelte? Eliazar sollte er hassen, der so verbissen an den alten Sitten festhielt ... und Chaim noch mehr, der in der Öffentlichkeit zu Christus betete, ihn in seinem Herzen jedoch verleugnete.

Jakob wiederholte immer wieder, daß er diese Männer, die nicht mehr seine Brüder waren, verachtete. Er hatte eine neue Gemeinschaft von Brüdern gefunden. Er sagte es immer wieder auf, so wie die Psalmen. Doch der Teufel fuhr fort, ihn zu quälen, beschwor Bilder vor seinen Augen her-

auf, wie sie als Kinder waren, Chaim, der noch kaum laufen konnte, seine Schwestern, die mit dem Kleinen spielten und lachten ... bis das Lachen sich in Jakobs Ohren in Schreien verwandelte.
Mit leisem Stöhnen wandte Bruder Jakob das Gesicht der Steinmauer zu, die selbst im Sommer kalt war. Er wußte, daß er nicht würde schlafen können. Besser, er hielte Wache mit Gaucher. Beten und Schlafentzug würden ihn vielleicht von diesen Geistern befreien.
Überdies, überlegte er, wäre es keine schlechte Idee, Herrn Gaucher aus der Ferne diskret zu beobachten. Ablenken wollte er ihn nicht – es sei denn, Gaucher entschlösse sich im Laufe seiner Nachtwache, die Statue schon früher zu holen.
Noch viel wütender wäre Jakob gewesen, hätte er geahnt, wie genau seine Pläne mit denen Solomons und Catherines übereinstimmten.

Am Abend nahm Gaucher ungesalzene Bohnen und Wasser ohne Wein zu sich. Dann legte er seine komplette Rüstung an, nahm den Schild, ließ aber die Scheide leer.
»Mein Schwert brauche ich nicht mehr«, verkündete er. »Ich hoffe, Ihr werdet morgen alle Zeugen sein, wenn ich die Statue der Jungfrau Maria der Kirche zurückgebe.«
»Gewiß«, sagte Griselle im Namen aller. »Ich gestehe, daß ich neugierig auf dieses wunderschöne Bildnis der Jungfrau bin. Falls man sie im Kloster wegschließt, werde ich keine andere Möglichkeit haben, sie zu sehen.«
Als die Junidämmerung anbrach, ging Gaucher fort.
Mondete erhob sich aus der Ecke, in der sie gewartet hatte, und folgte ihm lautlos.
»Wohin geht sie?« fragte Griselle.
»Wahrscheinlich ist es ihr im Gasthaus zu bequem«, antwortete Catherine. »Sie sucht sich wohl eine feuchte Stelle am Fluß.«

»Mit Dornbüschen«, fügte Edgar hinzu.
Griselle nickte traurig. »Das arme Ding. Sie hat sich doch schon genug bestraft.« Sie gähnte. »Oh, pardon«, sagte sie. »Die Sonne scheint hier in Spanien so viel länger als in Burgund. Ist das nicht seltsam? Es muß später sein, als ich dachte. Ich wünsche euch allen eine gute Nacht. Hersent?«
Die Zofe folgte ihr zu der kleinen Kammer zu ebener Erde. Die Soldaten nahmen ihre Posten vor der Tür ein.
Catherine kämpfte ebenfalls gegen die Müdigkeit an. Sie wollte nicht schlafen. Sie hatte ja seit Tagen kaum etwas anderes getan. Als sich der Himmel verdunkelte, standen Solomon und Eliazar auf.
»Unsere Brüder haben einen *erov* für den Sabbat errichtet«, sagte Eliazar, »da es hier in der Stadt keinen gibt. Wir müssen innerhalb seiner Grenzen sein, bevor der dritte Stern aufgeht.«
Solomon schien nicht erfreut. »Ich glaube, ich bleibe besser hier, Onkel. Heute sind genügend Männer zum Beten da. Ich werde hier vielleicht gebraucht.«
Eliazars Miene verdüsterte sich. »Solomon, ich will nicht, daß du abtrünnig wirst wie dein Vater. Ich will dich nicht für den *Minjan* dabeihaben, sondern um dich daran zu erinnern, wer du bist. Deine Tante und ich haben dich nicht dazu erzogen, den Sabbat zu brechen.«
Solomon legte eine Hand auf Eliazars Schulter. »Das weiß ich. Ihr habt mich gelehrt, den Allmächtigen zu fürchten und gemäß dem Gesetz anzubeten. Dennoch habe ich mich oft davon entfernt – und aus geringerem Anlaß.«
»Du willst helfen, das Leben dieses ›Soldaten Christi‹ zu retten?« Eliazar konnte seinen Hohn nicht verbergen. »Diesen Mann, der genauso ist wie die, die deine Angehörigen niedergemetzelt haben? Laß die Christen sich um ihre eigenen Leute kümmern. Dich brauchen sie nicht.«

Catherine beobachtete das Gesicht ihres Cousins. Es lag etwas in seiner Miene, das sie noch nie gesehen hatte. Sie wußte nicht, was es war, und es flößte ihr Angst ein.
Solomon sah seinen Onkel direkt an. »Vielleicht brauchen sie mich nicht, aber ich muß hier sein. Verzeih mir, Onkel, und schließ mich in deine Gebete ein.«
Eliazar ging nicht bereitwillig oder ruhig, aber er unternahm keinen Versuch, Solomon zum Mitkommen zu zwingen. »Ein Mann, den man binden und zu den Gebeten schleifen muß, mag genausogut nicht dabeisein«, murmelte er.
»Schabbat Schalom«, rief Solomon ihm nach.
Die einzige Antwort war das Zuknallen der Tür.
Solomon setzte sich wieder. Die anderen sahen ihn nicht an. Catherine hoffte, er würde nicht versuchen, den Schmerz zu rechtfertigen, den er gerade seinem Onkel zugefügt hatte. Er tat es auch nicht, schenkte sich statt dessen Wein nach.
»Ich habe mit Mondete verabredet, daß ich vor der Kirche auf ihr Zeichen warte«, erklärte er. »Wenn Gaucher Wort halten will, schlagen wir uns die Nacht vergebens um die Ohren. Doch wenn nicht ...«
»Dann haben wir ihn«, beendete Edgar den Satz. »Und wahrscheinlich auch den Mörder der anderen.«
»Ja, der mußte ja einen Ritter am Leben lassen, damit er ihn zum Versteck führt«, meinte Hubert.
Catherine war sich dessen nicht so sicher. Möglich war es schon, daß sich die Rache mit der Gier paarte; sie paßten hervorragend zusammen. Logisch wäre es schon, wenn die ursprünglichen Besitzer die Statue zurückhaben wollten. Doch hier gab es noch etwas anderes. Die vorangegangenen Morde waren zu sorgfältig ausgeführt worden. Daß Gaucher so lange hatte leben dürfen, hatte vermutlich auch etwas mit Rache zu tun. Sie gähnte wieder.
»Catherine braucht ihren Schlaf.« Hubert stieß Edgar in die Seite. »Bring sie nach oben, ja? Guck mich nicht so böse an,

Tochter. Ich weiß, daß du immer dabeisein willst, aber du mußt auch an dein Kind denken.«
Das tat sie auch. Sie wußte, wie besorgt alle waren und daß man sie am liebsten zwingen würde, bis nach der Geburt des Kindes in Najera zu bleiben. So weit durfte es nicht kommen. Also fügte sie sich lieber. Außerdem konnte sie kaum die Augen offen halten.
»Sorg dich nicht, *leoffæst*«, sagte Edgar. »Bei so vielen Zuschauern geschieht heute nacht vermutlich gar nichts.«

Catherine erwachte tief in der Nacht. Edgar lag schnarchend neben ihr. Auf der anderen Seite hörte sie auch Hubert.
Sie wußte nicht, was sie aufgeweckt hatte, beschloß aber, gleich zur Latrine zu gehen.
Edgar war daran gewöhnt, daß sie nachts über ihn hinwegkletterte, und rührte sich nicht. Es war so warm, daß Catherine keine Schuhe anzog. Auf Zehenspitzen schlich sie sich die Treppe hinunter.
Auch Griselles Wachen schnarchten vor der Tür ihrer Herrin um die Wette. Im Dunkeln tastete Catherine nach dem Riegel vor der Tür, ohne ihn zu finden. Entweder hatte der Gastwirt die Tür nicht verriegelt, oder jemand war vor ihr hinausgegangen.
Sie zog die Tür auf und spähte hinaus.
Davon war sie also aufgewacht! Im dämmrigen Licht erkannte sie zwei Frauengestalten, die davoneilten. Sie gingen nicht in Richtung Latrine.
Ich sollte Edgar aufwecken, dachte sie.
Die beiden Gestalten verschwanden um die Ecke.
Solomon paßt da draußen auf, sagte sie sich. *Ich sollte ihn suchen und dann zurückgehen und Edgar wecken.*
Sie legte die Hand auf ihren Bauch. *Was meinst du denn dazu?* fragte sie das Kind. *Wird der heilige Jakob uns beschützen?*

Vor Schaden wohl schon, schloß sie, wenn auch nicht vor Edgars Zorn. Na, sie wollte ja nur hinter den beiden Frauen herlaufen, um zu sehen, welchen Weg sie einschlugen.
Früher einmal hätte ihre innere Stimme sie vor solch einer Torheit gewarnt, doch in jüngster Zeit blieb sie aus unerfindlichen Gründen stumm.

Bruder Jakob kniete in einer dunklen Nische der Kirche und betete fieberhaft, während er Gaucher im Auge behielt, der vor dem Altar im Schein der Wallfahrerkerzen ebenfalls auf den Knien lag. Bisher hatte sich der Ritter nicht gerührt. Er hielt den Rücken gerade und den Kopf gesenkt, eine Haltung der Unterwerfung, die durch die goldene Strähne in seinem Haar merkwürdig betont wurde. Allmählich hielt Jakob seinen Argwohn für unbegründet. Er hatte um Erlaubnis gebeten, dem Nachtoffizium fernzubleiben, doch die Glocken verrieten ihm, wann die Vigilie begann und wann sie endete. Er betete sie im Alleingang und beobachtete dabei den Ritter.
Mit dem letzten Glockenschlag hob Gaucher den Kopf. Er streckte sich und stand langsam auf, hielt sich an der leeren Scheide fest, bis ihm seine Beine wieder gehorchten. Jakob blieb, wo er war, bereit, Gaucher zu folgen.
Der alte Ritter verbeugte sich vor dem Altar und bekreuzigte sich. Dann ging er durch das Schiff und zur Tür hinaus, als ob er nicht damit rechnete, daß jemand ihn aufhalten könnte.
Rasch stand Jakob auf. Seine Knie schmerzten von dem rauhen Steinfußboden. Er folgte Gaucher ins Freie und stolperte fast über die dunkle Gestalt Mondetes, die auch gerade aufgestanden war, um sich an die Fersen des Ritters zu heften.
Der Mönch packte sie am Handgelenk. »Das hätte ich mir ja denken können, daß du es warst«, zischte er. »Komm mit. Ich bringe dich weg, damit du kein Unheil mehr anrichten kannst. Und morgen wirst du dem Abt vorgeführt.«

Er wollte sie wegzerren und wünschte, jemand anders würde sie ihm abnehmen, damit er Gaucher verfolgen könnte.
»Vater«, ertönte eine Stimme aus der Nacht, »laß sie los. Sie hat niemandem etwas getan.«
Erschrocken – eher über die Art der Anrede als über das Auftauchens Solomons – ließ Jakob Mondete los.
»Ich bleibe bei ihm«, sagte Solomon zu Mondete. »Gehst du Hubert und Edgar aufwecken?«
Mondete hatte keinen Laut von sich gegeben, nicht einmal, als Jakob sie angerempelt hatte. Jetzt sagte sie auch nichts, sondern hob ihren Umhang hoch und rannte zum Gasthaus. Solomon wandte sich wieder an Jakob.
»Willst du sie in den Kerker sperren?« fragte er höhnisch. »Oder hilfst du mir, den wirklichen Mörder zu fangen?«
Jakob streckte die Hand aus, um Solomons Ärmel zu berühren. Dann hielt er inne. »Ich bin kein Priester«, sagte er. »Man redet mich nicht mit ›Vater‹ an.«
Das Schweigen verdichtete sich. »Ich werde es nie wieder tun«, sagte Solomon. »Niemals!«
Im Dunkeln konnten sie ihre Mienen nicht sehen.
Nach einer Pause trat Jakob zurück. »Glaubst du, daß der Mörder sich für die Statue interessiert?« fragte er seinen Sohn.
»Nein, aber für sie ist es wichtig, daß sie nicht Gaucher in die Hände fällt.«
»Für sie?«
»Ja.« Solomon sah sich um. Gaucher war verschwunden. »Wohin ist er gegangen?«
Jakob zeigte in die Dunkelheit. »Da entlang. Er sagte mir, sie hätten die Statue in einer der Höhlen da oben versteckt.«
Sie eilten die Straße an den Klippen entlang. Die meisten Häuser standen in dichten Ansammlungen um die Abtei oder am Fluß. Bald hatten sie das Dorf verlassen, und der Weg

führte nach oben. Vor ihnen lag ein schmaler Grat mit mehreren Höhlenöffnungen.
»Ich kann ihn nirgends sehen«, sagte Jakob. »Hat er eine Lampe mitgenommen?«
»Ich glaube nicht.« Solomon blieb stehen. »Wir auch nicht. Bist du sicher, daß er hierhergegangen ist?«
Jakob sah zu den dunklen Löchern im Felsen hinauf. »Nein. Ich dachte nur, daß er diesen Weg nimmt, weil er sagte, hier wäre das Versteck.«
»Und du hast ihm geglaubt?« Solomon war entgeistert über so viel Dummheit.
Jakob schlug sich vor den Kopf. »Was ist nur mit mir los?« murmelte er. »Ich war doch nie leichtgläubig, vor allem nicht bei Edomitern.«
»Dann...« Solomon zögerte. »Dann glaubst du also nicht, daß alles, was Christen im Namen ihres Erlösers tun, richtig ist?«
»Das habe ich nie behauptet«, sagte Jakob leise. »Ich kann nur das verantworten, was ich in Seinem Namen tue.«
»Zum Beispiel Frau und Kind im Stich lassen?« Solomon biß sich auf die Zunge. Das war ihm so herausgerutscht. Jakob sollte ja nicht denken, daß es ihm etwas ausmachte.
»Ja«, sagte Jakob. »Das war mein Opfer.«
»Nein, du Bastard«, erwiderte Solomon, »unser Opfer war das!«
Er hob die Faust zum Schlag, doch dann riß sie ein Schrei aus ihrer persönlichen Fehde.
»Catherine ist das nicht«, war Solomons erste Reaktion. »Ich kenne ihren Schrei.«
»Na und?« sagte Jakob, als sie ihre Schritte wieder hinunterlenkten, so rasch es in der Dunkelheit möglich war. »Ich glaube, es kam aus der Nähe der Kirche.«
Als sie zwischen die Kirche und den Felsen kamen, sah Solomon einen Menschenauflauf um eine Gestalt, die regungslos am Boden lag. Offenbar handelte es sich um eine Frau.

»Catherine war es nicht. Ihre Stimme klingt anders«, wiederholte er, um sich selbst zu überzeugen. Dann durchfuhr ihn der Gedanke: was, wenn Mondete geschrien hätte?
Er bahnte sich einen Weg durch die Menge, bis er das Gesicht auf dem Stein liegen sah. Ihr Augen standen offen und waren leer. Solomon spürte Erleichterung und bekam im gleichen Moment ein schlechtes Gewissen.
Es war Hersent.

Catherine war den beiden Frauen durch die warme Nacht gefolgt. Sie fühlte sich wie in eine alte Fabel versetzt, in der jeden Augenblick ein sprechender Vogel vorbeiflöge oder ein freundlicher Wolf herbeitrotten und sie zu dem verborgenen Schatz führen würde. Das war nicht die Welt, in der sie sich auskannte. Es war ein fremdes Land, wo es noch Zauberei gab, wo sich Kinder in Schwäne verwandelten und Flußnymphen ihre Unsterblichkeit für irdische Prinzen aufgaben. Das Flackern der winzigen Öllampe, die die beiden Frauen bei sich trugen, war ein Talisman, der zur Verzauberung beitrug.
So überraschte es sie nicht, als Griselle und Hersent durch einen schmalen Spalt zwischen Kirche und Felsen verschwanden. Furchtlos folgte sie ihnen, denn wie kann ein Märchen gefährlich sein?
Kaum einen Atemzug später hörte sie einen Schrei, und eine der Frauen taumelte heraus und schlug hart auf dem Boden auf.
Catherine lief zu ihr und kniete sich hin.
Hersent wimmerte und gab dann ein entsetzliches Röcheln von sich, das Catherine an Hugos Tod erinnerte. Die Frau packte Catherines Arm.
»Rette sie!« stammelte Hersent.
Der Griff lockerte sich, und Hersents Leib erschlaffte. Behutsam ließ Catherine ihn zu Boden sinken.
Dann hörte sie eilige Schritte. Catherine wußte, daß Hilfe

kam, und stand widerstrebend auf. Griselle war immer noch dort drin. Jemand mußte hineingehen und sie holen. Jemand mußte sie retten.

Catherine hatte eigentlich abwarten wollen, daß jemand mit Fackel und Waffen käme. Doch dann rief eine lockende Stimme über ihrem Kopf: »Hab keine Angst. Ich bin hier, um dir zu helfen. Um deine Träume zu erfüllen. Was du dir immer gewünscht hast. Komm hoch. Folge mir.«

Weit über ihr flackerte die Lampe, die Flamme tanzte in der Nachtbrise und bewegte sich weiter hinauf.

Die Hilfe war schon unterwegs. Aber die Stimme rief sie. Sie konnte sich nicht erinnern, in ihrem Traum eine Stimme gehört zu haben. Aber Träume waren so ungewiß. Sollte sie dem Ruf folgen? Was, wenn sie die Prüfung nicht bestünde und dieses Kind auch sterben müßte? Was sollte sie nur tun?

Das Licht wanderte weiter hinauf. Die Stimme wurde schwächer. »Beeil dich! Wir haben nicht viel Zeit!«

Catherine gab sich einen Ruck. Sie faltete die Hände und flüsterte beim Eintritt in den Felsspalt: »Heilige Mutter, ich vertraue auf dich. Bitte laß meinem Kind nichts zustoßen.«

Drinnen gab es kein Licht, und sie stieß mit dem Schienbein an eine scharfe Kante. Eine Stufe. Sie fühlte mit den Händen nach. Noch eine. Sie begann, hinaufzusteigen, und tastete sich mit einer Hand an der rauhen Wand entlang.

Edgar erwachte vom Echo des Schreis im Kirchhof. Er brauchte nicht einmal die Hand auszustrecken, um zu wissen, daß Catherine fort war. Er sprang aus dem Bett und schnappte sich seine Stiefel. Hubert tat es ihm in der anderen Zimmerecke nach.

»Wo ist sie?« fragte Hubert.

Edgars Mut sank. Er wußte es. »Irgendwo hoch oben«, antwortete er. »Ich muß sie finden, bevor sie abstürzt.«

Hubert wollte Edgar ausschelten, weil er nicht besser auf

Catherine achtgegeben hatte, doch dann fiel ihm ein, daß sie auch an ihm vorbeigeschlüpft war.

Sie überlegten nicht einen Augenblick, wo sie suchen sollten. Wenn sie immer dem Lärm nachgingen, würden sie Catherine finden.

Sie stießen fast mit Mondete zusammen. Die Kapuze war ihr vom Kopf gefallen, ihr kahler Schädel schimmerte im Mondlicht. Sie wirkte wie eine Tote, die böse Nachrichten von jenseits des Grabes zu überbringen hat.

»Gaucher hat die Kirche verlassen«, keuchte sie. »Solomon und sein Vater sind hinter ihm her. Nein ...« – damit kam sie seiner Frage zuvor –, »ich weiß nicht, wer den Schrei ausstieß. Aber Griselle und Hersent liefen mir entgegen, und Catherine folgte ihnen.«

»Warum hast du sie nicht aufgehalten?« schrie Edgar.

»Weil ich Solomon versprochen habe, euch zu benachrichtigen«, antwortete sie. »Catherine trifft sich mit den anderen, wenn sie in die Kirche geht. Sie ist nicht in Gefahr.«

Edgar erwiderte nichts darauf. Er wußte, daß Catherine in Gefahr war, und er mußte sie finden.

Bei der Kirche hatte sich eine Menschentraube um die Leiche einer Frau gebildet. Edgar stockte der Atem, bis er Solomon abseits stehen sah. Wenn es Catherine gewesen wäre, hätte er neben ihr gehockt.

»Wo ist sie?« keuchte Edgar, als er und Hubert Solomon erreichten.

Solomon wußte sofort, wen sie meinten. »Ich habe sie nicht gesehen. Dieser *desfae* Mönch und ich sind in die falsche Richtung gelaufen. Gaucher war hinter der Kirche in das Loch im Felsen geschlüpft. Die Mönche hier erzählen, daß es eine alte Treppe zu einem Berggrat gibt, von dem jede Menge Höhlen abgehen. Doch hier befindet sich der einzige Ausgang. Gaucher erstach Frau Griselles Zofe beim Eintreten. Wahrscheinlich nahm er Griselle als Geisel. Die Mönche wollen ihre Wachen nicht im Dunkeln hinaufschicken, weil er sie töten könnte.«

»Solomon!« unterbrach ihn Edgar. »Catherine ist auch da drin.«

Solomon starrte ihn verdutzt an. »Wie kommst du darauf?«

»Mondete beobachtete, daß sie Griselle folgte«, erklärte Hubert. »Sie ist da drin mit einem Mörder! Ich gehe auch hinein.«

»Nein, das ist meine Aufgabe«, widersprach Edgar. »Sie ist meine Frau, und es ist unser Kind. Ich habe ein Recht darauf, Hubert.«

Hubert hatte bereits sein Messer gezogen. Er setzte zu einer Erwiderung an, doch er hielt inne. Edgar hatte wirklich das Recht.

»Du gehst zuerst«, sagte er. »Ich komme mit einer Fackel hinterher. Sie war schon lange vor eurer Heirat mein Kind.«

»Ich komme auch mit«, kündigte Solomon an.

Sie eilten zu der Öffnung, wurden jedoch von zwei Wächtern angehalten, Bürgern, die der Abtei unterstellt waren. »Niemand darf hinein«, sagte der eine der beiden. »Wir haben dafür zu sorgen.«

Hubert seufzte. »Es hat wohl keinen Zweck zu protestieren?« »Überhaupt keinen«, antwortete der Wächter mit Nachdruck.

»Nun, dann können wir wohl nur eins tun.« Hubert seufzte erneut und tat, als wolle er umkehren. »Solomon?«

Solomon drehte sich ebenfalls um, und dann wirbelten beide wieder herum und versetzten den Wächtern Kinnhaken, bevor jene wußten, wie ihnen geschah. Mehr Männer kamen dazugelaufen, um mitzumischen.

In dem heillosen Durcheinander schlüpfte Edgar in das dunkle Loch und stieg die Treppe hinauf.

Als Catherine höher hinaufstieg, wurde die Stimme klarer, und sie erkannte sie als Griselles. Sie verstand nicht, wie es

Griselle gelungen war, Gaucher zuvorzukommen, bis ihr klar wurde, daß Hersent ihn am Eingang aufgehalten hatte. Wußte Griselle, daß ihre Zofe ihr Leben hingegeben hatte, um den Befehlen ihrer Herrin zu gehorchen?

Griselles melodischer Lockruf führte den Ritter immer weiter die Treppe hoch, die mal innerhalb, mal außerhalb der Klippe lag. Gaucher folgte ihr wie ein Schlafwandler, sein Blick blieb auf das Licht gerichtet. Was würden sie tun, wenn sie oben ankämen? ging es Catherine durch den Sinn. Aus der Dunkelheit heraus kam Griselles Antwort.

»Komm, Liebster«, gurrte sie. »Du hast mich seit Le Puys verfolgt, fast so lange, wie ich hinter dir her bin. Ich konnte dir ja nicht nachgeben vor all den Zuschauern. Denk nur an den Skandal.«

»Ich wußte immer, daß du mich wolltest.« Gaucher stolperte und fing sich wieder. »Doch warum hier?«

Griselle lachte. Catherine wich in die Dunkelheit zurück, obwohl man sie sicherlich nicht sehen konnte. Die frivole Stimme entsetzte sie.

»Oh, mein Herr Gaucher«, erwiderte Griselle, »ich weiß, wie du es gern hast, wenigstens mit Frauen. Es ist doch viel aufregender an einem verbotenen Ort. Zum Beispiel in der Kirche, vor einem Schrein, vor einem heiligen Objekt. Hättest du mich nicht gern auf dem Boden der Höhle, während uns die Heilige Jungfrau zuschaut? Noch ein einziges Mal, bevor du sie zurückgibst?«

Catherine hörte, wie Gaucher erneut strauchelte. Sein Kettenhemd rieb sich rasselnd an der Felswand.

»Und das würdest du auch gern dabei anlassen, nicht?« Griselles Stimme war verführerisch wie die einer Schlange. »Du möchtest gern die Abdrücke sehen, die die Metallringe in meinem Fleisch hinterlassen.«

»O ja!« stöhnte er. »Wie ... woher weißt du das?« Sie lachte wieder. Catherine jagte es einen Schauder über den Rücken.

Sie zwang sich zum Weitergehen. Sie waren jetzt am Ende der Treppe angelangt und kamen auf ein schmales Plateau hinaus. Catherine blieb auf der obersten Stufe stehen und spähte um die Ecke. Griselle hatte die Brosche geöffnet, die ihren Umhang schloß, und ließ ihn fallen. Da stand sie im Schein der Lampe, nur mit einem kurzen Hemd bekleidet, das am Hals nicht zugebunden war und deshalb ihre Brüste nur halb bedeckte. Das lange blonde Haar umfloß ihr Gesicht wie ein Guß aus dem Faß der Danaer. Catherine schluckte. Griselle war wirklich sehr schön.

»Ich weiß alles über dich, Liebster.« Griselle setzte die Öllampe neben Gaucher auf den Boden und lächelte ihn verführerisch an. »Ich kenne alle deine Vorlieben – so wie ich die deiner Freunde erfahren habe. Doch sie waren so gewöhnlich, ohne Phantasie. Du warst derjenige, der es versteht, die Sache interessant zu gestalten, nicht? Ich habe gehört, daß du immer der Beste warst.«

Er trat auf sie zu und streckte die Hände aus, um ihr das Hemd abzustreifen. »Nach heute nacht mußt du dich nicht mehr auf Mondetes Schilderungen verlassen«, murmelte er. »Ich wußte, daß du eines Tages zu mir kommen würdest. So eine fromme Witwe, wie du sie gespielt hast, gab es noch nie.«

»Ja«, hauchte sie und kam näher an ihn heran. »Ich habe mich nur auf dich vorbereitet.«

Das Hemd fiel zu Boden, als Gaucher sie an sich zog und küßte. Als er sie losließ, sah Catherine die Male der Ketten auf ihrem Busen. Wieso ließ sie sich solche Schmerzen zufügen? War sie wahnsinnig?

Gaucher umschlang Griselle und wollte sie am Gesäß hochheben, doch sie stieß ihn weg. Catherine bemerkte, daß ihre Rechte geschlossen war, als ob sie etwas darin verborgen hielt.

»Vor dem Schrein«, sagte sie. »Ich will es genauso machen, wie es dir am besten gefällt, vor den Augen der Heiligen Jungfrau. In welcher Höhle ist sie?«

»Ich bringe dich hin.« Gaucher hob sie hoch, so daß ihre Arme und Beine ihn umschlossen. Er schwankte ein wenig beim Gehen, doch er ließ sie nicht fallen, als sie die Höhle betraten. Einen Augenblick später kam er allein zurück, wischte sich das Gesicht, hob die Lampe auf und ging wieder hinein.

Catherine stand vor Schreck wie erstarrt. So hatte Griselle die Ritter also in den Tod gelockt. Rufus mit Sicherheit; sogar Hugo hatte ihr womöglich nicht widerstehen können. Vielleicht hatte sie Norbert für zu alt erachtet und sich für Gift entschieden. Doch wie hatte sie sich dafür hergeben können, mit diesen Männern so etwas Ekelhaftes zu treiben?

Und was war mit Rigaud? Nach allem, was man so hörte, wäre der Mönch wohl kaum an einem Stelldichein mit ihr interessiert gewesen. Wie hatte sie ihn nur in solch eine Stellung gebracht?

Der Schein der Lampe fiel aus der Höhle heraus. Schatten tanzten, als jemand zwischen der Lampe und dem Eingang hin- und herging. Es folgte lautes Stöhnen, doch kein schmerzvolles. Catherine wollte nicht mehr weiter. Wollte nicht sehen, was dort drinnen vor sich ging. Sie war sich nicht sicher, ob sie den Mut aufbringen würde, das bisher Erlebte ihrem Beichtvater zu erzählen.

Doch war es nicht ihre Pflicht, einen Mord zu verhindern, selbst wenn der Todgeweihte ihr das Eingreifen nicht danken würde? Catherine ging auf die Höhle zu, wünschte sich von ganzem Herzen, sie hätte nie an ihren Traum geglaubt, wünschte sich noch mehr, sie könnte dies irgendwie mit geschlossenen Augen überstehen.

Gaucher war ein schrecklicher Mensch, doch sie konnte nicht zulassen, daß er umgebracht wurde, erst recht nicht, während er ein Sakrileg beging. Catherine schleppte sich zum Eingang der Höhle. Sie schluckte hart, trat ins Licht... und stöhnte auf.

EINUNDZWANZIGSTES KAPITEL

In einer Höhle in Najera. Mitten in der Nacht.

Peccator, ama misericordiam, quia si non amas, non mereris.

Sünder, liebe die Barmherzigkeit. Denn so du sie nicht liebest, verdienest du sie nicht.

– Hugo von St. Victor –
De Sacramentis Christianae Fidei
Libri II Pars XIV Kap. V

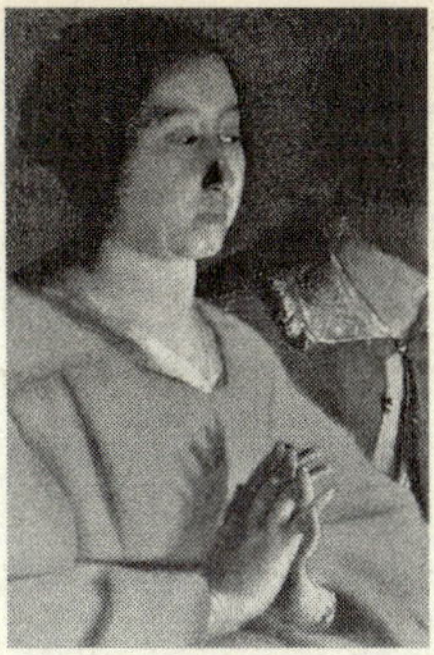

Catherine schenkte den Leibern, die sich am Boden wälzten, keine Beachtung. Das waren nur tanzende Schatten. Die Lampe stand auf einem Sims vor der Statue, und ihr Schein beleuchtete gleichmäßig das dunkle Antlitz der Jungfrau. Sie maß etwa drei Fuß, auf dem Kopf trug sie eine goldene, juwelenbesetzte Krone. Ihr Umhang war mit Perlen übersät, die Paspel aus Goldfaden. Obwohl die Statue jahrelang in der Höhle versteckt gelegen hatte, glänzte sie wie neu.

Doch nicht das Gewand nahm Catherine den Atem. Vielmehr das Gesicht der Madonna. Es war aus sehr dunklem braunen Holz geschnitzt. Statt hinter dem Glanz der Gewänder zu verblassen, zog der Konstrast zwischem dem funkelnden Gold und dem dunklen Antlitz den Blick auf die Schlichtheit des Ausdrucks. In den Armen lag das Jesuskind; ein Junge von drei oder vier Jahren. Mutter und Sohn sahen Catherine an, und sie konnte die Frage in beider Augen nicht beantworten.

Plötzlich schrie Griselle auf, und Gaucher lachte. Es gab ein Gerangel und dann einen Schmerzensschrei von Gaucher.

»Du *bordelere*!« brüllte er. »Du hast mir weh getan. Was war das? Womit hast du mich gestochen?«

»Pack dich, du Schwein!« schrie Griselle zurück und stieß

ihn von sich. »Ich habe dir nicht halb soviel Schmerz zugefügt wie du ihr. Ich weiß alles darüber. Die anderen haben sie für dich festgehalten, nicht? Sie konnte sich nicht wehren. Und bevor du mit ihr fertig warst, hattest du sie mit den Ringen deines Kettenhemdes völlig zerfleischt. Und als er sie retten wollte, hast du ihn festgebunden und ihn zum Zuschauen gezwungen. Und als sie tot war, seid ihr über ihn hergefallen.«

Gaucher stand auf und rieb sich die Schulter. »Du bist ja von Sinnen. Was redest du da?« Seine Stimme zitterte. Er wußte es.

Griselle rappelte sich auf. »Ich rede von Bertran, meinem Mann. Das Kind, das ihr gefoltert und verstümmelt habt. Du und deine tapferen Freunde, alle Soldaten Christi. Mein Liebster lebte nicht lange genug, um sich und seine Mutter zu rächen, doch mit Gottes Gnade habe ich seinen Schwur gehalten.«

»Du?« Gauchers Stimme war kaum hörbar. »Du hast das getan? Norbert, Hugo, Rigaud, Rufus? Du hast sie alle umgebracht?«

»Nein, mein lieber Herr Gaucher«, zischte Griselle. »*Euch* alle habe ich umgebracht. Du bist der letzte und der schlimmste. Und bis zum Morgen wirst du tot sein.«

Catherine beobachtete, wie sich Gaucher verkrampfte.

»Gift«, stieß er hervor. »An der Brosche.«

»Viel gnädiger als das, was du ihr angetan hast«, antwortete Griselle. »Aber ich hatte keine Zeit mehr. Und jetzt werde ich die Jungfrau zurückholen, die du aus Saragossa gestohlen hast. Dann ist meine Pflicht erfüllt.«

Sie wollte an ihm vorbei nach der Statue greifen, doch Gaucher packte sie mit einer Hand an den Haaren und zog sie zu Boden, mit der anderen schlug er auf sie ein. Griselle zappelte und zerkratzte ihm das Gesicht. Beide knurrten wie wilde Tiere.

Die Statue blickte mit ätherischer Heiterkeit auf sie herab.
Endlich kam Leben in Catherine. »Nein!« schrie sie und stürzte sich auf die Kampfhähne. Sie hämmerte auf Gauchers Rücken und trat mit bloßen Füßen nach Griselles fuchtelnden Armen. »Nicht hier! Nicht vor ihren Augen! Aufhören! Sofort!«
Unter Catherines Schlägen lockerte sich Gauchers Griff. Griselle biß ihn blitzschnell in den ungeschützten Oberschenkel. Der Ritter warf den Kopf zurück und brüllte laut, packte jedoch wieder fester zu. Catherines Gegenwart schienen die beiden nicht wahrzunehmen.
»Nun denn«, rief sie. »Dann bringt euch gegenseitig um. Aber nicht vor den Augen der Heiligen Jungfrau. Ihr dürft sie nicht so herabwürdigen.«
Catherine nahm die Statue aus der Nische. Sie war schwerer als erwartet. Das Gold mußte pur sein, nicht einfach Blattgold. Sie nahm sich ein Stück der Einwickeltücher, die um die Füße der Figur hingen, und band es sich als Schlinge um den Hals, um die Statue hineinzulegen.
Mit der Statue in den Armen beschrieb Catherine einen Bogen um Gaucher und Griselle. Im Vorbeigehen berührte sie Griselles Fuß, und die Frau sah hoch. Gaucher folgte ihrem Blick. »Dieb!« schrie er und ließ von Griselle ab. »Das ist meine!«
»Nie!« kreischte Griselle. »Catherine, lauf!«
Vor der Höhle war die Nacht so schwarz wie im Augenblick vor der Schöpfung. Atemlos hielt Catherine inne, unsicher, in welcher Richtung die Stufen lagen. Hinter ihr brüllte Gaucher erneut auf, und Griselle kreischte. Dann hörte man das Klirren des Kettenhemdes, als sich der Ritter erhob, um ihr nachzusetzen. Catherine wählte den falschen Weg.
Sie tastete sich an der Felswand entlang, konnte jedoch nicht die Öffnung finden, die nach unten führte. Ihr Herz hämmerte wie wild, und sie hörte sich deutlich atmen, doch Gaucher

schien nicht zu wissen, wohin sie gegangen war. Er brüllte, sie solle umkehren.
Die Steinwand machte eine Biegung. Beim Abtasten der Kurve lösten sich ein paar Brocken aus der Mauer und fielen prasselnd zu Boden.
»Jetzt habe ich dich«, sagte Gaucher leise von gar nicht weit her. »Gib sie mir zurück, dann tu ich dir nichts. Du hast meine Erlösung in der Hand. Ich muß sie zurückhaben.«
»Nein, Catherine.« Griselle stand hinter ihm. »Willst du zulassen, daß er sich den Weg in den Himmel erkauft? Bertrans Mutter bezahlte für die Statue mit ihrem Blut. Ich muß sie haben, um ihren Tod zu rächen. Gib sie mir.«
Die Steine auf der Madonnenkrone lagen kühl an Catherines Hals. »*Maria Mater*«, betete sie laut, »was soll ich tun?«
Klettern.
Der Sandstein war von lauter Löchern durchsetzt, in denen ihre Hände und Füße Halt finden könnten. Doch die schwere Statue an ihrem Hals verhinderte, daß sie sich an die Wand drücken konnte. Sie mußte nur ein Stückchen höhersteigen, um sich auf einem anderen Vorsprung auszuruhen, bis Hilfe käme.
Eine Hand packte ihren Fuß. Sie schüttelte sie ab und löste erneut einen Steinregen aus. Wild fluchend rutschte Gaucher ab, und Catherine kletterte höher.
Endlich ertasteten ihre Hände weiter oben eine flache Stelle. Jetzt mußte sie sich nur noch hochhieven.
Hier oben blies der Wind stärker. Er pfiff durch die Poren des Felsens. Die Statue hing ihr quer vor der Brust, und ihr Magen ließ es nicht zu, daß sie sich über den Rand hochzog. Sie versuchte, sich die Figur mit einer Hand auf den Rücken zu schieben. So war es besser. Sie legte beide Hände auf das Sims, stemmte Füße und Knie in die Felsritzen und streckte sich.
Gerade hatte sie ein Knie über den Rand gebracht und zog

das andere Bein hoch, als die Schlinge aus dem Gleichgewicht geriet. Catherine wollte die herausfallende Statue auffangen.

Sie erwischte die Figur an der aufwärts zeigenden Hand des Kindes. Das Gewicht riß sie herum, so daß sie jetzt über dem Felsrand hing und die Statue an ihrem ausgestreckten Arm baumelte. Sie spürte, wie das Gewicht der Figur sie über den Rand zog. Unten sah sie die Gesichter von Gaucher und Griselle, die die Arme ausstreckten, um den Schatz aufzufangen.

»Catherine.« Die Stimme kam nicht von unten, sondern von der Seite. Catherine wollte sich nach ihr umdrehen, doch bei der Bewegung schwang die Statue bedrohlich hin und her.

»Gut. Noch ein Stückchen, dann komme ich dran«, sagte Bruder Jakob. »Ich bin ganz in deiner Nähe, aber der Weg ist hier ganz eng. Wenn du die Statue weiter nach links schwingst, kann ich sie greifen.«

Catherine dachte nicht daran, ihn zu fragen, warum er so plötzlich wie durch göttliches Eingreifen neben ihr aufgetaucht war. Doch trotz ihrer prekären Lage wollte sie dem Mönch nicht mehr gehorchen als den beiden, die ihr von unten zuriefen.

»Ihr wollt sie nur als Beute haben, genau wie die beiden da unten«, keuchte sie und packte die Hand des Jesuskindes fester.

»Nein, nicht wie sie«, beharrte Jakob. »Auch nicht wie Chaim oder Eliazar. Verstehst du denn nicht? Bei meinem Übertritt gab ich die Rache auf. Alles gab ich auf. Ich will dich nur retten. Bitte, Kind, selbst wenn du mich verachtest, vertraue mir.«

Sie zögerte immer noch. Der Schweiß in ihrer Hand ließ das Holz rutschen. Sie bewegte sich vorwärts, um es festzuhalten, mußte jedoch zurückkrabbeln, um nicht herunterzufallen.

Schließlich sagte sie: »Ich habe Angst, daß du sie nicht fängst und sie herunterfällt und zerbricht.«
»Lieber ein Stück Holz und Metall als du, Kind«, sagte Jakob leise. Sie hörte, daß er mit den Tränen kämpfte. »Catherine, ich konnte meine Mutter nicht retten. Wenn ich dich nicht retten darf, strafst du mich noch mehr. Wenn du mir die Statue nicht herüberschwingen kannst, wirf sie den Schakalen da unten vor. Die Heilige Jungfrau würde nicht wollen, daß du für ihr Bildnis stirbst. Es ist nur ein weltlicher Gegenstand, weiter nichts.«
Die Dunkelheit unten war nicht mehr so undurchdringlich. Catherine bemerkte, daß auch andere sich eingefunden hatten. Jemand zog Griselle fort und wickelte sie in einen Mantel, den sie abzuwerfen versuchte. Doch Gaucher nutzte die Löcher in der Wand und stieg langsam zu ihr hoch. Jeden Augenblick würde er ihr die Figur entreißen. Catherine schloß die Augen, und mit einer gewaltigen Anspannung ihrer Schultermuskeln schwenkte sie die Statue zu Bruder Jakob hinüber, der ihr beide Arme entgegenstreckte. Er bekam die Madonna am Rocksaum zu fassen, als Catherine losließ.
Sie hing immer noch halb über dem Rand, ihre Schulter schmerzte zu sehr, als daß sie sich hätte hochziehen können. Doch sie schwebte nicht mehr in Gefahr.
Die Dämmerung zog herauf. Im grauen Licht musterte Catherine Gauchers Gesicht, als er merkte, daß er den Schatz verloren hatte. Haß flammte in seinen Augen auf, und er kämpfte sich weiter zu ihr hinauf. Doch dann zuckte sein Körper, und der Haß verwandelte sich in Todesangst. Eine Hand ging zum Hals. Er atmete stoßweise, griff ins Leere und stürzte hinunter. Dort blieb er zuckend liegen, als sich Menschen um ihn sammelten und vergeblich versuchten, ihm zu helfen.
Der erste Sonnenstrahl fiel auf die roten Felsen.
Catherine blickte hinunter. Die Stadt Najera lag tief unter

ihr, der Fluß noch im Schatten der Vordämmerung. Sie hatte nicht gewußt, wie hoch sie gestiegen war. Und auch nicht, wie klein die Platte war, auf der sie sich befand ... und daß sie entweder wieder denselben Weg hinunterklettern oder über einen Grat wandern mußte, der nicht breiter war als die Spanne ihrer Hand.

Auf der anderen Seite des Grats wartete Bruder Jakob und hielt die Schwarze Madonna. Er stellte die Statue ab und streckte die Arme nach Catherine aus. »Es ist nicht weit, Catherine. Nur ein paar Schritte, dann halte ich dich.«

Sie sah nach unten, maß die Entfernung zwischen sich und Bruder Jakob und schüttelte den Kopf. Ihr Magen rebellierte. Sie schloß die Augen, um sich zu konzentrieren.

»Leoffæst.« Catherine schlug die Augen auf und hob den Kopf. *»Leoflic Catherine, min lif.«* Edgar war hinter Bruder Jakob getreten. »Bleib, wo du bist, *carissima*. Ich komme zu dir.«

»Aber du kannst doch nicht ...« Catherine erinnerte sich nur zu gut an die Treppe in Le Puy. Sie sah wieder sein Gesicht vor sich, angstverzerrt wegen der Höhe. Sie konnte nicht zulassen, daß er das noch einmal durchmachte. Den größten Teil der Reise hatte sie ihn davor zu schützen versucht.

Doch er zögerte nicht. Mit sicheren Schritten kam er auf dem Streifen bröckligen Gesteins zu ihr herüber. Endlich erreichte er sie, kniete neben ihr nieder und nahm sie in die Arme. Catherine fing an zu weinen.

»Weißt du«, sagte er, als er ihr die feuchten Strähnen aus dem Gesicht strich, »manche würden sagen, daß ich dich schlagen sollte, weil du hier bist, weil du dein Leben so leichtsinnig aufs Spiel setzt. Es ist ja nicht mehr nur dein eigenes Leben, *deorling*.«

»Ich weiß. Es war dumm«, gab Catherine zu. »Ich hatte nur das Gefühl, mich würde jemand rufen. Aber Griselle meinte Gaucher. Sie wußte nicht einmal, daß ich in der Nähe war.«

Sie schmiegte sich fester an ihn. »Ich hatte recht«, sagte sie. »Griselle hat sie alle getötet. Ich weiß aber nicht wie.«
Edgar nickte. »Zuerst gehen wir ins Hospiz und ins Bett zurück. Kannst du aufstehen, ohne daß dir übel wird?«
»Ich glaube schon.« Sie holte tief Luft und erhob sich. »Was ist denn da unten los?«
Edgar erwiderte nichts. Statt dessen faßte er sie an den Schultern und führte sie zur Kirche hinunter.

Sein Leben lang würde Hubert den Anblick der eleganten Frau von Lugny nicht vergessen, wie sie mit dreck- und blutverschmiertem Haar, nackt bis auf einen Mantel, in welchem einer der Mönche sie verzweifelt zu halten versuchte, üble Beschimpfungen über der Leiche des Gauchers, des Ritters von Mâcon, hervorstieß.
»Ist sie wahnsinnig geworden?« fragte er seine Umgebung. Hubert kam der Gedanke, daß er irgendwie schuld daran sein könnte, daß es allen Frauen widerfuhr, in die er sich verliebte.
»Sie ist vom Bösen besessen, das ist gewiß.«
Jetzt erst bemerkte Hubert Bruder Jakob neben sich, der eine Statue der Jungfrau Maria in der Hand hielt.
»Jakob!« sagte er. »Das ist Humbug! Sieh sie dir nur an! Offensichtlich wollte der Alte sie schänden und hat sie ihrer Sinne beraubt.«
Der Mönch nickte bedächtig. »Wenn du das glauben möchtest. Verzeih mir. Ich muß sie zum Abt bringen. Er wird entscheiden müssen, was mit ihr geschehen soll.«
Herbert wußte nicht sicher, ob er von Griselle oder der Statue sprach.
Jakob eilte zur Abtei, wo die anderen Mönche gerade die Laudes beendet hatten. Abt Peter gewährte ihm sofort eine Audienz, doch es dauerte eine ganze Weile, bis er alles erklärt hatte, was geschehen war.

Als Bruder Jakob endete, war Peters Miene ernst. »Und die Zofe Hersent mußte sterben, weil sie wußte, was ihre Herrin getan hatte?« fragte er.
»Nach dem, was wir wissen, wurde sie von Herrn Gaucher erstochen«, antwortete Bruder Jakob. »Er dachte, sie wollte ihm die Statue stehlen.«
»Ich verstehe, aber das rechtfertigt nicht das bizarre Verhalten Frau Griselles oder ändert etwas daran, daß sie bereits das Gift vorbereitet hatte. Ihre Handlungen waren geplant.«
Peter beugte sich hoffnungsvoll vor. »Glaubst du, es war eine Tat des Wahnsinns oder der Besessenheit?«
Jakob schüttelte den Kopf und seufzte. »Ein Racheakt. Ihr Mann nahm ihr den Eid ab, daß sie die Mörder seiner Mutter und seine Peiniger bestrafen würde. Gaucher gestand die Greueltaten selbst ein. Sie gingen über sinnlose Grausamkeit oder Kampfeslust hinaus. Da sie den Jungen für einen Muselmanen hielten, holten sie sogar eine Sau und ließen ihn mit ihr Unzucht treiben, um seinen Glauben herabzuwürdigen.«
Peter sah ihn scharf an. »Beleidigt dich das mehr als das Sakrileg, welches die Ritter gegen ihren eigenen Glauben begingen?«
Jakob hielt seinem Blick stand. »Alles, was diese Männer taten, beleidigt mich. So wie es alle anständigen Christen beleidigt.«
Peter dachte nach, dann schürzte er die Lippen. »Viele würden sagen, daß die Taten dieser Frau gerechtfertigt sind«, sagte er schließlich. »Und doch war es immer Mord, schlicht und einfach, einerlei, was ihre Beweggründe waren. Ich kann sie nicht straffrei ausgehen lassen. Ich vermute, daß sie ihre Schuld eingestanden hat?«
Jakob nickte. »Sie sonnt sich darin.«
Der Abt zuckte zusammen. »Hat sie sich so weit beruhigt, daß man sie verhören kann?«

»Der Arzt betreut sie, und eine der Pilgerinnen, die Jongleuse, kümmert sich um ihr leibliches Wohl. Vielleicht kann man sie Euch heute nachmittag vorführen.«
»Sehr wohl.« Peter stand auf. »Ich muß mit Bischof Stephan und meinen Beratern darüber sprechen. Ich möchte dieses Problem so rasch wie möglich loswerden.«
Bruder Jakob verbeugte sich. »Und die Statue?«
»Du erwähntest, daß die Ritter sie der Kirche stiften wollten«, sagte Peter. »Sie wird sich gut in einer Kapelle in Cluny ausnehmen, und wir werden die Heilige Jungfrau verehren, wann immer wir sie erblicken.«

In der Herberge entschlüsselte eine saubere und satte Catherine ihr eigenes Geheimnis.
»Das Kind in meinem Traum war gar nicht unseres«, schloß sie traurig. »Ich war mir dessen so sicher. Es war das Jesuskind der Statue. Das bedeutet wohl, daß wir nicht sicher sein können, ob das Kind, das ich erwarte, leben wird.«
Edgar widersprach ihr. »Träume sind nun mal nicht eindeutig, selbst die, die als Visionen geschickt werden. Du weißt das so gut wie ich. Im Kern paßt das, was gestern nacht geschah, zu deinem Traum. Du warst in Gefahr abzustürzen. Das Kind wurde nicht vom heiligen Jakob, sondern von seinem Namensvetter, Bruder Jakob, aufgefangen.«
»Und dann, als ich dachte, ich müßte sterben, warst du da.« Catherine schmiegte sich enger an ihn. »Und das war die tiefste Wahrheit, die sich um den ersten Traum zog wie die Mauer um ein Schloß. Ich hätte mehr an dich glauben sollen. Neben dir will ich jeden Morgen aufwachen, und neben dir will ich jede Nacht liegen, bis ich sterbe.«
»Ich liebe dich auch.« Edgar seufzte. »Wirst du also von jetzt an mehr danach trachten, daß dein Todestag so weit wie möglich in der Zukunft liegt?«
»Versprochen«, sagte Catherine ernsthaft.

Die Griselle, die an jenem Nachmittag vor den versammelten Zeugen und den Kirchenprälaten erschien, erinnerte nicht mehr an die wilde Frau der vergangenen Nacht. Sie stand ruhig da, flankiert von Soldaten, in ihre schönsten Gewänder gehüllt, das Haar stramm geflochten und unter dem Witwenschleier verborgen. Es war schwierig für jene, die sie nicht über Gauchers Leiche hatten heulen sehen, die Geschichte zu glauben. Doch wie Bruder Jakob bereits dem Abt erzählt hatte, würde sie sie keineswegs leugnen.

»In den langen Jahren unserer Ehe knieten Bertran und ich jeden Morgen und Abend nieder und beteten um Gerechtigkeit«, verkündete sie stolz. »Zuerst wußten wir die Namen der Männer nicht. Auch ihre Gesichter waren im Laufe der Zeit verblaßt. Nur das Entsetzen und der Haß blieben. Dann sah er eines Tages Hugo von Grignon mit dem Smaragd, den Bertran von seinem Großvater bekommen hatte. Den erkannte er sofort, denn er trug die leere Fassung stets bei sich an einer Halskette. Danach erfuhren wir schließlich auch die Namen der anderen.«

»Und warum klagte Euer Mann diese Männer nicht öffentlich an und verlangte Gerechtigkeit vom Herzog von Burgund?« fragte Peter.

Griselle hielt seinem Blick stand. »Ein Mann von niederem Adel und nicht ganz makelloser Herkunft sollte fünf Männer, die in der Gegend wohlangesehen waren, solcher Taten beschuldigen? Selbst wenn er sich selbst dazu durchgerungen hätte, die Untaten dieser Ungeheuer wiederzugeben, wie hätte er sichergehen können, daß man ihm glauben würde? Nein, wir mußten das selbst übernehmen.«

Sie klang so vernünftig. Peter spürte, wie die Stimmung im Saal umschlug, als die Anwesenden die Argumente der Frau überdachten. Der Teil in ihm, der als weltlicher Adliger geboren war, konnte sich in Bertrans Dilemma hineinversetzen. Doch jetzt war Abt Peter kein Laie mehr.

»›Mein ist die Rache‹, spricht der Herr«, sagte er mit fester Stimme. »Wenn Euer Mann es für nötig erachtete, hätte er diese Männer zum Zweikampf herausfordern können, obwohl ich persönlich diesen Brauch für unerträglich halte. Doch besser hätte er sich zur Ahndung der Verbrechen an mich oder den örtlichen Bischof gewandt. Ihr habt nichts davon getan, sondern diese Männer heimtückisch umgebracht und den Verdacht auf andere gelenkt.«

»Nein, das war keineswegs meine Absicht«, erwiderte Griselle mit Entschiedenheit. »Wenn mein armer Bertran nicht im Dienste König Ludwigs gestorben wäre, hätte er es sicherlich viel besser eingefädelt. Doch die Aufgabe fiel mir zu, und ich tat mein Bestes. Darum habe ich jeden einzelnen auf andere Weise getötet, damit man die Tat den Banditen im Wald oder einem vorbeiziehenden Beutelschneider anlasten würde. Der Kirche hätte ich die Bestrafung nicht überlassen können. Sie mußten alle sterben, Herr Abt, und der ewigen Verdammnis anheimfallen.«

Peter erhob sich von seinem Stuhl. »Weib, was redest du da?«

Griselle schien überrascht, daß er sie nicht verstand. »Was hätte es für einen Sinn gehabt, sie umzubringen, wenn sie vorher noch bereut hätten?« fragte sie. »Dann hätten sie ja auf einen Platz im Himmel hoffen können. So aber werden sie in alle Ewigkeit büßen.«

Viele der Anwesenden bekreuzigten sich prompt. Selbst der Abt schien erschüttert. »Ihr wolltet sie also nicht nur in den Tod, sondern auch in die ewige Verdammnis schicken?« stellte er verwundert fest.

Griselle lächelte. »Genau. Das haben sie verdient.«

Peter ließ sich auf den Stuhl zurückfallen. Das hatte er noch nie erlebt. Was sollte er mit dieser Frau anfangen? Wäre er ein weltlicher Herr und sie eine einfache Bürgerin, würde er sie an der Wegkreuzung hängen lassen.

Doch Griselle war nicht nur Erbin ihres Mannes, sie hatte auch eigene mächtige Verwandte. Überdies konnte er nicht guten Gewissens wie die weltliche Obrigkeit handeln.
Er war ein Gottesmann, selbst wenn das mitunter im Alltagstrott der Verwaltung von Cluny und dessen Tochterhäusern unterging. Und in dieser Eigenschaft verstieß es gegen alles, an das er aufrichtig glaubte, wenn er Griselle im Zustand der Todsünde sterben ließe, auch wenn sie anderen dieses Los zugedacht hatte. Daher verwarf er den Gedanken, sie dem örtlichen Herrscher auszuliefern. Man mußte um ihre Seele kämpfen. Das bedeutete für ihn der Begriff ›Soldat Christi‹.
Peter beschloß, Griselle eine letzte Chance einzuräumen.
»Ihr gesteht also, fünf Männer brutal ermordet zu haben, alle Ritter aus Burgund und mit Cluny verbunden«, begann er. »Schlimmer noch, Ihr tatet das in dem Bemühen, ihnen die Möglichkeit der Erlösung zu nehmen. Das ist eine so entsetzliche Tat, daß ich keine übliche Strafe dafür kenne. Es könnte jedoch eine Buße geben, falls Ihr bereut.«
Griselle lächelte wieder, aber wehmütiger. »Ich habe mein Gelöbnis gegenüber meinem Mann erfüllt, und zwar frohen Herzens. Wenn Ihr mich für das Schicksal der Ritter bestrafen müßt, dann heiße ich den Tod willkommen.«
»O nein, Griselle von Lugny.« Peters strenger Ton brachte Griselle endlich doch aus der Fassung. Ihr Lächeln verflüchtigte sich, und sie sah ihn mit großen runden Augen an.
»Selbst die Morde, die Ihr begangen habt, lassen sich durch ein Leben in aufrichtiger Reue sühnen«, fuhr Peter fort. »Doch Euer Verbrechen ist weit schlimmer. Eure Sünde ist die Luzifers, Ihr glaubt, daß Ihr größer seid als Gott.«
In einer Nische schlug Mondete Ticarde die Hände vors Gesicht, von den anderen unbemerkt.
Griselle geriet außer sich. »Eine derartige Gotteslästerung würde ich nie begehen«, stieß sie hervor. »Ich bin eine gute

Christin. Täglich besuche ich die Messe und bete. Ich habe den größten Teil meines Besitzes für das Seelenheil meines Mannes und mein eigenes gestiftet. Ich gebe Almosen. Wie könnt Ihr es wagen, mich mit dem Teufel zu vergleichen?«
Peter blieb unbeeindruckt. »Das sind nur Taten, die auch Satan zu eigenem Nutzen verrichten würde. In deinem Herzen hattest du kein Vertrauen, daß Gott auf seine Art und zu seiner Zeit die Dinge in die Hand nimmt. Stolz ist die schlimmste Sünde von allen, Griselle von Lugny. Unser Herr mag andere Pläne für diese Männer verfolgt haben. Und ich glaube, daß du zumindest im Falle Bruder Rigauds gescheitert bist. Er beichtete mir seine Sünden, als er in den Orden eintrat. Tag für Tag hatte er deswegen gelitten. Du wolltest uns glauben machen, er sei zu seinen alten Gewohnheiten zurückgekehrt, indem du ihn in jener Haltung liegen ließest. Bruder Jakob untersuchte den Leichnam jedoch und stellte fest, daß Rigaud bereits tot war, als er mit dem Speer durchbohrt wurde.«
»Er hätte stärker geblutet und mehr Widerstand geleistet«, erklärte Jakob. »Wieder Euer Gift, vermute ich. Da er also unschuldig starb, habt Ihr ihn vielleicht direkt ins Paradies befördert, Griselle.«
»Nein.« Zum erstenmal schien sich in Griselle Zweifel zu regen. »Er war einer von ihnen. Er hat Bertran als Lustknaben mißbraucht. Alle waren böse und verdienten den Tod.«
Sie starrte ins Leere und versuchte zu begreifen, was der Abt gesagt hatte. Endlich fand sie ein Gegenargument.
»Hätte ich denn meinen Eid brechen sollen?« fragte sie. »Wenn ein Mann Rache für den Tod eines Verwandten schwört und sie ausführt, ist das ehrenvoll. Ich habe genauso gehandelt.«
Aus dem Publikum kam zustimmendes Gemurmel. Jeder wußte, daß man die Familienehre wiederherstellen mußte. Wie sollte die Gesellschaft sonst funktionieren?

Peter seufzte. »Unser Herr vergab seinen Mördern vom Kreuz herab«, erinnerte er sie.
»Doch wie Ihr ja schon sagtet, bin ich nicht Unser Herr«, konterte Griselle.
Bischof Stephan zupfte Peter am Ärmel. Peter beugte sich hinüber, um seinen Rat anzuhören. Nach einer Weile nickte er und richtete sich auf.
»Der gute Bischof hat recht«, sagte er. »Offensichtlich seid Ihr nicht nur hochmütig, sondern braucht auch dringend Unterweisung, um Euch der Ungeheuerlichkeit Eurer Sünden bewußt zu werden. Daher verurteile ich Euch dazu, Eure Wallfahrt zu Ende zu führen.«
Abwartend starrte Griselle ihn an.
»Doch werdet Ihr nicht zu Pferde und mit Bediensteten reisen«, verkündete er. »Ihr geht barfuß und in einem groben Gewand. Und Ihr müßt fünf Ketten an Eurem Leib tragen, jede so lang wie einer der Männer, die Ihr des Lebens beraubtet. Ich werde Euch überwachen lassen, ob meine Anordnung eingehalten wird.«
Griselle zeigte keine Gefühle. »Darf ich meine Habe verteilen, bevor ich gehe?« fragte sie.
»Es kommt noch mehr«, sagte der Abt. »Wenn Ihr am Schrein des heiligen Jakobus in Compostela gewesen seid, wird man Euch ins Kloster Marcigny verbringen, um für den Rest Eurer Tage Dienst an den Schwestern dort zu tun, welche sich bemühen werden, die vielen Fehler in Eurer Theologie zu korrigieren und Euch zu echter Reue über Eure Taten zu bewegen.«
»Lieber wäre mir, Ihr würdet mich hängen«, erwiderte Griselle tonlos.
»Mag sein, doch ich hoffe, daß Ihr mir eines Tages danken werdet, daß ich es nicht tue«, sagte Peter.
Er bedeutete den Wachen, sie abzuführen, und die Gruppe verließ den Saal. Hubert hatte von einer Ecke aus zuge-

schaut, unsicher, warum er überhaupt gekommen war. Jetzt trat er auf den Abt zu und sprach ihn an.
»Herr, ich erbitte eine Gunst«, sagte er zögernd. Peter blieb stehen und sah ihn forschend an. Hubert kam ihm vertraut vor.
»Ich heiße Hubert LeVendeur. Ich bin ein Kaufmann aus Paris und wie Bruder Jakob zum Christentum übergetreten.«
Peter lächelte. »Willkommen. Was ist denn dein Begehr?«
Hubert wußte nicht, wie ihm geschah, aber die Worte sprudelten einfach aus ihm heraus. »Frau Griselle ist nicht so kräftig, wie sie sich den Anschein gibt, Herr«, sagte er. »Das Eisen, welches Ihr ihr zu tragen auferlegtet, wird mehr wiegen als sie selbst. Vielleicht überlebt sie die Reise nach Compostela nicht unter dieser Last.«
»Das ist ihre Sache«, antwortete Peter, doch in einem Ton, der weitere Einwände zuließ.
Hubert holte tief Luft. »Ich erbiete mich, sie zu begleiten. Ich werde die Ketten selbst tragen.«
Griselle sah ihn entsetzt an. »Nein, Hubert!« rief sie flehentlich. »Das dürft Ihr nicht tun!«
Der Abt wollte ihr bereits zustimmen, doch etwas in den beiden Mienen vor ihm ließ ihn zögern. »Warum willst du das für sie tun?« fragte er Hubert. »Ist sie deine Geliebte?«
»Nein, Herr Abt«, sagte Hubert. »Meine Gründe betreffen den Zustand meiner Seele.«
»Ich muß mich darüber beraten.«
Peter und die anderen Kleriker diskutierten kurz. Schließlich nickte Bischof Stephan. Peter wandte sich wieder an die Versammlung.
»Nun denn, Hubert von Paris«, sagte er. »Ich gestatte dir, diese Aufgabe auf dich zu nehmen. Doch wenn die Ketten erst um dich gelegt sind, darfst du sie nicht mehr entfernen, bis du vor dem Schrein des Apostels Jakobus stehst.«

»Verstanden«, sagte Hubert.
»Nein.« Griselle schluchzte auf. »Das dürft Ihr nicht für mich tun, nein, nein, nein!«
Die Wachen führten die Weinende ab. Hubert straffte die Schultern. Vor ihm lag eine viel schwierigere Aufgabe. Er mußte Eliazar berichten, wozu er sich gerade verpflichtet hatte.

»Diese Metze hat dich verhext!« schrie Eliazar. Das war noch seine mildeste Reaktion. »Wenn du ihre Bestrafung auf dich nimmst, stehst du unter einem Fluch. Wieso? Sie kann dir doch nicht soviel bedeuten ... oder?«
Eliazar beugte sich über den Tisch, der ihn von seinem Bruder trennte. Catherine saß neben ihrem Vater und hielt seine Hand. Sie konnte sich auch nicht vorstellen, was Hubert veranlaßt hatte, Griselles Last zu tragen, doch hielt sie sich irgendwie für schuldig. Edgar saß an ihrer anderen Seite, ebenso überzeugt, daß die Sache nichts mit ihnen zu tun hätte. Solomon beobachtete sie alle aus der Entfernung. Er hatte nicht die Absicht, Partei zu ergreifen; er hatte seinen eigenen Weg gewählt.
Mondete hockte auf dem Boden am kalten Herd. Sie hielt einen Kamm in der Hand, der Hersent gehört hatte. Sie hatte ihn auf dem Boden gefunden, nachdem man die Habe der Zofe zusammengepackt hatte, um sie ihren Kindern zu schikken. Mondete wußte nicht, was sie damit anfangen sollte.
Hubert spürte, daß alle ihn anstarrten. Warum hatte er das getan? Aus irregeleiteter Leidenschaft für Griselle? Er war drauf und dran gewesen, sie zu lieben. Meinte er, sie so zu gewinnen?
»Ich glaube ...«, hob er an. »Ich weiß nicht, ob ich es erklären kann, auch mir selbst gegenüber. Eliazar, was würdest du tun, wenn du die Männer fändest, die unsere Mutter und Schwestern ermordet haben?«

»Ich würde ihnen die Kehle aufschlitzen«, sagte Eliazar. »Und im Unterleib anfangen. Du glaubst doch nicht etwa, Gaucher hat auch dazugehört?«

»Gewiß nicht«, antwortete Hubert. »Doch möglich wäre das schon. Und falls ja, würdest du Griselle vorschnell verdammen? Auch uns lehrt man, daß die Rache in den Händen des Allmächtigen liegt, daß wir unseren Feinden vergeben sollten. Doch wenn du die Mörder unserer Familie aufgespürt hättest, wärest du gnädig gewesen oder hättest du so gehandelt wie sie?«

Eliazar schwieg. Endlich sagte er: »Ich weiß es nicht.«

»Ich auch nicht. Und darum habe ich mich entschlossen, ihre Ketten zu tragen. Vielleicht weiß ich die Antwort, wenn wir Compostela erreichen.«

EPILOG

Santiago de Compostela, in der Johannisnacht, Dienstag, den 23. Juni 1142

Libet iam et hunc claudere librum; sed in calce aliqua velim vel ante dicta quasi epilogando repetere, vel addere praetermissa.

Wir können dieses Buch jetzt abschließen, doch am Ende möchte ich als Epilog einige Dinge wiederholen, die bereits gesagt, und einige hinzufügen, die ausgelassen wurden.

– Bernhard von Clairvaux –
Über das Nachdenken, Buch IV

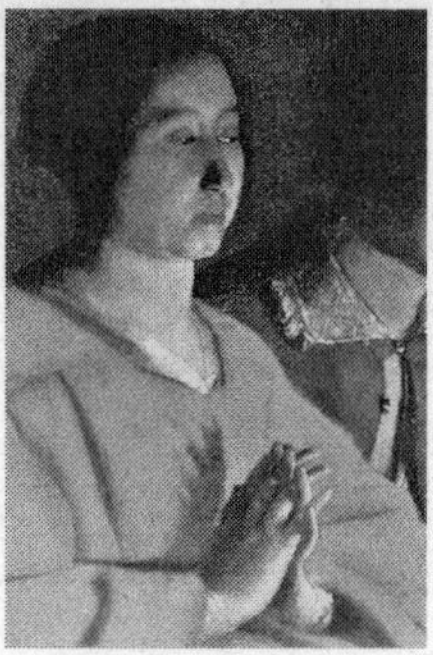

Zwischen Najera und Santiago lagen doch noch Berge. Trockene Winde wehten, die Tage waren glühendheiß. Gewitter zerrissen den Himmel, und Blitze schlugen in die Erde, ließen Waldbrände auf den Hügeln im Norden entstehen. Die Pilger wanderten auch durch Heidekrautfelder, die Edgar an seine schottische Heimat erinnerten, die er für eine ungeschickte, impulsive Frau mit widerspenstigem schwarzen Haar und normannisch-blauen Augen aufgegeben hatte.

Catherine und Edgar nahmen die Unbequemlichkeiten der Reise als gegeben hin. Sie verdrängten die Sorgen um das kommende Kind, um dessentwillen sie vor so vielen Wochen aufgebrochen waren. Ihr Anliegen erschien beinahe banal neben denen ihrer Mitreisenden. Catherine wußte, daß ihr Kummer nichts war, verglichen mit dem anderer Pilger, mit dem Huberts, der jeden Schritt in Eisenketten zurücklegte.

»Ich kann es nicht mit ansehen«, stieß sie eines Morgens weinend hervor. »Wie kann jene Frau es nur ertragen?«

Edgar hatte Griselle beobachtet. »Ich glaube, das kann sie nicht. Abt Peter war klüger, als wir ahnten. Hätte sie die Bürde getragen, hätte sie das wohl wie eine Art Märtyrertum empfunden. Jetzt gereicht sie ihr zur Qual.«

»Mir auch.« Catherine nahm ihren Becher und ging zu ihrem Vater, um ihm Wasser zu bringen.

Er war von allen am friedvollsten. »Heute habe ich eine Möwe kreischen hören«, bemerkte er. »Wir dürften noch einen Tag bis Santiago brauchen. Dies ist der letzte Berg. Wie fühlst du dich, Tochter?«
»Gut«, beteuerte sie. »Die Übelkeit ist vorbei, und ich bin kräftiger. Ich würde dir helfen, diese Ketten zu tragen.«
»Das tust du bereits«, sagte er lächelnd.

Er trug nicht als einziger Ketten. Viele hatten sich diese Buße selbst auferlegt oder auf Wunsch ihrer Priester. Die Straße war mittlerweile verstopft von Hinkenden, Sänften, Aussätzigen mit ihren hölzernen Warnklappern, von Alten, die zu Füßen des Heiligen zu sterben hofften, von Eltern mit ihren kranken oder behinderten Kindern und von jenen, die gesund wirkten, jedoch unter der Last ihrer Sünden stöhnten. Unter ihnen waren auch jene, die aus Dankbarkeit die Wallfahrt unternahmen, die ihre Krücken und Ketten hinter sich gelassen hatten. Deren Freude gab den anderen Hoffnung.
Mondete konnte nicht länger allein gehen, denn der Zug war mittlerweile endlos. Sie hielt sich dicht an Hubert und Griselle. Solomon hatte die Gruppe zusammen mit Maruxa und Roberto in Astorga verlassen wollen, deren Wallfahrt abgeschlossen war, als sie ihre Kinder auf sich zulaufen sahen. Doch irgend etwas drängte ihn, sich das Ende mit anzusehen. Eliazar war mit den Händlern aus Toulouse nach Süden gezogen. Da er Huberts Entscheidung nicht beeinflussen konnte, kündigte er an, daß er sie in Paris wiedersehen würde, wenn dieser Wahnsinn vorüber wäre.
Bruder Jakob führte die Wallfahrt ebenfalls nicht zu Ende. Der Kaiser hatte die Belagerung erfolgreich beendet, und der Abt und sein Gefolge waren zu ihm aufgebrochen, um die Angelegenheit der rückständigen Zahlungen zu bereden. Jakob war nicht so erleichtert, wie er erwartet hatte, sich von seiner wiedervereinigten Familie zu trennen.

»Vielleicht bist du ein Christ«, sagte er zu Hubert, als sie Abschied nahmen. »Solltest du einmal durch Cluny kommen, denke daran, daß wir ein Hospiz für Reisende haben.«
»Und dein Sohn?« fragte Hubert.
»Das ist unverändert«, antwortete Jakob. »Ich habe keinen Sohn.«
Als die Gruppe mit dem Abt aufbrach, war Solomon nicht da. Der Mann, der nicht sein Vater war, suchte in der Menge vergebens nach ihm.

Es war Sitte, daß alle männlichen Pilger am Abend vor der Ankunft in Compostela zum Fluß gingen und sich badeten, nicht nur Gesicht und Schamgegend, sondern den ganzen Leib. Solomon beabsichtigte nicht, daran teilzunehmen, doch er wanderte trotzdem zum Fluß.
Dort fand er am Ufer Mondete, flußaufwärts von den feiernden Badenden. Sie hatte die Kapuze zurückgeschoben und hielt Hersents Kamm, rollte ihn von einer Hand in die andere. Solomon stellte überrascht fest, daß ihre Haare gewachsen waren, braune Stoppel, die sich an den Ohren bereits zu kringeln begannen.
»Du hast also gefunden, was du gesucht hast?« fragte er und setzte sich neben sie.
»Ja, seltsamerweise schon«, antwortete sie. »Griselle hat es mich gelehrt. Die ganzen Jahre habe ich Gott gehaßt, weil er mir nicht helfen wollte. Meine Eltern verkauften mich; Norbert schändete mich; all die anderen Männer verletzten mich immer wieder. Und wie sehr ich auch betete, Gott blieb stumm.«
»Aber jetzt hat Gott zu dir gesprochen?« Solomon wußte nicht recht, welche Antwort er darauf hören wollte.
Sie lachte. »Gewissermaßen. Sieh mal, Griselle glaubte auch nicht mehr als ich. Alles war nur frommes Getue. Ich glaube, sie haßte Gott so sehr wie ich. Darum beschloß sie, die Rache selbst in die Hand zu nehmen.«

»Und?« drängte Solomon. »Sprach eine Stimme aus dem Himmel zu dir und hieß dich, ihrem Beispiel nicht zu folgen?«

»Mein lieber Zyniker ...« – Mondete legte ihre Hand an seine Wange – » ... du hast wohl nie wirklich verstanden, warum ich diesen weiten Weg gekommen bin, oder? Ich wollte keine Rache, ich wollte Frieden. Der Haß zerfraß mich, aber mir fehlte die Kraft, ihn aufzugeben. Ich weiß immer noch nicht, warum ich so leiden mußte, aber ich habe die Gnade empfangen, und endlich habe ich Gott verziehen.«

Solomon hielt ihre Hand an seine Lippen. »Das ist eine seltene Gabe«, sagte er. »Ich fürchte, ich muß meine Suche fortsetzen, denn mir ist nichts dergleichen widerfahren.«

»Wohin gehst du?« fragte sie.

»Nach Toledo, Granada, Alexandria, zum Feuer des Äquators, wenn es sein muß«, sagte Solomon. »Bis ich die Antwort finde.«

»Es tut mir leid, daß ich dir die Antwort nicht geben konnte.« Sie zog ihre Hand zurück.

Solomon grinste. »Das ist nicht nötig. Manchmal finde ich die Suche so spannend, daß ich Angst habe, zu schnell ans Ende zu kommen.«

»Dann wünsche ich dir Freude auf deinem Weg«, sagte Mondete. »Und das ist das Höchste, was ich je einem Mann gewünscht habe.«

Vielleicht hatten die Wachen Hubert nicht sehr sorgsam gefesselt. Vielleicht hatte er unter der Last abgenommen, denn als sie das Tor der Stadt erreichten, glitten die Eisenketten von ihm ab und fielen rasselnd zu Boden.

Griselle starrte auf den Metallhaufen. »Danke, Hubert LeVendeur«, sagte sie.

»Auch ich mußte Demut lernen«, erklärte er.

»Aber ich habe nur Verzweiflung gelernt«, antwortete sie.

»Ich glaube kaum, daß die Nonnen von Marcigny mich etwas anderes lehren können.«
Sie schien darauf zu warten, daß er ginge. Die Wachen der Abtei wurden ungeduldig. Hubert wußte nicht, womit er sie trösten könnte. Er verbeugte sich.
»Ich habe Euch gern gedient, Madame«, sagte er.
Griselles Lippen zitterten. »Hubert«, sagte sie. »Ich wünschte ...«
Er nickte. »Ich auch.«
Die Soldaten führten sie ab.

Catherine wußte nicht, was sie von Santiago erwartet hatte. Sie hätte wohl zugegeben, daß ihre Vorstellung von Elfenbeintürmchen und ewigem Frühling etwas unwirklich war, doch sie war ernsthaft überrascht, daß es in den Straßen nur so von Andenkenverkäufern wimmelte.
»Jakobsmuscheln! Jakobsmuscheln! Jede mit dem Kreuz des heiligen Jakob bemalt!« schrie eine alte Frau unaufhörlich.
»Ketten aus echtem Silber!« rief eine andere. »Für eure Jakobsmuscheln! Kreuze aus den Zedern des Libanon! Weihwasser aus Jerusalem! Dornen aus der Leidenskrone Unseres Herrn!«
»Wein! Frisch aus Rioja!« Dieser Straßenhändler machte einen flotten Umsatz.
Am Schrein selbst umringten die Pilger die Statue, die den Leib des Heiligen enthielt. Manche drängten sich durch die Schlange der Schwachen und Langsamen vor. Catherine und Edgar wechselten verwirrt einen Blick.
»Wir sind angekommen«, sagte Edgar. »Und was machen wir jetzt?«
Catherine überlegte eine Weile.
»Ich schlage vor, wir kehren heim.«

Der Februar in Paris war eine ganz andere Welt als der Sommer in Spanien. Schneeregen platschte gegen die Fensterläden. Die Hitze aus dem Herd reichte nur wenige Fuß in den Saal hinein. Edgar saß allein dort, in eine Decke gewickelt, im Halbschlaf. Neben ihm stand eine hölzerne Wiege mit einer Stange zum Aufhängen eines Vorhangs. An der Stange baumelte eine silberne Jakobsmuschel, verziert mit dem Kreuz des heiligen Jakob, in roter Farbe gemalt.
Die Tür zur Diele knarrte, und Edgar war sofort hellwach.
»Was gibt's denn?« fragte er angstvoll.
»Ich bin's nur«, sagte Samonie, Catherines Magd, beim Hereinkommen. »Aber nicht allein. Euern Sohn habe ich auch mitgebracht.«
Der Säugling war in Tücher und Wolle gewickelt, so daß Edgar den Eindruck hatte, Samonie hielte ein Wäschebündel im Arm. Das war doch nicht möglich. Catherines Wehen hatten erst vor wenigen Stunden eingesetzt.
»Und Catherine?« fragte er.
»Sie ist wohlauf«, antwortete Samonie. »Und sehr mit sich zufrieden. Wollt Ihr ihn nicht halten?«
Edgar streckte die Arme aus.
In dem Bündel war nur ein kleines rotes Gesicht zu sehen, mit Mund, Augen und Nase an den richtigen Stellen. Der Säugling wirkte gelangweilt, wenn man bedachte, daß er bereits vor seiner Geburt in Compostela war und die anstrengende Rückreise im Bauch seiner Mutter überlebt hatte.
»Ist er vollkommen gesund?« fragte Edgar.
»Ihr könnt die Finger und Zehen morgen zählen.« Samonie lachte. »Doch ich versichere Euch, es ist alles dran.«
Ehrfürchtig sah Edgar in das verschrumpelte rote Gesicht.
»Catherine wollte mir nicht sagen, wie er heißen soll. Nach Eurem Vater oder nach ihrem?« erkundigte sich Samonie.
»Weder noch«, sagte Edgar. »Wir wollen ihn Jakob nennen.«

NACHWORT

Wie Catherine und Edgar folgte ich der Pilgerroute von Le Puy bis Compostela. Anfänglich betrachtete ich die Reise als Recherche wie meine früheren, auf denen ich Archive aufsuchte und Bauten besichtigte und mir vielleicht ein Stimmungsbild von der Landschaft machte, wie sie meine Figuren vor 850 Jahren durchquerten. Ich hatte allerdings nicht erwartet, in eine Tradition zu geraten, die über tausend Jahre überdauert hat und noch heute sehr lebendig ist. Vielleicht folgen heutzutage viele moderne Pilger dieser Strecke eher aus Abenteuerlust denn aus Frömmigkeit, doch selbst heute fühlt man sich unwillkürlich mit denen verbunden, die die Reise vorher unternahmen. Die Straße nach Compostela ist immer noch von Wallfahrern verstopft.

Viele im Buch erwähnte Orte haben sich seit dem zwölften Jahrhundert nicht sehr verändert. Das machte es für mich leichter, mir die Erlebnisse meiner Helden vorzustellen. Als ich den Vulkankegel zur Kapelle in Le Puy hochstieg, merkte ich zum erstenmal, daß Edgar Angst vor Höhen hatte. Im Dorf Conques ist das Tympanum noch intakt, obwohl die Farbe verblichen ist. Die Höllenqualen sind noch so faszinierend wie ehedem. Entlang der Route gibt es zu beiden Seiten der Pyrenäen noch Herbergen für die Pilger und Kirchen, die

bereits alt waren, als Catherine und Edgar sie aufsuchten. Die Pilgermuschel ziert immer noch die Wegweiser zum heiligen Jakob.
Zwar glaube ich nicht, daß ich die ganze Strecke zu Fuß oder auf dem Fahrrad zurücklegen möchte, aber ich würde sie gern noch einmal fahren, langsamer, um würdigen zu können, was für eine gewaltige Reise die Pilger auf sich nahmen. Seit dem zehnten Jahrhundert war Compostela der drittwichtigste Wallfahrtsort der Christenheit, nach Rom und Jerusalem. Obwohl viele die Reise mehr als einmal unternahmen, erachtete man sie als gefährlich. Vor der Abreise regelten die Wallfahrer ihren Nachlaß für ihre Familien, falls sie nicht überleben sollten. Oft fand die Wallfahrt in späten Jahren statt, und die vier Ritter in den Sechzigern und Siebzigern waren nicht untypisch.
Peter der Ehrwürdige reiste zwar nach Spanien, nahm die Außenstände vom Kaiser ein und gab die erste lateinische Übersetzung des Koran in Auftrag, doch er kehrte nach Cluny zurück, ohne je Compostela besucht zu haben.
Wie immer, habe ich mein Bestes getan, um dieses Buch so genau wie möglich zu schreiben, sowohl was die geschichtlichen Daten als auch die mittelalterliche Weltsicht betrifft. Doch es ist frei erfunden und soll unterhalten. Hoffentlich gefällt die Geschichte den Lesern. Wie immer habe ich das meiste meiner Recherchearbeit nicht im Buch verwendet. Für diejenigen Leser, die neugierig auf diese Epoche und besonders auf den Jakobsweg sind, habe ich eine Bücherliste zusammengestellt, die ich ihnen gerne gegen Einsendung eines Freiumschlags an die Adresse des Verlags schicke.
Valete!
Sharan

GLOSSAR DER ÜBERSETZERIN

Alfons VI. (1072–1109), König von Léon und Kastilien, bekannt als »El Cid«

Alfons VII. (1126–57), König von Aragonien und selbsternannter Kaiser

Aubade Morgenlied

bourdon (frz.) Pilgerstab

Chrisam Salböl (für die letzte Ölung)

Coracle Boot der Kelten aus Weidengeflecht, mit Tierhaut überzogen

Infirmar »Krankenbruder«, für die Krankenpflege verantwortlicher Mönch

Jakob der heilige Jakob, d. h. der Apostel Jakobus der Ältere

Kaddisch jüdisches Gebet für die Seele des Verstorbenen im Jahr der Trauer

vielle (frz.) Drehleier

Mozaraber unter den Mauren lebende christliche Spanier

Rekonziliation erneute Weihe einer entweihten Kirche

revelatio (lat.) Offenbarung

sic est (lat.) ja

Manfred Böckl

Der Alchimist des Teufels

Historischer Kriminalroman

256 Seiten

TB 25201-1

Deutschland im 17. Jahrhundert: Noch immer versucht Robert Steenholm, der uneheliche Sohn des letzten Schwedenkönigs, den Tod seines Vaters zu rächen. Zusammen mit der Seherin Adjana verfolgt er den Herzog von Lauenburg, ohne zu ahnen, daß er in eine Falle tappt. Als man ihn in das Verlies einer finsteren Burg steckt, begreift er, daß er nur eine kleine unbedeutende Figur in einem gefährlichen Intrigenspiel ist. Der Herzog von Lauenburg hegt große, umstürzlerische Pläne, und dazu hat er mit einem unheimlichen Alchimisten einen Pakt geschlossen.
Nach »Die schwarzen Reiter« ein neuer Band um Adjana und Robert Steenholm, die Detektive des Dreißigjährigen Krieges.

Elizabeth Peters
Der Fluch des Pharaonengrabes
Historischer Kriminalroman
424 Seiten
TB 25096-5
Deutsche Erstausgabe

Ägypten, 19. Jahrhundert: Als der Archäologe Lord Baskerville kurz nach der Entdeckung einer Grabkammer plötzlich stirbt, machen alle den tödlichen Fluch des Pharaos verantwortlich … Während immer mehr Menschen auf mysteriöse Weise in das Reich des Osiris entschwinden, setzen die Archäologin Amelia Peabody und ihr Mann Emerson, alles daran, das Geheimnis zu lüften.

Elizabeth Peters
Die Schlange, das Krokodil und der Tod
Historischer Kriminalroman
504 Seiten
TB 25099-X
Deutsche Erstausgabe

Amelia Peabody, Archäologin extraordinaire, gräbt weiter! Eigentlich sollten es ihre zweiten Flitterwochen werden, als sie im Jahre 1898 mit ihrem Ehemann den Nil hinauffährt. Doch diese Rückkehr bedroht nicht nur ihre Ehe, sondern auch ihr Leben, denn ein alter Feind hat ihr wohlgehütetes Geheimnis ausgeplaudert: die Legende von der verlorenen Oase.

Econ Taschenbuch

Dianne Day

Spione und schwarze Kröten

Historischer Kriminalroman

320 Seiten

TB 25154-6

Deutsche Erstausgabe

Fremont Jones, jung, burschikos und freidenkend, flieht aus dem prüden Boston der Jahrhundertwende und eröffnet ihr eigenes Schreibbüro in San Francisco.
Doch bereits ihre ersten drei Kunden, der charmante Anwalt Justin Cameron, der seltsame Schriftsteller Edgar Allan Partridge und der alte Chinese Li Wong, bringen nicht nur das ersehnte Honorar, sondern auch jede Menge Probleme mit sich. Und spätestens, als die Polizei den Chinesen kurz nach Erteilung seines Schreibauftrags tot auffindet, wird es für Fremont richtig ernst.

»Mit ihrem unabhängigen Geist und ihrer jugendlichen Entschlossenheit ist Miss Fremont Jones wahrlich unbesiegbar.«

The New York Times Book Review